Jeffery Deaver

# DER TODBRINGER

Jeffery Deaver

# Der Todbringer

Thriller



Ins Deutsche übertragen
von Thomas Haufschild



blanvalet

Die Originalausgabe erschien 2017 unter dem Titel
»The Catting Edge« bei Grand Central Publishing, New York.



FSC
www.fsc.org
MIX
Papier aus verantwortungsvollen Quellen
FSC® C014496

Verlagsgruppe Random House FSC® N001967

1. Auflage

Neumarkter Str. 28, 81673 München
Redaktion: Dr. Rainer Schöttle
Umschlaggestaltung: www.buerosued.de
Umschlagmotiv: plainpicture/Hanka Steidle
AF · Herstellung: sam
Satz: GGP Media GmbH, Pößneck
Druck und Bindung: GGP Media GmbH, Pößneck
Printed in Germany
ISBN 978-3-7645-0714-5

www.blanvalet.de

*Für die Texas-Truppe:*
*Dan, Ellen, Wyatt, Bridget, Ingrid, Eric und meine*
*Lieblingscowgirls Brynn, Sabrina und Shea.*

Ich habe den Engel im Marmor gesehen und so lange gemeißelt, bis ich ihn befreit hatte.

Michelangelo

# I

# DAS KONZIPIEREN

## Samstag, 13. März

# 1

»Ist es hier sicher?«

Er überlegte kurz. »Sicher? Wieso sollte es das nicht sein?«

»Ich mein ja nur. Hier ist nicht gerade viel los.« Die Frau sah sich in der düsteren, heruntergekommenen Eingangshalle um, deren uralter Linoleumboden so abgenutzt war, als hätte man ihn mit einer Schleifmaschine behandelt. Außer ihnen war niemand hier. Sie standen vor dem Aufzug des Gebäudes, mitten im Diamantenviertel von Midtown Manhattan. Da heute Samstag war – Sabbat, der jüdische Ruhetag –, hatten viele Geschäfte und Firmen geschlossen. Der Märzwind heulte und stöhnte.

»Wir kommen schon klar«, sagte William, ihr Verlobter. »Hier spukt es nur unter der Woche.«

Sie lächelte, aber nur für einen Moment.

Menschenleer, ja, dachte William. Und trübselig. Wie die meisten Bürogebäude in Midtown aus den … Dreißigern? Vierzigern? Aber bestimmt war es hier nicht unsicher.

Wenngleich technisch veraltet. Wo blieb denn bloß der Aufzug? Verdammt.

»Keine Sorge«, sagte William. »Wir sind hier nicht in der South Bronx.«

»Du warst noch nie in der South Bronx«, merkte Anna gutmütig an.

»Doch, ich hab mir mal ein Spiel der Yankees angesehen.« Und früher hatte sein Weg zur Arbeit ihn täglich *durch* die

South Bronx geführt, sogar einige Jahre lang. Aber davon wusste Anna nichts.

Hinter den dicken Metalltüren hörte man Zahnräder und Kabelwinden rotieren. Unter lautem Knarren und Quietschen.

Der Aufzug. Tja, *der* war vielleicht tatsächlich nicht sicher. Aber die Chance, dass Anna zwei Etagen die Treppe hinaufsteigen würde, ging gegen null. Seine Verlobte, durchtrainiert, blond und selbstbewusst, hielt sich gut in Form, besuchte regelmäßig ein Sportstudio und war auf charmante Weise von ihrem feuerroten Fitnessarmband besessen. Es lag also nicht an der körperlichen Anstrengung, dass sie ihm mit ihrem herrlich sarkastischen Blick eine Absage erteilte. Nein, der Grund war, wie sie es einst ausgedrückt hatte, dass man als Frau das Treppenhaus eines solchen Gebäudes prinzipiell meiden sollte.

Auch wenn der Anlass ein freudiger war.

Annas praktische Veranlagung meldete sich zu Wort – mal wieder. »Und du findest die Idee wirklich gut, Billy?«

Er war darauf vorbereitet. »Aber natürlich.«

»Es ist so viel Geld!«

Ja, wohl wahr. Doch William hatte seine Hausaufgaben gemacht und wusste, dass er für die sechzehntausend Dollar auch eine entsprechende Qualität erhalten würde. Der Stein, den Mr. Patel in die Weißgoldfassung für Annas hübschen Finger einsetzte, hatte anderthalb Karat, einen Prinzessschliff und den Farbton F, dessen feines Weiß sehr nahe am absolut farblosen Idealwert D lag. Die Reinheit war mit IF bewertet – internally flawless –, was fast perfekter Lupenreinheit entsprach, abgesehen von einigen winzigen Makeln (Mr. Patel hatte erklärt, dass man sie »Einschlüsse« nannte), die nur ein Experte unter starker Vergrößerung überhaupt wahrnehmen würde. Der Diamant war nicht perfekt und nicht riesig, aber dennoch ein herrliches Stück Kohlenstoff, das einem unter Mr. Patels Juwelierlupe schier den Atem raubte.

Und, was am wichtigsten war, Anna liebte den Ring.

William hätte beinahe gesagt: Man heiratet schließlich nur einmal. Doch er biss sich, Gott sei Dank, gerade noch rechtzeitig auf die Zunge. Denn es traf zwar auf Anna zu, aber nicht auf ihn. Sie störte sich nicht an seiner Vergangenheit oder ließ es sich jedenfalls nicht *anmerken*, aber am besten brachte er das Thema gar nicht erst zur Sprache (was auch der Grund dafür war, dass sie nichts von seinen fünf Jahren als Berufspendler aus Westchester wusste).

Wo zum Teufel blieb dieser Aufzug?

William Sloane drückte erneut den Knopf, obwohl der schon leuchtete. Sie mussten beide darüber lachen.

Hinter ihnen öffnete sich die Tür zur Straße, und ein Mann trat ein. Im ersten Moment war er nur ein Umriss vor dem hellen Hintergrund der dreckigen Türscheibe, und William verspürte einen Anflug von Beklemmung.

*Ist es hier sicher …?*

Womöglich hatte er etwas zu voreilig geantwortet. Wenn sie in zehn Minuten dieses Gebäude verließen, würde der Gegenwert einer Immobilienanzahlung an Annas Finger stecken. Er sah sich um und stellte beunruhigt fest, dass es hier keine Überwachungskameras gab.

Doch der Mann kam näher, lächelte freundlich und nickte ihnen zu, um sich dann wieder seinem Smartphone zu widmen. Er war blass, trug eine dunkle Jacke und eine Strickmütze und hielt neben dem Telefon ein Paar Wollhandschuhe in der Hand – alles passend zu diesem außergewöhnlich frostigen Märztag. Und er hatte einen Aktenkoffer dabei. Offenbar arbeitete er in diesem Gebäude … oder wollte vielleicht einen Ring für *seine* Verlobte bei Patel abholen. Von ihm drohte keine Gefahr. Und selbst wenn – William war ebenfalls ein fleißiger Sportstudiobesucher und Fitnessarmbandträger, daher bestens in Form und notfalls fähig, mit einem Kerl dieser Statur fertigzuwerden. Eine Vorstellung, die sich wohl jeder Mann hin und wieder ausmalte.

Endlich kam der Aufzug, und die Türen glitten quietschend auseinander. Der Mann ließ dem Paar mit einer Geste den Vortritt.

»Bitte sehr.« Er sprach mit einem Akzent, den William nicht einordnen konnte.

»Danke schön«, sagte Anna.

Ein Nicken.

Im zweiten Stock öffnete sich die Tür, und der Mann bedeutete ihnen erneut mit ausgestreckter Hand, sie mögen vorangehen. William nickte ihm zu. Dann folgten er und Anna dem langen dunklen Korridor zu den Räumen von Patel Designs.

Jatin Patel war ein interessanter Mann, ein Einwanderer aus Surat im Westen Indiens, dem Zentrum der dortigen – und inzwischen auch weltweiten – Diamantenverarbeitung. Als William und Anna hier einige Wochen zuvor ihre Bestellung aufgegeben hatten, war Patel in Plauderlaune gewesen und hatte erzählt, dass die meisten Schmuckdiamanten der Welt dort geschliffen würden, in winzigen Werkstätten zweifelhaften Ursprungs, oft angesiedelt in Mietskasernen, heiß und schmutzig, mit mangelhafter Belüftung. Nur die wertvollsten Steine würden heutzutage noch in New York, Antwerpen oder Israel bearbeitet. Dank seines besonderen Geschicks sei es ihm gelungen, sich von den vielen Tausend anderen Schleifern in Surat abzuheben und genug Geld anzusparen, um in die Vereinigten Staaten auszuwandern und hier ein Geschäft zu eröffnen.

Er verkaufe zwar Schmuck und Diamanten an Endabnehmer – zum Beispiel an das baldige Ehepaar Sloane –, sei aber in erster Linie bekannt für das Schleifen hochwertiger Rohdiamanten.

Der Einblick in die Schmuckbranche hatte William bei diesem früheren Besuch regelrecht fasziniert. Ihm war zudem nicht entgangen, dass Patel bei manch harmloser Frage einsilbig reagierte und das Gespräch in eine andere Richtung lenkte. Offenbar besaß das Diamantengeschäft auch einige zwielichtige Seiten, über die lieber Stillschweigen bewahrt werden sollte. Man denke nur an die afrikanischen Blutdiamanten, die von Warlords und Terroristen zur Finanzierung ihrer schrecklichen Verbrechen genutzt wurden. (Der Prinzessschliff, den William zu kaufen gedachte, war als ethisch einwandfrei zertifiziert. William fragte sich dennoch unwillkürlich, wie verlässlich diese Zusicherung sein mochte. Stammte denn der Brokkoli, den er gestern Abend gedünstet hatte, auch wirklich aus biologischem Anbau, wie das Schild im Laden behauptete?)

Er bemerkte, dass der Mann aus dem Aufzug an der Nachbartür von Patels Geschäftsräumen stehen blieb und die Klingel betätigte.

Demnach war mit ihm alles in Ordnung.

William schüttelte über sich selbst den Kopf und klingelte bei Patel Designs. »Ja?«, ertönte es aus der Gegensprechanlage. »Wer ist da? Mr. Sloane?«

»Ja, wir sind's.«

In diesem Moment kam William Sloane ein Gedanke. Wie in vielen alten Geschäftsgebäuden waren die Eingänge auf diesem Flur alle mit Oberlichtern versehen – waagerechten Fenstern über den Türen. Das von Patel hatte man mit dicken Metallstäben gesichert. Gleichwohl konnte man erkennen, dass drinnen Licht brannte. Doch nebenan – wo der Mann aus dem Aufzug stand – war alles dunkel.

Dort hielt niemand sich auf.

Nein!

Von hinten näherten sich plötzlich Schritte. William keuchte erschrocken auf, fuhr herum und sah den Mann auf sie zustürzen, das Gesicht nun hinter einer Skimaske verborgen. Der Fremde stieß sie in den kleinen Raum, in dem Patel hinter einem Tresen saß. Dabei ging der Eindringling so grob vor, dass Anna stürzte und mit einem Aufschrei hart auf dem Boden aufschlug. William wollte eingreifen, erstarrte jedoch, als der Mann, der inzwischen auch seine Handschuhe trug, eine schwarze Pistole auf ihn richtete.

»O Gott, nein! Bitte!«

Trotz seines Alters und des stattlichen Bauches stand Jatin Patel flink auf und wollte anscheinend einen Alarmknopf drücken. Er schaffte es nicht. Der Mann sprang zum Tresen vor und hieb ihm mit der Waffe ins Gesicht. Es gab ein grauenhaftes Geräusch. William hörte einen Knochen brechen.

Der Diamantenhändler schrie auf. Patels ohnehin fahler Teint wurde noch etwas bleicher.

»Hören Sie«, sagte William. »Ich kann Ihnen Geld geben. Und Sie können unseren Ring haben.«

»Nehmen Sie ihn!«, rief Anna. Und zu Patel: »Geben Sie ihm den Ring. Geben Sie ihm alles, was er will.«

Der Mann holte abermals mit der Pistole aus und schlug sie Patel wieder und wieder ins Gesicht. Patel flehte ihn wimmernd um Gnade an und sackte hilflos zu Boden. »Sie können mein Geld haben!«, stammelte er. »Viel Geld! Was auch immer Sie wollen! Bitte, bitte hören Sie auf.«

»Lassen Sie ihn in Ruhe«, rief Anna.

»Maul halten!« Der Mann sah sich im Raum um und schaute auch kurz zur Decke. Eine Videokamera war auf sie alle gerichtet. Dann nahm er den Tresen in Augenschein, den Schreibtisch dahinter und mehrere dunkle Zimmer im Hintergrund.

William streckte dem Fremden eine offene Hand entgegen, um keine Bedrohung darzustellen, und ging zu Anna. Er legte ihr eine Hand um die Taille und half ihr auf. Sie zitterte.

Der Räuber riss das Kabel einer Lampe aus einer Wandsteckdose. Dann brachte er aus seiner Tasche ein Teppichmesser zum Vorschein und schob mit dem Daumen die Klinge heraus. Er legte die Pistole hin, trennte zwei lange Stücke von dem Kabel ab, reichte eines davon an Anna weiter und wies auf William. »Hände fesseln.« Wieder dieser Akzent. Europäisch? Skandinavisch?

»Mach es. Das geht in Ordnung«, forderte William sie mit sanfter Stimme auf. »Er hätte uns erschießen können«, fügte er flüsternd hinzu. »Aber das will er nicht. Fessle mir die Handgelenke.«

»Fest.«

»Ja.«

Anna gehorchte mit zitternden Fingern.

»Hinlegen.«

William ließ sich zu Boden sinken.

Na klar, der Kerl musste zuerst die größte Gefahr ausschalten – ihn. Dann fesselte der Fremde Anna, ohne dabei Patel aus den Augen zu lassen, und stieß sie neben William zu Boden, sodass sie Rücken an Rücken lagen.

Auf einmal durchzuckte William ein erschreckender Gedanke, kalt wie ein Schwall Eiswasser. Der Mann hatte vor dem Überfall die Skimaske aufgesetzt, um sein Gesicht vor der Kamera zu verbergen.

Doch anfangs hatte er keine Maske getragen. Weil er sicherstellen musste, dass die Kunden ihm Zutritt zu Patels Geschäft verschaffen würden. Wahrscheinlich hatte er auf ein Paar gewartet, dem er zu einem vielversprechenden Ziel für seinen Raub folgen konnte.

Die Überwachungskamera hier im Raum hatte sein Gesicht nicht erfasst.

Aber William und Anna konnten ihn beschreiben.

Und das konnte nur eines bedeuten. Der Räuber hatte sie

gefesselt, damit sie sich nicht wehren würden, wenn er sie ermordete.

Der Mann kam nun näher, stand über ihnen und blickte auf sie herab.

»Hören Sie, bitte …«

»Pssst.«

William schickte ein Stoßgebet zum Himmel. Falls es denn sein muss, dann hoffentlich mit der Pistole. Das wäre schnell und schmerzlos. Er drehte den Kopf und warf mit Mühe einen Blick nach oben. Der Mann hatte die Waffe auf dem Tresen liegen gelassen.

Nun hockte der Kerl sich neben sie beide und hob das Teppichmesser.

William lag immer noch Rücken an Rücken mit Anna. Schluchzend streckte er eine Hand so weit wie möglich aus und tastete nach ihr. War das ihre linke Hand? Und hätte an dem Finger, den er nun streichelte, beinahe ein anderthalbkarätiger Diamant im Prinzessschliff gesteckt, mit nur winzigen Makeln und nahezu farblos?

# 2

So sah sein Leben aus.

Der heutige Tag war typisch. Um sechs Uhr morgens aufgestanden, an einem Samstag, ist das zu fassen? Seiner Mutter geholfen, die Vorratskammer und alle Küchenregale leer zu räumen, um sauber zu machen und neues Kontaktpapier auszulegen. Danach das Auto gewaschen – an einem so nasskalten, trostlosen Tag! Zum Abschied seine Eltern umarmt und dann mit der Bahn von ihrem Haus in Queens die ganze Strecke bis nach Brooklyn gefahren, um etwas für Mr. Patel zu erledigen.

Und schließlich mit einer anderen Linie nach Manhattan, wo die Steine darauf warteten, von ihm geschliffen zu werden. Er saß nun in einem der schaukelnden Waggons auf dem Weg nach Norden.

Samstag. Wenn alle anderen zum Brunch gingen, ins Theater oder Kino … oder ins Museum.

Oder in eine Galerie.

Das war einfach nicht fair.

Ach, er brauchte gar kein Unterhaltungsprogramm. Vimal Lahori hätte sich schon darüber gefreut – er hätte es sogar *vorgezogen* –, im klammen Keller seines Elternhauses in Queens bleiben zu können.

Doch das stand nicht zur Debatte.

Er wickelte sich fester in seine dunkelgraue Wolljacke und ließ sich dabei sanft von der U-Bahn wiegen. Der Zweiundzwanzigjährige war dünn und nicht groß. Er hatte seine Körpergröße von eins achtundsechzig schon in der Grundschule erreicht und ungefähr zwei Jahre lang all seine Klassenkameraden überragt, bis die anderen Jungen gleichgezogen oder ihn überholt hatten. Später auf der Highschool gab es unter seinen Mitschülern mehr Latinos und Südostasiaten als Schwarze oder Weiße, sodass er auch dort nicht zu den Kleinsten zählte. Was nicht hieß, dass er ungeschoren davonkam. Sein größtes Pech war, dass seine Familie aus Kaschmir stammte, jener Region, auf die sowohl Indien als auch das Nachbarland Pakistan Anspruch erhoben. Vimal war seines Wissens der einzige Junge, der wegen eines Grenzkonflikts Prügel bezogen hatte (ironischerweise von zwei schlaksigen Oberschülern, die ihren Religionen nach – der eine Moslem, der andere Hindu – eigentlich Erzfeinde hätten sein müssen).

Die Verletzungen waren aber nur geringfügig und der Streit bald darauf vergessen gewesen, hauptsächlich weil Vimal sich nie als überzeugter Kaschmiri gab (er hätte nicht mal sicher sagen können, wo genau die Grenzen dieses Landes seiner Vorfahren verliefen). Und was noch wichtiger war, er konnte auf dem Fußballplatz alle anderen schwindlig spielen. Gegen Ballkontrolle hat Geopolitik einfach keine Chance.

Die Bahn näherte sich mit kreischenden Rädern der Haltestelle an der Zweiundvierzigsten Straße. Es roch nach Abgasen und salziger Luft. Vimal richtete sich auf und schaute in die Papiertüte, die er bei sich trug. Sie enthielt ein halbes Dutzend Steine. Er nahm einen heraus, ungefähr so groß wie seine Faust, grau und dunkelgrün, durchzogen von Kristallen. Das eine Ende war flach, das andere gerundet. Jeder Stein der Welt, ob groß oder klein, konnte in etwas anderes verwandelt werden, und mit ein wenig Geduld und Überlegung würde der Künstler erkennen, was das wohl sein mochte. Doch dieser Fall war eindeutig: ein Vogel. Vimal sah sofort einen Vogel vor sich, der die Flügel an den Leib presste und den Kopf einzog, um sich vor der Kälte zu schützen. Die Rohfassung würde nicht mehr als einen Tag erfordern.

Aber nicht heute.

Heute war ein Arbeitstag. Mr. Patel besaß großes Talent. Viele hielten ihn für ein Genie, auch Vimal. Und weil Mr. Patel so brillant war, war er vermutlich auch so streng. Vimal musste den Abington-Auftrag erledigen. Vier Steine von jeweils etwa drei Karat. Das würde volle acht Stunden dauern, und der alte Mann – er war fünfundfünfzig – würde Vimals Ergebnisse immer wieder quälend lange unter der Lupe begutachten. Um dann Nachbesserungen anzuordnen. Und auch diese nachbessern zu lassen.

Und wieder und wieder und wieder …

Die Türen der U-Bahn öffneten sich, und Vimal legte den Stein zurück in die Papiertüte. *Einzelner Vogel, Januar* – so hätte er die Skulptur genannt, die es nie geben würde. Er trat hinaus auf den Bahnsteig und stieg zur Straße empor. Ein Gutes hatte der Samstag immerhin: Die meisten der orthodoxen Geschäfte waren geschlossen, und im Diamantenviertel ging es weit weniger hektisch zu als unter der Woche, zumal bei diesem scheußlichen Märzwetter. Die emsige Betriebsamkeit dieser Gegend ging Vimal bisweilen gehörig auf die Nerven.

Als er nun in die Siebenundvierzigste Straße einbog, nahm seine Aufmerksamkeit ganz automatisch zu – so wie bei fast allen der vielen Hundert Angestellten hier, deren Arbeitgeber eher zurückhaltend um Kundschaft warben. Ja, in den Geschäfts- und Firmennamen war oft von »Juwelieren«, »Diamanten« oder »Schmuck« die Rede, doch die hochrangigen Anbieter sowie die wenigen bedeutenden Diamantenschleifer der Stadt neigten eher zu verklausulierten Bezeichnungen wie »Elijah Findings«, »West Side Collateral« und »Specialties In Style«.

Über die Tische dieser Geschäfte und Schleifwerkstätten wanderten an jedem einzelnen Tag des Jahres Diamanten und Edelsteine im Wert von mehreren Hundert Millionen Dollar. Und jeder auch nur halbwegs fähige Einbrecher oder Räuber dieser Welt war sich dessen bewusst. Hinzu kam, dass Edelsteine, Gold, Platin und fertige Schmuckstücke zumeist weder in gepanzerten Fahrzeugen transportiert wurden (weil es täglich zu viele einzelne Lieferungen gab, als dass ein solcher Aufwand sich gerechnet hätte) noch in Aluminiumkoffern, die jemand an sein Handgelenk kettete (denn das war viel zu auffällig, und eine Hand ließ sich – wie jeder Arzt bestätigen konnte – mit einer gewöhnlichen Bügelsäge in weniger als sechzig Sekunden abtrennen, von Elektrowerkzeug ganz zu schweigen).

Nein, man beförderte Wertgegenstände am besten auf genau die gleiche Weise wie Vimal in diesem Moment – zwanglos gekleidet (Jeans, Joggingschuhe, Motto-Sweatshirt mit albernem Spruch, Wolljacke) und in der Hand eine fleckige Papiertüte.

Daher befolgte Vimal nun, was sein Vater – selbst ein ehemaliger Diamantenschleifer – ihm eingeschärft hatte, und ließ den Blick beharrlich in die Runde schweifen, ob jemand vielleicht argwöhnisch die Tüte anstarrte oder sich ihm näherte und dabei demonstrativ *nicht* hinsah.

Allzu große Sorgen machte er sich aber nicht, denn auch an weniger geschäftigen Tagen wie heute war Wachpersonal vor Ort, vermeintlich unbewaffnet, aber mit einem dieser kleinen Revolver oder einer kompakten Automatik im verschwitzten Hosenbund. Er nickte einer von ihnen zu, die vor einem Juweliergeschäft stand, einer Afroamerikanerin mit kurzem lilafarbenem und stark gekräuseltem Haar, das Vimal oft bestaunte; er hatte keine Ahnung, wie sie das hinbekam. In seiner eigenen Volksgruppe gab es mehr oder weniger nur eine Universalfrisur für alle (dichtes schwarzes Haar, gewellt oder glatt), und diese Frau machte großen Eindruck auf ihn. Er überlegte, wie ihr Kopf sich wohl in Stein abbilden ließe.

»He, Es«, rief er und winkte.

»Vimal. Am Samstag? Hat der Boss dir nicht freigegeben? So ein Mist aber auch.«

Er zuckte die Achseln und lächelte gequält.

Sie warf einen Blick auf die Tüte, in der sie womöglich ein halbes Dutzend von Harry Winston zertifizierte Steine im Wert von zehn Millionen vermutete.

Vimal war versucht zu behaupten, es seien bloß belegte Brote. Sie würde wahrscheinlich lachen. Doch in der Siebenundvierzigsten Straße hätte ein Witz irgendwie unangebracht gewirkt. Das Diamantenviertel war ein eher humorloser Ort. Der Wert der Steine und nicht zuletzt ihre narkotisierende Wirkung verliehen allen Geschäften hier eine gewisse Ernsthaftigkeit.

Er betrat nun Mr. Patels Gebäude. Den Zeitlupenaufzug nahm er nie – das Ding stamme aus dem magischen Fundus der Harry-Potter-Romane und lasse Sekunden zu Stunden werden, hatte er mal zu Adeela gesagt und sie damit zum Lachen gebracht. Stattdessen lief er geschmeidig die Treppe hinauf, als könne die Schwerkraft ihm nichts anhaben. Der Fußballplatz hatte seine Beine und Lunge stark werden lassen.

Als er in den Korridor einbog, fiel ihm auf, dass es hinter vier der acht Oberlichter immer noch dunkel war. Wie so oft fragte er sich, weshalb Mr. Patel, der einen riesigen Haufen Geld besitzen musste, nicht irgendwo anders einen noblen Laden eröffnete. Vielleicht aus Sentimentalität. Die Firma war nun seit dreißig Jahren hier beheimatet. Damals hatte es auf der gesamten Etage nur Diamantenschleifer gegeben. Inzwischen war dies eine der letzten Werkstätten im ganzen Gebäude. Kalt an Tagen wie heute, heiß und staubig von Juni bis September. Und es roch hier muffig. Mr. Patel hatte keinen eigentlichen Verkaufsraum, und die »Werkstatt« nahm lediglich eines der drei Zimmer ein. Da er geringe Stückzahlen von umso höherer Qualität lieferte, benötigte er nur genug Platz für zwei Polier- und zwei Schleifmaschinen. Ein Umzug wäre jederzeit möglich gewesen.

Doch Mr. Patel hatte Vimal nie den Grund für seinen Verbleib genannt, denn er sagte praktisch kaum etwas zu ihm, abgesehen von Anweisungen, wie man den Reibstab halten musste, wie man die Steine für den Grobschliff in die Maschine einspannte und wie viel Diamantenstaub man mit Olivenöl mischte, um die Polierpaste zu erhalten.

Auf halbem Weg zur Tür hielt Vimal inne. Was war das für ein Geruch? Frische Farbe. Die Wände hier im Flur brauchten zwar eindeutig einen neuen Anstrich, und das schon seit Jahren, aber er konnte keinerlei Anzeichen für irgendwelche Renovierungsbemühungen sehen.

Schon unter der Woche war es schwer genug, die Hausverwaltung auch nur zu irgendetwas zu bewegen. Und dann war jemand ausgerechnet am Freitagabend oder Samstag hergekommen, um Malerarbeiten zu erledigen?

Er ging weiter. Die Oberlichter hier waren aus Glas, aber natürlich mit Gitterstäben gesichert. Vimal konnte anhand der Schatten erkennen, dass Mr. Patel offenbar gerade Kundschaft hatte. Vielleicht das Paar, das wegen eines besonderen Verlobungsrings zu ihm gekommen war. William Sloane und Anna Markam – er erinnerte sich an die Namen, weil die beiden so ausgesprochen nett gewesen waren und sich sogar Vimal, dem kleinen Angestellten, vorgestellt hatten, als er ihnen bei ihrem letzten Besuch über den Weg gelaufen war. Nett, aber naiv. Falls sie das Geld, das sie für ihren anderthalbkarätigen Diamanten ausgaben, stattdessen irgendwo angelegt hätten, hätte es am Ende womöglich für die Studiengebühren ihres erstgeborenen Kindes gereicht. Aber auch sie waren wohl den Verlockungen des Diamantenmarketings erlegen.

Falls Vimal und Adeela je heirateten – was bisher noch kein Thema gewesen war, nicht mal annähernd –, würde er ihr zur Verlobung einen handgefertigten Schaukelstuhl schenken oder eine Skulptur für sie anfertigen. Und falls sie einen Ring wollte, würde er einen aus Lapislazuli schleifen, mit dem Kopf eines Fuchses darauf, denn das war aus irgendeinem Grund ihr Lieblingstier.

Er tippte den Code für das Türschloss ein.

Dann betrat er den Raum und erstarrte mitten in der Bewegung, keuchte unwillkürlich auf.

Schon im ersten Moment nahm er drei Dinge wahr. Erstens, ein Mann und eine Frau – William und Anna –, die seltsam verdreht am Boden lagen, als wären sie unter großen Qualen gestorben.

Zweitens, eine große, sich ausbreitende Blutlache.

Drittens, Mr. Patels Füße. Den Rest des Körpers konnte Vimal nicht sehen, nur die abgenutzten Schuhe, die reglos nach oben wiesen.

Aus der links vom vorderen Zimmer gelegenen Werkstatt kam eine Gestalt zum Vorschein. Der Mann trug eine Skimaske, zuckte vor Schreck aber sichtlich zusammen.

Weder Vimal noch er rührten sich.

Dann ließ der Eindringling den Aktenkoffer fallen, den er in der Hand hielt, und zog eine Pistole aus der Tasche. Vimal drehte sich instinktiv weg und hob beide Hände, als könne er der Kugel irgendwie ausweichen oder sie aufhalten.

Die Mündung blitzte auf, und der Knall war ohrenbetäubend. Ein stechender Schmerz fuhr durch Vimals Bauch und Seite.

Er torkelte zurück in den dunklen, staubigen Korridor und konnte plötzlich nur noch eines denken: Was für ein trauriger, erbärmlicher Ort zum Sterben.

# 3

Er war nicht rechtzeitig nach New York zurückgekehrt.

Zu seiner Enttäuschung.

Lincoln Rhyme steuerte seinen Rollstuhl Marke Merits Vision – grau mit roten Schutzblechen – durch die Vordertür seines Stadthauses am Central Park West. Jemand hatte mal angemerkt, der Ort lasse ihn an Sherlock Holmes denken – auf zweierlei Weise. Zunächst mal hätte der alte Sandsteinbau gut ins viktorianische England gepasst (er stammte aus jener Zeit), und außerdem war der ehemalige Salon des Hauses mit derartig vielen forensischen Instrumenten und Ausrüstungsgegenständen gefüllt, dass der britische beratende Detektiv schier vor Neid erblasst wäre.

Rhyme blieb am Eingang stehen, um auf Thom zu warten, seinen adretten, kräftigen Betreuer, der den behindertengerechten Mercedes Sprinter in der Sackgasse hinter dem Haus geparkt hatte. Als eine kalte Brise über seine Wange strich, wendete Rhyme den Rollstuhl und versetzte der Tür einen Stoß, um sie anzulehnen. Der Wind drückte sie wieder auf. Nach Jahren der Querschnittslähmung, die ihn vom Hals an abwärts beeinträchtigte, war Rhyme mittlerweile ziemlich geübt darin, all die Hightech-Hilfsmittel zu nutzen, die Leuten wie ihm zur Verfügung standen: Touchpads, Systeme zur Augen- und Sprachsteuerung, Prothesen und dergleichen. Dank operativer Eingriffe und einiger Implantate konnte er zudem den rechten Arm eingeschränkt bewegen. Doch viele altmodische mechanische Aufgaben, vom Schließen einer Tür bis – um irgendein beliebiges Beispiel zu wählen – zum Öffnen einer Flasche Single Malt Scotch, lagen buchstäblich außerhalb seiner Reichweite.

Gleich darauf traf Thom ein und machte die Tür zu. Er zog Rhyme die Jacke aus – der Kriminalist weigerte sich, eine Decke zu »tragen«, um sich zu wärmen –, und ging in die Küche.

»Mittagessen?«

»Nein.«

»Ich hab mich falsch ausgedrückt«, rief der Betreuer zurück. »Gemeint habe ich: Was möchtest du zu Mittag?«

»Nichts.«

»Falsche Antwort.«

»Ich habe keinen Hunger«, murmelte Rhyme, nahm umständlich die Fernbedienung des Fernsehgeräts und schaltete die Nachrichten ein.

»Du musst etwas essen«, rief Thom. »Suppe. Heute ist es kalt draußen. Suppe.«

Rhyme verzog das Gesicht. Ja, sein Zustand war ernst, und manche Dinge, zum Beispiel Druck auf der Haut oder fehlende Erleichterung bei gewissen Körperfunktionen, konnten gefährliche Konsequenzen haben. Hunger stellte jedoch keinen potenziellen Risikofaktor dar.

Der Betreuer war ja so eine gottverdammte Glucke.

Dann stieg Rhyme auf einmal ein verlockender Duft in die Nase. Nun ja, Thom konnte wirklich gut kochen.

Er wandte seine Aufmerksamkeit dem Fernseher zu, den er nur selten nutzte. Meistens wollte er dann eine bestimmte Nachrichtenentwicklung verfolgen, so auch diesmal: Die Geschichte hatte mit seiner Enttäuschung zu tun, entstanden als Folge der Reise nach Washington D.C., von wo er und Amelia Sachs soeben zurückgekehrt waren.

Auf dem Bildschirm war aber kein Nachrichtensender,

sondern ein Dokumentarkanal eingestellt. Im Augenblick lief ein Beitrag über wahre Verbrechen, allerdings mit Spielszenen. Der Bösewicht starrte finster in die Kamera. Die Polizisten schauten nachdenklich drein. Die Musik schwoll dramatisch an. Der Beamte der Spurensicherung trug am Tatort seine Armbanduhr *über* dem Handschuh.

Um Gottes willen.

»Hast du dir etwa diesen Mist angesehen?«, rief er.

Thom antwortete nicht.

Rhyme schaltete auf einen der Nachrichtensender um. Leider lief gerade kein Beitrag, sondern Werbung für verschreibungspflichtige Medikamente. Er hatte keine Ahnung, was das Zeug im Einzelnen bewirken sollte, aber es verwandelte die Schauspieler von trübsinnigen Greisen in fröhliche und anscheinend weniger alte Großeltern, die in der letzten Szene mit kleinen Kindern herumtollten, weil die Kann-nicht-mit-den-Enkeln-spielen-Krankheit geheilt war.

Dann übernahm ein Moderator, und nach einigen Meldungen aus der Lokalpolitik kam kurz die Geschichte zur Sprache, für die Rhyme sich interessierte: Es ging um ein Gerichtsverfahren, das derzeit im Eastern District von New York stattfand. Ein mexikanischer Drogenbaron namens Eduardo Capilla, besser bekannt als El Halcón, hatte den Fehler begangen, in die Vereinigten Staaten zu kommen, um sich hier mit einem ortsansässigen Vertreter des organisierten Verbrechens zu treffen und einen Drogen- und Geldwäschering aufzuziehen, dessen Aktivitäten sich noch um etwas Kinderprostitution und Menschenhandel erweitert hatten.

Der Mexikaner war ziemlich gerissen. Als mehrfacher Milliardär hatte er nur einen gewöhnlichen Linienflug in der Economyklasse gebucht, um legal nach Kanada einzureisen. Dort war er dann mit einer Privatmaschine bis zu einem Flugfeld kurz vor der Grenze gelangt. Von da aus hatte ein Hubschrauber ihn – illegal – zu einem verlassenen Landeplatz auf Long Island gebracht und war dabei wortwörtlich unter dem Radar geblieben. Die Stelle lag nur wenige Meilen von einem Lagerhauskomplex entfernt, den Capilla zu kaufen gedachte, um daraus, so nahm man an, die Zentrale seines US-Geschäfts zu machen.

Die Polizei und das FBI hatten jedoch von seiner Anwesenheit erfahren und ihn gemeinschaftlich dort abgefangen. Es gab einen Schusswechsel, bei dem der Lagerhausbesitzer und sein Leibwächter ums Leben kamen. Ein Polizeibeamter wurde schwer verwundet, und ein FBI-Agent trug ebenfalls Verletzungen davon.

El Halcón konnte verhaftet werden, sein amerikanischer Partner hingegen, mit dem er das Drogenimperium hatte aufbauen wollen, war zur Bestürzung der Staatsanwaltschaft nicht vor Ort gewesen und seine Identität blieb ungeklärt; der erschossene Lagerhausbesitzer erwies sich lediglich als Strohmann. Alle weiteren Nachforschungen verliefen im Sande.

Lincoln Rhyme hatte inständig gehofft, zu dem Fall hinzugezogen zu werden, um die Spuren zu analysieren und als forensischer Sachverständiger vor Gericht auszusagen. Doch er hatte zuvor bereits Termine mit einem halben Dutzend hochrangiger Beamter in Washington vereinbart, und so war ihm und Sachs nicht anderes übrig geblieben, als die ganze Woche dort zu verbringen.

Ja, er war enttäuscht. Er hätte wirklich gern geholfen, El Halcón hinter Gitter zu bringen. Aber es würde andere Fälle geben.

Zufälligerweise klingelte genau bei diesem Gedanken sein Telefon, und die Kennung des Anrufers deutete womöglich darauf hin, dass Rhymes Wunsch erfüllt werden könnte.

»Lon«, sagte er.

»Linc. Schon zurück?«

»Ja, gerade erst. Hast du was Verzwicktes für mich? Was Interessantes? Eine *Herausforderung*?«

Detective First Grade Lon Sellitto war damals beim NYPD Rhymes Partner gewesen, doch heutzutage unternahmen sie kaum noch etwas gemeinsam und telefonierten auch nie miteinander, um einfach nur zu plaudern. Ein Anruf von Sellitto bedeutete für gewöhnlich, dass er Hilfe bei einem Fall benötigte.

»Keine Ahnung, ob es diesen drei Kriterien genügt. Aber ich hab eine Frage.« Der Detective schien außer Atem zu sein. Vielleicht wegen eines dringenden Falls, vielleicht aber auch, weil er sich gerade einen Karton Donuts geholt hatte.

»Und die wäre?«

»Was weißt du über Diamanten?«

»Diamanten … Hm. Mal sehen. Ich weiß, dass sie Allotropien sind.«

»Sie sind *was*?«

»Allotropien. So nennt man ein chemisches Element, das in mehr als einer Form existiert. Kohlenstoff ist geradezu ein Musterbeispiel dafür. Ein Superstar in der Welt der Elemente, wie sogar du wissen dürftest.«

»Sogar ich«, knurrte Sellitto.

»Kohlenstoff kann als Graphen auftreten, als Fulleren, Graphit oder Diamant. Es kommt darauf an, wie die Atome angeordnet sind. Graphit hat eine hexagonale Kristallstruktur, Diamanten eine kubische. Das klingt nach nicht viel. Aber es bedeutet den Unterschied zwischen einem Bleistift und den Kronjuwelen.«

»Linc, tut mir leid, dass ich gefragt habe. Ich hätte so anfangen sollen: Hast du schon jemals Ermittlungen im Diamantenviertel durchgeführt?«

Rhyme dachte an seine Zeit als Detective zurück, als Leiter der Spurensicherung des NYPD und dann als freier Berater.

Manche der Fälle hatten mit der Gegend um die Siebenundvierzigste Straße in Midtown zu tun gehabt, aber bei keinem war es um Diamantengeschäfte oder -händler gegangen. Er teilte es Sellitto mit.

»Wir könnten etwas Hilfe gebrauchen. Ein aus dem Ruder gelaufener Raubüberfall, wie es aussieht. Mehrere Tote.« Eine Pause. »Und noch anderer Scheiß.«

Was eher kein kriminalistischer Fachbegriff war, stellte Rhyme fest. Er war neugierig.

»Bist du interessiert?«

Da der El-Halcón-Fall ihm durch die Lappen gegangen war, lautete die Antwort Ja. »Wie schnell kannst du hier sein?«, fragte Rhyme.

»Lass mich rein.«

»Was?«

Aus dem vorderen Korridor ertönte ein lautes Hämmern. »Ich bin hier draußen«, sagte Sellitto am Telefon. »Um dich notfalls zu diesem Fall zu überreden, ob du willst oder nicht. Na los, mach schon die verdammte Tür auf. Die Kälte fühlt sich an, als hätten wir Januar.«

* * *

»Möchten Sie Suppe?«, fragte Thom, nahm Lon Sellitto den graubraunen Mantel ab und hängte ihn auf.

»Nein. Halt, was denn für eine?« Sellitto hatte den Kopf gehoben, als wolle er dem Duft nachschnuppern, der aus der Küche herüberzog.

»Tomatencremesuppe mit Shrimps. Lincoln isst auch eine Portion.«

»Nein, esse ich nicht.«

»Doch, isst er.«

»Hm.« Der stämmige und zerknitterte – was seine Kleidung

meinte, nicht den Mann – Lon Sellitto hatte schon immer Gewichtsprobleme gehabt, zumindest seit Rhyme ihn kannte. Vor einer Weile hatte ein Verbrecher, den er und Rhyme jagten, ihn vergiftet und beinahe getötet, wodurch er sehr stark abnahm. Ein dürrer Lon Sellitto war jedoch ein beunruhigender Anblick, und der Detective arbeitete derzeit daran, wieder zu alter Form zurückzufinden. Rhyme freute sich, als er nun sagte: »Okay.«

Außerdem würde es ein wenig von ihm selbst ablenken. Er hatte nämlich keinen Hunger.

»Wo ist Amelia?«, fragte Sellitto.

»Nicht hier.«

Amelia Sachs war in Brooklyn, wo sie in der Nähe ihrer Mutter wohnte. Rose hatte ihre Herzoperation zwar gut überstanden, doch Sachs schaute dennoch häufig bei ihr vorbei.

»Noch nicht.«

»Wie meinst du das?«, fragte Rhyme.

»Sie ist unterwegs. Müsste bald eintreffen.«

»Hier? Hast du sie angerufen?«

»Ja. Oh, das riecht aber gut. Kocht er oft Suppe?«

»Du hast also entschieden, dass wir an diesem Fall arbeiten werden?«, fragte Rhyme.

»Gewissermaßen. Rachel und ich machen uns oft nur eine Dose auf. Campbell's oder so.«

»Lon?«

»Ja, ich habe es für euch entschieden.«

Die Suppe kam. Zwei Schalen. Rhyme bekam seine auf das kleine Tablett an seinem Rollstuhl gestellt. Sellitto setzte sich an einen der Tische. Rhyme sah genauer hin. Das roch *wirklich* gut. Vielleicht hatte er ja *doch* Hunger. Thom lag mit seiner Einschätzung meistens richtig, wenngleich Rhyme es nur selten zugab. Der Betreuer bot an, ihn zu füttern, doch Rhyme schüttelte ablehnend den Kopf und versuchte es selbst. Suppe stellte für seine zittrige rechte Hand eine schwierige Aufgabe dar, doch er schaffte es, ohne zu kleckern. Zum Glück konnte er Sushi nicht ausstehen; Essstäbchen wären dann doch zu kompliziert gewesen.

Zu Rhymes Überraschung traf nun noch jemand ein, den Lon Sellitto offenbar zu dem Diamantenfall hinzugezogen hatte: Ron Pulaski. Rhyme nannte ihn aus Gewohnheit immer noch Grünschnabel, obwohl er schon seit Jahren kein Neuling mehr war. Genau genommen gehörte der blonde uniformierte Beamte zur Streifenpolizei, aber sein Geschick bei der Tatortuntersuchung war Rhyme positiv aufgefallen, und so hatte der Kriminalist darauf bestanden, dass Sellitto ihn inoffiziell zur Abteilung für Kapitalverbrechen abkommandieren ließ, wo Sellitto und Sachs arbeiteten.

»Lincoln. Lon.« Der zweite Name kam Pulaski etwas leiser und zögerlicher über die Lippen. Sellitto hatte einen höheren Rang, weitaus mehr Dienstjahre und ein explosiveres Temperament als er selbst.

Zudem litt Pulaski unter den Folgen einer Kopfverletzung, die er seiner ersten Zusammenarbeit mit Rhyme und Sachs verdankte. Nach einer längeren Auszeit hatte er die schwere Entscheidung getroffen, in den aktiven Dienst zurückzukehren. Seitdem plagten ihn die für ein Schädeltrauma typischen Unsicherheiten und Zweifel.

Als er Rhyme gegenüber einmal angemerkt hatte, er wolle den Dienst quittieren, weil er sich der Polizeiarbeit nicht mehr gewachsen fühle, hatte der barsch erwidert: »Das spielt sich alles nur in Ihrem dämlichen Kopf ab.«

Der junge Beamte hatte ihn angestarrt und Rhyme derweil so lange wie möglich keine Miene verzogen, aber dann hatten sie beide lachen müssen. »Ron, wir alle haben auf die eine oder andere Weise einen Dachschaden. Aber jetzt müssen Sie für mich einen Tatort untersuchen. Meinen Sie, Sie kriegen das hin?«

Natürlich hatte er die Aufgabe übernommen.

Pulaski zog nun seinen Mantel aus, unter dem er die dunkelblaue Uniform des New York Police Department trug.

Thom bot auch ihm etwas zu essen an, und Rhyme hätte beinahe gesagt: »Schluss jetzt, wir sind hier keine Suppenküche« – ein schlagfertiger Einwurf, wie er fand –, aber Pulaski lehnte sowieso dankend ab.

Kurz darauf drang durch das geschlossene Fenster das tiefe Blubbern eines leistungsstarken Wagens an ihre Ohren. Amelia Sachs war eingetroffen. Sie gab kurz noch mal Gas und schaltete dann den Motor aus. Als sie eintrat, hängte sie ihre Bomberjacke an einen Haken und schob das Polymerholster der Glock an ihrer Jeans ein Stück nach hinten, weil das bequemer war. Sie trug einen blaugrünen Rollkragenpullover und darunter ein schwarzes seidenes T-Shirt, wie Rhyme am Morgen beim Anziehen gesehen hatte. Laut dem Wetterbericht im Radio sollte es nämlich ungewöhnlich kalt für Mitte März werden, wie schon die ganze letzte Woche. In Washington waren die Kirschblüten zu Tausenden erfroren.

Sachs nickte allen Anwesenden zu. Sellitto winkte zurück und löffelte geräuschvoll seine Suppenschale leer.

Da nun das Team beisammen und gesättigt war, wie Rhyme belustigt bei sich dachte, konnte Sellitto sie über die Einzelheiten in Kenntnis setzen.

»Vor ungefähr einer Stunde hat sich in Midtown North ein Raub mit mehreren Toten ereignet. Siebenundvierzigste Straße West, Nummer achtundfünfzig, zweiter Stock. Patel Designs, Eigentümer Jatin Patel, fünfundfünfzig. Er ist einer der Toten. Diamantenschleifer. Hat außerdem selbst Schmuck hergestellt und verkauft. War wohl recht berühmt, wie es heißt. Aber ich kenne mich mit Schmuck nicht aus, also mag ich mich irren. Der Fall wurde unserer Abteilung zugewiesen, mein Chef hat ihn mir auf den Tisch gelegt, und ich ziehe jetzt euch hinzu.«

Die Abteilung für Kapitalverbrechen unterstand einem Deputy Inspector des Detective Bureau an der Police Plaza Nummer eins. Gewöhnliche Morde und Raubüberfälle fielen eigentlich nicht in ihre Zuständigkeit.

Lon Sellitto war der Blick zwischen Rhyme und Sachs nicht entgangen. Er erklärte ihnen nun die besonderen Umstände.

»Unsere Freunde im Rathaus haben durchblicken lassen, dass ein Raubmord im Diamantenviertel so ziemlich das Letzte ist, was wir gebrauchen können. Vor allem, falls der Kerl sich noch weitere Läden vornehmen will. Das könnte nämlich die Kundschaft verscheuchen. Es wäre schlecht für den Tourismus und schlecht für die Wirtschaft.«

»Die Begeisterung der Opfer hält sich wahrscheinlich ebenfalls in Grenzen, meinst du nicht auch, Lon?«

»Ich habe bloß wiederholt, was mir zugetragen wurde, Linc. Okay?«

»Red nur weiter.«

»Da ist noch was, aber das bleibt strikt vertraulich. Der Täter hat Patel gefoltert. Der zuständige Captain vom Revier Midtown North meint, er habe vielleicht nicht kooperieren wollen – den Tresor öffnen oder was auch immer. Also hat der Killer ihn mit einem Teppichmesser zum Reden gebracht. Es ging wohl heftig zur Sache.«

*Und noch anderer Scheiß …*

»Okay«, sagte Rhyme. »Legen wir los. Sachs, zum Tatort. Ich hole Mel Cooper hinzu. Pulaski, Sie bleiben hier. Ich behalte Sie vorläufig in Reserve.«

Sachs nahm ihre Jacke vom Haken, streifte sie über und steckte sich eine Halterung mit zwei Reservemagazinen links an den Hosenbund. Dann machte sie sich auf den Weg.

Thom kam in den Salon und lächelte ihr zu. »Oh, Amelia. Ich hab dich gar nicht gehört. Hast du Hunger?«

»Und wie. Ich hatte weder Frühstück noch Mittagessen.«

»Wie wär's mit einer Suppe? Genau das Richtige an einem kalten Tag.«

Sie schenkte ihm ein gequältes Lächeln. Den Ford Torino Cobra mit seinen 410 PS und dem von Hand geschalteten Vierganggetriebe durch Midtown Manhattan zu jagen ließ den gleichzeitigen Verzehr eines Getränks oder gar einer heißen Suppe recht problematisch werden.

Sie zog den Autoschlüssel aus der Tasche. »Vielleicht später.«

# 4

Der Tatort bei Patel Designs in der Siebenundvierzigsten Straße stellte Amelia Sachs vor drei Fragen.

Erstens, da der Täter Hunderte von Diamanten, die frei zugänglich im offenen Tresor lagen, einfach zurückgelassen hatte: Was war seine Absicht gewesen? Hatte er überhaupt etwas gestohlen?

Zweitens: Warum war Patel gefoltert worden?

Drittens: Wer war der anonyme Anrufer, der das Verbrechen gemeldet und eine ziemlich detaillierte Beschreibung des Täters geliefert hatte? Die Frage hatte einen Teil B: War er noch am Leben? Bei ihrem Eintreffen vor Ort hatte Sachs sofort gerochen, dass hier eine Schusswaffe abgefeuert worden war. Der Zeuge war vermutlich unerwartet in den Raubüberfall geplatzt und dabei angeschossen worden. Er hatte jedoch fliehen können und an einem Münzfernsprecher den Notruf gewählt.

Die Räumlichkeiten waren beengt, und zwischen Waffe und Opfer hatten höchstens drei oder vier Meter gelegen. Auf diese Entfernung war es schwierig, keinen tödlichen Schuss anzubringen. Und es gab keine weiteren Einschusslöcher, weder im Büro noch draußen im Korridor. Der Zeuge war nahezu mit Sicherheit getroffen worden.

Sachs, die einen weißen Overall mit Kapuze und Füßlingen trug, ging um die beachtliche Blutlache herum, deren Form an den Lake Michigan erinnerte, und legte die Nummern für die

Fotografien aus – kleine Zifferntafeln, mit denen die Spuren und anderen relevanten Aspekte des Verbrechens markiert wurden. Nach Anfertigung der Aufnahmen suchte sie den Tatort Zentimeter für Zentimeter ab. Dabei hielt sie sich wie stets an das Gitternetzmuster, das Rhyme ihr beigebracht hatte: Sie durchmaß den Schauplatz von einem Ende zum anderen, machte einen Schritt zur Seite und trat auf einer unmittelbar parallelen Bahn den Rückweg an, so wie ein Gärtner einen Rasen mähte. Am Ende wiederholte sie die ganze Prozedur im rechten Winkel zur ursprünglichen Ausrichtung oder »gegen den Strich«, wie Rhyme das nannte.

Dabei nahm Sachs Partikelproben, sicherte Fußspuren, suchte nach Fingerabdrücken und fertigte Abstriche all jener Stellen an, die eventuell DNS des Täters aufwiesen. Als sie sich aufrichtete und den Blick durch die insgesamt etwa achtzig Quadratmeter umfassenden Räumlichkeiten schweifen ließ, entdeckte sie draußen vor der Eingangstür, die durch einen Gummikeil aufgehalten wurde, einen Mann, der den gleichen Overall wie sie selbst trug. »Der Computer steht da drüben im Büro«, sagte sie. »Drück uns mal die Daumen.«

Dieser Techniker der Spurensicherung war auf Überwachungskameras und Speichermedien spezialisiert und würde alle verfügbaren Daten der Festplatte in Patels Büro extrahieren. Hinter dem Tresen war nämlich eine einzelne Kamera auf den Eingang gerichtet. Sie schien zu funktionieren, jedenfalls leuchtete an ihr regelrecht aufreizend ein kleiner roter Punkt, und ein Kabel verlief von ihr zu Patels Desktop-PC, neben dem nicht nur ein großer Drucker stand, sondern seltsamerweise auch ein uraltes Faxgerät. Die Kamera war nur mit dem Computer verbunden, eine weitere Leitung gab es nicht.

Sachs ging davon aus, dass bloßes Daumendrücken nicht ausreichen würde. Der Täter hatte bestimmt daran gedacht, die Überwachungsvideos zu löschen. Wie aber jeder Cop wusste, waren derartige Löschvorgänge zumeist nicht permanent. Auf digitalen Datenträgern ließen sich massenweise Informationen zum Vorschein bringen – es sei denn, sie hatten gar nicht erst existiert. Diese Gefahr bestand natürlich auch.

Sachs füllte nun die Registrierkarten aus, die an den jeweiligen Beweismitteln oder an den Behältern, in denen diese verstaut waren, befestigt wurden, um darauf die Verwahrkette zu dokumentieren.

Dann kam der schwierigste Teil.

Sie hatte sich die Leichen bis zum Schluss aufgespart.

Denn wenn es nicht aus irgendeinem Grund nötig war, sie als Erstes zu untersuchen, zögerte man diese Pflicht oft ein wenig hinaus.

Das Bild, das sich ihr sofort beim Betreten des Raumes eingeprägt hatte und das ihr immer noch naheging, waren die Finger des Paares mit den durchschnittenen Kehlen. Man hatte beiden die Hände auf den Rücken gefesselt, und irgendwann – höchstwahrscheinlich kurz vor dem Ende – hatten sie sich aneinandergedrängt und die Finger verschränkt. Und obwohl sie sich unter den Schnitten vor Schmerzen gewunden haben mussten, hatten sie einander nicht losgelassen. In ihrem Todeskampf war diese Berührung ihnen vielleicht ein winziger Trost gewesen. Sachs hoffte es jedenfalls. Sie hatte einst als Streifenpolizistin angefangen und war nun schon seit Jahren als Detective für die Abteilung für Kapitalverbrechen tätig. Das härtete zwangsläufig ab. Dennoch konnten Einzelheiten wie diese ihr immer noch an die Nieren gehen, auch wenn ihr keine Tränen in die Augen stiegen. Manche Cops ließen nichts an sich heran. Amelia glaubte, ihr Einfühlungsvermögen mache sie zu einer besseren Beamtin.

Der Firmenbesitzer, Jatin Patel, war ebenfalls an einer durchschnittenen Kehle gestorben. Aber zuvor hatte man ihn gefoltert. Die diensthabende Gerichtsmedizinerin, eine schmale

Frau asiatischer Abstammung, hatte auf die Schnitte an Händen, Ohren und Gesicht hingewiesen. Und auf die Schläge mit der Pistole. Alle Wunden waren ante mortem.

Weder Patel noch das Paar schienen bestohlen worden zu sein, wenngleich Patel kein Mobiltelefon bei sich trug und auch nirgendwo eines herumlag. Aber die üblichen Wertgegenstände waren alle noch da: Brief- und Handtaschen, Schmuck, Bargeld. Amelia fotografierte die drei Toten aus allen Winkeln, sicherte an ihnen Fasern und andere Partikel mit einem Kleberoller und nahm Kontrollproben ihrer Haare. Es folgten Abriebe der Fingernägel, auch wenn keines der Opfer gegen den Täter gekämpft zu haben schien. Als Sachs mit einer alternativen Lichtquelle die Haut rund um die Fesselungen überprüfte, fand sie dort keine Fingerabdrücke. Sie hatte auch nicht damit gerechnet. Es gab hier so viele Spuren von Stoffhandschuhen, manche davon voller Blut, dass der Täter gewiss nicht zwischendurch nachlässig geworden war.

»Tut mir leid«, erklang es aus dem Büro.

Sachs ging zur Tür.

»Hier gibt's keine Festplatte«, sagte der Techniker, dessen Overall sich über dem Bauch merklich spannte. »Er hat sie mitgenommen. Und eine Sicherungskopie gibt es auch nicht.«

»Wie hat er das denn angestellt?«

»Er muss das nötige Werkzeug mitgebracht haben. Nun ja, da reicht schon ein kleiner Kreuzschlitzschraubendreher.«

Sachs bedankte sich, ging hinaus auf den Korridor und nickte der Gerichtsmedizinerin zu, die geduldig abgewartet und sich derweil mit ihrem Smartphone beschäftigt hatte.

»Sie können die Leute mitnehmen«, sagte Amelia.

Die Frau nickte und verständigte über Funk ihre Kollegen vor dem Gebäude, die nun mit Rolltragen und Leichensäcken heraufkommen und die Toten zur Autopsie abtransportieren würden.

»Detective?« Ein junger stämmiger Streifenbeamter des Reviers Midtown North näherte sich vom Aufzug und blieb in einiger Entfernung stehen.

»Schon okay, Alvarez, wir sind mit dem Tatort fertig. Was gibt's?«

Er und seine Partnerin, eine Afroamerikanerin Ende zwanzig, hatten getrennt voneinander nach Zeugen und etwaigen Spuren des Täters gesucht, die dieser bei seiner Ankunft oder Flucht hinterlassen haben könnte. Auf Zeugen wagte Sachs gar nicht erst zu hoffen. Viele der Büros hier standen leer, und überall hingen *Zu-vermieten*-Schilder. Die anderen Firmen auf dieser Etage hatten am Wochenende geschlossen – zumal am Samstag, dem jüdischen Sabbat.

»Im ersten Stock sind heute drei der Büros besetzt und in der Etage über uns zwei weitere«, berichtete Alvarez. »Zwei Leute haben gegen zwölf Uhr dreißig oder zwölf Uhr fünfundvierzig einen Knall gehört, ihn aber für eine Fehlzündung oder irgendwelche Bauarbeiten gehalten. Sonst hat niemand was gehört oder gesehen.«

Das mochte zutreffen, aber Sachs blieb wie immer ein wenig skeptisch. Der Überfall hatte in der Mittagszeit stattgefunden, und auf dem Weg in die Pause konnte manch ein Angestellter durchaus einen Blick auf den Täter erhascht haben. Leider wurden solche Zeugen aus Selbstschutz oft von einer plötzlichen Taub- und Blindheit befallen.

»Und dann wäre da noch das hier.« Alvarez zeigte auf eine Stelle neben dem Aufzug; dort hing eine Überwachungskamera an der Wand. Sachs hatte sie bislang nicht bemerkt. Sie kniff die Augen zusammen und lachte kurz auf. »Ist das Sprühfarbe?«

Er nickte. »Und achten Sie auf den Verlauf der Farbspur.«

Sachs benötigte einen Moment, bis ihr klar wurde, was er meinte. Der Täter – *vermutlich* der Täter – hatte mit dem

Sprühen schon hinter der Kamera angefangen und dann die Kameralinse direkt von unten erwischt, damit er auch ja keine einzige Sekunde lang im Bild sein würde. Schlau.

Genau wie die Mitnahme der Festplatte.

»Gibt es Kameras entlang der Straße?«

»Das könnte was sein«, sagte Alvarez. »Die Geschäfte zu beiden Seiten dieses Gebäudes überspielen gerade ihre Videodateien für uns. Ich habe sie angewiesen, die Originale aufzubewahren.«

Für die Ermittlungen reichten Kopien aus; vor Gericht würde man die Originaldatenträger benötigen.

*Falls* es zu einem Prozess kommt, dachte Sachs.

Sie kehrte zum Tatort zurück und rief sich die erste ihrer drei Fragen ins Gedächtnis: Was hatte er mitgenommen? Die gründliche Sicherung aller Spuren verschaffte nicht unbedingt Klarheit darüber, ob vor Ort etwas fehlte.

Amelia ließ noch einmal den Blick in die Runde schweifen. Patel Designs war kein herkömmliches Juweliergeschäft. Es gab hier keine Vitrinen, die man hätte einschlagen und leer räumen können. Die Firma bestand aus drei Räumen: dem vorderen Empfangsbereich, dem direkt angrenzenden Büro und einem Durchgang zur Linken, der zu einer Werkstatt führte, mit deren Geräten offenbar die Steine geschliffen und Schmuckstücke zusammengefügt wurden. Diese Werkstatt war das geräumigste der drei Zimmer und mit zwei Arbeitsplätzen ausgestattet, deren große Drehteller an Töpferscheiben erinnerten, auf denen Vasen und Schalen geformt wurden. Eine der abgenutzten Industriemaschinen war anscheinend ein kleiner Laser. Die Werkstatt diente zudem als Lagerraum: In den Regalen und vor der Wand stapelten sich leere Kartons, Versand- und Büromaterialien sowie Putzzeug. Nichts hier wirkte besonders wertvoll.

Der vordere Raum – und Empfangsbereich – maß drei mal

viereinhalb Meter, dominiert von einem hölzernen Tresen. Er enthielt außerdem eine Couch und zwei ungleiche Sessel. Auf dem Tresen lagen mehrere quadratische Samtkissen, je dreißig mal dreißig Zentimeter groß, auf denen Schmuckstücke begutachtet werden konnten, dazu diverse Juwelierlupen und einige Stapel Papier (sämtlich unbeschriftet). Amelia nahm an, dass Patel nur Auftragsarbeiten erledigte. Er würde sich hier mit den Kunden treffen, die von ihnen bestellten Schmuckstücke aus der Werkstatt oder dem hüfthohen Tresor im Büro holen und sie ihnen zur Beurteilung vorlegen. Eine Internetsuche hatte ergeben, dass das hauptsächliche Geschäft der Firma daraus bestand, im Dienst anderer Schmuckhersteller große Diamanten zu schleifen und zu polieren.

Frage Nummer eins …

Was hast du von hier mitgenommen?

Sachs ging noch einmal ins Büro und musterte den Safe und dessen Inhalt: Hunderte von acht mal acht Zentimeter großen Umschlägen, gefaltet aus weißem Papier, wie beim japanischen Origami. Sie enthielten lose Diamanten.

Die Handschuhabdrücke des Täters – teilweise erkennbar wegen des Bluts, teilweise wegen der von den Stofffasern absorbierten Rückstände – befanden sich am Tresor und an mehreren der Papierquadrate. Doch er hatte nicht alles durchwühlt. Amelia hätte eigentlich damit gerechnet, dass er entweder den gesamten Inhalt mitnehmen oder – sofern er etwas Bestimmtes suchte – die Umschläge alle überprüfen und gegebenenfalls beiseitewerfen würde.

Vielleicht ließ es sich herausfinden. Sachs hatte alle greifbaren Geschäftsunterlagen eingesammelt. Dazu zählte hoffentlich auch ein Bestandsverzeichnis der hier gelagerten Diamanten. Die Techniker im Hauptquartier der Spurensicherung in Queens würden in den dort für so kostspielige Beweismittel vorgesehenen, eigens gesicherten Räumlichkeiten einen entsprechenden Abgleich vornehmen und am Ende feststellen, was fehlte.

Doch das konnte Monate dauern.

Zu lange. Sie mussten so schnell wie möglich Klarheit über das Diebesgut erlangen, damit die vertraulichen Informanten der Polizei auf all jene Hehler und Geldwäscher angesetzt werden konnten, die für gestohlenen Schmuck bekannt waren. Falls man bei einem Raubüberfall die Täter nicht in flagranti erwischte, würden die Ermittlungen sich notgedrungen mit den zeitraubenden und ausgedehnten Niederungen des illegalen Warenverkehrs beschäftigen müssen.

Und leider führte meistens kein Weg daran vorbei.

Es sei denn …

Hier stimmte etwas nicht. Wieso würde er diese Steine zurücklassen? Was konnte denn wichtiger sein?

Sachs ging in die Hocke – sehr vorsichtig, denn ihr arthritisches Knie machte ihr an feuchten Tagen wie diesem bisweilen zu schaffen – und nahm sich den Inhalt des Safes etwas gründlicher vor. Manche der Umschläge enthielten nur einen einzigen Diamanten, andere enthielten Dutzende. Die Steine kamen Amelia wie die perfekte Beute vor. Doch was wusste sie schon? Schmuck interessierte sie nicht, abgesehen von ihrem Verlobungsring mit dem blauen Diamanten und – am selben Finger – dem schmalen Goldring, die derzeit beide unter dem lilafarbenen Latexhandschuh versteckt waren.

Der Wert der Steine in diesem Tresor musste mehrere Hunderttausend Dollar betragen.

Man brauchte bloß zuzugreifen.

Aber das hatte er nicht getan.

Sie stand auf und spürte einen Schweißtropfen an der Schläfe. Draußen war es kalt, aber die Heizungen des alten Gebäudes liefen auf Hochtouren, und die Wärme staute sich unter dem weißen Tyvek-Overall. Früher hatte man bei Tatortuntersuchungen nur Handschuhe und allenfalls noch Füßlinge übergestreift. Die heute weltweit übliche Schutzkleidung existierte aus zwei Gründen: einerseits wegen potenziell gefährlicher Substanzen am Tatort und andererseits wegen der Strafverteidiger. Das Risiko, ohne Overall eine Spur zu verunreinigen, war zwar sehr gering, doch ein findiger Anwalt konnte eine Anklage schon dadurch vollständig zu Fall bringen, dass er bei den Geschworenen den Hauch eines entsprechenden Zweifels säte.

Okay, wenn nicht der Safe, was dann?

Während die Mitarbeiter der Gerichtsmedizin die Toten abholten – zuerst das Paar, dann Patel –, schaute Sachs sich ein weiteres Mal in allen drei Räumen um.

War dies womöglich gar kein Raubüberfall, sondern ein Mordanschlag? Hatte Patel sich Geld bei einem Kredithai geliehen und es dann nicht zurückgezahlt? Das klang wenig plausibel – er besaß eine gut laufende Firma und schien kaum darauf angewiesen zu sein, ein Darlehen bei einem der örtlichen Wucherer aufzunehmen, die dafür dreißig Prozent Zinsen verlangten, und zwar im *Monat*.

Vielleicht ein Beziehungsdrama? Patel war verwitwet, wusste sie. Aber der rundliche, ungepflegte Mann mittleren Alters sah so gar nicht wie der Kandidat für eine heiße, riskante Affäre aus. Und falls es bloß darum ging, ihn zu töten, wozu die Folter? Und weshalb hier im Laden? Warum hatte man ihn nicht einfach erschossen – zu Hause oder auf offener Straße?

Ihr Blick fiel auf die Werkstatt. Hatte Patel oder ein Angestellter an einem besonders kostbaren Diamanten oder Schmuckstück gearbeitet?

Sachs ging hinein. Hier schien heute niemand gearbeitet zu haben; alle Werkzeuge und Hilfsmittel waren ordentlich in ihren Regalen und Gestellen verstaut. An einem der Plätze lag allerdings einer jener gefalteten Papierumschläge für Diamanten.

Er glich denen im Tresor, war aber leer. Jemand hatte darauf notiert: *GC-1*, *GC-2*, *GC-3* und *GC-4*. Die Bezeichnungen der Diamanten, die der Umschlag enthalten hatte, vermutete Sachs, da jeweils ein Karatgewicht danebenstand (die Angaben reichten von fünf bis siebeneinhalb). Außerdem waren dort Buchstaben vermerkt. Neben drei der Steine stand *D*, *IF* und hinter dem letzten, kleineren *D*, *F*. Eventuell eine Qualitätseinstufung. Auf dem Blatt stand ferner: *Grace-Cabot Mining Ltd.*, *Kapstadt*, *Südafrika* und dann noch die Telefonnummer der Firma.

»Hm«, machte Sachs, als ihr eine Notiz am unteren Rand auffiel. Es war der Wert der einzelnen Steine, insgesamt achtundsechzig Millionen ZAR. Sie nahm ihr Smartphone und konsultierte Google. Der Währungscode stand, wenig überraschend, für den Südafrikanischen Rand.

Durchaus überraschend war hingegen das Ergebnis der Umrechnung: Der Betrag entsprach etwa fünf Millionen US-Dollar.

Amelia Sachs hatte somit eine ziemlich wahrscheinliche Antwort auf Frage Nummer eins gefunden.

# 5

Um sich zu vergewissern, dass diese besonders kostspieligen Diamanten tatsächlich gestohlen worden waren, kehrte Amelia zum Safe zurück und nahm sich jeden einzelnen der vielen Hundert kleinen Umschläge vor.

Auf keinem standen die Buchstaben *GC* oder der Name der Firma. Ein Anruf bei Grace-Cabot würde nichts über ihren Verbleib ergeben, sondern nur, dass Patel im Besitz der Steine gewesen war, aber man durfte wohl annehmen, dass der Täter sie mitgenommen hatte.

Hatte er vorher von ihnen gewusst? Oder hatte er Patels Firma zufällig ausgewählt und ihn gezwungen, ihm die wertvollsten Diamanten zu überlassen?

Das war zum jetzigen Zeitpunkt reine Spekulation.

Sachs fotografierte den Grace-Cabot-Umschlag samt seiner Beschriftung und tütete ihn dann ein.

Nun zu Frage Nummer zwei: die Folter.

Sachs war nicht Sellittos Ansicht, dass Patel sich geweigert haben könnte, die Kombination des Tresors oder das Versteck von wertvollen Diamanten wie den Grace-Cabot-Steinen preiszugeben. Die Diamanten waren letztlich nur eine Ware. Patel hätte im Angesicht des Todes oder auch schon bei der Androhung von Folter nicht gezögert, seinen Bestand auszuhändigen. Es würde ohnehin alles versichert sein. Und es war weder das Leben noch eine Sekunde Schmerzen wert.

Nein, es war dem Täter um etwas anderes gegangen. Worum?

Um eine Antwort zu finden, tat Amelia Sachs nun etwas, zu dem sie sich an den Schauplätzen von Verbrechen häufig gezwungen sah, so qualvoll die Prozedur auch sein mochte. Sie versetzte sich mental und emotional an die Stelle des Täters, war plötzlich kein Cop und keine Frau mehr, sondern der Mann, der dieses Blutbad angerichtet hatte.

Und fragte sich: Wieso muss ich ihm Schmerzen zufügen?

*Muss* ist das Zauberwort. Ich fühle einen Drang, eine Verzweiflung.

Wieso muss ich ihm Schmerzen zufügen und ihn zum Reden bringen?

Sie spürte ein Kribbeln im Gesicht und im Nacken. Das lag nicht an der Hitze und der stickigen Luft, die ihr zu schaffen gemacht hatten. Und auch nicht am Entsetzen über die Rolle, die sie hier gerade nachspielte. Nein, die Symptome stammten von der Anspannung, unter der *er* stand.

Etwas stimmt nicht. Ich muss es in Ordnung bringen. Was, was, was?

Geh in der Zeit zurück, denk nach, überleg, stell dir vor …

Es ist kurz nach Mittag. Ich betrete den Raum. Ja, ich gehe rein, und zwar unmittelbar hinter dem Paar, William und Anna. Die beiden Verliebten sind mein Türöffner, und sie müssen sterben, weil sie mein Gesicht gesehen haben. Beim Gedanken an ihren Tod empfinde ich Erleichterung. Ein Risiko zu eliminieren hat etwas Tröstliches.

Als sie hineingehen, folge ich ihnen.

Ich kann sie nicht beide mit dem Messer in Schach halten. Nein, ich ziehe die Pistole. Aber ich würde nur ungern schießen, wegen des Lärms.

Dennoch, falls nötig, werde ich abdrücken, und die anderen wissen das.

William und Anna und Patel rühren sich nicht.

Sie beruhigen sich ein wenig.

Auch ich werde ruhiger.

Ich kontrolliere die Situation.

Gut. Ich fühle mich gut.

Ich schlage Patel – vermutlich mit der Waffe, um ihn außer Gefecht zu setzen. Das Paar wird gefesselt. Sie weinen, alle beide. Drängen sich aneinander, um die Nähe des anderen zu spüren. Denn sie wissen, was nun kommt.

Das alles kümmert mich nicht, kein Stück.

Dieser Gedanke brachte Amelia zu sich selbst zurück. Ihr Atem beschleunigte sich, sie biss die Zähne zusammen, und der Magen tat ihr weh. Ihr Zeigefinger grub sich in die Nagelhaut des Daumens. Es schmerzte, trotz des Handschuhs. Sie schob es beiseite.

Zurück. Versetz dich wieder an seine Stelle.

Und das tat sie.

Ich gehe in die Hocke, packe den Mann bei den Haaren und schlitze ihm die Kehle auf.

Dann folgt die Frau.

Ich höre Patel wimmern. Aber ich achte nicht auf ihn, sondern schaue dabei zu, wie das Paar zuckend verblutet. Erledigt. Ein Punkt abgehakt. So sehe ich das. Als Aufgabe. Fertig? Gut. Haken dran. Mehr sind diese Tode nicht. Haken auf einer Liste.

Ich wende mich Patel zu. Er liegt am Boden, stellt keine Gefahr dar. Und er hat schreckliche Angst. Ich frage ihn nach den wertvollsten Steinen, die er hat.

Er verrät es mir. Er nennt mir die Kombination des Tresors, und ich hole mir die Grace-Cabot-Diamanten. Doch das ist noch nicht alles. O nein. Ganz im Gegenteil. Ich will *noch* etwas, und dieses Etwas gibt er nicht so einfach preis.

Aber was?

Ich bücke mich und schneide diesmal anders als zuvor. Ich will ihm Schmerzen zufügen, ihn bluten lassen, damit er redet.

Das ist befriedigend. Und noch ein Schnitt. Noch mal. Ins Gesicht, die Ohren und die Finger.

Dann endlich erzählt er es mir.

Ich atme erleichtert tief durch. Das Messer fährt in seine Kehle. Drei schnelle Schnitte.

Es ist vorbei.

Was hat Patel mir anvertraut?

Was hat er mir gegeben?

Worauf habe ich es so sehr abgesehen? Was muss ich *unbedingt* finden?

Ich habe meine Beute, fünf Millionen in Diamanten. Warum gehe ich nicht einfach?

Dann begriff Amelia.

Ich will mich schützen. Ich muss unter allen Umständen für meine Sicherheit sorgen. Dafür würde ich auch jemanden foltern. Um die Identität einer Person zu erfahren, die mir gefährlich werden könnte. Ich besprühe eine Überwachungskamera mit Farbe, ich stehle die Festplatte der anderen Kamera, die ich nicht vorher unschädlich machen kann. Ich töte zwei unschuldige Zeugen, weil sie zufällig mein Gesicht gesehen haben …

Ich muss sicherstellen, dass niemand mit der Polizei redet.

Da war dieser Mann, der plötzlich hereingeplatzt ist und den ich angeschossen habe. Der dann den Notruf gewählt hat, um den Überfall zu melden. Würde ich Patel foltern, um seinen Namen herauszubekommen? Der Unbekannte hat nicht viel gesehen. Nur mich mit einer Skimaske, hat er der Polizei am Telefon gesagt. Und wahrscheinlich war Patel zu dem Zeitpunkt schon tot. Der Kerl stellt keine Bedrohung dar. Nein, ich habe den Diamantenschleifer gequält, um den Namen einer *anderen* Person in Erfahrung zu bringen, die mein Gesicht gesehen haben könnte.

Ja, das wäre Grund genug, ihn zu foltern.

Sachs verließ die Rolle, senkte den Kopf und lehnte sich keuchend gegen die Wand. Schweiß lief ihr über das Gesicht. Als sie sich halbwegs gefangen hatte, ging sie hinaus auf den Korridor und sah die gesicherten Spuren durch. Sie fand Patels Terminkalender und schlug ihn auf. Für den heutigen Tag war um 11.00 Uhr ein gewisser »S« eingetragen. Um 11.45 Uhr dann »W und A« – William und Anna, das ermordete Paar. Am Rand, ohne konkrete Zeitangabe, stand »VL«. VL dürfte die Antwort auf Frage Nummer drei sein – der anonyme Anrufer. Nun ja, zumindest eine Teilantwort, denn Initialen bedeuteten noch keine Identifikation.

Sie spekulierte: Der Täter könnte sich im Gebäude oder im näheren Umkreis aufgehalten haben, als S angekommen oder gegangen ist, und befürchtet haben, S hätte sein Gesicht gesehen. Patel musste ihm daher den Namen von S verraten, damit er ihn aufspüren und eliminieren konnte. Gleiches galt für VL.

Sachs blätterte den Kalender durch. Neben Hunderten von Terminen und mutmaßlichen Aufträgen im vergangenen Monat fanden sich in den letzten zehn Tagen zwei Treffen mit S. VL tauchte regelmäßig auf, drei- oder viermal pro Woche. Demnach war VL wahrscheinlich ein Angestellter oder sonst ein Mitarbeiter, was bedeutete, dass er den Türcode kannte und unversehens in einen Raubüberfall hereinplatzen konnte, sodass der überraschte Täter auf ihn schoss.

Wer seid ihr beide? S? Und VL?

Und *wo* seid ihr?

Dann kam ihr ein Gedanke.

Falls er derjenige war, der hier plötzlich in der Tür stand, angeschossen wurde und die Flucht ergriff … wie hatte er es geschafft zu entkommen?

Der Täter hatte ihn verwundet. Hätte er den Mann nicht sofort verfolgt? Es mochte ihn fünf oder sechs Sekunden kosten, den Leichen und der rutschigen Blutlache auszuweichen, aber wie weit hätte der Zeuge unterdessen schon kommen können?

Sachs musterte noch einmal den Korridor. Sie war davon ausgegangen, dass der Killer bei seiner Ankunft den Aufzug genommen hatte – weil er nämlich Farbe auf die Kamera gesprüht hatte, die unmittelbar davor hing. Womöglich war er auch aus dem Treppenhaus gekommen, gleich neben dem Aufzug.

Doch es gab hier noch eine Tür, direkt angrenzend an Patels Büro: einen Notausgang. Sachs hatte ihn zuvor schon bemerkt, aber außerdem das Warnschild gelesen: *Brandschutztür. Beim Öffnen ertönt ein Alarm.*

Da niemand im Gebäude einen solchen Alarm gemeldet hatte und die Tür geschlossen war, hatte der Täter sie wohl nicht benutzt. Und aus dem gleichen Grund würde er auch nicht davon ausgegangen sein, dass VL sie als Fluchtweg gewählt hatte.

Der Schauplatz eines Mordes oder Raubüberfalls ist der primäre Tatort, doch es gibt natürlich noch andere. Der Täter muss an den Ort des Geschehens gelangen und sich später von dort entfernen, und jeder dieser sekundären Tatorte kann herrlich belastende Spuren liefern. Genau genommen finden sich dort oft sogar mehr hilfreiche Anhaltspunkte als am primären Tatort, da die Täter bei ihrer An- und Abreise nicht so viel Sorgfalt walten lassen.

Sachs zog ihre Waffe, ging zu der Tür und stieß sie auf. Kein Alarm.

Sie betrat das dunkle, staubige Treppenhaus und richtete den Strahl ihrer Taschenlampe erst auf den oberen und dann auf den unteren Treppenabsatz. Dann hielt sie inne und lauschte. Es knarrte und ächzte, und der Wind, dieser kalte, schneidende Märzwind, fuhr stöhnend durch die uralten Fugen des Hauses. Doch Schritte hörte sie nicht. Auch keine Waffe, die durchgeladen wurde.

Die Spuren hatten nicht darauf hingedeutet, dass der Täter vor Ort geblieben war. Auf das Gegenteil aber auch nicht.

Sachs duckte sich und leuchtete erneut in die Dunkelheit.

Dann stieg sie langsam die Stufen hinab und fand auf dem Absatz zwischen zweitem und erstem Stock einige verstreute Krümel vor.

Sie ähnelten dem Spurenbild an Patels Eingangstür: dunkelgrauer Stein in Form von Splittern, Körnern und Staub. Amelia hatte vermutet, die Besucher hätten den Schmutz hereingetragen, aber an keiner der Schuhsohlen fanden sich entsprechende Partikel. Also nicht. Außerdem gab es bei Patel braune Papierfetzen – wie von einer Einkaufstüte. Und es fand sich ein Projektil, was viel erklärte. Es war deformiert und abgeflacht, und an der aufgepilzten Spitze klebten Stücke des gleichen grauen Steins. Mehrere der Steinsplitter waren blutig, das Projektil aber nicht.

Aus all dem ergab sich ein logisches Bild. Der Täter bricht ein, stiehlt die Grace-Cabot-Diamanten, ermordet die beiden Verlobten und foltert dann Patel, um an den Namen von S zu gelangen, den er für einen möglichen Augenzeugen hält. Er tötet Patel und will gerade aufbrechen, als VL den Türcode eingibt und den Raum betritt. Der überraschte Killer schießt auf ihn. VL hat eine Tüte mit Steinen in der Hand, die geschliffen und poliert werden sollen. Die Kugel trifft die Steine, und VL wird von den Splittern verletzt. Er flieht durch die Brandschutztür, die der Killer ignoriert, weil kein Alarm ertönt ist.

Demnach gibt es zwei Zeugen, von denen der Täter vermutlich weiß: S, dessen Namen und Adresse Patel unter der Folter preisgegeben haben könnte. Und VL, der zwar nur die Skimaske gesehen haben mag, darüber hinaus aber vielleicht noch etwas weiß, das dem Täter ungelegen käme.

Wer auch immer VL war, er befand sich nun natürlich ebenfalls in Gefahr. Einer der Steinsplitter könnte ein lebenswichtiges Organ verletzt und schwere innere Blutungen verursacht haben.

Das war immerhin möglich.

Die andere Bedrohung war jedoch eine Gewissheit. Sachs nahm an, dass auch der Täter einen Blick auf Patels Kalender geworfen hatte und wusste, dass nicht nur S, sondern auch VL ihm gefährlich werden konnte.

Der Täter hätte sich mit seiner spektakulären Diamantenbeute natürlich einfach aus New York absetzen können.

Doch seitdem Sachs sich in ihn hineinversetzt hatte, war sie anderer Ansicht. Sie glaubte, nein, sie *wusste*, dass er bis auf Weiteres in der Gegend bleiben würde. Wer so überlegt und kaltblütig drei grausame Morde beging, war einfach nicht der Typ dafür, Zeugen am Leben zu lassen.

# 6

Ausgerechnet die Hafenbehörde spendete ihm Trost.

Der weitläufige, etwas heruntergekommene Gebäudekomplex an der Ecke, an der die Zweiundvierzigste Straße die Achte Avenue kreuzte, war eigentlich ein riesiger Busbahnhof, obwohl der Name an Kaianlagen mit vertäuten Ozeanriesen exotischer Herkunft denken ließ.

Es wimmelte hier von gehetzten Berufspendlern aus den Vororten, von Reisenden, die zu einem der umliegenden Flughäfen wollten oder gerade von dort eintrafen, und von Touristen. Man traf hier außerdem auf energiegeladene und hoffnungsvolle junge Leute aus aller Welt mit ihren Reisetaschen und Rucksäcken voller Jeans, Pullover, Stofftieren, Kondomen, Notenblättern, Skizzenbüchern, Theaterprogrammen, Glücksbringern und all ihren Träumen, teils bleibend, teils flüchtig.

Nicht zu vergessen die Stricher, Dealer, Trickdiebe und wenig subtilen Päderasten. Andererseits war kein besonderes Geschick vonnöten, wenn du es auf leichtgläubige und überschwängliche Kids aus Wheaton, Illinois oder Grand Rapids, Michigan, abgesehen hattest. Heutzutage trieben sich hier weniger dieser hinterhältigen Aufreißer herum als früher, doch das lag nicht etwa an einer höheren Moral und gestiegenen Fürsorge für unsere Jugend, sondern am Terrorismus, der für deutlich mehr Polizeipräsenz sorgte.

Vimal Lahori kannte sich in diesem Punkt gut aus – oder

stellte jedenfalls entsprechende Mutmaßungen an –, denn die Hafenbehörde war sein zweites Zuhause.

Sie lag nur ein kurzes Stück von Mr. Patels Firma in der Siebenundvierzigsten Straße entfernt, und in der Mittagspause kam Vimal oft her, um etwas zu essen und die Leute zu beobachten, ihre Mienen, ihre Gesten und Emotionen. Er zog daraus Anregungen für seine Arbeit, und in der Werkstatt versuchte er dann, diese Erkenntnisse in dreidimensionale Form zu bringen.

Nun saß er auf einer Bank im Wartesaal und hielt die Arme vor dem schmerzenden Leib verschränkt. Er drückte fest zu. Der Schmerz ließ etwas nach, kam dann aber nicht nur zurück, sondern breitete sich sogar aus, als hätte Vimal einen kleinen Beutel voller Säure zerdrückt, die nun an bislang unversehrte Stellen floss. Am schlimmsten tat es auf seiner rechten Seite weh, wo er in Ellbogenhöhe eine dicke Beule unter der Haut spürte. Als der Killer die Waffe hob, hatte Vimal sich instinktiv weggedreht. Das Projektil, ein Teil davon oder ein Steinfragment hatte seine Kleidung durchschlagen und war in den Körper eingedrungen. Er hatte gehört, wenn man in der Notaufnahme auftauchte und sagte, man sei angeschossen worden, oder wenn die Leute dort von selbst diesen Rückschluss zogen, musste die Polizei verständigt werden.

Und das kam natürlich auf keinen Fall infrage.

Er griff mit der linken Hand unter die Jacke und den Pullover und betastete die schmerzende Region. Als er seine Finger wieder hervorzog, sah er Blut daran. Viel Blut.

Vimal schloss kurz die Augen. Er war völlig ratlos, wie gelähmt. Der tote Mr. Patel – der Anblick seiner zur dunklen Zimmerdecke weisenden Füße wollte einfach nicht verschwinden. Und dann dieses Paar. William Sloane und Anna, seine Verlobte. Und der Mann mit der Maske, der aus der Werkstatt kam und überrascht die Augen aufriss. Der dann die Waffe hob, worauf fast zeitgleich zwei Geräusche folgten: der Knall des Schusses und der Einschlag des Projektils in die Tüte, die Vimal bei sich trug.

Er war zurückgetorkelt und sofort durch die Brandschutztür gestürmt, deren Alarm schon seit Jahren nicht mehr funktionierte. Dann die Stufen hinunter, voller Angst, dass der Mann ihn verfolgen würde. Doch das geschah nicht. Der Kerl musste angenommen haben, Vimal sei zum vorderen Treppenhaus gerannt. Oder er hatte geglaubt, die Kugel würde ihn sowieso bald töten.

Und hier saß er nun.

Auf der Suche nach etwas Geborgenheit, sofern dieser Ort ihm das bieten konnte.

Er hatte sich die Mütze tief in die Stirn gezogen, saß vornübergebeugt auf der Bank und schaute sich um. Auch an einem Samstag herrschte hier reger Betrieb. Der Terminal der Hafenbehörde lag in der Nähe des Theaterviertels. Der Andrang auf die Nachmittagsvorstellungen war vorbei. Die Stücke hatten angefangen oder würden es jeden Moment. Doch es gab noch eine Million anderer Dinge, die sich hier an einem Wochenende besichtigen oder erleben ließen, sogar an einem kalten Märztag: der Disneyland-Trubel am Times Square, die Kinos, Restaurants und Geschäfte. Und Vimals Lieblingsziele: das Metropolitan Museum und das MoMa sowie die Galerien südlich der Vierzehnten Straße.

Hunderte von Menschen strömten an ihm vorbei.

Unter anderen Umständen hätte er die Energie in sich aufgesogen, hätte er die elektronischen Abfahrtstafeln betrachtet und sich die Orte ausgemalt, zu denen die Busse ihn bringen konnten (Vimal hatte noch nie den Großraum New York verlassen). Nun aber hielt er natürlich nach dem Mann Ausschau, der vielleicht nach ihm suchte.

Die Treppe neben Mr. Patels Tür endete an einer Laderampe hinter dem Gebäude. Vimal war zur Sechsundvierzigsten Straße gelaufen, nach Westen abgebogen und weitergerannt. Fakten sind Fakten, und ein schmächtiger Südasiate, der aus dem Diamantenviertel gelaufen kam, ließ die Leute an einen eiligen Boten denken – was bei einem rennenden Schwarzen oder Latino eher nicht der Fall gewesen wäre. Daher hatte niemand auf ihn geachtet. Vimal hatte sich häufig umgesehen, den Killer aber nirgendwo hinter sich entdecken können.

Nur einmal hatte er kurz angehalten. Als er auf die Sechste Avenue traf, hatte er nach einem Münzfernsprecher gesucht und auch letztlich einen gefunden. Sie wurden derzeit durch das kabellose LinkNYC-System ersetzt, das in höchstem Maße zurückverfolgbar war – die Benutzer wurden an den WLAN-Säulen sogar gefilmt –, doch Vimal konnte noch eines der alten Geräte nutzen, den Notruf wählen und das Verbrechen melden. Wie hilfreich seine Angaben sein würden, wusste er nicht. In erster Linie ging es ihm darum, die Polizei und einen Rettungswagen an den Tatort zu schicken, nur für den Fall, dass dort noch jemand am Leben war. Die drei Opfer am Boden hatten tot ausgesehen, aber das mochte täuschen. Was den Täter anging, konnte er lediglich einen Mann mittlerer Statur beschreiben, der schwarze Handschuhe und eine schwarze Skimaske trug. Anscheinend ein Weißer. Die Pistole sagte Vimal nichts. Vielleicht hätte jemand, der häufiger als er vor dem Fernseher sitzen oder ins Kino gehen durfte, das Modell identifizieren können. Für ihn war es bloß eine Schusswaffe.

Dann hatte er aufgelegt, war einen weiteren Block gerannt und in der Menge am Times Square untergetaucht, wobei er ständig Blicke über die Schulter warf.

Nun saß er hier in seinem Refugium, der geschäftigen Hafenbehörde.

Er überlegte, ob ihm noch etwas einfiel, das der Polizei weiterhelfen könnte. Doch es musste sich um ein spontan verübtes Verbrechen gehandelt haben. Es hatte noch nie irgendwelche Drohungen gegen die Firma gegeben, geschweige denn Überfälle. Mr. Patel war auf der ganzen Welt als Kapazität für Diamanten bekannt. Sicher, er hatte einige beeindruckende Steine auf Lager, aber davon wusste die Öffentlichkeit nichts. Seine Verkaufsaktivitäten hielten sich in engen Grenzen, und meistens wurden die Kunden von anderen Händlern an ihn verwiesen, weil sie ausgefallene Sonderwünsche hatten.

Niemand aus diesen Kreisen würde einen Kollegen berauben oder gar ermorden. In der Diamantenfachwelt war so etwas einfach undenkbar.

Der Schmerz nahm wieder zu.

Ein weiteres Tasten.

Mehr frisches Blut.

Hatte hier jemand seinen Zustand bemerkt? Er ließ den Blick über die Menge schweifen, sah eine Frau auf einem nahen Stuhl, die eine große Brezel aß, ein Dutzend Leute, die ihre Rollkoffer wie fügsame Hunde hinter sich herzogen, eine Gruppe obdachloser Männer und Frauen, die teils völlig selbstsicher, teil ziemlich verwirrt wirkten.

Er zog sein Telefon aus der Tasche und zuckte vor Schmerz zusammen. Dann verschickte er eine kurze Textnachricht und lächelte, als er die Antwort las.

Er schickte ein albernes Emoji hinterher und kam sich angesichts der Umstände wie ein Idiot vor.

Dann starrte er das Display an und grübelte. Und zögerte. Die Tatsache, dass sein Vater ihm noch keine Nachricht geschickt hatte, bedeutete wohl, dass seine Familie noch nichts von den Ereignissen wusste. Und selbst wenn die Meldung in den Nachrichten kam, würde man vermutlich nicht seinen Namen erwähnen. Wie auch? Er zählte nicht zu den Opfern, und da Mr. Patel ihn stets bar bezahlte und Vimal keine persönlichen Gegenstände in der Firma zurückließ, wäre es doch mehr als unwahrscheinlich, dass die Polizei von ihm erfuhr.

Dennoch, sobald Mr. Patels Tod bekannt wurde, würde Vimals Telefon wohl nicht mehr aufhören zu klingeln.

Er starrte weiter den verschrammten kleinen Bildschirm an. Los, schreib die Nachricht. Bring's hinter dich.

Komm schon.

Es ist ja kein Telefonat, sondern bloß ein Text. Niemand konnte verbal auf ihn einwirken, streng sein, ihn wie einen Zehnjährigen behandeln. Es war bloß ein verdammter Text.

Er tippte die Worte ein.

*Es ist etwas Schreckliches passiert. Mr. Patel ist tot. Ein Raubüberfall. Mir geht es gut. Aber ich werde eine Weile weg sein. Bei einem Freund. Ich melde mich bald.*

Sein Finger schwebte über dem Pfeil, der die Nachricht absenden würde.

Er fügte hinzu:

*Alles Liebe.*

Dann verschickte er den Text und wollte das Telefon ausschalten, doch noch bevor er den Knopf drücken konnte, erschien bereits die Antwort auf dem Display.

*WAS SOLL DAS HEISSEN??? VON WELCHEM FREUND REDEST DU DA??? KOMM SOFORT NACH HAUSE!!!*

Während der Bildschirm erlosch, klopfte Vimals Herz fast so schnell wie zuvor beim Anblick der Waffe, die auf ihn gezielt hatte. Eine fast sofortige Antwort, dachte er, obwohl sein Vater jedes Wort per Hand auf Großbuchstaben umgestellt hatte.

Ihm fiel außerdem auf, dass trotz aller denkbaren Reaktionen nichts über Mr. Patels Tod oder den Raubüberfall dabei gewesen war, sondern nur die barsche Frage nach der Identität von Vimals Freund. Natürlich gab es diesen Freund nicht. Er kannte niemanden so gut, dass er bei ihm hätte wohnen können, jedenfalls nicht unter diesen Umständen. Er wollte damit lediglich seinen Vater – mehr noch seine Mutter und seinen Bruder – beruhigen.

Vor seinem inneren Auge sah er abermals Mr. Patels Füße. Er schloss ganz fest die Lider, als würde das Bild dadurch verschwinden, doch es wurde nur noch intensiver. Entsetzlicher.

Er fing an zu weinen und wandte der Menge mit leisem Schluchzen seinen Rücken zu. Schließlich bekam er die Tränen in den Griff, trocknete sein Gesicht und atmete tief durch.

Dann kam ihm ein Gedanke; ihm fiel noch etwas zu dem Killer ein. Der Mann hatte einen Aktenkoffer bei sich gehabt. So ein altmodisches Ding, wie man es heutzutage kaum noch zu sehen bekam. Er hatte ihn in der Hand gehalten, als er aus der Werkstatt in den vorderen Raum trat und Vimal entdeckte. Vielleicht war dieser Koffer der Grund dafür, dass er noch am Leben war, dachte Vimal nun. Der Mann hatte ihn in der rechten Hand getragen und musste ihn loslassen, um die Pistole aus der Tasche zu ziehen, wodurch Vimal die Gelegenheit zu seiner instinktiven Reaktion erhielt, nämlich sich wegzudrehen und die Hände zu heben. Als der Mann dann schoss, traf die Kugel die Tüte mit den Steinen und nicht seine Brust.

Ein Mann mit einem Aktenkoffer wäre auffällig. Vimal würde noch einmal den Notruf wählen und die Information weitergeben. Dann konnte die Polizei in ganz Midtown nach ihm Ausschau halten.

Er stand auf und ging zu einem Münzfernsprecher. Ihm war klar, dass gleich nach seinem Anruf jemand vom NYPD die Beamten hier – er konnte ein halbes Dutzend ausmachen – über Funk verständigen würde, dass ein Zeuge des Verbrechens sich in der Hafenbehörde aufhielt. Also musste Vimal, sobald er auflegte, von hier verschwinden.

In diesem Moment spürte er mehr als er sah, dass jemand sich ihm näherte.

Er drehte sich um und entdeckte einen etwa fünfunddreißigjährigen Mann in einem dunklen Regenmantel, der auf ihn zukam und von rechts nach links schaute, während er sich durch den Strom der zahllosen Menschen schob. Größe und Statur passten zu dem Killer. Sein Gesicht wirkte ernst.

Der Killer hatte eine Jacke angehabt, nicht wahr?

Und dieser Mann trug keinen Aktenkoffer bei sich.

Doch ein gerissener Täter hätte nach dem Verbrechen die Kleidung gewechselt.

Oder Moment mal! Waren die womöglich zu zweit? Und war das hier der Komplize?

Wie dem auch sei, der Kerl kam eindeutig in seine Richtung. Er hielt etwas Kleines und Dunkles in der Hand. Wohl nicht die Pistole; er würde es nicht wagen, hier zu schießen. Eher das Messer, mit dem er das Paar und Mr. Patel ermordet hatte.

Vimal suchte nach den Polizisten. Die nächstbesten Beamten standen ungefähr sechzig Meter weit weg, und der Fremde befand sich zwischen ihnen und Vimal.

Außerdem war die Polizei das Letzte, was er wollte.

Schnell! Hau ab!

Er drehte sich um und bog eilig in einen Korridor ein, der von Gepäckschließfächern gesäumt wurde. Die Schmerzen in seiner Brust und Seite schwollen an, doch er ignorierte sie und lief weiter.

Vor ihm ging es nur nach links oder rechts. Rechts war es heller. Vimal bog ab.

Verdammt, eine Sackgasse. Nach nur drei Metern stand er vor einer Tür mit der Aufschrift: *Elektrik. Nur für Wartungspersonal. Kein Zutritt.*

Versuch es!

Abgeschlossen. Er sah den Schatten des Mannes nahen.

Ich werde sterben, dachte er.

Sein nächster Gedanke galt weder seiner Mutter noch seinem Bruder und auch nicht dem sechskarätigen Diamanten im Marquisschliff, den er letzte Woche beendet hatte und der von Mr. Patel als »recht annehmbar« bezeichnet worden war, was seinem höchsten Lob entsprach.

Nein, in seinem mutmaßlich letzten Moment auf Erden dachte Vimal an ein Stück Granit in seinem Studio: eine vierseitige Pyramide. Sattgrün, mit schwarzen Streifen und einer Spur Gold. Er sah jeden einzelnen Zentimeter vor sich.

Der Mann blieb an der Abzweigung stehen und schaute in seine Richtung.

Nein, dachte Vimal plötzlich, atmete tief ein, trat vor und machte sich so groß wie möglich. Er würde keine Angst zeigen, sondern sich wehren.

Vimal war kein massiger Mann, aber er hatte ständig mit Felsgestein zu tun. Er schleppte es umher, spaltete, schliff und glättete es. Seine Werkzeuge waren schwer. Manchmal hielt er einen großen Stein auf Armeslänge von sich gestreckt, um dessen Seele ergründen und dann freisetzen zu können.

Seine beachtlichen Muskeln spannten sich nun an, und er zog seine eigene Waffe aus der Tasche, den größten Stein, den Januar-Vogel, der in der Tüte gelegen hatte, die vom Schuss dieses Mannes hier – oder seines Komplizen – getroffen worden war. Vimal behielt seine Hand hinter dem Rücken.

Fast hätte er grimmig gelächelt, denn er musste an das Spiel denken, das er und sein Bruder Sunny früher oft gespielt hatten: Stein–Schere–Papier.

Schere schneidet Papier.

Papier umhüllt Stein.

Und Stein macht Schere stumpf.

Er hielt den Stein fest umklammert.

O ja, er würde sich wehren … dem Mann mit Wucht eins überziehen, dem Messer hoffentlich ausweichen können und dann die Flucht ergreifen.

Vor ihm. Und vor der Polizei.

Der Mann kam näher. Dann lächelte er. »He, junger Mann. Ich habe Ihnen zugewinkt.«

Vimal hielt inne, sagte nichts, knetete nur den Stein. Das Lächeln des Kerls war bloß ein Trick, um ihn in Sicherheit zu wiegen.

»Sie haben das hier auf der Bank liegen gelassen. Im Wartesaal.«

Er hob nicht etwa ein Messer, sondern ein Smartphone. Vimal kniff die Augen zusammen und klopfte seine Taschen ab. Ja, das war sein Telefon. Die beiden gingen aufeinander zu, und der Mann gab ihm das Gerät. »Alles in Ordnung, mein Freund?« Er runzelte die Stirn.

»Ja. Ich … ach, es ist bloß ein hektischer Tag. Wie dumm von mir. Tut mir leid.« Er steckte den Stein wieder ein; der Mann schien es nicht zu bemerken.

»Ach was, das kommt vor. Ich habe mal ein nagelneues iPhone im Park vergessen, als meine Frau und ich mit den Kindern zum Spielplatz gegangen sind. Erst zu Hause habe ich es bemerkt und die Nummer angerufen. Ein Junge – geschätzte zehn Jahre alt – ging dran. Ich sagte, das sei mein Telefon, und er fragte daraufhin bloß, ob er das Passwort für den App Store haben könne.«

Der Mann lachte, und auch Vimal rang sich ein Lächeln ab.

»Danke.« Seine Stimme zitterte.

Der Mann nickte und ging weiter, auf die Warteschlange zu, die vor einem Bus nach New Jersey stand.

Vimal kehrte zu dem Münzfernsprecher zurück, verharrte dort mit gesenktem Kopf, atmete langsam ein und aus und beruhigte sich. Dann wählte er erneut den Notruf. Als er sagte, es ginge um den Raubüberfall in der Siebenundvierzigsten Straße, wollte die Frau ihn in der Leitung halten, doch er fügte lediglich hinzu: »Der Mann mit der Pistole hatte einen schwarzen Aktenkoffer. Wie Geschäftsleute ihn bei sich tragen.«

Dann legte er auf, hielt schnellen Schrittes auf den Ausgang zu und schaute ein letztes Mal zu der Abfahrtstafel mit den vielen verschiedenen Zielorten. Sie alle klangen verheißungsvoll.

Doch das Wichtigste zuerst. Vimal behielt den Kopf unten, tauchte in den Strom der Passanten auf dem Bürgersteig ein und wandte sich nach Süden. Er ging so schnell, wie die Schmerzen es zuließen.

# 7

Er musste zwei kleine *kur* finden.

Zwei kleine Hühnchen schlachten und kochen …

Zwei kleine *kur*, die zu viel wussten.

Eigentlich müssten sie schon tot sein. Aber sie waren entkommen.

Schade, schade, schade. Aber nicht immer läuft alles nach dem verkackten Plan.

Wladimir Rostow roch nach starken Zigaretten und nach Rasierwasser Marke Old Spice. Er sah nun jemanden, der ihm bei der Suche nach seinen *kur* vielleicht behilflich sein konnte.

Im Augenblick befand er sich im Diamantenviertel, etwa hundert Meter von dem Gebäude entfernt, in dem Jatin Patels Firma lag und vor dem nun Polizisten standen und gelbes Absperrband flatterte. Wladimir hielt sich wohlweislich im Hintergrund. Es wurde allmählich dunkel, die Geschäfte machten zu, und Rostow beobachtete seine Zielperson, den Eigentümer oder Geschäftsführer eines kleinen Juwelierladens, der soeben das elektrisch betätigte Gitter vor den Schaufenstern herunterließ. Es schien sich um einen Südasiaten zu handeln, der hoffentlich wusste, wer Patel war; die Diamantengemeinde New Yorks war nicht so groß, wie man glauben würde.

Der Mann sicherte das Gitter nun mit zwei großen Vorhängeschlössern und den Kasten, der die Steuerung des Elektromotors enthielt, mit einem dritten.

Er war von schmächtiger Statur und schaute sich nervös um.

Ah, gut. Rostow liebte ängstliche *kur*. Die waren immer so eifrig und fügsam.

Der Russe fiel nicht weiter auf. New York war die Stadt der dunklen Jacken und Mäntel, die Stadt ohne Augenkontakt, die Stadt der gesenkten Köpfe, die Stadt des totalen Desinteresses. Das passte ihm gut … Er fügte sich nahtlos ein, dieser gedrungene Vierundvierzigjährige mit mehr Muskeln als Fett und dem langen kantigen Pferdegesicht. Als ehemaliger Soldat hatte er eine militärische Haltung und den entsprechenden Körperbau, ließ es aber seit jeher an soldatischen Tugenden wie Disziplin mangeln. Und er befolgte nicht gern Befehle.

Bei allem Anschein von Normalität musste er sich zwingen, nicht ständig hektisch in alle Richtungen zu blicken. Er versuchte zudem, keine leisen Selbstgespräche zu führen. Jemand in der Nähe könnte sie aufschnappen. Und das wäre natürlich eher ungünstig. Er wusste nur zu gut, dass er ein wenig anders war.

Wladimir Rostow war, wie er es nannte, »vor die Steine gegangen«.

Und so musste er sich zwingen, vorsichtig zu sein. Er konnte funktionieren, doch manchmal stand er schlagartig am Rand des Wahnsinns. Nun stieg wieder dieses eklig kribbelnde Gefühl in ihm auf, denn hier auf der Straße waren lauter Juden, Inder und Chinesen unterwegs, um den Massen ihren billigen Dreck unterzujubeln.

Dem Proletariat!, dachte er und lachte grimmig in sich hinein. Dann wischte er sich das, jawohl, irre Grinsen wieder aus dem Gesicht. Danke, Lenin. Du warst zwar auch nur ein dämlicher Wichser, aber du hattest den Durchblick.

In den Schaufenstern um ihn herum sah er das Gold, die Saphire, die Smaragde.

Die Diamanten.

Das Blut der Erde. In dieser Hinsicht war die Siebenundvierzigste Straße eine Art offene Wunde. Das passte zu der Blutlache auf dem Boden von Patels Firma.

Der indische Händler ging nun zur Fünften Avenue und bog nach Norden ab, ohne den Verfolger zu bemerken. Wirst du mir helfen, meine kleinen *kur* zu finden?, dachte Rostow und tastete dabei nach dem Teppichmesser in seiner Tasche, gleich neben der Pistole.

Seine kleinen *kur* … In Rostows Welt bedeutete dieses Wort mehr als »Hühner«, die eigentliche Übersetzung. Seiner privaten Definition nach schwang in *kuriza* – so der Singular – auch *bljad* mit, »Hure«, außerdem *dobytscha*, »Beute« und *prezrenie*, »Verachtung«, jeweils versehen mit einer gewissen Belustigung.

Ein *kuriza*, nach dem er suchte, war der Junge, der vorhin bei dem Diamantenhändler hereingeplatzt war. Seinen Namen wusste Rostow nicht, aber die Initialen lauteten vermutlich VL. Und der andere war der Jude, der Patel aufgesucht hatte, bevor dessen Laden zu Klein-Stalingrad geworden war.

Zwei *kur*.

Und er hatte ihre Witterung aufgenommen.

Rostow zündete sich eine Zigarette an, nahm mehrere tiefe Züge und drückte sie aus. Dann setzte er die Verfolgung des Inders fort, den Kragen aufgestellt, die Mütze tief über den blonden Bürstenhaarschnitt gezogen. Wohin war der Kerl unterwegs? Würde er die U-Bahn oder den Bus nehmen? Oder wohnte er an der Upper East Side, der nobelsten Gegend von New York? Der Mann besaß immerhin ein Juweliergeschäft, musste also Geld haben. Doch Rostow glaubte nicht, dass in jenem Teil der Stadt viele Inder wohnten. Es ging dort bei Weitem zu exklusiv zu, und sie würden nicht willkommen sein.

Dann beschleunigte sich kurz sein Herzschlag, denn sie kamen an Harry Winston vorbei, dem berühmten Juwelier in der

Fünften Avenue. Auf dem schlichten goldenen Schild neben dem gesicherten Eingang stand:

Harry Winston Inc.
Erlesener Schmuck aus aller Welt

Also *das*, *kur*, nenne ich eine gelinde Untertreibung.

Rostow musterte die verzierte Fassade und malte sich aus, wie viele Steine höchster Qualität wohl hinter diesen Mauern gelagert sein mochten. Ein unvorstellbarer Wert. Der in den 1970ern gestorbene Winston war der vielleicht berühmteste Juwelier aller Zeiten gewesen. Als Besitzer des Hope-Diamanten und des massiven, im Rohzustand siebenhundertkarätigen Presidente Vargas hatte er als Erster die Nähe zu den Filmstars gesucht. (Von Winston stammte die Idee, prächtigen Schmuck an Schauspielerinnen zu verleihen, damit diese ihn bei der Oscar-Gala tragen würden.)

Rostow dachte an einen bestimmten Diamanten, den die Firma einige Jahre zuvor bei Christie's ersteigert hatte: den Winston Blue, den größten jemals gehandelten blauen Diamanten. Der birnenförmige Stein besaß einen Fancy-Schliff (jeder Diamant, der kein runder Brillant war, wurde als »fancy« bezeichnet), wog rund dreizehn Karat und war gemäß der Richtlinien des Gemological Institute of America ein absolut lupenreines Exemplar. Rostow kannte den Stein natürlich nur von Fotos und fragte sich, ob er wohl in diesem Gebäude aufbewahrt wurde.

Ihm war damals aufgefallen, dass die Zeitungsartikel immer nur beiläufig die Seltenheit und Perfektion des Steins erwähnten und sich stattdessen auf den Rekordpreis konzentrierten, den dieses blaue Exemplar erzielte: fast zwei Millionen Dollar pro Karat. Die Welt schätzte den Diamanten nicht für seine Eigenschaften, sondern für seinen materiellen Wert.

Scheißpresse.

Scheißöffentlichkeit.

Befand der Stein sich derzeit in diesen heiligen Hallen?, grübelte Rostow. Schon die Vorstellung war aufregend. Doch auch falls er nicht gerade dem Inder gefolgt wäre, hätte er den Laden natürlich nicht betreten können. Jeder Quadratzentimeter seines Gesichts wäre auf Video erfasst worden. Ein Dutzend Mal. Er hatte gehört, manche Kameras seien sogar dermaßen hochauflösend, dass sie die Fingerabdrücke erkennen konnten.

Das kam nicht infrage.

Schade eigentlich.

Rostow bekam einen Hustenanfall und bemühte sich, die Lautstärke zu drosseln. Der Händler merkte nichts davon, und der Russe fing sich wieder. Das Opfer ging zwanzig weitere Minuten lang nach Norden, bog dann nach Osten ab und legte noch vier Blocks zurück – diese Gegend war alles andere als exklusiv. Auf der Straße war nichts los, und als der Mann an ein Sandsteinhaus kam, vor dem Stufen zu einer Souterrainwohnung führten, handelte Rostow kurz entschlossen, schob den Inder die Treppe hinunter und ließ ihn einen Blick auf die Pistole werfen.

»Nein! Was …?«

Rostow versetzte ihm einen Klaps auf den Hinterkopf, eher einschüchternd als schmerzhaft. »Pssst.«

Der Mann nickte und zog verängstigt die Schultern hoch.

*Immer so eifrig und fügsam …*

Sie standen vor dem Fenster am Eingang der Kellerwohnung, doch drinnen brannte kein Licht.

»Bitte, tun Sie mir nichts. Ich habe Familie.«

»Ah, gut. Eine Familie. Gut. Wie heißt du, Papa?«

»Ich … ich bin Nashim.«

»Bist du Inder?«

»Nein, nein, Perser.«

Scheiße.

Rostow war verärgert. »Ein verfluchter Iraner?«

Er bekam große Augen. »Ja, aber mein Großvater war ein Freund des Schahs! Ehrlich, das stimmt!«

»Und was interessiert mich das?«

Es ließ seine Mission schwieriger werden. Ach, er würde sich schon zu behelfen wissen.

»Brieftasche?«

»Ja, ja«, stotterte Nashim. »Hier, nehmen Sie sie. Ich hab auch einen Ring, einen guten Ring. Meine Uhr ist nicht so toll, aber …«

»Mach die Brieftasche einfach auf.«

»Ich habe kaum Geld dabei.«

»Pssst. Aufmachen.«

Nashim gehorchte mit zitternden Fingern.

Rostow nahm den Führerschein heraus und fotografierte ihn mit seinem Telefon. Dann fiel ihm ein Schnappschuss auf, und er zog ihn ebenfalls aus der Brieftasche. Auf dem Bild waren Nashim und offenbar seine Frau sowie zwei rundliche hübsche Töchter zu sehen, beides Teenager.

»Du hast ja *tatsächlich* eine Familie. Glückwunsch.«

»Oh, bitte.« Der Mann hatte Tränen in den Augen.

Rostow lichtete auch das Foto ab. Dann gab er es dem Mann zurück, ebenso den Führerschein. Nashims Hände zitterten so stark, dass er beides nicht wieder in der Brieftasche verstauen konnte. Also übernahm Rostow das und steckte ihm das Etui dann in die Brusttasche. Und klopfte dreimal darauf. Fest.

»Also, ich bin auf der Suche nach jemandem. Der Grund hat dich nicht zu interessieren. Wenn du mir hilfst, wird alles gut. Und ich werde nicht in die Erste Avenue Vierzehnhundertzweiundzwanzig, Apartment Fünf C kommen müssen, um deine entzückende Familie zu besuchen.«

»Ja.« Der Mann fing nun wirklich an zu weinen. »Ich verstehe.«

Danach hatte Rostow ihn gar nicht gefragt.

»Kennst du Jatin Patel?«

»Sind Sie der Mann …?« Er verstummte abrupt.

Rostow senkte den Kopf und fixierte Nashim aus blauen Augen.

»So gut wie gar nicht«, platzte es aus dem Händler heraus. »Ich hab ihn nur einmal getroffen. Aber ich wusste, wer er war. *Jeder* wusste das.«

»Es geht um zwei Leute, mit denen er zu tun hatte. Ein gewisser VL, ein Inder, genau wie er. Jünger. Arbeitet vielleicht für Patel. Oder eher, *hat* für ihn gearbeitet. Und ein Jude namens Saul Weintraub. Der ist auch im Diamantenhandel tätig, in Long Island City. Aber ich bräuchte seine Privatadresse. Okay? Also, ganz einfach. Ich mach's dir leicht. Wer ist dieser VL? Und wo wohnt Weintraub?«

»Oh, ich würde es Ihnen sagen, wenn ich es wüsste. Ehrlich! Aber ich weiß es nicht. Ich schwöre. Wir arbeiten zwar alle im Diamantenviertel, die Juden, Inder, Chinesen und wir. Aber untereinander reden wir nicht viel. Wir machen Geschäfte miteinander, aber das ist auch schon alles. Ich habe keine Ahnung, wer diese beiden Leute sein könnten. Bitte, tun Sie mir und meiner Familie nichts! Ich kann Ihnen Geld beschaffen.«

»Habe ich etwa Geld verlangt?«

»Nein. Tut mir leid.«

Rostow glaubte ihm. Und genau genommen war es sogar von Vorteil, dass dieser Kerl Iraner war. Der würde nämlich einen Juden sofort ans Messer liefern und einen Inder wahrscheinlich auch.

»Nashim, Nashim … Dann werden wir eben ein kleines Spielchen spielen. Magst du Spiele?«

Der Mann schwieg.

»Eine Schnitzeljagd. Weißt du, was das ist?«

»Ja, weiß ich.«

»Dann hör gut zu, mein Freund. Hör gut zu. Du wirst anfangen, Erkundigungen einzuholen. Sei dabei vorsichtig. Werde nicht zu offensichtlich. Aber frag nach diesem VL und diesem Saul Weintraub. Ja, genau! Wirst du ein braver Mitspieler sein, mein Freund?«

»Das werde ich. Versprochen, das werde ich.«

»Gib mir deine Telefonnummer.«

Rostow speicherte sie in seinem eigenen Smartphone und probierte sie sofort aus. Nashims Telefon summte. »Gut, gut. Du versuchst keine Tricks. Okay. Dann an die Arbeit, Nashim. Ich rufe dich morgen an, um zu hören, was du herausgefunden hast. Und ich werde so lange anrufen, bis du als Sieger aus der Schnitzeljagd hervorgehst. Ich drücke dir beide Daumen! Und nun lass uns nach Hause gehen, ich zu mir, du zu dir.« Rostow klopfte ihm auf den Rücken und wandte sich ab, hielt dann aber inne. »Deine Töchter. Wie heißen sie?«

Er verspürte plötzlich diesen Drang, diesen Hunger.

*Vor die Steine gegangen …*

Der Iraner starrte ihn an. »Nein! Ich werde Ihnen nichts über die Mädchen verraten.«

Rostow zuckte die Achseln. »Das spielt keine Rolle, ich denke mir eigene Namen aus. Die Größere nenne ich … äh … Scheherazade. Und die Kleinere, Hübschere, wird meine … sagen wir … mein Kätzchen, sie wird mein Kätzchen. Gute Nacht, Nashim. Einen schönen Abend noch, mein Freund.«

# 8

Während es draußen dunkel wurde, begann in Rhymes Labor die Jagd nach dem Mann, den sie Täter 47 getauft hatten, benannt nach der Siebenundvierzigsten Straße, dem Ort des Raubes und der Morde.

Rhyme sah Sachs und Mel Cooper – dem besten Kriminaltechniker des NYPD – dabei zu, wie sie die bei Patel Designs gesicherten Spuren analysierten.

Lon Sellitto war ebenfalls anwesend, stand mit seinem Mobiltelefon in einer der Ecken und stand offenbar seinen Vorgesetzten Rede und Antwort. Für die Medien war die Story über den Diamantenkiller mit dem Teppichmesser ein gefundenes Fressen und somit das Letzte, was das Rathaus gebrauchen konnte. Die Reporter waren wie ausgehungerte Zootiere und würden nie genug bekommen. Das war jedoch nicht Rhymes Problem. Er konzentrierte sich auf die Fortschritte des hageren, strebsamen Cooper, der gemeinsam mit Sachs fieberhaft arbeitete.

Der uniformierte Beamte Ron Pulaski war ins Diamantenviertel geschickt worden, um dort Erkundigungen einzuziehen. Bislang mit wenig Erfolg, wie er fünf Minuten zuvor bei einem Anruf vermeldet hatte. Anhand einer Liste von Jatin Patels Kunden und Geschäftspartnern versuchte Pulaski herauszufinden, ob einer von ihnen etwas über eventuelle Drohungen wusste (oder gar selbst als Verdächtiger infrage kam).

Doch bis jetzt hatte niemand, mit dem Pulaski oder die anderen Streifenbeamten sprachen, etwas über »S« oder »VL« aus Patels Kalender beitragen können.

In den Geschäften und Restaurants entlang der Siebenundvierzigsten Straße und ihrer näheren Umgebung sah es nicht besser aus. »Niemand will mit mir reden, Lincoln«, hatte der junge Beamte gesagt. »Als hätten die Leute Angst davor, dabei beobachtet zu werden. Und als würde der Täter hier irgendwo herumstehen und sich Notizen machen.«

»Bleiben Sie am Ball, Grünschnabel«, hatte Rhyme erwidert und die Verbindung getrennt. Er hielt ohnehin nicht viel von Zeugen und ihren höchst unzuverlässigen Aussagen, sondern hoffte vor allem, dass jemand Pulaski einen Hinweis auf den fliehenden Täter geben könnte, der womöglich etwas weggeworfen oder unabsichtliche Spuren hinterlassen hatte.

Rhymes Blick fiel auf die große weiße Rolltafel, auf der Sachs und Cooper ihre Ergebnisse festhielten.

Einige der Details ergaben sich aus dem anonymen Notruf (vorausgesetzt, die Angaben stimmten). Der Täter war mutmaßlich ein Weißer von mittlerer Statur und hatte sein Gesicht hinter einer schwarzen Skimaske aus Stoff verborgen. Er trug Handschuhe und war bewaffnet. Laut einem zweiten Anruf hatte der Killer zudem einen schwarzen Aktenkoffer bei sich getragen. Der Koffer war nicht am Tatort gefunden worden, also hatte der Verdächtige ihn entweder noch in seinem Besitz oder inzwischen an einem anderen Ort entsorgt.

Sachs glaubte, dass es sich bei dem Anrufer um VL handelte, einen Angestellten oder Mitarbeiter von Patel, der zufällig in das Verbrechen geraten und angeschossen worden war. Im Gebäude der Hafenbehörde, von wo aus er den zweiten Notruf abgesetzt hatte, war niemandem eine offensichtlich verletzte Person aufgefallen. Rhyme hatte verlangt, man solle sämtliche Münzen aus den betreffenden Fernsprechern holen und auf Fingerabdrücke untersuchen.

»Die Notrufnummer ist kostenlos erreichbar«, hatte Sellitto ihm belustigt mitgeteilt. »So viel kann die Stadt in ihrem Budget gerade noch erübrigen.« Die Krankenhäuser waren angewiesen worden, jede Verletzung durch etwaige Gesteinssplitter zu melden, doch die Chance, dass die circa tausend Ärzte in den Notaufnahmen des Großraums New York alle von dieser Direktive erfuhren, um sie dann gegebenenfalls auch zu befolgen, war verschwindend gering.

Sachs hatte bei der Firma angerufen, der die Diamanten gehörten, Grace-Cabot in Kapstadt, Südafrika. Dort war es bereits mitten in der Nacht, und Amelia hinterließ eine Nachricht. Es bestand immerhin die Möglichkeit, dass die Steine schon zurückgeschickt worden waren oder dass Patel einen Kollegen mit den Schleifarbeiten beauftragt und ihm die Diamanten übergeben hatte.

Falls das zutraf, würde der Fall ungleich mehr Fragen aufwerfen, und es wäre an der Spurensicherung in Queens, durch eine genaue Bestandsaufnahme festzustellen, ob überhaupt Diamanten fehlten.

Am Tatort waren Hunderte von Fingerabdrücken gesichert worden: in der Firma, dem Aufzug, an den Griffen der Haustüren im Erdgeschoss, den Türen zum Treppenhaus und den Geländern der Stufen. Leider war keiner davon in der nationalen Fingerabdruckdatenbank IAFIS gespeichert. Rhyme hatte auch nicht damit gerechnet; die zahlreichen Abdrücke der Stoffhandschuhe legten nahe, dass Täter 47 sie während der gesamten Zeit getragen hatte.

Das macht es uns nicht unbedingt leichter, oder? Eine rein rhetorische Frage, die Rhyme gar nicht erst laut äußerte.

Bei manchen Verbrechen – zum Beispiel bei körperlichen Auseinandersetzungen sowohl sexueller als auch gewaltsamer Natur – kommt es zu einem ausgiebigen Austausch von DNS, die sich anhand der zugehörigen Datenbank – in den USA als

CODIS bekannt – mitunter identifizieren lässt. Dieser Killer hatte aber dank seiner Handschuhe, der langen Ärmel und Hosenbeine sowie nicht zuletzt der Skimaske wahrscheinlich keine DNS hinterlassen.

Einige der gefundenen Stofffasern stimmten nicht mit der Kleidung der Opfer überein. Manche davon waren aus schwarzer Baumwolle und stammten vermutlich von Handschuhen, denn sie wurden an den Griffen der Türen und Schubladen gesichert. Darüber hinaus hatte Sachs schwarze Polyesterfasern entdeckt, die mutmaßlich zu der Skimaske gehörten.

Eine Patronenhülse fand sich nicht; der Täter musste sie eingesammelt und mitgenommen haben.

»Was haben wir denn da?«, fragte Rhyme ungeduldig. Sein Blick war auf die elektrostatischen Schuhabdrücke gerichtet, die Cooper soeben eingescannt und auf einen der hochauflösenden Monitore gelegt hatte.

Der Techniker trug einen weißen Laborkittel mit Haube und Handschuhen sowie einen Mundschutz. Dazu seine allgegenwärtige Harry-Potter-Brille. »Unser Mann liegt zwischen Größe zehn und elfeinhalb, genauer geht's leider nicht.« Da Schuhe sich an der Spitze nach oben biegen und ihre Absatzmaße variieren, fällt es bisweilen schwer, die genaue Größe zu bestimmen. »Es gibt ein paar individuelle Abnutzungserscheinungen, aber kein Profil.«

»Also ein Schuh fürs Büro.«

»Richtig.« Eine Profilsohle wäre viel vorteilhafter gewesen. Ihr Muster führte meistens zur Bestimmung von Marke und Modell und Letzteres manchmal sogar zur Farbe des Schuhs.

»Gibt es da in dem Blut bei den Schuhabdrücken irgendwelche kleinen Linien?« Rhyme betrachtete eines der Fotos, die Sachs mit ihrer Digitalkamera geschossen hatte.

»Linien?«, fragte Cooper.

»Gewundene Linien, *schnörkelige* Linien«, murmelte Rhyme.

»Ich kann es nicht genau erkennen.« Als er bemerkte, dass Sellitto und Cooper ihn verwirrt ansahen, setzte er zu einer Erklärung an, doch Sachs kam ihm zuvor, ohne von ihrem Untersuchungstisch aufzublicken. »Von baumelnden Schnürsenkeln. Die könnten auf der elektrostatischen Aufnahme nicht zu sehen sein, im Blut aber schon.«

Rhyme lächelte. Er liebte sie.

»Ah.« Cooper überprüfte die Fotos. Sellitto sah einmal kurz hin und widmete sich dann wieder seinen Textnachrichten.

»Oh, sind wir etwa gelangweilt, Lon? Ob ein Täter Schuhe mit Schnürsenkeln getragen hat oder nicht, war schon für so manchen Fall entscheidend, auch wenn es dir trivial vorkommt.«

»Ach, weißt du, Linc, Schnörkellinien in blutigen Schuhabdrücken fallen doch eher in deinen Bereich, nicht in meinen.« Er erhielt einen weiteren Anruf und trat ein Stück beiseite.

Wie sich herausstellte, gab es keinerlei Schnörkel. Wahrscheinlich also Slipper.

Der Zeuge hatte von einem Einzeltäter gesprochen, was durch die Schuhabdrücke bestätigt wurde.

Bei der Pistole handelte es sich vermutlich um eine Glock, Kaliber neun Millimeter, wie auch Sachs eine trug. Das ergab sich aus den polygonalen Spuren auf dem Projektil. Die Läufe von Feuerwaffen werden seit fast zwei Jahrhunderten im Innern mit Einkerbungen versehen, die das Geschoss in Rotation um seine Längsachse versetzen und dadurch die Flugbahn stabilisieren, was zu einer größeren Zielsicherheit führt. Die meisten Modelle verfügen über sogenannte Züge und Felder, womit die Rillen im Lauf und die erhöhten Bereiche dazwischen gemeint sind. Der Lauf einer Glock jedoch hat einen polygonalen Querschnitt, wodurch die Mündungsgeschwindigkeit steigt. Auch andere Hersteller produzieren Waffen mit derartigen Läufen – darunter Heckler & Koch, Kahr Arms,

Magnum Research, Tanfoglio und CZ –, aber Glocks sind in dieser Gruppe mit Abstand am weitesten verbreitet.

Sellitto beendete sein Telefonat. »Das waren die zwei Detectives, die Patels Schwester benachrichtigt haben. Seine Frau ist vor einigen Jahren gestorben, und die Schwester war seine einzige Angehörige hier in der Gegend. Die Nachricht hat sie wohl schwer getroffen und fast umgehauen. Unsere Leute haben mit der Befragung gewartet, bis ihr Mann nach Hause gekommen ist. Sie wusste aber nicht viel über Patels Geschäfte. Das sei ›Männersache‹ gewesen, hat sie gesagt. Patel hat ihr oder ihrem Mann gegenüber jedenfalls nie durchblicken lassen, er mache sich Sorgen über seine Sicherheit oder jemand würde das Geschäft ausspähen. Aber er war als Diamantenschleifer wohl eine richtige Berühmtheit – sowohl hier als auch international. Es könnte sich herumgesprochen haben, dass es bei ihm womöglich was zu holen gibt.«

»Hatte er Partner oder Angestellte?«, fragte Sachs. »Konnte sie sich denken, wer unser Augenzeuge war?«

»Nicht wirklich. Patel war der alleinige Geschäftsinhaber und hatte keine Vollzeitbeschäftigten – er war offenbar zu geizig und hat außerdem keinem anderen zugetraut, die Steine zu bearbeiten. Allerdings war wohl irgendein junger Mann gelegentlich dort tätig, glaubt die Schwester. Als eine Art Lehrling oder Praktikant. Mit den Initialen S oder VL konnte sie aber nichts anfangen.«

»Ich schätze, er hat ihn schwarz bezahlt, in bar, um Steuern und Abgaben zu sparen«, sagte Sachs. »In den Büchern dürfte sich also nichts über ihn finden.«

Die Spurensicherung in Queens hatte Patels bescheidene Wohnung an der Upper West Side durchsucht, wo er seit dem Krebstod seiner Frau allein gelebt hatte. Nichts deutete auf einen Einbruch hin, und entgegen Rhymes leiser Hoffnung fanden sich dort auch nicht die Grace-Cabot-Diamanten.

Das Gleiche galt für Patels Mobiltelefon, daher war die NYPD-Abteilung für Computerkriminalität derzeit damit beschäftigt, beim zuständigen Netzanbieter eine Liste aller ein- und ausgegangenen Gespräche und Nachrichten zu besorgen. Eine der Nummern würde hoffentlich zu S oder VL führen.

Sachs erhielt einen Anruf und machte sich unter vereinzeltem Nicken einige Notizen. Dann nannte sie dem Anrufer ihre E-Mail-Adresse.

Gleich darauf vermeldete einer der Computer den Eingang einer Nachricht. Sachs beendete das Telefonat und rief die E-Mail auf.

»Ein Film«, sagte sie. »Von der Sicherheitsfirma des Gebäudes. Dies ist das Überwachungsvideo der betreffenden Etage vom heutigen Vormittag.« Sie lud die Datei herunter und ließ die körnigen Schwarz-Weiß-Aufnahmen abspielen.

Rhyme fuhr näher heran. Patel war gegen halb neun zur Arbeit erschienen. Bis kurz vor elf Uhr tat sich nichts. Dann tauchte ein bärtiger Mann auf, mit schwarzem Mantel und einem Hut mit schmaler Krempe, darunter offenbar kurzes schwarzes Haar. Er drückte einen Knopf der Gegensprechanlage von Patel Designs, wurde eingelassen und blieb ungefähr zwanzig Minuten.

»Ich tippe auf S – Patels Elf-Uhr-Termin.«

Fünf Minuten nachdem er gegangen war, jedenfalls laut dem eingeblendeten Zeitstempel, erschienen plötzlich schwarze Pünktchen im Bild, und für den Bruchteil einer Sekunde konnte man eine Hand mit Handschuh sowie den Umriss eines Kopfes mit Skimaske erkennen. Dann bedeckte der Täter die Linse vollständig mit Sprühfarbe, ohne noch einmal von der Kamera erfasst zu werden. Die verschwommene Aufnahme des Mannes – insgesamt nur dreizehn Einzelbilder – ließ keine weiteren Rückschlüsse zu.

Rhyme sah zu Cooper.

»Ich habe die Farbe überprüft«, sagte der Techniker, ohne die Frage abzuwarten. »Handelsüblich. Nicht zurückverfolgbar.«

Der Kriminalist schnaubte verächtlich.

»Die Aufnahmen aus Patels Räumen sind nicht mehr da«, fügte Sachs hinzu. »Siebenundvierzig hat sie mitgenommen. Die Kollegen von Midtown North sammeln nun die Videos der umliegenden Geschäfte ein. Die meisten der Kameras dort sind zwar auf die Innenräume gerichtet, aber ein paar zeigen nach draußen. Mal sehen, was sich daraus ergibt. Sie überprüfen auf der Rückseite des Gebäudes außerdem die Laderampe, an der die Feuertreppe endet.«

Dann bat sie Cooper um das deutlichste Standbild von S in dem Korridor vor Patels Tür. Er suchte die Aufnahme heraus und schickte sie ihr per E-Mail.

»Ich gebe das Bild an unsere Leute weiter. Vielleicht können die einen Namen in Erfahrung bringen.« Sachs setzte sich an einen nahen Computer, loggte sich beim NYPD ein und lud das Bild zur stadtweiten Verbreitung hoch.

Mel Cooper wandte sich an die anderen. »Ich habe die Steine identifiziert, die dieser Lehrling – oder wer auch immer das war – bei sich getragen hat und die von der Kugel getroffen wurden. Sie gehören offenbar zur Familie der Serpentiniten, benannt nach der bunt gescheckten Textur, die an Schlangenhaut erinnert. Sobald Granate oder Diamanten eingeschlossen sind, spricht man von Kimberliten. Und um die geht es hier. Ich kann winzige Kristallanteile erkennen, eventuell Diamanten. Patel hat daraus vermutlich Halsketten oder Ohrringe gemacht.«

Das Festnetztelefon klingelte. Es war eine Auslandsnummer; die Länderkennung sagte Rhyme nichts.

Sachs warf einen Blick darauf. »Südafrika.«

Sie drückte die Lautsprechertaste. »Ja?«

»Ja, hallo. Ich versuche, eine Detective Amelia Sachs zu erreichen.« Der Mann sprach mit einem melodischen Akzent, der teils holländisch, teils englisch klang.

»Die bin ich.«

Der Anrufer stellte sich als Llewellyn Croft vor, Generaldirektor von Grace-Cabot Mining Ltd. in Kapstadt.

»Mr. Croft, ich habe Sie auf den Lautsprecher gelegt. Hier bei mir sind Lieutenant Lon Sellitto von der New Yorker Polizei und Lincoln Rhyme, ein Berater.«

»Ich habe Ihre Nachricht erhalten. Sie sagten, es habe einen Diebstahl gegeben, der uns betreffen könnte?«

»Ganz recht. Ich wollte die weiteren Einzelheiten nicht auf Band hinterlassen, doch ich muss Ihnen nun leider mitteilen, dass Jatin Patel, der Diamantenschleifer, in dessen Besitz die Steine sich befunden haben, bei dem Raubüberfall getötet wurde.«

Sie hörten ein Aufkeuchen.

»Nein! O nein. Wir haben uns erst letzte Woche gesehen. Nein, wie furchtbar.« Seine Stimme erstarb. »Ich kann es gar nicht … Er ist tot?«

»Ja, tut mir leid.«

»Wir haben seit vielen Jahren mit ihm zusammengearbeitet. Er war einer der besten Diamantenschleifer von New York, ach, der ganzen Welt.« Seine Stimme wurde heiser. Er räusperte sich und fuhr fort. »Wollen Sie sagen, unsere Diamanten wurden gestohlen? Sind Sie da sicher?«

»Nein, nicht ganz. Das ist einer der Gründe für meinen Anruf. Ich habe einen leeren Umschlag gefunden, der laut Aufschrift vier Steine enthalten hat, bezeichnet mit GC-eins bis -vier.«

»Ja«, sagte er hörbar bestürzt. »Das sind unsere.«

»Im Wert von etwa achtundsechzig Millionen Rand?«

Ein Seufzen. Dann Stille.

»Sir?«

»Ja, das ist der versicherte Wert. Es waren Rohdiamanten. Nach dem Schleifen hätten sie weitaus höhere Preise erzielt.«

»Hier Detective Lon Sellitto. Soweit Sie wissen, hatte Patel die Steine also in seiner Werkstatt? Oder könnte er sie zur Bearbeitung weitergegeben haben?«

»Nein, nein. Das würde er nie tun. Nur er war talentiert genug, um an ihnen zu arbeiten. Mein Gott. Diese Steine … Wissen Sie, wer das getan hat?«

»Wir ermitteln noch«, sagte Sachs.

»Wer könnte gewusst haben, dass Patel diese Diamanten hat?«, fragte Sellitto.

Eine Pause. »Ich kann natürlich nicht mit Gewissheit sagen, ob Jatin jemandem davon erzählt hat«, erwiderte Croft dann. »Aber ich bezweifle es doch sehr. Ich weiß nicht, wie vertraut Sie mit der Diamantenindustrie sind, aber niemand redet über seine Aufträge. Vor allem nicht bei so einzigartigen Steinen wie diesen. Sicherheit steht an erster Stelle. Und innerhalb unserer Firma? Sie denken bestimmt an einen Insider. Nur wenige leitende Mitarbeiter wissen, dass der Auftrag an Jatin gegangen ist. Aber wir alle sind Gesellschafter der Firma – und keiner von uns nagt am Hungertuch, gelinde gesagt. Die Fließbandarbeiter und Bergleute haben keinen Einblick in die weitere Bearbeitung der Steine. Manchmal verkaufen die Transportunternehmen Informationen an Diebe weiter, aber ich habe die Rohdiamanten persönlich nach New York begleitet. Bei diesem Wert …« Er hielt abermals inne. »Wenn ich eine fundierte Annahme wagen sollte, dann würde ich sagen, dass der Dieb nichts von unseren Steinen gewusst hat. Er hat Jatins Werkstatt für einen Überfall ausgesucht und dann nach Rohdiamanten verlangt. Fertige Steine sind mit einer gelaserten Registriernummer versehen, die man nur unter der Lupe erkennen kann. Und diese Nummer erschwert den illegalen

Handel mit ihnen beträchtlich. Für Rohdiamanten sieht der Markt schon viel besser aus. Deshalb haben Profis es auch immer auf Rohware abgesehen.«

»Kennen Sie jemanden in den USA, an den der Dieb die Diamanten weiterverkaufen könnte?«, fragte Sachs.

»Nein, leider nicht. Aber ich kann Ihnen die Nummer der New Yorker Filiale unseres Versicherungsunternehmens geben. Die muss ich jetzt ohnehin verständigen. Und jemand dort wird Ihnen bestimmt weiterhelfen können.« Er nannte ihnen die Nummer; Sachs schrieb sie auf.

»Ich hoffe wirklich, Sie setzen alles daran, den Täter zu finden«, sagte Croft. »Dies ist so eine Tragödie. Ganz entsetzlich.«

Drei Menschen ermordet, einer von ihnen zudem gefoltert. Und zwei Zeugen in Gefahr.

Doch Llewellyn Croft meinte anscheinend etwas anderes.

»Wissen Sie, ich glaube, der Dieb wird die Steine nicht sofort verkaufen. Nein, zuvor wird er sie in kleinere Exemplare spalten lassen – er wird sie *zerstören* –, und dann werden die Einzelteile irgendwo im Großhandel von Amsterdam, Jerusalem oder Surat verschwinden. Diesen Diamanten war Großes beschieden. Und nun? Werden sie vernichtet. Wie tragisch.«

Sellitto verzog das Gesicht. Es war Amelia Sachs, die sagte: »Nun, Mr. Croft, wir tun unser Bestes, um den Mann zu erwischen.« Dann kühlte ihre Stimme sich um einige Grade ab. »Und um zu verhindern, dass noch jemand sein Leben verliert.«

# 9

Vimal Lahori saß im Washington Square Park, zitterte in der Märzkälte und hatte die Arme fest um seine schmale Brust geschlungen. An schöneren Tagen war diese hübsche und friedvolle urbane Grünanlage in Greenwich Village der beliebte Treffpunkt einer ziemlich bunten Schar: Man stieß hier auf Straßenmusiker und Kindermädchen, gelangweilte Drogendealer, gewissenhafte Schüler, eifrig kritzelnde Poeten, nachdenkliche Akademiker und die Geschäftsleute, die von ihren Hedgefonds-Büros und Anwaltskanzleien in der Wall Street zu Fuß nach Hause gehen *konnten*, zumeist aber doch eine Limousine bevorzugten.

Es war nun früher Abend, und Vimal saß in einem dunklen, abgelegenen Teil des Parks, weit weg von dem hoch aufragenden und hell angestrahlten Triumphbogen, der an eine kleinere Ausgabe des Pariser Arc de Triomphe erinnerte. Er schaute zu den Seminar- und Wohngebäuden der New York University und den schönen gründerzeitlichen Stadthäusern, hinter deren Fenstern gelbes Licht schimmerte. Die Leute dort bereiteten sich bestimmt gerade zum Ausgehen vor, duschten, machten sich zurecht, zogen sich um. Oder sie hackten Gemüse und nippten schon mal an dem Wein für die bevorstehende Dinnerparty. Der Anblick dieser kleinen, unerreichbaren Freuden trieb Vimal Lahori die Tränen in die Augen. Er spielte geistesabwesend an dem braunen Stoffarmband herum, das Adeela für ihn gemacht hatte. Sein Vater hatte bemängelt, es würde ihn bei der Arbeit am Reibstab einschränken, also streifte er es erst über, wenn er aus dem Haus gegangen war.

Auf dem langen, kalten Weg hierher hatte er sich ständig umgesehen und eine komplizierte Route gewählt. Die Hafenbehörde lag dreißig oder fünfunddreißig Blocks weiter nördlich. Er hatte ursprünglich die U-Bahn nehmen wollen, aber die Begegnung mit dem Mann im Busbahnhof, der ihm doch nur das Telefon zurückgeben wollte, hatte ihm einen so nachhaltigen Schrecken versetzt, dass er lieber zu Fuß gegangen war.

Es mochte wenig wahrscheinlich sein, dass der Killer die U-Bahnen absuchte und von einem Zug in den nächsten stieg, um nach Vimal Ausschau zu halten. Doch immerhin wusste der Kerl genau, wie er aussah. Vimal hingegen hatte nur eine Maske gesehen, dazu Handschuhe und dunkle Kleidung.

Seine Paranoia war zudem nicht ganz unbegründet. Er hatte in einer Bar eine kurze Pause eingelegt, um zwei Gläser Cola hinunterzustürzen, und dabei die Nachrichten gesehen. Der Mann befand sich demnach weiterhin auf freiem Fuß und hielt sich vermutlich im Stadtgebiet auf, bewaffnet und gefährlich. Wer Angaben zu dem Verbrechen machen könne, solle sich unverzüglich melden – »und zwar zu seiner eigenen Sicherheit«, schien zwischen den Zeilen mitzuschwingen. Womöglich gab es Hinweise darauf, dass der Killer tatsächlich nach dem Augenzeugen suchte. Vimal ging jedenfalls davon aus.

Er musste wieder an das Blutbad in der Firma denken. Nachdem der erste Schock sich gelegt hatte, empfand er nun Entsetzen und Kummer. Mr. Patel war tot. Er war ein strenger und selten zufriedener Lehrmeister gewesen. Aber auch einsichtig und auf seine Weise liebenswürdig. Und was auch immer Vimal von der Branche halten mochte, der Mr. Patel sein Leben gewidmet hatte, der Mann war unbestreitbar ein Genie.

Vimal wusste, wie schwierig es war, mit den Händen zu erschaffen, was das Herz sah.

Und dann das Paar, die Kunden, der junge Mann und die Frau! Wie traurig, dass sie in dieses Verbrechen geraten waren. William und Anna. In sechs Monaten hätten sie geheiratet, wenn Vimal sich recht erinnerte.

Er hatte die Toten kaum richtig zu Gesicht bekommen, denn alles war so überraschend und schnell passiert. Und nach dem Anblick der reglosen Füße seines Mentors hatte er sowieso kaum noch etwas anderes wahrgenommen. Dieses Bild würde er bis an sein Lebensende mit sich herumtragen, glaubte Vimal Lahori.

Er sah auf sein Telefon – die vorläufig einzige Verbindung zur Außenwelt – und bemerkte sieben verpasste Anrufe seines Vaters sowie zwölf Textnachrichten. Und genau in diesem Moment leuchtete das Display und zeigte einen weiteren Anrufversuch an.

Vimal drückte das Gespräch weg und steckte das Smartphone ein.

Ein grimmiges Lächeln. Wenn er doch bloß auch sein Schuldgefühl wegdrücken könnte.

Mr. Patel, dieses Paar … Eine schreckliche Tragödie.

Und doch …

Vimal konnte nicht leugnen, dass er sich irgendwie auch erleichtert fühlte, als wäre eine Last von ihm genommen worden. Schon seit Langem hatte er einen sich allmählich, aber unaufhaltsam steigernden Druck empfunden, als wäre er zweihundert Kilometer unter der Erdoberfläche gefangen, wo unermesslich starke Kräfte die Diamanten formten. Nun schien auf einmal Freiheit möglich. Allein hätte er das niemals bewerkstelligen können. Ohne diesen einschneidenden Zwischenfall – den Raub und die Morde –, hätte er getan, was er immer tat: sich gefügt und das Leben akzeptiert, das sein Vater für ihn vorgesehen hatte. Eingewilligt. Den Mund gehalten. Und sich dafür gehasst, in jeder einzelnen Minute.

So grauenhaft die Umstände sein mochten, Vimal Lahori bot sich eine Gelegenheit. Er würde sie wahrnehmen und seinem Leben eine neue Richtung geben.

Jemand kam von der anderen Seite des Parks. Er erkannte sie nun.

*Das Wichtigste zuerst …*

Die junge Frau mit dem herrlich langen, dunklen Haar ging zielstrebig in die Mitte des Parks und schaute von rechts nach links. Ungeachtet der furchtbaren Ereignisse des Tages und trotz der Schmerzen in seiner Seite spürte Vimal, wie sein Herz schneller schlug.

Das passierte jedes Mal bei ihrem Anblick – obwohl sie sich schon seit vielen Monaten kannten.

Oh, es war keine ungetrübte Beziehung. Die beiden sahen sich nicht mal annähernd so oft, wie sie das gern gehabt hätten. Sie war eine viel beschäftigte Medizinstudentin an der NYU, und er arbeitete zu unregelmäßigen Zeiten endlose Stunden für Mr. Patel und andere Diamantenschleifer, an die sein Vater ihn »vermietete«. Außerdem musste Vimal einen Großteil seiner Freizeit zu Hause im Kellerstudio verbringen.

In der heutigen Zeit hatten natürlich viele Großstadtpaare mit derartigen Schwierigkeiten zu kämpfen. Und nach einer Weile fanden sie ihren jeweils eigenen Rhythmus. Doch in diesem Fall gab es noch ein zusätzliches Problem. Vimals Eltern wussten nichts von Adeela Badour, und ihre Eltern wussten nichts von ihm.

Sie war nicht groß, wirkte dank ihrer schlanken Figur aber so. Heute Abend war ihr Haar tiefschwarz (hin und wieder färbte sie einige Strähnen blau oder grün, um ihre konservative Mutter zu ärgern – wenngleich nur zaghaft, denn bei Familientreffen im Hause Badour war die Tönung stets wieder weg).

Nun entdeckte sie Vimal, und ihr langes Gesicht hellte sich auf. Jedenfalls im ersten Moment. Dann wurde sie ernst, gleich darauf beunruhigt, vielleicht weil er so blass und verhärmt aussah.

Vimal nickte ihr kurz zu. Er wollte nicht winken, denn er dachte immer noch an den Mann mit der Maske. Ein Blick in die Runde ergab lediglich ein Dutzend Leute, von denen keiner ihn beachtete. Alle hatten es eilig, der feuchten Kälte zu entfliehen.

Adeela setzte sich und schloss ihn in die Arme. »Vim … Oh …«

Er zuckte zusammen, und sie ließ ihn sofort los. Dann wich sie zurück und musterte ihn von oben bis unten. Er betrachtete ihr wunderschönes Gesicht. Sie hatte auf ihre makellose Haut ein kompliziertes und zugleich subtiles Make-up aufgelegt, sodass er gar nicht genau sagen konnte, welche ihrer Züge dadurch betont wurden.

Vimal nahm ihre Hand und küsste sie zärtlich. Ihm fiel auf, wie forschend sie ihn ansah.

»Es kam in den Nachrichten. Es tut mir so leid. Mr. Patel. Und diese beiden Kunden. Im Fernsehen läuft das rauf und runter. Aber von einer weiteren Person war nicht die Rede.«

Er erzählte ihr, wie er den Täter überrascht hatte.

»Dann bin ich weggerannt. Ich glaube, er hat mich verfolgt, aber ich habe die Feuertreppe genommen.«

»Deine Nachricht: Du bist verletzt?«

Er erklärte, der Mann habe auf ihn geschossen, aber nur die Tüte in seiner Hand getroffen. Die Steinsplitter oder ein Fragment des Projektils hätten ihn erwischt. »Das muss behandelt werden.«

»Geh ins Krankenhaus«, sagte sie.

»Unmöglich. Die Ärzte würden erkennen, dass ich angeschossen wurde, und müssten die Polizei verständigen.«

»Tja ...« Adeela zog die perfekt geformten Augenbrauen hoch. Was heißen sollte: Das ist doch *gut* so.

»Es geht nicht«, sagte Vimal einfach. Er würde ihr auf keinen Fall erläutern, aus welchem Grund – nein, Plural, aus welchen *Gründen* – er nicht zur Polizei gehen konnte. »Hast du mitgebracht, worum ich dich gebeten habe?«

Sie sagte nichts.

»Bitte.«

»Wo kann ich es mir ansehen?«

»Äh, hier, würde ich sagen.«

»Hier?« Sie lachte ungläubig auf. Eine medizinische Untersuchung im Washington Square Park an einem kalten, bewölkten Märzabend?

Doch sie erkannte, dass es kaum andere Optionen gab, da sie beide noch bei ihren Eltern wohnten.

Adeela schaute sich um, sah niemanden in der Nähe und wies auf seine Jacke. Er öffnete den Reißverschluss und zog Pullover und Unterhemd hoch. »Oje«, sagte sie sanft. »Wie passend, dass ein Bildhauer von Steinsplittern verletzt wird. Zum Glück sammelst du keine Rasierklingen oder Messer.«

Dann verschwand ihr gequältes Lächeln, und sie schaltete im Geiste um, eine Eigenschaft, die eines Tages eine gute Medizinerin aus ihr machen würde. Er war nun nicht mehr Vimal Lahori, dessen Lippen sie geküsst und dessen Brust sie gestreichelt hatte, als sie nach dem Sex beieinanderlagen. Er war ein Patient. Und sie seine Ärztin. Das war alles. Sie nahm seine Verletzung mit forschendem Blick in Augenschein, griff dann in ihre Tasche und streifte ein Paar blauer Latexhandschuhe über.

»Wie schlimm ist es?«, fragte er.

»Pssst. Halt die Augen offen.«

Er gehorchte. Doch es beachtete sie auch weiterhin keiner der wenigen Passanten.

Adeela machte sich mit flinken Fingern an die Arbeit, mit Verbandsmull und einer kalten, dunkelorangefarbenen Flüssigkeit, irgendeinem Antiseptikum. Er verspürte ein Brennen, aber es hielt sich in erträglichen Grenzen.

»Kleine Fleischwunden, Blutergüsse.«

»Schau dir meine *Seite* an. Darüber mache ich mir am meisten Gedanken.«

»Ich seh's.«

Als sie seine unterste rechte Rippe berührte, schoss ein stechender Schmerz durch seinen Leib.

»Hier ist ein Fragment. Unter der Haut.« Sie atmete vernehmlich aus. Die Sorge war ihr deutlich anzuhören. »Vim, du musst unbedingt zum Arzt.«

Er wusste, wie das enden würde. »Nein.«

»Ich habe kein Anästhetikum.« Medizinstudenten erhielten offenbar noch keinen Zugriff auf verschreibungspflichtige Medikamente.

»Versuch's einfach.«

»Vim, im Studium bin ich noch bei Physiologie und organischer Chemie. Anhand von Büchern und Computern. Es dauert ein ganzes Jahr, bis wir überhaupt mal an einer Leichenöffnung teilnehmen können.«

»Ich würde es ja selbst machen, aber ich komme nicht an die Stelle. Bitte.«

»Und es muss genäht werden«, fuhr sie fort.

Er drückte ihre Hand. »Nicht im Krankenhaus. Hol das Ding irgendwie raus. So gut du kannst. Und dann verbinde die Wunde.«

Einen Moment lang ließ sie sich ihre Gefühle anmerken und verzog das hübsche Gesicht. »Ich werde sie notdürftig klammern. Aber falls die Blutung sich nicht stillen lässt …«

Sie suchte in ihrer Handtasche und brachte eine Pinzette zum Vorschein. »Hier, halt die für mich.«

Er nahm die kleine Greifzange.

»Wenn ich es dir sage, gibst du sie mir. Und halt das hier.« Sie schaltete die Lampe ihres iPhones ein und gab es ihm. »Richte das Licht nach unten auf deine Seite.«

»Willst du die Pinzette?«

»Noch nicht.« Er spürte ihre Hände neben der schmerzenden Stelle. »Es dauert noch ein bisschen. Aber wenn ich sie dann brauche, musst du sie mir schnell geben.«

Sie klang beunruhigt. Stand es schlimmer um ihn, als …?

»Ah«, rief er und zuckte zusammen, als der Schmerz ihm von seiner Seite bis hoch in den Kiefer schoss, aber gleich wieder zu einem dumpfen Druckgefühl abschwoll.

»Ich hab's«, sagte sie und zeigte ihm den Mulltupfer mit der blutigen Kimberlitscherbe. Sie hatte das Stück kurzerhand aus der Wunde herausgedrückt.

»Du hast mich ausgetrickst«, flüsterte er keuchend.

Sie nahm die unbenutzte Pinzette zurück. »Das nennt man mentale Anästhesie. Ein Ablenkungsmanöver, gefolgt von schnellem Handeln.«

»Lernt ihr so was an der Uni?«

»Nein, aus einer Doku. Auf dem Discovery Channel, glaube ich. Über die Wundärzte im amerikanischen Bürgerkrieg.«

Adeela legte den Tupfer beiseite, nahm die Flasche mit dem Antiseptikum – es hieß Betadine, las er – und ließ ein wenig der kalten Flüssigkeit über die Wunde laufen. Dann drückte sie mit mehr Mull auf die Stelle und hielt eine Minute lang still. Vimal verspürte den absurden Drang, sich nach dem Befinden ihrer Familie und ihrer letzten Physiologieklausur zu erkundigen.

»Jetzt wieder leuchten«, sagte sie und positionierte seine Hand mit dem iPhone.

Sie holte mehrere Klammerpflaster aus der Tasche und klebte sie über die Wunde. »Wie sehr tut es weh? Auf einer Skala von eins bis zehn?«, fragte sie.

»Drei und sieben Sechzehntel. Das wollte ich schon immer mal sagen.«

»Hier.« Sie reichte ihm schmallippig ein Fläschchen mit Paracetamol-Tabletten und eine kleine Flasche Wasser. Er schluckte zwei der Pillen und trank die Hälfte des Wassers.

»Das war der einzige Splitter, der unter die Haut gedrungen ist. Der Rest sind blaue Flecken, kleine Schnitte und Kratzer.« Sie tastete die Rippen ab. Es tat weh, aber nicht allzu sehr. »Nichts gebrochen.«

Vimal versuchte, das Pochen der Wunde zu ignorieren, nahm das Stück Kimberlit und betrachtete es. Es war nicht groß – etwa anderthalb Zentimeter lang und ziemlich dünn. Er steckte es ein.

»Als Souvenir?«

Er erwiderte nichts, sondern zog das Unterhemd und den Pullover wieder herunter.

»Hier«, sagte Adeela und gab ihm die braune Flasche Betadine. »Das Zeug hinterlässt üble Flecken, aber das dürfte nicht deine größte Sorge sein. Ach, und dann das noch.« Sie zog einen lilafarbenen Pullover der NYU aus ihrer Tasche. Groß. Nicht ihrer. Vielleicht hatte sie ihn für ihren Vater gekauft. Vimal hatte sie um Kleidung zum Wechseln gebeten. Sein hellgraues Sweatshirt war voller Blut. Er hätte sich ein neues kaufen können, aber er musste sein Geld zusammenhalten.

Schweigend sahen sie einer Frau dabei zu, wie sie drei französische Bulldoggen ausführte, jede mit eigener Leine. Die Hunde sprangen fröhlich umher, und die Besitzerin musste ständig mit den Leinen hantieren, damit sie sich nicht verhedderten.

Bei jeder anderen Gelegenheit hätten Vimal und Adeela gelacht. Nun starrten sie bloß wie betäubt vor sich hin.

Adeela nahm seine Hand und lehnte ihren Kopf an seine Schulter.

»Du gehst nicht nach Hause, oder?«, fragte sie.

»Nein.«

»Sondern?«

»Ich tauche für eine Weile unter.«

Sie lachte humorlos auf. »Ich hätte beinahe gesagt, wie der Zeuge in einem Gangsterfilm. Aber *wie* stimmt nicht. Es ist *tatsächlich* so. Doch wo willst du hin, Vimal?«

»Ich bin mir noch nicht sicher.«

Das Gegenteil war der Fall, aber er wollte noch nicht darüber reden. Die Zeit würde kommen. Nun wollte er erst mal weg von der Straße. Es wurde immer kälter, und er war erschöpft.

Er ließ ihre Hand los. Sie standen auf. Vimal legte den Arm um sie und zog sie an sich, trotz der Schmerzen in seiner Seite. »Ich melde mich bald. Was auch immer geschieht, es ändert nichts zwischen uns.« Er lächelte. »Außerdem stehen deine Prüfungen an. Du hättest sowieso keine Zeit für mich.«

Sie fand das überhaupt nicht lustig, das konnte er sehen, und er bedauerte den dämlichen Spruch. Trotzdem küsste sie ihn zärtlich. Bislang hatte noch keiner von ihnen das Wort »Liebe« in den Mund genommen, doch er wusste, dass der Moment nun gekommen schien. Sie beugte sich vor und hielt ihre Lippen dicht an sein Ohr. »Geh zur Polizei«, flüsterte sie dann. »Die können dich vor ihm beschützen.«

Sie hängte sich ihre Tasche über die Schulter, machte kehrt und hielt auf die U-Bahn-Station an der Vierten Straße West zu. Vimal blickte ihr hinterher. Sie ging auf die für sie typische Weise, langsam und sinnlich. Ja, die Polizei würde ihn vermutlich vor dem Killer schützen können.

Doch das reichte bei Weitem nicht aus.

# 10

Es war zwanzig Uhr. Lincoln Rhyme rollte näher an einen der hochauflösenden Monitore in seinem Labor heran. »Fang an.«

Mel Cooper drückte eine Taste, und ein Video erschien.

Die Bilder stammten von einer Kamera, die auf die Zufahrt zu einer Laderampe im Untergeschoss von Patels Firma gerichtet war. Sie befand sich auf der Rückseite des Gebäudes zur Sechsundvierzigsten Straße hin.

Laut Zeitstempel hatte die Tür dort sich um 12.37 Uhr an jenem Tag geöffnet. Ein Mann mit dichtem schwarzem Haar und dunkler Jacke war mit gesenktem Kopf die Stufen der Rampe hinuntergelaufen und dann nach oben zur Straße geeilt. Sein Gesicht war nicht gut zu erkennen, aber es schien sich um einen Inder zu handeln – was für einen Mitarbeiter Patels nur logisch gewesen wäre. Er war schlank und relativ klein, wie sich anhand eines Müllcontainers ergab, an dem er vorbeiging. Sein Alter ließ sich unmöglich genau bestimmen, aber er wirkte jung, ungefähr Mitte zwanzig.

»Er ist verletzt«, stellte Sachs fest.

Der Mann hielt sich die Seite. Auf dem Standbild sah man etwas Helles in seiner Hand, vielleicht die Papiertüte, die von dem Schuss getroffen worden war. Cooper ließ den Film weiterlaufen, und der Mann verschwand außer Sicht.

»Und hier der andere«, sagte der Techniker.

Diese Aufnahme stammte von der Siebenundvierzigsten Straße, aus dem Schaufenster eines Juwelierladens neben Patels

Gebäude. Um 12.51 Uhr ging ein Mann mit kurzer schwarzer oder marineblauer Jacke, dunkler weiter Stoffhose und Strickmütze an dem Geschäft vorbei. Sein Gesicht blieb unkenntlich, er hatte den Kopf weggedreht. In der linken Hand trug er einen Aktenkoffer, seine rechte Hand steckte in der Jackentasche.

»Hält er die Waffe bereit?«

»Kann sein«, antwortete Sachs auf Rhymes Mutmaßung.

»Und noch ein Film«, sagte Cooper. »Zwei Türen weiter westlich auf der Siebenundvierzigsten. Eine Minute später.«

Derselbe Mann war von der Kamera eines anderen Juweliergeschäfts erfasst worden. Sein Kopf war immer noch gesenkt und abgewandt, und er blickte auf ein Mobiltelefon.

»Der Mistkerl wusste ganz genau, dass er gefilmt wird«, murmelte Sellitto.

»Noch mal, bitte«, sagte Sachs. »Und das Smartphone vergrößern.«

Cooper versuchte es, aber ohne Ergebnis. Auf dem Display des Telefons ließen sich keine Einzelheiten erkennen. »Sollten wir die Protokolle der Mobilfunkmasten überprüfen?«

»Mit Theaterviertel und Times Square, noch dazu an einem Samstag?« Sellitto lächelte gequält. »Gebt mir fünfzig Leute und eine Woche Zeit, um uns durch die Daten zu wühlen, dann bin ich sofort einverstanden.«

»Nur so ein Gedanke.«

»Wir wissen, dass der Zeuge ein junger Mann mit schwarzem Haar und dunkler Haut ist, wahrscheinlich ein Inder. Seine Jacke ist schwarz oder dunkelblau, die Hose dunkel«, sagte Sachs. »Und er ist mobil. Die Steinsplitter scheinen nicht allzu viel Schaden angerichtet zu haben.«

»Unser mysteriöser VL?«, fragte Sellitto.

»Gut möglich«, entgegnete sie.

Möglich. Eventuell. Nicht unbedingt.

Es klingelte an der Tür, und Rhyme schaute auf den Bildschirm der Gegensprechanlage.

Er und Sachs sahen sich an. »Der Typ von der Versicherung?«, wagte sie eine Vermutung.

Sie hatte die New Yorker Filiale des Unternehmens angerufen, bei dem die Diamanten versichert waren. Der hartherzige Llewellyn Croft hatte den Verlust bereits dort angezeigt, und der Leistungsprüfer hatte angeboten, trotz der späten Stunde noch am Abend vorbeizukommen.

Der drohende Anspruch auf fünf Millionen Dollar Versicherungsleistung wirkte wohl ziemlich motivierend, glaubte Rhyme.

»Lass ihn rein«, wies er Thom an.

Kurz darauf führte der Betreuer den Mann in den Salon. Er nickte zum Gruß und schien von all der forensischen Ausrüstung sichtlich beeindruckt zu sein. »Junge, Junge«, sagte er leise.

Sein Name war Edward Ackroyd. Er war der leitende Leistungsprüfer von Milbank Assurance, Broad Street, Lower Manhattan.

Alles an ihm wirkte mittelmäßig. Er war durchschnittlich groß, durchschnittlich schwer und hatte durchschnittlich viele, ordentlich gestutzte karamellfarbene Haare. Sogar seine Augen waren nussbraun, eine Schattierung, der das Kunststück gelang, ungewöhnlich und unauffällig zugleich zu sein. Und natürlich war er ein Mann in der Mitte des mittleren Alters.

»Was für eine furchtbare Tragödie«, sagte er mit einem Akzent, der Rhyme an einen Nachrichtensprecher der BBC erinnerte. »Jatin Patel … ermordet. Und auch dieses Paar. Die ganze Zukunft noch vor sich. Zunichte.«

Wenigstens dachte Ackroyd zunächst an die Opfer anstatt an die Edelsteine.

Thom nahm Ackroyds beigefarbenen Mantel entgegen. Der Mann trug einen grauen Anzug – mit Weste, was in den USA heutzutage kaum noch vorkam. Sein Hemd war gestärkt, und die Krawatte sah ebenfalls danach aus, wenngleich Rhyme sich das bestimmt nur einbildete. In Anbetracht der vornehmen Kleidung und der Uhrzeit war Ackroyd womöglich von einer noblen Dinnerparty oder einem Theaterabend weggeholt worden. Er trug einen Ehering.

Die Anwesenden stellten sich vor. Ackroyd reagierte kaum auf Rhymes Zustand – der ausgewachsene Gaschromatograph samt Massenspektrometer in einer der Ecken schien ihn deutlich mehr zu überraschen –, und als Rhyme ihm seine funktionsfähige rechte Hand entgegenstreckte, ergriff er sie, allerdings behutsam.

»Möchten Sie nicht Platz nehmen?«, fragte Sachs.

»Nein, danke, Detective. Ich kann nicht lange bleiben und wollte nur kurz meine Aufwartung machen.« Er sah sich um. »Ich hatte mit … einer Art Polizeirevier gerechnet, glaube ich.«

»Wir führen manche Ermittlungen von hier aus durch«, sagte Sellitto. »Lincoln war früher der Chef der Spurensicherung, nun ist er als Berater tätig.«

»Fast wie unser Sherlock Holmes.«

Rhyme deutete ein mattes Lächeln an. Er hatte diesen Vergleich schon etwa fünfhundert Mal zu hören bekommen.

»Bevor ich in die Privatwirtschaft gegangen bin, habe ich für die Metropolitan Police gearbeitet, also Scotland Yard.« Sein Blick wanderte abermals über die Geräte. »Eine beachtliche Ausstattung. Und das in einem Privathaus.« Er ging zu dem Gaschromatographen und musterte ihn bewundernd.

»Es hat ein paar Jahre gedauert, alles zusammenzubekommen«, erklärte Rhyme. »Für die Grundlagenarbeit reicht es aus. Wenn es komplizierter wird, delegieren wir.«

»Mitunter sind die Grundlagen alles, was man braucht«, sagte Ackroyd. »Zu viele Fakten ergeben zu viele Spuren. Der Wald vor lauter Bäumen, nicht wahr?«

Rhyme nickte. Der Mann wurde ihm allmählich sympathisch. Ein ehemaliger Cop, der nun als privater Ermittler tätig war, fast wie er selbst.

Nein, ein beratender Detektiv.

Wie Sherlock Holmes sich zu nennen pflegte.

»Haben Sie Patel gekannt?«, fragte Sellitto. »Oder jemanden, der für ihn gearbeitet hat?«

»Nein, ich kannte ihn nur dem Namen nach. Wie jeder, der auch nur entfernt mit der Diamantenindustrie zu tun hat. Jatin Patel war ein Diamantär – sofern Ihnen das ein Begriff ist.«

»Nein.«

»Damit bezeichnet man die absolute Spitzenklasse all jener Leute, die mit der Herstellung oder Bearbeitung von Diamanten betraut sind. In seinem Fall steht es für einen meisterhaften Diamantenschleifer. Heutzutage werden die Steine überwiegend in Indien bearbeitet, ein paar auch in Antwerpen oder Israel. New York war früher mal eines der Zentren und ist stark geschrumpft, doch die hier verbliebenen Diamantäre sind die besten der besten. Und Patel zählte in seinem Bereich ganz sicher dazu.«

»Was hat ihn denn ausgezeichnet?«, fragte Sachs.

»Um das zu erklären, müsste ich ein wenig ausholen.«

»Gern«, sagte Sellitto.

»Die Verwandlung eines Rohdiamanten in einen fertigen Edelstein geschieht in fünf Stufen. Zunächst das Konzipieren – die Untersuchung des Steins, um die maximal mögliche Größe und Qualität und damit den Profit zu ergründen. Dann das Spalten entlang der Spaltebene mit einem festen Schlag. Vor diesem Schritt wird ein Diamant manchmal monatelang studiert. Ein Missgeschick hierbei könnte den Verlust von einer

Million Dollar bedeuten, und zwar im Bruchteil einer Sekunde.«

»Ich dachte immer, Diamanten wären unzerbrechlich«, warf Sellitto ein.

Ackroyd schüttelte den Kopf. »Das ist ein verbreitetes Missverständnis, Detective. Diamanten sind das härteste natürlich vorkommende Material der Welt, ja, aber ›hart‹ bedeutet in diesem Zusammenhang, dass man ihnen nur schwer *Kratzer* zufügen kann. In Wahrheit sind sie äußerst spröde. Man kann einen Diamanten mit einem Hammerschlag zertrümmern, den ein Stück Quarz mühelos aushalten würde. Also, wie gesagt: erste Stufe das Konzipieren, zweite Stufe das Spalten. Dann das Sägen mit einem Laser oder einer diamantbeschichteten Klinge oder Trennscheibe *entgegen* der Spaltebene, um die gewünschte Grundform zu erlangen. Danach folgt das sogenannte Reiben, bei dem der Außenrand des Diamanten auf einer Drehbank gerundet wird – mittels eines anderen, besonders harten Diamanten oder manchmal auch eines Lasers. Jedenfalls wenn man die beliebteste Schmuckform möchte: einen runden Brillanten. Die letzte Stufe ist der Kreuzerschliff, mit dem die Facetten des Steins gestaltet werden.«

Versicherungsangestellte waren bestimmt nicht immer so begeistert bei der Sache, mutmaßte Rhyme. Doch er gelangte allmählich zu der Überzeugung, dass in der Diamantenindustrie generell mehr Leidenschaft oder gar Besessenheit vorherrschte als anderswo.

»Nun zu Jatin Patel. Fast alle Diamantenschleifer der Welt nutzen in der heutigen Zeit Computer für neunzig Prozent ihrer Arbeit. Die Massenware am unteren Ende des Spektrums wird durchweg automatisch konzipiert, geschliffen und poliert. Das gilt auch für viele, wenn nicht sogar die meisten hochwertigen Diamanten. Doch Mr. Patel? Der hat alles von Hand erledigt. Seine Diamanten sind die besten, die Sie je zu

Gesicht bekommen werden, und sein Tod ist ein gewaltiger Verlust. Ginge es um Malerei, dann wäre dies wie die Ermordung von Picasso oder Renoir. Also, Sir …«

»›Lincoln‹ reicht völlig. Wirklich.«

»Ja, Lincoln. Natürlich. Also, Mr. Croft hat meine Firma offiziell über den Verlust der Grace-Cabot-Rohdiamanten unterrichtet. Sofern die Steine nicht innerhalb der nächsten dreißig Tage wiederbeschafft werden können, müssen wir gemäß der Police den versicherten Wert von knapp fünf Millionen Dollar auszahlen. Wir würden es natürlich bevorzugen, die Diamanten innerhalb der genannten Frist zurückzubekommen. Und ich hoffe, das wird uns gelingen. Doch falls nicht, gehen die Eigentumsrechte auf uns über, sobald die Forderung beglichen wird. Das Konzept ist Ihnen vertraut?«

»Als ich fünfzehn war, wurde ich von einem herrenlosen Einkaufswagen angefahren«, sagte Mel Cooper, ohne den Blick vom Computer abzuwenden. »Die Platzwunde musste genäht werden, und ich hab mir den Knöchel gebrochen. Die Versicherung hat gezahlt und dann den Supermarkt verklagt. Sie ist an meine Stelle getreten.«

Dieser Exkurs war völlig überflüssig, fand Rhyme. Doch die anderen schienen sich nicht daran zu stören.

»Genau. Und es tut mir leid, dass Sie verletzt wurden.« Ackroyds Mitgefühl wirkte echt.

»Das ist schon lange her.«

»Milbank, meine Firma, würde durch die Zahlung der Versicherungssumme also in die Rechte des früheren Eigentümers eintreten und weiterhin versuchen, das Diebesgut zurückzubekommen, um es zu verkaufen und so den finanziellen Verlust auszugleichen. Daher haben sowohl Sie als auch meine Firma eindeutig ein Interesse daran, die Diamanten zu finden. Und ich persönlich« – in seiner Stimme schwang nun etwas Wut mit – »würde den Täter gern für immer hinter Gittern sehen. Diamantendiebstähle haben oft etwas Vornehmes an sich. Gewalt ist dabei völlig unüblich. Fast, als wäre sie ein unlauteres Mittel. Und Mord? Unvorstellbar. Ich werde Ihnen daher nach besten Kräften behilflich sein. Ich stehe zu Ihrer Verfügung. Und vielleicht kann ich Ihnen bereits mit einem Hinweis dienen.«

Er zog ein Notizbuch aus der Innentasche seines Jacketts und schlug es mit manikürten Fingern auf. »Gleich nachdem Mr. Croft meinen Chef angerufen und der mir daraufhin den Fall übertragen hatte, habe ich ein wenig herumtelefoniert. Ein Händler aus Amsterdam, den ich von früheren Fällen kenne, sagte, er sei wenige Stunden zuvor von einem Mann aus New York angerufen worden, der Rohdiamanten verkaufen wollte. Insgesamt ging es um fünfzehn Karat, was ungefähr dem Grace-Cabot-Gewicht entspricht. Der Händler hat abgelehnt – ihm haben die finanziellen Mittel gefehlt –, sich aber für etwaige zukünftige Geschäfte trotzdem die Nummer notiert. Hier ist sie.«

»Mel?«, bat Rhyme.

Der Techniker schrieb die Nummer aus Ackroyds Notizbuch ab und rief die Abteilung für Computerkriminalität an. Nach einer Unterredung mit dem dortigen Spezialisten musste Cooper einen Moment warten. Dann folgt ein weiteres kurzes Gespräch, und er legte auf. »Ihr Freund in Amsterdam wurde in der Tat von New York aus angerufen, aber mit einem Prepaidtelefon, das derzeit nicht aktiv ist. Vielleicht wurde es zerstört, oder es ist einfach nur der Akku leer. Für den Fall, dass das Telefon wieder eingeschaltet wird, steht die Nummer nun auf unserer Überwachungsliste.«

Für einen Gerichtsbeschluss reichte das nicht aus, dachte Rhyme. Doch falls es das Telefon von Täter 47 war und er es ein weiteres Mal benutzte, konnten sie es womöglich anpeilen und ihm einen Besuch abstatten.

»Gut. Vielen Dank«, sagte Sellitto. »Wir haben uns außerdem gefragt, wo der Dieb hier vor Ort einen Abnehmer für die Ware finden könnte. Ich habe mit einigen Kollegen bei Polizei und FBI gesprochen, die sich mit gestohlenen Edelsteinen auskennen – aber in den Fällen geht es meistens um fertige Steine von minderer Qualität. Sie konnten mir niemanden nennen, der in der Lage wäre, Rohdiamanten im Wert von fünf Millionen Dollar zu verschieben.«

»Nein, das ist ein ziemlich spezieller Markt«, sagte Ackroyd. »Ich weiß nicht, ob Mr. Croft es erwähnt hat, aber der Dieb hat sich für Rohware entschieden, weil die sich schwieriger verfolgen lässt. Im Gegensatz zu fertigen Steinen wurde noch keine Seriennummer angebracht.«

»Ja«, sagte Rhyme. »Das hat er uns erzählt.«

»Der Raub hat sich natürlich bereits herumgesprochen. Jeder in der Branche weiß Bescheid. Ich habe Kontaktleute hier und in Übersee gebeten, mich sofort zu verständigen, falls jemand Rohware anbietet … oder nach einem Schleifer sucht, der keine Fragen stellt.«

»Davor hatte Croft wohl am meisten Angst«, sagte Rhyme.

Ackroyd lächelte zurückhaltend. »Mr. Croft ist zwar unser Kunde, aber ich glaube, sogar er selbst würde zugeben, dass er ein wenig zu sehr an seiner Ware hängt. Wissen Sie, er entstammt der alten Tradition der Diamantenproduktion. Es gibt einen neuen Trend, Diamanten zu individualisieren, oft durch zusätzliche Facetten oder außergewöhnliche Größen und Tiefen. Die Anbieter verlangen dafür oft mehr, als der Stein eigentlich wert ist, mit dem Argument, der Käufer erhalte etwas Einzigartiges und Unvergleichliches. Doch das ist unredlich. Viele dieser Firmen berücksichtigen nämlich nicht, welche besonderen Qualitäten einen Diamanten überhaupt ausmachen. Grace-Cabot würde so etwas niemals tun. Die Rohdiamanten, die sie Patel zur Bearbeitung geschickt haben, wären durch ihn zu außergewöhnlichen Brillanten geworden. Falls man sie nun in irgendeiner Hinterhofwerkstatt schleift, werden sie in der Schmuckabteilung eines Kaufhauses oder bei einem Allerweltsjuwelier enden.«

»Wer sind denn Ihre Kontaktleute?«, fragte Sachs.

»Ach, Diamantäre, Makler, Minenmitarbeiter, Juweliere, Edelmetall- und Juwelengroßhändler, Transport- und Sicherheitsunternehmen sowie einige Investmentfirmen – Diamanten gehören ebenso wie Gold zu so manchem Portfolio. Ich möchte aber nicht behaupten, diese Leute seien sonderlich gesprächig. In der Branche ist man Außenseitern gegenüber generell misstrauisch. Als Versicherungsmann musste ich hart dafür arbeiten, einen Fuß in die Tür zu bekommen, wenn Sie so wollen. Im Laufe der Jahre ist mir das zwar halbwegs gelungen, aber auch ich muss mich jedes Mal mächtig anstrengen, um die Leute zur Mitarbeit zu bewegen.«

Rhyme erinnerte sich an Ron Pulaskis Aussage, wie schwierig es sei, im Diamantenviertel Unterstützung bei der Suche nach VL zu erhalten. »Mit unseren Beamten im Umfeld des Tatorts will auch kaum jemand reden.«

»Die Morde dürften die Zurückhaltung noch erheblich verstärken«, sagte Ackroyd. »Ich glaube, die Leute haben einfach Angst.«

Eine häufige Begleiterscheinung bei Teppichmessern.

»Nun, es tut mir leid, dass die Nummer aus Amsterdam nichts gebracht hat. Aber vielleicht schaltet der Verdächtige das Telefon ja noch mal ein. Hoffen wir das Beste. So, ich werde mich weiter umhören und Sie auf dem Laufenden halten.«

»Das wäre wirklich sehr nett«, sagte Sellitto. »Danke.«

Ackroyd nahm seinen Mantel von der Garderobe, wo Thom ihn aufgehängt hatte, und zog ihn an. »Falls ich noch etwas tun kann, lassen Sie es mich bitte wissen. Ich darf von mir behaupten, dass ich die Ware meiner Kunden bei Milbank meistens wiederbeschaffen kann.« Er lachte leise auf. »Nun ja, wir hören voneinander. Guten Abend.«

* * *

»Und?«, fragte Rhyme.

»Der könnte uns nützlich sein«, sagte Ron Pulaski. »Er ist wohl wirklich ein alter Fuchs.«

Rhyme seufzte. »Geht es etwas genauer?«

Eine Stunde zuvor hatte Edward Ackroyd sich verabschiedet. Ron Pulaski war aus dem Diamantenviertel zurückgekehrt, wo er nichts weiter über die Zeugen S und VL oder gar über Täter 47 in Erfahrung gebracht hatte. Andere Beamte setzten die Befragungen fort.

Pulaski war daraufhin angewiesen worden, den Ermittler der Versicherung zu überprüfen. Eine Online-Recherche ergab, dass Ackroyds Firma, Milbank Assurance, beheimatet in London, tatsächlich Filialen in New York, San Francisco, Paris und Hongkong besaß. Pulaski hatte sich zudem an Fred Dellray gewandt – einen FBI-Agenten, mit dem sie bisweilen zusammenarbeiteten – und ihn gebeten, bei Scotland Yard nachzufragen. Ja, Edward Ackroyd war als Detective erfolgreich beim Raubdezernat tätig gewesen, bevor er den Dienst quittiert hatte, um zu Milbank zu wechseln. Pulaski konnte nicht bestätigen, dass Grace-Cabot auch wirklich zu den Kunden der Firma zählte – derartige Informationen waren nicht öffentlich zugänglich –, aber Milbank warb damit, auf Versicherungen in der Edelmetall- und Schmuckbranche spezialisiert zu sein, darunter auch Bergbaubetriebe.

Ackroyd bestand also den Test … und hatte Informationen geliefert, die hilfreich hätten sein können oder noch sein würden – der Anruf bei dem Händler in Amsterdam. Dennoch gab es einen Vorbehalt. Sie hatten ein gemeinsames Interesse, ja, aber nur bis zu einem gewissen Punkt. Sobald die Rohdiamanten gefunden waren, würden Milbank und Grace-Cabot bei Gericht vorstellig werden, um die Steine ausgehändigt zu bekommen. Rhyme und Sellitto würden hingegen wollen, dass das Diebesgut als Beweismittel im Gewahrsam des NYPD blieb, bis Täter 47 verurteilt war, was eine Weile dauern könnte. Und falls die Diamanten wieder auftauchten, ohne dass der Täter gefasst wurde, würden sie auf unbestimmte Zeit in der Asservatenkammer verbleiben müssen. Weder die Versicherung noch das Bergbauunternehmen würden darüber begeistert sein.

Rhyme beschloss, diesen Umstand vorläufig zu ignorieren. Kommt Zeit, kommt Rat, dachte er bei sich.

Im Augenblick ging es in erster Linie darum, den Killer zu finden, und falls der vornehme Brite dabei helfen konnte, würde Rhyme seine Abneigung gegen Berater überwinden (völlig ungeachtet der Tatsache, dass er selbst einer war) und Ackroyd ins Team holen.

»Okay, Frage«, sagte Sellitto. »Unser Engländer wurde überprüft. Erzählen wir ihm von dem jungen Mann bei der Laderampe und dem bärtigen Kerl im Korridor, der Patel um elf Uhr aufgesucht hat?«

Sie erörterten das und beschlossen, Ackroyd hierbei nicht um Unterstützung zu bitten. Rhyme argumentierte, der Mann möge ja vertrauenswürdig sein, doch seine Kontakte könnten, ob nun vorsätzlich oder unabsichtlich, Informationen preisgeben, die bis zu Täter 47 vordrangen.

»Aber lasst uns das Foto des Jungen an unsere Leute vor Ort weitergeben«, sagte Sachs.

Rhyme und die anderen gingen erneut die Überwachungsvideos durch, und Cooper fertigte Standbilder des mutmaßlichen VL an.

»Gebt es zur stadtweiten Verbreitung frei, aber lasst Midtown North und South ganz gezielt nach ihm suchen«, sagte Rhyme. »Fügt hinzu, dass seine Initialen vermutlich VL lauten und dass er ein junger Inder ist.«

»Äh, wir sollten wohl lieber Südasiate sagen«, wandte Cooper ein.

»Schreib Südasiate *Schrägstrich* Inder«, murmelte Rhyme. »Und falls das jemandem nicht passt, kann er mich Krüppel ja wegen politischer Unkorrektheit verklagen.«

# II

# DAS SPALTEN

## Sonntag, 14. März

# 11

Sein Telefon summte. Die Nummer sagte ihm nichts. Er seufzte und nahm das Gespräch schweren Herzens trotzdem an. »Ja?«

»Mr. Saul Weintraub?«

Ein Zögern. »Ja. Wer spricht da, bitte?«

»Detective Amelia Sachs vom NYPD.«

»Aha.«

»Sir, haben Sie einen gewissen Jatin Patel in der Siebenundvierzigsten Straße aufgesucht? Gestern so gegen elf Uhr vormittags?«

*A broch ...*

Das hatte ihm gerade noch gefehlt. Saul Weintraub hatte so sehr gehofft, anonym bleiben zu können. Der Einundfünfzigjährige stand in dem winzigen verstaubten Wohnzimmer seines Hauses in Queens. Ein unordentlicher, aber behaglicher Ort, angefüllt mit diversen abgelegten Gegenständen aus dem Haushalt seiner Eltern und den Stücken, die er und seine Frau im Laufe der Jahre gekauft hatten. Seine Hand umklammerte den Hörer des Festnetztelefons. Sein Herzschlag beschleunigte sich, und ihm wurde übel.

»Ich ...« Er konnte es nicht leugnen. »Ja, das habe ich.«

»Wissen Sie, dass er tot ist?«

»Ja, ja ... Und woher wissen Sie von mir?«

»Sie wurden von der Überwachungskamera in Mr. Patels Gebäude aufgezeichnet. Wir haben Ihr Bild in der Nachbarschaft herumgezeigt. Ein Juwelier hat Sie erkannt.«

*A broch …*

Die Polizistin würde sauer auf ihn sein, weil er sich nicht gemeldet hatte. Aber er wollte einfach nicht in die Sache verwickelt werden. Das barg zu viele Risiken – sowohl für seinen guten Ruf in der Diamantenbranche als auch für seine Gesundheit, falls der psychotische Räuber davon erfuhr, der Patel und dieses arme Paar umgebracht hatte.

»Ich weiß nichts. Andernfalls hätte ich sofort zum Telefon gegriffen. Als es passiert ist, war ich längst weg.«

Doch es ging ihr gar nicht um seine Aussage. »Hören Sie, Mr. Weintraub, dies ist wichtig. Wir glauben, dass Mr. Patels Mörder Ihren Namen kennt.«

*»Was?«*

»Wir glauben, er hat Mr. Patel gezwungen, Ihre Identität preiszugeben. Ist Ihnen jemand aufgefallen, der Sie verfolgt oder sich draußen vor Ihrem Haus herumtreibt?«

*Gezwungen?* »Nein, aber …«

Doch er hatte gar nicht darauf *geachtet*. Wieso auch? Er ging nun zum Fenster und spähte hinaus auf die stille Sonntagmorgenstraße. Ein Junge auf einem Fahrrad. Mrs. Cavanaugh mit ihrem beigefarbenen Mantel und dem kleinen Köter, der in jede Ecke kackte.

»Ich schicke Ihnen einen Wagen. Bleiben Sie im Haus, und halten Sie die Tür verschlossen. Die Kollegen werden in fünfzehn Minuten da sein.«

»Mache ich. Aber … mir ist bei Jatin nichts Ungewöhnliches aufgefallen. Wirklich nicht.«

»Sie könnten dem Killer draußen auf der Straße über den Weg gelaufen sein, bevor er Patel aufgesucht hat. Wie dem auch sei, *er* jedenfalls könnte das glauben. Wir möchten nur sicherstellen, dass Ihnen nichts zustößt. Und wir werden Sie bitten, sich hier bei uns ein paar Videoaufnahmen anzusehen.«

»Aber woher sollte er wissen, wo ich wohne? Jatin hat meine Privatadresse nicht gekannt. Wir hatten nur gelegentlich miteinander zu tun. Ich habe ein halbes Dutzend Mal Steine für ihn bewertet. Mehr war da nicht. Er kannte meine Geschäftsanschrift, aber das war es auch schon.«

»Lassen Sie es uns hoffen. Andererseits dürfte es nicht allzu schwierig sein, Sie ausfindig zu machen. Gehen wir doch lieber auf Nummer sicher. Meinen Sie nicht auch?«

Er seufzte. »Na gut, meinetwegen.«

Weintraub verlagerte sein Gewicht von einem Fuß auf den anderen. Unter dem jahrzehntealten Orientteppich, einem Hochzeitsgeschenk von Cousin Morris, knarrten die Bodendielen. Er dachte kurz an seinen guten Vorsatz, sieben Kilo abzuspecken, und erkannte dann, wie trivial das nun schien.

»Gestohlen wurden übrigens einige sehr wertvolle Rohdiamanten«, sagte die Frau. »Grace-Cabot, die Bergbaufirma, hatte sie erst kurz zuvor geliefert. Hat Patel die Steine erwähnt? Oder dass jemand sich für sie interessiert?«

»Nein, er hat nichts darüber gesagt.«

»Wir können das später genauer erläutern, aber ich möchte Sie schon jetzt fragen: Ein junger Inder, vermutlich ein Mitarbeiter von Patel, ist zufällig in den Überfall geraten, konnte aber entkommen. Seine Initialen sind VL. Haben Sie eine Ahnung, wer das sein könnte?«

»Ich weiß es nicht. Ehrlich. Wie schon gesagt, ich habe nur alle paar Monate einen Auftrag für ihn erledigt.«

»Der Wagen sollte gleich da sein, Mr. Weintraub. Haben Sie Familie?«

»Meine Frau besucht an diesem Wochenende unsere Tochter im College.«

»Vielleicht sollten Sie sich den beiden anschließen oder anderweitig für eine Weile die Stadt verlassen.«

»Glauben Sie wirklich, dieser Mann sucht nach mir?«

»Ja, das tun wir.«

*»Gotteniu.«*

»Verriegeln Sie stets Ihre Tür.«

Sie beendeten das Gespräch. Plötzlich herrschte Stille. Weintraub lauschte dem Glucksen und Zischen des Heizkörpers, dem Ticken der kitschigen Wanduhr.

*A broch* … Hölle und Verdammnis.

Weintraub hatte natürlich von dem Verbrechen gehört, kannte aber kaum Einzelheiten, denn es war am Sabbat geschehen, und er konnte daher die Nachrichten nur eingeschränkt verfolgen. Als religiöser und theoretisch sogar orthodoxer Jude hielt er sich dennoch nicht allzu konsequent an das am Sabbat geltende Verbot der neununddreißig Kategorien von Arbeit. Er war zum Beispiel nicht mit dem Auto zu Jatin Patels Firma gefahren, aber zu Fuß gegangen war er auch nicht (von Queens nach Manhattan?!); er hatte die U-Bahn genommen. Ein Kompromiss. Und bei Patel war er die Treppe in den zweiten Stock hinaufgestiegen, anstatt den Aufzug zu benutzen. Fernsehen war nicht ausdrücklich untersagt, aber das Einschalten von Strom war es, und das Gerät am Freitagabend über Nacht laufen zu lassen, war heikel, denn der Unsinn, der auf den Privatsendern lief, verstieß gegen das Verbot der *Uvdin d'Chol*, der profanen Alltagstätigkeiten. Also hatte er den Fernseher am Samstag erst weit nach Sonnenuntergang eingeschaltet und so von der entsetzlichen Tat erfahren.

Nun war der Sabbat vorbei, und er schaltete erneut das Fernsehgerät ein. Der Bildschirm wurde hell, und es lief … ein Werbespot. Was auch sonst? Jedenfalls nichts über das Verbrechen.

Er schob die schweren goldfarbenen Vorhänge beiseite und sah ein weiteres Mal nach draußen.

Keine finsteren Gestalten. Keine Killer.

Weintraub holte seinen Mantel von der Garderobe im Flur.

Noch zehn Minuten, bis der Wagen eintreffen würde. Die nette Polizistin – nett, weil sie ihn für seine Zurückhaltung nicht ausgeschimpft hatte – hatte laut ihrer Ortsvorwahl aus Manhattan angerufen. Lag dort ihre Dienststelle? Und was würde er im Anschluss an die Vernehmung tun? Seine Frau und Tochter hatten ein Mutter-Tochter-Wochenende geplant. Er konnte sie dabei nicht stören. Und er wollte es auch nicht, ehrlich gesagt.

Seine Hände ballten sich zu Fäusten, öffneten sich wieder. Ach, wie traurig!, dachte er. Jatin Patel. Tot. Einer der besten Diamantäre der Welt. Die entwendeten Steine mussten sehr wertvoll gewesen sein – Patel arbeitete nur an erstklassigem Material –, aber dass jemand dafür mehrere *Morde* beging? Vielleicht in Afrika, Russland oder auch Südamerika. Aber doch nicht hier.

Er musste wieder daran denken, wie nett sie gewirkt hatte, diese Amanda, nein, Amelia. Ihren Nachnamen hatte er vergessen, wusste aber noch, dass er deutsch klang. Womöglich sogar jüdisch. Wie alt sie wohl sein mochte? Und war sie verheiratet? Weintraubs achtundzwanzigjähriger Sohn war immer noch ledig.

Er seufzte.

Sein Mobiltelefon summte.

Seltsam. Das war der Eigentümer des Feinkostladens neben seinem Büro – etwa zehn Blocks von hier. Er und der Mann waren befreundet, sprachen aber so gut wie nie am Telefon miteinander.

»Ari. Was gibt's? Ist alles in Ordnung?«

»Saul. Ich wollte dir nur Bescheid geben. Ein Mann war hier, hat einen Kaffee bestellt und sich nach dir erkundigt. Er wirkte ganz nett. Er wollte wissen, ob du der Weintraub bist, der am Ditmars Court wohnt. Jenny hat es ihm bestätigt. Sie hat es mir eben erst erzählt.«

»Wann war das?«

»Vor ungefähr einer halben Stunde.«

Weintraub überlegte hektisch: Patel verrät dem Killer meinen Namen und meine Büroanschrift – denn meine Privatadresse kennt er nicht. Also fängt der Killer an, in der Nachbarschaft meines Büros herumzufragen, bewaffnet mit einer Liste aller Saul Weintraubs in und um Long Island City. In dem Feinkostladen fragt er die Bedienung, ob der Weintraub von nebenan derjenige ist, der am Ditmars Court wohnt. Er sei ein Freund, behauptet er. Und Jenny sagt Ja.

Scheißinternet.

*A broch …*

»Ich muss los.« Er trennte die Verbindung und holte das Ziffernfeld auf das Display seines Smartphones.

Doch noch bevor er den Notruf wählen konnte, packte ihn plötzlich jemand von hinten, riss ihn herum und nahm ihm das Telefon aus der Hand. Weintraub schrie erschrocken auf. Das Gesicht des Mannes wurde von einer Skimaske verdeckt. Das Kellerfenster, dachte Weintraub. Oder das im hinteren Badezimmer. Er achtete nie darauf, ob sie auch wirklich verriegelt waren.

»Nein, nein, bitte! Ich habe denen nichts gesagt! Versprochen. Ich habe auch nichts gesehen. Ich bin keine Bedrohung für Sie!« Sein Herz schlug ihm bis zum Hals.

Der Eindringling warf einen Blick auf das Display und steckte das Telefon ein.

»Bitte«, flehte Weintraub. »Ich kann Ihnen Diamanten besorgen. Oder Gold. Was auch immer Sie wollen! Bitte! Ich habe eine Frau, eine Tochter. Bitte.«

Der Mann hob einen Finger an die Lippen, als würde er ein quengelndes Kleinkind ermahnen.

# 12

Nach den vergnüglichen Ereignissen in Jatin Patels Firma am gestrigen Tag war nun eines der *kur* zum Schweigen gebracht.

Saul Weintraub.

Bis dann. Möge dein jüdischer Gott dich willkommen heißen. Oder dich ins Höllenfeuer werfen. Oder wohin auch immer. Wladimir Rostow war nicht alt genug, um die Sowjetunion noch selbst erlebt zu haben, aber nach allem, was er wusste, hätte der staatlich verordnete Atheismus der UdSSR genau zu ihm gepasst. Er glaubte nicht an ein Leben nach dem Tod.

Also, einer erledigt. Blieb noch ein *kuriza* übrig, der dürre Junge. Rostow wartete ungeduldig auf eine Nachricht seines persischen Freundes, der Heulsuse Nashim, der den Ruhetag hoffentlich darauf verwandte, mit seinen indischen Kollegen aus der Diamantenwelt zu telefonieren.

Die zwei Töchter fielen ihm ein: Scheherazade und Kätzchen.

Was für hübsche Mädchen.

Wladimir Rostow tankte gerade etwas Energie nach. Eigentlich wohnte er in Brighton Beach, der russischen Enklave von Brooklyn, aber im Augenblick saß er im benachbarten Sheepshead, in einem seiner absoluten Lieblingsrestaurants. Das berühmte Roll N Roaster war ein regelrechtes Wahrzeichen dieser Gegend und ein Treffpunkt für die ganze Nachbarschaft. Wladimir hatte sich gleich zu Hause gefühlt, nicht zuletzt wegen der herrlichen Roastbeefsandwiches mit – na klar – Käse und der Coca-Cola, die besser schmeckte als in Moskau, gar keine Frage.

Leider durfte er im Roll N Roaster nicht rauchen, sonst wäre die Mahlzeit hier ein perfektes Erlebnis gewesen.

Eine Mutter mit zwei kleinen Jungen kam an seinem Tisch vorbei – die beiden hatten Bürstenfrisuren und breite Gesichter, genau wie er selbst. Sie starrten auf seinen Teller, vielleicht aus Erstaunen über die Größe der Portion. Vor ihm türmten sich zweieinhalb Sandwiches und ein Berg Pommes frites.

Da Little Odessa, die Gemeinde der russischen Emigranten, ganz in der Nähe lag, sagte Rostow: *»Sdrastwujte.«*

Die Jungen verzogen keine Miene und fixierten ihn mit ihren stahlblauen Augen, ebenfalls wie seine. Die Mutter nickte und verzog das zu stark gepuderte slawische Gesicht zu einem matten Lächeln. *»Choroschego dnja.«*

Rostows Blick wanderte von ihrem Gesicht zu ihrem Schritt und dann, als sie weiterging, zu ihrem Hintern. Sie trug eine kurze rote Jacke und einen engen schwarzen Rock – und er verfolgte, wie sie mit wiegenden Hüften das Restaurant verließ. Rostow überlegte, fand aber keinen vernünftigen Ansatz, seine jähe Eingebung in die Tat umzusetzen. Sich eine Mutter samt Kindern zu schnappen würde zwangsläufig zu drastischen Konsequenzen führen.

Seine Gier nach Frauen, genau wie seine Gier nach Essen (und nach den meisten anderen Dingen, darunter Diamanten), bedeutete eine stetige Gratwanderung.

*Vor die Steine gegangen …*

Was auf Russisch besser klang als auf Englisch.

Diesen Ausdruck hatte er seinen Eltern zu verdanken – ebenso wie den damit bezeichneten Zustand, eine Art kontrollierten Wahnsinn.

Angefangen hatte alles mit seinem Vater, der eines Abends – und zwar ohne einen Tropfen Wodka im Blut! – auf seine Frau losgegangen war, Rostows Mutter. Er fügte ihr eine Stichwunde zu, allerdings nur im Gesicht und bloß mit einem Schraubendreher, also nichts Ernstes. Dann zog er sich nackt aus und rannte in den nahen Wald, wo er die ganze Nacht lang offenbar irgendwelchen Tieren nachjagte und den Mond anheulte. Bei Tagesanbruch wachte er in einem Bach auf. Mit einem Stein zerschlug er die Eisdecke, die sich um ihn gebildet hatte, und kehrte nach Hause zurück. Er vergab seiner Frau die Affäre und nahm die bevorstehende Scheidung in Angriff. Die ausgiebigen Diskussionen mit seiner zukünftigen Ex umfassten Immobilien, Finanzen und Versicherungen, doch mit keiner Silbe den weiteren Verbleib des kleinen Wladimir, der ihnen beiden stets eher lästig gewesen war.

Sie beschlossen letztlich, dass er vorübergehend bei Onkel Gregor und Tante Ro leben sollte.

Also packte der Zwölfjährige seinen Koffer (nicht mal einen mit Rollen, sondern zum Schleppen) und eine Einkaufstüte und trat die innerrussische Flugreise ins malerische Mirny an.

Falls es jemals einen Ort gegeben hatte, an dem ein Junge vor die Steine gehen würde, dann Mirny.

Rostow nahm das angefangene Sandwich, schlang es mit wenigen Bissen hinunter und schob das nächste gleich hinterher. Dann widmete er sich seinem Laptop, der online war, und scrollte nach unten. Das Ding war sein Leben. Er schaute damit Pornos, spielte Spiele, verschickte E-Mails, hackte (immerhin war er Russe) … und verfolgte die Nachrichten.

So auch jetzt, während er kaute und kaute und versuchte, nicht an die Hüften der slawischen Mutter zu denken. Er las mehrere Artikel über den Vorfall beim armen Mr. Patel.

Nichts Neues. Nichts, worüber er sich Gedanken machen müsste. Und bislang hatte noch niemand eine Verbindung zwischen dem Mord an Saul Weintraub und den Ereignissen bei Patel Designs gezogen, jedenfalls nicht in den Medien, wenngleich die Polizei Bescheid wissen würde. Weintraubs Tod wurde kaum erwähnt – und auch nur in der regionalen Presse. Das »Massaker in der 47. Straße« (so die Bezeichnung der *New York Post*) dominierte die Berichterstattung.

Der Verdächtige war ein Weißer von mittlerer Statur mit dunkler Kleidung und Strickmütze.

Hm. Von *denen* gab es in New York bestimmt kaum welche.

Nun das letzte Sandwich. Ah ...

Er richtete seine Aufmerksamkeit wieder auf die Onlinemedien und die Verlautbarungen der Polizei. Es wurden einige Einzelheiten genannt, aber nicht allzu viele. Nichts über VL, das zweite *kuriza* aus Patels Terminkalender.

Er hielt sich eine Serviette vor den Mund und dämpfte einen heftigen Hustenanfall. Atme ein und wieder aus. Langsam. Der Hustenreiz legte sich. Rostow wechselte auf die Streamingseite eines großen Nachrichtensenders, legte einen Ohrhörer an und drehte die Lautstärke auf. Eine Coke und etwa ein Dutzend Fritten lang kam nichts über Patel. Dann folgte ein Beitrag über den Raubmord, moderiert von der »Leitenden Kriminalexpertin« des Senders, eine Berufsbezeichnung, die Rostow ungemein erheiternd fand, denn die Frau war höchstens dreißig Jahre alt.

Die Blondine (die zudem einen sehr reizvollen Anblick bot) saß im Studio und interviewte einen schmalen Mann mittleren Alters mit tadellos sitzendem Jackett, weißem Hemd und Krawatte. Sein Kopf wurde von einem makellosen Haarschnitt geziert.

*»Wir begrüßen nun Dr. Arnold Moore, Psychologe an der Cumberland University in Ohio und spezialisiert auf kriminelles Verhalten. Willkommen, Doktor. Nun, laut der Polizei hat der Räuber bei dem gestrigen Überfall auf einen Juwelenhändler in der Siebenundvierzigsten Straße* einige *Diamanten mitgenommen, aber Steine im Wert von mehreren Hundert-*

*tausend Dollar zurückgelassen. Das ist doch eher ungewöhnlich, oder?«*

*»Danke, Cindi. Professionelle Diebe, die es auf hochklassige Juweliere und Werkstätten wie die von Mr. Patel abgesehen haben, sind die besten der besten. Niemand würde einen so kaltblütigen Raubüberfall verüben, ohne daraus den maximal möglichen Profit zu ziehen. Das heißt, er würde jeden Diamanten mitnehmen, den er in die Finger bekommt.«*

*»›Maximal möglicher Profit.‹ Wollen Sie damit andeuten, Raubüberfälle seien, nun ja, auch nur eine Art geschäftlicher Vorgang?«*

Cindi klang ein wenig entgeistert. Rostow gefielen ihre Titten, die durch das gelbe Kleid betont wurden, obwohl eine schwere Halskette aus hölzernen Scheiben den Eindruck etwas minderte. Was soll dieses Ding?, dachte er und hörte weiter zu.

*»Ganz recht, Cindi. Und dies war keine, sagen wir mal, typische ›Transaktion‹.«*

Der Kerl malte dabei die Anführungszeichen mit den Fingern in die Luft. Rostow konnte ihn nicht leiden.

*»Deshalb glaube ich, wir haben es hier mit etwas anderem zu tun, einem anderen Motiv.«*

*»Und was könnte das sein?«*, fragte die liebe Cindi.

*»Darüber will ich nicht spekulieren. Vielleicht hatte er einen speziellen Grund, den Diamantenschleifer zu ermorden, und hat einige der Steine mitgenommen, um der Polizei einen simplen Raubüberfall vorzugaukeln.«*

Und das nennst du *nicht spekulieren*, Doktor?, dachte Rostow. Schwachkopf.

Cindi machte mit. *»Oder könnte nicht auch das Paar das eigentliche Ziel gewesen sein? William Sloane und Anna Markam aus Great Neck, New York.«*

Es wurden kurz Fotos ihrer lächelnden Gesichter eingeblendet. Rostow spülte mit Cola einen Mund voller Fritten hinunter.

*»Durchaus möglich, Cindi. Soweit ich weiß, deutet aber nichts auf ein entsprechendes Motiv hin. Keiner der beiden hatte eine kriminelle Vorgeschichte. Wie es scheint, waren sie bloß Zufallsopfer. Doch Sie haben recht, der Täter könnte sie vorsätzlich ausgewählt haben.«*

Rostow gefiel, wie die beiden sich die Bälle zuspielten mit ihrem »wollen Sie andeuten« und »Sie haben recht«. Wie Soldaten, die Handgranaten warfen. Um sicherzustellen, dass die unverantwortlichen Spekulationen auf das Konto des Gegenübers gehen würden.

*»Ein junges Paar wie dieses. Können Sie sich einen Grund dafür vorstellen?«*

*»Die beiden wollten Annas Verlobungsring abholen. Wir wissen nicht, ob der Killer das wusste, aber er könnte es sich gedacht haben.«*

*»Weil er es auf verlobte Paare abgesehen hat?«*

Die Handgranate flog.

*»Ich kann aus meiner praktischen Erfahrung lediglich bestätigen, dass es für einen psychopathischen Mörder nicht ungewöhnlich wäre, anderen zu missgönnen, was er selbst nicht hat.«*

Erfolgreich ausgewichen.

*»Jemand, der sitzengelassen wurde? Der den Laufpass bekommen hat? Oder leidet er unter der schwierigen Ehe seiner Eltern?«*

Der Doktor lächelte nachsichtig. *»Nun, dafür wissen wir wirklich noch zu wenig. Dies war jedenfalls kein gewöhnlicher Diamantenraub eines Profis.«*

Es folgte ein Werbespot. Rostow schaltete die Übertragung ab und klappte den Laptop zu.

Dann wischte er mit den letzten Fritten den Ketchup zusammen, und als immer noch etwas übrig war, nahm er die Finger. Nachdem er sie abgeleckt hatte, tauchte er sie in sein

Wasserglas und trocknete sie mit einer Serviette. Er stand auf und bestellte noch einige Sandwiches zum Mitnehmen – weil er essen *und* rauchen wollte, so wie normale Leute das taten (er hatte an Putin nur eines auszusetzen: dass heutzutage in Mütterchen Russland fast überall Rauchverbot herrschte). Rostow bezahlte und trat hinaus in den kühlen grauen Märzvormittag.

Tja, Doktor, du hältst dich wohl für einen richtigen Schlauberger, was?

Wir würden dir gern mal einen Besuch abstatten, mein Teppichmesser und ich.

Rostow stellte sich vor, in welcher Tonlage und wie lange der Doktor wohl quieken würde, wenn er sich mit der Klinge die Finger oder Ohren des hageren Kerls vornahm. Doch es würde bei der Vorstellung bleiben, genau wie bei seinem Sextraum über die Mutter mit den wiegenden Hüften, die ihn irgendwie an eine Schiffschaukel denken ließen.

Leise hustend folgte Rostow nun gemächlich dem schmutzigen Bürgersteig. Nach jedem Bissen seines himmlischen Sandwichs gönnte er sich einen Zug von der stechend riechenden russischen Zigarette. Er konnte sich einfach nicht entscheiden, was von beidem köstlicher war.

# 13

Der Anblick ließ Schlimmes befürchten. Amelia Sachs brachte den Torino in der Nebenstraße von Long Island City zum Stehen, warf die NYPD-Parkerlaubnis auf das Armaturenbrett und stieg aus.

Vier blau-weiße Streifenwagen waren vor Ort. Dazu ein Zivilfahrzeug. Und ein Rettungswagen. Der nicht benötigt wurde, denn die Person im Flur des Hauses lag bereits unter einer Polyvinylplane.

Der tote Saul Weintraub.

Wie hätten wir ihn retten können?, dachte Amelia.

Doch ihr fiel nichts ein.

Der Killer hatte bestimmt seit den Morden in Midtown nach Weintraub gesucht. Und er war dabei erfolgreicher gewesen als die Polizei. Amelia hatte sofort angerufen, als sie den Namen wussten. Verriegeln Sie die Türen. Lassen Sie keine Fremden ins Haus. Und das zuständige Revier, das 114., hatte so schnell wie möglich einen Wagen geschickt.

Dass Weintraub sich eigentlich hätte von selbst melden müssen, sobald er von Patels Tod erfuhr, spielte keine Rolle. Man kann einem potenziellen Zeugen nicht vorwerfen, dass er keine Scherereien will.

Ihr Telefon summte. Rhyme.

»Ich bin da«, sagte sie.

»Es gibt eine interessante Neuigkeit, Sachs. Jemand hat eine Textnachricht an ein halbes Dutzend hiesige Fernseh- und

Radiosender geschickt. Von einem Wegwerftelefon, das natürlich gleich wieder ausgeschaltet wurde. Das läuft gerade in allen Nachrichten. Ich leite die Zeilen mal eben an dich weiter.«

Sie ließ die Telefonverbindung offen und holte den Texteingang auf das Display.

*Eine Verlobung bedeutet das bindende Versprechen des Mannes an die Frau, sie zu ehelichen. Nun auch ich verspreche etwas. Ich suche nach EUCH, ich suche überall. Kauft ruhig einen Ring, steckt ihn auf hübschen Finger, doch ich werde euch finden und für eure Liebe bluten lassen.*

*Der Versprechende*

»Herrje, Rhyme. Glaubst du, das ist Siebenundvierzig? Oder nur ein Trittbrettfahrer?«

»Keine Ahnung. Ich lasse jemanden aus Downtown, einen Linguisten, mal einen Blick darauf werfen. Nicht dass ich mir viel davon versprechen würde. Mein Bauchgefühl sagt, es stammt von ihm. Aber du weißt ja, was ich von Bauchgefühlen halte. Okay, nimm dir den Tatort vor, und wir reden weiter, wenn du wieder hier bist.«

Sie ging auf das bescheidene Reihenhaus zu, dessen weiße Fassade einen neuen Anstrich gebrauchen konnte und auf dessen Simsen leere braune Blumenkästen standen, als wären sie die Tränensäcke der Fenster. Amelia überprüfte instinktiv den korrekten Sitz ihrer Glock – einer Gen4 FS. Es hatten sich viele Schaulustige versammelt; Täter 47 konnte durchaus einer von ihnen sein und sich über die Fortschritte der Polizei auf dem Laufenden halten wollen. Sachs musterte die fünfzig oder sechzig Personen und die Übertragungswagen der Fernsehsender. War der Täter hier? Einige Beamte behielten die Menge im Blick. Falls jemand sich verdächtig benahm oder es plötzlich eilig hatte, würden sie der Sache nachgehen. Sachs ging allerdings davon aus, dass der Mann hier fertig war und nach dem Mord das Weite gesucht hatte. Diesmal hatte er eine Pistole benutzt, kein Messer. Und zuvor war das Opfer geschlagen worden.

»Hallo, Amelia.«

Sie nickte Ben Kohl zu, einem Detective des 114. Reviers.

»Wie kommt's, dass eure Abteilung hiermit zu tun hat?«, fragte er.

»Das Opfer war ein potenzieller Zeuge der Morde in der Diamantenwerkstatt«, erklärte Sachs dem schlanken Mittfünfziger mit dem schütteren Haar. »Gestern, in der Siebenundvierzigsten Straße.«

»Ach, *die* Geschichte. O Mann. Wie hat der Täter ihn gefunden? Kannten die beiden sich?«

»Das wissen wir nicht. Wie habt ihr von dem Mord erfahren?«

»Es wurden Schüsse gemeldet.«

»Hat jemand was gesehen? Gibt es eine Beschreibung?«

»Schon möglich. Aber niemand macht den Mund auf. Wir befragen die ganze Nachbarschaft, doch bisher ohne Ergebnis. Wenn ihr wollt, leiten wir den Fall von unserem Revier aus. Oder übernehmt ihr von den Kapitalverbrechen?«

Die Frage klang hoffnungsvoll.

»Könnte ich mir ein paar eurer Leute für die Untersuchung der Gegend ausleihen? Geht das?«

»Ob das geht?« Kohl lachte. »Meine Frau und ich haben heute unseren Hochzeitstag und wollen feiern gehen. Der Fall gehört dir. Ich stelle drei oder vier Streifenbeamte zu deiner Unterstützung ab. Binde einfach nur unsere Mordkommission mit ein. Dieser Fall wird in unsere Statistik eingerechnet, und wir müssen die Ergebnisse weitermelden. Okay?«

»Na klar.«

Sachs näherte sich dem Tatort, um ihn besser abzuschirmen, bis der Bus der Spurensicherung eintraf und sie mit der Arbeit anfangen konnte.

* * *

Mikey O'Brien hatte einen Plan, der in seiner Vorstellung soeben konkrete Gestalt annahm.

Nach der Hochzeit würden sie noch ein Jahr bleiben. Das war alles. Dreihundertfünfundsechzig Tage. Weniger, falls möglich. Aber definitiv nicht länger. Bis dahin würde er in der Bank einer der Abteilungsleiter sein (na gut, *Hauptkassierer*) und fast fünfundvierzigtausend verdienen. Emma würde aus dem Krankenhaus ungefähr dreißigtausend nach Hause bringen, mit Nachtschichten etwas mehr. Zusammen reichte das für eine Anzahlung irgendwo im Osten von Nassau County.

Nah genug, dass die Schwiegereltern (alle vier) zu Besuch kommen konnten. Aber nicht *zu* nah.

Der schmale sechsundzwanzigjährige Rotschopf schritt hoffnungsfroh und fast ein wenig übermütig die Avenue U entlang. Vorbei an dem Sonnenstudio, dem Progressive Medical Center, dem Feinkostladen, der Metzgerei, der Apotheke. Schilder in Griechisch, Schilder in Italienisch.

An dem Viertel war nichts auszusetzen. Doch in Gravesend blieb man nicht, es war eine typische Zwischenstation.

Jedenfalls für ihn. Michael P. O'Brien, der künftige Bezirksleiter der Brooklyn Federal Bank hatte noch viel vor.

Noch ein Block, und dann sah er sie auch schon an der Straßenecke warten. Nach einigen Besorgungen am Morgen war dies ihr vereinbarter Treffpunkt, und von hier aus wollten sie weiter zu ihrer Wohnung (der *vorübergehenden* Wohnung – für ein Jahr, nicht länger, ermahnte er sich entschlossen).

Ihr Anblick ließ ihn lächeln. Emma Sanders, blond und mit phänomenalen grünen Augen, war wunderschön, zweieinhalb Zentimeter größer als er und mit Rundungen an genau den richtigen Stellen ausgestattet – perfekt, um Babys zu bekommen und *zu machen*. Sie hatten alles schon besprochen. Es würden drei Kinder werden. Auf der Liste der möglichen Namen standen: Michael III., Edward, Anthony, Meghan, Ellie und Michaela. Emma hatte den Vorschlägen zugestimmt.

Mikey O'Brien war ein glücklicher Mann.

»Hallo, Liebling.« Sie küssten sich. Emma roch nach Blumen.

Glaubte er zumindest. Damit kannte er sich nämlich nicht aus – das Gärtnern war ihm nicht in die Wiege gelegt worden. Aber der Duft kam ihm wie der von Blumen vor. Und demnächst würde er mit dem Thema sowieso überaus vertraut sein. Die Seite des Bräutigams übernahm einen Teil der Kosten dieser Hochzeit, und auf Mikey persönlich entfiel dabei die Rechnung des Floristen.

»Wie ist es gelaufen?«, fragte er Emma.

Sie gingen gemeinsam in seine ursprüngliche Richtung weiter – zu der Wohnung.

»Ach, Schatz, sie ist großartig. Absolut großartig. Sie versucht nicht, uns irgendwas aufzuschwatzen, das wir gar nicht wollen. Ich hatte das anfangs befürchtet und wollte ihr schon mit meinem großen, bösen Mikey drohen, aber nicht nötig, sie kennt das Budget …«

Auch so schon ein Arsch voll Kohle, dachte Mikey, hätte es aber niemals laut ausgesprochen.

»… und hält sich daran. Weißt du noch, bei Noras Hochzeit? Ihre Planerin hatte sie doch zu dieser achtköpfigen Band überredet …«

Ein verdammtes Orchester.

»Aber Stacey hat mich zu gar nichts gedrängt. Keyboard, Gitarre, Bass und Drums gehen für sie völlig in Ordnung.«

Hatte er einer vierköpfigen Band zugestimmt? Bei Joeys Hochzeit gab es bloß einen DJ. Hat prima funktioniert.

Aber auch dies behielt er für sich.

In Wahrheit war Mikey O'Brien sich nicht mal sicher, ob sie überhaupt eine Hochzeitsplanerin benötigten. Konnte man so was nicht selbst auf die Beine stellen? Er hatte schon mehrere Junggesellenabschiede organisiert. Und einen Leichenschmaus. Die hatten alle bestens geklappt.

Aber Emma wollte eine Planerin – weil ihre Schwester eine gehabt hatte, ebenso wie Nora, ihre beste Freundin aus dem Krankenhaus. Also, Schatz, Mikey, biiiiitte.

Ach, zum Teufel, was soll's? Sie war so wunderschön …

Emma hakte sich bei ihm ein, und sie setzten ihren Weg durch dieses interessante Viertel fort, in dem Geschäfts- und Wohngebäude eine friedliche Koexistenz führten. Nach zwei weiteren Blocks bogen sie ab und steuerten ihre Wohnung an. Er spürte Emmas Brust an seinem Bizeps.

Tief in seinem Innern meldete sich sein Trieb und verlangte Aufmerksamkeit, so wie ein Pferd, das mit den Hufen scharrte.

Vielleicht für ein halbes Stündchen … im Bett, auf der Couch? Auf dem Boden des Wohnzimmers? Nein, sagte er sich. Keine Zeit. Sie waren mit Emmas Eltern auf Long Island verabredet.

Der Wind rüttelte an den Zweigen über ihren Köpfen und ließ eiskaltes Wasser auf das Paar hinabtropfen. Mikey wischte es sich von den Schultern und warf dabei zufällig einen Blick nach hinten. In etwa zehn Metern Entfernung fiel ihm ein Mann auf, dunkle Jacke, Handschuhe, Strickmütze. Ungeachtet des Namens war Gravesend keine besonders gefährliche Gegend. Aber dennoch – sie waren in New York. Man musste die Augen offen halten. Doch der Typ war allein, ohne Gangsterfreunde. Und er schaute beim Gehen auf sein Smartphone. Total unschuldig.

Kurz darauf waren sie zu Hause. Der Block war ein bisschen heruntergekommen, ein bisschen schäbig, der Gehweg hätte mal gefegt und ausgebessert werden können, und der verdammte Hausmeister von Nummer 368 sollte bitte endlich mal das vergammelte grüne Sofa vom Bürgersteig wegschaffen.

Doch hier ließ es sich aushalten.

Für ein Jahr allemal.

*Der Plan.*

Sie stiegen die fünf Stufen zur Tür ihres Hauses empor, eines dunklen, verwohnten viergeschossigen Sandsteinbaus ohne Aufzug. Dort blieben sie stehen, und er suchte in seiner Tasche nach dem Schlüssel. Emma zog ihn an sich, auf eine gewisse, unmissverständliche Weise. Er hob den Kopf, und sie küssten sich erneut, diesmal ausgiebiger. Keine Zurückhaltung mehr.

Die Hochzeit war heute in zwei Wochen. Wer – außer seiner Mutter – würde bemerken, dass ein Baby genau achteinhalb Monate später zur Welt kam?

Und mit Mom wurde er schon fertig.

»He«, flüsterte er ihr ins Ohr. »Was hältst du von …?«

Da rannte der Mann hinter ihnen, der *Unschuldige*, auf einmal los und zog sich die vermeintliche Mütze als Skimaske über das Gesicht. Scheiße, Scheiße, Scheiße. Er hielt eine Waffe und zielte damit auf Emmas Kopf. »Ein Laut und du bist tot.«

Was natürlich zu einem leisen Aufschrei führte.

Von Mikey, nicht von seiner Verlobten.

»Hier, hier!«, keuchte er. »Nehmen Sie meine Brieftasche. Sie können sie haben.«

»Pssst. Pssst. Wir gehen rein.« Der Kerl sprach mit Akzent. Mikey konnte nicht sagen, aus welchem Land oder welcher Gegend. Als würde er seinen echten Akzent tarnen wollen, indem er versuchte, wie ein Amerikaner zu klingen.

»Schatz«, flüsterte Emma.

»O nein, kleines Hühnchen!«, herrschte der Mann sie an und packte sie am Arm, den sie hinter dem Rücken versteckt hatte. Ihr Telefon fiel auf den Beton. Ohne die Waffe zu senken, ging er kurz in die Hocke und hob es auf. Das Ziffernfeld war auf dem Display und die Notrufnummer bereits eingegeben, der Anruf aber noch nicht getätigt. Er schaltete das Gerät aus.

Dann beugte er sich vor. Mikey roch Knoblauch, Zwiebeln und Fleisch in seinem Atem und das Rasierwasser auf seiner Haut. »*Noch* so eine Dummheit …«

»Nein, nein, ganz bestimmt nicht«, versicherte Mikey. Sein Herz raste, sein Unterkiefer bebte. »Hören Sie, bitte! Ich komme mit rein. Lassen Sie sie gehen.«

Der Mann lachte und schien aufrichtig belustigt zu sein. »Los!«

Mit zitternden Fingern schloss Mikey die Haustür auf. Sie gingen alle hinein und die Treppe zu der Wohnung im ersten Stock empor.

# 14

»Hören Sie, Mann, bitte. Sie wollen das nicht tun.«

»Hm.« Der Eindringling schien die Luft zu schnuppern, während er sich in dem kleinen Apartment umsah. Dann fiel sein Blick auf Emma, die sich schluchzend eine Hand vor den Mund hielt. Im ersten Moment glaubte Mikey, der Kerl würde ihre Brüste oder Beine bewundern, aber nein, er war an ihren Händen interessiert. Falsch, nur an *einer* Hand. Der Linken.

Was wollte der bloß? Sie besaßen nichts. *Weniger* als nichts; dank der Hochzeitsvorbereitungen hatten sie sogar schon Schulden.

»Mein Onkel ist Cop in Syosset«, sagte Mikey. »Ein harter Hund. Nehmen Sie sich einfach, was Sie wollen, und verschwinden Sie von hier. Ich werde nichts sagen.«

»Ein Cop? Dein Onkel ist ein Cop?«

Mikey wünschte, er hätte den Mund gehalten. Hoffentlich machte er sich nicht in die Hose. Er starrte die Waffe an.

»Schatz, Schatz«, keuchte Emma.

»Schon in Ordnung, Liebling.« Dann zu dem Eindringling: »Kommen Sie, Mann. Was wollen Sie? Ich habe kein Geld in der Wohnung. Wir können Ihnen was besorgen. Zweitausend.«

Doch er wusste, dass der Kerl nicht auf Geld aus war. Bei einem Paar wie ihnen, hier in Gravesend, Brooklyn, war von vornherein nicht mit viel Beute zu rechnen. Nein, er wollte Mikey töten und Emma vergewaltigen.

Doch Mikey würde dafür sorgen, dass der zweite Teil des Plans nicht in die Tat umgesetzt wurde, koste es, was es wolle. Der Mann hatte eine Waffe und sah so aus, als würde er keine Sekunde zögern, sie zu benutzen. Doch er war kein Muskelprotz. Oh, Mikey würde vermutlich dabei draufgehen, aber er war wütend und konnte ausrasten, wie nur Iren das vermochten. Es kam nur selten vor, aber wenn er die Beherrschung verlor, dann so richtig. Er würde sich mit allem, was er hatte, auf diesen Kerl stürzen, sodass Emma zum Fenster oder zur Tür hinaus entkommen konnte. Und wenn dann die Kugel in Mikeys Hirn, Bauch oder Herz einschlug, würde der laute Knall den Mann zur Flucht veranlassen.

Oder wer weiß? Vielleicht konnte er den Typen ja überrumpeln, ihm die Waffe entreißen und ihm in die Eier schießen, in den Ellbogen und ins Knie und erst dann – nach einer Weile – die Polizei rufen. Sollte er ruhig zehn oder fünfzehn Minuten lang Höllenqualen leiden.

Mikey zitterte, nun aber vor Wut. Er hatte sich seit acht Jahren nicht mehr geprügelt, seit dieses miese Schwein sich über seine kleine Schwester lustig gemacht hatte, die am Downsyndrom litt. Der Kerl damals war fünfzehn Kilo schwerer gewesen als er und trotzdem wie ein Sack Kartoffeln zu Boden gegangen, mit gebrochenem Kiefer und ausgekugelter Schulter.

So, jetzt aber … Schnapp dir den Wichser, während er nicht auf dich achtet!

Der Mann schaute kurz nach links und schlug Mikey mit der Waffe ins Gesicht. Der Schmerz schoss bis unter seine Schädeldecke, und vor seinen Augen blitzte es gelb auf. Mikey torkelte zurück und stolperte über die Ottomane, die früher seinen Eltern gehört und auf der er mit seinem Bruder vor zwanzig Jahren Flugzeugträger gespielt hatte.

Emma schrie auf, lief zu ihm und schloss ihn in die Arme.

»Arschloch!«, rief sie.

»Hör gut zu, kleines Hühnchen«, sagte er zu Mikey. »Ich weiß im Voraus, was die Leute tun werden. Ich kann nämlich hellsehen, alles klar? Und du wolltest eindeutig den Helden spielen.«

Er richtete sich wieder auf und zog ein Teppichmesser aus der Tasche. Emma keuchte auf. Der Mann schob mit dem Daumen die Klinge heraus, riss ein Kabel aus der Steckdose und schnitt es von der Lampe ab. Dann stieß er Emma zu Boden, rollte Mikey auf den Bauch und fesselte ihm die Hände auf den Rücken. Auch Emma wurde gefesselt, allerdings mit den Händen vor dem Leib.

Er brachte beide in eine sitzende Position und nahm selbst auf der Ottomane Platz.

»Bitte, bitte!«, flehte Emma. »Nehmen Sie unser Geld und gehen Sie!«

Seine kalten blauen Augen wanderten über Mikey und dessen Verlobte. »Du.« Er wies mit dem Messer auf Emma. »Hände vorzeigen! Sofort!«

Sie schaute zu Mikey, der den Kopf schüttelte. Dennoch streckte sie die Hände nach vorn. Ihre Rechte war oben.

»Was soll ich mit *der* Hand? Dämliche Glucke.«

Ihr Schluchzen wurde lauter.

»Die Linke. Ich will die *linke* Hand.«

Er nahm ihre Finger, fixierte den Ring.

*Das* hatte er vorhin angestarrt.

Mikey begriff. »Sie sind dieser Killer. Der aus den Nachrichten! Der Versprechende. Sie haben dieses Paar ermordet, die zwei Verlobten in Midtown! Bitte, Mister. Kommen Sie. Wir haben Ihnen doch nichts getan.«

»Der Versprechende«, flüsterte der Mann. Er schien sich das Wort auf der Zunge zergehen zu lassen.

Emmas Kopf sank ihr auf die Brust. Sie heulte nun Rotz und Wasser.

»Wenn Sie ihn wollen, nehmen Sie ihn«, schluchzte Emma. »Er ist viel wert.«

»*War* viel wert«, sagte er und klopfte mit dem Rücken des Messers auf den Stein. Seine Stimme triefte vor Verachtung. »Jetzt nicht mehr.«

Mikey wurde klar, dass der Mann offenbar vor dem Laden der Hochzeitsplanerin gelauert und auf ein verlobtes Paar gewartet hatte. So wie er auch gestern diesem Paar zu dem Juwelier in Midtown gefolgt war. Heute hatte er sich Emma ausgesucht. Weil er verlobte Paare ermorden wollte. So hieß es in den Nachrichten.

»Bitte …«, setzte Mikey an.

»Pssst. Ich kann das langsam nicht mehr hören.« Er verstummte kurz. »Wisst ihr, was das war?«, fragte er leise, manisch. Er hielt dabei Emmas Hände hoch und klopfte wieder auf den Stein. Fester.

Emma zuckte bei dem Geräusch zusammen. »Wie … wie meinen Sie das?«, keuchte sie.

Das war nicht die Antwort, die er wollte.

»Habt ihr auch nur die geringste Vorstellung?«, rief er.

Emma senkte den Blick.

»Vor einer Milliarde Jahren … *Hört ihr mir zu?*«

»Ja, wir hören zu. Ja«, versicherte Mikey sofort.

Emma nickte, immer noch unter Tränen. Der Killer hielt weiterhin ihre Hände fest.

»Vor einer Milliarde Jahren gab es da ein Stück Kohlenstoff. Wie Holzkohle. Genau wie Holzkohle. Nichts. Es war gar nichts. Bloß ein kleines schwarzes Stückchen hundert Meilen unter der Erde. Tief vergraben. Aber …« Seine Augen leuchteten auf. »Aber dann ist ein Wunder geschehen. So wie ein Baby ein Wunder ist. Bei zweitausend Grad Celsius. Unter riesigem, gewaltigem Druck, viele Tonnen pro Quadratzentimeter. Und was geschieht im Verlauf dieser Milliarde von Jahren?

Es entsteht das perfekteste Ding der Welt. Ein Diamant. Ein Herz der Erde. Diamanten sind die Herzen der Erde. Kennt ihr Jesus?«

Emma nickte. »Wir sind katholisch.«

»Jesus ist der Erlöser«, sagte er.

»Ja«, bestätigte Mikey.

»Und Diamanten erlösen die Erde von ihren Sünden.« Er wich ein Stück zurück und zeigte mit der dreieckigen Messerspitze langsam von einem seiner Opfer zum anderen.

Ein verdammter Irrer.

Obwohl Mikey auf dem Boden saß und die Hände auf den Rücken gefesselt hatte, schätzte er den Winkel ab. Diesmal etwas behutsamer.

»Doch dann wurde es vergewaltigt und zerstört«, sagte der Fremde. »Das Herz der Erde ist nun ein Stück Dreck an deinem Finger.«

»Das tut mir leid. Ich meine … wir haben uns nichts dabei gedacht.«

Er zerrte ihre Hand in einen Strahl Sonnenschein. »Siehst du das?«

Der Stein fächerte das Licht in eine Vielzahl bunter Farben auf, genau wie ein Prisma.

»Das nennt man ›Feuer‹«, flüsterte er. »Dieses Feuer ist Gottes Zorn darüber, dass ihr sein Wunder genommen und in kleine Zähnchen für deinen Finger zerschnitten habt.«

»Es tut mir ja so leid.« Emma versuchte zweifellos, ihn irgendwie davon zu überzeugen, dass sie keine Schuld an dem Verbrechen trugen.

Das war zwecklos. Dieser Typ war wie ein Flugzeugabsturz, eine Gasexplosion, ein Herzinfarkt. Man konnte mit ihm nicht diskutieren.

Dann wurde er ruhig, lehnte sich zurück und sah dabei irgendwie selbstzufrieden aus. »Ich erledige bloß eine Mission.

Um Gott und der Erde Gerechtigkeit zu verschaffen. Gestern habe ich große Diamanten davor bewahrt, zerteilt zu werden. *Und* ich habe diesen schrecklichen Mann getötet, damit er keine Steine mehr entweihen kann. In Indien – wo die ersten Diamanten entdeckt wurden – galt es als Sünde, sie zu zerteilen. Er hätte das wissen müssen. Er hat sein eigenes Volk betrogen. Und er hat dafür bezahlt.«

»Sie tun mir weh!«

»Oh, armes Hühnchen …«, höhnte er, streichelte ihren Finger und betrachtete den Ring. »Ich werde euch eine Geschichte erzählen, ihr Turteltäubchen. Nach der Großen Depression und dem Krieg hat niemand mehr Verlobungsringe gekauft. Dafür war kein Geld da, und Verlobungen galten als Zeitverschwendung! Man hat einfach geheiratet, ein paar Kinder in die Welt gesetzt und ein Häuschen gebaut. Und war glücklich. Ach, aber De Beers, der Diamantenkonzern, hat sich den berühmtesten Werbespruch aller Zeiten einfallen lassen. ›Ein Diamant ist für immer.‹ Und das Geschäft lief wieder an. Alle kauften Diamanten! Als Frau *musstest* du einen Diamanten haben, oder dein Mann war ein Arschloch und du wurdest ausgelacht. Und all die Steine, die wunderschönen Steine, wurden zerteilt und zerteilt und zerteilt.« Sein Blick wurde wütend, und er schien das Gesicht unter der Maske zu einem dämonischen Grinsen zu verziehen. »Mir fällt gerade noch etwas ein, das für immer ist.«

Er zog ihren Ringfinger gerade und drückte die Klinge gegen das unterste Gelenk.

O heilige Maria, Muttergottes … Er wird ihr den Finger abschneiden, bevor er uns umbringt.

Der Kerl hatte das Messer in der rechten Hand und hielt Emmas Finger mit der Linken fest. Als er sich vorbeugte, stieß Emma jedoch einen gellenden Schrei aus und drehte sich ruckartig weg. Dabei entglitt sie ihm und fiel nach hinten. Er stieß mit dem Messer nach und verfehlte sie.

In diesem Moment stützte Mikey sich am Boden ab und trat den Mann so kräftig wie möglich mit beiden Füßen, mobilisierte auch noch die letzte Muskelfaser seiner starken Beine. Der Kerl kippte von der Ottomane und gegen ein Bücherregal. Dabei stieß er sich den Kopf an und blieb benommen liegen. Seine Augen verengten sich vor Schmerz zu schmalen Schlitzen.

Emma, deren Hände vor dem Körper gefesselt waren, konnte mühelos aufstehen.

»Lauf! Schnell, mach schon!« Und auch Mikey versuchte, sich aufzurappeln.

Er hatte nicht vor zu fliehen. Sein improvisierter Plan sah vor, sich auf den Verrückten zu stürzen und ihm mit den Zähnen Fleisch herauszureißen oder die Finger zu brechen. Das würde seinen Tod bedeuten, aber wenigstens Emma könnte entkommen.

Sie zögerte nicht. Doch sie lief nicht zur Tür, sondern packte Mikey bei den Schultern und half ihm hoch.

»Nein!«

»Doch!«, rief sie.

Mikey sah, dass der Angreifer sich Tränen aus den Augen wischte und an den angeschlagenen Kopf griff. Ihnen blieben nur wenige Sekunden, bis der Kerl wieder Herr seiner Sinne sein würde. Sie liefen beide zur Tür, Emma zuerst. Sie riss sie auf, und beide rannten hinaus auf den Gang, als hinter ihnen ein ohrenbetäubend lauter Schuss aufpeitschte, die Kugel dicht an Mikeys Kopf vorbeiflog und in die gegenüberliegende Korridorwand einschlug.

Sie flohen zur Treppe am Ende des Flurs, die in gerader Linie hinunter zur Haustür und nach draußen führte.

Falls der Mann sie verfolgte, würde er ihnen auf dem Weg nach unten mühelos in den Rücken schießen können. Doch ihnen blieb keine andere Wahl. Hier und jetzt waren sie zumindest weniger tot als in ihrer Wohnung, dachte Mikey hysterisch.

Er blieb direkt hinter Emma, als sie die Treppe hinabrannten und dabei mit jedem Schritt zwei Stufen auf einmal nahmen.

Unten sprang Emma sofort zur Haustür und öffnete sie.

Und Mikey stürzte.

Auf der drittletzten Stufe verlor er das Gleichgewicht und kam zu Fall, ohne sich abstützen zu können, prallte erst auf die Seite und dann auf den Bauch. Die Holzdielen schürften ihm Wange und Kinn auf.

»Schatz, nein!«, rief Emma.

»Lauf weiter!«, keuchte er.

Doch sie hörte schon wieder nicht auf ihn, sondern kam zurück, um ihm auf die Beine zu helfen.

Über ihnen fiel die Tür geräuschvoll ins Schloss, dann knarrte der Boden. Mikey wusste genau, woher das Geräusch kam – von dem losen Brett direkt vor ihrer Wohnung. Das bedeutete, der Killer würde gleich am Kopf der Treppe auftauchen.

Und sein Ziel anvisieren.

Mit letzter Kraft richtete Mikey sich zu voller Größe auf und stellte sich schützend vor Emma. »Lauf!«

Er hoffte, sein Körper würde die Kugeln aufhalten und seiner Liebe – seinem wunderschönen Mädchen – ermöglichen, sich unversehrt nach draußen zu retten.

# 15

Der Mord an Saul Weintraub hatte im Windfang hinter der Haustür stattgefunden, einem Quadrat von etwa einem Meter zwanzig Seitenlänge.

Täter 47 war durch ein unverriegeltes Kellerfenster in das Haus eingedrungen, hatte sogleich die Treppe nach oben genommen und drei Schüsse auf Weintraub abgegeben, einen ins Gesicht und zwei in die Brust. Dann war er durch die Vordertür verschwunden. Sachs wusste das, weil der Killer auf seinem Weg feuchte Schuhabdrücke hinterlassen hatte – draußen nieselte es schon den ganzen Tag.

Weintraub war zwar nicht mit einem Messer gefoltert, aber geschlagen worden – offenbar mit der Pistole, denn es gab hier im Haus keine stumpfen Objekte, die zu den Verletzungen gepasst und Blut- oder Gewebespuren aufgewiesen hätten. Vermutlich hatte Weintraub verraten sollen, was er der Polizei erzählt hatte oder wer VL war. Oder der Killer hatte einen bestimmten Gegenstand verlangt, denn Weintraubs Mantel lag neben ihm, und eine der Taschen war nach außen gewendet.

Oder hatte Weintraub einfach nur seine Handschuhe, die auch dort auf dem Boden lagen, aus der Manteltasche gezogen, weil ja gleich der Polizeiwagen eintreffen sollte?

Sachs schritt in ihrem weißen Overall samt Füßlingen, Haube und kornblumenblauen Handschuhen das Gitternetz im Haus ab, während zwei Kriminaltechniker, die sie aus der

Zentrale der Spurensicherung kannte, sich die sekundären Schauplätze vornahmen – den Hinterhof und die Gasse sowie den Bürgersteig, den der Mörder aller Wahrscheinlichkeit nach auf dem Hin- und Rückweg benutzt hatte. Amelia war zuversichtlich, dass sie draußen vor dem Kellerfenster, durch das der Täter eingestiegen war, einige Spuren würden sichern können. Der Gehweg vor dem Haus jedoch wurde stark frequentiert, und zwischen den Tausenden von Partikeln, dem Schmutz, Abfall und diversen Tierexkrementen war kaum mit relevanten Hinweisen zu rechnen.

Sie schickte einige der von Ben Kohl abgestellten Streifenbeamten los, die in Fluchtrichtung des Täters drei oder vier Blocks weit nach Zeugen und Spuren suchen sollten. Die Richtung war bekannt, weil eine Frau, die gerade ihren Hund ausführte, den Verdächtigen gesehen hatte, als er kurz nach den Schüssen von Weintraubs Haus weglief. Er hatte sich eine Mütze oder Maske vom Kopf gezogen, und die Frau beschrieb ihn als Weißen mit kurzem hellem Haar.

Sachs trug ihre Funde zusammen. Nichts davon schien sonderlich hilfreich zu sein. Die Schuhabdrücke glichen denen vom ersten Tatort, genau wie die Fasern – von den Handschuhen und der Skimaske.

Hinzu kamen drei Patronenhülsen, Marke Fiocchi, Kaliber neun Millimeter – wahrscheinlich ebenso wie bei dem Schuss auf den Zeugen in Midtown, wenngleich er dort die Hülse eingesammelt hatte. Diesmal schien er es dafür zu eilig gehabt zu haben, offenbar wegen der lauten Schüsse. Außerdem hatten die Hülsen hier ein ganzes Stück entfernt und zum Teil unter Möbelstücken gelegen.

Das Funkgerät eines nahen Streifenpolizisten erwachte knisternd zum Leben. Sachs konnte nicht verstehen, was gesagt wurde, aber der Mann bestätigte den Empfang an seinem Schultermikrofon und kam auf sie zu. »Detective? Eine meiner

Kolleginnen hat etwas in einem Gully gefunden. Zwei Blocks da entlang.« Er wies in die Fluchtrichtung des Killers. »Sie wollte es nicht anfassen. Ein Kleidungsstück oder so.«

Amelia schnappte sich ein paar Utensilien und machte sich auf den Weg. Sie nickte den neugierigen und besorgten Schaulustigen zu und wich ihren Fragen aus. »War das ein Hassverbrechen?«, wollte eine Frau wissen.

»Wir ermitteln noch«, erwiderte Sachs und ging weiter. Nach zwei Blocks hielt sie inne, denn sie konnte keine anderen Cops sehen. Hatte sie sich verhört? Doch dann entdeckte sie in einer Seitenstraße eine uniformierte Latina Ende zwanzig, die ihr zuwinkte. Sachs bog ab und gesellte sich zu ihr.

»Officer.«

»Detective.« Die stämmige Frau hatte ein schönes, rundes Gesicht. Und sie hatte an jenem Morgen nur sparsam Make-up aufgelegt. Es freute Sachs, dass Officer M. López in der Lage war, ihre privaten Neigungen mit ihrem Beruf in Einklang zu bringen. Diese Kleinigkeit bedeutete nämlich, dass ihr womöglich eine lange Karriere im Dienst bevorstand. »Ich war nach Süden unterwegs, genau wie Sie gesagt hatten, aber dann dachte ich mir, ich versuch's hier mal. Dies ist eine Abkürzung zur U-Bahn, nur einen Block entfernt. Nach den Schüssen hat niemand Reifen quietschen gehört, also hat er ja vielleicht die MTA genommen.«

Ein Zug der Metropolitan Transportation Authority konnte einen Verbrecher unter Umständen schneller vom Tatort fortschaffen als ein Ferrari.

»Und da die Zeugin – die Frau mit dem Hund – ihn gesehen hatte«, fuhr López fort, »kam mir der Gedanke, wenn ich das wäre, würde ich die Jacke loswerden wollen. Also habe ich mir die Mülltonnen und« – sie deutete auf das Gitter zu ihren Füßen – »Gullys vorgenommen. Das da unten scheint ein Kleidungsstück zu sein. Ich hab's nicht angefasst.«

»Gut.« Sachs legte eine Zifferntafel neben das Gitter und fotografierte es mit ihrem Telefon. »Haben Sie …?«

»Ich hab auch an den Wohnungstüren geklingelt. Es hat ihn niemand gesehen.«

Sachs lächelte. Dann bückte sie sich und leuchtete mit ihrer Maglite in die Öffnung. Dort steckte ein Knäuel aus dunklem Stoff und schien nicht durchnässt zu sein, was angesichts des Nieselregens bedeutete, dass es sich noch nicht allzu lange dort befinden konnte.

Sie streifte sich Handschuhe über und fischte den Fund heraus. Es war eine Wolljacke, noch ziemlich neu. Laut dem anonymen Anrufer und den Kameras der beiden Juweliergeschäfte in der Siebenundvierzigsten Straße hatte Täter 47 eine ganz ähnliche Jacke getragen.

»Es muss nicht zwangsläufig seine sein«, fügte López hinzu. »Vielleicht finden Sie ja Schmauchspuren am Ärmel oder so.«

Was natürlich zum Testprogramm gehörte. Sachs tütete die Jacke ein und überprüfte den Schacht, konnte dort aber nichts Weiteres entdecken.

»Welche U-Bahn-Linien fahren hier?«

López nannte ihr die Nummern, und Sachs schrieb sie sich auf.

»Danke, Officer. Gute Arbeit.«

»Ich setze die Suche hier fort.«

»Danke. Ich schicke die Spurensicherung her. Bitte seien Sie den Kollegen behilflich. Und ich lasse eine Belobigung in Ihre Personalakte eintragen.«

Die Frau versuchte, nicht zu strahlen. »Danke schön.«

Sachs sperrte den Bereich mit gelbem Flatterband ab. Dann rief sie in der Zentrale der Spurensicherung an und ließ sich mit einem Techniker verbinden, den sie kannte. Sie nannte ihm den Ort des Gullys und bat um eine gründlichere Untersuchung. Ein Team würde mit Endoskopkameras und -leuchten den Schacht erkunden und nachsehen, ob der Täter – sofern es sich überhaupt um ihn handelte – eventuell auch noch die Skimaske oder andere Gegenstände weggeworfen hatte.

Dann kehrte Amelia zu Saul Weintraubs Haus zurück und stellte fest, dass die meisten Schaulustigen verschwunden waren. Sie zog den Overall und die Handschuhe aus und beschriftete die Registrierkarten der Beweismittel.

Ihr Telefon summte. Sie warf einen Blick auf die Kennung des Anrufers.

»Rhyme. Wir sind hier fertig. Ich bringe die Funde …«

»Sachs.«

Sein Tonfall ließ erkennen, dass es ein Problem gab.

»Was ist los?«

»Lass einen der Techniker das Zeug hier abliefern. Du musst runter nach Gravesend.«

»In Brooklyn?«

»Ja. Unser Mann verschwendet keine Zeit, Sachs. Du musst einen weiteren Tatort untersuchen.«

# 16

Lincoln Rhyme liebte Stoff.

In Form von Kleidungsstücken lässt die komplexe Substanz Rückschlüsse auf die Größe des Täters zu, auf sein ungefähres Alter, womöglich auf den Standort des Kleiderschranks und oft auch auf den Ort des Erwerbs. Sie kann schneller Fasern hinterlassen als ein Golden Retriever einzelne Haare seines Fells. Und was noch besser ist: Stoff nimmt dauerhaft jede Menge wunderbare Partikel auf und vereinzelt sogar Fingerabdrücke. Ganz zu schweigen von dem Umstand, dass er wie ein Schwamm die herrlichste aller Substanzen aufsaugt und bewahrt: Desoxyribonukleinsäure, auch bekannt als DNS. Für Verbrecher, so verkündete Rhyme es häufig theatralisch seinen Kriminalistikstudenten, bedeuteten diese drei Buchstaben zumeist schlechte Nachrichten.

Im Augenblick verfolgte Rhyme, wie Mel Cooper die Jacke untersuchte, die Täter 47 in den Gully in Queens gestopft hatte.

Sie wussten, dass es seine Jacke war, weil sich an ihr Schießpulverrückstände nachweisen ließen, die in ihrer Zusammensetzung nahezu hundertprozentig mit denen an Weintraubs Leiche und denen aus Patels Gebäude im Diamantenviertel übereinstimmten. Cooper fand in den Proben aus Weintraubs Haus zudem Partikel des gleichen Steinstaubs, den sie schon von Patel kannten: Kimberlit. Das Zeug erwies sich als hilfreich. Der Einschlag des Projektils in den Stein hatte nicht nur eine beträchtliche Menge Staub und winziger Splitter in Patels Räumen verteilt, sondern auch auf dem Täter. Anhand dieses Markers konnte man ihn nun etwaigen Orten und Kontakten zuordnen.

Locards Prinzip, benannt nach dem französischen Kriminalisten Edmond Locard, besagt, dass es bei jedem Verbrechen zu einem Spurenaustausch zwischen dem Täter und dem Opfer oder dem Schauplatz kommt. Sofern der forensische Wissenschaftler sorgfältig genug vorgeht und es ihm nicht an der nötigen Intelligenz mangelt, kann er diese Partikel finden und bestimmen. Das führt natürlich nicht zwangsläufig zur Tür des Verbrechers, aber es kann der erste Schritt auf dem Weg dorthin sein.

Der Kimberlit war ein typisches Beispiel für Locards Behauptung und nun ein wertvoller Partner bei der Jagd auf den Verdächtigen.

»Gibt's Fingerabdrücke?«, rief Rhyme.

»Leider nein«, erwiderte Cooper. Er hatte jeden Zentimeter der Jacke mit einer alternativen Lichtquelle untersucht und sie dann in einer Vakuumkammer mit Gold und Zink bedampft, was Abdrücke auf Stoff bisweilen sichtbar machen kann. Nun ja, bei Kleidung war das meistens ziemlich aussichtslos.

»Schick die Jacke nach Queens«, wies Rhyme ihn an. »Sie sollen sie auf DNS und DNS-Kontaktspuren untersuchen.«

»Schon in die Wege geleitet«, sagte Cooper. An dem Kleidungsstück würde sich wahrscheinlich irgendwo DNS feststellen lassen. Schweiß, Speichel, Tränen oder auch Sperma blieben mühelos haften. Das so ermittelte DNS-Profil könnte bereits in CODIS oder einer internationalen Datenbank gespeichert sein und die Identität des Verdächtigen preisgeben. Und auch falls keine verwertbaren Körperflüssigkeiten oder Gewebepartikel vorhanden waren, würde es mit Sicherheit Hautzellen geben, die eine DNS-Kontaktspuren-Analyse ermöglichten. Deren Ergebnisse waren weniger exakt als eine vollständige DNS-Untersuchung und erforderten lediglich ein halbes Dutzend Hautzellen, was sie anfällig für Fehler machte. Aber im Augenblick ging es nicht um gerichtsverwertbare Beweise, sondern um eventuelle Anhaltspunkte bei der Suche nach dem Täter.

Cooper verstaute die Jacke in einer Beweismitteltüte und trug sich auf der zugehörigen Registrierkarte ein, was er bislang versäumt hatte. Dann stellte er die Tüte drinnen neben der Haustür bereit, bis jemand vom DNS-Labor in Queens sie abholen würde.

Die Etiketten der Jacke waren herausgetrennt worden – clever. Es handelte sich um eine mittlere Männergröße. Die Nähte deuteten auf Massenfertigung in einem Land der Dritten Welt hin. Vermutlich wurde die Jacke überall in den USA verkauft, in tausend Geschäften. Dieser Ansatz war eine Sackgasse.

In kleineren Beweismitteltüten sicherte Cooper nun die von der Jacke und aus ihren Taschen genommenen Faserproben. Letztere bestanden aus schwarzer Baumwolle und aus Polyester, genau wie bei Patel: von den Handschuhen und der Maske.

Der Streifenbeamte Ron Pulaski rief an und meldete, es gäbe immer noch keine Fortschritte bei der Suche nach dem rätselhaften VL. Rhyme erinnerte sich daran, was der Ermittler der Versicherung gesagt hatte: dass man in der Diamantenbranche nur widerwillig mit Außenseitern sprach. Und dass es nur natürlich war, nicht in einen Fall verwickelt werden zu wollen, dessen Täter skrupellos von Messer und Schusswaffe Gebrauch machte.

»Bleiben Sie dran«, befahl er dem Neuling und beendete das Gespräch.

VLs Weigerung, sich bei der Polizei zu melden, war verwirrend. Ja, er würde sich vor dem Killer fürchten, doch üblicherweise suchte ein Zeuge dann sofort die Nähe und den Schutz der Behörden – und half dabei, den Täter zu fassen. Hinzu kam, dass bis jetzt weder Freunde noch Verwandte VLs mit der Polizei in Kontakt getreten waren – obwohl er doch sicherlich jemandem von seiner Begegnung mit dem Täter erzählt hatte. Er war ein junger Mann und musste eine Familie haben.

Es bestand natürlich die Möglichkeit, dass er an den Verletzungen durch die Steinsplitter gestorben war. Sie mochten nicht ernst gewirkt haben, aber Rhyme hatte es schon erlebt, dass jemand mit einer schweren Schusswunde noch stundenlang durch die Gegend lief und sich völlig normal verhielt, nur um dann plötzlich tot umzufallen.

Oder der Täter hatte ihn aufgespürt und ermordet, so wie Weintraub, und dann die Leiche verschwinden lassen. Doch in beiden Fällen hätte Rhyme mit einer Vermisstenanzeige gerechnet. Coopers entsprechende – zugegebenermaßen flüchtige – Nachfrage bei allen Revieren der Stadt hatte aber nichts dergleichen ergeben.

Der Techniker blickte nun in ein Mikroskop. »Partikel von der Jacke: auch wieder Kimberlit. Und pflanzliches Material. Zweierlei. Zunächst mal Blätter und Gras, passend zu Amelias Kontrollproben rund um den Gully. Was zu erwarten war. Dann aber etwas Ungewöhnliches.«

»Und zwar?«

»Moment.« Er scrollte durch eine Reihe von Zellbildern der Pflanzendatenbank, die Rhyme einst beim NYPD ins Leben gerufen hatte und bis heute zu pflegen half. Pflanzen zählten zu seinen bevorzugten forensischen Markern.

»Das Ding heißt … Ja. Das müsste es sein. *Coleonema pulchellum*. Auch bekannt als Konfettistrauch. Der stammt zwar ursprünglich nicht von hier, sondern aus Afrika, ist aber eine bei uns beliebte Duft- und Topfpflanze.«

Der Täter hatte wohl kürzlich einen Blumenladen aufgesucht. Oder gab es in seiner Wohnung ein Geruchsproblem?

»Kommen wir zu den Hülsen und Projektilen«, rief Rhyme.

Cooper, ein durch die AFTE, die Association of Firearm and Tool Mark Examiners, zertifizierter Experte für diese Art von Untersuchung, wandte sich den Neun-Millimeter-Patronenhülsen zu, die Sachs eingesammelt hatte. Die Projektile aus Weintraubs Leiche würden ihnen nach der Autopsie aus der Gerichtsmedizin zugeschickt werden. Angesichts der Dringlichkeit des Falls hatte der zuständige Pathologe eines der Projektile bereits fotografiert und das Bild an Cooper übermittelt. Laut dem vorläufigen Befund war es aus derselben Waffe abgefeuert worden wie die Kugel bei Patel. Das war nicht überraschend, denn die jeweiligen Pulverrückstände stimmten nahezu überein; die Treibladung in all diesen Patronen stammte aus ein und derselben Charge des Herstellers.

»Gibt es Abdrücke auf den Hülsen?«, fragte Rhyme.

Cooper schüttelte den Kopf.

Aber auch das war nicht überraschend.

Danach ging Cooper die Liste der von Sachs gesicherten Partikelspuren und Substanzreste durch.

»Sägemehl, Dieseltreibstoff, Metalle von Schweißarbeiten. Heizöl, Kühlmittel aus einer Klimaanlage. Dann Trichlorbenzol. Ich weiß nicht, was das ist.«

»Das wird oder wurde in Pestiziden verwendet, glaube ich. Heftiges Zeug. Schlag es nach.«

Cooper las aus einer Klassifizierung der Umweltbehörde vor: »›Trichlorbenzol wird vielfältig eingesetzt. Es ist ein Zwischenprodukt, das bei der Herstellung von Herbiziden entsteht, also von Substanzen, die Pflanzenwachstum zerstören oder verhindern. Es dient zudem als Lösungsmittel für Wachse, Schmiermittel, Gummi sowie manche Kunststoffe und als dielektrische, das heißt schwach oder gar nicht leitfähige Flüssigkeit.‹ Und ja, du hast recht, es war mal ein gängiges Mittel zur Termitenbekämpfung.«

Diese Spuren deuteten insgesamt darauf hin, dass der Verdächtige sich in oder nahe einer Fabrik aufgehalten hatte, in alten Gebäuden, einem Keller, einer Tankstelle oder auf einem Baugelände. Das würden sie im Hinterkopf behalten, doch nichts davon war konkret genug, um derzeit seinen Aufenthaltsort zu bestimmen.

Cooper erhielt einen Anruf, führte eine kurze Unterredung und wandte sich einem Computermonitor zu, auf dem sich im selben Moment das E-Mail-Postfach öffnete. »Ist angekommen«, sagte er in den Hörer und legte auf.

»Worum geht's?«

»Auf Amelias Veranlassung hin hat ein Team der Spurensicherung sich eingehender mit dem Gully beschäftigt, in dem die Jacke gesteckt hat. Und sie haben tatsächlich etwas gefunden.«

»Was denn?«

»Eine MetroCard.«

»Aha. Aber ist es seine?«

»Gut möglich. Sie hat nicht allzu lange dort gelegen«, sagte Cooper. »Nass, aber nicht zu nass. Genau wie die Jacke.«

Die MetroCard der Metropolitan Transportation Authority war 2003 eingeführt worden und hatte die bis dahin üblichen Metallmarken abgelöst, mit denen man für die Nutzung der städtischen Busse und U-Bahnen bezahlte. Rhyme liebte die Dinger, denn sie besaßen eine individuelle Kennzeichnung, sodass sich genau nachvollziehen ließ, wo jeder einzelne Fahrgast zugestiegen war. In Verbindung mit dem engmaschigen Kameranetz der MTA und dessen Algorithmen zur Gesichtserkennung gelangte man mitunter zu einer recht verlässlichen Einschätzung, wo und wann die Person den Bus oder Zug wieder verlassen hatte.

»Die Daten werden ausgelesen und separat an uns übermittelt.«

Der Täter dürfte die Aufladung der MetroCard in bar bezahlt haben, aber falls er mit ihr tatsächlich die öffentlichen Verkehrsmittel benutzt hatte, gab es vielleicht ein paar gute Kamerabilder von ihm, auf denen er die Karte durch eines der Lesegeräte zog.

»Was ist mit Finger- oder DNS-Spuren?«, fragte Rhyme.

»Negativ. Abdrücke eines Stoffhandschuhs.«

Ein Seufzen. »War sonst noch was in dem Gully?«

»Nein.«

Rhyme schaute zu der Beweistabelle. Die dort festgehaltenen – ebenso wie die fehlenden – Fakten bewiesen, was er bereits wusste. Täter 47 war außergewöhnlich gerissen, hinterließ keine Fingerabdrücke, setzte Überwachungskameras außer Gefecht, entledigte sich seiner Jacke, nachdem er gesehen worden war, trug eine Skimaske oder wandte den Kopf im entscheidenden Moment ab und bemühte sich nachdrücklich, alle Augenzeugen zu beseitigen und die Spuren des Raubes zu verwischen.

Doch Lincoln Rhyme war es gewohnt, von schlauen Verbrechern herausgefordert zu werden. Er dachte an den bemerkenswertesten seiner Widersacher: Charles Vespasian Hale, bekannt unter dem Spitznamen »der Uhrmacher«, weil er nicht nur besessen von Uhren war, sondern auch seine Taten mit der Präzision eines Uhrwerks plante. Der Mann war eine Art Großanbieter krimineller Dienstleistungen und verdingte sich an jeden, der sein beachtliches Honorar zahlen konnte – ob nun für Terroranschläge, Morde, Entführungen, profane Diebstähle oder alles dazwischen. (Zum Beispiel Gefängnisausbrüche, dachte Rhyme mit der gleichen Verärgerung, die Hale immer bei ihm hervorrief, denn der Mann befand sich weiterhin auf freiem Fuß, nachdem er aus der Haft entflohen war, zu der Rhyme ihm verholfen hatte.)

Nun hörte Rhyme, dass Thom jemandem die Haustür öffnete. Lon Sellitto schlenderte in den Salon und zog seine Jacke aus.

»Es ist viel zu kalt draußen. Lächerlich. März. Hast du je einen solchen März erlebt?«

Meistens mied Rhyme Gespräche über das Wetter. So auch diesmal. Stattdessen informierte er den Detective über ihre kargen Fortschritte.

Sellitto verzog das Gesicht. »Das wird man im Rathaus nicht gerne hören. Wir müssen schneller vorankommen.«

»Sag 47, er soll sich kooperativer verhalten.«

»Linc. Wir haben dem Briten nichts von S und VL erzählt. Jetzt ist einer von denen tot. Sollte nicht auch Ackroyd sich nach Patels Mitarbeiter umhören? Was meinst du?«

Rhyme zuckte die Achseln, eine der wenigen Gesten, zu denen sein Körper in der Lage war. »Von mir aus.«

Sellitto rief die Nummer auf Ackroyds Visitenkarte an und bat ihn vorbeizukommen. Dann trennte er die Verbindung. »Er macht sich auf den Weg.«

Ein Signal an Coopers Computer meldete den Eingang einer E-Mail.

»Transit. Die Kameras.«

Rhyme erzählte Sellitto von der MetroCard.

»Oh, das ist gut.«

In New York City werden die öffentlichen Verkehrsmittel von zwei verschiedenen Polizeibehörden überwacht. Die Metropolitan Transportation Authority Police kümmert sich um den oberirdischen Verkehr des gesamten Großraums, einschließlich einiger der angrenzenden Bezirke. Und das Transit Bureau des NYPD ist für die U-Bahnen zuständig.

Die Nachricht stammte von einem Beamten des Transit Bureau aus der Zentrale in der Schermerhorn Street in Brooklyn. Die gefundene Karte war nur mit einer einzigen Fahrt aufgeladen und bar bezahlt worden. Benutzt hatte der Täter sie zwei

Tage zuvor. »Er ist in Brooklyn nahe der Cadman Plaza in den Zug eingestiegen. Man kann nicht feststellen, ob oder wo er um- oder ausgestiegen ist, aber die Fahrt ging in Richtung Manhattan. Mit der Linie dauert es nicht lange bis zur Zweiundvierzigsten Straße.«

»Von da aus sind es nur ein paar Minuten zu Fuß bis zu Patel«, murmelte Sellitto.

Am Tag vor den Morden. Vielleicht um die Gegend und die Sicherheitsmaßnahmen auszukundschaften.

Cooper las weiter. »Die Leute vom RTCC sagen, wir sollten uns mal etwas Seltsames ansehen.«

Das NYPD selbst war Teil des Domain Awareness System, eines Überwachungssystems, das knapp siebentausend Kameras im gesamten Stadtgebiet umfasste. Etwa zwei Drittel davon gehörten Firmen und Privatpersonen, die der Polizei den Zugriff gestatteten. Im Real Time Crime Center, untergebracht an der Police Plaza Nummer eins, saßen Scharen von Detectives vor zahllosen Monitoren und werteten die Aufnahmen der Kameras aus. Die Software war dermaßen leistungsfähig, dass sie ganz von selbst ein »verdächtiges Paket« markieren oder schon mit so knappen Vorgaben wie »eins achtzig groß, mittlere Statur, hellblaue Jacke« potenzielle Verdächtige herausfiltern und verfolgen konnte.

Das RTCC hatte sich das Video der U-Bahn-Station vorgenommen, rund um den Zeitpunkt, an dem die MetroCard durchgezogen worden war.

»Etwas Seltsames?«, murmelte Rhyme.

Cooper tippte etwas ein, und auf dem Bildschirm öffnete sich eine Videodatei in Farbe und ziemlich guter mittlerer Auflösung.

»Das ist der Fahrgast.« Der Techniker zeigte auf eine Gestalt auf dem Monitor.

Der Mann entsprach dem anderen Bild des Verdächtigen,

das auf der Siebenundvierzigsten Straße kurz nach den Morden aufgenommen worden war. Die Jacke schien genau die zu sein, die sie gerade erst untersucht hatten. Er trug eine schwarze Strickmütze, bei der es sich um eine aufgerollte Skimaske handeln konnte. Und natürlich hielt er den Kopf gesenkt, während er die Karte durch das Lesegerät zog.

»Das hier ist von der MTA-Kamera oben auf der Straße, vor dem Eingang der U-Bahn-Station. Fünf Minuten vorher, als er sich der Station nähert.«

Cooper ließ die Aufnahme mehrere Male laufen.

»Was macht er da?«, murmelte Sellitto. »Das verstehe ich nicht.«

*Etwas Seltsames …*

Täter 47 kam zunächst von der anderen Straßenseite in gerader Linie auf die U-Bahn-Station zu, blieb dann abrupt stehen und ging auf gleichem Wege zurück. Dann machte er abermals kehrt und betrat diesmal die Station.

»Das ist ein Mülleimer«, sagte Rhyme. »Er geht zurück, um etwas wegzuwerfen. Was ist das? Etwas Gelbes. Er hatte etwas Gelbes in der Hand. Und etwas Orangefarbenes. Ich kann auch Orange erkennen. Aber was ist das? Noch mal.«

Cooper spielte die Aufnahme ein weiteres Mal ab.

»Ah, ich weiß«, sagte Sellitto plötzlich.

»Was?«, fragte Rhyme.

»Achte darauf, was hinter ihm ist.«

Aha, dachte Rhyme und nickte. Nun begriff auch er. Auf der anderen Straßenseite gab es eine Baustelle. Mehrere der Arbeiter dort trugen orangefarbene Warnwesten und gelbe Bauhelme. Die Farbe entsprach dem Gegenstand in der Hand des Täters.

»Er verlässt das Baugelände, nimmt den Helm ab und setzt seine Mütze auf«, sagte Sellitto. »Dann will er Helm und Weste loswerden, sieht aber keinen Mülleimer an der Treppe zur

U-Bahn stehen. Also dreht er um und sucht sich einen anderen. Dann erst betritt er die Station.«

»Er ist keiner der Arbeiter – er trägt Straßenkleidung, und keiner von denen würde einen Bauhelm einfach so wegwerfen.«

»Ich tippe darauf, dass er Helm und Weste gestohlen hat, um auf das Gelände zu kommen. Was wollte er da?«

»Sich mit jemandem treffen, der dort arbeitet«, mutmaßte Rhyme. »Das ist zumindest eine Möglichkeit.«

»Ja, aber nicht die einzige«, sagte Sellitto. »Bei dieser Station gibt es mehrere Behördengebäude, richtig?«

»Cadman Plaza«, sagte Cooper. »Die Ecke da ist strikt überwacht – Polizei, Behörden, Gerichte, Ämter. Hätte er sich der Station auf anderem Weg als über die Baustelle genähert, wäre er von einem Dutzend Kameras erfasst worden.«

»*Wohnt* er vielleicht südlich der Baustelle?«, fragte Sellitto.

»Nein, er kann nicht jedes Mal einen Helm stehlen und unbefugt das Gelände überqueren, wenn er zur U-Bahn will«, widersprach Rhyme. »Ich gehe weiterhin davon aus, dass er sich dort mit jemandem getroffen hat. Um seine Waffe abzuholen? Oder um einen Hehler für die Beute zu finden?«

Wenngleich es heutzutage nicht mehr so schlimm zuging wie in früheren Zeiten, gab es in der New Yorker Bauindustrie dennoch zahlreiche Personen mit Verbindungen zum organisierten Verbrechen.

Sellitto rief den Leiter des RTCC an und nannte ihm die exakte Kennzeichnung der Videodatei. Seine Leute sollten sich die Aufnahmen der Kameras im Umkreis mehrerer Blocks vornehmen, für den Zeitraum von einer Stunde, bevor der Verdächtige die MetroCard benutzt hatte. Als Suchkriterien gab es die allgemeine Personenbeschreibung des Mannes sowie den Zusatz »gelber Bauhelm und orangefarbene Weste«.

Während Rhyme dabei zusah, wie Mel Cooper die neuesten Details des Falls auf eine der weißen Tafeln schrieb, dachte er über das Motiv des Täters nach: Warum? Warum machst du das?

»Die Antwort ist leicht«, rief die melodiöse Stimme einer Frau.

Rhyme wendete den Rollstuhl. Er hatte gar nicht bemerkt, dass Amelia Sachs aus Brooklyn zurückgekehrt war. Oder dass er seine Fragen laut ausgesprochen hatte. »Und zwar?«, hakte er nach.

»Der Typ ist total verrückt.«

# 17

Er hatte die Nacht am Flughafen verbracht. LaGuardia – zwei Busfahrten weit entfernt.

Auf dem Weg dorthin hatte Vimal Lahori jeweils in der hintersten Reihe Platz genommen und war bei jedem Schlagloch vor Schmerz zusammengezuckt.

Am Ziel hatte er sich in den Wartebereich gesetzt, unweit der Ticketschalter, als wolle er nach einer Stornierung auf einen frühen Flug umbuchen. Er war nur einer von einem Dutzend gestrandeter Reisender. Niemand beachtete ihn.

Die Hafenbehörde wäre Vimal natürlich viel lieber gewesen, doch er nahm an, dass die Polizei den Ort im Auge behielt. Nicht zu vergessen der Killer, der vielleicht immer noch die Straßen von Midtown unsicher machte. Vimal träumte viel, hauptsächlich schlecht, obwohl er sich an keine Einzelheiten erinnern konnte. Das Bild von Mr. Patels Füßen ließ ihn hochschrecken. Einige Minuten lang war er in Tränen aufgelöst. Doch dann riss er sich zusammen, ging zur Toilette und machte sich frisch. Dort in einer der Kabinen sah er noch einmal nach seiner Wunde. Sie brannte und war von einem gewaltigen Bluterguss umgeben, jedoch nicht geschwollen, und es schien keine Infektion gegeben zu haben. Umständlich wechselte er den Verband – die Verletzung war schwer zu erreichen – und trug mehr von dem kalten Betadine auf.

Nun, nach einer weiteren Busfahrt, ging er mit gesenktem Kopf eine belebte Straße in Flushing, Queens, entlang. Er betrat den Laden von N&B Jewelers, eines Einzel- und Großhändlers für Schmuck und Edelsteine, und wandte sich an eine Angestellte, eine junge, rundliche Südasiatin.

»Ist Mr. Nouri schon da?«

»Er ist in einer Besprechung.«

»Könnten Sie ihn wissen lassen, dass Vimal Lahori ihn gern sprechen würde?«

Nach einem Blick auf seine zerknitterte und staubige Kleidung griff sie zum Telefon und legte nach einem kurzen Gespräch wieder auf. »Er kommt in fünf Minuten.«

Vimal bedankte sich und schlenderte durch das Geschäft. Es hatte gerade erst geöffnet – sonntags immer erst um zwölf Uhr –, und es waren noch keine Kunden hier, nur ein bewaffneter Sicherheitsmann, der gelangweilt an die Decke starrte.

Die Schaufensterauslagen waren durch dickes Glas geschützt. Mr. Nouri hatte dort Schmuckstücke verschiedener Stile, Größen und Preisklassen platziert, um den Geschmack und das Budget möglichst vieler Kaufinteressenten abzudecken.

Manche kamen zu N&B, um dort den *einen* Stein zu erwerben. Meistens natürlich für einen Verlobungsring.

Doch De Beers und die anderen Konzerne hatten sich noch haufenweise weitere Kategorien einfallen lassen: den Jubiläumsring, den Tochter-bekommt-ein-Baby-Anhänger, die Süße-sechzehn- oder Quinceañera-Ohrringe, das Abschlussball-Diadem, die Großmutter-Anstecknadel. Die Diamantenindustrie dachte sich – ähnlich wie die Grußkartenfirmen – fortwährend neue Vorwände aus, um ihre Ware an den Mann oder die Frau zu bringen und dafür zu sorgen, dass man sich ausgesprochen schuldig fühlte, falls man eine Gelegenheit verpasste. Halb zynisch, halb genervt dachte Vimal an die endlosen Werbebriefe, die Mr. Patel von den offiziellen Vertriebsfirmen der Großkonzerne erhalten hatte und in denen immer neue Vorschläge zur Erschließung weiterer Märkte gemacht wurden, beispielsweise Verlobungen schwuler Paare. »Die alten Vorstellungen sind überholt«, jubelte einer der Prospekte. »Regen Sie an, dass *beide* Partner Diamanten tragen sollten, um ihre bevorstehende Verbindung zu würdigen ... und verdoppeln Sie dadurch Ihre Einkünfte bei jeder einzelnen Verlobung!«

Oder der »Examensdiamant«: »Sie sind so stolz auf Ihre Liebste, also zeigen Sie ihr, wie viel ihr hart erarbeitetes Diplom Ihnen bedeutet!«

Er hatte mal im Scherz zu Adeela gesagt, als Nächstes käme wohl der »Grabdiamant«, der mit dem Verstorbenen bestattet werden sollte, aber nach den Ereignissen des gestrigen Tages fand er das nicht länger witzig.

Nun öffnete sich eine Tür im hinteren Teil des Verkaufsraumes, und Dev Nouri trat heraus. Er war ein kahlköpfiger, korpulenter Mann von ungefähr fünfundfünfzig Jahren. Auf seinem Kopf saß eine Lupe an einem Brillengestell – mit der für die Branche üblichen zehnfachen Vergrößerung. Die Linse zeigte senkrecht nach oben. Er watschelte herbei, und sie gaben sich die Hand.

Der Geschäftsmann schaute sich besorgt um, und Vimal begriff, dass er vielleicht befürchtete, der Versprechende könne ihm gefolgt sein.

Lächerlich. Doch auch Vimal blickte aus dem Fenster.

Niemand da draußen kam ihm wie der Killer vor. Trotzdem war er erleichtert, als Mr. Nouri sagte: »Lassen Sie uns nach oben gehen.«

Sie betraten einen Korridor, und Mr. Nouri presste seinen Daumen auf einen Fingerabdruckscanner, um eine dicke Stahltür zu öffnen. Dahinter führte eine Treppe in den ersten Stock, wo die Büroräume sowie die Schleif- und Polierwerkstatt lagen. Vimals Vater hatte einst zu ihm gesagt, die Schleifer im indischen Surat würden Hondas produzieren, Mr. Patel hingegen Rolls-Royces. Mr. Nouris Steine fielen ungefähr in die BMW-Kategorie.

Sie gelangten zu Mr. Nouris vollgestopftem Büro und setzten sich.

»Also, erzählen Sie. Sie waren da? Als Jatin ermordet wurde?«

»Ja, war ich. Aber ich konnte entkommen.«

»Wie schrecklich! Jatins Schwester … seine Kinder. Wie traurig sie sein müssen!«

»Ja, es ist schrecklich. Ganz furchtbar.« Vimal spielte nervös an Adeelas Stoffarmband herum. »Mr. Nouri, ich brauche Hilfe.«

»Von mir?«

»Ja. Meine Eltern und ich halten es für das Beste, dass ich für eine Weile die Stadt verlasse. Die beiden haben mir so viel Geld gegeben, wie sie erübrigen konnten, doch das reicht noch nicht. Ich hoffe, Sie können mir helfen.«

Mr. Nouri durchschaute die Lüge nicht. Er war offenbar viel zu erschrocken darüber, dass jemand Geld von ihm wollte. »Ich? Ich habe keine …«

»Ich bitte Sie nicht um ein Darlehen. Ich habe etwas zu verkaufen.«

»Etwa aus Patels Beständen?«, fragte er argwöhnisch.

Das war einer der Gründe, weswegen Vimal die Polizei gemieden hatte. Die Steine stellten formal betrachtet Mr. Patels Eigentum dar und wären als Beweismaterial konfisziert worden, doch er benötigte sie unbedingt. Womöglich hätte man ihn sogar als Dieb verhaftet.

»Die Ware gehört keinem Kunden«, antwortete Vimal wahrheitsgemäß. »Sie stammt von Mr. Patel, ja. Aber er war mir für den Monat noch meinen Lohn schuldig, den ich nun wohl kaum mehr bekommen werde.« Vimal zog einen der Steine aus der Tasche, den er bei sich getragen hatte, als auf ihn geschossen wurde. Es war der Januar-Vogel.

»Was ist denn das? Kimberlit?«

»Ja.«

Mr. Nouri nahm den Stein entgegen, setzte die Lupe auf und studierte ihn. »Den habe ich noch nie gesehen.«

Kimberlit war das Roherz, in dem weltweit die meisten Diamanten gefunden wurden. Benannt hatte man das Gestein nach der südafrikanischen Stadt Kimberley, wo Ende des neunzehnten Jahrhunderts der berühmte Stern von Südafrika, ein vierundachtzig Karat schwerer Stein, unversehens in einem Kimberlitgang zum Vorschein kam und den ersten Diamantenrausch der Geschichte auslöste.

Doch Rohdiamanten wurden normalerweise schon in den Minen freigelegt und der Kimberlit weggeworfen, sodass die späteren Beteiligten der Verwertungskette kaum jemals das Gestein zu Gesicht bekamen, aus dem die Diamanten stammten, an denen sie arbeiteten.

Er schob die Lupe wieder hoch. »Sie wollen ihn verkaufen?«

»Ja. Bitte.«

»Aber was soll ich damit anfangen?«

Vimal hielt den Stein unter eine Lampe. »Schauen Sie. Man kann Kristalle erkennen. Das dürften Diamanten sein. Legen Sie sie frei, um sie zu schleifen und zu verkaufen. Im Innern könnte ein großer Rohdiamant stecken. Hier zum Beispiel.« Er wies auf eine schimmernde Stelle an der Seite des Steins. »Der könnte Tausende wert sein.«

Mr. Nouri lachte. »Wissen Sie, wie man Diamanten aus Kimberlit herausholt?«

»Es ist kompliziert, schon klar.« Der Stein wurde zunächst zertrümmert – mit genug Wucht, um den Kimberlit aufzubrechen, aber ohne die Diamanten zu beschädigen. Dann wurden die daraus resultierenden diamanthaltigen Bruchstücke in mit

Wasser gefüllten, rotierenden Trommeln mit Ferrosilizium behandelt. Es war ein langwieriges Verfahren.

»Allerdings. Und mir fehlt die nötige Ausrüstung. Ich wüsste auch niemanden, der eine hat. Ich müsste den Stein nach Kanada schicken. Doch keine Mine würde eine so kleine Auftragsarbeit annehmen. Die verarbeiten das Rohmaterial dort tonnenweise.«

Die Enttäuschung tat regelrecht weh. Vimal war verzweifelt. »Aber …«

»Hören Sie, es tut mir leid. Ich könnte Ihnen hundert Dollar leihen.«

Vimal schloss kurz die Augen. Seine Schultern sackten herab. Er starrte den Stein an und drehte ihn fortwährend hin und her. Dabei blitzten die winzigen Rohdiamanten auf. Mr. Nouri hatte wahrscheinlich recht: Das Gewinnungsverfahren rechnete sich nur im großen Maßstab.

»Nein, ich möchte kein Darlehen. Vielen Dank.« Er steckte den Stein wieder ein.

Dann wollte er aufstehen, aber Mr. Nouri machte ihm mitfühlend einen Vorschlag. »Warten Sie. Was halten Sie davon? Sie erledigen eine Schleifarbeit für mich. Ich zahle Ihnen tausend Dollar.«

Das würde ihn beim Start in ein neues Leben auch nicht viel weiterbringen. Doch ihm blieb nichts anderes übrig. »Ja, gern. Leider habe ich nicht viel Zeit.«

»Es wird nicht lange dauern. Bei anderen vielleicht. Bei Ihnen? Bestimmt nicht. Kommen Sie mit.«

# 18

»Ich dachte, sie wären tot, Rhyme.«

»Wer?«

»Mikey O'Brien und Emma Sanders«, sagte Sachs.

»Noch mal: wer?«

»Das Paar in Gravesend.«

»Tot?«

Sie war soeben erst von den beiden Tatorten zurückgekehrt: von Weintraubs Haus in Queens und dem Ort des Überfalls in Brooklyn. »Du hast von Opfern gesprochen.«

»Laut Meldung des Reviers waren Schüsse gefallen. Und es handle sich um zwei Opfer, hat der Captain gesagt. Der Täter soll ihnen wohl von einem Juwelier aus gefolgt sein.«

»Nein, von einer Hochzeitsplanerin.«

»Aha.«

Sellitto nickte ihr zu. Er telefonierte gerade mit den Beamten, die in Gravesend nach möglichen Augenzeugen des Verbrechens suchten. In einer Hand hielt er sein Telefon, in der anderen ein Gebäckstück. Er hatte es in der Mitte durchgeschnitten und die erste Hälfte verspeist. Dann hatte er anscheinend der Versuchung nicht widerstehen können und auch den Rest schon angeknabbert.

Rhyme beschäftigte sich kaum mit psychologischen Fallanalysen. Sachs hingegen vertrat die Einstellung, es könne zur Ergreifung eines Täters beitragen, seine mentalen Prozesse nachzuvollziehen. Rhyme war zwar teilweise anderer Ansicht, respektierte aber ihre Meinung. Und wollte gern hören, wie sie zu ihrer Diagnose gelangt war.

*Verrückt …*

Sie berichtete Rhyme und Cooper, was das Paar über die Flucht erzählt hatte, dass ihre Hände gefesselt gewesen seien, aber nicht die Beine. Mikey hatte den Täter getreten, und sie waren weggelaufen. Der hatte einen Schuss abgegeben, aber sein Ziel verfehlt. Als er sich wieder aufgerappelt hatte und die Verfolgung antreten wollte, war die Frau schon draußen auf der Straße und schrie um Hilfe. Täter 47 hatte nicht lange gezögert und war daraufhin durch die Hintertür verschwunden.

»Und es war auch sicher unser Mann?«, fragte Rhyme.

»O ja. Ganz ohne Zweifel: Täter 47 und der Versprechende sind ein und dieselbe Person. Unmittelbar bevor er der jungen Frau den Finger abschneiden wollte, hat er seine Gründe für die Morde bei Patel geschildert.«

Sellitto beendete sein Telefonat und blickte auf. »Aus Gravesend nichts Neues. Der Täter ist weg, und niemand hat was gesehen.«

Rhyme zuckte nur die Achseln und wiederholte für den Detective, was Sachs bestätigt hatte: dass ihr Verdächtiger tatsächlich der Versprechende war.

Es klingelte an der Tür. Thom ging hin und kehrte mit Edward Ackroyd zurück, dem Leistungsprüfer der Versicherung. Er nahm den beigefarbenen Mantel des Mannes entgegen und bot Ackroyd einen Tee an.

Ackroyd lächelte – vielleicht wegen der Wahl des Getränks, denn er lehnte dankend ab und bat stattdessen um einen Kaffee.

»Filterkaffee? Cappuccino?«

Ackroyd wählte Letzteres.

Der Betreuer hängte den Mantel auf und ging in die Küche.

»Danke, dass Sie vorbeigekommen sind«, sagte Sellitto.

»Aber gern.«

»Ich weiß nicht, ob Sie die Nachrichten verfolgt haben. Unser Täter hat einen der Zeugen erwischt, einen Mann namens Saul Weintraub. Er wurde erschossen.«

»O nein.« Ackroyd seufzte. »Konnte er vor seinem Tod noch eine Aussage machen?«

»Nur ansatzweise«, sagte Sachs. »Angeblich hat er Patel kaum gekannt. Ich wollte ihn herbringen lassen, um ihn weiter zu vernehmen, aber …« Ihre finstere Miene verriet, dass es dazu nicht mehr gekommen war.

»Wie hat der Verdächtige ihn aufgespürt?«, fragte Ackroyd.

»Wir glauben, Patel hat den Namen unter der Folter preisgegeben«, sagte Sellitto. »Aber nicht die Adresse. Es gibt in der Stadt eine ganze Reihe Saul Weintraubs. Der Täter muss einige Nachforschungen angestellt haben, um ihn zu finden. Und es gibt noch einen zweiten Zeugen, den er wohl ebenfalls sucht. Die Initialen des Unbekannten lauten VL. Ein junger Mann, vermutlich indischer Abstammung, ein Mitarbeiter oder Schützling von Patel. Wir hoffen, Sie können uns helfen, ihn zu finden, bevor der Verdächtige es tut.«

»Bitte rufen Sie sein Foto auf«, wandte Sachs sich an Cooper. »Das ist das Standbild einer Überwachungskamera, kurz nachdem er fliehen konnte.«

Ackroyd musterte die verschwommene Aufnahme von der Laderampe, kniff die Augen zusammen und ging näher heran. »Anfang, Mitte zwanzig. Nicht groß. Eins fünfundsechzig, eins siebzig. Schlank. Südasiate.«

»Ich möchte vorschlagen, dass Sie diskret vorgehen«, sagte Rhyme. »Vielleicht sollten Sie bei Ihren Anrufen die Initialen lieber nicht erwähnen. Fragen Sie einfach nur, ob Patel Protegés gehabt hat.«

Der Engländer nickte. »Ja, natürlich, für den Fall, dass auch der Verdächtige sich an einen meiner Kontakte wendet.«

»Und noch etwas«, sagte Sachs. »Er hat soeben erst ein weiteres verlobtes Paar überfallen – in Gravesend, einem Viertel in Brooklyn.«

»Mein Gott, allen Ernstes?« Ackroyd war sichtlich überrascht. »So kurz nach Weintraub? Sind die Leute tot?«

»Nein, sie haben überlebt. Und wurden nur leicht verletzt.«

»Wirklich?« Er runzelte die Stirn. »Das ist gut. Für das Paar, meine ich. Und für uns auch. Was haben die beiden ausgesagt?«

Rhyme schaute auffordernd zu Sachs.

»Nach deren Beschreibung zu schließen ist der Täter verrückt«, sagte sie. »Ich glaube, wir kennen nun sein Motiv. Es geht ihm keineswegs darum, Rohdiamanten zu stehlen, um sie zu verkaufen. Er sorgt sich um ihre Sicherheit.«

Ackroyd nickte. »Sicherheit? Gar nicht so selten. Diamanten sind eine solide Investition und als Sicherheiten durchaus gefragt.«

»Nein, nein. Er will Diamanten beschützen, als wären sie eine gefährdete Spezies. Er will verhindern, dass sie in die Hände der Verlobungsringindustrie gelangen. Er hat die Rohdiamanten gestohlen, um ihre Unversehrtheit zu bewahren. Die beiden Opfer sagen, er habe Diamanten als das Herz der Erde bezeichnet, und sie zu zerteilen bedeute angeblich, sie zu vergewaltigen oder ermorden.«

*Verrückt …*

Thom brachte den Kaffee. Ackroyd nippte daran und lobte das Getränk. Dann schüttelte er den Kopf. »Diamanten retten. ›Herz der Erde‹. Das ist sogar für mich neu. Es gibt natürlich so manche Spinner, die Diamanten horten, aber immer nur wegen des Werts. Die glauben, falls es zu einem Atomkrieg oder einem Aufstand kommt, könnten sie die Steine als wertvolle Tauschobjekte einsetzen. Als hätten die Leute nach einem nuklearen Holocaust nichts Besseres zu tun, als sich Schmuck anzuschaffen.«

»Wie es aussieht, war auch Patel ein beabsichtigtes Opfer«,

fügte Sachs hinzu. »Der Täter hat ihn als schrecklichen Mann bezeichnet, der sein Volk betrogen habe.« Sachs blätterte in ihren Notizen. »Weil Diamanten heilig seien.«

»Im alten Indien war das tatsächlich so. Es galt als Todsünde, einen Diamanten zu zerteilen. Die Griechen und Römer waren die Ersten, die die Steine bearbeitet und für Schmuckstücke verwendet haben, aber die Inder haben sich dann auch nicht mehr lange geziert. Wie zu erwarten war, musste die spirituelle Natur der Diamanten weichen, um Profitgier und Eitelkeit Platz zu machen.« Ackroyd schien nachdenklich zu werden … und dann konsterniert. »Hat er irgendwie durchblicken lassen, wo die Rohdiamanten sind?«, fragte er. »Wo er wohnt? Oder sonst irgendwas zu seiner Person?«

»Nein. Nur Drohungen und wirres Zeug. Das Paar sagt, er habe hellblaue Augen. Und einen ausländischen Akzent, den er wohl zu tarnen versuchte, indem er sich betont amerikanisch ausgedrückt hat. Ansonsten gab es nicht viel. Er ist Raucher. Das konnten sie riechen. Und er hat eine neue oder zweite Waffe. Einen Revolver. Mikey kennt sich da ein wenig aus. Ich habe das Projektil aus der Wand geholt. Es ist nicht allzu sehr deformiert. Kaliber achtunddreißig, da bin ich mir sicher.«

»Nach dem Mord an Weintraub hat er seine Jacke weggeworfen«, sagte Sellitto. »Wahrscheinlich liegt auch die Glock irgendwo in einem Müllcontainer. Oder in einem anderen Gully.«

»Ich lasse ein Team aus Queens die anderen Abflüsse überprüfen.« Sachs rief sogleich in der Zentrale der Spurensicherung an, um alles in die Wege zu leiten.

Dann machte sie sich mit Cooper daran, die Spuren des Überfalls in Gravesend zu untersuchen.

Die Fingerabdrücke ergaben keinen Treffer. Der Boden war mit Teppich ausgelegt, daher hatte sie keine elektrostatischen

Abbilder der Fußspuren anfertigen können. Cooper analysierte die Schießpulverreste von einem der Möbelstücke neben der Schussposition des Verdächtigen. Sachs hatte außerdem einige Spuren gesichert, die eher dem Täter zuzuordnen waren als Mikey oder Emma oder einem anderen Besucher aus jüngerer Zeit: schwarze Baumwollfasern, einige Krümel gekochten Rinderhackfleischs und zwei blonde Haare. Die Haare sowie Abstriche der Oberflächen aus dem nahen Umkreis des Täters gingen zur DNS-Analyse an das Hauptlabor in Queens.

Auch der Befund zu der Textnachricht des Versprechenden lag nun vor. Der Ort, von dem aus man sie gesendet hatte, ließ sich nicht ermitteln, und das Wegwerftelefon war bar bezahlt worden. Die Nachforschungen hatten ergeben, dass der erste Satz offenbar aus einer Wissensdatenbank wie Wikipedia stammte.

*Eine Verlobung bedeutet das bindende Versprechen des Mannes an die Frau, sie zu ehelichen. Nun auch ich verspreche etwas. Ich suche nach EUCH, ich suche überall. Kauft ruhig einen Ring, steckt ihn auf hübschen Finger, doch ich werde euch finden und für eure Liebe bluten lassen.*

*Der Versprechende*

Da dieser erste Satz ein Zitat war, verriet er nichts über den Täter. Der Rest gestattete nur wenige Rückschlüsse, die im Wesentlichen bestätigten, was Sachs bereits entdeckt hatte: Englisch war vermutlich nicht seine Muttersprache. Allerdings blieben Zweifel: War der zweite Satz wirklich unbeholfen formuliert, oder fehlte hinter dem »nun« einfach nur ein Komma? Und das fehlende »den« oder »einen« vor dem »hübschen Finger« konnte schlicht ein Flüchtigkeitsfehler beim Eintippen der Nachricht gewesen sein.

Weder in der Datenbank des National Crime Information Center noch in allen anderen ihnen zugänglichen Quellen war ein früherer Vorfall verzeichnet, der zu dem Verhalten des Täters gepasst hätte.

»Der Versprechende«, murmelte Ackroyd und schien sich zu wünschen, er hätte einen konventionelleren Fall abbekommen. Dann stellte er die leere Kaffeetasse ab, nahm seinen Mantel von der Garderobe und zog ihn an. »Mal sehen, ob ich das Phantom VL auftreiben kann. Hat denn niemand, mit dem Sie gesprochen haben, Ihnen irgendeinen Anhaltspunkt geliefert?«

»Leider nicht. Keinen einzigen«, sagte Sellitto.

Der Engländer verabschiedete sich und ging. Rhyme erzählte Sachs von der MetroCard und der Vermutung, dass Siebenundvierzig zwei Tage zuvor auf der Baustelle gegenüber der U-Bahn-Station gewesen sei – um entweder eine Abkürzung zu nehmen und so den Kameras der Behördengebäude an der Cadman Plaza zu entgehen oder, was wahrscheinlicher schien, um sich dort mit jemandem zu treffen, mutmaßlich einem Arbeiter mit Verbindungen zum organisierten Verbrechen, und von ihm eine neue Waffe zu kaufen, den 38er.

»Ich fahre hin und sehe mir das mal an. Heute ist zwar Sonntag, aber es müsste zumindest ein Wachmann vor Ort sein.« Sachs nahm ihre Jacke und machte sich auf den Weg.

Nachdem sie gegangen war, erhielt Sellitto einen Anruf. Das Gespräch dauerte nicht lange.

»Die Überprüfung der Kameras hat was ergeben. Kurz bevor unser Mann die U-Bahn genommen hat, wurde er auf der Hicks Street erfasst, nahe der Pierrepont Street, nur zwei Blocks entfernt. Mit Bauhelm und Warnweste. Er ist allein die Straße entlanggegangen. Das ist alles. Aber wir haben ihn nun im System und für die besagte Gegend markiert. Falls er noch mal dort auftaucht, werden wir sofort informiert.«

Rhyme nickte und fuhr zurück zu der Tabelle. Die Einträge waren nützlich und gaben eine ungefähre Richtung vor. Aber ihn beschlich allmählich ein Verdacht, und seine hartnäckige Unzufriedenheit wollte sich einfach nicht legen: Vielleicht hatten sie noch keine konkreten Antworten gefunden, weil sie einfach die falschen Fragen stellten.

In dem Moment öffnete sich auf seinem Monitor eine Textnachricht. Rhyme überflog sie.

»Thom?«, rief er.

»Ich bin gerade …«

»Hol den Van.«

»Jetzt? Den Van?«

»Ja. Hol. Den. Van.«

Sellitto sah ihn fragend an. »Hast du eine Spur?«

»Nein. Das hier ist was anderes.«

# 19

Tja, das war ein Problem.

Vimal Lahori saß gegenüber von Mr. Nouri vor dessen Schreibtisch im ersten Stock von N&B Jewelers. Sein Herz schlug schnell, er atmete hektisch.

Er brauchte das Geld. Aber es gab einen Haken.

Vimal starrte den Diamanten an, den er aus dem steifen gefalteten Umschlag geschüttet hatte und nun für Mr. Nouri schleifen sollte.

»Etwas wirklich Besonderes, nicht wahr?«, flüsterte der Mann.

Vimal konnte nur nicken. Er klappte die Lupe herunter und untersuchte den Stein im grellen Licht einer Schwanenhalslampe. Er drehte ihn und drehte ihn und drehte ihn.

Rohdiamanten kommen in unterschiedlichen Formen vor. Meistens als Oktaeder – wie zwei vierseitige Pyramiden, die an der Grundfläche verbunden sind. Man teilt sie in getrennte Pyramiden, die dann »gerieben« werden – das heißt, sie werden mittels eines anderen Diamanten oder eines Lasers geglättet. So entstehen die runden Brillanten, der verbreitetste Schliff, der sich überall auf der Welt in vielen Millionen von Ringen, Ohrringen, Anstecknadeln und Halsketten wiederfindet. Er besteht aus siebenundfünfzig, gelegentlich auch achtundfünfzig Facetten und wurde vor hundert Jahren von Marcel Tolkowsky entwickelt, einem der berühmtesten Diamantäre aller Zeiten, der durch angewandte Geometrie zu den idealen Proportionen der Diamantengestaltung gelangte.

Hin und wieder jedoch findet man keine Oktaeder, sondern andere Formen: Dreiecke, Würfel, Tetraeder oder auch komplexe, unregelmäßige Gebilde. Diese werden für Fancy-Schliffe verwendet – die Bezeichnung für alles *außer* runden Brillanten. Marquisschliff, Herzschliff, Kissenschliff, Tropfenschliff, Ovalschliff, Smaragdschliff oder auch die neueste Modeerscheinung: der Prinzessschliff.

Der Stein, den Vimal schleifen sollte, besaß eine längliche Form – ein Rechteck mit gerundeten Kanten. Er war, wie alle Rohdiamanten, nicht transparent, sondern leicht milchig; die Klarheit eines Diamanten stellt sich erst durch das Schleifen und Polieren ein. Dennoch war es auch im Rohzustand möglich, einen Diamanten ziemlich verlässlich einzustufen, und Vimal wusste, dass er hier einen Stein des Farbtons G – feines Weiß – und der Reinheitsklasse VSI – very small inclusions – vor sich hatte. Die minimalen Einschlüsse würden mit dem bloßen Auge nicht zu erkennen sein. Ein Prachtexemplar.

Vimal schaute zu Mr. Nouri und dann auf das Konzept – ein Computerabbild des Diamanten auf dem Monitor, der neben ihnen stand. Es zeigte an, wie der Stein am effizientesten bearbeitet werden sollte.

Im Allgemeinen wird ein Rohdiamant in zwei oder drei Stücke gespalten, und Algorithmen, die im Laufe der Jahre immer mehr verfeinert wurden, geben dann einen höchst präzisen Plan für die weiteren Bearbeitungsschritte vor.

Der vorliegende Diamant war mit sieben Karat besonders groß und zudem ungewöhnlich geformt. Daher hatte die Konzipierungssoftware vier Spaltstellen vorgegeben, um ihn in fünf einzelne Diamanten zu teilen und diese dann jeweils mit einem runden Brillantschliff zu versehen. Mr. Nouri hatte die Markierungen bereits eigenhändig mit einem roten Stift auf den Rohdiamanten übertragen.

»Aber Sie können das gern präzisieren«, sagte Mr. Nouri

und hielt ihm den Marker hin. »Sehen Sie? Deshalb brauche ich Sie, Vimal. Da ist kein Spielraum für Fehler. Ein einziger Missgriff genügt, und der Wert der fertigen Steine sinkt um ein Viertel. Oder sogar mehr. Ich kann das nicht. Und meine Leute genauso wenig.«

Vimal nahm den Stein ein weiteres Mal in die Hand, hielt ihn vor sein Gesicht und klappte die Lupe herunter. »Ein Tuch, bitte. Ein feuchtes Tuch.«

Mr. Nouri nahm ein Stück Mull – ähnlich wie Adeela, als sie Vimals Verletzungen behandelt hatte –, benetzte es mit Wasser und reichte es Vimal, der damit die roten Linien abwischte und den Stein erneut eingehend studierte.

*Jeder Steinblock trägt eine Statue in seinem Innern*, hatte Michelangelo einst geschrieben, *und es ist die Aufgabe des Bildhauers, sie zu entdecken.* Vimal glaubte fest daran, und es traf auf Diamanten genauso zu wie auf Marmor oder Granit.

Er nahm den Stift. Und obwohl sein Herz raste, zeichnete er mit sicherer Hand acht schnelle Linien auf den Stein.

»Hier.«

Mr. Nouri runzelte die Stirn. »Was ist das?«

»Der Schliff.«

»Ich verstehe nicht ganz.«

»Hier.« Er wies auf die Linien.

»Was für eine Art Schliff meinen Sie? Ich kann ihn nicht erkennen.«

»Ich zerteile den Stein nicht.«

Mr. Nouri lachte. »Vimal.«

»Nein.«

Der Diamantär wurde ernst. »Ich habe sehr viel dafür bezahlt. Ich benötige fünf Brillanten, damit es sich rechnet.«

»Diese fünf Steine wären wie jeder andere Brillant. Sie würden die Welt um nichts bereichern.«

»Die Welt bereichern«, spottete der Mann.

»Es muss ein Parallelogramm sein.«

»Ein Parallelogramm?«

»Wie ein Trapez, aber mit parallelen Seiten.«

»Ich weiß, was ein Parallelogramm ist, immerhin habe ich Mathematik studiert. Aber es hat beim Schliff eines Diamanten nichts verloren. Es gibt einfach keinen Markt dafür.«

»Ein solcher Stein wird Ihnen nie wieder begegnen«, sagte Vimal.

Mr. Nouris wortloses Achselzucken besagte: Na und?

»Nein, ich zerteile ihn nicht. Ich wäre nur zu dem Parallelogramm bereit.«

»Dann suche ich mir eben jemand anders.«

»Gut, tun Sie das.«

Vimal legte den Stein hin und stand auf.

Mr. Nouri lächelte verzagt. »Ich zahle Ihnen *zweitausend* Dollar, wenn Sie den Stein so schleifen wie geplant.«

»Nein.«

»Zweitausendfünfhundert.«

Vimal wollte sich abwenden. Dann hielt er inne und beugte sich bis dicht vor das Gesicht des älteren Mannes herunter. »Riskieren Sie mal was«, flüsterte er.

Und dachte: Bei meinem Vater ziehe ich den Schwanz ein, und hier habe ich plötzlich eine große Klappe.

»Wie bitte?«, fragte Mr. Nouri.

»Ich kenne Ihre Arbeit. Und die Arbeit Ihres Sohnes und der anderen Schleifer hier. Sie alle sind sehr gut, und Ihre Diamanten finden großen Anklang bei den Kunden – bei all den Verlobten und Ehepaaren und Eltern und Großeltern. Sie machen die Leute glücklich. Und Sie werden sie noch oft glücklich machen – mit Tausenden von anderen runden Brillanten. Aber dieses eine Mal, bei diesem Stein, sollten Sie etwas anderes ausprobieren.«

»Geschäft ist Geschäft, Vimal.«

Ja, das stimmt wohl, dachte der junge Mann. »Ich muss jetzt gehen.«

Als Vimal die Hand nach dem Türgriff ausstreckte, sagte Mr. Nouri: »Warten Sie.«

Er drehte sich um.

»Sie halten diesen Schliff wirklich für die beste Lösung?«

»Es ist der Schliff, den dieser Stein verdient. Mehr kann ich nicht sagen.«

Mr. Nouri schüttelte den Kopf, als müsse er das erst mal sacken lassen. Dann streckte er die Hand aus.

»Bleibt es bei zweitausendfünfhundert?«, fragte Vimal.

Der Diamantär nickte.

Vimal schlug ein.

»Wo kann ich arbeiten?«, fragte er.

# 20

»Ich habe deine Nachricht bekommen«, sagte Lincoln Rhyme.

Der Mann im Bett blickte auf und lächelte kurz, aber herzlich. Er schien überrascht zu sein.

»Lincoln. Du bist hier. Leibhaftig. Ich … ich wollte einfach nur plaudern. Am Telefon, hab ich gedacht.«

»Barry.« Rhyme fuhr mit seinem Rollstuhl ein Stück näher.

Das komplizierte Bett stand in einem Zimmer tief im Innern eines verschachtelten Krankenhauskomplexes an der East Side von Midtown. Es hatte einige Minuten gedauert, den Raum zu finden. Die ausgiebige Farbkodierung half nicht wirklich weiter.

»Thom.«

»Hallo.«

Barry Sales rückte unter den vielfach gewaschenen Laken und Decken ein Stück herum. Er fand eine Kabelfernbedienung und drückte einen Knopf. Die Hydraulik des Bettes richtete ihn in eine sitzende Position auf. Der Mann war Ende dreißig, mit bleicher Haut und schütterem braunem Haar.

Seine Augen wirkten lebhaft, lagen aber tief in ihren Höhlen.

Rhyme fuhr noch näher heran. Die beiden Männer nickten einander zu, und zumindest Rhyme musste über die Ironie der Situation unwillkürlich grinsen, was wiederum Sales lächeln ließ. Der Kriminalist konnte ihm nicht die Hand geben, denn das ging nur mit der Rechten. Seine Linke war weiterhin gelähmt.

Und Sales hatte nach einem fast tödlichen Schusswechsel nur noch seine linke Hand.

Rhyme sah sich im Zimmer um. Er war wirklich nicht gern hier. Seit dem Unfall vor vielen Jahren verband er mit Krankenhäusern nichts als Sorgen und Leid. Er hatte sich mit vielem arrangiert, hatte so manches gewaltsam verdrängt und anderes stoisch akzeptiert. Aber hätte er die Wahl gehabt, er hätte Krankenhäuser auf ewig gemieden.

Doch hier hatte er keine Wahl.

Sales war ein Kollege von früher, als Rhyme die Spurensicherung des NYPD geleitet hatte.

Und Sales war damals ein echter Star gewesen. Er untersuchte Tatorte so lange und gründlich wie kein anderer.

Rhyme hatte es bedauert, dass Sales irgendwann zu den klassischen Ermittlern wechselte … aber er verfolgte die Laufbahn des Mannes weiter und erfuhr, dass er trotz seines jugendlichen Alters schon bald eine gehobene Position in der Abteilung für Kapitalverbrechen erlangte, dann das NYPD verließ und erfolgreich die Leitung einer kleineren Polizeibehörde im Umland übernahm.

»Gibt's hier keine Bar?«, fragte Rhyme.

»O Mann, Lincoln«, sagte Sales. »Du änderst dich wohl nie.«

»Theorien stellt man am besten nach einem Drink auf, Analysen nur nüchtern.«

»Der Sommelier des Krankenhauses hat heute leider seinen freien Tag«, sagte Sales.

»Dann feuere den Mistkerl.« Rhyme nickte Thom zu, der zwei Flaschen Eistee zum Vorschein brachte. Zumindest stand das auf den Etiketten. Der Inhalt sah irgendwie goldener aus, zum Beispiel wie Single Malt Whisky. Der Betreuer stellte eine der Flaschen auf den Tisch und öffnete die andere.

»Was soll's?«, sagte Sales. »Ich muss heute nicht mehr fahren.« Dann stockte seine Stimme, und er kämpfte gegen die Tränen an. »Ach, Scheiße. Das ist doch lächerlich.«

»Ich weiß, was du meinst«, sagte Rhyme.

Thom schenkte zwei Gläser ein und gab sie den beiden. Dann setzte er sich in eine Ecke des Zimmers und las die Nachrichten auf dem Display seines Smartphones.

Die Männer tranken etwas von dem Whisky und versteckten wohlweislich die Gläser, als eine fröhliche Filipina hereinkam, um sich ein paar Werte zu notieren. »Oh, oh, wie unartig«, sagte die Krankenschwester, als sie den Raum verließ. »Ich habe nichts gesehen.« Sie lächelte.

Sales trank noch einen Schluck. Und schaute zu der Flasche.

»Wie hast du das hingekriegt?«

»Mit einem Trichter«, sagte Rhyme.

Einen Moment lang war Sales sichtlich verdutzt. Dann lachte er.

»Ach so, du meinst die ganze Behindertensache«, sagte Rhyme.

»Ja, all das Zeug.«

»Du weißt bestimmt noch, dass ich abgedroschene Phrasen hasse.«

»Ja, richtig.«

»Aber manchmal treffen sie zu. Die hier etwa: eins nach dem anderen.« Rhyme, ein Querschnittsgelähmter mit zertrümmertem vierten Halswirbel, war weitaus schwerer verletzt worden als Sales. Er war vom Hals abwärts paralysiert, abgesehen von einigen widerspenstigen Nervenbahnen, die ihm die Bewegung eines einzelnen Fingers gestatteten. Sales hingegen hatte seinen rechten Unterarm verloren; alles andere funktionierte noch einwandfrei.

Doch Tragödien sind natürlich subjektiv. Barry Sales verglich seine Zukunft mit seinem eigenen Leben vor der Schießerei und nicht mit Rhymes Verfassung.

»Und es werden Leute da sein, die dir helfen.« Rhyme nickte in Richtung von Thom, der den Kopf neigte, als wolle er jeglichen Sentimentalitäten eine Abfuhr erteilen. »So nervtötend und schwierig die mitunter sein können.«

»Ach, ihr zwei, ihr seid ein altes Ehepaar.« Sales hatte ihn gelegentlich zu Hause besucht.

»Dann ist da noch Joan.«

Sales' Miene blieb vollkommen ausdruckslos. »Ich ertrage es nicht, mit ihr im selben Raum zu sein. Sie versucht so sehr, mich nicht anzustarren.« Er sah seinen Armstumpf an. »Ich hab's mit einem Scherz versucht. Ob sie mir mal zur Hand gehen könne? Sie ist fast hysterisch geworden.«

»Nur nichts überstürzen. Hilfe annehmen. Und es ist ein Marathon, kein Sprint. O Gott, ich bin der König der Phrasen. Was ist bloß mit mir los?«

Sales hatte seine Tränen in den Griff bekommen. »Die haben hier einen guten Psychologen. Kannst du mir draußen jemanden empfehlen?«

»Ich hab's damit versucht«, sagte Rhyme. »Aber es war nicht das Richtige für mich. Die Therapeuten sind …« Er sah Thom an. »Wie heißt das Wort?«

»Geflohen.«

Rhyme zuckte die Achseln.

»Den *meisten* Leuten hilft eine Therapie. Ich kann dir ein paar Adressen besorgen.«

»Danke.«

Doch Rhyme wusste, dass die Fragen über den Umgang mit dem Schicksalsschlag lediglich eine Art Einleitung waren, um das Eis zu brechen. Sales würde es am Ende genauso gehen wie ihm selbst und den allermeisten Versehrten, ob nun im Rollstuhl oder nicht. Er würde sich sagen: »Scheiß drauf, ich will mein Leben leben.« Rhyme hatte sich zum Beispiel irgendwann entschieden, seinen Zustand so weit wie möglich zu ignorieren. Er war auf der Welt, um Kriminalist zu sein, Punkt. Ohne Gejammer, ohne Spendengalas und ganz sicher nicht als Vorzeigebehinderter der Polizei. Ohne jede politische Korrektheit. Wenn er überhaupt je über seinen Zustand sprach, dann nannte er sich einen Krüppel und hatte einst jemanden mit einem lodernden Blick durchbohrt, als der Mann gönnerhaft feststellte, Rhyme sei ein leuchtendes Vorbild für die Gemeinschaft der »tauglich behinderten Mitbürger«, was als Begriff hoffentlich nie Einzug ins Wörterbuch halten würde.

Nein, Sales hatte Rhyme keine Nachricht geschickt, um sich Tipps für die Therapie zu holen, sondern aus einem ganz anderen Grund.

Und er kam nun darauf zu sprechen.

»Was hast du über ihn gehört?«

Es war klar, wen Sales meinte.

Den Schützen.

Der Mann war verhaftet worden und stand derzeit vor Gericht.

»Mein Team und der Chief machen mir was vor«, sagte Sales. »Sie behaupten: ›Ach, der Arsch wird für immer weggesperrt.‹ Aber sie klingen dabei nicht besonders überzeugend.«

Rhyme stand in dem Ruf, bisweilen grob und unhöflich zu sein, fordernd und oft schlecht gelaunt. Aber er hielt sich immer an die Fakten.

»Tut mir leid, Barry. Soweit ich weiß, sieht es nicht so eindeutig aus.«

Wie bei den meisten Schusswechseln hatte auch hier totales Chaos geherrscht. Und nun hatte die Staatsanwaltschaft Mühe, sich gegen die energische und zudem gut finanzierte Verteidigung zu behaupten.

Sales nickte. »Weißt du, es ist eine Sache, sich einen offenen Kampf zu liefern. Aber den Typen nie schießen zu sehen. Ihm nie in die Augen zu blicken. Wie damals, als der Kerl am Tatort geblieben ist. Der Fall Simpson. Erinnerst du dich an den Verrückten?«

Hin und wieder blieb ein Verdächtiger am oder in der Nähe des Tatorts. Manchmal aus allgemeiner Neugier, manchmal mit der Absicht, konkrete Erkenntnisse zu gewinnen. Und manchmal, weil es sich schlicht um einen mordgierigen Idioten handelte. Der Täter im Fall Simpson versteckte sich in einem Kühlraum, nachdem er dessen Eigentümer aufgeschlitzt hatte. Dann kam er plötzlich heraus und leerte ein ganzes Magazin in Richtung eines entsetzten Tatortermittlers, der für Rhyme arbeitete. Alle Schüsse gingen daneben, wahrscheinlich weil die Körpertemperatur des Täters nach dem Aufenthalt im Kühlraum höchstens noch fünfundzwanzig Grad betrug und seine Hand so sehr zitterte, dass er alles traf, nur nicht den Polizisten.

Bei dem Gedanken daran mussten beide Männer lächeln. Thom ebenfalls, als Rhyme ihm die Geschichte erzählte.

»Gott, ich will, dass dieser Kerl hinter Gittern landet.« Sales fuhr sich mit der Zunge über die Lippen. »Meine Schwester Bonnie war hier. Ich habe sie gebeten, nächstes Mal Trudi und George mitzubringen. Na klar, hat sie gesagt. Aber das hat sie nicht gemeint. In Wahrheit hieß das, ich will nicht, dass die beiden Onkel Barry so sehen müssen. Verflucht, ich hatte nicht nachgedacht. Ich will nämlich auch nicht, dass die zwei mich so sehen. Die würden ausflippen. Ich kann nicht mehr zu ihren Spielen und Aufführungen gehen.« Er biss die Zähne zusammen.

Dann atmete er tief durch. »Ich bin ziemlich müde. Ich sollte wohl lieber eine kleine Pause machen.«

»Ich hole den Van nach vorn«, sagte Thom, notierte sich Sales' E-Mail-Adresse und bekräftigte Rhymes Versprechen, ihm eine Liste von Physiotherapeuten und auf Prothetik spezialisierten Ärzten zu schicken.

Rhyme rollte an das Bett heran und versteckte die zweite Flasche Glenmorangie-»Tee« neben Sales' linkem Arm. Er wollte noch etwas sagen, aber der Mann hatte schon die Augen geschlossen und den Kopf zurück auf das Kissen gelegt. Rhyme musterte die einzelne Träne, die Sales einfach nicht zurückhalten konnte, wendete den Rollstuhl und fuhr aus dem Zimmer.

# 21

Vimal und Dev Nouri betraten durch eine dicke Tür die eigentliche Werkstatt.

Angesichts der Herkunft und Religion der meisten Diamantenschleifer ist Sonntag nicht ihr Ruhetag, und auch bei N&B wurde normal gearbeitet. An den Schleifscheiben saßen vier Inder und ein Chinese, jeder mit dunkler Hose und einem hellen, kurzärmeligen Hemd bekleidet. Die Altersspanne reichte von Ende zwanzig bis Mitte fünfzig, und sie waren alle Männer. Vimal wusste lediglich von zwei weiblichen Diamantenschleifern in ganz New York. Es gab in der Branche einen unglückseligen Spruch, den er schon viel zu oft gehört hatte: Männer machen den Schmuck, Frauen tragen ihn.

Einer der Arbeiter war Mr. Nouris Sohn Bassam und ungefähr in Vimals Alter. Der rundliche junge Mann wirkte überrascht, ihn zu sehen. Er legte den Reibstab hin und stand auf.

»Vimal! Ich habe das von Mr. Patel gehört! Was ist passiert?«

»Es war so wie in den Nachrichten beschrieben. Ein Raubüberfall.«

»Und was machst du hier?«

Vimal zögerte. »Ich soll für deinen Vater einen Auftrag erledigen.«

Bassam war sichtlich verwirrt, doch Mr. Nouri beorderte ihn mit strenger Geste zurück an seinen Arbeitsplatz. Der junge Mann nahm den Reibstab wieder auf, klappte die Lupe herunter und fing an, einen Stein zu polieren.

Vimal nickte und folgte Mr. Nouri zu einer freien Station.

Im Gegensatz zu seinem Büro war Mr. Nouris Werkstatt sauber und aufgeräumt. Und sie war gut ausgestattet. Die riesigen Fabriken im indischen Surat, in denen mehr als die Hälfte aller Diamanten der Welt geschliffen wird, haben weitgehend von manuellen auf computerisierte Systeme umgestellt. Die 4P-Maschinen führen vollautomatisch alle Bearbeitungsschritte durch: das Konzipieren, das Spalten und Sägen, das Reiben und das Facettieren. Mr. Nouri besaß zwei dieser Maschinen, die wie gewöhnliches Industrieinventar erschienen, blaue Metallkästen von jeweils zwei Metern Länge und anderthalb Metern Höhe und Breite.

Die Software sah natürlich keinen Parallelogrammschliff vor, und Vimal hätte die Arbeit ohnehin nicht dem Computer überlassen. Dies würde von Anfang bis Ende von Hand erledigt werden.

»Ich lasse Sie dann mal in Ruhe«, sagte Mr. Nouri, klang dabei aber verunsichert und betrachtete den Diamanten, als würde er einen alten Freund verabschieden, der mit einem Segelboot mutterseelenallein den Atlantik überqueren wollte.

Vimal nickte und hörte schon kaum mehr hin. Er war völlig auf die Konturen des Diamanten konzentriert und überprüfte die roten Linien, die den geplanten Schliff markierten.

Er würde am Anfang sowohl spalten als auch entgegen der Spaltebene sägen müssen. Als Werkzeug stand ihm ein grüner Laser zur Verfügung, gesteuert mittels Joystick und Maus. Vimal beherrschte sowohl die althergebrachte Technik mit Fäustel, Meißel und Säge als auch den Laser. Das moderne Gerät störte ihn nicht, denn Diamantäre hatten schon immer die beste verfügbare Technik ihrer jeweiligen Zeit genutzt.

Mit einem Spachtel strich er nun einen speziellen Zement auf das Ende eines Reibstabs, der wie ein großer Strohhalm aussah. Dann drückte er den Diamanten in die klebrige Masse, wartete ab, bis sie getrocknet war, und spannte den Stab in die Halterung des Lasers. Er schloss die Zugangsklappe, schaltete das Gerät ein und setzte sich vor dessen Bildschirm, der eine Nahaufnahme des Diamanten zeigte. Vimals Hand lag auf der Computermaus.

Er richtete das Fadenkreuz auf dem Monitor an den roten Markierungslinien des Steins aus und fing an, die grundlegende Parallelogrammform zu schneiden. Unter Zischen und einem pulsierenden Hämmern, das an das Geräusch eines Kernspintomografen erinnerte, fing der Laser an zu arbeiten. Vimal legte immer wieder Pausen ein. Nach ungefähr einer Stunde entnahm er den teilweise geschnittenen Stein, säuberte ihn und befestigte ihn danach in einem anderen Winkel auf einem neuen Reibstab. Dann schnitt er weiter. Bald folgte die nächste Pause – um sich das Gesicht und die schweißnassen Hände abzuwischen –, dann die nächsten Arbeitsschritte. Eine weitere Entnahme, ein neuer Winkel. Und eine halbe Stunde später waren die ersten Spalt- und Schneidvorgänge abgeschlossen. Der Diamant hatte nun die Form eines Parallelogramms.

Vimal entnahm ihn, entfernte alle Zementreste und überprüfte das Ergebnis unter der Lupe. Ja, das sah gut aus.

Nun das Facettieren. Vimals Aufgabe war die aller Diamantäre, nämlich die drei essenziellen Eigenschaften des Diamanten maximal zur Geltung zu bringen: die Brillanz (das weiße Aufblitzen beim Blick in den Stein), das Feuer (die durch die Lichtbrechung entstehenden Regenbogenfarben) und das Funkeln (das Glitzern des Steins, wenn er bewegt wurde).

Vimal setzte sich auf den Hocker einer Schleif- und Polierstation, die aus einem robusten quadratischen Tisch von etwa einem Meter zwanzig Seitenlänge bestand. Der Tisch wurde von einem horizontalen beschichteten Metallteller dominiert, der Schleifscheibe. Sie drehte sich mit dreitausend Umdrehungen pro Minute, und die Schleifer drückten den Diamanten gegen sie, um so die Facetten zu erschaffen. An der Wand hing ein Regal mit vielen unterschiedlichen Reibstäben, auf denen die Diamanten für diesen Vorgang festzementiert wurden.

Vimal wählte einen aus und befestigte den Stein daran. Dann schaltete er die Schleifscheibe ein, die etwa so groß wie der Teller des alten Plattenspielers war, den sein Vater immer noch besaß. Er tropfte Öl, das mit Diamantenstaub versetzt war, darauf, stützte die zwei gepolsterten Beine des Reibstabs auf dem Tisch ab und drückte den Diamanten für ein oder zwei Sekunden gegen die Schleifscheibe. Dann überprüfte er das Ergebnis unter der Lupe und machte weiter. Allmählich wurden die Facetten sichtbar, zunächst an der Rundiste – der Seite –, danach an der Krone und dem Pavillon, dem oberen und unteren Teil des Steins.

Der Geruch des warmen Olivenöls stieg ihm in die Nase. In diesem Moment existierte für ihn nichts anderes als der Stein. Weder Adeela noch sein Bruder Sunny, seine Mutter, sein Vater oder der arme Mr. Jatin Patel. Und auch nicht seine Skulpturen zu Hause, *Die Welle* oder *Verborgen*.

Er dachte nicht an irgendwelche Killer, die nach ihm suchten.

Ihn beschäftigte allein dieser Diamant und dessen sich manifestierende Seele.

Immer wieder drückte er den Stein für den Bruchteil einer Sekunde an die rotierende Schleifscheibe, hob ihn hoch und kontrollierte den Fortschritt.

Wieder und wieder und wieder.

Das Öl tropfte, der Metallteller zischte, winzige Partikel des Diamanten wurden von dem öligen Film aufgefangen.

Die Kunst des Diamantenschleifens besteht darin, dem süchtig machenden Drang zu widerstehen, immer noch ein Detail hinzufügen zu wollen. Daher wusste Vimal Lahori irgendwann – nach einer Stunde, zwanzig Stunden oder zehn Minuten; er hatte kein Zeitgefühl mehr –, dass die Arbeit getan war. Er schaltete die Schleifscheibe aus, und sie kam leise zum Stehen. Dann lehnte er sich zurück – und zuckte erschrocken zusammen. Vier der anderen Schleifer hatten lautlos ihre Plätze verlassen und sich hinter Vimal versammelt, um ihm beim Schleifen des Parallelogramms zuzusehen. Sie standen dicht gedrängt beisammen. Vimal hatte nichts davon mitbekommen.

»Darf ich?«, fragte einer von ihnen, der sich als Andy vorstellte, und streckte die Hand aus.

Vimal gab ihm den Stein. Andy klappte die Lupe herunter und untersuchte ihn. »Du hast auf der Krone eine zusätzliche Facette hinzugefügt. Das wäre mir nicht eingefallen. Welchen Winkel hast du gewählt?«

»Sieben Grad.«

Andy reichte den Diamanten herum. Lachend betrachteten auch die anderen ihn durch ihre Lupen. Der Anblick ihrer durchweg erstaunten, nahezu ehrfürchtigen Gesichter hatte etwas Komisches.

»Koch ihn aus«, sagte einer der Männer.

Vimal brachte den Diamanten zur Waschstation, wo er ihn in einem Säurebad von allen Zement-, Öl-, Staub- und sonstigen Resten befreite.

Oft war dies ein sehr angespannter Moment. Man hielt einen Stein für perfekt geschliffen – nur um herauszufinden, dass ein Stück Zement oder ein Spritzer Öl einen Fehler überdeckt hatte. Vimal hingegen machte sich nie solche Sorgen. Oh, auch ihm waren in den rund acht Jahren des Diamantenschleifens Fehler unterlaufen. Er hatte Steine ruiniert (und war dafür von Mr. Patel oder seinem Vater angebrüllt worden). Doch er wusste stets sofort, wenn das Spalten, Sägen oder Facettieren misslang. Und bei diesem Stein war alles glattgegangen. Er war so perfekt wie möglich. Die schlimmsten Einschlüsse hatten in den weggeschliffenen Teilen gesteckt (und die verbliebenen waren im Herzen des Diamanten und sogar für die schärfsten Augen unsichtbar). Die Facetten waren klar herausgearbeitet und symmetrisch. Das Zusammenspiel von Brillanz, Feuer und Funkeln war makellos.

Er nahm den fertigen Stein mit einer Pinzette und musterte ihn ein weiteres Mal – diesmal nicht prüfend, sondern bewundernd.

Vimal Lahori hatte die Seele des Steins entdeckt und befreit.

Nun, mit dem fertigen Diamanten vor sich, den darin aufblitzenden Farben und dem weißen Licht, überkam ihn auf einmal ein tiefes Bedauern, dass Mr. Patel nicht mehr da war, um seine Arbeit zu würdigen.

Dann betrat Mr. Nouri die Werkstatt – zwei der Schleifer hatten ihn geholt. Der dicke Mann mit der gräulichen Haut lächelte Vimal zu und übernahm die Pinzette von ihm. Er klappte die Lupe herunter und begutachtete den Stein. Dabei murmelte er auf Hindi vor sich hin, eine Sprache, die Vimal kaum verstand. Seine Miene verriet Verwunderung.

»Du hast die Kalette nicht abgeflacht.« Den unteren Abschluss des Diamanten. Dieser Teil wurde oft plan geschliffen, was dem Stein mehr Robustheit verlieh und ihn nicht so leicht absplittern ließ. Andererseits wurde das einfallende Licht dann auch schlechter reflektiert. (Vimal glaubte, dass der berühmte Koh-i-Noor ruiniert worden war, als Königin Victorias Ehemann Prinz Albert ihn im neunzehnten Jahrhundert neu schleifen ließ; die breite, flache Kalette verlieh dem ansonsten herrlichen Stein eine gewisse Trübheit.)

»Nein.«

Er rechnete mit Protest gegen diese unpraktische Entscheidung.

Doch Mr. Nouri war begeistert. »Hervorragende Wahl. Sieh dir das Licht an. Sieh nur! Der Kunde – wer auch immer das am Ende sein wird – muss eben vorsichtig sein. Er wird sich schon damit abfinden.« Er kniff die Augen zusammen. »Und eine zusätzliche Facette auf der Krone.«

»Die war notwendig.«

»Natürlich war sie das. Ja, ja. Meine Güte, Vimal. Was für eine wunderbare Arbeit!«

Doch Vimal hatte weder ein Interesse an Lob noch die Zeit dafür. Er wollte so schnell wie möglich aufbrechen.

»Ich muss los. Also, wir hatten uns auf zweitausendfünfhundert geeinigt.«

»Nein.«

Vimal erstarrte.

»Dreitausend.«

Sie lächelten beide.

Diese Summe würde ihn aus der Stadt bringen. Falls er sparsam lebte, konnte er sich damit über Wasser halten, bis er Arbeit fand, irgendwas Bescheidenes, Untergeordnetes – vielleicht an einer Kunstakademie. Notfalls als Hausmeister oder in der Cafeteria. Er verspürte beinahe einen Anflug von Freude, wie schon seit Jahren nicht mehr.

Mr. Nouri legte den Stein auf ein Blatt Papier, faltete es und steckte es in seine Brusttasche. »Ich hole dir das Geld.« Er verließ die Werkstatt und ging in sein Büro.

Vimal trat an ein Waschbecken in der Ecke des Raumes. Das Schleifen ist eine schmutzige Arbeit. Die Blicke der anderen folgten ihm bewundernd und respektvoll. Das gefiel ihm gar nicht. Jede weitere Verbindung zur Diamantenwelt hatte für ihn irgendwie einen schlechten Beigeschmack. Er wusch sich die Hände, und die anderen kehrten an ihre Arbeit zurück. Vimal ging hinaus und weiter in das Büro.

Mr. Nouri steckte soeben Bargeld in einen Umschlag und wollte es Vimal reichen, als die Tür zum Treppenhaus sich öffnete und zwei Personen zum Vorschein kamen.

Vimal keuchte entsetzt auf. Einer der beiden war Deepro Lahori. Sein Vater. Der andere war Bassam Nouri; der dickliche junge Mann senkte den Blick.

Nein, nein …

»Papa, ich …«

Sein untersetzter, grauhäutiger Vater eilte verärgert auf ihn zu.

»Deepro«, sagte Mr. Nouri und runzelte verwirrt die Stirn.

Papa sah den Umschlag. »Ist da das Geld für meinen Sohn drin?«

»Ja, aber …«

Sein Vater riss dem Mann das Kuvert aus der Hand. »Ich kümmere mich für ihn darum. Er ist im Moment nicht ganz zurechnungsfähig.« Er sah Vimal an. »Und du kommst mit nach Hause. Sofort!«

Mr. Nouri begriff, dass Vimal ihm zuvor nicht die volle Wahrheit erzählt hatte. »Er hat nichts davon gewusst?«, fragte er ihn. »Du hast gelogen?«

»Es tut mir leid.«

Dann ging Papa zu den Wandhaken, an denen die Jacken hingen. Er griff in die Innentasche der Jacke seines Sohnes, holte dessen Brieftasche heraus und steckte sie samt dem Umschlag voller Bargeld in seinen eigenen Mantel.

Nun wurde auch klar, wer Vimal verraten hatte. Papa nickte Bassam zu und dankte ihm. Offenbar hatte er eine Belohnung für Hinweise auf Vimals Verbleib ausgesetzt.

Vimal war außer sich, wusste nicht, ob er schreien oder weinen sollte.

Mit kaltem Blick fixierte er Bassam, der wegsah und murmelte: »Er ist dein Vater. Du schuldest ihm Respekt.«

Vimal fragte sich, wie hoch das Kopfgeld gewesen sein mochte. Und voller Wut wandte er sich nun plötzlich seinem Vater zu. Der Mann war nur zwei Zentimeter größer als er und weder so breitschultrig noch auch nur annähernd so stark. Er stellte sich vor, seinen Vater zu Boden zu stoßen, ihm die Brieftasche und das Geld wieder abzunehmen und die Flucht zu ergreifen.

Doch es war bloß ein Hirngespinst, so flüchtig wie Diamantenstaub.

»Du kommst mit nach Hause«, sagte sein Vater noch einmal.

Als hätte er eine andere Wahl gehabt.

Vimal ging langsam zur Tür, dicht gefolgt von seinem Vater. »Mein Sohn«, sagte Deepro, »ich tue dies, weil es das Beste für dich ist. Ich hoffe, du verstehst das.«

# 22

Amelia Sachs ermittelte an der Cadman Plaza, bei der U-Bahn-Station, von der aus der Verdächtige nach Manhattan gefahren war und wo er zuvor den Bauhelm und die Warnweste weggeworfen hatte. Sie hatte eine Stunde lang das Personal all jener umliegenden Geschäfte und Restaurants befragt, von denen aus man die Station sehen konnte. Die Bemühungen hatten nichts gebracht. Niemand erinnerte sich an einen vermeintlichen Bauarbeiter, der seine Arbeitskleidung entsorgte. Doch Sachs hatte auch nicht damit gerechnet.

Wie es schien, wurde auf der Baustelle, mit der Täter 47 auf irgendeine Weise verbunden war, kein neues Wohn- oder Bürogebäude hochgezogen, sondern ein modernes Energieprojekt errichtet.

Amelia ließ nun den Blick über das riesige Gelände schweifen, das von einem zweieinhalb Meter hohen Bretterzaun umgeben war. Vor ihr hing an zwei Holzpfeilern ein großes Schild.

NORTHEAST GEO INDUSTRIES
WIR MACHEN SAUBERE ERDWÄRME NUTZBAR …
FÜR SIE UND IHRE FAMILIE

Darunter befand sich eine kleine Reklametafel mit grüner, wie aus Ranken geformter Schrift auf gebrochen weißem Hintergrund, dazu gemalte Blätter und Grasbüschel. Das alles schrie

»Öko«. Der Text erklärte, die Erde selbst sei ein gewaltiger Kollektor, der Sonnenenergie speichere und in seinem Innern eine konstante Temperatur aufrechterhalte, wie kalt oder heiß es an der Oberfläche auch werden mochte. Diese Energie könne man anzapfen, um damit Häuser zu heizen oder zu kühlen. Die hier im Bau befindliche Geothermieanlage würde dies für mehrere Hundert Gebäude der Gegend leisten. Man würde tief im Boden Rohre verlegen und durch diese eine Flüssigkeit pumpen. Wenn die Flüssigkeit dann zurück an die Oberfläche kam, würde man sie durch Regulatoren leiten, um mit ihrer Energie Klimaanlagen und Heizungen zu betreiben.

Es handle sich im Wesentlichen um eine gewaltige Wärmepumpe, wie viele umweltbewusste Bürger sie im Kleinen bereits in ihren Häusern einsetzten.

Damit reduzierte man den Verbrauch fossiler Brennstoffe für Heizung und Kühlung … Sachs hielt das für eine gute Idee.

Doch offenbar dachte nicht jeder so. Auf dem Bürgersteig standen etwa dreißig Demonstranten und protestierten gegen die Bohrungen. Ein hochgewachsener schlanker Mann mit gekräuseltem grauem Haar – und ebensolchem Bart – schien der Anführer zu sein. Wie aus den Plakaten und einigen Anstecknadeln der Leute hervorging, nannte die Bewegung sich One Earth. Sachs fragte sich, wie die Einwände wohl lauten mochten. Geothermie erschien ihr als ein sehr umweltfreundliches Verfahren. Auf manchen der Plakate wurde jedoch vor Fracking und der Vergiftung des Grundwassers gewarnt.

Der schlanke Mann stellte sich einem Tieflader voller Stahlträger in den Weg und verschränkte die Arme. Der Rest der Menge jubelte. Jedes Mal, wenn der Fahrer das Signalhorn ertönen ließ, um den Mann zu verscheuchen, reagierten die Demonstranten mit Buhrufen und Applaus.

Das wäre eigentlich eine Aufgabe für einen Streifenpolizisten gewesen, aber es war gerade keiner da.

Sachs trat auf die Straße. »Sir.« Sie hob ihre Dienstmarke. »Würden Sie bitte den Weg freigeben?«

»Und wenn nicht? Werden Sie mich etwa festnehmen?«

Das war natürlich das Letzte, was sie wollte. Es würde einen Abstecher zum nächsten Revier bedeuten, da sie als Detective keine Formulare für Strafzettel bei sich trug. Doch es konnte nur eine Antwort geben. »Allerdings.«

»Die haben Sie doch auch schon in der Tasche. Die Stadt kriecht denen in den Hintern.« Er wies auf die Baustelle.

»Sir, Sie möchten hierfür bestimmt nicht in einer Zelle landen. Gehen Sie zur Seite.«

Er gehorchte ohne weitere Widerworte, und sie bekam den Eindruck, dass er dies von vornherein als Mückenstich geplant hatte, als kleines Ärgernis.

»Können Sie sich ausweisen?«

Er reichte ihr seinen Führerschein. Sein Name war Ezekiel Shapiro, und er wohnte in Upper Manhattan.

Sie gab ihm das Dokument zurück. »Keine weiteren Verkehrsbehinderungen. Und ich hoffe, das da in Ihrer Jacke ist für Verschönerungen bei Ihnen zu Hause.«

Es schien eine Dose Sprühfarbe zu sein. Ihr waren an dem Schild und dem Bauzaun einige mühsam entfernte Graffiti aufgefallen.

»Wissen Sie, die richten alles zugrunde.« Er sah mit wildem Blick zu dem Baugelände. Dann kehrte er zu den Demonstranten zurück, von denen viele ihn in die Arme schlossen, als hätte er gerade eine ganze Armee in die Flucht geschlagen.

Sachs dachte nicht länger über Mutter Erde nach, sondern machte sich an die Arbeit. Aus dem Kofferraum des in der Nähe geparkten Torino holte sie eine rote Leinentasche mit einigen Utensilien zur Beweissicherung. Dann ging sie zum Eingang der U-Bahn-Station, wo der Verdächtige von der Kamera erfasst worden war. Sie drehte sich um, rief sich seine

Route ins Gedächtnis und entdeckte den Mülleimer, in den er den Bauhelm und die Weste geworfen hatte. Der Eimer war zwar nicht leer – das würde in New York City wohl niemals der Fall sein –, aber leer genug, um erkennen zu können, dass die gesuchten Gegenstände nicht mehr darin lagen.

Dann machte Sachs den Baustellenzugang aus, durch den der Täter das Gelände wahrscheinlich verlassen hatte. Das große Maschendrahttor stand offen, und wie erhofft waren einige Arbeiter zugegen, obwohl heute Sonntag war. Amelia ging zu einem sportlich und entschlossen wirkenden Mann in der Uniform einer privaten Sicherheitsfirma, dessen tiefe Bräune von dem ausgiebigen Urlaub zeugte, aus dem er kürzlich zurückgekehrt sein musste. Sie zeigte ihm ihren Dienstausweis und bat ihn, den Baustellenleiter zu verständigen. Er hob ein Walkie-Talkie und meldete, ein Detective des NYPD wolle mit dem Empfänger sprechen.

»Äh, ja«, ertönte die verrauschte Antwort. »Moment noch. Sagen Sie ihm, ich bin in einer Minute da.«

»Ihr.«

»Was?«

»Es ist eine Sie, kein Er«, sagte der Wachmann und warf ihr einen verlegenen Blick zu.

»Oh. Eine Sie. Eine Minute.«

Sachs sah sich um. Das mehr als einen Hektar große Gelände wirkte anders, als man in dieser Stadt erwarten durfte. Hier erhob sich kein dunkelrotes Gerippe eines Wolkenkratzers gen Himmel, sondern alles erinnerte eher an eine Ölbohrung. Es gab eine Reihe von Bohrstellen, die etwa sechs mal fünfzehn Meter maßen und von zwei Meter hohen Zäunen umgeben waren, beschildert als Areal 1 bis 12. Auf manchen davon standen vier Stockwerke hohe Bohrtürme. Andere Areale schienen geschlossen zu sein. Vielleicht hatte man dort die Bohrungen schon beendet.

Obwohl nicht allzu viele Leute herumliefen, war es ziemlich laut hier. Die Bohrgestänge wurden von dröhnenden Dieselgeneratoren angetrieben, und mehrere Radlader befüllten Kipplaster krachend mit Bauschutt.

Der Baustellenleiter hielt sein Versprechen und tauchte nach einer Minute auf, ein stämmiger Mann in gelbbraunem Overall, orangefarbener Warnweste und mit gelbem Bauhelm auf dem Kopf. Er trug eine modische getönte Brille, deren Bügel in einem leuchtend roten Brillenband steckten.

Der Mann stellte sich als Albert Schoal vor, reichte Sachs die Hand und schaute zum Tor hinaus zu den Demonstranten. »Also, was ist es diesmal?«, brüllte er, um den Maschinenlärm zu übertönen.

»Wie bitte?«

»Die Beschwerde.«

Sie hob fragend eine Augenbraue.

»Hat denn nicht jemand eine Beschwerde eingereicht?«, fragte Schoal ermattet. Auch die Augen hinter den grauen Brillengläsern wirkten müde.

»Deshalb bin ich nicht hier. Wieso sollte jemand sich beschweren?«

»Oh. Verzeihung. Das ist eine von deren Taktiken. Jemand wählt den Notruf – natürlich von einem Münzfernsprecher oder Wegwerftelefon aus – und behauptet, einer meiner Leute habe irgendwem Hasch verkauft. Oder sich unsittlich entblößt. Oder Tauben vergiftet und niemand würde sich kümmern.«

»Deren Taktiken? Wen meinen Sie?«

»Die Demonstranten. Diese Gruppe, die sich One Earth nennt. Die machen das, um uns zu schikanieren.«

»Shapiro«, sagte sie. »Ja, den habe ich getroffen.«

Der Baustellenleiter seufzte. »Ezekiel. Womit hat er Ihre Aufmerksamkeit erregt?«

»Er hat eines der Lieferfahrzeuge aufgehalten.«

»Oh, das machen sie mit am liebsten. Und Graffiti. Und Fehlalarme. Sie haben sogar schon Mülleimer angezündet. Dabei ist zwar niemand zu Schaden gekommen, aber die Feuerwehr musste anrücken und hat die Straße verstopft.«

Obwohl Shapiro sich nun in einiger Entfernung befand, konnte Sachs erkennen, dass der hagere Mann aufgebracht war. Er verströmte Angespanntheit und Zorn. Mit fuchtelnden Armen und hoch erhobenem Kopf führte er seine Gefolgsleute bei irgendeinem Sprechchor an.

»Worum geht es denen?«, fragte sie. »Ich habe auf einem der Plakate etwas von Fracking gelesen.«

Schoal verzog empört das Gesicht. »Lächerlich. Wir bauen hier einen oberflächennahen geschlossenen Geothermieregelkreis. Wir pumpen nichts in den Boden. Und wir saugen auch nichts *aus* dem Boden. Die Flüssigkeit zirkuliert in Rohrleitungen und verlässt niemals das System. Die Gefahr eines Lecks ist winzig wie ein Kakerlakenarsch. Manchmal glaube ich, die Leute haben nicht die geringste Ahnung, was wir hier machen. Sie suchen sich einfach irgendwas, um dagegen zu protestieren. Als würden sie sich sagen: ›Oh, es ist Sonntag, und mir ist langweilig. Lasst uns einen Baum umarmen und ein paar hart arbeitenden Menschen den Tag vermiesen.‹«

Kakerlakenarsch?

»Wie dem auch sei: Da keiner von denen sich irgendeine Beschwerde ausgedacht hat – was kann ich für Sie tun, Detective?«

Sie fragte zunächst, ob Schoal am Freitag gearbeitet habe. Es wäre nicht klug, irgendwelche Einzelheiten preiszugeben, solange die Möglichkeit bestand, dass *er* die Person war, mit der Siebenundvierzig sich getroffen hatte. Doch Schoal verneinte. Donnerstag und Freitag seien sein »Wochenende«.

»Ich bin noch nicht so lange dabei«, sagte er und verzog das

Gesicht. »Deshalb muss ich die Sonntagsschichten übernehmen. Freier Tag, von wegen!«

Sachs erklärte, der Verdächtige in einem Mordfall habe am Freitagnachmittag mutmaßlich dieses Gelände verlassen. Sie ging jedoch nicht näher auf die Natur des Falls ein.

»Einer von unseren Leuten? Herrje.«

»Wahrscheinlich nicht. Wie es aussieht, wollte er von hier zur U-Bahn. Dann ist ihm eingefallen, dass er immer noch Bauhelm und Warnweste trug, also hat er umgedreht, die Sachen weggeworfen und dann erst die Station betreten.«

»Ja, niemand vom Fach würde einen Helm wegwerfen. Eine Weste vielleicht, aber keinen Helm. Was hat er hier gemacht?«

Sie schilderte ihm die zwei Theorien: Entweder hatte der Täter eine Abkürzung gesucht, um den Kameras der Behördengebäude an der Cadman Plaza zu entgehen, oder er hatte sich hier mit jemandem getroffen, um womöglich eine Waffe zu kaufen.

Schoal glaubte nicht an die Abkürzung. Es gab nur zwei Zugänge zum Gelände. Den einen kannte Sachs bereits, der andere lag einen halben Block entfernt und war für die großen Fahrzeuge gedacht. »Man würde die Baustelle an mehr oder weniger der gleichen Stelle verlassen, an der man sie betreten hat.«

Hinsichtlich der zweiten Theorie sagte er: »Wir überprüfen unsere Leute gründlich. Aber nur auf Drogen und Alkohol. Ich meine, dies ist eine Baustelle in New York City. Manche meiner Jungs kennen vielleicht jemanden aus dem Milieu und könnten eventuell eine Waffe besorgen. Ein Metalldetektor nützt herzlich wenig, wenn jeder aus deiner Mannschaft ständig zehn Kilo Werkzeug am Leib trägt.«

Sie sah sich um. »Gibt es hier Kameras?«

»Nur beim Materiallager und bei den Geräteschuppen. Wo Diebe am ehesten zuschlagen würden. Aber die stehen auf der anderen Seite des Geländes. Wenn der Kerl hier aus diesem Tor spaziert ist, haben die Kameras ihn nicht erfasst. Also, was wollen Sie tun, Detective?«

»Ihre Leute befragen und herausfinden, ob jemand ihn am Freitag hier gesehen hat. Ich habe eine ungefähre Personenbeschreibung.«

»Alles klar, ich helfe Ihnen und spiele Polizist. Mein Bruder ist auch bei eurem Verein. In Boston, South Bay.«

»Das wäre prima.«

»Aber erst müssen wir Sie anziehen.« Er winkte einen Arbeiter heran, der gerade vorbeikam. »Reggie? Helm und Weste für die Lady.« Er hielt inne. »Für den Detective. Das Zeug ist zwar alles andere als modisch, aber so lautet nun mal die Vorschrift.«

Sachs zog die orangefarbene Weste über und setzte den Helm auf, nachdem sie ihre Haare zu einem Pferdeschwanz zusammengefasst hatte. Sollte sie Rhyme und ihrer Mutter ein Selfie von sich schicken?

Nein, lieber nicht, entschied sie.

»Wie konnte er ohne Zugangsberechtigung an der Wache vorbei?«

Schoal zuckte die Achseln. »Das dürfte nicht allzu schwierig sein. Wenn jemand mit Weste und Helm sich an ein paar andere Arbeiter dranhängt, fällt das gar nicht weiter auf. Unser Hauptaugenmerk liegt auch nicht darauf, sondern auf irgendwelchen Tiefladern, die nachts hier anrollen, um mit 'ner Planierraupe oder Kupferrohren im Wert von zehntausend Dollar zu verschwinden. Tut mir übrigens leid, dass ich ›Lady‹ gesagt habe.«

»Man hat mich schon schlimmer betitelt.« Sie griff in ihre Tasche und reichte ihm ein Standbild der MTA-Überwachungskamera, auf dem leider nur sehr wenig zu erkennen war. Die dunkle Jacke, die dunkle Hose, die dunkle Strickmütze.

Der Text beschrieb einen Weißen von mittlerer Statur und rund einem Meter achtzig Größe.

»Detective, was hat er denn genau angestellt?«

Manchmal hielt man sich bedeckt, manchmal spürte man einen Verbündeten. »Er hat gestern in Midtown den Besitzer eines Schmuckhandels und zwei Kunden – ein Paar – ermordet.«

»Ach du Scheiße. Der Versprechende. Mein Gott. Das war schrecklich. Diese jungen Leute. Sie wollten heiraten ... und er hat sie umgebracht.«

»Genau den meine ich.«

»Und Sie glauben, er hat seine Waffe von einem meiner Jungs gekauft?«

»Das wollen wir herausfinden.«

Sie machten sich auf den Weg und sprachen mit den Arbeitern der Sonntagsschicht. Die Männer – und die wenigen Frauen – halfen bereitwillig. Keiner von ihnen wich auffällig dem Blickkontakt aus oder ließ anderweitig erkennen, dass er oder sie die Person war, mit der Täter 47 sich getroffen hatte.

Nach einer halben Stunde ohne Ergebnis hatten sie fast alle anwesenden Arbeiter hinter sich, und Sachs dachte schon, dass sie – oder Ron Pulaski – am folgenden Tag hierher zurückkehren musste, um den Rest der Leute zu vernehmen. Die Verzögerung gefiel ihr nicht. Sie war sich sicher, dass Siebenundvierzig immer noch nach VL suchte und zudem all jene jagte, die der furchtbaren Sünde schuldig waren, ihre Finger mit Diamantringen geschmückt zu haben.

Doch gleich darauf erzielten sie einen Durchbruch. Ein hochgewachsener Afroamerikaner fing bei Amelias Frage fast sofort an zu nicken.

»Ja, mir ist zu der Zeit tatsächlich jemand hier aufgefallen. Am Freitag. Ich dachte, er wäre aus der Firmenzentrale. Weil er keinen Overall oder so getragen hat, sondern nur eine schwarze Jacke mit Helm und Weste.«

Der Arbeiter hieß Antoine Gibbs.

»Wenn die Abteilungsleiter aus dem Hauptsitz hier vorbeischauen, haben sie meistens keine Anzüge an, sondern Alltagskleidung«, erklärte Schoal.

»Dieser Typ hat jedenfalls mit jemandem geredet«, sagte Gibbs. »Offenbar mit einem von uns – denn *der* hatte Arbeitsstiefel und einen Overall an. Die beiden haben sich unterhalten und umgeschaut, und dann sind sie in Richtung Nummer sieben weggegangen. Das war schon irgendwie komisch, aber zu dem Zeitpunkt hab ich mir nichts dabei gedacht.«

»Nummer sieben?«, fragte Sachs.

Gibbs zeigte auf eine der von grünem Zaun umgebenen Bohrstellen. Über dieser erhob sich kein Bohrturm. Neben dem Tor hing ein Schild.

Areal 7
Bohrung: 08.03.–10.03.
HDPE: 03.04.
Verguss: 04.04.

»Konnten Sie sein Gesicht erkennen?«, fragte Sachs den Arbeiter, während sie die Stelle ansteuerten.

»Nur undeutlich, tut mir leid. Von der Statur her passte er genau zu dem Kerl auf Ihrem Foto da. Aber zum Gesicht kann ich nichts sagen.«

Ihr Blick fiel auf den verschrammten Zaun.

»Konnten die da rein? Vielleicht wollten sie nicht beobachtet werden.«

»Wenn er einen Schlüssel hatte«, sagte Gibbs. »Und den haben viele der Jungs.«

»Was ist dahinter?« Sie wies auf den Zaun.

»Schächte und eine Schlammgrube«, antwortete Schoal. Dann sah er, dass sie ihn nicht verstand. »Also, um die Erdwärme zu nutzen, müssen wir Flüssigkeit von der Oberfläche viele Hundert Meter nach unten und wieder hinaufpumpen.«

»Ich habe Ihre Reklametafel gelesen.«

»Der Text stammt aus der Werbeabteilung, ist aber halbwegs gelungen. Als ersten Schritt bohren wir Schächte in den gewachsenen Fels – in diesem Fall ungefähr hundertfünfzig bis zweihundert Meter tief. Dann verlegen wir darin Rohrleitungen. Der Regelkreis, von dem ich gesprochen habe, das sind im Wesentlichen zwei dicke Schläuche aus HDPE – hochdichtem Polyethylen –, die an den Enden zusammengefügt werden, damit die Flüssigkeit zirkulieren kann. Da Geothermie nur funktioniert, wenn die Leitungen unmittelbaren Kontakt mit dem Boden haben, füllen wir am Ende die Hohlräume der Schächte rund um die Schläuche mit wärmeleitfähigem Vergussmaterial. Hier in Areal Nummer sieben gibt es insgesamt zwanzig Schächte. Sie sind fertig gebohrt, aber die Leitungen sollen erst in knapp drei Wochen verlegt werden – am dritten April. Bis dahin ist die Stelle geschlossen.«

»Demnach würde dort niemand arbeiten, und man wäre ungestört«, sagte Sachs. »Können Sie das Tor für mich öffnen?«

»Was ist mit der Schlammgrube?«, fragte Schoal den Arbeiter.

»Die wurde noch nicht ausgebaggert.«

»Dann passen Sie bitte gut auf, wo Sie hintreten«, sagte Schoal zu Sachs. »Während der Bohrungen wird Wasser zum Bohrkopf gepumpt, um Erde und Gesteinstrümmer nach oben zu spülen, die zunächst in einer Schlammgrube landen. Am Ende wird sie geleert und der Schlamm fachgerecht entsorgt, aber das ist hier noch nicht passiert. Von einem Bad darin würde ich dringend abraten.«

Schoal nahm einen Schlüssel von seinem Gürtel und öffnete das Tor. Sachs trat vor und bat: »Können Sie hier draußen warten?«

Er nickte, verstand aber nicht den Grund, wie seine Miene verriet.

»Ich möchte vermeiden, dass womöglich Spuren an der Stelle verwischt werden, an der die beiden gestanden haben«, erklärte sie.

»Ach so, na klar. Wie im Fernsehen. Meine Frau und ich schauen uns all die Serien an. Da wird ein Schmetterling gefangen, der am Tatort war, und auf seinen Flügeln ist ein Abbild des Killers. Einfach unglaublich! Haben Sie so was schon mal erlebt?«

»Leider noch nicht.« Das musste sie unbedingt Rhyme erzählen, nahm Sachs sich vor.

Sie zog Handschuhe an und streifte Gummibänder über ihre Schuhe – um ihre Abdrücke von denen des Verdächtigen unterscheiden zu können. Der Baustellenleiter sollte ruhig seine eigenen Schlüsse über dieses hoch technisierte Hilfsmittel ziehen.

*Die Flügel eines Schmetterlings …*

Doch sobald sie den Innenraum betreten hatte, erkannte sie, dass dieser Ort nutzlos war – *mehr* als nutzlos. Dann lächelte sie über den grammatikalischen Widerspruch, der Rhyme gefallen hätte. So wie »äußerst einzigartig«.

Das forensische Problem bestand darin, dass der Boden sich aus Kies und Schutt zusammensetzte, auf dem keine Schuhabdrücke zurückblieben. Daher konnte sie nicht wissen, wo der Täter und der Arbeiter gestanden haben mochten – sofern sie überhaupt hier gewesen waren.

Dennoch las sie etwa ein halbes Pfund Steine von der Stelle in der Nähe des Tores auf, an der die Männer gegebenenfalls *am wahrscheinlichsten* gestanden hatten, und verstaute sie in einer Beweismitteltüte aus Plastik.

Im Zentrum von Areal 7 befand sich die Schlammgrube: eine Rinne in Längsrichtung, von Zaun zu Zaun. Sie war ungefähr viereinhalb Meter breit und wurde von einem schmalen felsigen Gehweg gesäumt. Die Füllung entsprach Schoals Beschreibung: schmutziges Wasser, dunkelbraun und grau, auf dessen Oberfläche Öl oder andere Chemikalien schillerten. In der Mitte ragte eine gelbe Messlatte empor und zeigte eine Tiefe von knapp zwei Metern an. Der Geruch war eine kräftige Mischung aus feuchter Erde und Dieseltreibstoff.

*Von einem Bad darin würde ich dringend abraten …*

Auch ein Dutzend der Geothermieschächte, jeweils dreißig Zentimeter im Durchmesser, schauten aus der Brühe. Sie waren mit Plastikhauben abgedeckt. An einer Seite stand eine Maschine, die wie ein kleiner stationärer Zementmischer aussah und in der vermutlich das Vergussmaterial angerührt werden sollte, sobald die Rohrleitungen verlegt waren.

Überqueren konnte man die Grube nur auf zwischen den Schächten ausgelegten Planken, und das äußerst vorsichtig. Die Bretter waren höchstens fünfundzwanzig Zentimeter breit, dafür aber etwa fünfeinhalb Meter lang, sodass sie sich durchbiegen würden.

Sachs fragte sich, ob der Verdächtige wohl auf die andere Seite gewechselt war. Dort im Zaun befand sich nämlich in Kopfhöhe ein ausgesägtes Fenster, von dem aus man sich vor dem Aufbruch vergewissern konnte, ob die Luft auch wirklich rein war. Es konnte nicht schaden, dort ein paar Proben zu nehmen.

Misstrauisch beäugte sie die wacklige Planke.

Und schüttelte den Kopf. Manchmal ist es einfach und manchmal eben nicht.

Dann lächelte sie unwillkürlich. Wann genau ist es denn je einfach gewesen?

Behutsam machte sie sich an die Überquerung und setzte einen Fuß vor den anderen, während der schmale Steg zu wippen anfing. Auf der anderen Seite sammelte sie unter dem Fenster Steine und Erde auf und trat den Rückweg an.

Mitten über dem Tümpel änderte sich plötzlich alles.

Der Boden um sie herum erbebte heftig, und sie hörte ein tiefes Grollen. Was zum Teufel war das? War einer der Bohrtürme umgekippt, ein Gebäude in sich zusammengefallen oder irgendwo in der Nähe ein Flugzeug abgestürzt?

»Ach du meine Güte!«, ertönte hinter ihr Schoals Stimme in deutlich schrillerer Tonlage als zuvor.

Auto-Alarmanlagen fingen an zu plärren, und Leute riefen laut durcheinander. Sachs hatte Mühe, das Gleichgewicht zu halten. Die Planke schaukelte wie wild. Um nicht zu stürzen, ließ Amelia sich schnell und hart auf ein Knie sinken, und zwar auf das schlimme – nun ja, das *schlimmere* – der beiden. Der Schmerz schoss ihr hoch bis in den Unterkiefer. Die Planke bog sich unter ihrem Gewicht durch, schnellte dann aber zurück und ließ sie wie von einem Sprungbrett abheben. Mit rudernden Armen flog Sachs auf den Schlamm zu. In der Sekunde vor dem Aufschlag versuchte sie noch, ihr Gesicht irgendwie nach oben zu drehen, um weiter atmen zu können.

Doch das Manöver misslang, und sie klatschte bäuchlings in den braungrauen Brei, der sofort begann, sie unter die Oberfläche zu saugen.

# 23

»Hast du das auch gespürt? Dieses Beben?«, rief Ruth Phillips, die gerade Lebensmittel im Schrank verstaute, ihrem Mann zu.

Er antwortete nicht.

Wie so oft. Nicht dass er schwerhörig gewesen wäre. Es lag eher an einer architektonischen Besonderheit.

Sie wohnten in einem Bungalow am Rand der Brooklyn Heights, einem Gebäude im Eisenbahn-Stil, den man eigentlich eher im Süden der USA antraf, wie Ruth vor Jahrzehnten beim Einzug gelernt hatte. Kennzeichnend für diesen Stil war ein langer gerader Flur, der vom Eingang vorbei am Wohnzimmer, den drei Schlafzimmern und dem Esszimmer verlief und an der Küche endete. Wie in einem dieser Waggons, die man heutzutage höchstens in alten Filmen zu sehen bekam, mit einem Gang neben den Passagierabteilen. Ruth hätte jedenfalls nicht mit Sicherheit sagen können, ob es immer noch irgendwo solche Züge gab. Ihre Erfahrungen mit diesem Transportmittel beschränkten sich auf die Long Island Rail Road, mit der sie hin und wieder raus nach Oyster Bay fuhren, um ihre älteste Tochter zu besuchen.

Arnie war achtzehn Meter von ihr entfernt, im Wohnzimmer, das zu der kleinen Straße hin lag.

Am anderen Ende des Waggons.

Ruth stellte die Konservendose mit den grünen Bohnen ab und wiederholte die Frage. Lauter.

»Was?«, rief er.

Und noch mal: »Hast du das auch gespürt? Dieses Beben oder was das war?«

»Geben? Was willst du mir geben?«

Sie zog sich den gelben Pullover fester um den stämmigen Leib und trat hinaus auf die hintere Veranda. Ein Autounfall? Ein Flugzeugabsturz? Sie und Arnie waren am 11. September auf der Promenade gewesen und hatten den Einschlag der zweiten Maschine gesehen.

Ruth ging zurück ins Haus und den Flur entlang. Ihr Mann saß immer noch vor dem Fernseher.

Sie waren beide Anfang sechzig und näherten sich allmählich dem Zeitpunkt, ab dem sie ihre Träume vom Ruhestand umsetzen würden. Arnie tendierte zu einem Wohnmobil, und Ruth wollte ein Häuschen am See, vorzugsweise in Wisconsin, um in der Nähe von Tochter Nummer zwei und deren Mann zu sein. Die beiden jungen Leute lachten jedes Mal über Arnies Witze, obwohl die sich häufig wiederholten. Und jetzt dieses Beben und der Gedanke an die Terroranschläge. Höchste Zeit, dass wir diesen Umzug konkreter ins Auge fassen, dachte Ruth.

»Nicht ›geben‹. Ich habe ›Beben‹ gesagt. Der Boden hat gezittert. Ist da ein Unfall passiert? Hast du denn nichts davon bemerkt?«

»Doch, irgendwas schon. Vielleicht Bauarbeiten.«

»Am Sonntag?«

Die Gläser hatten geklirrt, die Fenster geklappert. Ruth hatte das Rumpeln in den Füßen gespürt; wie üblich hatte sie gleich ihre Hausschuhe angezogen, nachdem Arnie und sie vom Supermarkt zurückgekehrt waren und die Tüten ins Haus getragen hatten.

»Keine Ahnung.« Im Fernsehen lief Sport, sein Lieblingsprogramm. »Aber apropos ›geben‹. Was gibt's denn zum Abendessen?«

»Das weiß ich noch nicht.«

»Oh. Ich dachte, du bist beim Kochen.«

»Jetzt schon? Nein.«

Sie kehrte in die Küche zurück. Beim Einräumen ging sie sehr planvoll vor. Zuerst die Sachen, die ins Gefrierfach gehörten. Dann leicht verderbliches Zeug, das »gammelanfällig« war – eine von Arnies Wortschöpfungen –, zum Beispiel Fleisch, Fisch und Milch. Danach frisches Obst und Gemüse. Dann Schachteln und Tüten und zuletzt der lange haltbare Kram. Nur noch die Konserven mit den grünen Bohnen, dann würde alles verstaut sein.

»Backst du uns etwas?« Arnie stand im Korridor. Er war ihr gefolgt, damit sie in normaler Lautstärke miteinander reden konnten. »Vielleicht einen Kuchen? Ich hätte ja Appetit auf Rhabarber.«

»Nein, ich backe nichts.«

»Hm.« Arnie ging ins Esszimmer, das mit der Küche verbunden war. Sein Blick war nicht auf die Frau gerichtet, mit der er seit dreiundvierzig Jahren das Leben teilte, sondern auf den Herd. Ruth bemerkte seine fragende Miene und runzelte die Stirn. »Was ist denn, Liebling?«

»Der Ofen ist nicht an?«

Sie schüttelte den Kopf.

»Ich konnte Gas riechen und dachte, du hättest ihn eingeschaltet. Und dass es eine Weile gedauert hat, bis der Brenner zünden wollte.«

»Nein, aber …« Ihre Stimme erstarb. Nun roch auch sie diesen typischen Gestank nach verfaulten Eiern.

»Vielleicht wurde bei Straßenbauarbeiten eine Gasleitung getroffen, und das war der Grund für das Beben. Der Geruch wird irgendwie immer stärker.«

»Ja, du hast recht.«

Sein ledriges Gesicht legte sich in Falten. Er strich sich durch das schüttere krause Haar, ging zur Eingangstür und sah hinaus. »Keine Lastwagen, keine Unfälle«, rief er nach hinten. Dann fügte er hinzu, auch manche ihrer Nachbarn würden vor den Häusern stehen und sich umschauen.

Könnte irgendwo ein Propangastransporter beschädigt worden sein?, überlegte Ruth. Doch halt, Propangas roch anders als Erdgas, das wusste sie von den sommerlichen Grillabenden, die Arnie und sie so sehr mochten.

Sie ging zur Kellertür und öffnete sie. Wieder dieser Gestank, aber zehnmal so stark. »Schatz! Komm her!«

Arnie eilte sofort herbei, sah die offene Tür und rümpfte die Nase. »O mein Gott.«

Er blickte die Treppe hinunter und streckte die Hand nach dem Lichtschalter aus, hielt aber inne, noch bevor Ruth »Nicht!« rufen konnte. Arnie dachte an den Feuerlöscher neben dem Herd. Er war sieben Jahre alt.

»Wir sollten raus hier«, sagte Ruth. »Und zwar sofort.«

»Ich werde anrufen. Wir müssen anrufen. Gibt es nicht eine besondere Nummer für Gaslecks? Wo finden wir die?« Er griff nach dem Telefon an der Wand.

»Das Gaswerk?«, fragte Ruth ungläubig. »Vergiss es, Liebling! Wir wählen draußen den Notruf.« Sie ging zu ihrer Handtasche. »Na los! Wir müssen raus hier.«

»Ich will nur schnell …«

In diesem Moment schossen Flammen und Rauch aus den Tiefen des Kellers empor und hüllten Arnie ein. Er riss die Arme hoch, um sein Gesicht zu schützen, wurde nach hinten gegen die Wand geschleudert und fiel schreiend zu Boden.

Nein, nein, nein! Ruth duckte sich unter der tosenden Feuerwalze hindurch und rief nach ihrem Mann. Dann bewegte sie sich auf ihn zu.

Auf einmal schickte ein heftiger Stoß sie auf die Knie, und die Hälfte des Küchenbodens, auf der sie sich gerade befand, sackte einen Meter ab – die Explosion hatte offenbar die Querbalken weggerissen. Inmitten von Rauch, Flammen und Staubwolken sah sie Arnie auf der Seite liegen und panisch auf seine brennende Kleidung einschlagen. Er lag auf dem höheren, nicht abgesackten Teil des Bodens. Aus dem Spalt zwischen den beiden Hälften stoben dichter schwarzer Qualm, Flammenzungen und rote Funken empor, als wären es aufgescheuchte Bienen.

Ruth rappelte sich auf der schrägen Fläche auf und schaute sich hektisch um. Der Fluchtweg durch den Hinterausgang war ihnen nun verwehrt, denn die Tür lag zu hoch über dem weggebrochenen Boden und wurde zudem von Flammen eingehüllt, die sich aus dem Keller nach oben schraubten.

Nach vorn. Sie mussten zur Vordertür. Doch vorher musste Ruth auf die Ebene klettern, auf der Arnie lag.

»Schatz, Schatz!«, rief sie. »Die Vordertür! Rette dich nach draußen!« Aber die Worte gingen im Tosen unter. Sie hatte nicht gewusst, dass ein Feuer dermaßen laut sein konnte.

Ruth wich den Flammenzungen aus und fing an, zu Arnie hinaufzusteigen, der nach Luft rang und sich vor Schmerz krümmte. Wenigstens hatte er die brennende Kleidung abstreifen können.

Sie packte die Enden der oberen Bodenbretter und wollte sich hochstemmen. »Die Vordertür! Lass uns …«

Doch in diesem Moment stürzte der Boden unter ihr vollständig ein, und Ruth fiel in den Keller. Sie landete ungebremst auf dem Beton, gefolgt von Brettern, dem Küchentisch, Kochbüchern und Konservendosen, die sie an Kopf, Armen und Schultern trafen.

Um sie herum stand alles in Flammen: Kartons, Mobiliar, Arnies Zeitschriften, die Weihnachtsdekoration, die alte Kleidung der Mädchen. Und das Feuer streckte sich bereits nach den Dosen und Gläsern mit brennbaren Flüssigkeiten auf

Arnies Werkbank – Reiniger, Farbverdünner, Terpentin, Alkohol. Sie konnten jede Sekunde explodieren.

Ruth Phillips begriff, dass sie sterben würde.

Sie dachte an Claire und Sammi. An die Enkelkinder. Und natürlich an Arnie. Die Liebe ihres Lebens. Damals, heute, für immer.

Ein weiterer Querbalken brach weg und knallte auf den Boden. Ruth zuckte zusammen. Er hatte ihren Kopf nur knapp verfehlt.

Der Rauch schnürte ihr die Kehle zu, und die Funken trafen sie wie Nadelstiche. Sie drehte sich von der erbarmungslosen Hitze weg.

Doch dann dachte Ruth: Nein.

Sie würde nicht auf diese Weise sterben. Nicht unter Qualen. Nicht durch Feuer.

Sie sah sich um, so gut die wallenden Rauchschwaden es gestatteten. Die Treppe war weg, aber in der Ecke, genau unter dem Stück Boden, auf dem Arnie lag, stand die alte Kommode von Ruths Mutter. Sie kroch hin und stieg hinauf. Für einen Klimmzug reichte ihre Kraft nicht aus, aber sie schleuderte die Hausschuhe weg, um besseren Halt zu finden, streckte ihr Bein aus und stellte einen Fuß auf den oberen Rahmen des Spiegels, der Teil der Kommode war. Ein Muskel in ihrem Oberschenkel war bis zum Zerreißen gespannt.

Ruth ignorierte den Schmerz.

Die Flammen loderten. Eine Dose Terpentin explodierte und schickte einen Feuerball und nach Kiefernholz riechenden Qualm in ihre Richtung. Ruth wandte sich ab, spürte die stechende Hitze an Armen und Füßen. Aber ihre Kleidung brannte noch nicht.

Sie sah, wie das Feuer einen Vierliterkanister Farbverdünner umhüllte.

Jetzt. Los. Das ist deine letzte Chance.

Sie packte die geborstenen Hartholzdielen über ihrem Kopf, stieß sich mit aller Kraft von der Kommode ab, kämpfte sich verzweifelt und unbeholfen nach oben und rollte neben Arnie auf den Küchenboden.

»Ruth!« Arnie kroch zu ihr. Er trug nur noch seine Boxershorts. Die Hälfte seiner Haare war weg, die Augenbrauen auch. Und er hatte Verbrennungen an Gesicht, Hals, Brust und rechtem Arm, aber er konnte sich noch bewegen.

»Raus! Wir müssen hier raus! Zur Vordertür!«

Um das letzte bisschen Luft zu nutzen, schoben sie sich tief geduckt den Flur entlang in Richtung Haustür, kamen aber nicht weit. Wegen des Rauchs hatten sie nicht sehen können, dass auch das Wohnzimmer und der Eingangsbereich lichterloh in Flammen standen. Der Weg zu den Schlafzimmerfenstern war ebenfalls durch das Feuer versperrt.

»Die Garage«, rief Ruth. Es war ihre letzte Hoffnung.

Eng umschlungen gingen sie weiter. Kurz bevor die Hitze unerträglich wurde und der qualvolle Feuertod in dem klaustrophobisch engen Korridor unausweichlich sein würde, erreichten sie die Tür zur Garage. Ruth griff nach dem Knauf und zuckte sofort wieder zurück.

»Er ist heiß«, sagte sie.

Eine Pause. Dann lachten sie beide, ein wenig hysterisch. Denn *natürlich* war der Türgriff heiß. Alles in diesem verdammten Haus war heiß.

Ruth packte erneut den Knauf, drehte ihn und stieß die Tür auf. Sie duckten sich noch tiefer. Aber hier gab es keine Flammen, lediglich Qualm, der aus den Lüftungsschächten und zwischen den Bodenbrettern hervorquoll. Sie stolperten hinein und konnten kaum etwas erkennen, denn in den Schwaden tränten ihnen die Augen. Aber die Garage war klein, und da sie nur als Lagerraum diente und kein Auto darin stand, konnten Ruth und Arnie in gerader Linie nach vorn gehen, vorbei an Kartons, Haushaltsgegenständen und Sportgeräten aus längst vergangenen Zeiten.

Hustend und schniefend arbeiteten sie sich voran. Ruth wurde schwindlig. Sie fiel auf die Knie, bekam dicht über dem Boden aber besser Luft und konnte sich mit Arnies Hilfe wieder aufrappeln.

Arm in Arm erreichten sie das Garagentor. Ruth lachte erleichtert auf und drückte den Knopf des Toröffners.

# 24

»Gleichmäßig atmen, Detective.«

Sie nickte dem Rettungssanitäter zu. Und versuchte, seine Anweisung zu befolgen. Langsam. Okay … einatmen, ausatmen. Und schon folgte der nächste Hustenanfall.

Nicht okay.

Sie würgte und spuckte.

Versuch's noch mal. Mit mehr Kontrolle … Sie konzentrierte sich auf ihre Lunge, auf die Muskeln in ihrem Brustkorb. Ja, jetzt klappte es. Sie atmete ein und wieder aus. Ganz langsam.

Okay. Es geht.

Ohne zu husten. Gut.

»Prima, Detective«, lobte der Sanitäter. Er war ein fröhlicher Mann mit lockigem schwarzem Haar und mokkafarbener Haut.

»Alles gut«, krächzte sie.

Dann musste sie sich übergeben.

Und wieder und wieder und wieder.

Sie saß weit vorgebeugt auf dem hinteren Rand des Krankenwagens und erbrach einen Schwall der dreckigen Schlammbrühe.

Dann ließ das Würgen wieder nach, und sie beruhigte sich.

Der Sanitäter reichte ihr eine Flasche Wasser. Amelia spülte sich den Mund aus und wusch sich das Gesicht. Nicht auszudenken, wie sie aussehen musste. Sie hatte ihre Kleidung abgelegt und einen der Tyvek-Overalls übergestreift, die sie stets im Wagen mitführte. Ihr Haar schien fünfzehn Kilo zu wiegen. Die Ränder ihrer kurzen Fingernägel waren jetzt schwarze Halbmonde.

Neben ihr lag ihre Glock, die sie vor allem anderen zerlegt und gründlich gesäubert hatte. Sie hatte sogar ein mit Reiniger getränktes Tuch durch den Lauf gezogen, um die gefährliche Verstopfung zu entfernen.

»Was war das für ein Mist?«, fragte sie, »den ich verschluckt habe?«

Die Frage war an Albert Schoal gerichtet, den Baustellenleiter von Northeast Geo, der neben dem Krankenwagen stand. Er schien immer noch zutiefst beschämt über ihr Missgeschick zu sein.

»Der Schlamm? Das ist bloß Wasser, Erde, Ton und vielleicht ein wenig Diesel von den Bohrungen. Nichts wirklich Giftiges.«

Ja, sie schmeckte Petroleum. Und musste automatisch an ihre Jugendsünden denken: Als sie Sprit für den Camaro brauchte und kein Geld besaß, aber dafür einen Schlauch und das Wissen, wo der Cadillac des nächstbesten Buchmachers oder Möchtegernmafiosos geparkt stand.

Sie musste wieder husten und trank noch einen Schluck Wasser. Der Brechreiz – alles andere als eine ihrer Lieblingsempfindgungen – schien sich immerhin gelegt zu haben.

Am wichtigsten war, dass ihr Knie beim Aufprall auf die federnde Planke keinen Schaden genommen hatte, munterte sie sich auf. Sie konnte sich weiterhin gut bewegen und hatte längst nicht mehr so starke Arthritisschmerzen wie viele lange Jahre zuvor.

Der Husten hatte ihre Augen tränen lassen. Sie wischte sich das Gesicht ab und bemerkte die Schlammspuren auf Schoals Kleidung.

»Haben Sie mich herausgezogen?«

»Zusammen mit Gibbs. Dem Arbeiter, mit dem wir gesprochen haben.«

»Ist er hier?«

»Nein, er wollte seine Frau anrufen. Um sich zu vergewissern, dass bei ihr alles in Ordnung ist.«

In Ordnung?, dachte Sachs.

»Ich sollte Sie bezahlen«, sagte sie zu Schoal.

Der Mann nickte verdutzt, obwohl er keine Ahnung hatte, wovon sie da redete.

»Für die Schlammpackung. In einem Kurort kann so eine Behandlung hundert Dollar kosten.«

Er lachte.

Sachs fiel ein. Und musste sich mit aller Macht zusammenreißen, um nicht haltlos in Tränen auszubrechen.

Sie hatte den Witz nicht für Schoal gerissen, sondern um das unsagbare Entsetzen zu verdrängen, das sie dort im Schlamm überkommen hatte, regungslos gefangen, unfähig zu atmen.

Es hatte ihr zugesetzt. Sehr sogar. Diese Hilflosigkeit, während man versank, tiefer und tiefer und tiefer. Fast als wäre sie lebendig begraben worden – ob nun in nasser oder trockener Erde, machte keinen Unterschied. Eingeengt zu sein war ihre persönliche Hölle.

Sie erschauderte ein weiteres Mal und erinnerte sich an ein Buch aus ihrer Jugend. Der Titel hatte *Wahrer Horror* gelautet, und beschrieben wurden darin tatsächliche Ereignisse von, nun ja, grauenhafter Natur. Einer der Fälle drehte sich um einen exhumierten Sarg mit Kratzspuren von Fingernägeln auf der Innenseite des Deckels. Danach hatte Amelia zwei Tage lang nicht schlafen können und sich auch später noch geweigert, unter einem Laken oder einer Decke zu liegen.

»He, Detective. Alles in Ordnung?«

Sie bekam die aufkeimende Panikattacke in den Griff, so wie vorher das Husten. Aber nur ganz knapp.

»Ja, na sicher.«

Tief durchatmen, ermahnte sie sich.

Okay, okay.

Sie wollte Rhyme anrufen. Nein, wollte sie nicht. Sie wollte mit dreihundert Kilometern pro Stunde davonrasen, auch wenn der Motor des Torino ihr um die Ohren fliegen würde. Nein, sie wollte nach Hause und sich im Bett zusammenrollen.

Erstarrt – Hände, Füße, Arme, Bauch und Hals, alle reglos in dem nassen, schlammigen Grab gefangen.

Sie zitterte. Schieb. Es. Beiseite.

»Detective, Ihr Puls ...«, sagte der Rettungssanitäter.

Auf ihrem Finger saß der Clip eines der medizinischen Apparate, mit denen der Krankenwagen ausgestattet war.

Atme, atme, atme ...

»Besser.«

»Danke.« Sie zog den Clip ab und reichte ihn dem Sanitäter. »Es geht mir wieder gut.«

Er musterte sie prüfend. Und dann nickte er.

Erst jetzt bemerkte sie die Arbeiter von Northeast Geo, die in Gruppen beieinanderstanden und aufgeregt redeten. Ihre Mienen wirkten beunruhigt. Und der Grund dafür war nicht Amelias Nahtoderfahrung.

Ihr fiel wieder ein, dass sie sich über die Aussage des Baustellenleiters gewundert hatte, der Arbeiter Gibbs wolle seine Frau anrufen, um sich zu vergewissern, dass alles in Ordnung sei.

Irgendwas ging hier vor sich.

Sachs merkte außerdem, dass in der Ferne zahllose Sirenen ertönten. Von Rettungs- und Polizeifahrzeugen.

Sie erinnerte sich, dass der Boden gebebt hatte. Und sie dachte sofort an einen Terroranschlag. Wie bei den Twin Towers.

»Was ist passiert?«, flüsterte Sachs. Noch waren ihre Stimmbänder zu keiner lauteren Äußerung fähig.

»Ein Erdbeben, ob Sie's glauben oder nicht«, erwiderte eine männliche Stimme, die weder zu Schoal noch zu dem Sanitäter gehörte.

Ein schmaler, blasser, etwa vierzigjähriger Mann trat auf sie zu. Er trug eine graue Stoffhose, ein weißes Hemd und einen blauen Anorak, darüber die obligatorische orangefarbene Weste. Seine Paisleykrawatte hatte er sich zwischen zweitem und drittem Knopf unter das Hemd gesteckt, wahrscheinlich um damit nicht irgendwo hängen zu bleiben. Auf seiner Nase saß eine Brille mit runden Gläsern.

Sachs fand, er sah wie ein Wissenschaftler aus.

Was sich als zutreffende Vermutung erwies.

Schoal stellte ihr Don McEllis vor, einen Inspektor der Umweltschutzbehörde aus der Abteilung für mineralische Rohstoffe. Er sei Ingenieur und Geologe, erklärte er, und es gehöre zu seinen Aufgaben, die von seiner Abteilung genehmigten Bohrungen zu überwachen. Da die Schächte von Northeasts Geothermieprojekt tiefer als einhundertfünfzig Meter waren, fielen sie in sein Ressort. Oberhalb dieser Grenze war der Fachbereich Wasserhaushalt zuständig.

»Ein Erdbeben?«

»Ja.«

Sachs erinnerte sich, im Fernsehen oder vielleicht auch in einem Artikel mal etwas über Beben im Großraum New York aufgeschnappt zu haben. Es hatte schon mehrere gegeben.

»Sind Schäden entstanden?«

»Wir wissen von mindestens einem Brand«, sagte McEllis. »Brände sind in Ländern der Ersten Welt die größte Gefahr bei einem Erdbeben. Die Gebäude halten meistens stand, auch wenn sie nicht explizit erdbebensicher konstruiert wurden. Aber oft werden die Gasleitungen beschädigt. Daher die Feuer. Neunzehnhundertsechs in San Francisco sind die Häuser nicht eingestürzt, sondern niedergebrannt.«

»Ich stehe jetzt auf«, sagte Sachs zu dem Sanitäter.

Er sah sie fragend an. »Okay.«

Sie hatte mit seinem Widerspruch gerechnet.

»Wirklich.«

»Nur zu.«

Sie stand auf. Ihr war immer noch etwas flau, aber es ging ganz gut, obwohl sie ein wenig wankte – hauptsächlich wegen des Gewichts der Schlammpackung in ihrem Haar.

»Wie stark war das Beben?«

»Nicht sonderlich. Drei Komma neun auf der Richterskala.« Mit einer Mischung aus wissenschaftlicher Fachkenntnis und Naivität erklärte er gewissenhaft, diese berühmte, bei allen bekannte Skala sei in Wahrheit weitgehend überholt und werde nur noch zur Klassifizierung geringfügiger Erdstöße eingesetzt. »Alles über fünf wird nach der MM eingestuft, der Momenten-Magnituden-Skala.«

Sachs wollte nicht genauer nachfragen, denn sie fürchtete die ausführliche Antwort.

Doch er benötigte gar keine Aufforderung. »Die Stärke hier war typisch für den Nordosten der USA. Die Verwerfungen im Großraum New York sind nicht so aktiv oder klar ausgeprägt wie beispielsweise in Kalifornien. Oder in Mexiko, Italien oder Afghanistan. Deshalb sind Beben hier sehr selten. Andererseits würde die geologische Beschaffenheit dieser Region bei einem starken Erdbeben für deutlich größere Schäden in einem wesentlich weiteren Umkreis sorgen. Auch sind unsere Gebäude nicht für derartige Belastungen ausgelegt. San Francisco ist heutzutage ziemlich erdbebensicher. Hier jedoch? In New York City könnte ein Beben der Stärke sechs auf der MM-Skala – was nicht allzu stark ist – zehntausend Todesopfer fordern. Doppelt so viele würden unter den Trümmern begraben liegen. Ganze Stadtviertel müssten evakuiert werden, weil die Häuser zu instabil wären.«

*Unter den Trümmern begraben …*

Sachs musste schon wieder gegen die Panik ankämpfen.

»Wo lag das Epizentrum?«, fragte sie.

»In der Nähe«, sagte McEllis. »In unmittelbarer Nähe.«

Schoal starrte hinüber zu Areal 7, dessen Tor immer noch offen stand. Man konnte die mit Plastikhauben abgedeckten Schächte erkennen. Der Baustellenleiter wirkte nachdenklich. Sachs fiel wieder ein, dass die Demonstranten gegen Fracking protestierten. Vielleicht glaubte Schoal, ungeachtet seiner früheren Behauptungen, dass die Bohrungen das Erdbeben ausgelöst haben könnten.

Vielleicht machte er sich aber auch nur Sorgen, das Beben würde den Demonstranten neue Munition in ihrem Kampf gegen das Projekt liefern.

Sachs ließ sich von dem Sanitäter eine weitere Flasche Wasser geben, lächelte ihm dankbar zu und legte den Kopf weit in den Nacken. Dann schüttete sie sich das Wasser über die Haare. Der Mann reichte ihr noch vier Flaschen hinterher, und nach der letzten fühlte es sich so an, als wäre sie den Schlamm weitgehend losgeworden.

Schon besser. Was den Schlamm anging und auch die Panik.

Sie war nun bereit. Und rief Lincoln Rhyme an.

»Hast du es mitbekommen?«

»Was?«

»Das Erdbeben.«

»Welches Erdbeben?« Das beantwortete die Frage.

»Von dem die Stadt durchgeschüttelt wurde. Vor einer halben Stunde.«

»Wirklich? Hm.« Der Klang seiner Stimme verriet, dass er in Gedanken nicht bei der Sache war. »Hast du auf der Baustelle irgendwas gefunden?«

»Gut möglich. Ich komme bald zurück. Aber vorher muss ich noch kurz in meine Wohnung.«

»Warum?«

»Ich will mich schnell frisch machen.«

»Nicht nötig. Wen interessiert's? Komm einfach her.«

Sie schwieg einen Moment lang. Er musste sich wundern, was die Pause zu bedeuten hatte. »Es wird nicht lange dauern.«

Sachs trennte die Verbindung, bevor er ihr erneut widersprechen konnte.

# 25

Vimals Kinderzimmer – in dem er immer noch wohnte – war klein und lag im ersten Stock des bescheidenen Einfamilienhauses im schlichten Jackson Heights, einem Viertel von Queens. Hier in der Gegend lebten viele Leute indischer Abstammung.

Der zweigeschossige Backsteinbau besaß kleine Grünflächen vor und hinter dem Haus, von denen keine groß genug für Football war, es sei denn, man wollte bloß die Beinarbeit trainieren.

Vimal hatte sein ganzes Leben in diesen erdrückenden vier Wänden zugebracht. Wenigstens hatte er das Zimmer inzwischen für sich allein. Einige Jahre lang war auch sein Bruder Sunny hier bei ihm einquartiert gewesen, hatte dann aber nach dem Tod von Dada, seinem Großvater, dessen Zimmer übernommen.

Nach der Rückkehr aus Dev Nouris Laden hatte Vimal sich gewaschen – am Waschbecken, nicht unter der Dusche, denn er wollte die von Adeela so sorgfältig behandelte Wunde schonen. Eine Untersuchung seines Oberkörpers ergab, dass sie gute Arbeit geleistet hatte. Die Verletzung blutete nicht mehr und hatte sich nach wie vor nicht infiziert. Nun stand er wieder in seinem Zimmer, trocknete sich mit einer Hand Beine und Brust ab und drückte mit der anderen die Knöpfe der Fernbedienung. Er ging die Nachrichtenkanäle im Fernsehen durch.

Der Mord kam in den meisten Sendungen vor, stand aber nicht mehr an erster Stelle, nachdem ein Erdbeben Brooklyn und fast den gesamten Rest der Stadt betroffen hatte.

Als der Kommentator auf die Tode von Mr. Patel und den beiden Verlobten zu sprechen kam, kündigte er neue Einzelheiten über die »verwegene« Tat an. Vimal fragte sich, wie viel Mut wohl dazu gehörte, ein fast menschenleeres Bürogebäude zu betreten, drei unbewaffnete Leute umzubringen und dann wegzulaufen.

Er wickelte sich das Handtuch um die schmale Taille und verfolgte die Sendung. Die nächste Nachricht traf ihn mit voller Wucht.

Saul Weintraub, der Prüfer und Schätzer, den Mr. Patel gelegentlich zurate zog, war ebenfalls getötet worden. Die Polizei glaubte, es gebe eine Verbindung zwischen den vier Morden.

Vimal schloss kurz die Augen und ließ sich entsetzt auf die Bettkante fallen.

Demnach hatte der Killer – der Versprechende – befürchtet, Mr. Weintraub sei am Samstagvormittag irgendwie zum Zeugen geworden. Vimal wusste noch, dass Mr. Patel erwähnt hatte, er wolle sich mit dem Mann irgendwann am Wochenende treffen.

Wie hatte der Killer herausgefunden, wo Mr. Weintraub wohnte?

Vimal erinnerte sich an die Nachrichtensendung vom Samstagnachmittag, als der Pressesprecher der Polizei dringend darum gebeten hatte, dass jeder, der Angaben zu dem Verbrechen machen könne, sich umgehend melden solle.

Und was Vimal zwischen den Zeilen herausgehört hatte.

*Und zwar zu seiner eigenen Sicherheit …*

Wie sicher war er selbst?

Vimal fühlte sich eigentlich ziemlich sicher, wenn er – nicht zum ersten Mal – bedachte, dass Mr. Patel ihn stets bar bezahlt hatte und es in der Firma keine persönlichen Gegenstände gab, anhand derer man ihn identifizieren konnte. Im Diamantenviertel nach ihm zu fragen würde ebenfalls kaum Erfolg haben. Das alte staubige Bürogebäude mit der Nummer achtundfünfzig in der Siebenundvierzigsten Straße West beherbergte nur noch wenige Diamantenhändler. Ein oder zwei andere Schleifer, dazu zwei Schmuckläden. Und Vimal war überzeugt, dass niemand in dem Gebäude oder auf der Straße seinen Namen kannte. Er blieb gern für sich und fuhr nach der Arbeit am liebsten direkt zu seinem Studio nach Hause. Die meisten Diamantäre und Branchenkenner, die von ihm wissen würden, waren hier in Jackson Heights ansässig, meilenweit – und eine Flussbreite – vom Manhattaner Diamantenviertel entfernt. Bekannte von Vimal arbeiteten in den Galerien von SoHo und NoHo oder studierten Kunst an einer der Einrichtungen, nach denen er sich so sehnte: der Parsons Designschule oder dem Pratt Institute in Brooklyn. Aber keiner von denen stand ihm nahe.

Sein engster Freund in der Diamantenwelt war ein anderer Schleifer, der gleichaltrige Kirtan Boshi – sie aßen häufig zusammen zu Mittag oder trafen sich auf ein Bier. Manchmal holten sie auch Adeela und Kirtans Freundin, ein aufstrebendes Fotomodell, hinzu und gingen gemeinsam aus. Kirtan arbeitete für einen Diamantär im Modeviertel, ein ganzes Stück weit weg von der Siebenundvierzigsten Straße. Der Firmenname ließ keine Rückschlüsse auf die indische Abstammung des Eigentümers zu – oder darauf, dass es sich überhaupt um ein Schmuckgeschäft handelte.

Nein, es war ziemlich unwahrscheinlich, dass ein Killer, mochte er auch noch so hartnäckig sein, ihn aufspüren konnte.

Vimal warf das Handtuch beiseite und zog eine Unterhose, Jeans, T-Shirt und Pullover an, dazu seine Nikes.

Im Fernsehen ging es derweil wieder um das Erdbeben. Er konnte nicht hören, worüber die Kommentatoren sprachen.

Zwei Männer schienen sich zu streiten. Eine Laufschrift besagte, laut einer Umweltgruppe könnten Tiefbohrungen unter der Stadt für das Beben verantwortlich sein.

Vimal schaltete das Gerät aus. Er hatte eigene Probleme.

Resigniert stapfte er die Treppe hinunter. Im Wohnzimmer blickte Sunny – der jünger, aber größer als Vimal war – vom Fernseher auf und hielt das Videospiel an. »He, Kumpel.«

Die Augen des Achtzehnjährigen verrieten seine Besorgnis, obwohl der lässige Gruß und das breite Grinsen darüber hinwegtäuschen sollten. Sunny studierte im ersten Semester am Hunter College, um später hoffentlich an eine medizinische Fakultät wechseln zu können. Vimal glaubte, sein Bruder wäre an einer Berufsfachschule besser aufgehoben und würde letztlich auch dort landen, behielt diese Ansicht aber für sich.

»Alles okay bei dir?«

»Ja, alles bestens.«

Der jüngere Bruder erhob sich umständlich von seinem Platz, als würde er überlegen, ob er Vimal umarmen sollte. Der übernahm die Initiative und ließ sich auf die Couch fallen, bevor es zu dieser peinlichen Situation kommen konnte. Vimal schnappte sich das Gamepad und spielte für seinen Bruder weiter.

»He, lass das«, sagte Sunny und lachte – ein wenig zu schrill.

»Du bist bloß auf Level sieben?«

»Ich spiele ja auch erst seit zehn Minuten. Du würdest dafür mindestens einen Tag brauchen.«

»Am Donnerstag habe ich es bis Stufe acht geschafft. In vier Stunden.«

»Gib her.«

Vimal streckte das Gamepad von sich, als sein Bruder danach greifen wollte. Nach einer kurzen und harmlosen Rangelei gab er es zurück, nahm einen zweiten Controller, und sie spielten gemeinsam. Einige weitere Aliens verloren ihr Leben, und das nächste Raumschiff explodierte. Vimal bemerkte, dass Sunny ihn eingehend musterte.

»Was denn, Mann? Das nervt.«

»Was?«

»Dein Geglotze. Hör auf damit.«

Sunnys Spielfigur wurde vaporisiert. Er schien es gar nicht zu registrieren. »Wie war das?«, fragte er.

»Was meinst du?«

»Als auf dich geschossen wurde.«

»Es wurde nicht nur *auf mich* geschossen«, korrigierte Vimal ihn. »Ich hab bloß *auch* was abbekommen.«

»Echt?«

»Ja. Ich kam zur Tür rein, und da stand er. Peng. Laut, irre laut. Nicht wie im Fernsehen. Total *laut.*«

»Bist du verletzt?«, ertönte hinter ihnen eine barsche Stimme. Sein Vater hatte offenbar im Flur gestanden. Er betrat nun das Wohnzimmer.

Vimal fragte sich, ob er dort abgewartet und sie belauscht hatte. Es gab jedenfalls keinen ersichtlichen Grund, wieso er sonst im Korridor geblieben war. Der Sohn sah den Vater nicht an. »Es ist nichts. Wir haben bloß, du weißt schon … bloß miteinander geredet.«

»In den Nachrichten wurde nichts davon erwähnt, dass jemand angeschossen worden sein könnte.«

»Ich wurde ja auch nicht angeschossen. Ich hab ihm bloß eine Geschichte erzählt.« Er wies auf Sunny.

»Aber irgendwas ist passiert«, beharrte Papa.

»Die Kugel hat eine Tüte mit Steinen getroffen, die ich in der Hand hatte. Die Splitter haben mich angekratzt. Das ist alles.«

»Divya!«, rief Papa. »Komm her. Komm sofort her!«

Vimals schmale, warmherzige dreiundvierzigjährige Mutter erschien im Eingang, schaute liebevoll zu ihren Söhnen und runzelte dann die Stirn, als sie den Gesichtsausdruck ihres Mannes sah.

»Was ist denn?«

»Vimal wurde bei dem Raubüberfall verletzt. Der Mann hat auf ihn geschossen. Er hat es vor mir verheimlicht.«

»Nein! Davon war nichts in den Nachrichten«, sagte die Mutter sorgenvoll und eilte sogleich zu ihrem Sohn.

»Ich wurde nicht von der Kugel getroffen, das sagte ich doch schon. Nur von ein paar Steinsplittern. Es ist nichts.«

»Oje. Lass mich mal sehen.«

»Die Haut wurde nicht verletzt. Es sind bloß ein paar blaue Flecke.«

»Du zeigst sie jetzt deiner Mutter. Keine Widerrede!« Papas Stimme war leise, aber in ihm brodelte es.

»Wo ist es?«, fragte Mutter und fasste ihn sanft an der Schulter.

»An der Seite. Es ist nichts.« Warum hatte er überhaupt was zu seinem Bruder gesagt?

»Warst du im Krankenhaus?«

»Nein, Mutter. Es ist alles in Ordnung. Wirklich.«

»Genug!«, herrschte Papa ihn an. »Lass sie es sich ansehen!«

Vimal wandte sich schmallippig zu ihr um und drehte seinem Vater und Bruder den Rücken zu. Die Frau – eine Krankenschwester auf der Kinderkrebsstation des Mount Sinai Queens – kniete sich hin und schob seinen Pullover und das T-Shirt hoch. Nur Vimal konnte ihre erschrockene Miene beim Anblick der grünblauen Blutergüsse, der Klammerpflaster und der Betadineflecken sehen. Sie untersuchte behutsam die Verletzung, die der Kimberlitsplitter ihm zugefügt hatte. Ein Arzt in der Notaufnahme hätte die Wunde genäht, erkannte sie vermutlich. Seine Mutter wusste nichts von Adeela, würde aber folgern, dass Vimals Widerwille, etwas über die Behandlung zu verraten, bedeuten musste, dass er Hilfe bei jemandem gesucht hatte, der kein Hindu war. (Dass er zu einer Moslemin gegangen war, mit der er zudem das Bett teilte, lag weit jenseits ihrer Vorstellungskraft.)

Mutter hob den Kopf. Ihre Blicke trafen sich. Sie zog das T-Shirt wieder herunter.

»Alles in Ordnung. Ein paar blaue Flecke, mehr nicht. Das Abendessen ist fertig. Setzt euch an den Tisch.«

# 26

Die Familie Lahori aß ungefähr dreimal pro Woche traditionell und ansonsten westlich zu Abend. Es gab dafür keinen festen Terminplan, doch wenn Papa zum Bowling ging – er spielte in einer Liga und war sehr gut –, servierte Mutter ihren Söhnen Gerichte wie Hackbraten, Spaghetti oder Pizza und manchmal auch Suppe, Salate und Sandwiches. Heute Abend hatte sie gebratenes Hühnchen zubereitet, dazu Maiskolben und Rahmspinat mit Muskatnuss. Als Zugeständnis an die indische Küche gab es Naan, wenngleich es sich bei diesen Broten weniger um eine Spezialität des Subkontinents als vielmehr der hiesigen Bio-Supermärkte und koreanischen Feinkostgeschäfte handelte.

Aber wer mochte schon kein Naan?

Mutter war eine gute Köchin mit einem feinen Gespür für Gewürze. Vimal liebte ihr Essen.

Heute aber überraschte es ihn nicht, dass er keinen Appetit hatte.

Essen war wirklich das Letzte, was er jetzt wollte – nein, das *Vor*letzte. Ganz oben auf der Liste stand, nicht über den Raubüberfall zu reden. Zum Glück schien Papa der gleichen Meinung zu sein. Als Mutter anfing, sich nach Mr. Patels Schwester und Kindern sowie nach der Beisetzung und Trauerfreier zu erkundigen, brachte ihr Mann sie mit einer Geste zum Schweigen. Dabei hatte Vimal den Eindruck, das Zittern seiner Finger habe sich verschlimmert.

Wie geduldig Mutter ist, dachte Vimal wie schon Hunderte Male zuvor. Er fragte sich, ob sie diese Fähigkeit durch ihre Arbeit erworben hatte. Sie musste dort bestimmt widerstandsfähig, stark und ausgeglichen zugleich sein, dabei aber immer freundlich – sowohl im Hinblick auf ihre Schutzbefohlenen als auch gegenüber deren Eltern. Und sie würde diese Qualitäten jeden Tag aufs Neue beweisen müssen; die Ärzte im Krankenhaus schauten nur gelegentlich auf den Stationen vorbei, die Krankenschwestern und -pfleger waren ständig dort.

Das heutige Tischgespräch nahm absurde Wendungen. Papa fragte Sunny nach einem Test in seinem Biologie-Seminar. Bei Vimal erkundigte er sich mehrmals danach, wie er das Parallelogramm geschliffen habe. Warum hatte er sich für diese Form entschieden? Welche Anpassungen hatte er an den Reibstäben vorgenommen?

Vimal zögerte und sagte, er könne sich nicht genau erinnern. Und das stimmte sogar weitgehend. Der Schrecken der letzten beiden Tage hatte ihn erschöpft, und zwar nicht nur körperlich, sondern auch an Seele und Verstand. Alle paar Minuten sah er das Bild von Mr. Patels Füßen vor sich, wie sie nach außen geneigt zur dunklen Decke des Raumes wiesen. Papa wechselte derweil zur Premier League und der UEFA Champions League über, als würde er mit seinen Freunden im Anschluss an ein Bowlingturnier bei einem Bier im Raga's sitzen. Das Real-Madrid-Spiel sei eine echte Zitterpartie gewesen, erzählte er seinen Söhnen. Und in einem anderen Spiel sei der Stürmer von Manchester United umgeknickt und habe sich wahrscheinlich den Knöchel gebrochen. Aus irgendeinem Grund zwinkerte Papa ihnen bei diesen Worten zu.

Dann erinnerte er Mutter daran, sie solle morgen eines seiner Hemden vom Schneider abholen. Und er lobte sie aufrichtig für das Abendessen. Es sei gut, dass Salz fehle, sagte er.

Besser nachsalzen als ein versalzenes Mahl neu kochen, fügte er hinzu und lächelte beifällig wegen ihres Weitblicks.

Vimal seufzte. Papa merkte es nicht.

Als Mutter nach dem Essen den Tisch abräumte, setzte Papa ein seltenes Lächeln auf und stellte eine überraschende Frage: »Wie wär's mit Scrabble? Wollen wir nicht alle eine Runde Scrabble spielen?«

Vimal starrte ihn ungläubig an.

»Was ist?«, fragte sein Vater.

»Mir ... mir ist nicht nach Spielen zumute.«

»Nein?«

»Vim?«, fragte sein Bruder. Weil Sunny offenbar spürte, dass Papa dies von ihm erwartete. Er musste oft als eine Art zweite Angriffswelle herhalten.

»Nein, heute nicht.«

Papa nickte langsam. »Und was würdest du gern tun?«

Vimal sah ihm in die Augen und erkannte, dass der Zeitpunkt gekommen war. Er war müde, ihm tat alles weh, und seine Pläne waren zerschossen worden wie die Steine, die er in Mr. Patels Büro bei sich getragen hatte.

»Ich gehe runter in die Werkstatt.« Sein Tonfall machte daraus eine zaghafte Frage.

Papa nickte langsam. »Ich komme nach.«

»Eine Minute noch. Ich brauche einen dickeren Pullover.« Vimal stand auf und ging nach oben. Er fand, was er suchte, und ging dann zur Kellertür in der Küche. Dort stieg er die steile Treppe hinab und betrat das Studio.

Hier setzte er sich nervös – sogar mit einem Anflug von Übelkeit – auf eine Bank und wartete auf seinen Vater. Er musterte eine seiner angefangenen Skulpturen. Zurzeit arbeitete er an Stücken aus Granit, Nephrit-Jade, Tigerauge und himmelblauem Lapislazuli. In einer Ecke des Raumes stand eine Schleifscheibe wie die, an der er das Parallelogramm geschliffen hatte, und an der Wand hing eine Auswahl von Reibstäben. Papa war einst selbst ein begabter, wenngleich lustloser Diamantär gewesen. Nach dem Verlust seiner Anstellung im Diamantenviertel hatte er, so lange es ging, von dieser Kellerwerkstatt aus noch einige Aufträge erledigt. Als er das Schleifen letztlich ganz aufgeben musste, hatte Vimal diesen Raum als Bildhauerstudio übernommen.

Hier hätte er am liebsten jeden wachen Moment verbracht.

Ursprünglich waren diese Räumlichkeiten als Einliegerwohnung für Gäste gedacht gewesen. Sie verfügten über ein eigenes Badezimmer und eine kleine Küche mit Herd und Kühlschrank. Auf dem Arbeitstisch im früheren Wohnzimmer lagen sorgsam angeordnete Werkzeuge und Kartons mit Steinen. Es gab einen Dreiviertelzoll-Druckluft-Schlagschrauber, Hämmer, Meißel, Stockerplatten, Keile und Klemmstücke, um Steine zu spalten, Punzen und Körner. Dazu einen Satz diamantbeschichteter Blätter für die Kreissäge – wie Vimal sie wohl auch für das Parallelogramm eingesetzt hätte, wäre da nicht der Laser gewesen. Wegen des tröstlichen Gefühls nahm er seinen Lieblingshammer zur Hand und streichelte dessen fast zwei Kilo schweren schartigen und zerkratzten Kopf.

Vor einer Wand standen Kartons mit zahllosen Erinnerungsstücken, viele aus der qualvollen Zeit der Flucht der Familie seines Vater aus Kaschmir ins indische Surat und der weniger dramatischen Auswanderung in die Vereinigten Staaten.

Wenn Vimal hier unten eine Arbeitspause einlegte, hatte er schon oft in den Kartons gestöbert, die sein Vater bestimmt absichtlich in diesem Raum verstaut hatte, um in dem Jungen einen Sinn für Familientraditionen zu erwecken. Dabei wäre das gar nicht nötig gewesen. Es faszinierte Vimal, Fotos von seinem Großvater zu betrachten, die ihn in einer Diamantenfabrik in Surat zeigten. Verschwitzt und schmutzig saß Dada in einer dunklen Werkstatt mit insgesamt sechzig oder siebzig

Kollegen, jeweils zu viert mit ihren Schleifstäben über einen Drehteller gebeugt. Der Mann war damals Mitte zwanzig gewesen und grinste als Einziger der ungefähr zwanzig Leute, die in die Richtung des Fotografen schauten. Die meisten der Schleifer schienen sich darüber zu wundern, dass jemand ihre monotone Plackerei für die Nachwelt festhalten wollte.

Dada war im Laufe der Zeit einer der besten Schleifer von Surat geworden und hatte gehofft, in New York sogar noch mehr erreichen zu können. Es kostete ihn all seine angesparten Rupien, um seine Frau, den kleinen Deepro sowie dessen drei Brüder und zwei Schwestern nach Amerika mitzunehmen. Das erwies sich als keine glückliche Entscheidung. Das Diamantengeschäft in Surat wurde von Indern beherrscht, in New York hingegen befand es sich fest in jüdischer Hand.

Nach und nach konnten die Lahoris und andere Hindu-Schleifer sich dennoch auch hier etablieren.

Auf Drängen seines Vaters hatte Vimal den Großvater oft in dessen Werkstatt in der obersten Etage eines schlecht beleuchteten Gebäudes an der Fünfundvierzigsten Straße besucht und stundenlang neben ihm gesessen, um zu verfolgen, wie der alte Mann einen Diamanten an den Schleifstab hielt und ihn immer wieder gegen die hypnotisch rotierende Scheibe drückte.

Dort hatte der Junge irgendwann beschlossen, er sei dazu bestimmt, Steine in etwas anderes zu verwandeln.

Wenngleich nicht so, wie sein Vater es geplant hatte.

Was hätte Dada wohl davon gehalten, dass Vimal die Welt des Diamantenschleifens verlassen wollte, um Bildhauer zu werden? Ihm war so, als hätte Großvater kaum etwas dagegen gehabt. Immerhin hatte der Mann das beträchtliche Risiko auf sich genommen, mit seiner ganzen Familie in ein fremdes und womöglich feindseliges Land auszuwandern.

Die Herkunft von Vimals Mutter war weniger ausführlich belegt, und das nicht, weil Papa die Geschichte einer Frau für unwichtig hielt (nun ja, zumindest nicht völlig), sondern weil sie bereits in sechster Generation Amerikanerin war und ihre Vorfahren aus Neu-Delhi stammten – der indischen Hauptstadt mit einer Metropolregion von mehr als fünfundzwanzig Millionen Einwohnern, einer grundlegend anderen Umgebung als Kaschmir. Mutter war durch und durch Westlerin und ihre Familiengeschichte ein buntes Allerlei. Es fanden sich darin Mischehen, Scheidungen und ein oder zwei gleichgeschlechtliche Partnerschaften. All das hatte bei ihr zwar zu einer Wertschätzung der Hindukultur geführt, nicht aber zu deren bedingungsloser Verehrung. Und in ihrer Ehe nahm sie eine ruhige, aber nicht vollkommen unterwürfige Rolle ein.

Vimal schaltete nun die Lampe über der Werkbank ein und studierte prüfend das Stück, an dem er derzeit arbeitete. Es war eine schlichte Arbeit aus gebrochen weißem venezolanischem Marmor: eine sich auftürmende Woge genau vor dem Moment, in dem sie brechen und in sich zusammenstürzen würde. Seit einer Weile faszinierte ihn die Idee, die Textur und Bewegung einer völlig anderen Materie in Stein festzuhalten: Holz, Dampf, Haar oder – wie in diesem Fall – Wasser. Er wollte sich an Wasser versuchen, weil Michelangelo sich bei seinem Poseidon sehr mit den Wellen zurückgehalten hatte. Vimal hoffte, es besser hinzubekommen als der Meister.

War das nicht ein typisches Beispiel menschlicher Hybris, mit der er den Zorn der Götter auf sich herabbeschwor?

Komm schon, dachte er und blickte hinauf zur Decke. Bringen wir es hinter uns. Sein Herz klopfte wie wild, und seine Knie waren weich. Er ertappte sich dabei, dass er an seinem Armband herumspielte, und erschrak dann darüber, dass er es noch trug. Hatte Vater es gesehen? Er nahm es ab und steckte es in die Tasche.

Nun hörte er Schritte auf der Treppe und wusste, es war an der Zeit für ein »offenes Wort«, wie Dada zu sagen pflegte.

Die höfliche Umschreibung für einen Streit. Der Blick, den er und sein Vater nach dem Essen gewechselt hatten, machte deutlich, dass zwar kein Gespräch von Mann zu Mann, aber wenigstens eines von Mann zu Sohn möglich war … und zudem längst überfällig.

Sein Vater betrat das Studio und setzte sich auf einen Hocker. Vimal legte den Hammer hin.

Papa verschwendete keine Zeit. »Du wolltest etwas sagen?«

»Wir tanzen schon ewig um das Thema herum.«

Weil du aus der Haut fährst und keine Widerworte ertragen kannst. Was Vimal natürlich nicht laut aussprach.

»Welches Thema?«

»Genau, Papa. Aber wir müssen endlich auf den Punkt kommen.«

»Auf den Punkt? Wie ist das denn gemeint?«

Sein Vater war im Alter von zwei Jahren in die USA gekommen. Er las jeden Tag zwei amerikanische Zeitungen von der ersten bis zur letzten Seite und schaute, neben einigen indischen Sendern, die Nachrichtenprogramme des öffentlich-rechtlichen Fernsehens. Er hatte keinerlei Verständnisprobleme.

Papa hob eine zitternde Hand. »Red schon. Es ist spät. Ich will deinem Bruder bei den Hausarbeiten helfen. Sag mir, was du meinst.«

Diese absichtliche Ignoranz ärgerte Vimal. »Also gut«, erwiderte er kurzerhand. »Hör zu. Ich will mein Leben nicht damit zubringen, Kohlenstoffstückchen zu schleifen, die dann zwischen Frauentitten herumhüpfen.«

Der derbe Ausdruck tat ihm sofort leid, und er fürchtete eine schroffe Reaktion.

Doch zu seiner Überraschung lächelte sein Vater nur. »Nein? Warum nicht?«

»Es begeistert mich nicht, löst nichts in mir aus.«

Papa reckte die Unterlippe vor. »Nouri hat so etwas wie deinen Parallelogrammschliff noch nie gesehen. Ich auch nicht. Er hat mir ein Foto des Steins geschickt.«

Wieso habe ich mich bloß auf diesen Schliff eingelassen?

Der schlimmste Verrat an jenem Tag war nicht der von Bassam gewesen, sondern das, was Vimal sich durch eigenes Verschulden selbst angetan hatte. Indem er gegen Bezahlung – für seine dreißig Silberlinge – einen Schleifauftrag übernommen hatte, hatte er seinen Vater in der Überzeugung bestärkt, Vimal sei ein einzigartiger und herausragender Diamantär.

Ich bin mein eigener Judas. Er biss die Zähne zusammen. Ja, Diamanten ruinieren alles.

Papa ließ nicht locker. »Hat *das* denn nicht etwas in dir ausgelöst?«

»Der Schliff war technisch herausfordernd und hat mir deswegen Spaß gemacht, ja. Aber nur deswegen. Das Schleifen an sich ist mir egal.«

»Das nehme ich dir nicht ab, mein Sohn.«

»Ganz wie *du* meinst, Papa. Ich will mein Leben jedenfalls nicht dem Schmuck widmen. So einfach ist das.« Vimal hatte noch nie so viel Ungehorsam gewagt.

Der Blick seines Vaters richtete sich auf eine der Skulpturen, eine Folge geometrischer Formen, die ineinander übergingen. Vimal nannte sie *Stille Post*, nach dem Spiel, bei dem man reihum dem Nebenmann einen Begriff ins Ohr flüstert, der sich am Ende der Kette meistens in etwas völlig anderes verwandelt hat. Die Marmorskulptur hatte bei einem Wettbewerb der Field Gallery in SoHo den ersten Preis gewonnen. Vimal musste unwillkürlich daran denken, dass er dafür zwar haufenweise Komplimente, aber kein einziges Kaufangebot erhalten hatte. Der Preis lag bei eintausend Dollar, einem Drittel dessen, was er mit dem heutigen Diamantenschliff erzielen konnte.

»Ich verstehe dich nicht, Sohn«, fuhr Papa fort und wies auf *Die Welle.* »Du bist ein Künstler und hast ganz eindeutig Talent. Du verstehst die Steine. Das können nur wenige Leute, es kommt so überaus selten vor. Doch warum möchtest du kein Künstler sein, der …?«

»… Geld verdient?«, überraschte Vimal sich selbst, weil er seinem Vater tatsächlich ins Wort fiel.

»… die Welt des Schmucks bleibend verändert?«

»In *der* Welt gibt es nichts zu verändern«, sagte Vimal. »Es ist alles bloß Kosmetik. Sonst nichts.«

Er hatte soeben seinen Vater und Großvater sowie zahlreiche Blutsverwandte der Familie Lahori beleidigt. Doch Papa ließ sich nichts anmerken.

»Dein … dein Plan. Einfach wegzulaufen. Was hattest du denn vor?«

Vimal geriet in Rage. Diesmal wich er nicht aus wie sonst immer. »Ich wollte nach Kalifornien und bildende Kunst studieren.« Er war mit siebzehn aufs College gegangen und hatte früh einen ersten Abschluss erworben. Das Lernen, ebenso wie die Bildhauerei, fiel ihm leicht.

»Nach Kalifornien? Wohin genau?«

»An die UCLA oder die San Francisco State.«

»Wieso ausgerechnet dorthin?«

Sie kannten beide die Antwort. Weil das viertausend Kilometer weit weg war. Doch Vimal sagte: »Wegen der Kunstfakultäten. Es gibt dort gute Angebote für Bildhauerei.«

»Du würdest dir einen Job suchen müssen. Das Leben dort ist teuer.«

»Ich habe durchaus vor zu arbeiten. Ich werde schon was finden, um die Studiengebühren zu bezahlen.«

Sein Vater musterte erneut das in Arbeit befindliche Stück.

»Das ist gut.«

Meinte er das ehrlich? Vimal konnte es nicht aus seiner

Miene ablesen. Schon möglich. Doch es konnte auch die Art von Blick sein, mit der eine Kundin einen Ring oder Anhänger begutachtete. Der Ehemann oder Freund strahlte vor Begeisterung. Aber die Frau in seiner Begleitung, für die das Schmuckstück bestimmt war? Ihr Mund würde lächeln, und sie würde flüstern: »Oh, wie hübsch.« Doch ihre Augen würden etwas anderes besagen. Sie hatte mehr erwartet. Auffälliger. Spektakulärer.

Meistens war damit schlicht »größer« gemeint.

»Hör zu, Sohn. Ich schätze, du denkst schon sehr lange darüber nach.« Er seufzte. »Und ich glaube auch, dass ich dir nie richtig zugehört habe. Dieses schreckliche Verbrechen bei Mr. Patel hat meine Sichtweise verändert. Ich möchte dich gern verstehen. Bleibst du noch einige Tage hier, bis die Polizei diesen Mann gefasst hat? Dann können wir in Ruhe reden. Ich will mehr über deine Zukunftspläne erfahren. Wir bekommen das schon irgendwie hin. Wirklich, ich verspreche mich zu bemühen.«

Vimal hatte seinen Vater noch nie so vernünftig erlebt; die Morde mussten auch ihn zutiefst erschüttert haben. Er fühlte sich den Tränen nah und kämpfte dagegen an. Dann schloss er seinen Vater in die Arme. »Natürlich, Papa.«

Der ältere Mann zeigte abermals auf *Die Welle*. »Das sieht wirklich wie Wasser aus. Ich weiß nicht, wie du das hinbekommen hast.« Er ging und schloss die Tür hinter sich.

Vimal betrachtete seine Skulptur. Er streifte Handschuhe über, setzte die Schutzbrille auf, schaltete die Schleifmaschine ein und widmete sich der herrlichen Aufgabe, Stein in Wasser zu verwandeln.

# 27

Das Henri Avelon war perfekt.

Wunderschön. Nein, atemberaubend.

Judith Morgan, die zukünftige Judith Whelan, hatte sich nicht so recht entscheiden können. Das Brautmodengeschäft im oberen Teil der Madison Avenue hatte mindestens fünfzig verschiedene Hochzeitskleider im Angebot, daher erforderte die Auswahl einige Zeit. Und Sean konnte ihr dabei natürlich nicht behilflich sein. Der Bräutigam durfte das Kleid seiner Braut erst bei der Trauung zu Gesicht bekommen. Und ihre Mutter, eine Frau, nach deren Überzeugung der Preis der beste Maßstab für die Qualität war, hätte die Familie mit dem Kleid, das sie für ihre Tochter wollte, in den Ruin gestürzt. Das wiederum wollte Judith nicht riskieren.

Die Blondine nahm das Satinkleid ein weiteres Mal im Spiegel in Augenschein und war restlos begeistert, wenngleich sie keine Miene verzog. Sie drehte sich langsam, um so viel wie möglich von ihrem Rücken zu sehen, und kehrte dann in die Ausgangsposition zurück. Es war ihr gelungen, die beabsichtigten sechs Kilo abzunehmen, und das Kleid rundete sich nun an genau den richtigen Stellen, lag eng an, wo es eng anliegen sollte, fiel dabei aber schön locker und bot notfalls mehr Platz.

Sie prüfte die gewellten Abschlüsse, die moderate Schleppe (halb so lang wie das Ungetüm ihrer Schwester), den schimmernden Stoff und den Tüll an der Schulter und wusste, dass sie die richtige Entscheidung getroffen hatte.

»Dieses Kleid ist ein Volltreffer, Liebes«, sagte Frank, und obwohl er natürlich daran interessiert war, ihr das Dreitausend-Dollar-Kleid zu verkaufen, wusste sie, dass er es ehrlich meinte.

Sie umarmte ihn. Dies war die letzte Anprobe. Bis zur Hochzeit waren es noch zwei Wochen hin, aber Judith musste noch eine Geschäftsreise absolvieren und einen Kunden ihrer Werbeagentur besuchen. Nach ihrer Rückkehr bliebe dann kaum Zeit, um sich um alles zu kümmern, das mit einer Feier für 257 Gäste einherging. Der Punkt »Kleid besorgen« musste heute auf der Liste abgehakt werden.

Und das wurde er.

»Wann kommen die Mädels vorbei?«, fragte Frank.

Die Brautjungfern. Sie sollten übereinstimmende blaugrüne Kleider bekommen, die dazu passenden Schuhe, die passenden Strumpfhosen, die passenden Mieder. Frank war ein Geschenk des Himmels.

»In ein paar Tagen. Rita wird sich bei dir melden und einen Termin vereinbaren.«

»Ich stelle Champagner kalt.«

»Du bist ein echter Schatz«, sagte Judith und warf ihm eine Kusshand zu.

Es war neunzehn Uhr, und das Geschäft würde gleich schließen. Bei ihrer Ankunft vor einer Stunde hatte reger Betrieb geherrscht – all die viel beschäftigten jungen Bräute hatten nur samstags und sonntags Zeit, um sich das Kleid ihres Lebens auszusuchen und anpassen zu lassen. Nun waren nur noch sie beide hier – und die Schneiderin hinten im Laden.

Frank half Judith von dem Podest, auf dem sie für das endgültige Abstecken gestanden hatte.

Sie warf beim Hinuntersteigen einen letzten Blick in den Spiegel. Und sah dabei schon nicht mehr sich selbst, sondern die Spiegelung des vorderen Schaufensters an der geschäftigen

Madison Avenue. Draußen war wie immer viel los: Die Leute strömten in die Restaurants oder traten den Heimweg an, nachdem sie den Sonntag mit Einkäufen und Theater- oder Kinobesuchen verbracht oder ein frühes Abendessen zu sich genommen hatten.

Was Judith jedoch auffiel, war ein Mann, der die Auslage betrachtete.

Sie konnte sein Gesicht nicht deutlich erkennen; es war auf der Straße schon ziemlich dunkel, und hinter ihm blendete das Licht der Autoscheinwerfer und einer Straßenlaterne.

Komisch, ein Mann mit dunkler Jacke und Wollmütze, der ein Fenster voller Brautkleider anstarrte.

Er ging weiter. Wahrscheinlich der Vater eines frisch verlobten Mädchens, der versonnen über die ihm bevorstehenden Ausgaben nachdachte, weil John, Keith oder Robert sich für die Richtige entschieden hatte.

Einige Minuten später kam Judith aus der Umkleide und trug wieder ihre weite Jeans, die so herrlich locker von den Hüften hing, und das Sweatshirt mit dem Rentiermotiv, weil ihr gerade danach war. Judith Whelan in spe hatte eine verspielte Seite. Sie wickelte sich einen Schal um den Hals, zog ihre schwarze Baumwolljacke an und streifte geschmeidige Lederhandschuhe über.

Dann verabschiedete sie sich von Frank, der das Licht ausschaltete.

Sie verließ das Geschäft und bog nach Norden ab, in die Richtung ihrer Wohnung.

In Gedanken war sie bei dem Kleid und den Flitterwochen. Im Atlantis auf den Bahamas.

Sex, während im Hintergrund der Ozean rauscht. Das hatten sie noch nie erlebt. Oder frittierte Meeresschnecken gegessen. Die auf den Bahamas eine Spezialität waren, wie Judith wusste. Sie machte stets ihre Hausaufgaben.

Im Feinkostladen an der Ecke nahm sie eine Flasche Pinot Grigio und legte sich an der Salatbar Kopfsalat, Tomaten und ein paar kleinere »Zutatten« in einen Plastikbehälter (sie hatte mal gehört, wie ein Kunde den Schreibfehler monierte, doch sie hatte nur gedacht: Na und, ist das Doppel-T etwa sinnentstellend? Und wie gut ist eigentlich dein Koreanisch?).

Dann zurück auf die Straße und weiter nach Hause. Ja, das hier war die Upper East Side, aber dazu gehörten auch viele Ecken, die alles andere als Trump-würdig waren. Ihr Haus war ein viergeschossiger Sandsteinbau ohne Aufzug und hätte dringend mal eine Grundreinigung und einen neuen Anstrich benötigt.

Judith hatte gerade die Haustür aufgeschlossen und wollte eintreten, als sie hinter sich eilige Schritte hörte. Der Mann mit der dunklen Kleidung, derselbe Kerl, der vor Franks Laden gestanden hatte, stieß sie hinein. Sein Gesicht lag nun unter einer Skimaske verborgen.

Eine Hand legte sich auf Judiths Mund und erstickte ihren Schrei. Er schob sie schnell den Flur entlang zu einer Nische unter der Treppe, in der sie und der Mieter aus dem zweiten Stock ihre Fahrräder abstellten. Der Mann stieß die Räder beiseite und zwang Judith zu Boden, in eine sitzende Position. Er riss ihr die Handtasche von der Schulter und die Tüte vom Feinkostladen aus der Hand.

Sie starrte in die Mündung einer Waffe.

»Bitte …« Ihre Stimme zitterte.

»Pssst.«

Er schien nach Stimmen oder Schritten zu lauschen. Alles blieb ruhig – abgesehen von Judiths hämmerndem Herzschlag und ihrem abgehackten Keuchen.

Er steckte die Waffe wieder ein, hob die Fahrräder auf und lehnte sie aufrecht gegen die Wand, sodass niemand sie bei einem zufälligen Blick auf dem Boden liegen sehen und womöglich Verdacht schöpfen würde. Judiths Bein ragte hinaus auf den Korridor, und er stieß es – sanft – zurück unter die Treppe und somit ebenfalls außer Sicht. Dann hockte er sich vor sie hin.

»Was wollen Sie? Bitte … nehmen Sie sich einfach, was Sie wollen.«

»Die Handschuhe«, herrschte er sie an.

»Sie wollen meine Handschuhe?«

Er lachte sarkastisch. Dann wurde er wütend. »Was soll ich mit deinen verdammten Handschuhen? Ich will, dass du sie *ausziehst.*«

Sie gehorchte. Und als er daraufhin ihre linke Hand ansah, ballte sie die Rechte zur Faust und hieb sie ihm ins Gesicht. »Du Arschloch!« Sie schlug ihn erneut, zielte diesmal aber tiefer und verfehlte seinen Schritt nur um wenige Zentimeter.

Er schien eher Überraschung zu empfinden als Schmerz. Seine blauen Augen wirkten belustigt.

Judith holte ein weiteres Mal aus, aber er war schneller. Sein Kinnhaken ließ ihren Kopf gegen die Wand prallen. Ihr wurde einen Moment lang schwindlig und schwarz vor Augen. Dann kam sie wieder zu sich.

»Keine gute Idee, mein Turtelhühnchen.« Er packte sie bei den Haaren und zog sie an sich. Sie roch Zigarettenqualm und Zwiebeln. Reichlich Rasierwasser. Alkohol. Sie musste sich mit aller Kraft zusammenreißen, um sich nicht zu übergeben. Doch vielleicht würde er das ja abstoßend finden. Sie fing an zu würgen.

Er schüttelte sie energisch an den Haaren. »Nein, nein, nein«, flüsterte er. »Das werden wir schön unterlassen. Okay?«

Judith nickte. Sie merkte, dass sein Blick nicht auf ihre Brüste gerichtet war, wie sie erwartet hätte. Er interessierte sich nur für ihre Finger. Genau genommen lediglich für den Ringfinger.

*Das* war seine Absicht. Ihr wurde plötzlich alles klar. Natürlich. Eine junge Frau in einem schicken Brautmodengeschäft an der Upper East Side. Sie musste verlobt sein … und einen Mordsdiamanten am Finger tragen.

Was tatsächlich der Fall war.

Sean arbeitete in der Auslandsabteilung von Harper Stanley. Sein Vater war einer der Gründer von Marsh and Royal, einem großen Hedgefonds. Seine Mutter war Partnerin bei Logan, Sharp and Towne, einer Anwaltskanzlei in der Wall Street.

Der Ring an Judiths Finger hatte zweiundvierzigtausend Dollar gekostet. In seinem Zentrum strahlte ein fünfkarätiger Brillant, flankiert von zwei einkarätigen Diamanten im Marquisschliff.

»Nehmen Sie schon«, flüsterte sie.

Er sah ihr in die Augen. »Was soll ich mir nehmen? Deine Jungfräulichkeit? Ha, guter Witz. Du kommst mir wie eine echte Campusschlampe vor. Wie viele Männer hattest du vor deinem Verlobten?«

Sie war völlig verblüfft. »Ich …«

»Weiß er davon?« Dann runzelte er die Stirn. »Ach, du meinst, ich soll deine Handtasche und die Kreditkarten nehmen? Hm, hm.« Mit gespielter Überraschung fügte er hinzu: »Oder sprichst du etwa von deinem Ring? Diesem prächtigen Stein an deinem armseligen Stummelfinger? Mag dein Verlobter deine Hände? Wie heißt er überhaupt?«

Judith brach in Tränen aus. »Das sage ich Ihnen nicht.«

Er zog ein Teppichmesser aus der Tasche. Sie schrie, bis er drohend die Klinge herausschob. Judith verstummte sofort.

Der Angreifer schaute zur Haustür. Lauschte erneut. Nichts. Das Haus stand derzeit zu zwei Dritteln leer. Ein Paar war im Urlaub. Der Schwule verbrachte das Wochenende bei seinen Freunden in den Hamptons. Zwei Wohnungen waren überhaupt nicht vermietet.

Mr. und Mrs. Kieslowski saßen jetzt bestimmt vor dem Fernseher, futterten chinesisches Essen und schauten ein paar Folgen *Game of Thrones*. Sie würden Judith keine Hilfe sein.

Sie starrte die Klinge an.

Seans Namen kriegt er nicht, schwor sie sich, dachte aber gleichzeitig, dass ihr Verlobter mit diesem Kerl den Boden wischen würde, sollte er tatsächlich dort auftauchen. Sean ging fünfmal pro Woche ins Fitnessstudio.

Doch der Mann schien das Interesse an ihrem Liebesleben zu verlieren, so sehr faszinierte ihn der Ring. Mit einem Griff, dessen Stärke sie nichts entgegenzusetzen hatte, zog er ihre Hand bis dicht vor sein Gesicht.

»Wie viele Karat, hat man dir das gesagt? Viereinhalb?«

Sie zitterte vor Angst. Verflucht, was sollte das alles?

»Wie viele verdammte Karat?«, zürnte er leise.

»Fünf.«

Er schüttelte den Kopf. »Und wie viel von ihm haben sie getötet?«

Sie runzelte die Stirn.

»Wie viel von dem Stein wurde weggeschliffen, um dieses *Ding* an deinem Finger zu erschaffen?«

»Ich … ich weiß nicht, was Sie meinen. Ich kann Ihnen Geld besorgen. Viel Geld. Hunderttausend. Wollen Sie hunderttausend Dollar? Ohne irgendwelche Komplikationen.«

Er hörte ihr gar nicht zu. »Findest du das gut, einen Diamanten aufzuspalten?«

»Was?«

»Pssst, kleines Hühnchen. Sieh dich nur an. Kleine Heulsuse.« Dann stieß er sie weg. »Hast du auch geweint, als dein Freund diesen geschändeten Diamanten gekauft hat? Eher nicht, oder? Oder?«

Der Typ war völlig irre … O mein Gott, plötzlich ging ihr ein Licht auf. Entsetzt begriff sie, dass er der Versprechende sein musste. Der Mann, der verlobte Paare hasste. Am Samstag hatte er dieses Paar im Diamantenviertel ermordet. Und danach hatte er noch andere Leute überfallen. Jetzt kannte sie sein Motiv. Aus irgendeinem psychotischen Grund wollte er Diamanten beschützen.

Sie wurde stinkwütend. »Du kranker Wichser«, murmelte sie.

Der Griff an ihrem Haar wurde fester, sodass die Kopfhaut immer mehr schmerzte. Der Mann drückte ihr das Messer seitlich gegen den Hals. Judith Morgan sackte zusammen und ergab sich ihren Tränen. Sie schloss die Augen und schickte ein stummes Stoßgebet zum Himmel, immer und immer wieder. Er beugte sich vor und drückte seine Stirn gegen ihre. »Turteltäubchen, Turteltäubchen ... Weißt du, ein Satz aus der Trauzeremonie gefällt mir ganz besonders: bis dass der Tod euch scheidet.«

Die Klinge lag nun an ihrer Kehle.

Oh, Mami ...

Dann hielt er inne, und seinem übel riechenden Mund entwich ein leises Lachen. Die Klinge senkte sich. »Ich habe eine lustige Idee. Besser als das Messer ... Ja, das gefällt mir. Du behandelst Diamanten wie Scheiße. Okay, dann schluck ihn. Damit er auch tatsächlich so endet.«

»Wie bitte?«, flüsterte sie.

Er verzog das Gesicht. »Steck dir den verdammten Ring in den Mund und schluck ihn runter.«

»Das geht nicht.«

»Dann stirb.« Er zuckte die Achseln und hob das Messer wieder an ihre Kehle.

»Nein, nein, nein! Ich mach's. Ich werde ihn verschlucken. Ich mach's!«

Sie zerrte sich den Ring vom Finger und musterte ihn. Was würde passieren? Würde er in ihrer Luftröhre landen und sie ersticken lassen? Und falls er durch die Speiseröhre rutschte, würden die scharfen Kanten das empfindliche Gewebe verletzen? Konnte sie innerlich verbluten?

»Messer oder Schlucken«, verkündete er fröhlich. »Ist mir egal. Such es dir aus. Aber jetzt.«

Mit zitternder Hand hob sie den Ring. Das Teil sah riesig aus.

Sie spürte die Klinge am Hals.

»Okay, okay.«

Sie steckte sich den Ring in den Mund. Der Würgereflex wurde ausgelöst, und der Ring fiel fast wieder heraus, aber sie schob ihn mit der Zunge ganz nach hinten und schluckte mit aller Kraft.

Der Schmerz schoss ihr in Wellen durch Brust, Hals und Kopf, während sie Stück für Stück für Stück darum kämpfte, das verfluchte Ding hinunterzuzwingen. Die Tränen flossen in Strömen. Der Ring gelangte vorbei an ihrer Luftröhre – sie konnte ungehindert atmen –, blieb dann aber in der Speiseröhre stecken, wo die scharfen Kanten der äußeren Diamanten zu Schnittverletzungen führten. Judith fing an zu bluten. Sie konnte es schmecken, und als einiges davon in ihre Luftröhre und Lunge geriet, schleuderte ihr heftiger Husten rote Tröpfchen aus ihrem Mund.

Sie krächzte qualvoll.

Er blieb gut gelaunt. »Ach, kleines Hühnchen, siehst du? Wenn du den Stein misshandelst, misshandelt er dich.«

Judith Morgan kämpfte zuckend gegen die Schmerzen und das Gefühl, in ihrem eigenen Blut zu ertrinken. Sie griff sich mit beiden Händen an die Kehle, um den Ring irgendwie wieder nach oben zu schieben, doch er rührte sich nicht von der Stelle, und der Schmerz wurde nur noch schlimmer. Ohne zu wissen, was sie da tat, kämpfte sie sich auf die Beine und wollte automatisch ihre Handtasche nehmen. Er zog die Tasche weg und öffnete sie, nahm ihr Mobiltelefon heraus und zerschmetterte es auf dem gefliesten Boden. Dann lachte er, schlenderte gemächlich davon und verließ das Haus durch die Vordertür.

Unter ständigem Husten und stechenden Schmerzen von der Brust bis in den Kopf schleppte Judith Morgan sich den Flur entlang, dann die Treppe hinauf und weiter zur Wohnung der Kieslowskis im ersten Stock.

Sie hoffte inständig, dass die beiden nicht ausgegangen waren, sondern wirklich mit Essen vom Bringdienst auf ihrer klobigen Couch vor dem Fernseher saßen und den verwickelten Intrigen der Häuser Lannister und Stark folgten.

# 28

Ein weiterer Überfall.

Es war zwanzig Uhr, und Rhyme telefonierte mit einem Detective vom 19. Revier an der Upper East Side.

»Jawohl, Captain«, sagte der Mann. »Derselbe Täter wie in den Nachrichten. Das weibliche Opfer ist okay, sie wird's überleben. Aber – ist das zu glauben? – er hat sie gezwungen, ihren Verlobungsring zu verschlucken. Sie wird zurzeit operiert.«

»Wurde der Tatort gesichert?«

»Jawohl, Sir. Wir haben bereits die Spurensicherung aus Queens angefordert, aber da Sie in diesem Fall ermitteln, möchten Sie vielleicht auch jemanden hinschicken.«

»Das werden wir. Die Techniker sollen vor dem Haus warten. Wie lautet die Adresse?«

Rhyme prägte sie sich ein. »Hat die Befragung etwas ergeben?«

»Wir haben bisher fünf Blocks im Umkreis abgegrast. Die Suche läuft noch. Vorerst ohne Erfolg. Und das Opfer konnte auch nicht viel sagen: ein Weißer, blaue Augen, Skimaske, Messer und Pistole. Wirklich sprechen konnte die Frau ja nicht. Ich habe sie also gefragt, und sie hat nur genickt. Er hatte einen komischen Akzent, den sie nicht einordnen konnte. Das war's auch schon. Wir hatten nur wenige Minuten, dann wurde sie zum Krankenhaus abtransportiert.«

Rhyme bedankte sich. Dann trennte er die Verbindung und rief Ron Pulaski an.

»Lincoln.«

»Es gibt einen neuen Tatort. An der Upper East Side.«

»Ich hab was davon über Funk mitbekommen. War das unser Mann?«

»Ja.«

»Dem Opfer geht es halbwegs gut, hab ich gehört.«

»Sie ist am Leben. Von ›gut gehen‹ würde ich nicht reden.« Was würde ein scharfkantiges Schmuckstück in ihrem Körper anrichten? Rhyme nannte dem jüngeren Beamten die Adresse. »Der Bus aus Queens ist unterwegs. Ich möchte, dass Sie für mich den Tatort untersuchen und so schnell wie möglich mit den Ergebnissen herkommen. Ein paar Streifenbeamte und ein Detective vom Neunzehnten sind vor Ort. Finden Sie heraus, in welchem Krankenhaus das Opfer liegt, und vernehmen Sie die Frau. Bringen Sie Papier und Stift mit. Sie kann nicht sprechen.«

»Sie … was?«

»Los jetzt, Grünschnabel.«

Sie beendeten das Gespräch.

Es klingelte an der Tür. Thom öffnete und kehrte gleich darauf mit dem Versicherungsermittler Edward Ackroyd zurück, der Rhyme und Cooper fast schon formell zunickte.

Der Betreuer nahm den Mantel des Mannes entgegen. War das ein Mackintosh?, dachte Rhyme.

»Noch einen Cappuccino?«, fragte Thom.

»Sehr gern, vielen Dank.«

»Nein, nein, nein«, ging Rhyme dazwischen. »Einen Single Malt.«

»Nun … das klingt sogar noch besser, glaube ich. Den Kaffee spare ich mir für das nächste Mal auf.«

Thom schenkte die – erbärmlich kleinen – Drinks ein. Sowohl Rhyme als auch Ackroyd nahmen nur einen Spritzer Wasser hinzu.

»Glenmorangie«, sagte Ackroyd nach dem ersten Schluck. Er betonte das Wort korrekt auf der zweiten Silbe, hielt das Glas hoch und betrachtete die bernsteinfarbene Flüssigkeit wie in einem Werbespot. »Aus den Highlands. Wissen Sie, es existiert wohl tatsächlich ein geschmacklicher Unterschied zwischen Whiskys aus den Lowlands und Highlands, ganz subtil, und ich weiß nicht, ob ich ihn erkennen könnte. Wie dem auch sei, in den Highlands gibt es deutlich mehr Brennereien als in den Lowlands. Wissen Sie, warum?«

»Nein, keine Ahnung.«

»Es liegt weder am Torf noch am Destillierverfahren, sondern daran, dass die Schotten immer weiter nach Norden ausgewichen sind, um der englischen Verbrauchssteuer zu entgehen. Jedenfalls habe ich das so gehört.«

Rhyme speicherte die Information in Gedanken ab, prostete dem Engländer zu und nippte an dem rauchigen Getränk.

Ackroyd nahm in seiner typisch kerzengeraden Haltung auf einem der Korbsessel Platz.

Rhyme berichtete ihm von dem neuen Überfall.

»Nein! Sie musste ihren Verlobungsring verschlucken? Meine Güte. Wie geht es ihr?«

»Das wissen wir noch nicht.«

»Als Vergeltung für den Kauf eines geschliffenen Steins? Dieser Kerl ist wirklich vollkommen verrückt.« Er wirkte verwundert, besann sich dann aber auf den Grund für seinen Besuch. »Ich habe auch ein paar Dinge herausgefunden. Mein Freund aus Amsterdam hat sich noch mal gemeldet. Sie erinnern sich?«

Der Händler, dem anonym einige Rohdiamanten angeboten worden waren. Rhyme nickte.

»Der Anbieter aus New York, der mit den fünfzehn Karat … er hat William zurückgerufen. Ein Diamantenmakler aus Jerusalem, mit ihm ist alles in Ordnung. Er war in New York und hat sich am Flughafen ein Telefon gekauft, weil das wohl günstiger war, als seinen regulären Auslandstarif zu nutzen. Damit dürfte diese Spur sich erledigt haben. Außerdem habe ich mit einer Vielzahl von Diamantären gesprochen, und niemand hat etwas über den Verkauf der Grace-Cabot-Rohdiamanten oder Gerüchte über einen großen Schleifauftrag gehört. Es ist absurd, aber der Täter scheint allen Ernstes zu glauben, er würde den Steinen das schreckliche Schicksal ersparen, zu einem Schmuckstück verarbeitet zu werden. Und noch etwas: Vor etwa einer Stunde habe ich mich bei mehreren Händlern und Branchenkennern nach Patels Assistenten erkundigt. Einer von ihnen, in Brooklyn, sagte, das sei ja seltsam, denn heute habe schon mal jemand angerufen und nach einem Mitarbeiter oder Assistenten von Patel gefragt. Mit den Initialen VL. Der Händler konnte ihm nicht weiterhelfen, und das war das ganze Gespräch.«

Rhyme stellte den Scotch ab und sah Ackroyd an. »Der Anrufer hat natürlich nicht seinen Namen genannt.«

»Nein. Und die Nummer war selbstverständlich unterdrückt. Aber ich will auf etwas anderes hinaus. Der Händler ist Russe und hat den Akzent des Anrufers erkannt. Der ist nämlich ebenfalls Russe, wurde höchstwahrscheinlich in Russland geboren und hat Englisch dort in der Schule gelernt. Meine Quelle will das an seiner Ausdrucksweise und Wortwahl erkannt haben. Vermutlich aus Moskau oder der näheren Umgebung. Und er ist noch nicht lange hier. Er wusste nicht, dass Brooklyn und Queens Teile von New York City sind. Er dachte, New York sei gleichbedeutend mit Manhattan.«

»Das hilft uns weiter«, sagte Rhyme. Und er hatte auch schon eine Idee, wie sie die Information nutzen konnten. Er verschickte eine kurze Textnachricht.

Die Antwort kam prompt. Ein Terminvorschlag für ein Telefonat.

*OK*, schrieb Rhyme und wandte sich dann an Cooper. »Mel, würdest du bitte Edwards Erkenntnisse in die Tabelle eintragen?«

Cooper ging zu der Tafel und fügte die neuen Informationen über Täter 47 hinzu.

Ein Telefon summte. Ackroyd schaute auf das Display seines iPhones und runzelte die Stirn. Dann tippte er eine Antwort. Es folgte anscheinend ein weiterer Austausch. Seine Miene verfinsterte sich noch mehr. Er sah nachdenklich ins Leere.

Dann registrierte der Engländer Rhymes Blick und lächelte. »Es hat nichts mit dem Fall zu tun. Alberne Geschichte. Ich bin Mitglied eines Londoner Kreuzworträtselteams. Haben Sie sich schon mal damit beschäftigt?«

Was für eine totale Zeitverschwendung, dachte Rhyme, erwiderte aber nur: »Nein.«

Ackroyd kam näher und hielt Rhyme das Telefon hin. Auf dem Display war das typische Rätselraster zu sehen. Einige der Kästchen waren ausgefüllt.

»Mein Mann und ich …« Er zögerte kurz. »Er ist Dozent in Oxford. Das Team besteht aus uns beiden und zwei Professoren aus Cambridge. Wir sind die Oxbridge Four. Albern, wie schon gesagt. Doch Terrance – mein Mann – ist überzeugt, dass Kreuzworträtsel die Konzentration schärfen. Sein Vater war ein begeisterter Fan. Er hat jeden Tag ein Rätsel gelöst – oft die Sorte ohne schwarze Trennfelder, die einem verraten, wo die Worte anfangen und aufhören. Terrance glaubt, dass sein Vater nur deswegen bis zu seinem Tod bei klarem Verstand geblieben ist.«

»Und ist das ein Wettstreit?« Rhyme nickte in Richtung des Telefons.

»Nein, nein, es gibt offizielle Turniere, aber die müssen bis zu meiner Rückkehr warten. Sie finden an vorbereiteten Austragungsorten statt. Wie beim Schach. Und unter Überwachung, damit niemand ein Wörterbuch oder das Internet zu Hilfe nimmt. Es hat da schon einschlägige Skandale gegeben, das dürfen Sie mir glauben. Dabei ging es hoch her.« Er sah auf das Display. »Das hier ist bloß ein Zeitvertreib, um in Verbindung zu bleiben. Meistens versuchen wir uns an Krypto-Rätseln. Wissen Sie, was das ist?«

»Nicht wirklich.«

Genau genommen nicht im Mindesten.

»Es handelt sich hauptsächlich um eine britische Erfindung. In unseren Zeitungen werden Kreuzworträtsel schon seit Jahrhunderten abgedruckt. Die Verfasser genießen einen beinahe mythischen Status und sind oft nur unter ihren Pseudonymen bekannt. Scorpion und Nestor zum Beispiel, zwei ziemlich berühmte Vertreter. Der *Berühmteste* von allen, der die Grundregeln für Krypto-Rätsel entworfen hat, war Derrick Somerset Macnutt oder auch Ximenes. Lassen Sie mich erklären, wie diese Rätsel funktionieren – das dürfte Ihnen Spaß machen, Lincoln. Kryptos haben ein Raster, ähnlich wie normale Kreuzwortgitter, aber die Hinweise sind eigene Rätsel, deren Lösung die Antwort darstellt, und nicht direkte Fragen nach, zum Beispiel, der Ehefrau von Georg dem Dritten. Die besten Verfasser kreieren Rätsel, die zugleich verflixt kompliziert und lachhaft simpel sind.«

Ackroyds Begeisterung ließ sein sonst so seriöses Gesicht strahlen.

»Also, denken Sie daran, der Hinweis ist selbst ein Rätsel. Er enthält eine Definition der Antwort sowie weitere Worte oder Redewendungen zur Anleitung, darunter die Art des jeweiligen Rätsels: Das könnte ein Anagramm sein, ein versteckter oder gegenteiliger Begriff oder ein Gleichklang, ein Homophon.« Er lachte. »Das klingt bestimmt verwirrend. Lassen Sie mich Ihnen ein Beispiel geben. Das hier ist ein Klassiker, den der *Guardian* vor ein paar Jahren gedruckt hat, verfasst von einem gewissen Shed. Ich schreibe den Satz auf, denn es fällt leichter, wenn man ihn vor sich sieht, anstatt ihn nur zu hören.«

Ackroyd schrieb:

*Sehr traurige unvollendete Geschichte um aufsteigenden Qualm (8)*

»Die Antwort ist für das Feld fünfzehn senkrecht gedacht. Alles klar? Gut. Machen wir uns an die Arbeit. Was sollen wir finden? Sehen Sie die Ziffer acht? Das bedeutet, es geht um ein Wort mit acht Buchstaben. Und die ersten beiden Worte der Beschreibung sind die Definition jener Antwort. Wir müssen bei fünfzehn senkrecht also ein Wort aus acht Buchstaben eintragen, das ›sehr traurig‹ bedeutet.«

Rhyme hatte seine Ungeduld beiseitegeschoben und hörte aufmerksam zu. Auch Mel Cooper lauschte interessiert.

»Das nächste Wort, ›unvollendet‹, modifiziert das Wort danach«, fuhr Ackroyd fort. »›Unvollendete Geschichte.‹ Bei Kryptos muss man der wörtlichen Bedeutung immer misstrauen. Wenn der Verfasser hier ›Geschichte‹ schreibt, meint er etwas anderes, vermutlich ein *Synonym* für ›Geschichte‹.« Ackroyd lächelte erneut. »Da ich die Antwort schon kenne, kürze ich das Verfahren mal ein wenig ab und wähle das englische Synonym ›tale‹. Und ›unvollendet‹ heißt, dass man den letzten Buchstaben weglassen muss. Damit hätten wir die Buchstaben ›T-A-L‹. Die sind also ein Teil der Antwort, die ›sehr traurig‹ bedeutet. So weit verstanden?«

»Ja«, sagte Rhyme und ging in Gedanken bereits die weiteren Möglichkeiten durch.

»Äh, reden Sie weiter«, sagte Cooper.

»Wenden wir uns den letzten Worten des Hinweises zu, ›aufsteigender Qualm‹. Das könnte für alles Mögliche stehen, man muss viel ausprobieren, aber ich greife wieder vor, da ich die Lösung kenne, und wähle ›cigar‹, das englische Wort für ›Zigarre‹. Und da der Eintrag sich auf Nummer fünfzehn senkrecht bezieht, bedeutet ›aufsteigend‹, dass wir das Wort in der anderen Richtung lesen müssen: ›ragic‹. Demnach sind ein weiterer Teil unserer Lösung die Buchstaben ›R-A-G-I-C‹. Nun …«

»Das Wort ›um‹ zeigt an, dass die Buchstaben einer der beiden Teillösungen aufgeteilt und zu beiden Seiten der anderen Teillösung gruppiert werden müssen«, fiel Rhyme ihm ins Wort.

»Wenn du das sagst«, warf Cooper ein.

»Nein, nein, das ist völlig richtig«, bestätigte Ackroyd grinsend. »Hervorragend, Lincoln. Was würden Sie vorschlagen?«

»Das ist einfach. Wir teilen T-A-L auf. Das T steht vor R-A-G-I-C und das A-L dahinter. Die Antwort lautet ›tragical‹, das englische Wort für ›tragisch‹.«

»Herzlichen Glückwunsch!«, rief Ackroyd strahlend. »Und Sie haben das noch nie zuvor gemacht?«

»Nein.«

»Manche Leute halten das für Zeitverschwendung«, sagte der Engländer.

Rhyme verkniff sich ein Lächeln.

»Doch ich bin da anderer Ansicht. Wissen Sie, was die Enigma war?«

»Ja«, sagte Cooper. »Das Verschlüsselungsgerät, das von den Mathematikern in Bletchley Park geknackt wurde. Unter Leitung von Alan Turing.«

Das klang irgendwie vertraut, aber wenn eine Information ihm nicht bei gegenwärtigen oder zukünftigen Ermittlungen behilflich sein konnte, neigte Rhyme dazu, sie wieder zu vergessen.

Offenbar sah man ihm das an.

»Ein Gerät der Nazis im Zweiten Weltkrieg«, erklärte Cooper. »Die Alliierten konnten den verschlüsselten Funkverkehr der Deutschen nicht verstehen, was Zehntausende von Soldaten und Zivilisten das Leben gekostet hat.«

»Im Januar neunzehnhundertzweiundvierzig hat der *Daily Telegraph* einen Wettbewerb abgehalten – man musste ein sehr kompliziertes Krypto-Kreuzworträtsel in zwölf Minuten oder weniger lösen«, ergänzte Ackroyd. »Die Namen der Gewinner wurden veröffentlicht, und das Kriegsministerium hatte aufgepasst. Einige der besten Rätsellöser wurden für Bletchley Park rekrutiert und halfen dabei, die Enigma zu knacken.« Er hielt kurz inne. »Was mir an Krypto-Rätseln am besten gefällt, ist die Tatsache, dass sie gleichzeitig lügen und vollkommen aufrichtig sein können. Es dreht sich alles um Irreführung. Noch ein Versuch?«

»Gern«, sagte Rhyme.

Ackroyd schrieb:

*In der Romantik reich an Öl (4)*

Cooper wandte sich wieder seinen Analysen zu. »Ich glaube, ich bleibe bei Sudokus.«

Rhyme starrte den Satz einen Moment lang an. »Ein Wort aus vier Buchstaben – aber ist mit Romantik die Epoche gemeint? Oder eine romantische Situation? Ein romantisches Verhalten? Und Öl? Soll das Erdöl heißen? Oder Olivenöl? Ölgemälde? Eine Autowerkstatt?« Er schüttelte den Kopf.

»Vergessen Sie nicht, dass man bei Krypto-Rätseln die Lösung oft direkt vor der Nase hat«, sagte Ackroyd. »Man *sieht* sie nur leider nicht.«

Doch dann sah Rhyme es und lachte laut. »Ja, die Antwort liegt in der Romantik, aber nicht in der Epoche, sondern dem

Wort. Die Lösung lautet ›Oman‹: r-O-M-A-N-t-i-k. Das Land auf der arabischen Halbinsel, mit großen Erdölreserven.«

»Gut gemacht, Lincoln.«

Auch er war zufrieden, das musste er einräumen.

Rhyme sah eine Bewegung auf dem Überwachungsmonitor der Haustür. Es war Sachs, die die Stufen heraufkam und ihren Schlüssel aus der Tasche zog. Sie kehrte von der Baustelle zurück, auf der Täter 47 sich mutmaßlich mit einem der Arbeiter getroffen hatte, aus bislang unbekannten Gründen.

Somit war der Zeitvertreib vorüber.

# 29

Als Amelia Sachs den Raum betrat, nahm Rhyme sie genau in Augenschein.

Ihre Haare waren feucht – sie hatte geduscht. Draußen mochte es bewölkt sein, doch es hatte nicht geregnet.

*Ich will mich schnell frisch machen …*

Ihr Blick wirkte abwesend. Ihr Daumen kratzte an der Nagelhaut eines ihrer Finger, gleich darauf wechselten beide ihre Rollen. Rhyme konnte dort etwas Blut erkennen.

Sie begrüßte Ackroyd mit einem Nicken, das er mit seinem höflichen Lächeln erwiderte.

»Es gab noch einen«, sagte Rhyme. »Hast du es schon gehört?«

»Noch einen Erdstoß?«, fragte Sachs sofort.

»Was? Nein, einen Überfall.«

»Der Versprechende?«

Er nickte. Und stellte fest, dass sie seltsam geistesabwesend zu sein schien. Sogar aufgewühlt. Er fragte sich auch, weshalb sie so verdammt lange gebraucht hatte, um herzukommen.

Doch er brachte es nicht zur Sprache. »Das Opfer wird überleben. Die Frau musste ihren Ring verschlucken.«

»O Gott. Wie geht es ihr?«

»Ich weiß es nicht. Ron untersucht den Tatort und bringt weitere Einzelheiten in Erfahrung. Und er wird die Frau befragen, wenn sie aus dem OP kommt. Der Detective vom Neunzehnten, mit dem ich gesprochen habe, konnte schon kurz mit ihr reden. Doch es hat sich nichts Neues ergeben – die gleiche Geschichte wie vorher: Der Täter will Diamanten beschützen. Die Ermittlungen in der Nachbarschaft hatten bisher keinen Erfolg. Sie laufen allerdings noch.«

Rhyme schaute zu Edward Ackroyd, der daraufhin wiederholte, was er herausgefunden hatte – dass die Amsterdam-Spur nicht stichhaltig schien und dass es sich bei dem Verdächtigen wohl um einen Russen handelte, der erst vor Kurzem nach New York gekommen war.

Sachs nickte nachdenklich. »Er wollte in Gravesend also tatsächlich seinen Akzent verschleiern. Russisch. Hilft uns das weiter?«

»Ich bin schon dran«, sagte Rhyme und dachte an die Nachricht, die er verschickt hatte.

Sachs verzog das Gesicht. »Ich habe noch nie einen Täter erlebt, der so hartnäckig versucht, mögliche Zeugen auszuschalten. Verdammt. Hat sich bei der Suche nach dem Jungen denn wenigstens *irgendwas* getan?«

»Ron hatte kein Glück. Wie Edward prophezeit hat, will niemand mit ihm reden. Die Abteilung für Computerkriminalität nimmt sich Patels Telefonverbindungen vor. Hoffen wir mal, dass er und VL häufig miteinander gesprochen haben.« Rhyme sah ihr in die Augen. »Also, was war auf der Baustelle los?«

»Los?«, wiederholte Sachs.

»Ja. Was hat Siebenundvierzig da gemacht?«

»Oh.« Sie erklärte, der Verdächtige habe die Baustelle offenbar nicht als Abkürzung benutzt. Ja, es gäbe in Richtung der Behördengebäude zwar jede Menge Überwachungskameras, aber die Lage der Baustellenzugänge lasse die Abkürzungstheorie wenig plausibel erscheinen.

Dann schilderte sie ihre Unterredung mit dem Baustellenleiter. Ja, der Verdächtige sei auf dem Gelände gesehen worden und habe sich dort mit jemandem getroffen. Die Identität dieser Person und der Anlass des Treffens seien ungeklärt. Auch die Täterbeschreibung habe zu keinen zusätzlichen Erkenntnissen geführt. »Die Geländebeschaffenheit dort ist ungünstig – hauptsächlich Kies und dazu jede Menge Verunreinigungen. Ich hab das hier mitgebracht.« Sie reichte Mel Cooper zwei kleine Tüten mit Erde und Steinen. »Von der Stelle, an der er womöglich gestanden hat, aber das weiß ich nicht mit Sicherheit.«

Der Techniker nahm die Tüten und machte sich umgehend an die Untersuchung des Inhalts.

Rhyme fiel auf, dass Amelias Blick unstet blieb, ihre Haltung angespannt. Sie zupfte sich an den Haaren und grub dann erneut den Zeigefinger ihrer rechten Hand in die Nagelhaut des Daumens. Eine alte Gewohnheit. Sachs versuchte, das Verhalten in den Griff zu bekommen. Manchmal war es ihr egal. Sie neigte in vielerlei Hinsicht zu Extremen.

Ihre Hand fiel auf ihr Knie. Sie zuckte zusammen.

»Sachs?«, fragte Rhyme.

»Ich bin hingefallen. Das ist alles. Kein Problem.«

Doch, es war ein Problem. Was auch immer geschehen sein mochte, es hatte sie erschüttert. Und nun erlitt sie einen kurzen Hustenanfall. Und räusperte sich. Am liebsten hätte er sich nach ihrem Befinden erkundigt, aber sie mochte diese Frage genauso wenig wie er selbst.

»Deutet irgendetwas darauf hin, dass Siebenundvierzig sich dort seine neue Waffe besorgt hat?«, fragte Rhyme.

»Nein, aber ich konnte nur mit einem Teil der Leute reden. Wir müssen da noch mal nachhaken.« Sie wandte sich an Cooper. »Was hat denn die Ballistik ergeben?«

Er erklärte, die Waffe in Gravesend sei ein 38er Special gewesen. Wahrscheinlich ein Smith & Wesson 36 oder ein Colt Detective. Beides klassische Revolver mit kurzem Lauf und fünf Patronen in der Trommel. Nicht besonders treffsicher und mit heftigem Rückstoß. Doch auf kurze Entfernung ebenso tödlich wie jede andere Schusswaffe.

»Und das Team aus Queens hat sich gemeldet«, fügte Cooper hinzu. »Die Glock ist nirgendwo zu finden – und auch sonst nichts. Weder in den Gullys noch in den Mülltonnen im Umkreis von Saul Weintraubs Haus.«

Sachs zuckte die Achseln. »Ich wollte morgen eigentlich noch mal zu der Baustelle, um die Vernehmungen fortzusetzen, aber es gibt ein Problem. Ich habe dort einen Inspektor der Umweltschutzbehörde aus der Abteilung für mineralische Rohstoffe getroffen. Er sagte, die Stadt würde das Geothermieprojekt vorläufig stoppen, bis feststeht, ob die Bohrungen das Erdbeben ausgelöst haben.«

»Ach, es geht um eine Geothermieanlage?«, fragte Ackroyd.

»Genau.«

»Wie tief wurde gebohrt?«

»Ich glaube, hundertfünfzig bis zweihundert Meter.«

»Ja, das könnte ausreichen. Meine Firma hat auch mal Policen gegen Folgeschäden des Frackings und Bergbaus mit Hochdruckwasser angeboten. Diese Methoden haben eindeutig schon zu Erdbeben geführt und Gebäude unterspült. Wir mussten den Geschäftszweig aufgeben, er wurde für uns einfach zu teuer. Und soweit ich weiß, haben auch Geothermiebohrungen bereits Erdbeben nach sich gezogen. In einem Fall ist eine Schule abgebrannt, weil eine Gasleitung beschädigt wurde. In einem anderen Fall wurden zwei Arbeiter verschüttet.«

Sachs kratzte schon wieder an der Nagelhaut des Daumens herum. Richtig tief. Die Haut färbte sich rosa. Rhyme ahnte, was auf der Baustelle vorgefallen war.

»Northeast geht gegen die Schließung vor«, erklärte sie, »aber solange das nicht geklärt ist, sind keine Arbeiter vor Ort. Wir müssen die Leute zu Hause befragen.«

»Um wie viele geht es?«

»Ungefähr neunzig. Lon weiß schon Bescheid. Er besorgt uns uniformierte Unterstützung. Eine nervige Angelegenheit.

Cooper blickte von einem Computermonitor auf. »Hier sind die Ergebnisse von der Baustelle, Amelia. Die gleichen mineralischen Partikel wie bei Patel und Weintraub, also war er definitiv dort. Doch sonst nichts Neues, nur Dieseltreibstoff. Und Schlamm. War es da sehr schlammig?«

Eine Pause. »Ja. Kann man so sagen.«

»Das war alles.«

Es klingelte an der Tür. Thom ließ Ron Pulaski in den Salon.

Der junge Beamte nickte den Anwesenden zu und stellte sich Edward Ackroyd vor; die beiden waren sich noch nicht begegnet. Dann übergab Pulaski die Spuren, die er an der Upper East Side am Schauplatz des Überfalls auf Judith Morgan sichergestellt hatte, an Mel Cooper. Der Techniker machte sich an die Arbeit, und Pulaski schilderte den anderen den Ablauf der Tat. Morgan, sechsundzwanzig Jahre alt, habe in einem Brautmodengeschäft letzte Änderungen an ihrem Hochzeitskleid vornehmen lassen. Ein Mann sei ihr von dem Geschäft zu ihrer Wohnung gefolgt und habe sie im Erdgeschoss in eine Nische unter der Treppe gedrängt.

»Er hat wirres Zeug geredet und behauptet, sie habe einen herrlichen Diamanten ruiniert, weil er geschliffen und in einen Ring eingesetzt wurde. Sie dachte, der Kerl würde sie töten. Oder ihr den Ringfinger abschneiden. Doch dann hat er sich anders entschieden. Er sagte, da sie den Ring wie Scheiße behandelt hätte, solle er auch so enden.«

»Hat er irgendwas gesagt, aus dem sich ableiten lässt, wo er wohnt? Oder arbeitet?«, fragte Sachs.

»Nein. Aber sie hat gesagt, er roch nach Rasierwasser, Alkohol und Zigarettenrauch. Ziemlich penetrant. Und nach Zwiebeln. Er hat blaue Augen.«

»Das deckt sich mit der Beschreibung der anderen Überfallopfer«, sagte Sachs.

»Und dass er ausländisch klang, aber sie seinen Akzent nicht einordnen konnte.«

Rhyme teilte Pulaski mit, sie seien sich inzwischen relativ sicher, dass der Mann ein Russe und neu in der Stadt sei.

»Sie glaubt, die Waffe sei ein Revolver gewesen – ich habe ihr Fotos gezeigt. Und das Teppichmesser war aus grauem Metall. Mehr habe ich nicht.«

Sachs trug die Details in die Tabelle ein.

Cooper kehrte mit den Analyseergebnissen vom Tatort Judith Morgan zurück. »Es ist nicht viel. Die Abdrücke sind zu zahlreich, um mehr über seine Schuhe herausfinden zu können. Ein paar schwarze Baumwollfasern – von der Skimaske, schätze ich. Diverse Partikel, die aber alle zu der Gegend dort passen. Diesmal kein Kimberlit.«

Sachs ließ sich in einen Korbsessel sinken und klopfte mit dem Knöchel des Zeigefingers auf ihr Knie, als würde sie eine Melone testen. Dabei starrte sie auf den Fernsehschirm. Es liefen die Nachrichten, zwar ohne Ton, aber mit zugeschalteten Untertiteln, die in verkürzter Form alles Wesentliche zusammenfassten.

Es ging um das Erdbeben.

Rhyme sah, dass Sachs die Stirn runzelte und etwas flüsterte: »O nein.«

Er konzentrierte sich auf die Sendung. Der Moderator vermeldete, dass bei einem der beiden Feuer, die vermutlich ausgebrochen waren, als das Beben die Gasleitungen gekappt hatte, zwei Menschen ums Leben gekommen seien.

Das Ehepaar Anfang sechzig, Arnold und Ruth Phillips aus Brooklyn, sei an Rauchvergiftung gestorben. Die beiden hätten es zunächst geschafft, den Flammen zu entkommen und in die Garage zu fliehen, doch es habe keinen Strom mehr gegeben und der elektrische Öffner habe daher nicht funktioniert. Geschwächt durch den Rauch und ihre Verletzungen, hätten die Leute das Tor auch nicht mehr von Hand anheben können.

Kurz darauf teilte der Bildschirm sich, und neben dem Moderator wurden zwei Männer eingeblendet. Einer der Gäste war mittleren Alters und trug einen dunkelblauen Anzug mit weißem Hemd und roter Krawatte. Er war ein wenig dicklich und hatte kurzes schwarzes Haar. Es handelte sich um Dennis Dwyer, den Hauptgeschäftsführer von Northeast Geo Industries, der Firma, die die Geothermieanlage baute.

Der andere Gesprächsteilnehmer war ein fahriger, zerzauster Mittfünfziger. Er trug ein blaues Arbeitshemd mit hochgekrempelten Ärmeln. Sein graues Haar und der Bart wirkten ungepflegt. Es war Ezekiel Shapiro, laut Einblendung der *Leiter der One-Earth-Bewegung*.

»Den habe ich heute da getroffen«, sagte Sachs. »Er und seine Leute schikanieren die Arbeiter. Ein ziemlicher …« Sie sah Ackroyd an. »Wie haben Sie die genannt? Trottel?«

»Spinner.«

»Genau.«

Die beiden Männer auf dem Bildschirm waren in eine heftige Auseinandersetzung verstrickt. Shapiro behauptete mit weit aufgerissenen Augen und wild gestikulierend, das Erdbeben sei eine Folge der Geothermiebohrungen. Und außer den gerissenen Gasleitungen und der Gefahr einstürzender Gebäude während der Bauphase könne die fertige Anlage zur Verschmutzung des Grundwassers und anderen Umweltschäden führen. Er lobte die Stadt für die Verhängung des Baustopps, kritisierte den Bürgermeister und die Mitglieder des Stadtrats jedoch dafür, das Projekt überhaupt erst genehmigt zu haben.

Dwyer blieb deutlich ruhiger und sagte, die Schließung sei ein riesiger Fehler, denn diese Bohrungen könnten keine Erdbeben auslösen. Der Großraum New York sei seismologisch wesentlich stabiler als weite Teile der USA und ließe sich nicht mal annähernd mit Kalifornien vergleichen. Ferner sei Shapiro falsch über die Funktionsweise der Geothermie informiert, denn es handle sich um einen geschlossenen Kreislauf ohne jedes Umweltrisiko. Sogar bei einem Riss in der Leitung würde nur eine chemisch inaktive Lösung entweichen. Shapiro entgegnete, die Technologie sei noch längst nicht ausreichend erforscht.

Der Moderator schüttete Öl ins Feuer, indem er eine dritte Person hinzuholte. Der Neuankömmling sah sogar noch mehr nach einem Bilderbuchgeschäftsmann aus als Dwyer. Er hieß C. Hanson Collier und war der Generaldirektor der Algonquin Consolidated Power – des großen New Yorker Stromanbieters. Man sollte meinen, er wäre ein Gegner des Geothermieprojekts, weil Northeast Geo damit seiner Firma Konkurrenz machen würde. Doch Collier war dafür. Er sagte, oberflächliche Bohrungen wie die in Brooklyn seien viel sicherer als Tiefbohrungen in vulkanischen Regionen, um mit deren Dampf und Hitze Strom zu erzeugen. »Wir müssen alle Formen der Energiegewinnung nutzen, die unsere Erde zu bieten hat«, sagte er.

Während das Gespräch immer gereizter verlief, was Rhyme als zunehmend uninteressant empfand, wurde auf dem Bildschirm die Baustelle von Northeast Geo in Brooklyn eingeblendet. Man konnte mehrere rechteckige Bereiche erkennen, die von grünen Zäunen umgeben waren. Anscheinend lagen dort die Bohrschächte.

Sachs sah nur einmal hin und stand auf. »Ich mache mich mal lieber auf den Weg. Ich muss unbedingt noch bei Mom vorbeischauen.«

Rose Sachs ging es nach ihrer Herzoperation wieder gut. Rhyme wusste das mit Sicherheit, weil er und die witzige – und muntere – Frau erst vor wenigen Stunden miteinander telefoniert hatten. Ihre anfänglichen Bedenken darüber, dass ihre

Tochter einen Behinderten liebte, hatten sich schon vor Jahren gelegt, und sie und Rhyme waren gute Freunde geworden. Er hätte sich keine bessere Schwiegermutter wünschen können.

Doch da war noch mehr. Rhyme wusste, dass Sachs nicht auf direktem Weg zu ihrer Mutter nach Brooklyn fahren würde. Sie würde in ihren Torino steigen, sich irgendwo außerhalb eine abgelegene Landstraße suchen und auf hundertdreißig oder hundertvierzig Kilometer pro Stunde beschleunigen.

Damit wollte sie abschütteln, was auch immer ihr an diesem Tatort zugesetzt hatte und was die Dusche nicht wegspülen konnte: irgendeinen Schrecken, irgendetwas Entsetzliches, das ihr zweifellos widerfahren war.

Falls es für sie überhaupt eine Ablenkung gab, dann beim Herunterschalten in einer Haarnadelkurve, vom vierten in den zweiten Gang, beim Schlittern auf die Gerade und beim Aufheulen des Motors, wenn sie die Tachonadel wieder in den dreistelligen Bereich trieb.

Rhyme wusste und akzeptierte uneingeschränkt, dass sie Risiken einging. Aber der Geschwindigkeitsrausch war eine Zerstreuung, kein Heilmittel.

»Sachs?«, fragte er, und zwar in einem bestimmten Tonfall, der selten für ihn war. Sie würde es verstehen. Es war die Einladung, ihm zu erzählen, was sich auf der Baustelle ereignet hatte. Er würde ihr keine guten Ratschläge aufdrängen und wahrscheinlich nicht einmal Trost anbieten. Lediglich ein offenes Ohr.

Doch die Einladung wurde abgelehnt.

»Gute Nacht«, sagte Amelia Sachs nur. »Wir sehen uns morgen früh.« Das war an alle Anwesenden gerichtet.

Pulaski und Cooper brachen ebenfalls auf. Ackroyd zog seinen Regenmantel an. Rhyme entging nicht, dass er zögerte.

»Es geht mich zwar nichts an, aber ist mit ihr alles in Ordnung?«, fragte der Brite leise.

»Nicht wirklich«, sagte Rhyme. »Sie hat ein paar Probleme.« Er verzog das Gesicht. »Was für eine schwammige Formulierung. Amelia braucht Spielraum und Bewegungsfreiheit, und zwar ständig. Ich glaube, sie wurde verschüttet oder war irgendwie gefangen. Es war jedenfalls kein Schusswechsel, keine Verfolgungsjagd, kein Heckenschütze. Oder irgendwas in der Art. Bei solchen Situationen blüht sie auf. Aber irgendwo hilflos festzustecken, sich nicht rühren zu können – das ist für sie die reine Hölle.«

»Mir sind ihre Augen aufgefallen. Es muss schlimm gewesen sein.«

»Das vermute ich auch.«

»Früher oder später wird sie Ihnen davon erzählen.«

»Eher nicht. Und das weiß ich, weil sie und ich uns in dieser Hinsicht sehr ähnlich sind.« Ihm wurde bewusst, dass er mehr von sich preisgab als üblich. Er lächelte. »Wie bei einem Magneten. – Gegensätze ziehen sich an? Nun, wir unterscheiden uns in vielem. Aber in diesem Punkt, Sachen mit sich selbst auszumachen, da sind wir gleich gepolt.«

Ackroyd lachte. »Das sieht einem Wissenschaftler ähnlich, Herzensangelegenheiten mit Phänomenen des Magnetismus zu vergleichen ... Nun, falls ich noch etwas für Sie tun kann, lassen Sie es mich bitte wissen.«

»Danke, Edward.«

Der Mann nickte und machte sich auf den Weg. Kurz darauf kam Thom in den Salon. »Du solltest zu Bett gehen, Lincoln. Es ist schon spät.«

Anstrengungen und Erschöpfungszustände konnten für einen Querschnittsgelähmten gefährlich werden, denn der Stress ließ bisweilen den Blutdruck entgleisen.

Doch es gab heute Abend noch eine Aufgabe zu erledigen.

»In fünf Minuten«, sagte er zu Thom. Und als der protestieren wollte, fügte Rhyme hinzu: »Barry Sales.«

Der Betreuer neigte den Kopf. »Ist gut. Ich bereite oben alles vor.«

Rhyme ließ das Telefon Sales' Nummer wählen. Der Mann war aus dem Krankenhaus nach Hause entlassen worden. Rhyme unterhielt sich kurz mit Sales' Frau Joan, dann reichte sie das Telefon an ihren Mann weiter. Die beiden fingen sogleich an zu plaudern, und Rhyme nahm an, dass ein außenstehender Beobachter, gelinde gesagt, überrascht gewesen wäre, den Kriminalisten so geschwätzig zu erleben. Er war zwar nicht von Natur aus wortkarg, hatte aber meistens keine Zeit für oberflächliches Gerede.

Heute Abend jedoch war genau das seine Absicht. Sales und er sprachen über alles Mögliche. Der Mann hatte den Rehaspezialisten angerufen, den Thom ihm empfohlen hatte, und einen Termin vereinbart. Sales würde Rhyme weiter auf dem Laufenden halten.

Rhyme musste Sales leider mitteilen, dass der Prozess gegen den Mann, der ihn mutmaßlich angeschossen hatte, kaum vorankam. Das hatten jedenfalls seine Nachforschungen ergeben. Die Anwälte zogen alle Register und machten Formfehler geltend. Zeugen wurden eingeschüchtert.

Nach dem Telefonat wandte Rhyme sich noch kurz der Beweistabelle zu und prägte sich einige der größten Unklarheiten ein. Dann fuhr er mit seinem Rollstuhl zum Aufzug und folgte Thom nach oben. Im Bett würde er vor dem Einschlafen noch ein wenig länger über die ungelösten Rätsel des Falls nachsinnen.

Plötzlich fiel ihm wieder ein, was Edward Ackroyd über die Krypto-Kreuzworträtsel gesagt hatte. Rhyme lächelte, denn der Satz schien auch auf so manche Spur der Ermittlungen gegen Täter 47 zuzutreffen.

*Sie können gleichzeitig lügen und vollkommen aufrichtig sein …*

# 30

Deepro Lahori hörte das laute Geräusch aus der Werkstatt seines Sohnes – eines der Schleifwerkzeuge, mit denen die Skulptur geformt wurde – und schlich die Treppe hinunter.

Im Kellergang vor dem Studio blieb er stehen.

Es war spät – Schlafenszeit –, doch der Junge arbeitete immer noch. Früher am Abend hatten sie ihre Unterredung einigermaßen versöhnlich beendet. Doch nun sandte Vimal eindeutig eine passiv-aggressive Botschaft aus, denn das Heulen des Werkzeugs war als trotzige Herausforderung an den Vater gerichtet.

Wie töricht dieser Bildhauerunsinn doch war. Was für eine Zeitverschwendung. Er warf sein Talent einfach weg. Wenn es bloß ein Hobby wäre, okay. Er könnte damit sogar seine Fähigkeiten als Diamantenschleifer erweitern. Besser als durch Videospiele. Besser als durch die Gesellschaft irgendwelcher Mädchen. Doch Deepro wusste, dass Vimal allen Ernstes als Künstler arbeiten wollte. Dummer Junge. Wie viele hauptberufliche Künstler konnten denn von ihren Einkünften leben? Vielleicht ein Prozent. Wie sollte er da je eine Inderin zur Frau nehmen, die erwarten würde, dass er sich um sie bemühte, und die keinen Mann respektieren würde, der sie nicht versorgen konnte?

Aber es ging nicht nur um praktische Aspekte. Am beunruhigendsten und schmerzhaftesten war die Tatsache, dass sein Sohn durch sein Verhalten auf beleidigende Weise die Geschichte seines Vaters und der gesamten Familie Lahori in der

Diamantenbranche verwarf. Das war eine Sünde, denn nur Vimal konnte diese Tradition fortsetzen. Sunny hätte sich bedenkenlos gefügt, aber er war total unbegabt; ihn an der Schleifscheibe zu beobachten war regelrecht beschämend. Und so würde er seiner Mutter ins Gesundheitswesen folgen (wenngleich natürlich als Arzt und nicht bloß als Pflegekraft wie Divya). Doch das war eine Tradition *mütterlicherseits*. Deepro brauchte jemanden, der in *seine* Fußstapfen trat.

Er näherte sich der Tür des Studios und hielt inne, als das Schleifwerkzeug plötzlich verstummte.

Machte Vimal Schluss für heute?

Nein, der Lärm setzte wieder ein. Was bedeutete, dass Vimal nicht hören konnte, was nun geschah. Lahori zog mit zitternder Hand einen Schlüssel aus der Tasche, schob ihn mit einiger Mühe ins Schloss der Studiotür und drehte ihn herum. Dann steckte er einen schräg verlaufenden Sperrriegel in die dafür vorgesehenen Aussparungen über dem Türgriff und im Boden und arretierte ihn mit dem integrierten Steckschloss. Der Riegel bestand aus zwei Zentimeter dickem gehärteten Stahl, der laut Werbeversprechen des Herstellers nur von einem zweitausend Grad Celsius heißen Schneidbrenner durchtrennt werden konnte. (Obwohl ein Winkelschleifer, dessen Scheibe mit Diamanten beschichtet war, natürlich ebenfalls ausreichen würde, dachte Deepro. Nur fürs Protokoll.)

Vimal saß in der Falle. Die Tür war versperrt, und da es sich hier um eine ehemalige Diamantenwerkstatt handelte, waren vor dem kleinen Kellerfenster dicke Eisenstäbe angebracht.

Lahori beglückwünschte sich insgeheim zu der vermeintlichen »Kompromissbereitschaft«, mit der er seinen Sohn in Sicherheit gewiegt hatte. Hätte der aufsässige Junge auch nur den geringsten Verdacht geschöpft, wäre er niemals hier in dem Studio geblieben, sondern hätte umgehend die Flucht ergriffen, auch ohne jegliche Papiere oder finanzielle Mittel.

Nach Kalifornien? Ein Staat, dessen einzig nennenswerte Errungenschaft nach Lahoris Ansicht darin bestand, dass Geschäfte wie die am Rodeo Drive Milliarden von Dollar mit dem Verkauf von Diamanten erzielten.

Er steckte die Schlüssel ein.

Was für ein Kind Vimal doch war! Er hätte einer der größten Diamantäre des einundzwanzigsten Jahrhunderts sein können … man denke nur an den Parallelogrammschliff! Genial, einfach genial.

Deepro Lahori hatte keinen besonderen Plan. Zunächst mal würde er Vimal hier unten hinter Schloss und Riegel behalten, mindestens einen Monat lang. Im Verlauf dieser Zeit würde die Polizei bestimmt den Killer fassen und der Junge zur Besinnung kommen. Es musste der Schock des Überfalls gewesen sein, der Schuss auf ihn und der Anblick seines toten Mentors, die ihn so sehr aufgewühlt und aus der Fassung gebracht hatten. Und nun war er vorübergehend unzurechnungsfähig, beschloss Lahori. Der Monat in Gefangenschaft würde ihn außerdem von allen Mädchen abbringen, die ihm im Kopf herumspukten und keine Hindus waren.

Deepro empfand einen Anflug von Schuldgefühl. Doch er meinte es ja nur gut, immerhin ging es um seinen Sohn, den er natürlich von Herzen liebte. Der Junge würde im Schrank einen bequemen Schlafsack vorfinden, dazu ausreichend Lebensmittel und Snacks, Wasser und Limonade. Deepro vermutete, dass sein Sohn auch Alkohol trank, also hatte er zudem ein paar Flaschen Light-Bier bereitgestellt. Es gab hier unten einen Fernseher. Aber natürlich weder Internet noch ein Telefon. Der Junge könnte sonst noch mehr den Halt verlieren und womöglich einen Freund verständigen, der ihm beim Ausbruch helfen sollte. Oder die Polizei, weil er angeblich gegen seinen Willen festgehalten wurde.

Am Anfang würde ihr Verhältnis wohl ziemlich angespannt

sein. Doch früher oder später würde der Junge begreifen, dass sein Vater wusste, was das Richtige für ihn war. Er würde ihm danken, auch wenn Lahori darauf wirklich keinen Wert legte, nicht mal auf das Eingeständnis, dass er recht hatte. Er wollte einfach nur, dass der Junge seine Bestimmung erkannte ... und aufrichtig akzeptierte.

Deepro packte den Riegel und rüttelte daran. Das Ding bewegte sich keinen Millimeter.

Er war zufrieden. Und endlich auch halbwegs glücklich ... nachdem er in letzter Zeit so viele Enttäuschungen erleben musste. Und Ungerechtigkeiten.

Er stieg die Treppe hinauf.

Deepro Lahori hatte immer noch Lust auf eine Partie Scrabble, und er wusste, dass seine Frau und sein anderer Sohn – sein *guter* Sohn – ihm den Wunsch nicht abschlagen würden.

# III

# DAS SÄGEN

## Montag, 15. März

# 31

Wo ist denn mein *kuriza*?

Wo steckst du, mein kleines Hühnchen?

Bist du die Arbeit nicht leid, hast du nicht Appetit auf ein Curry, Vindaloo-Shrimps und Basmatireis? Und wer schwärmt nicht für das leckere Raita?

Der junge Mann, auf den Wladimir Rostow wartete, arbeitete in einem Juwelierladen, der auf Ehe- und Verlobungsringe spezialisiert war. Es war Essenszeit, und der kleine Scheißer sollte nun mal langsam Mittagspause machen. Rostow hatte die Zeit mit den Turteltäubchen genossen – vor allem, als es an das Verschlucken des Rings ging! Doch nun war wieder Arbeit angesagt. Die Suche nach VL, damit er ihm die Kehle durchschneiden konnte.

Deshalb saß er nun in dieser schmierigen irischen Spelunke auf einem Barhocker, trank einen Bourbon und behielt das Gebäude auf der anderen Straßenseite im Auge.

Komm schon, mein kleines *kuriza* … Dein Wladimir wird langsam ungeduldig, und das möchtest du ganz gewiss nicht erleben. Das Messer wiegt schwer in seiner Tasche. Die rasiermesserscharfe Klinge ist einsam.

Sein persisches, nein, iranisches *kuriza* Nashim hatte sich gemeldet und ihm den Namen eines jungen Mannes genannt, der ein Jahr zuvor für Patel gearbeitet hatte und mit ihm in Verbindung geblieben war – und mit all denen, die für und mit Patel arbeiteten. Sein Vorname war Kirtan, und Nashim kannte zwar seine Adresse nicht, aber dafür den Laden, in dem er arbeitete und den Rostow nun anstarrte. Er bedauerte es ein wenig, dass er nun keinen Vorwand mehr hatte, die rundlichen Töchter des Persers zu besuchen, Scheherazade und Kätzchen.

Ach, Familien, Familien, Familien …

Nachdem seine Eltern sich getrennt hatten und aus der Moskauer Vorstadt weggezogen waren, kam der zwölfjährige Wladimir nach Mirny, damals eine Stadt mit zwanzigtausend Einwohnern, mitten in Sibirien. Falls die Hölle aus Eis bestanden hätte anstatt aus Feuer, Mirny hätte sich gut als Standort geeignet.

Das einstige Dorf war etwa siebzig Jahre zuvor in der gefrorenen Steppe aus dem Boden gestampft worden, weil man dort ein riesiges Diamantenvorkommen entdeckt hatte. *Mir* ist das russische Wort für »Frieden«. Der Geologe, der das Vorkommen ausfindig gemacht hatte, schickte die verschlüsselte Nachricht nach Moskau, er könne nun »die Friedenspfeife rauchen«, was im Klartext hieß, dass er einen bedeutenden Fund melden wollte. So wurde die Stadt *Mirny* getauft und die Mine *Mir*. In ihrer Blütezeit wurden dort zweitausend Kilo Diamanten im Jahr gefördert, ein Fünftel davon von hoher Qualität. Anfangs ließ Mir sogar die heiligen Hallen von De Beers vor Panik erzittern, denn eine so große Fördermenge konnte einen Absturz der Diamantenpreise bewirken. (Doch die Russen waren nicht auf den Kopf gefallen. Um den Markt zu kontrollieren, regulierten sie die Fördermenge und kauften sogar Reserven auf – unter anderem von De Beers –, um die Preise in luftigen Höhen zu halten.) Die Mine war zunächst eine offene Grube und erreichte am Ende eine Tiefe von fünfhundert Metern. Als es nicht mehr anders ging, ließ der staatseigene Betrieb Tunnel ausheben.

Und in diese unerbittlichen Schächte schickte Gregor Rostow seinen Neffen zur Arbeit, wann immer Wladimir nicht zur

Schule gehen oder, später, am Polytechnikum studieren musste. Gregor behauptete, er habe seine »Beziehungen« spielen lassen, um dem Jungen einen Job zu besorgen, doch in Wahrheit war die Mine verzweifelt auf der Suche nach Verrückten, die sich dort freiwillig unter die Erde begeben würden.

Die offene Grube war eine technische Herausforderung gewesen – man taute den Boden mithilfe von Strahltriebwerken auf, um überhaupt graben zu können –, doch der Tunnelbau geriet zu einem regelrechten Albtraum. Viele Arbeiter ertranken oder wurden zerquetscht, der Steinstaub zerstörte die Lungen schneller als drei Schachteln Zigaretten am Tag, die chemischen Dämpfe verbrannten Augen, Zungen und Nasen. Instabile Explosivstoffe trennten fein säuberlich andere Körperteile ab.

Dort unten war es natürlich deutlich wärmer als an der grauen, schneidend kalten Oberfläche. Doch viel wichtiger für Wladimir war, dass es dort nur Steine und Staub und Diamanten gab – nicht die Jugendlichen mit den kurz geschorenen Haaren, die den Außenseiter aus Moskau verhöhnten und schikanierten, die Mädchen, die ihn ignorierten, den mürrischen Onkel und seine Frau, die es hassten, ihre winzige Wohnung mit dem Jungen teilen zu müssen.

Weil Wladimir jünger war, wurde von ihm nicht erwartet, dass er die gleichen Lasten wie die Erwachsenen bewegte, und er galt eher als eine Art Maskottchen. Hier war er sicher. Bei seinen Steinen. Er übernahm Doppelschichten. Blieb manchmal tagelang in der Mine und erkundete die Schächte.

Einmal wurde er ohne seine Hose erwischt, die neben ihm in einem menschenleeren Tunnel lag. Ein Kontrolleur hatte sich zu einer unangemeldeten Inspektion entschieden. Während Rostow sich hastig anzog, begriff der Mann, was der Junge vorgehabt hatte. Er entschied, ihm keine offizielle Rüge zu erteilen, wies ihn aber strikt an, derartige Aktivitäten auf das heimische Schlafzimmer zu beschränken; weitere Verstöße würden nicht toleriert werden.

Wladimir ignorierte die Warnung noch oft. Er suchte sich ab jetzt einfach nur abgelegenere Ecken und Winkel, wo keine Gefahr einer Entdeckung bestand.

Vor die Steine gegangen …

Doch er konnte nicht für immer in der Mine bleiben. Irgendwann musste er an die Oberfläche zurückkehren und zu der Wohnung im dritten Stock emporsteigen.

Zu Onkel Gregor …

Dem Anschein nach konnte er keiner Fliege ein Leid zufügen. Er war ein dürrer kleiner Kerl mit knochigen Schultern, so schmal wie seine furchtbar starken Zigaretten der Marke Belomorkanal – benannt nach dem berüchtigten Weißmeer-Ostsee-Kanal, der Anfang der Dreißigerjahre des zwanzigsten Jahrhunderts von Gulag-Häftlingen gegraben wurde und mehr als hunderttausend Todesopfer gefordert hatte. Gregors hageres Gesicht ähnelte mit seinen wulstigen Augenbrauen und den breiten, fast violetten Lippen dem von Wladimir. Seine Arbeit in der Mine hatte mit Instrumenten und Klemmbrettern zu tun. Wahrscheinlich hatte er noch nie im Leben eine Schaufel in der Hand gehabt. Wladimir fand vor allem seine Fingernägel bemerkenswert. Sie waren lang und bleich und vielleicht scharf gefeilt. Jedenfalls kamen sie ihm so vor; bei den nahezu allnächtlichen Spielen, die in der dunklen, unordentlichen Wohnung stattfanden, hinterließen diese Nägel schmerzhafte rote Striemen auf Wladimirs Rücken.

Tante Ro war körperlich das genaue Gegenteil ihres Ehemanns und wirkte so robust wie das Betongebäude, in dem sie wohnte. Als der Junge sie zum ersten Mal sah, fühlte er sich an einen Globus erinnert. Bei einer Größe von nur einem Meter siebenundfünfzig war sie dennoch eine mehr als stattliche Erscheinung, und wenn sie etwas wollte, hatte alles andere sich ihrem Wunsch unterzuordnen.

Und sie war ungeduldig. Wenn Wladimir es ihr nicht recht machte, hinterließ auch sie Spuren auf seinem Körper – allerdings nicht mit den Fingernägeln. Sie drehte ihren Verlobungsring nach innen, bevor sie den Jungen ohrfeigte. Der Diamant, der aus der Mir-Mine stammte, riss ihm manchmal die Haut auf.

Die Jahre vergingen, und mit zwanzig wurde er zum Vorarbeiter befördert (es gab in den Minen nur wenige alte Männer). Nachdem erst sein Onkel und dann die Tante gestorben war, lebte er allein in der Wohnung und absolvierte nebenher halbherzig ein Studium. Am Ende gelang ihm haarscharf ein Abschluss in Geologie.

Seine Begeisterung für die Mine, die sinnlichen Tunnel, die Wärme und das Wasser blieb stark, doch als junger Mann entwickelte Rostow so manche Gier, die in Mirny wohl nicht gestillt werden konnte.

Wie dem auch sei, man nahm ihm die Entscheidung ab, denn die Mine wurde geschlossen, weil das Vorkommen weitgehend erschöpft war.

Russland zählte zu den größten Diamantenproduzenten der Welt, und Wladimir hätte andernorts eine Anstellung finden können. Doch er entschied sich dagegen. Er wollte mehr.

Gier …

Ungefähr zu jener Zeit akzeptierte Wladimir Rostow, dass mit ihm etwas nicht stimmte. Die Zeit in der Mine, die Zeit auf dem Wohnzimmerboden – wo Onkel und Tante ein Bett aus Steinen ausgestreut hatten, auf dem er liegen musste … All diese Ereignisse hatten ihn hart wie einen Diamanten werden lassen. Und schlicht anormal.

Wohin also jetzt?

Die Tschetschenen benahmen sich daneben. Warum nicht zur Armee?

Vor die Steine gegangen zu sein, war die perfekte Voraussetzung.

Für die Armee und für das, was später kam.

Das Leben, das ihn nun ins glorreiche Scheiß-Amerika verschlagen hatte.

Ein weiterer Schluck Bourbon in der irischen Bar …

Komm schon, dachte Rostow verärgert.

Dann hellte seine Laune sich auf. Drüben im Laden schüttelte Kirtan einem Kunden zum Abschied die Hand und zog sich seine Jacke an.

Rostow trank aus – eine unbekannte Marke, aber nicht schlecht – und billig. Dann wischte er das Glas mit einer Serviette ab, um keine Fingerabdrücke zu hinterlassen. Das war ein bisschen paranoid, doch Wladimir Rostow lebte noch und saß nicht im Gefängnis, obwohl er von Rechts wegen hinter Gitter gehörte oder längst unter der Erde liegen müsste.

Nach einem letzten zärtlichen Blick auf den prächtigen Hintern der Kellnerin trat er hinaus in die feuchte Kälte. Ein Diesellaster fuhr vorbei. Der Abgasgeruch erinnerte ihn an zu Hause. Keine Stadt auf Erden hatte so guten Smog zu bieten wie Moskau. Vielleicht Peking, aber da war er noch nie gewesen.

Rostow blieb auf seiner Straßenseite – es gab zu viele Kameras in den Fenstern des uralten zehngeschossigen Gebäudes, dessen Erdgeschoss zum Teil von Kirtans Arbeitgeber eingenommen wurde, Midtown Gifts. So wie bei vielen anderen Schmuckgeschäften und Diamantenwerkstätten deutete auch in diesem Firmennamen nichts auf Edelsteine hin. Das mochte aus Sicherheitsgründen nachvollziehbar sein, aber es ließ die Suche nach VL verflucht schwierig werden.

In dem Gebäude gab es bestimmt einen hübschen Keller – hübsch und *ruhig*, sollte das heißen –, aber Wladimir konnte sich mit dem *kuriza* nicht dort unten unterhalten. Zum einen wegen der Kameras, zum anderen wegen des bewaffneten

Wachmanns in der Passage; es gab im Erdgeschoss noch zwei weitere Juweliere und einen Pelzgroßhändler mit Nerz, Chinchilla und Fuchs im Angebot. Der uniformierte Afroamerikaner war fett und wirkte gelangweilt. Er schien sich mit seiner Waffe – einem altmodischen Revolver – unwohl zu fühlen und würde ihn wohl nur sehr zögerlich benutzen.

Rostows Plan sah vor, dem Jungen zu folgen und ihn sich an einer abgelegenen Stelle zu schnappen. Eine Gasse wäre gut, aber die schien es in Manhattan nicht zu geben, zumindest hatte er noch keine gesehen. Queens, ja, Brooklyn, ja. Aber nicht hier. Manhattan hatte scharfe Frauen, billigen Alkohol, herrliche Diamanten und haufenweise prächtige Einkaufsviertel … aber offenbar keine Gassen.

Er fragte sich, wie lange es dauern würde, bis sich die erste günstige Gelegenheit ergab. Hoffentlich nicht allzu lange, und hoffentlich wäre es in der Nähe. Falls nicht, musste er ihm nach der Arbeit bis nach Hause folgen. Und Rostow war ungeduldig. Er brauchte VL, und zwar sofort. Es blieben ihm kaum noch Optionen. Keine seiner anderen Quellen hatte ihm geliefert, was er wollte. Und Nashim hatte auch bloß Kirtans Namen in Erfahrung bringen können.

Doch wie sich herausstellte, ging der rundliche dunkelhaarige Junge nicht allzu weit weg. Ungeachtet seiner indischen Abstammung entschied Kirtan sich nicht für ein Curry oder Tandoori-Huhn, sondern bog in einen altbewährten New Yorker Imbiss ab. Die Kellnerin wies auf eine der Nischen, und er setzte sich.

Konnte das hier funktionieren? Rostow hatte so seine Zweifel. Zu viele Leute. Doch er würde sich vergewissern. Es war vielleicht nicht die beste Gelegenheit, aber immerhin *eine* Gelegenheit.

Rostow, dessen Skimaske erneut zu einer normal aussehenden Strickmütze aufgerollt war, betrat das Restaurant, setzte sich an den Tresen und bestellte eine Tasse Kaffee. Noch bevor sie serviert wurde, stand er wieder auf und steuerte den hinteren Korridor an, von dem die Toiletten abzweigten. Er ging hinein, hustete sich dreißig Sekunden lang die Seele aus dem Leib, betrachtete das Papiertuch, das er sich vor den Mund gehalten hatte, und warf es weg. Dann trat er wieder hinaus in den Korridor.

Es gab hier noch etwas. Eine unverschlossene Tür, die in den Keller führte. Wahrscheinlich wurden da unten Vorräte gelagert, und es konnte dort jederzeit einer der Angestellten auftauchen. Aktuell herrschte jedoch offenbar Hochbetrieb in der Küche.

Die einzige Frage lautete: Würde der Junge nach dem Essen pinkeln gehen?

Das musste er wohl oder übel abwarten.

Er kehrte an den Tresen zurück und trank seinen Kaffee, während der Junge ein Sandwich aß und auf das Display seines Telefons schaute – um vielleicht eine Textnachricht zu schreiben oder um Zeit mit Facebook oder irgendeinem anderen Blödsinn zu verschwenden. Kirtan winkte der Kellnerin. O bitte, bestell keinen Nachtisch.

Nein, er bat um die Rechnung und bezahlte.

Rostow trank aus und benutzte abermals seine Serviette, um unauffällig die Tasse abzuwischen. Er schob das angeschlagene Keramikgefäß beiseite, und die Kellnerin räumte es sofort ab. Er legte ihr einen Fünfer auf den Tresen.

Nun, Kirtan? Meldet sich die Blase?

Ja, das tat sie! Das *kuriza* zog seine Jacke an und verschwand in dem Korridor.

Okay, es war riskant. Doch manchmal legt sich in deinem Hirn irgendein Schalter um und du tust Dinge, die kein normaler Mensch – und auch kein Killer – tun würde.

*Vor die Steine gegangen …*

Meistens gereichte sein Wahnsinn ihm aber zum Vorteil. Daran sollten andere sich mal ein Beispiel nehmen, dachte Rostow gelegentlich.

Der Junge verschwand auf der Toilette. Rostow wartete im Korridor neben dem Kellerzugang.

Sein Rücken befand sich direkt vor der Toilettentür. Nach drei oder vier Minuten öffnete sie sich, und Kirtan kam heraus. »Verzeihung, Sir«, sagte der Junge. Rostow drehte sich lächelnd um, vergewisserte sich mit einem schnellen Blick, dass niemand sonst in der Nähe war, und versetzte dem Jungen einen ansatzlosen, aber harten Schlag auf den Kehlkopf. Kirtan kippte sofort um. Rostow fing ihn auf, öffnete die Kellertür und stieß ihn kopfüber die mit Gummistreifen versehenen Treppenstufen hinunter.

Das verursachte einigen Lärm, und Rostow wandte den Kopf, um herauszufinden, ob jemand etwas davon mitbekommen hatte.

Nein. Die Leute aßen, unterhielten sich oder starrten auf ihre Smartphones.

Der Russe schob sich auf die oberste Treppenstufe, schloss die Tür hinter sich, zog das Messer aus der Tasche und stieg hinab in den kühlen dunklen Keller.

* * *

Sachs verließ das Haus ihrer Mutter, in dem sie übernachtet hatte – in ihrem ehemaligen Kinderzimmer –, als ihr Telefon klingelte.

Sie ließ sich auf den Fahrersitz ihres Torino fallen und nahm das Gespräch an.

»Rodney.«

Rodney Szarnek war ein leitender Detective bei der NYPD-Abteilung für Computerkriminalität und ein seltsamer

Mensch. Der Mann unbestimmbaren Alters (vermutlich Mitte dreißig) schwärmte für Programmcode, Hacks, Algorithmen, Kästen (seine Bezeichnung für Computer) und alles Digitale. Außerdem stand er auf Rockmusik in gesetzwidriger Lautstärke. Sie hörte im Hintergrund Led Zeppelin dröhnen.

»Amelia. Ich habe Lincoln gerade mitgeteilt, dass wir etwas gefunden haben. Er sagte, ich solle Sie direkt anrufen, denn Sie seien näher am Zielort.«

»Und wo genau muss ich hin?«

»Queens.«

»Und weshalb?«

»Wissen Sie noch, dass wir uns einen Beschluss besorgt und damit bei Patels Telefonanbieter dessen Verbindungsnachweise angefordert haben?«

»Richtig.«

»Es ist mir am Ende gelungen, die Anrufmuster zusammenzusetzen: seine Schwester, andere Diamantenhändler sowie Nummern in Übersee – Südafrika und Botswana –, unter denen er wahrscheinlich Diamanten bestellt hat. Auf keinen der Gesprächspartner passen die Initialen VL. Doch es hat im letzten Monat ein Dutzend Verbindungen zu einem gewissen Deepro Lahori gegeben.«

»Okay.«

»Ich habe daraufhin ein paar Nachforschungen angestellt. Genau genommen einen ganzen Haufen Nachforschungen. Der Nachname – das L – hat mich neugierig gemacht. War das die Hälfte von VL? Offenbar ja. Deepros Sohn – anscheinend ein Diamantenschleifer – heißt nämlich Vimal. Moment, Amelia, ich liebe diesen Riff.«

Sie hörte eine elektrische Gitarre jaulen. Sachs gähnte.

»Haben Sie das mitbekommen? Soll ich kurz zurückspulen?«

»Rodney.«

»Okay, war ja bloß ’ne Frage. Ich habe sein Foto von der Führerscheinstelle und schicke es Ihnen jetzt auf Ihr Telefon. Müsste gleich da sein.«

Ihr Telefon meldete den Eingang einer Nachricht, und sie sah Vimal Lahoris Gesicht auf dem Display. Es konnte sich durchaus um den jungen Mann handeln, der den Tatort am Samstag über die Laderampe verlassen hatte.

Die Adresse auf dem Führerschein lautete Monroe Street 4388 in Jackson Heights. Eine halbe Stunde entfernt.

»Danke, Rodney.«

»Ich kann aber nicht mit Sicherheit sagen, ob er auch wirklich der Gesuchte ist.«

Es gab nur einen Weg, das herauszufinden ...

# 32

Die Monroe Street in Jackson Heights, Queens, war eine jener Ecken, die sich nicht entscheiden konnten, ob sie lieber gentrifiziert oder in Ruhe gelassen werden wollten.

Um gemütlich und still so zu bleiben wie die letzten fünfzig oder sogar hundert Jahre. Wer konnte das schon sagen? Hier lebten Arbeiter aus kleinen Fabriken, Lagerhäusern und dem Bauhandwerk. Außerdem ein paar junge Berufseinsteiger aus Werbeagenturen, Maklerbüros, Verlagen und der Modebranche. Dazu noch die Künstler.

Im Augenblick waren in der Nähe von Vimal Lahoris Adresse nur wenige Leute auf dem Bürgersteig unterwegs. Eine Frau mit schwarzem Steppmantel und Barett folgte einem kleinen Hund an einer dieser Teleskopleinen, der ordentlich Bewegung bekam, weil mehrere lebensmüde Eichhörnchen immer erst in letzter Sekunde vor ihm die Flucht ergriffen.

Ein Junge auf einem Fahrrad schwänzte offenbar die Schule. Immerhin war es erst früher Nachmittag an einem Montag.

Eine Geschäftsfrau mit Regenmantel und alberner Regenhaube – aus durchsichtigem Plastik, bedruckt mit gelben Gänseblümchen.

Alle hatten es eilig, wahrscheinlich wegen des feuchten, kalten Wetters.

Doch diesen Ärschen ging es eigentlich noch ziemlich gut.

Moskau war zu dieser Jahreszeit hundertmal schlimmer.

Beim Gedanken an seine Heimatstadt kam Wladimir Rostow der Gedanke, dass dieses New Yorker Viertel ihn an Barrikadnaja im Nordwesten von Moskau erinnerte, nur dass hier Einfamilienhäuser standen. In Moskau – ach was, in *jeder* russischen Stadt – wohnten die Leute in Mietshäusern, hoch aufragend, massiv, unendlich trostlos und in der gleichen Farbe wie Stalins Uniform.

Rostow hatte seinen Toyota ein Stück entfernt geparkt und stand neben einem Baum – vor dessen dunklem Stamm seine dunkle Jacke sich hoffentlich nicht abheben würde. Er beobachtete das bescheidene Heim von Vimal Lahori und dessen Familie.

Wladimir war stolz auf seine Detektivarbeit. Kirtan hatte ihn nicht enttäuscht – der Junge mit dem zertrümmerten Kehlkopf und, wie sich herausstellte, einem gebrochenen Handgelenk als Folge des Treppensturzes. Tut mir echt leid, *kuriza*. Rostow hatte den nach Luft ringenden Jungen hinter einen Heizöltank in der Ecke des Kellers gezerrt. Die Dämpfe des verschütteten Brennstoffs ließen die Augen tränen. In dem uralten Heizkessel fauchte leise die Feuerung, und die beiden Männer – einer auf dem Boden, der andere vor ihm hockend – wurden in Hitze gebadet.

Der Junge konnte natürlich nicht reden, was den Ablauf der Informationsgewinnung etwas schwieriger gestaltete. Doch andererseits würde er auch nicht vor Schmerz schreien können, was in dieser Situation der ausschlaggebende Faktor war.

Rostow schob die Klinge des Teppichmessers heraus, und plötzlich flossen Tränen aus Kirtans Augen und hinterließen glänzende Spuren auf seiner olivfarbenen Haut. Der Junge schüttelte den Kopf, nein, nein, nein. Und er formte etwas mit den Lippen, vielleicht die Behauptung – nun ja, den *Versuch* einer Behauptung –, er habe Rostow nichts anzubieten. Wladimir bemerkte, dass der Junge einen Ring am kleinen Finger trug: aus Gold, mit einem Diamanten darin. Es war eines dieser protzigen, nutzlosen Dinger. Diamanten erwachen nur dann zum Leben, wenn Licht sie von allen Seiten bombardiert und durch die Facetten an Rundiste, Pavillon und Krone eindringt. Bei einem solchen Herrenring für kulturlose Geschäftsmänner ist der Diamant sehr schmal geschnitten und von Metall umgeben, sodass er nicht atmen kann. Und es handelt sich ausnahmslos um minderwertige Steine.

Die Verschwendung eines edlen Diamanten.

Rostow lächelte und streichelte den Finger des Jungen. Kirtan versuchte, die Hand wegzuziehen. Vergebens. Rostow streichelte weiter – mit der Klinge.

»Nein, nein, kleines *kuriza*, bemüh dich nicht.«

Es brauchte nur zwei kleine Schnitte in die Fingerbeeren der linken Hand, und schon schrieb der Junge mit seiner Rechten Vimal Lahoris Namen und Adresse auf einen Zettel. Nach einigen weiteren Informationen hatte dann Kirtans Mittagspause – und sein Leben – ein schnelles Ende genommen.

Nun war es an der Zeit, zur Tat zu schreiten.

Rostow wartete hinter dem Baum, bis die Passanten, der Hund und der Radfahrer verschwunden waren und auch sonst niemand mehr zu sehen war. Dann ging er auf das Haus der Lahoris zu.

Dieses Viertel unterschied sich auch noch in anderer Hinsicht von Barrikadnaja: Es gab hier mehr Grün. Rostow nutzte die Deckung, die ihm Hecken und Bäume boten, um sich dem Ziel zu nähern, ohne von den Nachbarn gesehen zu werden.

Im Haus brannte Licht, und ein Blick durch die Spitzengardinen bestätigte, dass sich dort drinnen Personen aufhielten. Kirtan hatte ihm verraten, dass Vimal hier mit seinen Eltern und einem Bruder wohnte. Der Vater war Frührentner, die Mutter eine Krankenschwester mit unregelmäßigen Arbeitszeiten und der Bruder ein Student im ersten Semester. Sie konnten sich alle derzeit hier aufhalten.

Rostow würde natürlich niemanden am Leben lassen, aber er musste das sorgfältig planen. Die Leute konnten sich in unterschiedlichen Zimmern aufhalten, daher bestand das Risiko, dass einer von ihnen den Eindringling hörte, den Notruf wählte und das Telefon hinter eine Couch fallen ließ. In einer Stadt wie New York wäre die Polizei binnen weniger Minuten vor Ort. Wladimir würde die Lage auskundschaften müssen, und wenn dann alle im selben Raum waren, musste er schnell handeln und sie mit gezogener Pistole überrumpeln. Zuerst würde er sie fesseln. Dann kam das Messer zum Einsatz. Es musste das Messer sein. Die Häuser standen so dicht nebeneinander, dass ein Schuss von Dutzenden Nachbarn gehört werden konnte.

Er duckte sich hinter immergrüne Sträucher und umrundete das hellgrüne Haus, das einen neuen Anstrich benötigte. Hinter einem Fenster an der Rückseite bewegte sich ein Schatten. Wladimir richtete sich auf und spähte vorsichtig hinein. Es war die Küche. Eine Frau von ungefähr fünfundvierzig Jahren stand am Herd. Sie war eindeutig indischer Abstammung. Eigentlich ganz hübsch, aber nicht nach Rostows Geschmack mit ihrer graubraunen Haut und dem kurzen, gewellten schwarzen Haar, das glänzte wie der Plastikschopf einer Puppe. Ihre Miene wirkte besorgt. Sie rührte geistesabwesend in einer Pfanne herum, neigte den Kopf und schien auf etwas zu lauschen, das sie aufwühlte: Stimmen. Er hörte angestrengt hin und konnte es nun ebenfalls hören. Männerstimmen, die miteinander stritten, wenngleich Rostow kein Wort verstehen konnte, dazu waren die Stimmen zu gedämpft. In einiger Entfernung schienen zudem leise Hammerschläge zu ertönen.

Gleich darauf wandte die Frau sich um, und ein Mann Mitte fünfzig, grau und dickbäuchig, kam offenbar aus dem Keller zum Vorschein. Er war aufgeregt. Rostow duckte sich, blieb mit dem Ohr aber dicht unter dem Fenster.

»Du solltest das nicht tun«, sagte die Frau.

»Es ist nur zu seinem Besten. Er steckt voller wirrer Ideen! Nichts als Dummheiten! Du warst bei seiner Erziehung viel zu nachsichtig.«

Damit hat er vermutlich recht, dachte Rostow.

Frauen.

Die waren nur für eines gut. Na ja, und fürs Kochen.

Irgendwo im Haus wurde ein Elektrowerkzeug eingeschaltet. Es klang wie ein Schleifer. War da ein Handwerker anwesend?

Eine andere Stimme fragte etwas. Ein junger Mann. Rostow hatte die Worte nicht mitbekommen.

Der Mann, der aus dem Keller gekommen war, zweifellos Vimals Vater, erwiderte barsch: »Sunny, du gehst in dein Zimmer. Halt dich da raus. Es geht dich nichts an.«

Die Entgegnung war wieder nicht zu verstehen.

»Er ist in seinem Studio und arbeitet an einer Skulptur. Es geht ihm gut. Nun geh. Sofort!«

Sunny. Vimals Bruder. Das bedeutete, der Vater hatte sich im Keller mit Vimal gestritten.

*Du solltest das nicht tun …*

Was war damit gemeint?

Also: Es hielten sich vier Leute im Haus auf: Mutter, Vater und zwei Brüder.

Eine Herausforderung, in der Tat. Doch Wladimir beschloss, es nicht unnötig kompliziert anzugehen. Da Vimal im Keller war, würde er sich ins Haus schleichen, bei der erstbesten Person, die ihm begegnete, das Überraschungsmoment nutzen und ihr die Kehle durchschneiden. Wer dann kam, um nach der Ursache des Geräusches zu sehen, starb als Nächster. Und so weiter. Vimal würde nichts davon mitbekommen, die Schleifmaschine war zu laut. Rostow würde dann nach unten gehen und dem Jungen einen Besuch abstatten.

Okay, ihr *kur*. Los geht's.

Er wechselte auf die Vorderseite des Hauses und duckte sich hinter einen Busch neben der Veranda. Seine Hand schob sich in die Tasche und packte das Messer. Er war schon fast an der Tür, als sich plötzlich ein Motorengeräusch näherte. Rostow wich schnell wieder zurück und sah aus den Augenwinkeln etwas rötlich aufblitzen. Ein altes amerikanisches Auto kam mit einer Vollbremsung vor dem Haus des *kuriza* zum Stehen.

Scheiße. Wladimir ließ sich hinter die Sträucher fallen. Es stank hier nach Hundepisse.

Eine Frau stieg aus dem Wagen. Sie war sportlich und groß und hatte das dunkelrote Haar zu einem Pferdeschwanz zusammengefasst.

Nein, nein, nein!

Diese verfluchte *kuriza* ist ein Cop. Unter dem dunklen Blouson hing eine Dienstmarke an ihrem Gürtel. Und ihm fiel auf, wie sie sich automatisch an die Hüfte griff, um den Sitz der langläufigen Glock zu überprüfen. Diese *kuriza* würde eindeutig wissen, wie man mit einer solchen Waffe umging.

Rostow war stinkwütend.

Wenn er doch nur eine halbe Stunde früher eingetroffen wäre, hätte er längst alles erledigt.

Wenigstens kam sie ohne Verstärkung. Der Junge war kein Verdächtiger, bloß ein Zeuge. Sie würde ihm lediglich ein paar Fragen stellen wollen. Und ihn warnen, dass er gefährdet sei. Und womöglich würde sie ihn in Schutzhaft nehmen.

Dann kniff Rostow die Augen zusammen. Er war nur etwa fünf Meter weit weg und sah da auf einmal etwas schimmern. Sie trug an ihrem linken Ringfinger einen blauen Stein. Einen Diamanten? Es war ihr Verlobungsring, also vermutlich ja.

Ein blauer Diamant …

Er dachte an den Winston Blue. Der hier war natürlich viel kleiner. Und zweifellos mit Einschlüssen.

Der Winston würde leider niemals ihm gehören.

Aber dieser?

Die Polizistin drückte auf den Knopf an der Tür. Er hörte, wie drinnen gedämpft die Klingel ertönte.

Wladimir änderte seinen Plan, aber nur leicht. Dies könnte sich als Glücksfall erweisen. Die Frau würde alle Anwesenden in einem Raum versammeln, um mit ihnen und Vimal zu sprechen.

Dann hockten die Hühner alle auf einem Haufen und rechneten nicht damit, dass jählings der Fuchs mit seiner Pistole und der rasiermesserscharfen Kralle hereinplatzen würde.

# 33

»Soll das heißen, Vimal ist nicht hier?«, fragte Amelia Sachs.

»Leider nicht.«

Sie sprach mit Deepro Lahori, der trotz seines unbekümmerten Lächelns ziemlich angespannt war, sofern sie die Körperhaltung richtig deutete.

»Was hat er denn gesagt, als Sie mit ihm geredet haben?«

Mal sehen, ob da nicht doch etwas mehr zu erfahren war.

»Oh. Tja, das war gestern. Er sagte, dass alles in Ordnung ist und er eine Weile weg sein wird.«

»Aha. In welcher Beziehung stand denn Ihr Sohn zu dem Opfer Jatin Patel?«

»Äh, nein, nein, überhaupt nicht.«

Das war keine Antwort auf die Frage.

»In welcher Beziehung?«, ließ Sachs nicht locker.

»Nein, in gar keiner Beziehung, wirklich. Er hat bloß ein paar Arbeiten für ihn erledigt.« Lahori war ein klein gewachsener, aber stämmiger Mann mit tief liegenden Augen und dunklen Ringen darunter. Dunkler, gräulicher Teint. Sein dichtes schwarzes Haar war grau meliert. Seine Frau, Divya, hatte ein hübsches Gesicht mit wachem Blick. Auf dem Flur war Sachs ein Kleiderbügel aufgefallen, an dem eine weibliche Krankenhauskluft hing. Die Frau war anscheinend Ärztin oder Pflegekraft.

Und die Worte ihres Mannes behagten ihr eindeutig nicht. Sie verschränkte die Arme und warf ihm einen finsteren Seitenblick zu.

»Ein *paar* Arbeiten?«, fragte Sachs.

»Schleifarbeiten.« Lahori schien sich zu ärgern, dass die Körpersprache seiner Frau seinen Täuschungsversuch vereitelt hatte. Er funkelte sie an. Sie ignorierte ihn und sagte: »Vimal war Mr. Patels Lehrling.«

»Nicht Lehrling«, widersprach er barsch. »Das würde bedeuten, dass er die ganze Zeit bei Mr. Patel gearbeitet hat. Aber das hat er nicht. Er ist nicht bei ihm in die Lehre gegangen.«

Sachs fragte sich, wieso Lahori zu glauben schien, dass die Art der Arbeiten, die Vimal für Patel verrichtet hatte, einen Einfluss darauf haben würde, was der Junge über die Raubmorde wusste oder nicht.

Das Geräusch des Elektrowerkzeugs wurde lauter. Irgendwo im Haus arbeitete jemand. Mit einer Schleifmaschine, wie es schien.

»Ist noch jemand hier?« Vielleicht ein weiterer Familienangehöriger, der etwas über den Aufenthaltsort des Jungen wissen könnte.

»Nur ein paar Handwerker«, versicherte Lahori.

»Was hat er denn über den Mord erzählt? Er war dort.«

»Nein, war er nicht. Er war auf dem Weg dorthin, aber es ist vor seinem Eintreffen passiert, also ist er wieder gegangen.«

»Sir, die Beweise zeigen, dass jemand, auf den die Beschreibung Ihres Sohnes zutrifft, am Ort des Geschehens war und verletzt wurde, als der Täter auf ihn geschossen hat.«

»Was? Ach, du meine Güte.«

Lahori war ein furchtbar schlechter Schauspieler.

Im gewölbten offenen Durchgang zum Wohnzimmer erschien ein junger Mann. Im ersten Moment hielt Sachs ihn für Vimal, doch dann merkte sie, dass er einige Jahre jünger war, fast noch ein Halbwüchsiger.

Eigentlich hatte sie dem Vater einen Vortrag über Behinderung der Justiz halten wollen; stattdessen lächelte sie nun den Jungen an. »Sie sind Vimals Bruder?«

»Ja, bin ich.« Er sah nach unten, nach oben, zur Seite.

»Ich bin Detective Sachs.«

»Ich heiße Sunny.«

»Geh in dein Zimmer«, herrschte Lahori ihn an. »Das hier hat nichts mit dir zu tun.«

»Haben Sie den Mann schon gefunden?«, fragte Sunny jedoch. »Der auf Vimal geschossen hat?«

Lahori schloss die Augen und verzog das Gesicht. Vom eigenen Kind bloßgestellt.

»Wir arbeiten noch daran.«

»In dein Zimmer!«, wiederholte der Vater.

Der Junge zögerte, drehte sich dann um und ging. Eine Befragung von Sunny wäre eine Ausweichmöglichkeit – falls der Vater nicht bald mit der Sprache herausrückte. Amelia hatte den Eindruck, dass die Frau ihrem Mann nicht offen die Stirn bieten würde, obwohl sie etwas über ihren Sohn wusste.

Der Lärm von unten hörte auf. Sachs war froh. Das Geräusch hatte wirklich genervt.

»Ich muss wissen, wo er ist. Und zwar sofort.«

»Er war so schockiert über die Ereignisse, dass er weggefahren ist«, behauptete Lahori. »Mit ein paar Freunden. Vielleicht zum Skifahren. Weil es in letzter Zeit so kalt war, sind die Skigebiete immer noch geöffnet. Wussten Sie das?«

Seine Frau starrte ihn an – mit dem Blick einer Person, deren gesamte Familie ein Skigebiet noch nie auch nur von Weitem gesehen hatte.

»Die Situation ist ernst, Mr. Lahori. Sie haben die Nachrichten verfolgt … dieser Mann, der sich der Versprechende nennt? Der ist auf der Jagd nach Ihrem Sohn.«

»Warum sollte er? Mein Junge hat nichts gesehen.«

»Der Mann hat bereits einen anderen Zeugen ermordet.«

»Doch Vimal konnte ihn gar nicht erkennen. Er hat eine Maske getragen. So habe ich *gehört*. Das kam in den Nachrichten. Daher gibt es auch keinen Grund …«

»Genug!«, fiel Divya Lahori ihm ins Wort.

»Nein«, knurrte er.

»Doch, Deepro. Jetzt ist Schluss damit«, sagte die Frau ruhig. Dann sah sie flehentlich Sachs an. »Sie müssen ihn beschützen.«

»Das werden wir. Deshalb bin ich hier.«

Sachs hatte sich in Divya wohl geirrt. Die Frau konnte sich durchaus gegenüber ihrem Mann behaupten.

Amelia warf Lahori einen wütenden Blick zu. »Wo ist er?«, fragte sie mit drohendem Unterton.

»Er ist unten. Im Keller. In seinem Bildhauerstudio«, sagte die Mutter des Jungen.

Das Geräusch der Schleifmaschine bedeutete demnach, dass Vimal an einer Skulptur arbeitete. Das hätte sie sich auch denken können.

Egal. Sie würde ihn schon bald in Schutzhaft nehmen. Es war bereits ein sicheres Versteck vorbereitet, und Amelia würde zum Schutz der Familie auch hier ein Team postieren.

»Sie haben mich also angelogen.«

»Ich versuche nur, ihn zu beschützen«, erwiderte der Vater trotzig.

Nein, dahinter steckte mehr, glaubte Sachs. Die meisten Eltern hätten so schnell wie möglich die Polizei hinzugezogen.

Doch sie sagte nur: »Bitte holen Sie ihn.«

Die Frau streckte die Hand aus. Lahoris Miene verhärtete sich. Er kochte vor Wut. Dann griff er in die Tasche und reichte ihr mit zitternder Hand einen Schlüsselbund.

Sein Vater hatte ihn im Keller *eingesperrt*?

Divya Lahori wurde für ihren Verrat von Deepros eisigem Blick durchbohrt. Sie sah ihm nur kurz ins Gesicht, wandte den Kopf ab und ging in den hinteren Teil des Hauses.

# 34

Wladimir Rostow hatte Handschuhe übergezogen und drehte den Knauf der Haustür.

Ah, ah, die hilfreichen *kur* hatten nicht abgeschlossen.

Das ersparte ihm die dramatische – und potenziell riskante – Alternative, ein Fenster einzutreten. Um die Leute im Haus zu überwältigen, hätte er wahrscheinlich außerdem seine furchtbar laute Pistole benutzen müssen.

Er unterdrückte ein Husten – nun war wirklich kein geeigneter Zeitpunkt für einen Anfall – und spähte durch die Gardine hinter dem Türfenster. Auch ihn konnte man nun umgekehrt erkennen, wenngleich nicht allzu deutlich. Der Himmel war dicht bewölkt, und es fiel nur wenig Licht auf die Veranda, vor dem er sich abgezeichnet hätte.

Die Polizistin und der Ehemann standen links im Wohnzimmer. Die Frau schien weggegangen zu sein, um Vimal zu holen, der sich irgendwo anders im Haus aufhielt. Der andere Junge – vermutlich der Bruder – war nicht zu sehen. Die Polizistin würde Vimal logischerweise ins Wohnzimmer bringen lassen, um alle gemeinsam zu vernehmen.

All meine kleinen *kur* im selben Hühnerhaus.

Rostow konnte vom Eingang aus gerade noch den Rücken der Rothaarigen erkennen. Sie war fünf große Schritte weit weg. Er hatte eine Idee und sah sich um. Im Garten lag ein großer Stein. Wladimir holte ihn, kehrte zur Tür zurück und blickte wieder hinein. Ja, ja, das würde funktionieren. Rostow würde schnell vorstoßen, sie mit dem Stein niederschlagen und den Vater mit der Pistole in Schach halten. Er würde der Polizistin die Waffe abnehmen und sie mit den eigenen Handschellen fesseln. Dann konnte er sich um Vimal und den Rest der Familie kümmern.

Und sie? Die Polizistin? Rostow dachte an den blauen Diamanten an ihrem blassen Finger. So verlockend.

*Vor die Steine gegangen …*

Er zog die Skimaske vor das Gesicht, nahm die Pistole in die linke Hand und schob sich den Stein unter den Arm. Dann packte er den Türgriff. Los geht's, kleine *kur*. Los geht's.

Da ertönte ein Aufschrei aus dem hinteren Teil des Hauses. »Nein!« Eine Frauenstimme. Vimals Mutter. Sie kam aus einer Tür in der Küche zum Vorschein, der Tür, die Rostow vorhin gesehen hatte und die hinunter in den Keller zu führen schien. Im Flur blieb die Frau stehen. Rostow ging auf der Veranda in die Hocke. Doch er brauchte das Drama nicht mit anzusehen, er konnte alles deutlich hören.

»Er ist weg! Vimal ist weg!«

»Wie ist das möglich?«, tobte Lahori, als wäre es ihre Schuld.

»Die Säge, die er für seine Skulpturen benutzt. Er hat damit die Gitterstäbe am Fenster durchtrennt.«

Der Vater hatte seinen eigenen Sohn demnach in einem Kellerverlies eingesperrt.

Und jetzt war das verdammte *kuriza* geflohen?

Rostow riskierte einen Blick, um herauszufinden, ob jemand zur Eingangstür kam. Doch nein, die drei Erwachsenen liefen alle nach hinten und die Treppe hinunter in den Keller.

Er wich von der Veranda zurück, wechselte auf das Nachbargrundstück und lief nach hinten.

Von jenseits der Hecke musterte er den Garten der Lahoris. Keine Spur von dem Jungen. Aber vor einem der niedrigen Kellerfenster lagen dicke Metallstäbe auf dem Rasen.

Seufzend machte er kehrt, eilte zurück zu seinem Wagen und fuhr zehn Minuten lang kreuz und quer durch das ruhige Viertel. Ohne Erfolg. Dann brach er die Suche ab, weil er annahm, dass das rothaarige *kuriza* Kollegen anfordern würde, die nun ebenfalls die Gegend absuchen sollten.

Beim Blick auf den Beifahrersitz entdeckte er ein paar kalte Fritten aus dem Roll N Roaster. Er schob sie sich in den Mund, kaute nachdenklich und schluckte sie schnell hinunter. Dann zündete er sich eine Zigarette an und nahm einen tiefen Zug. Ein Rückschlag, ja. Aber Wladimir Rostow war dennoch nicht allzu enttäuscht.

Der Versprechende ist clever, der Versprechende ist gerissen.

Und auch wenn er total vor die Steine gegangen ist, hat er stets einen Plan B.

# 35

Fünfzehn Uhr.

Für diesen Zeitpunkt hatten Lincoln Rhyme und der Mann, dem er während des Besuchs von Edward Ackroyd am Vortag eine Textnachricht geschickt hatte, ihr Telefonat vereinbart.

Der Betreffende war ein waschechter Spion.

Lincoln Rhyme stand in Kontakt mit amerikanischen Geheimdienstkreisen. Es war eine ambivalente und sporadische Beziehung, aber dass es sie gab, ließ sich nicht abstreiten.

Der Grund, aus dem er nicht an den Ermittlungen gegen El Halcón hatte mitwirken können – den mexikanischen Drogenbaron, gegen den ein Bundesverfahren wegen Mordes und Körperverletzung lief –, war ein zeitgleich stattfindendes Treffen in Washington D.C. gewesen, bei dem sie einer neuen US-Sicherheitsbehörde zur Hand gegangen waren.

Rhyme und Sachs waren der Organisation im Verlauf eines ihrer letzten Fälle begegnet. Sie auf der einen und der Alternative Intelligence Service auf der anderen Seite waren im italienischen Neapel wegen einer verdeckten AIS-Operation aneinandergeraten. Am Ende hatten Rhyme und Sachs den Ruf der Behörde gerettet – und gleichzeitig eine Reihe von Leben. Der Direktor war von ihrer forensischen Arbeit dermaßen beeindruckt gewesen, dass er sie rekrutieren wollte.

Doch eine solche Tätigkeit hätte zahlreiche Auslandsreisen bedeutet. In Anbetracht von Rhymes körperlichen Einschränkungen hatten sie das Angebot daher abgelehnt, trotz all der faszinierenden Aufgaben, die sich ihnen geboten hätten. Zudem herrschte auch in New York kein Mangel an herausfordernden Fällen. Warum also in anderen Gewässern fischen? Und es war sein und Sachs' Zuhause. Er hatte jedoch gern eingewilligt, nach Washington zu fliegen, um dem AIS bei der Einrichtung einer neuen Abteilung behilflich zu sein, deren Auftrag es war, Spuren und forensische Analysen geheimdienstlich zu nutzen.

Beim ersten Treffen in Washington hatte einer der Kongressabgeordneten, die an der Gründung und Finanzierung des AIS beteiligt waren, sogleich gesagt: »Danke, dass Sie gekommen sind, Captain Rhyme, Detective Sachs. Sie können uns dabei helfen, eine neue Dynamik zur nachrichtendienstlichen Beweisanalyse und Aufrüstung zu parametrisieren.«

Rhyme, dem es gegen den Strich ging, dass jemand alberne Phrasen drosch und Worte wie »Parameter« in Verben verwandelte, hielt sich vor Augen, dass hier im Zentrum der Politik andere Maßstäbe galten, und ignorierte den Schwachsinn einfach. Das Konzept war schlau: Die neue Abteilung würde die Prinzipien der Tatortuntersuchung und Spurenanalyse einsetzen, um Informationen zu gewinnen und auszuwerten … und, ja, gegebenenfalls in Waffen zu verwandeln.

Wurde nach einem Maulwurf im amerikanischen Konsulat in Frankfurt gesucht, doch alle hatten den Lügendetektortest bestanden? Finde einfach den einen Angestellten, der Partikel an sich trägt, die mit Partikeln aus dem Generalkonsulat der Volksrepublik China übereinstimmen.

Soll ein nordkoreanisches Killerkommando in Japan ausgeschaltet werden? Liefere dem japanischen Keiji-kyoku einfach ein paar Partikel und Schuhabdrücke, aus denen hervorgeht, dass die Agenten illegale Waffen besitzen, und schon verschwinden sie für lange, lange Zeit hinter Gittern. So viel humaner als gezielte Exekutionen. Und was noch wichtiger war, jemand anders als die US-Regierung übernahm die Drecksarbeit.

Es würde sich um die EVIDINT-Abteilung des AIS handeln, eine Bezeichnung, die auf Rhyme zurückging und für »Evidence Intelligence« stand. Analog dazu gab es im Spionagejargon bereits Begriffe wie HUMINT, Human Intelligence, oder ELINT, Electronic Intelligence.

Als Rhyme von Ackroyd erfuhr, dass Täter 47 russische Wurzeln besaß, hatte er eine Nachricht an Daryl Mulbry geschickt, den Direktor des AIS. Mulbry hatte daraufhin ein Telefonat um fünfzehn Uhr vorgeschlagen.

Das Spionagegeschäft erzog offenbar zur Pünktlichkeit, denn um fünfzehn Uhr und zwei Sekunden klingelte Rhymes Telefon.

»Hallo, Lincoln!« Rhyme sah den Mann sofort wieder vor sich, bleich und schmächtig und mit schütterem blondem Haar. Seiner Sprechweise nach stammte er aus einem der beiden Carolinas oder Tennessee. Bei ihrem ersten Zusammentreffen hatte Rhyme ihn für einen unbedeutenden Paragrafenreiter im diplomatischen Dienst gehalten. Das Erscheinungsbild und zurückhaltende Auftreten des Mannes täuschte darüber hinweg, dass er eine Hundert-Millionen-Dollar-Behörde leitete, deren taktische Teams einen ohne großes Aufsehen verschwinden lassen konnten.

»Bitte verzeihen Sie, dass ich mich erst jetzt melde. In Europa gab es einigen Wirbel. Überaus unerfreulich. Die Sache ist nun weitgehend geklärt, bis auf ein paar Kleinigkeiten. Aber dazu später mehr. Was kann ich für Sie tun? Möchten Sie wissen, wie es mit Ihrem EVIDINT-Baby vorangeht? Wie geschmiert. Wenngleich ich diesen Begriff schon immer problematisch fand. Wenn es zu glatt läuft, kann man schließlich ausrutschen.«

»Es geht um etwas anderes, und die Zeit drängt.«

Mulbry war an Rhymes Ungeduld gewöhnt. »Ich verstehe.«

»Ein Täter hält sich noch nicht lange hier in New York auf, glauben wir. Meiner Meinung nach ist der Kerl psychisch instabil. Er ist von Diamanten besessen und hat ungeschliffene Rohdiamanten im Wert von mehreren Millionen Dollar gestohlen. Dabei hat er einige Menschen ermordet und teilweise auch gefoltert.«

»Gefoltert? Warum denn das?«

»Hauptsächlich, um ihnen die Namen eventueller Zeugen zu entlocken. Wahrscheinlich aber auch, weil er Spaß daran hat.«

»Was wissen Sie über ihn?«

»Nicht viel. Russischer Staatsbürger aus der Gegend von Moskau, spricht halbwegs fließend Englisch. Weiß. Blaue Augen. Mittlere Größe und Statur. Bevorzugt dunkle Alltagskleidung von der Stange und Skimasken.«

»Na, Sie sind mir ja ein Witzbold, Lincoln. Wozu der Diebstahl? Zur Terrorfinanzierung? Geldwäsche?«

»Da wird es seltsam. Er will Diamanten vor der Schändung bewahren. Unser britischer Berater nennt ihn einen Spinner.«

»Möchte er zurück an den Busen von Mütterchen Russland, oder hat er noch weiteren Unfug im Sinn?«

»Wir nehmen an, dass er bleibt, jedenfalls vorläufig.«

»Er ist noch nicht lange in New York, haben Sie gesagt. Wie lange?«

»Das wissen wir nicht. Aber wir haben die Datenbanken nach vergleichbaren Verbrechen durchsucht und nichts gefunden. Lassen Sie uns also von einer Woche oder zehn Tagen ausgehen. Das ist allerdings reine Spekulation.«

»Wie tötet er die Leute?«

»Mit einer Glock, einem kurzläufigen Achtunddreißiger und einem Teppichmesser.«

»O Mann. Deutet etwas auf eine militärische Ausbildung hin?«

»Das wäre ebenfalls Spekulation. Aber er ist schlau. Achtet auf Überwachungskameras und hinterlässt kaum Spuren.«

»Okay, und Sie möchten nun wissen, ob ich die Namen von Russkis herausfinden kann, die in dem besagten Zeitraum hier eingereist sind. Mit fragwürdiger Vorgeschichte oder unter verdächtigen Umständen.«

»Genau.«

»Also, ein Russe, Diamanten, Psycho, Zugang zu Waffen. Mal sehen, was ich tun kann. Ich setze unsere Kids und Bots darauf an.« Rhyme hörte ihn etwas eintippen. Schnell wie ein Expresszug auf altbewährten Gleisen.

»Das könnte eine Weile dauern«, meldete Mulbry sich zurück. »Und unter Umständen wird die Liste ziemlich lang. Wir weisen die Russen nämlich nicht mehr an der Grenze ab. Wie es aussieht, ist der Kalte Krieg seit Kurzem vorbei.«

Rhyme musste lachen.

»So, Lincoln, da ich Sie gerade am Apparat habe, möchte ich Sie etwas fragen.«

Rhyme hatte die anfängliche Bemerkung des Mannes nicht vergessen.

*Aber dazu später mehr …*

»Bezüglich des Zwischenfalls, den ich erwähnt habe. Wir haben in einem Vorort von Paris eine radikale Zelle ausgehoben. Alles ist glattgegangen. Doch im Verlauf der Aktion hat unser Team einige davon unabhängige digitale Informationen aufgefangen, die unser Interesse erregt haben. Der Austausch fand zwischen Paris, Mittelamerika und New York City statt. Dieses Dreieck riecht verdächtig nach Terrorismus.«

»Es dürfte jeden Tag Millionen von E-Mails entlang dieser Routen geben«, sagte Rhyme.

»Oh, absolut. Doch die hier waren anders. Sie waren mit duodezimalen Algorithmen verschlüsselt. Nahezu unknackbar. Was uns ein wenig nervös macht.«

Rhyme war wissenschaftlich gebildet und wusste, was ein Duodezimal- oder Zwölfersystem war. Im Binärsystem gibt es nur zwei Ziffern, 0 und 1. Im Dezimalsystem sind es zehn: 0 bis 9. Das Duodezimalsystem hat zwölf, nämlich 0 bis 9 sowie zwei weitere Symbole, für gewöhnlich X und E.

»Die Verschlüsselung ist dermaßen hochgradig, dass wir sie als Waffe eingestuft haben«, fuhr Mulbry fort. »Gemäß den Bestimmungen des Außenministeriums zum internationalen Waffenhandel gilt sie als Rüstungsgut. Da New York zu den Ursprungsorten der Nachrichten zählt, interessiert es mich, ob das NYPD je auf duodezimal verschlüsselte E-Mails oder Texte gestoßen ist.«

»Nein, nicht dass ich wüsste.« Er sah zu Cooper. »Mel, ist dir schon mal eine duodezimale Verschlüsselung untergekommen?«

»Nein.«

»Ruf Rodney an, und frag ihn, ob er was gehört hat.« Er wandte sich wieder dem Telefon zu. »Wir sprechen mit unserem Experten hier. Dann sehen wir weiter.«

»Danke. Die Sache macht uns Sorgen. Momentan versuchen wir herauszufinden, von wo genau die Nachrichten verschickt wurden. Auch das gestaltet sich schwierig, weil natürlich Proxy-Server genutzt worden sind.«

»Ich melde mich, falls wir etwas finden.«

Die Männer verabschiedeten sich und beendeten das Telefonat.

Hm, interessante Idee, ein Zwölfersystem zur Verschlüsselung einzusetzen. Obwohl Rhyme sich hauptsächlich mit Chemie beschäftigt hatte, interessierte er sich für Mathematik und wusste, dass eine Reihe von Fachleuten überzeugt war, ein solches System eigne sich besser für Berechnungen und sei zudem einfacher zu erlernen. Er hatte sogar mal von einer duodezimalen Uhr gelesen, bei der eine Minute aus nur fünfzig

Sekunden bestand. Wenn sie beispielsweise 7:33.4X anzeigte, entsprach das 2:32.50 einer regulären Uhr.

Faszinierend.

Aber natürlich irrelevant. Rhyme schob diese Gedanken beiseite. Er hoffte, Mulbry helfen zu können, doch Täter 47 besaß Priorität. Sein Telefon summte. Die Nummer des Anrufers sagte ihm nichts.

Wehe, es wollte ihm jemand etwas verkaufen. »Hallo?«, meldete er sich.

»Mr. Rhyme? Captain Rhyme?« Ein Mann mit leichtem spanischen Akzent.

»Ja?«

»Mein Name ist Antonio Carreras-López. Ich bin ein Anwalt aus Mexiko und halte mich aktuell in New York auf. Hätten Sie einen Moment Zeit für mich?«

»Ich bin sehr beschäftigt. Worum geht es denn?«

»Einer meiner Mandanten steht hier gegenwärtig vor Gericht.« Die Stimme des Mannes war tief und melodisch. »Ich würde gern etwas besprechen, das Sie betrifft.«

»Wer ist Ihr Mandant?«

»Er ist mexikanischer Staatsbürger. Falls Sie die Nachrichten verfolgen, dürften Sie von ihm gehört haben. Eduardo Capilla. Auch bekannt als El Halcón.«

Lincoln Rhyme war nur selten völlig verblüfft. Doch diesmal manifestierte die jähe Überraschung sich in seinem ansonsten gefühllosen Körper als heftiges Pochen im Kopf. Das war genau der Fall, an dem er unbedingt hatte mitwirken wollen, wäre da nicht das Versprechen gewesen, das er Daryl Mulbry und dem AIS für Washington gegeben hatte.

»Ich weiß, wer er ist. Bitte fahren Sie fort.«

»Sie sind mit den Abläufen eines Strafverfahrens vertraut«, sagte Carreras-López. »Die Anklage ist verpflichtet, der Verteidigung im Vorfeld des Prozesses die Ergebnisse ihrer Beweisaufnahme zu übermitteln. In den Unterlagen der amerikanischen Staatsanwaltschaft werden Sie als potenzieller forensischer Sachverständiger genannt, doch ein Vermerk besagt, Sie stünden nicht zur Verfügung.«

»Ich habe mich ursprünglich als Berater angeboten, musste dann aber in anderer Angelegenheit eine Dienstreise antreten.«

»Ich habe mich über Sie erkundigt, Captain, und war, das muss ich gestehen, von Ihren Referenzen und Ihrer Fachkenntnis beeindruckt. Überaus beeindruckt.« Er hielt inne. »So wie ich es verstanden habe, sind Sie ausschließlich für die Staatsanwaltschaft tätig.«

»Ich übernehme gelegentlich auch Zivilfälle, sowohl für klagende als auch für beklagte Parteien. Doch bei Strafverfahren arbeite ich für die Behörden, das ist richtig.«

Oder hin und wieder für Spione.

»Tja, nun, lassen Sie es mich bitte erklären. Der Prozess hat begonnen, und die Staatsanwaltschaft präsentiert ihren Fall. Bei der Prüfung der Beweise sind unsere Experten auf etwas Beunruhigendes gestoßen. Dass nämlich die Spuren, *manche* der Spuren, von der Polizei oder dem FBI manipuliert worden sind. Mein Mandant ist unpopulär und – ehrlich gesagt – keine sonderlich nette Person. Er hat in seinem Leben ein paar schlimme Dinge angestellt. Doch das bedeutet nicht, dass er die Verbrechen begangen hat, die ihm nun vorgeworfen werden.«

»Und Sie wollen mich anheuern, damit ich überprüfe, ob die Beweise manipuliert worden sind?«

»Ich halte Sie nicht für einen Mann, dem es in erster Linie um das Geld geht, obwohl wir ein stattliches Honorar zahlen würden. Ich glaube jedoch, dass Recht und Unrecht Ihnen wichtig sind. Und an diesem Fall stimmt etwas nicht. Doch ich kann niemanden finden, der mir bei dem entsprechenden

Nachweis hilft. Ich habe es bei vier ehemaligen Staatsanwälten und pensionierten Beamten der Spurensicherung versucht und dann noch bei zwei freiberuflichen forensischen Analytikern. Alle haben abgelehnt.«

»Haben Sie beantragt, die fraglichen Beweise auszuschließen oder die Ungültigkeit des Verfahrens festzustellen?«

»Noch nicht. Nicht ohne stichhaltige Beweise.«

Rhyme überlegte angestrengt. »Soweit ich weiß, gibt es mehrere Anklagepunkte.«

Der Mann lachte auf. »O ja. Da zwischen Ihnen und mir kein geschütztes Anwalt-Mandanten-Verhältnis besteht, kann ich mich nicht spezifisch dazu äußern. Aber lassen Sie mich Ihnen einen hypothetischen Fall schildern. Einem Verdächtigen werden fünf Anklagepunkte zur Last gelegt. In einem der Punkte ist er definitiv schuldig – sagen wir, wegen illegaler Einreise. Es gibt auch reichlich Beweise dafür. Und die Geschworenen werden ihn gewiss dafür verurteilen. Doch die anderen, schwerer wiegenden Taten, nämlich Angriff mit einer tödlichen Waffe und versuchter Mord, hat er definitiv *nicht* begangen. Jemand anders hat diese Verbrechen verübt, und mein Mandant, mein hypothetischer Mandant, war zum Tatzeitpunkt nicht mal vor Ort.«

»Gerechtigkeit und Rechtsprechung«, flüsterte Rhyme.

»Ja, ganz genau«, sagte der Anwalt. »Mr. Rhyme, bei meinen Nachforschungen über Sie habe ich gelesen, dass Sie mal im Fall eines Häftlings ausgesagt haben, der freigelassen werden wollte, weil eine Labortechnikerin vorsätzlich DNS-Ergebnisse geändert habe. Sie haben vor Gericht ausgesagt, einem forensischen Wissenschaftler dürften bei der Untersuchung der Beweise niemals Fehler unterlaufen, ob absichtlich oder nicht. Die Wahrheit steht an oberster Stelle, haben Sie gesagt.«

Rhyme erinnerte sich an den Fall und hatte sofort wieder das Gesicht des Mannes vor Augen, der acht Jahre für eine Vergewaltigung gesessen hatte, die auf das Konto eines anderen Täters ging. Der Häftling hatte Rhyme die ganze Zeit angesehen, verzweifelt und hoffnungsvoll zugleich. Die Technikerin, die in ihrem Bericht wissentlich falsche Angaben gemacht hatte, weil sie den Mann für schuldig hielt, hatte derweil unverwandt den Boden angestarrt.

»Die Moral des Angeklagten spielt für meine Beurteilung eines Sachverhalts niemals eine Rolle«, sagte Rhyme. »Ich stecke gerade mitten in einem wichtigen Fall, aber falls Sie mich aufsuchen möchten, können wir Ihr Anliegen näher erörtern.«

»Oh, wirklich, Mr. Rhyme? Ich bin Ihnen ja so dankbar.«

Sie vereinbarten einen Termin, und Rhyme nannte ihm seine Adresse. Dann beendeten sie das Gespräch.

Rhyme fuhr zu den Beweistabellen. Cooper trug soeben einige Resultate des Kriminallabors in Queens ein. An der Jacke, die in dem Gully gefunden worden war, hatten sich weder DNS noch Fingerabdrücke feststellen lassen. Auch die Haare und Partikelproben aus Gravesend hatten nichts ergeben.

Rhyme las die Einträge durch, prägte sie sich ein und dachte dann weiter darüber nach, was der mexikanische Anwalt ihm erzählt hatte. Er dachte auch an Sachs, Sellitto, Cooper und die anderen, die unermüdlich gegen Täter 47 ermittelten. Was würden sie davon halten, dass ich in Erwägung ziehe, für das Team eines Drogendealers tätig zu werden?

Es gab keine einfache Antwort auf diese Frage, also ignorierte er sie vorerst und wandte sich wieder den Beweisen zu.

# 36

Das Wort »bettlägerig« passte irgendwie nicht mehr in die Gegenwart. Es stammte aus einer anderen Zeit.

Einer lange vergangenen Zeit.

Der Zeit von Jane Austen. Der Zeit der Brontë-Schwestern. Claire Porter hatte die Romane wieder und wieder gelesen – im College und danach. Manche auch erst kürzlich wieder.

Bettlägerig.

In jenen Büchern lag so manche der Figuren unter Stepp- und dicken Wolldecken danieder und hatte eine Kompresse auf der fiebrigen Stirn – zumeist wegen einer geheimnisvollen namenlosen Krankheit. Oder aus Entkräftung. Entkräftung war damals ein verbreitetes Leiden. Wenn Porter Schilderungen des Lebens im achtzehnten und neunzehnten Jahrhundert las, fragte sie sich stets, was wohl so anstrengend gewesen sein mochte, dass man wochenlang im Bett liegen musste, um sich davon zu erholen. Oder man unternahm zur Rekonvaleszenz eine Kreuzfahrt (sofern man zur vornehmen Gesellschaft gehörte).

Vornehm. Auch so ein altertümlicher Begriff.

An *meiner* Bettlägerigkeit ist überhaupt nichts vornehm, dachte die Vierunddreißigjährige.

Sie lag auf ihrer orthopädischen Matratze im Schlafzimmer der Erdgeschosswohnung in Brooklyn und schaute zum Fenster hinaus auf den Cadman Park, der heute eintönig, nass und kalt aussah und damit ziemlich gut zu ihrer Stimmung passte.

Die schlanke brünette Barista war nicht durch Entkräftung oder eine anonyme Romankrankheit außer Gefecht gesetzt worden, sondern weil sie über einen Hund gestolpert war. Nicht mal über ihren eigenen, sondern über so ein struppiges kleines Ding, das sich von der Leine losgerissen und ihren Weg gekreuzt hatte, als Claire und ihr Mann gerade beim Joggen waren. Claire hatte sich instinktiv weggedreht und aus der Region ihres Knöchels ein unangenehmes Geräusch gehört. Dann war sie hingefallen.

Verdammt, eine Zerrung, hatte sie gedacht.

Von wegen. Es war ein Bruch, ein einziger beschissener Albtraum.

Am Anfang standen zwei Operationen, gefolgt vom Kampf gegen eine Infektion und einem weiteren chirurgischen Eingriff, bei dem ihr Stahlstifte eingesetzt wurden. »Meine Sieben-Millionen-Dollar-Frau«, hatte ihr Mann in Anspielung auf die Fernsehserie gescherzt, obwohl ihre Schmerzen ihm sichtlich zu schaffen machten – und er verständlicherweise bestürzt über seine neuen Verantwortlichkeiten war, denn das Paar hatte eine achtzehn Monate alte Tochter. Dad – ein Grafikdesigner in Midtown – musste nun gewissermaßen Doppelschichten stemmen. Und Claire erinnerte sich nur äußerst ungern an sein gezwungen fröhliches Nicken, als der Arzt verkündet hatte, sie sollten für mindestens sechs Monate alle »intimen Kontakte« vermeiden, die dem Knöchel gefährlich werden konnten. (Auch so eine viktorianisch anmutende Wortwahl, wenn man es sich recht überlegte.)

Mit Hilfe einer Krücke konnte Porter zumindest das Nötigste bewerkstelligen. Das Badezimmer. Den Weg zu dem kleinen Kühlschrank, den Sam hier im Gästezimmer aufgestellt hatte. Sie konnte ein Fläschchen oder Säuglingsnahrung holen, um Erin zu füttern, deren kleines Bett neben dem von Claire stand. Und das war es auch schon so ziemlich, bis die

Verletzung geheilt sein würde. Wie gern sie kochte, wie gern sie joggte, wie sehr sie ihren Barista-Job mochte – die Scherze, die schrulligen und bizarren Leute, die sie kennenlernte.

Doch ihr stand noch ein weiterer Monat Bettlägerigkeit bevor.

Claire Porter beschloss, brav zu sein und den Anweisungen zu folgen. Ein weiterer Sturz könne alles viel schlimmer machen, warnte der Arzt. Neuerliche Infektionen oder Nekrosen der Haut. Würg. Und obwohl er nichts von einer Amputation gesagt hatte, war Google da anderer Ansicht. Sobald diese Befürchtung sich erst einmal festgesetzt hatte, war sie wie ein Blutegel und ließ nicht mehr locker.

Wenigstens konnte Claire ihre Onlinestudien fortsetzen. Heute noch Barista, in zwei Jahren die Eigentümerin einer kleinen Gastronomieberatungsfirma. Sie legte sich den Mac auf den Bauch und schaute zum Kinderbett. Danke, dass du schläfst, kleiner Engel! Am liebsten hätte sie das sahneblonde Haar des Mädchens geküsst. Doch das wäre regelrecht ein Projekt gewesen.

Bettlägerig.

Sie klappte den Laptop auf und arbeitete ein paar Minuten, dann überkam sie plötzlich ein dringendes Bedürfnis. Verflucht, sie musste ins Badezimmer.

Schon komisch, wie wir im Voraus genau wissen können, wo und wie es wehtun wird. Porter vollführte automatisch eine exakte Choreografie, um in einer komplizierten Abfolge erst ein Bein zu bewegen, dann das andere, den Rumpf und die Arme, um sich aufzusetzen, ohne dass ihr Tränen in die Augen schossen.

Oder sie sich übergeben musste.

Das Hinsetzen klappte also ganz passabel. Und sie bekam auch die Krücken gut zu fassen.

Jetzt das Aufstehen.

Tief durchatmen und sich gründlich sortieren. Okay, los geht's.

Porter, die ungefähr fünfzig Kilo wog, merkte, wie die Schwerkraft sie nach unten, unten, unten zerrte. Daran waren die Krücken schuld, sie verwandelten sie in einen Sack Kartoffeln. Doch sie schaffte es. Einige Schritte weit. Dann musste sie eine Pause einlegen, weil ihr schwarz vor Augen wurde. Und ein wenig schwindlig. Sie senkte den Kopf, atmete tief ein und aus und ermahnte sich, beim nächsten Mal nicht so hastig aufzustehen. Eine Ohnmacht? Sie wagte sich nicht mal vorzustellen, was ein Sturz für ihre fragilen Knochen bedeuten würde.

Dann legte sich die Benommenheit, und sie steuerte den Flur an. Bei Erin hielt sie kurz inne und betrachtete die Kleine, die den Schlaf der kindlichen Unschuld schlief und, falls überhaupt, von schlichten und schönen Dingen träumte.

Claire Porter humpelte weiter auf das Badezimmer zu. Sam hatte es modifiziert – durch einen Duschhocker in der Badewanne und eine Handbrause anstatt der Wandbrause. Auch gab es nun eine Sitzerhöhung auf der Toilette, damit Claire ihren Fuß weniger belasten musste.

Ein Gutes hatte der Unfall. Sie musste sich nicht mehr überlegen, was sie anziehen sollte. Es gab für sie nur noch Jogginganzüge. Und nun brauchte sie bloß die türkisfarbene Hose und den Slip herunterzuziehen und sich zu setzen. Fertig.

Das Aufstehen war etwas schwieriger, aber sie wusste, was zu tun war.

Achtung …

Es gelang, und zwar schmerzfrei. Verdammt, mein rechtes Bein wird komplett verholzt sein, wenn das hier vorbei ist.

Als Claire Porter sich die Hände wusch, erzitterte auf einmal die ganze Wohnung. Die Fenster klirrten, und ein Glas fiel vom Badezimmerregal und zerschellte auf dem Fliesenboden.

Porter erschrak.

Mein Gott. Was war das? Noch so ein Erdbeben? Sie hatte die Nachrichten verfolgt. Es hatte wohl irgendwas mit den Bohrungen auf der Baustelle zu tun, die knapp einen Kilometer entfernt von hier lag. Da wurde ständig protestiert. Umweltgruppen gegen Energiekonzerne. So ganz genau kannte Claire die Konfliktlinien nicht.

Wow, ein Erdbeben in New York! So etwas gab es nicht alle Tage. Das musste sie beim nächsten Mal unbedingt ihrer Mutter erzählen. Allzu schlimm war es nicht gewesen – die Wände und Fenster waren alle noch intakt.

*Ein* Problem gab es allerdings.

Und zwar ein ernstes.

Nackte Füße. Zerbrochenes Glas.

Mist, dachte sie. Sie hatte Pantoffeln (nun ja, *einen* Pantoffel; nichts kam an den schlimmen Fuß), aber diesmal darauf verzichtet. Und nun lag ein anderthalb Meter langer Hindernisparcours zwischen ihr und dem Flur.

Sie sah nach unten. Die Scherben lagen überall verstreut.

Scheiße. Claire konnte sie nicht einfach zusammenfegen. Und bücken ging auch nicht. Die größeren Stücke konnte sie mit ihrer Krücke aus dem Weg schieben, aber die kleineren waren auf den weißen Fliesen gar nicht zu erkennen.

Handtücher. Sie würde den Boden mit Handtüchern bedecken und ihren guten Fuß nur an die Stellen setzen, die sich nicht nach oben wölbten. Und die kleineren Scherben würden sich nicht durch den Stoff bohren – hoffte sie.

Sie zog die dicksten Handtücher aus dem Regal und warf sie vor sich hin, sodass ein Pfad zur Tür entstand.

Ein Schritt. Gut.

Sie blieb stehen, um sich die nächste Stelle zu suchen, und erstarrte.

Was war das? Sie roch Erdgas.

»O mein Gott, o mein Gott …«

Porter erinnerte sich an das schreckliche Unglück nach dem ersten Erdbeben. Die Erdstöße hatten kaum Schaden angerichtet. Nur ein paar Fenster waren zu Bruch gegangen. Und leider einige Gasleitungen. Die daraus resultierenden Explosionen und Feuer hatten ein Ehepaar das Leben gekostet, weil die beiden in ihrem brennenden Haus gefangen waren.

Nun, sie und ihre Tochter würden hier nicht zu Opfern werden.

Sie befanden sich im Erdgeschoss. Claire würde Erin holen, sie fest an sich drücken, nach draußen humpeln und sich dabei die Seele aus dem Leib brüllen, um die anderen Mieter zu warnen.

Los, los, los!

Ein weiterer Schritt.

Noch einer. Und dann durchdrang der Glassplitter das Handtuch und bohrte sich wie der Stachel eines Skorpions in ihre Ferse.

Porter schrie auf und fiel nach hinten. Sie ließ die Krücke los und bekam die Hand gerade noch rechtzeitig zwischen ihren Hinterkopf und den Rand der Porzellanbadewanne. Schmerz schoss durch ihren ganzen Körper. Ihr wurde erneut schwarz vor Augen – diesmal vor lauter Höllenqualen. Dann konnte sie wieder sehen, aber nur verschwommen, wegen der Tränen.

Hier unten war der Gasgeruch stärker. Claires Gesicht befand sich neben der Klappe, hinter der die Badezimmerrohre verliefen. Sie führten hinunter in den Keller, wo wohl auch die zerbrochene Gasleitung lag.

Schnell! Sie musste es irgendwie ins Gästezimmer schaffen und ihr Baby retten.

Kriech über die Scheißscherben, falls es nicht anders geht!

Die Bilder aus den Nachrichten standen ihr plötzlich wieder vor Augen. Die Aufnahmen von den brennenden Häusern nach den ersten Erdstößen – diese entsetzlichen Wirbel aus orangefarbenen Flammen und schwarzem Rauch.

Rette deine Tochter.

»Erin!«, schrie sie unwillkürlich.

Das Kind musste sie gehört haben – oder war vielleicht durch den Gestank des Gases aufgewacht – und fing an zu weinen.

»Nein, Schatz, nein! Mommy kommt gleich!« Sie wollte sich auf den Bauch rollen, um so schnell wie möglich zu ihrer Tochter zu kriechen.

Doch sie hatte nicht gemerkt, dass ihr gebrochener Knöchel unter den schweren hölzernen Badezimmerschrank gerutscht war und festklemmte. Als sie sich nun wegdrehte, spürte und hörte sie ein grässliches Knacken, mit dem die empfindliche orthopädische Konstruktion nachgab. Der Schmerz explodierte wie eine Bombe und raubte ihr den Atem.

Claire Porter schrie im Einklang mit ihrer kleinen Tochter. Die Metallstifte, die erst vor wenigen Tagen chirurgisch eingesetzt worden waren, hatten die Haut durchdrungen und ragten blutig aus ihrem Fußrücken. Claire würgte und registrierte noch, dass ihr Kopf hart auf dem Fliesenboden aufschlug. Dann umfing die Finsternis sie wie öliger Rauch.

# 37

Vimal Lahori befand sich wieder an seinem Lieblingsbusbahnhof, der Hafenbehörde.

Es ging ihm besser. Die Schmerzen hatten nachgelassen, ebenso der Schock nach den Morden. Und er hatte Geld.

Gestern Abend, bevor er hinunter ins Studio gegangen war, um ein »offenes Wort« mit seinem Vater zu wechseln, hatte er sich aus dem ersten Stock einen Pullover geholt … und außerdem die dreitausend Dollar – *seine* dreitausend Dollar –, die Nouri ihm gezahlt hatte, sowie seine Brieftasche. Darüber hinaus hatte er zweihundert Dollar aus der Brieftasche seines Vaters genommen, als kleine Anzahlung für die vielen Schleifarbeiten, zu denen Deepro ihn an andere ausgeliehen hatte. Und er holte sich sein Telefon zurück. Packte einen Rasierer ein, dazu Zahnbürste und -pasta sowie das Antiseptikum, das Adeela ihm gegeben hatte. Etwas Verbandmaterial. Und natürlich sein Buch, seinen kostbarsten Besitz.

Vimal hatte vorgehabt zu fliehen, sobald seine Eltern bei ihrem Brettspiel sitzen oder zu Bett gegangen sein würden. Er hatte diesem ominösen Burgfrieden mit seinem Vater zugestimmt, ohne ein Wort davon ernst zu meinen. Doch dann stellte sich heraus, dass auch sein Vater nur so getan hatte, als ob. Er hätte damit rechnen müssen, dass Papa log – und ihn im Kellerverlies einschließen würde; der Mineralwasservorrat, das Essen im Kühlschrank, der Schlafsack. Und allen Ernstes Light-Bier?

Verdammt noch mal.

Er bebte vor Zorn.

Vimal kehrte soeben vom Greyhound-Schalter zurück. Die einfache Fahrt kostete ihn dreihundertsiebzehn Dollar und fünfzig Cents. Die Reise von New York zur Haltestelle an der Siebten Straße 1716 in Los Angeles würde fünfundsechzig Stunden dauern.

Beim Gedanken an das, was nun kam, empfand Vimal Lahori Bedauern und Schmerz.

Doch es überwog die Erleichterung, die ihn in seiner Entscheidung bestätigte. Er schaltete sein Telefon ein und schrieb seiner Mutter, dass er sie lieb hatte. Das Gleiche schrieb er seinem Bruder, verbunden mit dem Zusatz, dass er sich von auswärts melden würde.

Dann kaufte er sich eine große Cherry-Cola, ein geheimes Vergnügen (sein Vater hatte ihm alle koffeinhaltigen Getränke strikt verboten, denn er war aus irgendeinem Grund davon überzeugt, sie würden die Hände seines Sohnes zittern lassen, was zu einer mangelhaften Diamantenfacette führen konnte). Vimal holte sich außerdem ein Stück Pizza und verzehrte es, zusammen mit der Cola, an einem schmutzigen Stehtisch. Stühle oder Hocker gab es hier nicht. Damit die Kunden sich nicht unnötig lange im »Esszimmer« aufhielten, vermutete er.

Er warf einen Blick in sein Handgepäck – einen Leinenbeutel, den er für einen Dollar in einem Lebensmittelladen gekauft hatte – und zog daraus hervor, was für ihn ebenso tröstlich war wie die Hafenbehörde.

Das Buch. In gewisser Weise ein heiliges Buch. Er blätterte oft darin, denn es beruhigte ihn und versetzte ihn jedes Mal aufs Neue in Erstaunen.

*Die gesammelten Skizzen von Michelangelo* war vor fast hundert Jahren gedruckt worden. Vimal hielt den Meister für den größten Bildhauer aller Zeiten und fühlte sich naturgemäß zu ihm und seiner Kunst hingezogen. Dieser Künstler war sein persönlicher Gott. Oh, Vimal mochte Popmusik und Mangas und hätte bestimmt auch all die tollen Fernsehserien gemocht, die sein Vater ihn bloß fast nie anschauen ließ. Doch er *liebte* Michelangelo, und immer wenn der im Land seiner Vorfahren populäre Glaube an die Reinkarnation ihm plausibel erschien (was selten vorkam, für gewöhnlich nach viel Wein), träumte er davon, dass die Seele des alten Bildhauers – wenigstens zum Teil – in ihm weiterlebte.

Michelangelo war natürlich ein Ausnahmetalent und noch keine dreißig Jahre alt gewesen, als er den *David* und die *Pietà* schuf. Vimal hatte diese Stufe noch nicht erreicht, obwohl seine Werke aus Marmor, Granit und Lapislazuli bei den Wettbewerben in und um New York City meistens erste und zweite Plätze belegten.

Doch kürzlich war Vimal mit einem Schreck klar geworden, dass es vielleicht einen subtileren, unterbewussten Grund für seine Besessenheit gab. Beim Blättern durch die Seiten des Bandes, während einer Pause bei Mr. Patel, hatte er erkannt, dass die meisten der abgebildeten Skizzen Michelangelos zwar meisterhaft ausgeführt, aber unvollständig geblieben waren.

Der Mann schien nicht in der Lage gewesen zu sein, seine Zeichnungen zu vollenden.

Seine Studie des *Adam* aus dem Jahre 1508 bestand lediglich aus Kopf, Brust und frei schwebenden Armen. Seine Skizze des *Auferstandenen Christus* zeigte einen praktisch gesichtslosen Jesus.

*Unvollständig …*

Diese Skizzen sind genau wie ich, hatte Vimal festgestellt und sich zugleich eingestanden, dass die Theorie der »Entkörperlichung« wie alberne Poppsychologie in einer wirklich schlechten Fernsehsendung klang.

Es gab noch eine andere Parallele zwischen den beiden Männern. Vimal hatte Adeela davon erzählt und ihr ein gequältes Lächeln entlockt. Was heißen sollte: *Wirklich? Treibst du es nicht ein bisschen zu weit?*

Nun, nein, das tat er nicht.

Die Analogie war die folgende: Michelangelo betrachtete sich in erster Linie als Bildhauer und nahm nur widerwillig Aufträge für Gemälde an. Er war auch auf diesem Gebiet natürlich alles andere als unbegabt und hatte für die Decke der Sixtinischen Kapelle nur vier Jahre benötigt, vom *Jüngsten Gericht* und Dutzenden anderer Meisterwerke ganz zu schweigen. Doch seine Leidenschaft lag beim Marmor, nicht bei der Leinwand. Für Vimal war es Marmor, nicht Schmuck.

Das Malen beziehungsweise Diamantenschleifen entfachte einfach nicht dieses unbezwingbare, lodernde Feuer, das immer wieder neu genährt wird, wenn du dich jener einen Tätigkeit widmest, für die Gott oder die Götter oder wer auch immer dich auf die Erde geschickt hat.

Während Vimal nun das letzte fettige Stück Pizza aß und die Cola austrank, stieg erneut die Wut auf seinen Vater in ihm hoch. Er schob sie mit aller Macht beiseite, warf einen letzten Blick auf die *Poseidon*-Statue, klappte das Buch zu und steckte es zurück in den Beutel.

Mit gesenktem Kopf – er trug eine schwarze Baseballmütze – verließ er die Pizzeria, machte sich auf den Weg zum Wartebereich und mied dabei die diversen Polizeistreifen. Der Bus würde bald abfahren.

Er nahm neben einer hübschen jungen Frau Ende zwanzig auf einem der Plastikstühle Platz. Ein Blick auf ihr Ticket verriet ihm, dass sie zumindest für den ersten Teil der Reise im selben Bus sitzen würde wie er. Auf dem Adressetikett ihres Gitarrenkoffers stand Springfield, Illinois. Sie sah nicht allzu sehr nach Mittelwesten aus, wenigstens soweit Vimal das mit seinen begrenzten Kenntnissen beurteilen konnte. Ihr Haar war grün und blau, und sie trug drei Stecker in der Nase sowie einen Ring in der Augenbraue. Vimal vermutete, dass ihre Träume vom Erfolg auf einer der New Yorker Bühnen sich nicht erfüllt hatten. Ihr stoischer Gesichtsausdruck schien ebenfalls darauf hinzudeuten. Resigniert, als hätte sie etwas Wichtiges verloren und die Suche danach aufgegeben. Was einfach nur traurig anmutete.

Dann dachte Vimal bei sich, dass vielleicht auch einfach nur die Fantasie mit ihm durchging und die Frau ein paar alte Zimmergenossinnen vom College besuchen wollte, um jede Menge billigen Wein zu trinken, mit einem Jungen aus der örtlichen Bar zu schlafen und sich richtig gut zu amüsieren.

Wie lautete die Wahrheit? Je älter er wurde, desto weniger wusste er, hatte Vimal Lahori festgestellt.

Eine verrauschte Stimme undefinierbaren Geschlechts verkündete, der Bus stehe zur Abfahrt bereit. Vimal bückte sich, nahm den Beutel und stand auf.

* * *

»Haben wir einen Anhaltspunkt, wohin er geflohen ist?«

»Nein«, antwortete Sachs. Rhyme bezog sich auf Vimal Lahoris erfolgreichen Ausbruch aus dem eigenen Elternhaus. Schlau, so zu tun, als würde man an einer Skulptur arbeiten, während man in Wahrheit Eisenstäbe durchtrennte.

Und was für eine kranke Idee des Vaters, sich selbst zum Kerkermeister aufzuschwingen.

»Er hat seinem Vater rund dreitausend Dollar gestohlen«, fuhr Sachs fort. »Allerdings hat die Mutter mir erzählt, dass das Geld in Wahrheit Vimal gehört. Der Vater nimmt ihm all seine Einkünfte als Diamantenschleifer ab und verwahrt sie. Der Junge bekommt bloß ein Taschengeld.«

»In seinem Alter? Hm.«

Es klingelte an der Tür, und Thom öffnete. Gleich darauf kehrte er mit Edward Ackroyd zurück, der einen perfekt geplätteten zweiteiligen hellgrauen Nadelstreifenanzug trug. Dazu ein weißes Hemd und eine rot und blau gestreifte Krawatte. Als würde er in der Downing Street Nummer zehn erwartet, dachte Rhyme.

»Lincoln. Amelia.«

Er verzichtete endlich auf »Sir« und »Ma'am«. Rhyme nahm an, dass die Gepflogenheiten von Scotland Yard sich nicht so leicht ablegen ließen.

Der Versicherungsmann begrüßte auch Cooper.

»Gibt es was Neues?«, fragte er.

Rhyme fasste die letzten Entwicklungen für ihn zusammen.

»Vimal Lahori.« Ackroyd nickte. »Damit sind wir wenigstens einen kleinen Schritt weiter. Aber eingesperrt im eigenen Keller?« Er runzelte kurz die Stirn. »Und nun ist er abgetaucht. Weiß er denn nicht, dass er in Gefahr ist? Ach, Blödsinn. Natürlich weiß er das. Aber warum will er keine Hilfe?«

»Der Keller ist vielleicht ein Teil der Antwort«, sagte Sachs. »Ich vermute, er will nicht nur Täter 47 entwischen, sondern ebenso sehr seinem Vater. Wenn wir ihn festsetzen, wird er Dad nicht los.«

Thom bot an, Ackroyds Mantel zu nehmen, doch der Versicherungsermittler sagte, er könne nicht bleiben; er habe einen Kundentermin.

»Sie haben also seine Familie kennengelernt«, wandte der Brite sich an Sachs. »Die müssen doch irgendeine Ahnung haben, wohin er will. Vielleicht zu Freunden oder anderen Verwandten?«

»Sie haben mir ein paar Namen genannt, aber keiner davon hat sich bestätigt. Vimal war wohl ziemlich verschlossen. Nach dem Überfall hatte Dad fünfhundert Dollar Belohnung ausgesetzt, und der Sohn eines Diamantenhändlers, für den Vimal gearbeitet hat, hat ihn verraten.« Sie zuckte die Achseln. »Ich schätze, der Vater wird es jetzt wieder auf diese Weise versuchen. Womöglich liefert uns das einen Hinweis. Die Lahoris werden mich verständigen, sobald sie etwas hören.«

»Bist du sicher?«, fragte Rhyme. »Werden sie nicht eher versuchen, ihn wieder einzusperren?«

»Ich habe die Behinderung-der-Justiz-Flagge gehisst. Die Lahoris tun gut daran, eifrig davor zu salutieren.«

Ackroyd erläuterte, auch er mache kaum Fortschritte. »Die Rohdiamanten, die Ihr Täter, der Versprechende, bei Patel gestohlen hat, sind spurlos verschwunden, was zu der Annahme passt, dass er verrückt ist und die Steine hortet. Niemand sonst hat Anrufe von ihm gemeldet, bei denen er sich nach dem Lehrling erkundigt hätte. Und die Leute sind sogar noch verschwiegener als sonst. Er jagt allen Angst ein. Angeblich sind die Verkäufe von Verlobungsringen um zwanzig Prozent zurückgegangen.«

Tja, Täter 47 mochte ein Psychotiker sein, aber falls es seine Absicht war, die Unantastbarkeit von Diamanten zu betonen, war er damit ziemlich erfolgreich.

»Nun, ich hätte Ihnen das natürlich auch am Telefon erzählen können, aber ich wollte Ihnen etwas geben. Ein Geschenk«, sagte Ackroyd zu Rhyme. Er griff in die Plastiktüte, die er mitgebracht hatte, und holte eine etwa fünfzehn mal fünfundzwanzig Zentimeter große, glänzende Schachtel hervor, auf der irgendein elektronisches Gerät abgebildet war. Ackroyd entfernte die Plastikfolie, öffnete die Schachtel und zog etwas heraus, das wie ein Tabletcomputer aussah. Er legte es neben Rhyme auf den Tisch und drückte einen Knopf an der Seite des Gehäuses. Das Gerät erwachte zum Leben, und ein Menü erschien. »Elektronische Kreuzworträtsel. Alles Kryptos. Es enthält mehr als zehntausend in allen möglichen Schwierigkeitsstufen.«

Rhyme erklärte Sachs, dass Ackroyd und sein Ehemann an Kreuzworträtselturnieren teilnahmen. Und er schilderte ihr kurz, wie Krypto-Rätsel funktionierten.

Sie konnte Spielen sogar noch weniger abgewinnen als Rhyme, gab aber zu, dass die Idee interessant klang.

»Dieses spezielle Gerät lässt sich per Stimme bedienen«, sagte Ackroyd. »Es ist für …«

»… Krüppel gedacht, sagen Sie es ruhig. Ich nenne mich selbst so.«

»Für Behinderte, wollte ich sagen, aber das klingt auch irgendwie komisch.«

»Welches Wort aus fünf Buchstaben, beginnend mit ›A‹, fehlt im folgenden Satz: ›Das geht mir am A … vorbei‹?«

Ackroyd lachte auf.

»Nun, haben Sie vielen Dank, Edward.« Rhyme war aufrichtig erfreut. Er spielte gelegentlich Schach – und hatte es auch mit Go versucht, einem asiatischen Brettspiel, das sogar noch komplizierter war. Die Kryptos lagen da schon eher auf seiner Linie. Er liebte Worte und ihre Bezüge untereinander. Die Rätsel würden ihn beschäftigen und vor seinem schlimmsten Feind beschützen: Langeweile.

Nachdem Ackroyd gegangen war, erhielt das Team einen Anruf von Rodney Szarnek. Er sagte, Vimals Telefon sei angepeilt worden. »Er hat New York verlassen und ist derzeit auf einer Schnellstraße in Pennsylvania unterwegs. In Richtung Westen, mit ungefähr hundert Kilometern pro Stunde. Er sitzt in einem Auto oder Bus.«

»Wahrscheinlich in einem Bus«, sagte Sachs. »Die Familie hat nur ein Auto, und unsere Personenschützer hätten ihn bemerkt, falls er zurückgekommen wäre, um es sich zu holen.«

»Vielleicht fährt ihn ein Freund«, warf Cooper ein.

»Er hat am Samstag den zweiten Notruf von der Hafenbehörde aus abgesetzt«, erinnerte Rhyme die anderen. »Vielleicht hat er da schon die Fahrpläne studiert. Ich würde ebenfalls auf einen Bus tippen. Rodney, ich verständige Lon Sellitto, und Sie bleiben an Vimal dran. Setzen Sie sich auch mit der Staatspolizei in Pennsylvania in Verbindung.«

Sobald Szarnek aufgelegt hatte, rief Rhyme bei Sellitto an, damit dieser das Fahrzeug abfangen ließ.

Dann klingelte es schon wieder an der Tür. Auf dem Bildschirm der Überwachungskamera war ein kleiner rundlicher Mann mit Halbglatze zu sehen. Rhyme kannte ihn nicht, konnte sich aber gut vorstellen, wer das war.

»Alles klar, lass ihn rein«, sagte Rhyme zu Thom, der ihm einen kurzen Blick zuwarf.

Kurz darauf stand der Mann im Eingang des Labors und schaute sich um. Er schien beeindruckt und erfreut zu sein, aber nicht allzu überrascht.

»Captain Rhyme.«

Rhyme stellte ihn den anderen nicht vor. »Lassen Sie uns ins Wohnzimmer gehen«, sagte er. »Auf der anderen Seite des Flurs.«

Falls Sachs oder Cooper sich über den Besucher wunderten, ließen sie es sich jedenfalls nicht anmerken, sondern widmeten sich wieder ihrer Arbeit. Auch gut.

*Was würden sie davon halten …?*

# 38

Antonio Carreras-López war nicht so beleibt, wie er auf dem Monitor ausgesehen hatte, doch er war durchaus stämmig. Rhyme fragte sich, ob er in seiner Jugend wohl Gewichtheber oder Ringer gewesen war. Nun, mit schätzungsweise Ende fünfzig, wirkte er immer noch ziemlich kräftig, obwohl ein Teil der Muskeln sich in Fett verwandelt hatte.

Sein schwarzes Haar – soweit noch vorhanden – war nach hinten gekämmt und mit Spray oder Gel fixiert. Die Brille mit dem breiten Schildpattgestell saß hoch auf seiner fleischigen Nase. Sein Blick wirkte belustigt. Und hellwach.

Die Männer hatten sich in das kleine Wohnzimmer gegenüber dem Salon zurückgezogen. An drei der Wände standen Bücherregale, an der vierten hingen vier matte Drucke von Federzeichnungen mit New Yorker Motiven aus dem neunzehnten Jahrhundert.

»Wie schon gesagt, vertrete ich Mr. Eduardo Capilla – El Halcón«, sagte der Gast. »Ich bin hier in den Vereinigten Staaten zwar nicht als Anwalt zugelassen, habe jedoch die Leitung der Verteidigung inne.«

»Wer vertritt ihn hier?«

Carreras-López nannte drei Namen – allesamt Anwälte aus Manhattan, obwohl das Verfahren im Eastern District von New York stattfand, zu dem Long Island, Staten Island, Brooklyn und Queens gehörten. Rhyme hatte schon von dem leitenden Prozessanwalt gehört, einem profilierten und angesehenen Strafverteidiger. Er war ihm allerdings noch nie im Gerichtssaal begegnet.

Rhyme war sich nicht sicher, ob es einen Konflikt bedeutet hätte, doch er wollte von vornherein jeden Anschein von Unschicklichkeit vermeiden. Daher würde er, sofern er den Fall überhaupt übernahm, am besten auf Abstand zu El Halcóns Verteidigern bleiben. Die Anklage wurde von Henry Bishop vertreten, und Rhyme war sicher, dass er noch nie mit einem Fall dieses Staatsanwalts zu tun gehabt hatte.

»Also, Captain Rhyme, als Erstes …«

»Ich bin nicht mehr im aktiven Dienst. ›Lincoln‹ reicht völlig aus.«

»Und ich heiße Tony. Als Erstes möchte ich Ihnen dies hier geben.« Er schob Rhyme einen Umschlag zu. »Das ist ein Vorschuss von eintausend Dollar. Damit werden Sie zu einem Vertragspartner der Verteidigung, und das Anwalt-Mandanten-Verhältnis erstreckt sich nun auch auf Sie.«

So würden sie nicht länger hypothetisch sprechen müssen.

Carreras-López wollte ihm eine Quittung hinhalten und zögerte mit Blick auf Rhymes Arm.

»Ich kann unterzeichnen«, sagte Rhyme, nahm den Stift, den der Anwalt ihm reichte und unterschrieb das Dokument. »Okay. Kommen wir zu den Einzelheiten.«

»Ja. Ich fasse das Wesentliche zusammen: Mein Mandant ist widerrechtlich in die USA eingereist. Das räumen wir ein. Er ist mit einer Linienmaschine nach Kanada geflogen und dort *legal* von Bord gegangen. Dann aber hat er einen Hubschrauber nach Long Island genommen und *illegal* dieses Land betreten. Ja, die Maschine ist unter dem Radar geflogen, aber das ist mit einem Hubschrauber nicht verboten. Es gibt für ihn keine Mindestflughöhe. Daher wurde auch nicht gegen Bestimmungen der Luftfahrtbehörde verstoßen. El Halcón wurde von einem Leibwächter erwartet, der im Dienst des

Eigentümers eines Lagerhauses stand, das El Halcón erwerben wollte. Während der Pilot wartete, fuhr man gemeinsam zu dem besagten Komplex, damit Mr. Capilla das Gelände in Augenschein nehmen und den Kauf mit dem Eigentümer besprechen konnte.«

»Geht es in diesem Szenario an irgendeiner Stelle um Betäubungsmittel?«

»Nein, Sir. Absolut nicht. Das Lagerhaus war für eine Transportfirma gedacht, die mein Mandant in den USA gründen wollte.«

»Liegen – abgesehen von diesem Fall – offene Haftbefehle gegen Ihren Mandanten vor?«

»Nein, nichts.«

»Wieso ist er dann illegal eingereist?«

»Weil weithin bekannt ist, welcher Tätigkeit mein Mandant in Mexiko nachgeht. Man verdächtigt ihn, große Mengen an Drogen in die Vereinigten Staaten zu schmuggeln. Er hat befürchtet, man würde ihn bei der Passkontrolle wegen einer Formsache an der Einreise hindern oder sogar wegen erfundener Vorwürfe in Gewahrsam nehmen.«

»Reden Sie weiter.«

»Bei dem Lagerhaus hat mein Mandant den Eigentümer getroffen.«

»Wie heißt er?«

»Christopher Cody. Er hat meinem Mandanten die Örtlichkeiten gezeigt und die Einzelheiten des Kaufs mit ihm besprochen. Wie wir inzwischen wissen, wurde Cody observiert – wegen irgendwelcher Waffendelikte, die nichts mit meinem Mandanten zu tun hatten. El Halcón wusste nichts davon. Ein örtlicher Polizeibeamter war vor Ort. Als mein Mandant und der Leibwächter aufgetaucht sind, wurde er misstrauisch und glaubte, womöglich zwei Waffenhändler vor sich zu sehen. Er hat ein Foto meines Klienten an seine Dienststelle geschickt, die daraufhin das FBI eingeschaltet hat. Dort wurde mein Mandant identifiziert, und eine Rückfrage beim Grenzschutz ergab, dass er illegal eingereist sein musste. Ein Team des FBI sowie Beamte der örtlichen Polizei sind dann sofort zu dem Lagerhaus gefahren. Es kam zu einem Schusswechsel. Mr. Cody und sein Leibwächter wurden getötet, und ein FBI-Agent sowie der Polizist, der die Fotos angefertigt hatte, wurden schwer verwundet.«

Diese Fakten kannte Rhyme bereits.

»Was behauptet die Anklage?«

Ein Achselzucken. »Was sie immer behauptet. Dass Polizei und FBI sich genähert und die Männer im Lagerhaus aufgefordert hätten, sich zu ergeben, diese aber stattdessen das Feuer eröffnet hätten.«

»Und was sagt Ihr Mandant?«

»Dass die Beamten zuerst geschossen hätten, und zwar ohne sich vorher zu erkennen zu geben, und die Männer im Lagerhaus zurückgeschossen hätten. Sie hätten geglaubt, es sei ein Überfall oder Entführungsversuch. Doch wie dem auch sei, mein Mandant hat nicht daran mitgewirkt. Er war zu der Zeit auf der Toilette und hat sich zu Boden geworfen, um nicht von einer verirrten Kugel getroffen zu werden. Offen gesagt, in Todesangst. Dort ist er geblieben, bis die Schüsse aufgehört haben. Dann ist er herausgekommen, hat gesehen, was passiert war, und wurde festgenommen.«

»Haben die anderen Männer im Lagerhaus sich noch irgendwie geäußert?«

»Mr. Cody hat einen Kopfschuss erlitten und war sofort tot. Der Leibwächter ist einen Tag später gestorben, ohne zuvor noch mal zu Bewusstsein zu kommen.«

»Erzählen Sie mir von den manipulierten Beweisen.«

»Wissen Sie, als mein Mandant festgenommen wurde, hat man ihn in dem Lagerhaus bäuchlings zu Boden geworfen.

Kurz darauf hat ein Agent oder Officer – er konnte nicht sehen, wer – ihn durchsucht. Doch dann hat mein Mandant gespürt, wie etwas gegen seine Hände und Kleidung gedrückt wurde. Es war ein Stück Stoff. Er ist überzeugt, der Beamte hat damit Pulverrückstände von Codys Händen auf ihn übertragen. Als er fragte, was der Mann da machen würde, lautete die Antwort: ›Halt dein verdammtes Maul. Es hat zwei von uns übel erwischt. Du gehst für immer hinter Gitter.‹«

»Die Staatsanwaltschaft behauptet also, dass Ihr Mandant nach Codys Tod dessen Waffe aufgehoben und den Beamten niedergeschossen hat?«, fragte Rhyme.

»Richtig.«

»Gibt es auf der Waffe Fingerabdrücke?«

»Nur die von Cody, keine von meinem Mandanten. Es gab in der näheren Umgebung auch keine Handschuhe oder irgendwelche Putzlappen, die er benutzt haben könnte, um die Waffe zu halten. Die Anklage meint, er habe den Manschettenknopf seines Hemdes geöffnet, um die Pistole mit dem Ärmel zu halten. Das würde die Pulverrückstände und fehlenden Fingerabdrücke erklären.«

»Clevere Theorie. Wie lauten die genauen Anklagepunkte?«

»Die illegale Einreise in die USA – ›zeitlich oder örtlich rechtswidriger Grenzübertritt‹ lautet die juristisch korrekte Formulierung. Darauf steht eine Geldstrafe und eine Haft von bis zu sechs Monaten. Ein minderes Bundesvergehen. Die anderen Punkte sind ebenfalls keine Überraschung: illegaler Waffenbesitz, Angriff auf einen Strafverfolgungsbeamten, Mordversuch an einem Strafverfolgungsbeamten und Beihilfe zum Mord – wegen Codys Tod. Wir räumen ein, dass er sich illegal im Land aufgehalten hat, und er ist gewillt, sich in dem Punkt schuldig zu bekennen. Das ist also unsere derzeitige Situation.« Er sah Rhyme forschend an. »Sie haben gesagt, Sie hätten wegen eines wichtigen Falls gerade viel zu tun.«

»Das stimmt.«

»Können Sie sich trotzdem die Zeit nehmen, die Beweise zu begutachten und festzustellen, ob die Beamten vor Ort meinem Mandanten diese Pulverrückstände untergeschoben haben?«

Rhyme lehnte den Kopf zurück, schaute einen Moment lang zur Decke und überlegte angestrengt.

»Ich benötige alle forensischen Unterlagen«, sagte er schließlich. »Ihre und die der Staatsanwaltschaft.«

»Ich lasse Ihnen Kopien der Akten schicken«, sagte Carreras-López. »In einer halben Stunde. *Gracias*, Sir. Gott segne Sie.« Er zog seinen Mantel an und ging.

Rhyme rief Ron Pulaski an. Er hätte die Ermittlungen im Fall El Halcón gern allein durchgeführt, aber das war mit Lauferei verbunden und daher nicht möglich.

»Lincoln.«

»Sie müssen etwas für mich erledigen.«

»Gern. Geht es um Siebenundvierzig?«

»Nein, um einen anderen Fall. In einer halben Stunde wird hier bei mir ein Karton mit Unterlagen abgegeben. Ich möchte, dass Sie sie abholen und nach Hause mitnehmen.«

»Nach Hause?«, fragte der Beamte. »Privat, meinen Sie?«

»Genau. Ich benötige eine vollständige Analyse sämtlicher Spuren vom Tatort: Waffen, Kleidung, elektrostatische Abdrücke und Partikel.«

»Geht klar, Lincoln.«

»Und dann habe ich noch eine Bitte.«

»Und die wäre?«

»Bewahren Sie Stillschweigen. Sie dürfen niemandem gegenüber auch nur eine Silbe hiervon erwähnen. Verstanden?«

Schweigen.

»Haben Sie das *verstanden*, Grünschnabel?«

»Ja«, flüsterte Pulaski, als wäre die normale Lautstärke seiner Stimme bereits ein Verstoß gegen die Regeln.

# 39

»Noch ein Erdbeben.«

Rhyme schaute zu Mel Cooper, der ihm soeben diese Neuigkeit mitgeteilt hatte. Die Augen des Technikers waren auf den Fernsehschirm gerichtet.

Er folgte dem Blick des Mannes. Die Kameras des Nachrichtensenders filmten eine Wohnung in Brooklyn, die lichterloh in Flammen stand. Die Ursache war die gleiche wie zuvor: eine beschädigte Gasleitung als Folge des zweiten Bebens.

Nun wurde zu einer Pressekonferenz im Rathaus umgeschaltet. Rhyme las die Worte des Bürgermeisters als Untertitel mit. In Anbetracht des zweiten Erdbebens hatte die Stadt beschlossen, Northeast Geos Antrag auf eine zumindest eingeschränkte Fortsetzung der Geothermiebohrungen abzulehnen. Die Teilnehmer der früheren Gesprächsrunde wurden eingeblendet: Ezekiel Shapiro – der bärtige Aktivistenführer der One-Earth-Bewegung, Dwyer, der Geschäftsführer von Northeast Geo, und C. Hanson Collier, der Generaldirektor der Algonquin Consolidated Power.

Während sie noch sprachen, zeigten die Bilder abermals das brennende Wohngebäude samt zahlreicher Löschfahrzeuge und Rettungswagen.

Der Text am unteren Bildschirmrand vermeldete drei Tote. Die Opfer waren vom Feuer eingeschlossen worden.

Es klingelte an der Tür. Thom war außer Haus und erledigte Besorgungen; Rhyme sah auf den Monitor der Gegensprechanlage. Es war Lon Sellitto. Hatte er denn keinen eigenen Schlüssel? Nach so vielen Jahren? Sie mussten unbedingt einen für ihn anfertigen lassen. Rhyme betätigte den Türöffner.

»Okay. Halt dich fest.«

Rhyme seufzte und zog eine Augenbraue hoch.

Sellitto wies auf den Bildschirm voller lodernder Flammen und wallender Rauchschwaden.

Die Laufschrift besagte: *Mehrere Todesopfer.*

»Linc, die Erdbeben hatten nichts damit zu tun«, sagte der Detective. »All diese Feuer waren Brandstiftungen – und sollten nur so aussehen, als seien die Beben dafür verantwortlich.«

»Wie bitte?«, fragte Mel Cooper.

»Jetzt gerade, beim zweiten Beben? Eine Frau in der Nähe der Cadman Plaza – nicht weit vom Epizentrum – nimmt unmittelbar danach starken Gasgeruch wahr. Sie glaubt, das Beben habe die Leitung beschädigt, und es bestehe Explosionsgefahr. Sie ist zu Hause mit ihrem Kind, einem Baby. Doch zum Glück hat sie einen gebrochenen Knöchel. Ich meine, wirklich total im Arsch. Sie stürzt, bricht ihn sich erneut und verliert das Bewusstsein.«

*Zum Glück …?*

»Ein paar Sekunden später kommt sie wieder zu sich und ist gefangen. Was macht sie also?«

»Komm auf den Punkt, Lon.«

»Sie überlegt sich was. Sie kann nicht raus, kann nicht laufen, aber vielleicht kann sie die Gasexplosion verhindern. Also öffnet sie die Klappe im Badezimmer, die vor den Rohren, du weißt schon. Dann dreht sie die Handbrause voll auf und richtet den Wasserstrahl nach unten, um damit hoffentlich die Zündflamme des Warmwasserbereiters zu löschen. Während sie dabei ist, schreit sie sich die Seele aus dem Leib. Jemand hört sie und verständigt die Feuerwehr und Polizei. Die stellen von draußen die Gaszufuhr ab und holen die Frau, ihr Baby und alle anderen Mieter heraus.«

Rhyme schaute zu der Feuersbrunst im Fernsehen. »Demnach war das Feuer dort ein anderes?«

»Ja.« Sellitto verzog das Gesicht. »Mit drei Toten. Zwei Blocks entfernt von Claires Haus.«

»Wer ist das?«

»Claire Porter. Die Frau mit der Handbrause. Ihr Vorgehen hatte wirklich Hand und Fuß.« Sellitto schüttelte den Kopf. »Schlechte Wortwahl. Sie wird gerade notoperiert, wegen des Knöchels. Wie dem auch sei. Ein Brandinspektor geht in den Keller, um das Leck zu überprüfen. Und was findet er?«

Rhyme zog erneut eine Augenbraue hoch.

»Du hättest mal sein Gesicht sehen sollen«, sagte Sellitto.

»Du siehst gerade meins. Reicht das nicht? Red weiter.«

»Eine selbst gebaute Sprengvorrichtung an der Gasleitung.«

Rhyme war sofort ganz Ohr. »Um die Leitung zu beschädigen, das Gas fünf Minuten ausströmen zu lassen und dann zu zünden?«

»Zehn Minuten.«

»Und das Wasser von oben hat sie außer Gefecht gesetzt?«

»Bingo, Linc. Manchmal hat man eben Glück. Das Ding ist aus Plastik und in einem Thermostatgehäuse versteckt. Falls alles nach Plan funktioniert, bleibt davon im Feuer praktisch nichts übrig, und sogar wenn ein Brandermittler etwas findet, wird es wie ein geschmolzener, verschmorter Thermostat aussehen, der da in den Trümmern liegt. Eine perfekte Brandstiftung ohne Beweise und ohne Brandbeschleuniger.«

Es klingelte abermals an der Tür. Es war ein stämmiger Mann in einem schwarzen Anzug, der einen großen Karton trug. Rhyme drückte den Knopf der Gegensprechanlage. »Sind das die Sachen von Tony?«

Carreras-López: El Halcóns Anwalt.

Der Mann beugte sich zum Mikrofon vor. »Ganz recht, Sir.«

Die Akten, um die er hinsichtlich der angeblich manipulierten Beweise gebeten hatte. Er schaute kurz zu Sellitto, um sich zu vergewissern, ob er mithörte. Nein, der Detective und Cooper verfolgten die Berichterstattung im Fernsehen.

»Bitte stellen Sie den Karton einfach auf den Tisch im Flur neben der Haustür.«

»Jawohl, Sir.«

Rhyme betätigte den Türöffner. Der Mann stellte die Akten ab und ging wieder.

Der Kriminalist wandte sich Sellitto zu. »Wurden daraufhin die früheren Brände überprüft?«

»Ja, und bei allen Feuern, die nach den beiden Beben ausgebrochen sind, wurden entsprechende Thermostatgehäuse gefunden. Genau wie bei Claire.«

Serienbrandstiftung mittels ausgeklügelter Sprengsätze. Was hatte das zu bedeuten?

»Und als wäre das noch nicht interessant genug, kommt hier das Sahnehäubchen. Sobald die Brandstiftung feststand, hat der Inspektor der Feuerwehr beim RTCC die jeweiligen Kamerabilder der letzten paar Wochen angefordert.«

Das Überwachungszentrum an der Police Plaza Nummer eins.

Sellitto hielt sein Telefon hoch. »Und sieh mal einer an, wer letzte Woche dabei gefilmt wurde, wie er sich in den Keller von Claire Porters Haus geschlichen hat.«

Es war das Standbild eines Mannes mit dunkler Kleidung und Strickmütze. In der Hand hielt er eine orangefarbene Weste und einen gelben Bauhelm, und über seiner Schulter hing eine anscheinend schwere Tasche.

Das passte genau zu dem Abbild von Täter 47, wie er später an jenem Tag die Geothermiebaustelle verlassen hatte und zur U-Bahn gegangen war – nur ohne die Tasche.

»Ich habe alle Videos der Strecke zwischen Claires Haus und der Baustelle sichten lassen«, sagte Sellitto. »Er geht auf direktem Weg zur Baustelle, zieht die Weste an, setzt den Helm auf und verschwindet auf dem Gelände. Eine Stunde später kommt er wieder zum Vorschein und geht zur U-Bahn. Dann habe ich die Videos rund um die anderen Brandorte geprüft. In einem Zeitraum von zwei Stunden ist Täter 47 in jedes einzelne der Häuser eingebrochen.«

Herrje. Der Täter hatte Sprengvorrichtungen an Gasleitungen angebracht, um nach den Erdbeben Brände auszulösen? Was sollte das alles? »Ich möchte diese Sprengladung sehen«, sagte Rhyme. »Lass sie sofort herbringen.«

»Das habe ich bereits angeordnet. Ich wusste, es würde dich interessieren. Sie muss jede Minute hier sein.«

»Und schick die Spurensicherung in den Keller von Miss Porters Haus. Der Schauplatz dort dürfte ziemlich verunreinigt sein, aber wir sollten trotzdem alles gründlich abgrasen.«

»Alles klar, wird erledigt. Ich muss los. Der Bürgermeister will ein Briefing. Du hältst mich doch über all deine brillanten Erkenntnisse auf dem Laufenden, oder?«

Rhyme grunzte nur.

Sellitto nahm seine Jacke vom Haken und ging. Als er das Haus verließ, traf soeben Ron Pulaski ein, nickte dem Lieutenant zu und betrat den Flur. Rhyme fuhr ihm entgegen.

Der junge Beamte sog die Luft durch die Nase ein. »Ich rieche Gas.«

Auch Rhyme konnte es nun wahrnehmen, ganz schwach. »Das war Lon.« Er berichtete von der Vorrichtung, die die Leitung unter Claire Porters Wohnung beschädigt hatte. »Sie wurde entschärft, bevor sie zünden konnte. Aber jeder im näheren Umkreis dürfte den Geruch aufgenommen haben.« Da Erdgas hochexplosiv und zugleich geruchlos war, wurden Chemikalien auf Schwefelbasis beigemischt, um durch ihren

Gestank nach verdorbenen Eiern rechtzeitig vor etwaigen Lecks zu warnen.

Er erklärte, die Feuer nach den Erdbeben seien allesamt Brandstiftungen gewesen.

Der junge Beamte runzelte die Stirn. »Wer hat die Brände gelegt?«

»Es scheint … und beachten Sie bitte meine Wortwahl, es *scheint* Täter 47 gewesen zu sein.«

»Nein, oder?«, murmelte Pulaski.

»Das werden wir noch sehen.« Rhyme nickte in Richtung des Kartons voller Unterlagen, den Carreras-López ihm geschickt hatte. »Das sind die Akten im Fall El Halcón. Können Sie die Analyse noch heute Abend vornehmen?«

Es war nicht wirklich als Frage gemeint.

»Sicher.«

»Und Sie müssen für mich den Tatort untersuchen.«

»Welchen Tatort?«

»Auf Long Island. Das Lagerhaus, in dem der Schusswechsel stattgefunden hat. Das steht alles in der Akte. Und denken Sie daran …«

»Meine Lippen sind versiegelt«, flüsterte der Neuling.

Rhyme zwinkerte ihm zu. Pulaski war sichtlich überrascht. So hatte er den Kriminalisten noch nie erlebt.

Der junge Beamte nahm den Karton und machte sich mit seinem Geheimauftrag auf den Weg.

Rhyme fuhr zurück in den Salon – wo niemand Pulaskis Ankunft und Aufbruch – Erstere ohne Karton, Letzterer mit Karton – bemerkt zu haben schien.

Es klingelte schon wieder an der Tür. Rhyme erkannte den Besucher auf dem Monitor und betätigte den Öffner.

Ein Beamter des Bombenräumkommandos kam herein, stationiert im 6. Revier in Greenwich Village.

»Brad.«

»Lincoln.« Lieutenant Bradley Geffen, ein grauhaariger Mann von kompakter Statur, trat vor und ergriff ohne zu zögern Rhymes halbwegs funktionsfähige rechte Hand. Die meisten Leute wurden durch die Behinderung eingeschüchtert, doch dieser Mann nahm mit Pinzette und Schraubendreher Sprengladungen auseinander, die ihn in einen Haufen roten Matsch verwandeln konnten. Es gab nur wenig, das ihn aus der Fassung brachte. Seine äußere Erscheinung ließ an einen Ausbilder beim Militär denken, mit sehnigen, markanten Gesichtszügen, Bürstenfrisur und stechendem Blick.

Er nickte den anderen Anwesenden grüßend zu und ging zu einem der Untersuchungstische des Labors.

»Was haben wir hier?«, fragte Rhyme.

»Unsere Leute haben sich das Ding vorgenommen.« Er öffnete seinen Aktenkoffer und entnahm ihm eine Beweismitteltüte. »Ich habe so etwas noch nie gesehen. Aber es ist eine verdammt raffinierte Konstruktion.«

Er hielt Rhyme die Tüte zur Begutachtung hin. In ihr lag das typische weiße Plastikgehäuse eines Thermostats sowie einige Metall- und Kunststoffteile, die Rhyme nichts sagten.

Geffen drehte die Tüte um. »Da. Siehst du diese Öffnung? Ein Timer hat einen kleinen Hahn geöffnet. Säure tropfte heraus und fraß ein Loch in die Gasleitung. Ungefähr zehn Minuten später sollte dieses Teil …« Er zeigte auf ein kleines graues Kästchen mit zwei Elektroden daran. »… einen Funken erzeugen. Dadurch hätte sich sowohl das Gas als auch die Säurelösung entzündet – die ist nämlich überaus brennbar. Diese Verzögerung war gut berechnet. Im Raum hätte eine hohe Gaskonzentration bestanden, zugleich aber noch ein ausreichend großer Luftvorrat.«

Ein Raum voller Gas explodiert manchmal nicht, weil zu wenig Restsauerstoff vorhanden ist, ein notwendiger Bestandteil eines jeden Feuers.

»Wir übernehmen ab hier, Bradley. Vielen Dank.«

Geffen nickte und machte sich auf den Weg. Als Folge des Einsatzes bei einer Frauenklinik, wo eine Bombe während der Bergungsmaßnahmen explodiert war, bewegte er sich etwas steifbeinig. (Die Taktik der verantwortlichen Abtreibungsgegner entbehrte nicht einer gewissen Ironie. Sie hatten den Sprengsatz zwischen der Klinik und einem anderen Gebäude platziert, von dem sie nicht wussten, dass es eine kirchliche Kindertagesstätte war. Falls man nicht rechtzeitig alle Personen evakuiert hätte, wäre die Kindertagesstätte samt ihrer Insassen weitaus stärker in Mitleidenschaft gezogen worden als die Klinik.)

Cooper trug sich in die Registrierkarte der Verwahrkette ein und begann mit der Untersuchung. Er fand keine Fingerabdrücke und fertigte Abstriche zur DNS-Analyse an. Dann nahm er eine Probe der Säure und schickte sie durch den Gaschromatographen. Das Ergebnis würde einige Minuten erfordern.

»Die Zündung erfolgt durch einen Digitaltimer«, sagte Cooper, während er die Komponenten mit einer Pinzette und einer Sonde begutachtete. »Die Batterie hält ungefähr zwei Monate.«

»Das Ding sieht gar nicht aus wie selbst gebaut«, stellte Rhyme fest.

»Nein, es wurde professionell angefertigt. Und auf dem illegalen Waffenmarkt angeboten, könnte ich mir vorstellen.«

»Kannst du die Herkunft irgendwie eingrenzen?«

»Nein, so eine Konstruktion ist mir noch nie untergekommen.« Cooper sah auf den Bildschirm des Massenspektrometers. »Das Resultat der Säure ist da. Oh, es ist gar keine Säure, sondern Trichlorbenzol. Gasleitungen sind für gewöhnlich aus Polyethylen und damit unempfindlich gegen die meisten Säuren. Doch Benzolderivate fressen sich hindurch. Und …«

»Nein. Das kann nicht sein.« Rhyme starrte auf die Beweistabellen.

»Was denn, Lincoln?«

Was er gerade dachte, schien unmöglich zu sein, hätte er nicht kurz vorher erfahren, dass die Sprengvorrichtungen wahrscheinlich von Täter 47 angebracht worden waren.

»Hol Lon wieder her. Und hast du Edward Ackroyds Nummer?«

»Ja, irgendwo schon.«

»Such sie. Er soll herkommen. Schnell.«

»Okay.«

»Kommando, Telefon, Anrufen. Sachs«, sprach er in sein Mikrofon.

Es klingelte einige Male. Dann hob sie ab. »Rhyme.«

»Du musst für mich einen weiteren Schauplatz untersuchen, Sachs. Das heißt, um genau zu sein, du hast ihn schon untersucht, aber du sollst dort nach etwas anderem Ausschau halten.«

»Wo denn?«

»Auf der Baustelle. Bei den Bohrschächten.«

Wo sie beinahe lebendig begraben worden wäre, nahm er an, wenngleich sie noch immer nichts erzählt hatte.

Sachs schwieg.

Es gab bei der Spurensicherung viele kompetente Techniker, die das Gitternetz abschreiten und vermutlich finden konnten, wonach Rhyme suchte. Doch niemand war besser als Amelia Sachs. Er wollte sie und nur sie.

»Sachs?«

»Ich mach's«, antwortete sie tonlos. »Sag mir, worauf ich achten soll.«

# 40

Vierzig Minuten später hatten Sellitto und Ackroyd sich zu Rhyme und Cooper gesellt. Nun kam auch Amelia Sachs durch den gewölbten Durchgang, der den Salon vom Flur trennte.

Rhyme bemerkte, dass der erneute Besuch des Ortes, der fast zu ihrem Grab geworden war, ihr nichts auszumachen schien. Der leere Blick war vollkommen verschwunden und der konzentrierten Miene einer Jägerin gewichen. Ihm fielen Schlammspritzer an ihrer Jeans auf.

»Was soll das alles, Linc?«, fragte Sellitto.

»Ich möchte was an dir ausprobieren. Es ist nur eine Theorie. Aber mal sehen. Was auch immer unser Täter mit den Diamanten will, er hat noch eine andere Mission. Er steckt hinter den Erdbeben.«

Edward Ackroyd lachte auf. »Hinter den Erdbeben? Sie meinen … er hat sie irgendwie *ausgelöst*?«

»Genau.«

»Red lieber weiter, Linc«, sagte Sellitto. »Und füll die Lücken. Denn ich sehe jede Menge davon.«

Rhyme starrte an die Decke. Sein Gesicht legte sich in Falten. »Wir … *ich* hätte gründlicher nachdenken müssen. Wieso sollte Siebenundvierzig sich umständlich einen Bauhelm besorgen und dieses Geothermiegelände betreten, um dort eine Waffe zu kaufen? Er und der Verkäufer hätten sich problemlos in einer Bar oder auf der Straße treffen können. Nein, es ging ihm tatsächlich um den *Zutritt* zu dem Gelände.«

»Warum?«, fragte der Detective.

Rhyme sah zu Sachs. »Ich war gerade noch mal auf der Baustelle«, erklärte sie. »Neben mehreren der Schächte lässt sich RDX nachweisen.«

Der Hauptbestandteil von C4-Plastiksprengstoff.

»Auf einer Baustelle?«, fragte Sellitto. »C4 wird nicht zivil genutzt.«

Es war ein militärischer Explosivstoff.

»Und der Leiter dort hat mir gesagt, dass einer seiner Arbeiter verschwunden ist. Unmittelbar nachdem Täter 47 vor Ort gewesen war. Von den Paletten in Areal 7 fehlt außerdem eine halbe Tonne Vergussmaterial.«

»Was will er denn damit?«, fragte Cooper.

»Das ist sein Plan«, übernahm Rhyme. »Deshalb ist Siebenundvierzig hier: um Sprengvorrichtungen an Gasleitungen anzubringen und mit C4-Ladungen Erdbeben auszulösen. Letzte Woche hat er die Gasleitungen mehrerer Gebäude im Umkreis der Baustelle präpariert. Dann betritt er mit Helm und Weste das Gelände und trifft sich mit dem nun vermissten Arbeiter, der ihn zu Areal 7 bringt. Er wirft C4-Ladungen in einige oder alle Bohrschächte, und der Arbeiter schüttet Vergussmaterial hinterher, damit man später die Explosionen nicht hören kann. Dann entledigt Siebenundvierzig sich der leeren Schultertasche, verlässt die Baustelle und geht zur U-Bahn – was wir auf den Kamerabildern gesehen haben. Später am Abend dürfte er dann den Arbeiter getötet und die Leiche beseitigt haben.«

»Das ist aber mächtig bizarr, Linc. Und geht das überhaupt? Mit Explosionen ein Erdbeben auszulösen?«

»Das möchte ich unseren Experten hier fragen.« Er sah Edward Ackroyd an. »Wissen Sie, ob es jemals Forderungen gegen Versicherungsunternehmen gab, weil Explosionen in Minen zu Erdbeben geführt hätten?«

Der Engländer erinnerte sie an seine früheren Ausführungen, dass nämlich Fracking und Geothermiebohrungen potenziell Erdbeben nach sich ziehen könnten. »Doch Explosionen? Davon habe ich noch nie etwas gehört. Aber ich leite das an unsere Rechercheabteilung weiter. Jemand hier oder in London kann uns sicherlich behilflich sein.«

»Bitte seien Sie so nett.«

Ackroyd zog sich in eine Ecke zurück und nahm sein Telefon zur Hand. Nach einem kurzen Gespräch kam er zurück. »Tut mir leid, aber auch unsere leitende Rechercheurin hat noch nie etwas von einem Erdbeben gehört, das durch Explosionen ausgelöst worden wäre. Sie fragt in der Londoner Zentrale und den anderen Zweigstellen nach, sobald diese geöffnet sind. Aber ich halte es für eher unwahrscheinlich.«

Rhyme sah, dass Sachs ihre Handtasche öffnete. Sie nahm eine Visitenkarte heraus, las eine Nummer ab und tippte sie in ihr Telefon ein.

»Don McEllis, der Inspektor der Umweltschutzbehörde«, sagte sie an alle gewandt, während sie auf die Verbindung wartete.

»Hallo, Amelia«, ertönte eine Stimme. »Wie geht es Ihnen?«

»Gut«, antwortete sie knapp. »Hören Sie, ich habe Sie auf den Lautsprecher gelegt. Lincoln Rhyme, ein Berater des NYPD, ist hier, dazu noch ein paar andere Leute.«

»Alles klar.«

»Dan, hier spricht Lincoln.«

»Don«, korrigierte Sachs.

»Wir müssen wissen, ob Explosionen ein Erdbeben auslösen können.«

Es gab eine Pause. »Sie glauben, die Beben der letzten Tage sind nicht natürlichen Ursprungs gewesen?«

»Wir sind uns nicht sicher. Kann man mit Sprengstoff ein Erdbeben bewirken?«

»Nun, theoretisch ja, aber man bräuchte eine Atombombe an genau der richtigen Stelle und mit einer exakt bemessenen Sprengkraft von mehreren Megatonnen. Andernfalls wird das nichts.«

»C4 reicht nicht aus? Kennen Sie C4?«

»Sicher, ein Plastiksprengstoff. Aber nein, das wäre unmöglich. Sogar wenn man ein oder zwei Tonnen genau an einer Verwerfungslinie zünden würde. So funktionieren Erdbeben nicht. Aber …«

Schweigen.

»Hallo?«, fragte Rhyme.

Sie hörten schnelles Tippen auf einer Tastatur. »Okay, okay. Geben Sie mir bitte Ihre E-Mail-Adresse. Ich möchte Ihnen etwas zeigen.«

Cooper nannte ihm die elektronische Anschrift, und kurz darauf meldete ein Tonsignal die Ankunft einer Nachricht.

»Ich habe Ihnen zwei Seismogramme geschickt«, sagte McEllis.

Coopers flinke Finger huschten über die Tasten, und die Diagramme – mit den vertrauten Kurven, die jeder, der einen Fernseher besaß und Katastrophenfilme mochte, sofort wiedererkennen würde – erschienen auf dem Monitor. »Wir sehen sie.«

»Das obere stammt von dem letzten Beben hier«, fuhr der Inspektor fort.

Die schwarze Linie stieg ganz am linken Rand an, ging nur ein kleines Stück zurück und blieb mehrere Minuten lang konstant, bevor sie ab der Mitte des Diagramms mehrmals heftig ausschlug und eine Reihe breiter Zacken schuf, die allmählich kleiner und kleiner wurden, bis die Linie wieder ihre ursprüngliche Form angenommen hatte.

»Und jetzt schauen Sie sich das zweite Diagramm an. Es ist die Aufzeichnung eines echten Erdbebens in Kalifornien. Auf den ersten Blick sieht es sehr ähnlich aus, doch es gibt einen kleinen Unterschied. Bei dem echten Ereignis gibt es einige Sekunden lang ein schwaches Vorbeben und dann erst die heftigen Erdstöße. Hier gab es so etwas nicht.«

»Die Explosionen haben also kein Erdbeben ausgelöst, sondern eines imitiert«, sagte Rhyme.

»Genau.« McEllis hielt inne. »Aber wie lassen sich dann die Brände erklären? ... Oh, halt. Es sei denn, die wurden ebenfalls durch Sprengsätze initiiert – etwas später gezündet, damit das Beben glaubhafter wirkt.«

Niemand erwiderte etwas.

»Amelia, womit genau haben wir es hier zu tun?«, fragte er verunsichert.

»Wir sind uns noch nicht sicher, Don. Aber behalten Sie dies bitte möglichst für sich.«

»Natürlich. Geht in Ordnung.«

Sie sah Rhyme an, was bedeuten sollte: Sonst noch was?

Er schüttelte den Kopf. Sie bedankte sich bei Ellis und trennte die Verbindung.

»Und womit genau haben wir es hier zu tun?«, griff Rhyme die Frage des Mannes auf. »Was bezweckt unser Täter damit?«

»Er will Terror verbreiten«, mutmaßte Sachs und schüttelte dann den Kopf. »Aber niemand hat sich dazu bekannt. Und wieso sollte er einen Anschlag als Naturkatastrophe tarnen? Das passt nicht zu einem Terroristen.«

»Wie wäre es hiermit?«, fragte Sellitto. »Er täuscht die Erdbeben vor, um die Brandstiftungen zu vertuschen. Vielleicht arbeitet er für einen Vermieter, der die Häuser abfackelt, um die Versicherungsprämie zu kassieren.«

»Bei allem Respekt, Lieutenant«, sagte Ackroyd, »das wäre der komplizierteste Versicherungsbetrug aller Zeiten. Außerdem würden professionelle Brandstifter nicht riskieren, wegen Mord oder Körperverletzung belangt zu werden. Die fackeln nur leere Gebäude ab.«

»Stimmt.«

»Es gibt noch eine andere Sicht der Dinge«, sagte Rhyme. Die Brände waren reine Kosmetik, um alles glaubhaft nach echten Erdbeben aussehen zu lassen – damit niemand auf die Idee kommt, die Seismogramme genauer unter die Lupe zu nehmen. Es soll alles authentisch wirken … Wie wäre Folgendes? Er will das Geothermieprojekt scheitern lassen.«

»Wer käme dafür infrage?«, überlegte Sellitto. »Energieunternehmen würden die Erdwärme als lästige Konkurrenz einstufen. Oder jemand könnte es auf den Baugrund abgesehen haben. Das ist eine erstklassige Lage.«

»Die Umweltschützer«, warf Cooper ein. »Diese One-Earth-Bewegung. Obwohl ich nicht glaube, dass Ökofreaks oft zu C4 greifen … oder Häuser anzünden, in denen sich Menschen aufhalten.«

»Was auch immer er bezwecken will, Siebenundvierzig kommt mir wie ein Auftragskiller oder Söldner vor«, sagte Sachs. »Er hat Zugriff auf den illegalen Waffenmarkt, um sich C4 und diese kleinen Sprengvorrichtungen zu besorgen. Er kennt sich mit Schusswaffen und Messern aus und wendet sie bedenkenlos an. Ich wette, jemand hat ihn angeheuert.«

Rhyme neigte ebenfalls zu dieser Einschätzung. »Wir müssen jetzt eine Entscheidung treffen«, sagte er.

Sachs nickte. »Ob wir es für uns behalten oder nicht.«

»Dass die Erdbeben nicht echt waren?«, fragte Cooper.

»Das könnte hier und da Panik auslösen«, warnte Sellitto. »Alle werden sofort an einen Terroranschlag denken.«

»Dann ist es eben so«, entgegnete Rhyme. »Ich glaube, wir haben keine andere Wahl. Die Anwohner rund um die Baustelle müssen erfahren, dass auch an ihren Gasleitungen eine Sprengvorrichtung hängen könnte. Sie sollten sich vergewissern. Und falls es weitere Erdstöße gibt, sollen sie sofort das Haus verlassen und auf Gasgeruch achten.«

»Die Entscheidung liegt beim Commissioner und beim Bürgermeister, aber wir würden uns dadurch verraten«, sagte Sellitto. »Der Täter könnte sofort die Flucht ergreifen. Beweise würden verschwinden.«

Rhyme musste unwillkürlich lächeln. Es war sehr schwierig, Beweise vor ihm verschwinden zu lassen.

»Darf ich etwas anmerken?«, fragte Ackroyd.

»Na klar«, bestätigte Sellitto.

»Ich bezweifle nicht, dass dieser Mann geistesgestört und auf perverse Weise von Diamanten besessen ist. Doch falls er außerdem als Söldner angeheuert wurde, um das Bohrvorhaben zu sabotieren, und nun erfährt, dass wir ihm auf die Schliche gekommen sind, könnte er die Rohdiamanten meines Kunden so schnell wie möglich verkaufen und die Stadt verlassen wollen. Ich glaube, ich sollte mich noch mal mit den Händlern in Verbindung setzen und der Sache nachgehen.«

Sellitto und Rhyme waren einverstanden. Ackroyd zog seinen Mantel über, wodurch er sogar noch mehr wie ein behäbiger britischer Detective Inspector aussah, und machte sich auf den Weg.

Auch Sellitto zog seine Jacke an. »Ich rede mit dem Commissioner und dem Bürgermeister und empfehle, dass wir die vermutlich falschen Beben publik machen. Und ich lasse die ESU und das Bombenräumkommando vor Ort eine Leitstelle einrichten. Sie werden einen Roboter in die Schächte schicken, um nach weiteren Sprengladungen zu suchen und sie gegebenenfalls zu entschärfen.«

Auch Rhyme hatte etwas zu erledigen. Er rief erneut seinen Spion in der Hauptstadt an.

# 41

Trooper J. T. Boyle hatte im Laufe seiner vierzehn Jahre bei der Pennsylvania State Police schon so manch ungewöhnlichen Einsatz erlebt. Bei einer Gelegenheit musste er einen Einspänner der Amish verfolgen, der samt Pferd von einem (keineswegs zu den Amish People gehörenden) betrunkenen Studenten geklaut worden war. Dann die typischen Katzen im Baum (»Dafür sind wir eigentlich nicht zuständig, Ma'am, aber mal sehen, was ich tun kann«). Und er half bei Geburten.

Doch er hatte noch nie auf freier Strecke einen ausgewachsenen Bus gestoppt.

Es war ein Gefallen für das NYPD, mit dem Boyle schon früher zu tun gehabt hatte und das er im Großen und Ganzen mochte, obwohl die unflätige Sprache mancher Kollegen dort nicht seinen Anklang fand. An Bord des Greyhound, den er derzeit verfolgte, saß ein entflohener Zeuge – noch dazu ein Zeuge in einem Fall, der es in die Nachrichten geschafft hatte. Wenigstens bei WKPK. Der Versprechende – ein Serienmörder, der junge Paare angriff, die gerade erst ihre Verlobungsringe gekauft hatten. Was für ein kranker Spinner!

Ein New Yorker Detective war sicher, dass der Zeuge in diesem Bus saß. Deren Computerabteilung hatte sein Telefon geortet und irgendein Hightechzeug veranstaltet, sodass die GPS-Funktion aktiviert blieb und laufend den Standort meldete, während gleichzeitig alle ein- und ausgehenden Anrufe unterbunden wurden, damit niemand ihn vor der Polizei warnen konnte, falls jemand auf die entsprechende Idee kam. Das Display meldete *Kein Netz.* Nach einer Weile würde der Mann wohl Verdacht schöpfen, aber eine Weile war egal; Boyle hatte ihn jetzt.

Er schaltete die Signalleuchten ein und ließ die Sirene aufheulen. Der Greyhound war auf dem Weg nach Indianapolis. Dort wollte der Zeuge, ein gewisser Vimal Lahori, in einen Bus nach St. Louis umsteigen, jedenfalls laut dem Ticket, das er gekauft hatte. Am Ende würde er in Los Angeles landen. Das NYPD kannte seine Reiseroute, weil es das Telefon am Busbahnhof Hafenbehörde in New York geortet hatte. Die Kamerabilder vom Fahrkartenschalter zeigten offenbar einen jungen Mann, auf den Vimals Beschreibung zutraf, wie er ein solches Ticket kaufte.

Nun aber würde seine Reise vorläufig im fünfzehn Kilometer entfernten Bezirksgefängnis enden. Nur zu seinem Schutz. Der Versprechende wusste von ihm und hatte bereits einen anderen Zeugen ermordet. Wenngleich Trooper Boyle einräumen musste, dass es ziemlich unwahrscheinlich war, dass der Verdächtige hier draußen auftauchen würde.

Der Bus hielt am Straßenrand, und Boyle stieg aus seinem Wagen. Er trug die Standarduniform der Pennsylvania State Police: dunkle Hose, graues Hemd, schwarze Krawatte. Nun setzte er noch den grauen runden Hut mit dem Kinnriemen auf und ging zu dem Bus.

Die pneumatische Tür öffnete sich zischend.

Boyle ließ den Blick über die Fahrgäste schweifen. Niemand wirkte bedrohlich; mit Schwierigkeiten brauchte er wohl nicht zu rechnen. »Ich suche nach einem Ihrer Passagiere«, sagte er leise zu dem Fahrer, einem schlanken Afroamerikaner mit besorgter Miene. Das NYPD hatte entschieden, ihn nicht vorab über Funk oder Telefon zu kontaktieren; man wusste nicht, ob er ein guter Schauspieler war, und hatte befürchtet, der Junge könnte misstrauisch werden, während der Fahrt abspringen und die Flucht ergreifen. »Er ist nicht bewaffnet. Es besteht keine Gefahr.«

»Okay. Sehen Sie sich um.«

Der New Yorker Detective, ein barsch klingender Kerl, hatte zumindest *behauptet*, der Mann trage keine Waffe. Was für einen Zeugen auch eher ungewöhnlich gewesen wäre, aber nicht unmöglich. Dieser Junge schien jedoch eher in die Kategorie der Unbewaffneten zu fallen. Außerdem war er Inder, und nach Boyles zugegebenermaßen begrenzter Erfahrung hegten Leute dieser Herkunft für gewöhnlich keine ausgesprochene Vorliebe für Schusswaffen.

Boyle hatte sich das Foto von Vimal eingeprägt, ging nun mit neutraler Miene den Mittelgang entlang und musterte die Sitzenden. Die Leute dachten bestimmt sofort an einen Terroranschlag. An eine Bombe im Bus. An jemanden, der im Namen Allahs oder auch ohne konkreten Anlass wild um sich schießen würde.

Wenn Boyle angelächelt wurde, nickte er den Menschen zu und beantwortete Fragen wie »Was ist denn los?« und »Gibt es ein Problem?« mit einem unverbindlichen »Es wird nicht lange dauern, Leute.«

Doch verdammt, der Junge war nirgendwo zu entdecken. Es gab hier zwar ein paar Männer mit dunklerer Hautfarbe, aber die waren alle viel älter und sahen wie Latinos aus, nicht wie Inder.

Boyle kehrte nach vorn zurück und rief diesen Detective in New York an.

»Hallo?«, meldete sich Lon Sellitto.

Wie unprofessionell. Doch er hatte es hier mit New Yorkern zu tun, und die waren eben ein völlig anderer Menschenschlag.

Er konnte ihnen immerhin mit gutem Beispiel vorangehen. »Sir, hier spricht noch mal Trooper J. T. Boyle. Ich bin an

Bord des Busses und habe mir die Fahrgäste angesehen. Er ist nicht dabei.«

»Haben Sie …?«

»Ja, ich habe auch an das Klo gedacht, Sir.«

»… den Fahrer gefragt, ob jemand irgendwo ausgestiegen ist?«

Boyle zögerte. Er wandte sich an den Fahrer und reichte die Frage weiter.

»Nein, Sir.«

»Nein, Detective, es ist niemand ausgestiegen«, sagte Boyle. »Könnten Sie die Nummer mal anrufen, Sir?«

»Was?«

»Könnten Sie das Telefon des Jungen anrufen?«

»Oh. Hm. Gute Idee. Warten Sie kurz.«

Es klickte einige Male in der Leitung. Dann war Sellitto wieder am Apparat. »Ich habe hier den Kollegen aus der Abteilung für Computerkriminalität, der das Gerät verfolgt hat. Trooper? Sie sprechen mit Detective Szarnek.«

»He«, ertönte eine Stimme. Boyle hörte Rock-and-Roll-Musik.

Diese New Yorker waren einfach unglaublich.

»Detective …« Er versuchte sich gar nicht erst an dem Namen. »Ich bin Trooper J. T. Boyle von der Staatspolizei.«

»Hallo, Trooper.«

»Äh, hallo. Könnten Sie das Telefon mal anrufen?«

»Na klar. Ich schalte es mal eben ein.«

Gleich darauf ertönte der Standardklingelton eines iPhones. Das Geräusch kam aus der dritten Reihe von vorn. Boyle ging hin und sah eine Passagierin in das Seitenfach ihrer Reisetasche greifen. Sie zog ein Telefon hervor und betrachtete es stirnrunzelnd.

»Miss, gehe ich recht in der Annahme, dass es sich nicht um Ihr Telefon handelt?«

Sie schaute zu ihm empor. Das Gesicht unter dem blau-grünen Schopf war hübsch, wurde nach Ansicht des Troopers aber durch die Nasenstecker und den Ring in ihrer Augenbraue beeinträchtigt. »Richtig, Sir«, sagte sie. »Und ich habe keine Ahnung, wie es in meine Tasche gelangt ist.«

* * *

Ron Pulaski betrat das Labor, und Rhyme wusste sofort zweierlei: Er hatte etwas gefunden, und er war deswegen zutiefst verunsichert.

»Grünschnabel?«

Pulaski wollte verstohlen nicken, doch die Geste geriet ihm überdeutlich. Er hätte einen furchtbar schlechten Spion abgegeben.

»Ins Wohnzimmer«, sagte Rhyme und schaute kurz über die Schulter.

*Was würden sie davon halten …?*

Die Männer überquerten den Flur und gingen beziehungsweise fuhren hinein.

»Was gibt es Neues?«

»Ich fühle mich dabei nicht wohl, Lincoln.«

»Ach, das geht schon in Ordnung.«

»›Schon in Ordnung‹. Wissen Sie, das liegt ungefähr auf einer Linie mit dieser anderen Floskel, ›Keine Sorge‹. Das sagen die Leute immer dann, wenn *gar nichts* in Ordnung ist und *durchaus* Grund zur Sorge besteht. Ich meine, *Sie* haben ja nicht soeben gegen das Gesetz verstoßen.«

Pulaski war zu dem Lagerhaus gefahren, in dem sich der Schusswechsel im Fall Eduardo Capilla ereignet hatte – El Halcón.

»Und Sie auch nicht, bin ich mir sicher.«

»Sicher? Der Tatort war versiegelt. Und das wussten Sie.«

»Es ist der Schauplatz eines Verbrechens. Natürlich ist er gesperrt. War denn jemand dort?«

»Nein. Bloß die Siegel. Und ein Schild, das jegliches Betreten strikt untersagt hat. Ergänzt um den Hinweis, dass ein Verstoß als Bundesvergehen eingestuft würde.«

»Ach, Sie nehmen solchen Kram doch nicht etwa ernst, oder, Grünschnabel?«

»Solchen *Kram*? Bundesvergehen? Auf der Liste all jener Dinge, die ich ernst nehme, stehen Bundesvergehen ziemlich weit oben.«

Rhyme war belustigt. Er klingt mehr und mehr wie ich.

»Legen wir los. Wo stehen wir?«

Pulaski zog einen Stapel Papier aus der mitgebrachten Tragetasche. »Das sind die Ballistik- und Partikelanalysen der Anklage und Verteidigung. Mit Tatortfotos und Diagrammen.«

»Gut. Breiten Sie alles aus.«

Pulaski nutzte dafür den alten Couchtisch aus Nussbaum, dessen Beine in geschnitzten Krallen endeten. Rhyme musterte die Unterlagen. »Und die Proben von Long Island?«, fragte er.

Um Diskretion walten zu lassen, hatte Rhyme ein privates forensisches Labor mit der Analyse der neuen Partikelspuren beauftragt, die Pulaski im Lagerhaus eingesammelt und dann dort abgegeben hatte. Pulaski öffnete nun einen Umschlag und entnahm ihm die Ergebnisse.

»Bitte seien Sie so nett und blättern um, Grünschnabel.«

»Oh, Verzeihung.«

Rhyme überflog die eng bedruckten Seiten.

»Jetzt die PERT-Akten.«

»Nicht genug damit, dass ich mir Zutritt zu einem Tatort verschaffe, Sie lassen mich außerdem einen Diebstahl in der FBI-Zentrale begehen.«

»Sie haben gar nichts gestohlen, Pulaski. Übertreiben Sie mal nicht. Sie haben Fotos geschossen. Das ist alles.«

»Genau wie der Kerl, der sich die Uhr in der Schmuckabteilung von Macy's bloß *geliehen* hat. Ich mein ja nur.«

Der Karton, der vom Fahrer des Anwalts bei Rhyme abgegeben worden war, hatte nicht sämtliche verfügbaren Tatortberichte und Aussageprotokolle enthalten, sondern nur diejenigen, die vor Gericht präsentiert werden sollten. Rhyme aber wollte alles sehen. Aus einem anderen Umschlag zog Pulaski ein weiteres Dutzend Blätter und legte den Stapel vor Rhyme hin. Er hatte die mit seinem Telefon abfotografierten Dokumente ausgedruckt. Sie stammten aus der FBI-Abteilung zur Spurenauswertung. Immer wenn Rhyme ihm beim Lesen ein Zeichen gab, nahm er die oberste Seite weg, als würde er für einen Pianisten die Partitur umblättern.

Okay. Gut. Alle Unterlagen zusammen lieferten ihm viele notwendige Informationen: über die Pulverrückstände und anderen Spuren an El Halcóns Händen und Kleidung, die Partikel auf dem Boden des Lagerhauses, die Fundorte der zahlreichen abgefeuerten Projektile – in Wänden, Decke und Boden sowie den Körpern der Opfer. Die Daten bestätigten die Behauptung von Carreras-López, dass die fragliche Waffe keine Fingerabdrücke von El Halcón aufwies, seine Manschette dafür aber Pulverrückstände – genau dort, wo einer der Beamten sie nach Angaben des Drogenbarons mit einem Lappen oder Stück Stoff auf ihn übertragen hatte.

Rhyme las alles ein zweites Mal durch.

»Was ist denn, Lincoln?«

War er *derart* durchschaubar? Es bestürzte ihn nämlich, was er entdeckt hatte.

Ein solches Versagen? Wenigstens konnte er El Halcóns Anwalt dankbar sein – weil der ihn aufgesucht und die Frage nach den manipulierten Beweisen gestellt hatte. Ohne den rundlichen Mexikaner mit der wohlklingenden Stimme wäre der Schaden nie ans Licht gekommen.

»Gibt es ein Problem?«, ließ Pulaski nicht locker.

»Nein, nein. Sie sind ein Geschenk des Himmels, Grünschnabel.«

»Wieso werden Sie jetzt sarkastisch?«

»Nein, ich meine das ernst. Mir rutscht nur manchmal der Tonfall aus. Darauf sollten wir alle mehr achtgeben.«

»Also gut. Vielen Dank. Aber nun raus damit. Kriege ich wegen dieser Sache Ärger?«

»Was zählt das schon, wenn Sie im Dienst einer höheren Sache tätig sind?«

Pulaski verzog das Gesicht. »Wissen Sie, Lincoln, mein Vater hat immer gesagt, man kann niemandem trauen, der eine Frage mit einer Gegenfrage beantwortet.«

# 42

»Hank, es gibt ein Problem.«

Der Mann, von dem die Nachricht stammte, ein schmaler junger stellvertretender Staatsanwalt mit rosigen Wangen, hatte bei dem P-Wort nicht allzu beunruhigt geklungen. Henry Bishop, der leitende Vertreter der Bundesanwaltschaft für den Eastern District von New York blieb daher guter Dinge. Das Verfahren gegen El Halcón kam gut voran. Der Unterbau stand, und als Nächstes folgte die grundsolide Spurenlage, die von den Sachverständigen präsentiert werden würde.

Bishop war zwar von schlanker Statur, wirkte dank einem Meter fünfundneunzig Größe aber noch weitaus dünner. Der blonde, glatt rasierte Mann trainierte jeden Tag, und unter seinem gediegenen Anzug verbargen sich stattliche Muskeln. Er hakte etwas auf einer Liste ab – auf der noch viele weitere Punkte der Abhakung bedurften – und blickte auf. »Ja?«

Larry Dobbs – den Bishop als seinen persönlichen Assistenten betrachtete – fuhr fort: »Jemand vom PERT hat gerade angerufen.«

Dem Physical Evidence Response Team des FBI.

»Geht das auch etwas präziser?«, fragte Bishop kühl.

»Natürlich.«

»Gut. Dann her mit den Einzelheiten.« Bishop saß in seinem Büro, von dem aus man ganz Brooklyn überblicken konnte. Ihm fielen am Horizont ein paar Rauchschwaden auf.

Von dem Feuer nach diesem Erdbeben, das sich in nicht allzu großer Entfernung ereignet hatte. Sogar hier im Büro hatte der Boden gezittert.

»Ein uniformierter Beamter des NYPD hat einige Fragen über den Fall gestellt«, fuhr der junge Mitarbeiter mit nüchterner Stimme fort.

»Über unseren Fall?«

»Ganz recht«, bestätigte Dobbs.

»Nun, dann sagen Sie gefälligst der Fall El Halcón.«

»Entschuldigung, Hank. Der Fall El Halcón.«

»Nicht nur ›der Fall‹. Von ›den Fällen‹ haben wir nämlich eine ganze Menge.«

»El Halcón«, wiederholte Dobbs, der vor dem ausladenden Schreibtisch stand.

»So, so, ein New Yorker Cop«, grübelte Bishop. »Hat Fragen gestellt. Aha.«

Der Fall El Halcón umfasste Verbrechen auf Bundes- und auf Staatsebene, doch New York überließ den Bundesbehörden den Vortritt. Sobald Bishop die Verurteilung des Mannes erreicht hatte, würde man ihn auch auf lokaler Ebene anklagen. Doch das wäre nur noch das Sahnehäubchen auf der Torte und weitgehend irrelevant, denn der Mexikaner würde nie aus dem Bundesgefängnis freikommen, um eine Strafe im Staatsgefängnis abzusitzen. Weshalb also sollte das NYPD sich einschalten? El Halcón war hier in der Stadt nicht vernetzt.

»Der Streifenbeamte marschiert beim PERT zur Tür herein«, sagte Dobbs. »Er kennt alle Abläufe, kennt die Fallnummern, kennt die Leute, kennt das Ablagesystem. Er bittet um Einsicht in das Asservatenverzeichnis. Die Pförtnerin legt ihm alles vor. Weil er in Uniform ist und alles über den Fall weiß.«

»Sie haben gerade ›Pförtnerin‹ gesagt. In einem gewissen Tonfall. Etwa als Schuldzuweisung?«

Dobbs schwankte leicht vor und zurück. Drahtig und voller Energie. »Das liegt doch wohl nahe. Die Leiterin der Asservatenkammer lässt einen Streifenbeamten herein, dessen Name nicht auf der offiziellen Liste steht, und händigt ihm Unterlagen aus.« Dobbs schnalzte verächtlich mit der Zunge.

»Wer war denn dort zuständig?«, fragte Bishop. »Ein Special Agent?«

»Nein. Eine Zivilistin aus der Justizbehörde.«

»Oh, gut. Dann kann – und wird – man sie zur Rechenschaft ziehen. Aber bitte, reden Sie weiter.«

»Wie dem auch sei, der Cop hat gesagt, es sei ein gemeinsamer Fall.«

»Ein gemeinsamer Fall? Mit dem NYPD? Das ergibt keinen Sinn. Vielleicht mit Nassau County, aber doch nicht mit New York City. Das NYPD ist hierbei nicht zuständig, Punkt. Hat er dazu nähere Angaben gemacht?«

»Nein, hat er nicht«, erwiderte Dobbs. »Er hat nur um die Unterlagen gebeten. Wollte sie fotokopieren, aber die Pförtnerin hat ihn nicht gelassen. Es ist aber ziemlich wahrscheinlich, dass er Bilder mit seinem Mobiltelefon geschossen hat.«

»Das kann doch wohl nicht Ihr Ernst sein«, schimpfte Bishop.

»Als er fertig war, hat er jemanden angerufen. Und die Pfört…«

»Könnten Sie sich bitte diesen Begriff verkneifen, ja? Ich hab's allmählich verstanden.«

Die nächste Information schien Dobbs regelrecht Freude zu bereiten. »Die Frau hat gehört, wie er gesagt hat: ›Lincoln, ich habe alles, was Sie wollten. Ist sonst noch was?‹«

Bishop runzelte die Stirn.

»›Lincoln‹«, fuhr der Assistent fort. »Wie in Lincoln Rhyme, würde ich sagen. Rhyme arbeitet oft mit dem NYPD zusammen und kennt auch das PERT. Er hat damals geholfen, es ins

Leben zu rufen. Der Typ hat *das* Standardwerk über forensische Ermittlungen und Tatortuntersuchungen geschrieben. Und er sitzt im Rollstuhl.«

»Im Rollstuhl«, wiederholte Bishop nachdenklich. »Was zum Teufel will er mit unseren Beweisen? Noch dazu als unbefugte Kopie?« Er überlegte, konnte sich aber keinen Reim darauf machen. Mit einer Geste forderte er den immer noch stehenden Dobbs auf, sich zu setzen. Dann rief er einen befreundeten Deputy Inspector des NYPD an und fragte ihn, ob er etwas über diese Angelegenheit wisse. Doch er erfuhr, dass bei der New Yorker Polizei derzeit nicht gegen El Halcón ermittelt wurde. Zwar hielt man den Mexikaner dort für ein Arschloch – wer nicht? –, aber die einzigen durch ihn verursachten Todesfälle in New York City gingen auf das Konto von Überdosen seiner Ware; der Schusswechsel hatte sich außerhalb der Stadtgrenzen ereignet.

Bishop legte auf und starrte aus dem Fenster. Es stieg noch immer dunkelgrauer Rauch auf. Das Feuer hatte ziemlich gewütet.

Er ging in Gedanken mehrere Theorien über Rhymes Beteiligung durch. Falls der Mann *überhaupt* in irgendeiner Weise beteiligt war.

»Rhyme ist aus dem Polizeidienst ausgeschieden, richtig? Weil er im Rollstuhl gelandet ist.«

»Oh, ja, Hank. Schon vor vielen Jahren. Er arbeitet als Berater.« Dobbs war wirklich wie ein eifriges kleines Hündchen.

»Für das NYPD. Und auch für uns, richtig?«

»Ja.«

»Hat er schon jemals für die Verteidigung gearbeitet?«

»Das weiß ich nicht. Schon möglich. Er wäre nicht der Erste.«

»Wir lassen El Halcóns Anwalt und den Rest seiner Entourage überwachen, richtig?«

»Soweit wir können, Hank«, sagte Dobbs. »Das sind eine Menge Leute. Aus Mexiko City ist ein Dutzend von ihnen angereist.«

»Finden Sie heraus, ob einer von denen je bei Rhyme gewesen ist, entweder zu Hause oder im Büro.«

»Okay.«

»Sofort.«

»Sicher.« Der Assistent wählte eine Nummer, führte ein kurzes Telefonat und trennte die Verbindung wieder. »Tja. Halten Sie sich fest, Hank.«

Oh, bitte. Doch er hob nur fragend eine Augenbraue.

Dobbs war nun eifriger als je zuvor. »Tony Carreras-López, El Halcóns leitender Anwalt, wird von uns rund um die Uhr beobachtet. Er war heute bei Rhyme am Central Park West. Und unmittelbar davor hat er eine Filiale der JPMorgan Chase Bank aufgesucht. Er war fünfzehn Minuten in der Bank, ist dann zu Rhyme gefahren und von dort zurück zu seinem Hotel.«

»Hat er Geld abgehoben? Oder überwiesen?«

»Das wissen wir nicht. Es liegt ja kein hinreichender Verdacht für einen Gerichtsbeschluss vor, also konnten wir keine Einzelheiten in Erfahrung bringen.«

Hatte Carreras-López etwa Rhyme als Berater der Verteidigung angeheuert, um nach Lücken in dem Fall zu suchen?

Unserem Fall.

Meinem Fall.

Bishop hielt inne und schloss kurz die Augen. Er konnte sich nicht vorstellen, was da für Lücken sein sollten. Natürlich war niemand perfekt, kein Beamter der Spurensicherung und auch kein Labortechniker. Und jemand wie Rhyme konnte durchaus etwas finden, das die gesamten Ermittlungen scheitern lassen würde.

Sodass dieses miese Stück mordgierige Scheiße, El Halcón, seiner gerechten Bestrafung entgehen könnte.

Nach einiger Überlegung gelangte Bishop zu dem Schluss, dass er dies auf keinen Fall zulassen konnte.

Er nahm den Telefonhörer und wählte eine Nummer.

»Ja, Sir?«

»Kommen Sie in mein Büro.«

»Sofort.«

Gleich darauf kam ein adretter Mittdreißiger in einem grauen Anzug zur Tür herein. Er nickte Bishop und Dobbs zu.

»Nehmen Sie Platz.«

Der Mann setzte sich.

»Ich möchte, dass Sie strafrechtliche Ermittlungen in die Wege leiten. Unverzüglich. Noch heute.«

»Jawohl, Sir, natürlich«, sagte Special Agent Eric Fallow vom FBI, holte ein Notizbuch aus der Tasche und zog die Kappe von seinem Kugelschreiber ab.

# 43

Daryl Mulbry vom Alternative Intelligence Service rief zurück.

»Hallo, Lincoln, das wird ja immer besser! Erst ist Ihr Täter – wie haben Sie ihn getauft?«

»Täter 47.«

»Erst ist Mr. 47 ein brillanter Diamantendieb, dann scheint er ein psychotischer Serienmörder zu sein, der sich selbst als der Versprechende bezeichnet, und *jetzt* stellt sich heraus, dass er in Wahrheit ein angeheuerter Söldner ist, der in Brooklyn ein paar schlimme Dinge angestellt hat. Obwohl er mir auch weiterhin wie ein Irrer vorkommt. Mit Ihnen wird es nie langweilig.«

»Daryl?«

Ein Kichern. »Ich weiß, Sie sind mal wieder ungeduldig. Also, Folgendes zu Ihrem Russen. Besser gesagt, zu *einem* Russen. Oder *irgendeinem* Russen. Wahrscheinlich aber zu Ihrem. Ein paar Erläuterungen. Es gibt bestimmte Routen, die Spione und Agenten nehmen, wenn sie gewisse Länder, zum Beispiel Russland, verlassen und in die USA einreisen wollen. Eine klassische Verschleierungstaktik, um ihr Herkunftsland zu kaschieren, indem sie drei oder vier Zwischenstationen einlegen. Ein verbreitetes Muster sieht so aus: von Moskau über Tiflis, Dubai und Barcelona nach Newark. Vier verschiedene Tickets unter vier verschiedenen Identitäten. Und das hat wohl auch dieser Russe so gemacht. Es taucht zwar kein Name nacheinander auf allen vier Passagierlisten auf, aber wir haben genauer hingesehen – das bleibt bitte unser Geheimnis – und eine Gemeinsamkeit gefunden.«

»Das Gepäck«, warf Rhyme ein.

Sachs nickte. »Er hat es zwar immer wieder neu aufgegeben, aber das Gewicht der Taschen war identisch.«

Mulbry lachte begeistert auf. »Sehen Sie, Lincoln, Amelia, ich habe Ihnen doch gesagt, dass Sie genau die Leute sind, die wir beim AIS brauchen! Sie haben es richtig erkannt. Wie groß ist die Wahrscheinlichkeit, dass vier verschiedene Männer auf vier aufeinanderfolgenden Flügen Gepäck aufgeben, das exakt zwölf Komma drei Kilo wiegt? Gleich null. Fotos würden es beweisen, und ich bin sicher, Sie würden sich über ein Porträt von ihm freuen, aber wir kommen nicht an die Aufzeichnungen der Passkontrolle heran. Dazu müssten wir die NSA einschalten, und Ihnen Informationen zu besorgen, die einen inländischen Fall betreffen, wäre absolut … ›illegal‹, muss man wohl sagen. Aber wir sind überzeugt, dass es sich um Ihren Jungen handelt.

Der Pass, mit dem er in Newark eingereist ist, war ein georgischer, lautend auf den Namen Josef Dobyns. Der steht auf keiner Überwachungsliste. Er hat eine Anschrift in Paterson, New Jersey angegeben, aber die existiert nicht. Ich schicke Ihnen alle Namen, die er auf den Flügen benutzt hat. Sie können Sie mit den Hotelanmeldungen vergleichen. Obwohl ich wetten würde, dass er hier eine weitere, bislang ungenutzte Identität angenommen hat.«

»*Fünf* Pässe?«, fragte Sachs.

Mulbry lachte nur leise.

Rhyme nannte ihm Mel Coopers E-Mail-Adresse und bat ihn, die Namen dorthin zu schicken.

»Dann haben Sie sich nach dem Sprengstoff erkundigt«, fuhr Mulbry fort. »Vor etwa einer Woche gab es Hinweise auf eine Waffenlieferung, die an der Ostküste ins Land geschmuggelt worden sein soll: drei Ein-Kilo-Pakete C4 und eine Kiste mit einem Dutzend *lehabahs.*«

»Ein Dutzend *was*?«

»Sprengvorrichtungen für Gasleitungen. *Lehabahs.* Das Wort ist hebräisch und hat zwei Bedeutungen: ›Flamme‹ und ›die Spitze eines Speers oder einer anderen Waffe‹.«

Was die heimtückischen kleinen Dinger ziemlich gut beschrieb, dachte Rhyme. »Hat der Mossad sie erfunden?«

Seit er ein wenig mit der Welt der Spionage zu tun hatte, hatte er sich über die diversen Geheimdienste dieser Erde informiert. Bei der Herstellung und dem Einsatz von Waffen konnte niemand dem Mossad das Wasser reichen.

»Ja. Für genau den Zweck, den Sie beschrieben haben: um es so aussehen zu lassen, als habe es ein Gasleck und eine Explosion gegeben. Wer weiß, wie viele Terroristenwohnungen der Hamas oder Hisbollah schon solchen ›Unfällen‹ zum Opfer gefallen sind?«

Drei Kilo C4. Sie wussten nicht, wie viel Sprengstoff der Täter für die Bohrschächte von Northeast Geo verwendet hatte, und mussten davon ausgehen, dass er noch genug besaß, um mindestens ein weiteres »Erdbeben« auszulösen. Er verfügte auch noch über *lehabahs.* Wie viel Schaden wollte er noch anrichten?

»Also, Lincoln, verraten Sie mir bitte eines«, sagte Mulbry. »Was soll das alles?«

»Haben Sie von den Erdbeben in New York gehört? Und den Bränden?«

»Ja, natürlich. Das läuft überall in den Nachrichten.«

Sachs erklärte, ihr Täter sei für die vermeintlichen Beben und Feuer verantwortlich.

»Dafür hat er das Zeug also benötigt. Hm. Clever.« Als Leiter des AIS musste auch Mulbry sich Mittel und Wege ausdenken, um dem Gegner Schaden zuzufügen. Und Erdbeben zu imitieren, um dadurch Brandstiftungen zu tarnen, fiel genau in diesen Bereich. Mulbry war eindeutig beeindruckt. »Und warum?«

»Das wissen wir noch nicht«, erwiderte Rhyme. »Um die Bohrungen zu stoppen, klingt bislang am wahrscheinlichsten. Jemand will nicht, dass dieses Geothermieprojekt umgesetzt wird. Er sieht jedenfalls nicht nach politisch motiviertem Terrorismus aus.«

»Ich stimme Ihnen zu«, sagte Mulbry. »Die C4-Lieferung und die Sprengvorrichtungen haben natürlich – wie in jedem vergleichbaren Fall – Nachforschungen ausgelöst, doch unsere Algorithmen konnten keine Verbindung zu bekannten Figuren aus der Terrorszene feststellen. Wir behalten das aber weiter im Auge.«

»Bitte tun Sie das«, sagte Sachs.

»Wo ich Sie gerade am Telefon habe …«

»Ja, Daryl?«

»Ich habe Ihre E-Mail über die Zwölferverschlüsselung erhalten – dass niemand beim NYPD oder New Yorker FBI je mit einem solchen Fall zu tun hatte. Nochmals vielen Dank für die Unterstützung. An der Sache ist übrigens noch mehr dran. Wir konnten zwar keine der Nachrichten entschlüsseln, aber bei zwei von ihnen zumindest den Weg nachvollziehen, den sie genommen haben. Er führt zu einem Pariser Hotel für Dauergäste. In der Nähe des linken Seineufers. Waren Sie schon mal da?«

»Nein. Fahren Sie fort.«

»Eine bemerkenswerte Stadt – alles dort riecht und fühlt sich anders an als bei uns. Dazu die Kulturgeschichte. Hemingway. Simone de Beauvoir. Jean-Paul Sartre, die Existenzialisten. Aber ich schweife ab …«

Korrekt.

»Zwei unserer EVIDINT-Leute sind in das betreffende Zimmer eingestiegen, und, Mann, war dort alles blank geputzt. Im wahrsten Sinne des Wortes: *beaucoup de* Bleiche und *le* Reinigerspray für DNS und Fingerabdrücke. Sandpapierspuren, wo etwas vom Boden geschmirgelt wurde, und Polyurethan-Klebstoff, um Partikel zu binden und dann herauszureißen. Wer auch immer diese Person oder Zelle ist, da ist jemand sehr, sehr gut. Aber eines haben sie übersehen, ein kleines Stück Metall. Wir konnten es in keiner Metalldatenbank finden. Selbst gemacht. Es wurde positiv auf Radium getestet. Von der Qualität her zwar nicht waffenfähig, vielleicht aber Teil einer schmutzigen Bombe. Wir sind deswegen alle ein wenig nervös. Könnten Sie sich das mal ansehen?«

»Aber natürlich, Daryl. Wie genau sieht dieses Teil denn aus?«

»Flexibel, ähnlich einer Feder, silberfarben. Wie aus einem mechanischen Zünder. Es gibt einen Trend weg von der Elektronik. Weil ein EMP – ein elektromagnetischer Impuls – einen digitalen Zünder lahmlegen könnte.«

»Schicken Sie mir das Teil auf dem schnellsten Weg.« Er nannte dem Mann seine Anschrift.

Sie hatten kaum aufgelegt, da klingelte Rhymes Telefon schon wieder. Es war die Zentrale der Spurensicherung in Queens. Er nahm das Gespräch an. Der Techniker berichtete, die Untersuchung des Tatorts unter Claire Porters Wohnung in der Nähe der Cadman Plaza habe ergeben, dass die Fingerabdrücke rund um die Gasleitung entweder vom Hausmeister stammten oder sehr alt waren. Keiner der Abdrücke war in der IAFIS-Datenbank gespeichert. Das Türschloss ließ sich mit einfachen Mitteln öffnen und wieder verriegeln, und wer auch immer dafür verantwortlich war, hatte anscheinend keine Werkzeuge zurückgelassen. Laut Auskunft des zuständigen Reviers hatte eine Befragung der Mieter und Bewohner der umliegenden Gebäude keine weiteren Personen erbracht, denen ein Mann mit Bauhelm und Weste aufgefallen wäre.

Unterdessen hatte auch Lon Sellitto versucht, Rhyme zu erreichen.

Der Kriminalist rief ihn nun an der Police Plaza Nummer eins zurück und legte das Gespräch auf den Lautsprecher.

»Es gibt was Neues. Vimal hat nur sein Telefon auf die Busreise geschickt. Die Staatspolizei hat es unten in Pennsylvania sichergestellt. Es lag in der Reisetasche irgendeines Mädchens. Somit gilt er wieder als vermisst. Ein wirklich schlauer Junge.«

»Tja.« Rhyme seufzte. Schlau, in der Tat.

»Er hat zwei Stunden Vorsprung, wohin auch immer er unterwegs ist«, sagte Sachs. »Er könnte einen Zug nach New Jersey nehmen und dort an einer der kleineren Greyhound-Stationen in einen Bus steigen. Oder in Westchester.«

Rhyme berichtete ihm von dem Gespräch mit Mulbry und bat Cooper, Sellitto per E-Mail die Namen aus den vier Pässen zu schicken, die der Täter mutmaßlich auf seiner Reise benutzt hatte.

»Okay, Linc. Ich lasse die Hotels überprüfen.«

Rhyme erinnerte ihn daran, dass Mulbry allerdings vermutet hatte, der Täter würde inzwischen eine wiederum andere Identität benutzen.

»Ja, kann gut sein«, sagte Sellitto. »Aber was bleibt uns übrig?«

»Das Nächste dürfte dich interessieren, Lon.« Rhyme erzählte ihm von der Waffenlieferung, die Mulbry erwähnt hatte.

»Sprengvorrichtungen des israelischen Geheimdiensts? Ich glaub, ich spinne.«

»Daryl stellt weitere Nachforschungen an.«

»Da ist noch etwas, das du wissen solltest, Linc«, sagte Sellitto. »Die ESU und das Bombenräumkommando haben mit dem Büro des Bürgermeisters gesprochen und entschieden, keine Roboter in die Schächte auf der Geothermiebaustelle zu schicken, um eine Entschärfung zu versuchen, sondern die Öffnungen lediglich mit einem Splitterschutz abzudecken. Sie glauben, dass die Anwohner im Fall einer weiteren Explosion mit einer Vorwarnzeit von mindestens zehn Minuten evakuiert werden können. Die Feuerwehr hat zudem rund um das Geothermiegelände zusätzliche Fahrzeuge und Mannschaften bereitgestellt, um auf etwaige Brände sofort reagieren zu können. Und …«

Er verstummte abrupt.

»Lon?«

»Verfluchte Scheiße«, murmelte der Lieutenant.

»Was ist denn?«

»Das läuft hier gerade über den internen Ticker. Siebenundvierzig hat sich ein neues Opfer geholt.«

»Wieder ein verlobtes Paar?«, fragte Sachs.

»Nein.« Es gab eine kurze Pause; offenbar las Sellitto gerade die Nachricht. »Aber es besteht ein Zusammenhang. Irgendwie. Es muss so sein. Das Opfer heißt Kirtan Boshi. Ungefähr in Vimals Alter und ebenfalls Inder. Er hat in der Diamantenbranche gearbeitet. Als Schleiferlehrling. Genau wie Vimal. Das kann kein Zufall sein.«

»Wie sehen die näheren Umstände aus?«, fragte Sachs.

»Tatort ist der Keller eines Imbisses im Modeviertel. Etwa einen Block von seiner Arbeitsstelle entfernt.« Sellitto hielt inne. »Der Leichnam wurde erst vor Kurzem von den Angestellten entdeckt, aber wie es aussieht, wurde er heute um die Mittagszeit getötet. Das Arschloch hat ihm den Kehlkopf zertrümmert. Und ihm dann mit dem Teppichmesser den Rest gegeben.«

»Kirtan war vermutlich ein Freund von Vimal und kannte dessen Adresse. Wir müssen davon ausgehen, dass der Täter sie nun ebenfalls kennt.«

»Ja. Der Junge wurde gefoltert. Was für eine Schweinerei.

Dann hat der Täter ihm einen Finger abgeschnitten und in den Mund gesteckt. Zwar post mortem, aber trotzdem …«

»Verdammt noch mal«, murmelte Sachs.

Rhyme sah sie an.

»Wir haben bei der Suche nach Vimal jedes Geschäft im Diamantenviertel, in Jackson Heights und in anderen Teilen von Queens und Brooklyn abgegrast. Es ist mir nie in den Sinn gekommen, im Modeviertel nach Diamantenschleifern zu suchen. Siebenundvierzig schon. Er war schlauer als ich.«

*Als wir*, korrigierte Rhyme sie im Stillen. Er war schlauer als wir. Doch er wusste, dass die Worte sie nicht trösten konnten. Sachs betrachtete jedes Versäumnis, für das sie einen Teil der Verantwortung trug – und mochte dieser auch noch so klein sein –, als persönliches Versagen.

»Er kennt jetzt zwar die Anschrift der Lahoris, aber er weiß nicht, dass der Junge die Flucht ergriffen hat«, sagte Sellitto. »Amelia, benachrichtigen Sie unsere Personenschützer. Sie sollen in dem Haus außer Sicht bleiben und damit rechnen, dass Siebenundvierzig dort auftauchen könnte.«

»Mache ich«, sagte Sachs. »Obwohl ich ihn für zu gerissen halte, um in eine solche Falle zu tappen.« Sie seufzte. »Ich nehme mir den Tatort in dem Imbiss vor.«

Sellitto nannte ihr die Adresse, und sie eilte aus dem Salon, wobei sie gedankenverloren ihre Jacke überzog. Gleich darauf hörte Rhyme den Motor ihres schweren Wagens anspringen, gefolgt vom Quietschen der Reifen, als sie sich in den Verkehr einreihte.

Sein Blick schweifte den Geräuschen hinterher zum Fenster hinaus in die graubraune Dämmerung.

Täter 47 hatte also letzte Woche einen ganzen Tag damit verbracht, Gasleitungen zu präparieren, um Brände nach einem Erdbeben nachzuahmen. Wahrscheinlich gab es noch mehr dieser Sprengvorrichtungen, und die öffentliche Verlautbarung der Behörden, es habe sich nicht um echte Beben gehandelt, würde nichts an der Tatsache ändern, dass die Timer der Zünder weiterliefen.

Und auch wenn seine Pläne nun enthüllt wurden, hätte Täter 47 nicht die geringste Veranlassung, die Vorrichtungen zu entfernen oder der Polizei mitzuteilen, wo sie sich befanden.

# 44

Plan B des Versprechenden.

Wladimir Rostow lenkte den gestohlenen Toyota behutsam durch die Straßen von Queens. Durch East Elmhurst, um genau zu sein.

Jedenfalls halbwegs behutsam. Er war das Fahren in Moskau gewohnt, wo man nicht allzu vorsichtig sein musste; die vielen Staus sorgten von allein dafür, dass man keine hohen Geschwindigkeiten erreichte.

Im Augenblick jedoch fuhr er im Schneckentempo, weil er gleichzeitig mit der rechten Hand unter dem Beifahrersitz herumsuchte. Eine scharfe Kurve hatte sein Roastbeefsandwich aus dem Roll N Roaster in den Spalt zwischen Sitz und Tür befördert.

Wo, verdammt noch mal, wo?

Ah, er bekam eine Ecke der Tüte zu fassen und zog sie hervor, riss das Papier mit den Zähnen auf und fing an, das kalte, aber immer noch leckere Sandwich zu verschlingen.

Scheiße, warum gibt es die nicht bei uns in Moskau?

Drei Minuten später waren das Sandwich und die Fritten Geschichte. Er rülpste und zündete sich eine Zigarette an. Ihm war aufgefallen, dass in Amerika kaum noch Leute in ihren Autos rauchten, ganz anders als in Russland. Sobald er Vimal, das kleine *kuriza*, gefunden hatte und den Wagen nicht mehr benötigte, würde er die Karre jedoch mächtig abrauchen lassen. Ha, ha, kleiner Scherz. Die einzige Möglichkeit, alle

Spuren in einem Fahrzeug zu vernichten, bestand darin, es bis hinunter zu den blanken Felgen abzufackeln. In manchen kriminellen Kreisen Russlands war das sogar zu einem geflügelten Wort geworden. »Poliert die Felgen«, würde der Boss einer Bande seinen Leuten befehlen. Normalerweise ging es bei diesen Feuerchen nur um die Beseitigung von Spuren. Bisweilen lag auch eine Leiche im Wagen. Und manchmal, je nach Lust und Laune, kam es vor, dass die betreffende Person noch keine Leiche war, wenn man sie gefesselt auf die Rückbank legte, um dann die Lunte in den Benzintank zu stecken.

Rostow musste wieder an die rothaarige *kuriza* denken. Er stellte sich die Polizistin als Cowgirl vor. Wladimir war nämlich ein begeisterter Leser der Westernromane von Louis L'Amour. Er hielt sie für echte Schmuckstücke, für Abenteuergeschichten, die einen Einblick in das damalige Leben gestatteten. Russland hatte die Kosaken und die mongolischen Tataren. Doch an diesen plündernden Säufern und Vergewaltigern war nichts Romantisches. Der amerikanische Westen jedoch … ach, das waren heldenhafte Zeiten! Rostow besaß alle Filme von Sergio Leone. Und die John-Ford-Streifen mit John Wayne. Aber der beste Western von allen war Sam Peckinpahs *The Wild Bunch – Sie kannten kein Gesetz.*

Wie es sich wohl angefühlt hätte, damals zu leben? Die Deutschen waren in Mexiko. Die Spanier und Portugiesen in Süd- und Mittelamerika. Die Franzosen in Kanada und der Karibik.

In der Neuen Welt des neunzehnten Jahrhunderts musste es wenigstens *ein paar* Russen gegeben haben.

Oh, wie gern wäre er einer von ihnen gewesen.

Mit Revolver und Pferd. Und natürlich mit Bourbon.

Und den Huren.

Seine Gedanken richteten sich erneut auf das Cowgirl, die *kuriza* mit den roten Haaren und dem blauen Diamanten an ihrem weißen Finger.

*Seinem* blauen Diamanten, *seinem* weißen Finger.

Er bog ab und wurde langsamer. Wladimir Rostow war stolz auf sich, weil er der Cowgirl-Polizistin die Schau gestohlen hatte.

Ich weiß nämlich, wohin Vimal Lahori unterwegs ist.

Sein Plan B.

Im Zuge der angeregten Plauderei im Keller des Imbisses im Modeviertel hatte Rostow von Kirtan nicht nur Vimals Namen und Adresse sowie ein paar Einzelheiten über seine Familie erfahren. Ein kleiner Schnitt hier, ein kleiner Schnitt da. Und sieh an, Vimal hatte eine Freundin.

*Ich werde es Ihnen sagen, aber tun Sie ihr nichts!!*, hatte Kirtan geschrieben (sprechen konnte er ja nicht, wegen der Kehlkopf-Sache).

»Nein, nein, *kuriza*. Ich werde ihr kein Haar krümmen. Ich möchte nur mit Vimal sprechen. Und auch ihm werde ich nicht wehtun. Großes Pinklerehrenwort.«

Rostow musste die Antwort zweimal lesen – die Hand des Jungen zitterte so sehr. *Werde sterben, bevor ich es sage, wenn Sie ihr wehtun.*

Was keinen Sinn ergab.

»Kein Haar. Wirklich.«

*Pinklerehrenwort.* Das hatte Rostow sich gerade ausgedacht, aber es gefiel ihm. Er würde das Wort wieder benutzen.

Er bückte sich und zog das Messer über den Fingernagel des Jungen.

Drei Minuten später, ta-daa! Vimals Freundin hieß Adeela Badour. Und sie wohnte in East Elmhurst, Queens, rund anderthalb Kilometer von Vimals Familie entfernt.

Die Überprüfung bei Google ergab, dass unter der Adresse ein gewisser Mohammad Badour lebte. Und ja, er hatte zwei Töchter, Adeela und Taalia, zweiundzwanzig und zehn. Wenngleich es im Netz leider keine Fotos der kleinen Racker gab. Manche Eltern waren ja *so* fürsorglich.

»Gibt es sonst noch jemanden?«, hatte Rostow gefragt, »der Vimal nahesteht?«

Kirtan hatte nachdrücklich den Kopf geschüttelt. Seine letzte Geste, bevor Rostow ihm die Kehle aufschlitzte. Genau genommen tat er ihm damit sogar einen Gefallen. Der Junge hätte sonst bis ans Ende seiner Tage mit der Schuld leben müssen, Vimal und seine Freundin verraten zu haben.

Nachdem er tot war – was eine Weile dauerte und eine ziemliche Sauerei verursachte –, schnitt Rostow ihm den kleinen Finger ab, an dem immer noch dieser lächerliche Ring steckte, und schob ihn in Kirtans offenen Mund. Der Versprechende musste sich keineswegs auf Diamanten an den Fingern nuttiger Verlobter beschränken.

Adeela Badour …

Noch ein kurzes Stück bis zu ihrem Haus.

An einer Ampel zog er eine Serviette aus der Tasche und hustete kurz hinein. Scheißdreck, dachte er wütend. Das ging schon sein ganzes Leben so. Die Zigaretten natürlich. Eines Tages würde er mit dem Rauchen aufhören. Dann würde sich auch das Problem in Luft auflösen.

Er fragte sich, ob diese Adeela wohl sexy war. Im Allgemeinen bevorzugte er Frauen mit heller Haut. Doch seitdem er über die kleinen persischen *kur* nachgedacht hatte, Kätzchen und Scheherazade, war er nicht abgeneigt, etwas Zeit mit einem dunkleren Mädchen zu verbringen, einer Araberin. Ach, egal, es spielte keine Rolle, ob sie sexy war. Er war hungrig. Er brauchte eine Frau. Und zwar schnell.

Oh, und der Versprechende würde das Pinklerehrenwort, das er Kirtan gegeben hatte, nicht brechen. Was auch immer Adeela bevorstand, ihr Haar würde nicht in Mitleidenschaft gezogen werden.

# 45

»Es wäre ein Abenteuer.«

»Ein Abenteuer?«, wiederholte Adeela Badour, der Vimals Wortwahl eindeutig zu denken gab. »Was soll das werden? Die Reise zum Goldschatz? Wie im *Hobbit*?«

Sie waren im Hinterhof. Die Badours hatten ein hübsches Backsteinhaus mit roten hölzernen Zierleisten. Es stand in East Elmhurst, Queens, rund anderthalb Kilometer von Vimals Familie entfernt. Zu diesem Viertel gehörte auch der Flughafen LaGuardia, und wenn der Wind ungünstig stand, mussten die Anwohner die dröhnenden Düsentriebwerke all jener Maschinen erdulden, die im Anflug auf Landebahn 4 über ihren Häusern einschwebten. Heute war es mehr oder weniger ruhig.

Das Haus der Badours war größer als das Haus der Lahoris; Adeelas Vater hatte eine gute Anstellung bei einem großen Technologiekonzern, und ihre Mutter war Krankenschwester, genau wie die von Vimal. Das Grundstück verfügte über einen Hof samt einem gepflegten Garten, was beides in dieser Gegend eine Seltenheit darstellte.

Soweit es Vimal betraf, war das Beste jedoch die frei stehende Garage hinter dem Haus. Als Zufahrt diente eine Gasse, die sich alle Anwohner hier teilten.

Und warum war die verstaubte Garage das Beste? Weil Vimal und Adeela sich dort zum ersten Mal geküsst hatten – ganz dreist auf der Rückbank des Subaru ihrer Mutter. Natürlich erst, nachdem die Eltern zu Bett gegangen waren. Sie hatten dort einander erforscht, berührt und geschmeckt, sich angenähert, den einen oder anderen Knopf geöffnet und schließlich auch ein oder zwei Reißverschlüsse.

Im Augenblick herrschte jedoch eine andere Stimmung, und es gab nur ein Thema: Flucht.

Vimal drängte Adeela in die Garage, um nicht gesehen zu werden, auch wenn er sich keine Sorgen machte, der Kerl mit der Skimaske könne hergefunden haben – das wäre unmöglich. Aber er wollte vermeiden, dass die Nachbarn ihn bemerkten und seinen Vater anriefen.

Adeela lehnte sich gegen ihren Wagen, einen alten dunkelgrünen Mazda (mit dem ebenfalls schöne Erinnerungen verbunden waren, trotz der lächerlich winzigen Rückbank). Für ein zweites Fahrzeug war kein Platz. Es gab hier aber eine abgenutzte Werkbank und eingedellte Umzugskartons mit ausgeblichenen Aufschriften. *Mutters Geschirr. Altkleidersammlung. Lehrbücher/Windeln.*

»Weißt du, ich nehme das nicht auf die leichte Schulter oder so«, sagte er. »Ich meine, es wäre doch mal was anderes.«

»Kalifornien?«, fragte sie. »Wieso ausgerechnet Kalifornien?«

»Warst du überhaupt schon mal da?«

Adeela sah ihn nachdenklich an und neigte den Kopf. »In einem fernen Land vor langer Zeit, da gab es einen magischen Ort weit draußen im Westen, noch jenseits des Menschenreichs.«

Vimal seufzte. Jetzt wurde sie auch noch sarkastisch. »Ich will bloß …«

»Disney, Legoland, San Francisco, Yosemite. Im Juli bin ich in Mammoth Lakes Ski gefahren.«

»Ich wollte nicht andeuten, du seist … wie heißt das Wort?«

»Jung, provinziell, naiv?«

Er seufzte erneut, aber nur leise. Dann fing er sich wieder. »Und? Hat es dir gefallen?«

»Vim! Natürlich. Aber das spielt doch hierfür keine Rolle. Wie kannst du einfach deine Sachen packen und weggehen – und von mir erwarten …«

»Nicht erwarten.«

»… dich zu begleiten?«

»Die UCLA bietet einen Studiengang Kunst mit Schwerpunkt Bildhauerei an. Und sie hat eine großartige medizinische Fakultät. Ich habe nachgesehen.« Dann nahm er ihre Hand.

»Das ist nicht der richtige Zeitpunkt.« Ihre braunen Augen verengten sich. »Du bist Zeuge eines Mordes geworden. Begreifst du endlich, dass dies keine normale Zeit ist? Geht das vielleicht mal in deinen sturen Schädel? Du machst Witze über Abenteuer? Das hier ist ernst!«

»Ich sage ja nicht, wir sollen heute beide in den Zug steigen. Ich fahre zuerst, besorge uns eine Wohnung und …«

»Mit dem Zug nach Kalifornien?« Ihre herrlich geschwungenen Augenbrauen rückten zusammen. »Na klar, du kannst gar nicht fliegen, weil dein Name auf einer Überwachungsliste steht. Niemand fährt mit dem Zug quer über den Kontinent, Vim. Fällt dir da nicht irgendwas auf?«

Er senkte den Blick. »Würdest du wenigstens darüber nachdenken?«

»Vim, sag ihm einfach, dass du keine Schleifarbeiten mehr erledigen willst.«

Er ließ ihre Hand los, wich zurück und ging zu dem kleinen schmutzigen Fenster in der Seitenwand der Garage, das halb von einer hartnäckigen Kletterpflanze verdeckt wurde. So absurd Adeelas Vorschlag auch in seinen Ohren klang, traf er jedoch mitten ins Schwarze. Er musste unwillkürlich auflachen.

Sein Vater, die eine Person, vor der die Polizei ihn nicht beschützen konnte.

Die Person, vor der er ebenso verzweifelt floh wie vor dem Killer.

Vimal liebte Adeela Badour, schon vom ersten Augenblick an. Es war in einem Café in Greenwich Village gewesen – einem dieser altmodischen Läden aus der Zeit lange – sehr lange – vor Starbucks. Sie hatte dort mit einem Anatomiebuch gesessen, über einem detaillierten Schaubild des Herzens gebrütet und die Namen der Venen, Arterien und Muskeln vor sich hin geflüstert – oder was auch immer Medizinstudenten über die Pumpe wissen müssen. Nun ja, vermutlich alles.

Er hatte sich hingesetzt und sein Michelangelo-Buch aufgeschlagen.

Das Gespräch, bei dem das Eis brach, drehte sich natürlich um die Anatomie. Aus Fleisch und Blut im einen Fall, aus Marmor im anderen.

Kurze Zeit später gingen sie zum ersten Mal miteinander aus und befanden sich seitdem in einer monogamen Beziehung. Schon bald konnte er sich gut vorstellen, sie eines Tages zu heiraten. Manchmal kam ihm das wie ein Ziel vor, das durch geschickte Planung erreicht werden konnte, wie bei so vielen Paaren. An den meisten Tagen jedoch erschien ihm das gemeinsame Jawort so realistisch wie der Versuch, durch heftiges Wedeln mit den Armen zu fliegen.

Sie hatten das *Romeo-und-Julia*-Problem.

Die Lahoris waren Hindus aus Kaschmir. Das ist eine wunderschöne Region im Norden des indischen Subkontinents und zugleich das Zentrum erbitterter Auseinandersetzungen. Sowohl Indien als auch Pakistan erheben Anspruch darauf – und halbherzig zudem China. In den letzten mehr als tausend Jahren hat die Herrschaft über die Region immer wieder ganz oder teilweise gewechselt – zwischen Hindus, Moslems und

Sikhs und natürlich den Briten, die dort einen ihrer »Fürstenstaaten« installiert hatten, ein Protektorat mit einem nominell unabhängigen einheimischen Herrscher. In der zweiten Hälfte des zwanzigsten Jahrhunderts lebte die Hindu-Bevölkerung von Kaschmir, die hauptsächlich aus Saraswati-Brahmanen bestand, vorwiegend im Kaschmirtal. Sie stellte ungefähr zwanzig Prozent der Gesamtbevölkerung, war moderat religiös, verband bequem das spirituelle mit dem weltlichen Leben und hielt sich so weit wie möglich aus den schwelenden Konflikten der Region heraus.

Dieser Zustand von Frieden und Abgeschiedenheit musste unweigerlich scheitern. In den 1980ern erhob sich in der Region eine militante Unabhängigkeitsbewegung aus radikalisierten Moslems, die auf ethnische Säuberungen abzielte und zu dem berüchtigten Exodus von 1990 führte, bei dem mehr als 150 000 Hindus aus Kaschmir flohen. Wer blieb, riskierte den Tod. Am Ende waren im Tal nur noch wenige Tausend Hindus übrig.

Vimal wurde in den Vereinigten Staaten geboren und hatte keine persönliche Beziehung zu diesen Ereignissen – die natürlich auch kaum im Geschichtsunterricht der amerikanischen Schulen vorkamen. Doch er wusste genau über die Unabhängigkeitsbewegung, die Vergewaltigungen und Morde und den Exodus Bescheid, weil Papa ihm und Sunny häufig Vorträge darüber hielt. Papa lebte zur Zeit der Vertreibung schon in den USA, doch viele seiner Verwandten wurden aus ihren Häusern geworfen und mussten alles zurücklassen. Man siedelte sie nach Indien um – in die verstopfte, dreckige, unendlich große Metropolregion Delhi. Papa war sicher, dass mehrere ältere Tanten und Onkel deswegen vorzeitig starben.

Und Papa hegte einen tiefen, unerbittlichen Hass auf alle Moslems. Wie beispielsweise Adeela Badour – sofern er von ihr gewusst hätte.

Es spielte keine Rolle, dass die Familie Badour schon viel länger hier lebte als Papa und dass ihre Vorfahren in keiner Beziehung zu den Radikalen im Kaschmirtal standen. Oder dass sie nur moderat religiös waren und weltliche Ansichten vertraten. Genauso wenig interessierte es Vimals Vater, dass die Moslems in Indien selbst unter den Schikanen der Hindu-Mehrheit zu leiden hatten.

Nein, das war ihm völlig egal.

Was für eine Ironie: Nach langem Kampf bestand Papa endlich und widerwillig nicht mehr darauf, die Ehen seiner Söhne zu arrangieren. Vimal hätte jede Hindu-Frau seiner Wahl heiraten können (wenngleich Papa ihn gelegentlich daran erinnerte, dass Akbar der Große, der berühmteste Herrscher des Mogulreichs, und seine Höflinge sich fast immer für Frauen aus Kaschmir entschieden hatten, wenn sie neue Eheweiber oder – ja, sein Vater benutzte tatsächlich dieses Wort – Konkubinen suchten, weil die so schön waren).

Am Ende und nach hartnäckiger Lobbyarbeit von Vimals Mutter hätte Papa womöglich sogar eine Frau akzeptiert, die keine Hindu war.

Doch eine moslemische Frau?

Niemals.

Aber es war eine moslemische Frau, die beim Tee in Greenwich Village die Zeichnung eines menschlichen Herzens betrachtet und zugleich auch Vimals Herz gewonnen hatte.

Er drehte sich nun zu ihr um, wie sie mit verschränkten Armen an dem Wagen lehnte.

»Sag es ihm«, wiederholte Adeela. »Du musst.«

Ich habe es doch versucht, dachte Vimal Lahori. Und wurde dafür in meinem eigenen Keller eingesperrt.

»Du kennst ihn nicht«, sagte er.

»Ich bin Moslemin, Vim. Erzähl mir nichts über Eltern.«

In der Garage breitete sich Stille aus, die plötzlich vom lauten Prasseln des Regens auf das ungedämmte Dach unterbrochen wurde. Vimal schaute nach oben und entdeckte ein verlassenes Vogelnest.

Adeela schüttelte resigniert den Kopf. »Tu, was du tun musst. Mein Studium hier dauert noch drei Jahre. Dann folgt die Assistenzzeit. Da wäre ich flexibel. Vielleicht Kalifornien. Ja, das könnte gehen. Aber ich brauche diese drei Jahre hier.«

Das war in keiner Weise als Drohung gemeint. Adeela drohte nie. Sie stellte einfach nur sachlich eine unbestreitbare Wahrheit fest: In drei Jahren kann viel passieren.

»Du wirst es tun, nicht wahr?«

Er nickte.

Sie schloss die Augen. Und drückte ihn an sich. »Hast du Geld?«

»Ein wenig.«

»Ich habe …«

»Nein.«

»Du kannst es dir leihen. Und ich kenne jemanden in Glendale.«

»Wo ist das?«

Sie lachte. »In Los Angeles. Mach deine Hausaufgaben. Sie hat ein Jahr lang an der NYU unterrichtet. Sie und ihr Mann sind wirklich gute Menschen. Warte hier. Taalia ist im Haus.«

Adeelas Eltern wussten nichts von Vimal, aber ihre kleine Schwester stand ihr sehr nahe. Die beiden Mädchen und Vimal hatten gemeinsam einige Filme gesehen und ein paarmal hastig zusammen gegessen. Besser, es gab diesmal keine Zeugen.

Nun bemerkte Vimal, dass auf der Werkbank Adeelas Telefon lag, daneben ihre Handtasche und der Wagenschlüssel. Das brachte ihn auf eine Idee. Er würde sich den Wagen leihen und damit in eine der Vorstädte fahren, die einen Bahnhof hatten. Irgendwo in Westchester County. Dort würde er den Wagen parken, und Adeela konnte per Bahn hinfahren und ihn sich abholen. Derweil würde er sich ein Amtrak-Ticket kaufen, zunächst nach Albany und von da aus weiter nach Westen.

Er steckte den Schlüssel ein. Sie würde es verstehen.

Dann hielt er inne. Draußen in der Gasse näherte sich ein Fahrzeug und stoppte mit leise quietschenden Bremsen. Der Motor ging aus. Vimal schaute aus dem Fenster, konnte aber nichts sehen.

Es hatte bestimmt nichts zu bedeuten. Ein Nachbar. Die Chance, dass der Killer Adeelas Adresse herausfand, war praktisch null, beruhigte er sich ein weiteres Mal.

Er lehnte sich gegen die Werkbank und wartete darauf, dass seine Julia zurückkehren würde.

# 46

Sie lebte in interessanten Zeiten.

Während sie die Stufen vom Hinterhof ins Haus hinaufstieg, dachte sie über Vimals Wunsch nach, dem Vater zu entfliehen. Sie verstand ihn nur zu gut – wie sie angedeutet hatte, konnte ihr eigener Vater ebenfalls ziemlich erdrückend werden. Doch in der Ehe der Badours war Adeelas Mutter der weitaus dominantere Teil, mochte dies für eine Kultur, die sich oft über die Männer definierte, auch seltsam erscheinen. (Das genaue Gegenstück zu Vimals Hindu-Familie.) Nach ihrem Studienabschluss würde Adeela sich für die Assistenzzeit und Facharztausbildung einen Ort außerhalb der Reichweite ihrer Mutter suchen.

Aber nicht zu weit entfernt. Wahrscheinlich in Connecticut (Adeela Badour liebte das bunte Herbstlaub dort, sie konnte einfach nicht genug davon bekommen). Eventuell auch auf Long Island.

Das war so ungefähr die maximale Entfernung.

Kalifornien? Auf gar keinen Fall.

Für Vimal würde es auch nicht das Richtige sein. Doch es war vielleicht keine schlechte Idee, wenn er jetzt für eine Weile an die Westküste verschwand. Bis man diesen Irren gefasst hatte.

Sie schaute ins Wohnzimmer und sah Taalia dort auf der Couch sitzen. Die Zehnjährige trug ein *Phineas-und-Ferb*-T-Shirt und eine Jeans. Adeela musste lächeln. Was für ein Kind unserer Zeit! Das Mädchen schrieb gerade eine Textnachricht auf demselben Telefon, das die großen rosafarbenen Kopfhörer auf ihren Ohren mit lauter Musik versorgte, und schaute dabei beiläufig auf dem Disney Channel einen Trickfilm ohne Ton.

Adeela nahm die Treppe in den ersten Stock und betrat ihr Zimmer. An der Wand hing das Periodensystem der Elemente, die allerdings jeweils durch eine japanische Animefigur repräsentiert wurden – von Sailor Moon als Wasserstoff bis Vegeta als Ununoctium. Adeela hatte es nach einer Internetvorlage selbst angefertigt. Belustigt erinnerte sie sich daran, wie erbittert sie sich als junges Mädchen mit ihrer Mutter wegen anderer Poster gestritten hatte, die sie aufhängen wollte: Boygroups. Dabei hatten weder die Jungen sie interessiert noch deren Musik. Sie hatte das alles nur aus Trotz veranstaltet.

Wie *unglaublich* reif von mir, dachte sie nun.

Sie nahm ihr Scheckbuch aus einer Mappe und setzte sich für einen Moment. Adeelas Konto war gut gefüllt. Seit der Highschool hatte sie in mehreren Jobs gearbeitet, und das Medizinstudium war zwar unerhört kostspielig, wurde aber größtenteils durch einen Studienkredit finanziert (für den der Tag der Abrechnung noch einige Jahre in der Zukunft lag). Sie überprüfte den Kontostand. Und seufzte. Dann stellte sie Vimal einen Scheck über zweitausend Dollar aus.

Sie riss das Formular von dem Block ab und empfand das Geräusch als irgendwie sonderbar und beunruhigend, beinahe chirurgisch. Vimals Wunde fiel ihr wieder ein – und seine Weigerung, eine Notaufnahme aufzusuchen.

Sie seufzte ein zweites Mal.

Adeela ging die Treppe hinunter und war in der Küche auf dem Weg zur Hintertür, als sie ein vertrautes Klicken hörte.

Jemand öffnete soeben die Haustür.

O nein! Ihre Mutter musste früher nach Hause gekommen sein. Aber warum dann durch die Vordertür? Sie hätte doch in der Gasse neben der Garage geparkt.

Adeela schlich zum Durchgang und spähte um die Ecke ins Wohnzimmer. Der Anblick ließ sie erstarren. Ihr stockte der Atem.

Ein Mann mit schwarzer Jacke und Skimaske, in der Hand ein Teppichmesser, schaute sich um. Er entdeckte Taalia und näherte sich ihr leise von hinten.

Nein, nein, nein!

Adeela wich zurück, sah sich in der Küche um und rannte zur Arbeitsplatte. Gleich darauf eilte sie mit großen Schritten in den Flur, in der Hand das Tranchiermesser mit der fünfundzwanzig Zentimeter langen Klinge. Mit stählernem Blick fixierte sie den Eindringling.

Der Mann nahm überrascht das Messer zur Kenntnis und lächelte unter der Maske. »Ah, kleines Vögelchen. Was haben wir denn da? Du bist die Große, Adeela.«

Das musste der Killer sein.

»Und die süße kleine Taalia. Meine Vögelchen.«

Woher zum Teufel kannte er ihre Namen?

»Was wollen Sie?« Ihre Stimme zitterte nicht. Sie empfand wirklich keinerlei Furcht. In ihrer Vorstellung war dieser Mann eine Infektion, ein krankes Blutgefäß, ein zertrümmerter Knochen. Ein klinisches Problem, um das man sich kümmern musste.

Er kam näher. Sie hob das Messer auf die Höhe ihrer Taille. Die geschliffene Schneide zeigte nach oben. Das hatte sie mal in irgendeinem Spionagefilm so gesehen.

Er blieb stehen.

Und zog mit der anderen Hand eine Pistole aus der Tasche.

Adeelas Entschlossenheit geriet für den Bruchteil einer Sekunde ins Wanken. Kam dann aber zurück. Irgendwie rang sie sich sogar ein Lächeln ab. »Ein Schuss? Die Nachbarn sind zu Hause und würden ihn hören. Die Polizei wäre sofort hier.«

Er nickte in die Richtung ihrer Schwester, die von alldem noch immer nichts mitbekommen hatte. »Was hört sie sich da an?«, fragte er mit einem merkwürdigen Akzent. »Die Musik, die heutzutage alle Kids hören? Richtig übler Mist, meinst du nicht auch? Ich mag Streicher und gefühlvolle Bläser, wenn du weißt, was das ist.«

»Wollen Sie Geld? Wollen Sie den Fernseher?«

Er sah kurz hin. »Ein Sony? Sechzig Zoll? Oh, gern. Hilfst du mir, ihn zum Auto zu tragen? Danke schön, Vögelchen. Nein, nein. Du weißt, was ich will. Also raus damit.«

Er richtete die Pistole auf Taalias Hinterkopf.

»Nein«, knurrte Adeela und trat mit dem Messer vor. »Nehmen Sie sofort die Waffe da weg.«

»Aber du bist doch so sicher, dass ich nicht abdrücken werde. Wieso machst du dir dann Sorgen?«

»Sofort.«

Er zögerte und war sich anscheinend nicht sicher, was er von ihr halten sollte. Dann senkte er die Pistole.

»Falls ich Ihnen verrate, was Sie wissen wollen, lassen Sie uns dann in Ruhe?«

»Wann kommen eure Eltern nach Hause?«

»Bald«, sagte sie.

»Und dein Vater ist ein Cop oder Soldat, der ständig eine große Knarre mit sich herumträgt, richtig? Und der Karate kann wie Bruce Lee.«

»Nein. Aber je mehr Leute hier sind, desto mehr sind Sie am Arsch.«

»Ha! Nein, nein, ich würde sagen, hier kommt in der nächsten Zeit niemand nach Hause. Du hast da ein hübsches Messer. Ich auch. Vielleicht sollten wir mal ausprobieren, wer den anderen zuerst damit erwischt.« Er grinste schon wieder.

Taalia hatte noch immer keine Ahnung, welches Drama sich hinter ihr abspielte. Ihr kleiner perfekter Kopf nickte im Rhythmus eines Liedes.

Er richtete die Waffe nun auf Adeela. »Ich habe keine Zeit für diesen Scheiß.« Das Grinsen verschwand. »Vimal. Wo ist er?«

»Das weiß ich nicht.«

»Doch.«

Er steckte die Pistole wieder ein, schob mit dem Daumen die Klinge weiter heraus und machte einen Schritt auf Taalia zu.

Adeela trat noch weiter vor, ihre Brust hob und senkte sich unter tiefen Atemzügen, ihr Herz klopfte wie wild. Mein Blutdruck geht bestimmt gerade durch die Decke, dachte sie mit manischer Klarheit, und der Adrenalinspiegel explodiert.

Die blauen Augen des Mannes waren kalt wie Murmeln. Er würde ebenso bedenkenlos ein Kind töten, wie er jetzt mit ihr redete.

Doch dann runzelte er die Stirn und neigte den Kopf.

Die Sirenen waren gerade so eben vernehmbar.

Endlich!

Er schaute an Adeela vorbei in die Küche – und zu der offenen Wandklappe, hinter der sich die Steuerung der Alarmanlage verbarg. Außerdem der Panikknopf, mit dem Adeela die Polizei gerufen hatte, als sie das Messer holte.

Die Schultern des Mannes hoben sich, und seine Augen funkelten vor Wahn. Dann wollte er Taalia packen, vielleicht um sie zu kidnappen und irgendwie gegen Vimal einzutauschen.

Das würde Adeela nicht zulassen. Sie sprang vor und schwang das Messer. Ohne zu überlegen, ohne Plan, einfach nur auf sein Gesicht zu und so schnell, dass das Metall gar nicht zu sehen war.

Er war viel größer als sie und bestimmt auch viel stärker – und besaß zweifellos deutlich mehr Erfahrung im Umgang mit einer Klinge. Doch er hatte mit ihrem Angriff nicht gerechnet und stolperte zurück. Adeela stellte sich zwischen Taalia und ihn.

Er verharrte einen Moment lang, und sie befürchtete, dass er die Pistole ziehen und sie beide ermorden würde. Ohne konkreten Anlass – er trug diese Maske, und sie konnte ihn nicht identifizieren. Aber er war eben verrückt.

Die Sirenen waren nun lauter.

Er verzog das Gesicht. »Du verfluchtes Vögelchen, das merke ich mir. Ich komme bald wieder zu Besuch.« Dann floh er zur Vordertür hinaus. Adeela folgte ihm bis auf die Veranda. Sie sah ihn in einen roten Toyota einsteigen und davonrasen. Das Nummernschild konnte sie nicht erkennen.

Dann rannte Adeela zu ihrer Schwester und riss sie auf die Beine. Der Kopfhörer fiel herunter, und das Mädchen kreischte erschrocken und verängstigt auf.

»Was ist denn?«

»Komm mit.«

»Warum? Ich …«

»Sofort!«, befahl die ältere Schwester.

Taalias rundes Gesicht – dunkler als das von Adeela – nickte langsam. Ihr Blick war voller Angst auf das Messer gerichtet.

Mit dem Mädchen an der Hand lief Adeela zur Hintertür hinaus und weiter in die Garage.

Dort schaute Vimal aus dem Fenster. »Ich höre Sirenen«, sagte er und drehte sich um. »Was hat das …?« Seine Stimme erstarb beim Anblick des Messers und der weinenden Taalia.

»Er war hier«, herrschte Adeela ihn mit lautem Flüstern an. »Dieser Mann war hier.«

»Dieser Mann?«

»Du weißt, wen ich meine!«, schimpfte sie.

»Nein! Wo ist er?«

»Er ist weggefahren. Ich konnte die Polizei rufen.«

»Geht es dir gut?«

»Ja, großartig«, erwiderte sie noch leiser und noch wütender. »So eine Messerstecherei ist wirklich erfrischend.«

»Was?« Er starrte sie an.

Sie warf einen Blick aus dem Fenster – um sich zu vergewissern, dass der Eindringling nicht nur einen Bogen gefahren war, um nun auf der Rückseite des Hauses zu lauern.

»Wir müssen weg von hier. Sofort«, sagte Vimal. »Wir fahren nach Westchester. Ihr kommt erst mal mit und setzt mich an einem Bahnhof ab.«

»Nein«, entgegnete sie.

»Doch, steigt ein. Bitte. He, Taal, wollen wir einen Ausflug machen?« Er rang sich irgendwie ein Lächeln ab.

Taalia versteckte sich hinter ihrer Schwester und wischte die Tränen weg. »Was ist denn los?«

»Es ist alles in Ordnung«, sagte Vimal sanft.

»Nein, es ist gar nichts in Ordnung«, flüsterte Adeela.

Vimal öffnete das Garagentor und sah hinaus.

»Die Luft ist rein«, sagte er und setzte sich ans Steuer des Wagens. »Steigt ein. Nimm dein Telefon und die Handtasche mit.« Er wies auf die Werkbank. »Wir rufen von unterwegs die Polizei und eure Eltern an.«

»Nein«, flüsterte sie.

»Ich muss gehen! Und ich will euch nicht hier zurücklassen.«

Sie lächelte mild. Dann trat sie an das offene Fenster der Fahrertür und beugte sich vor.

»Ihr kommt nicht mit?«, fragte Vimal.

»Nein.«

Sie reckte den Kopf und küsste ihn.

»Ich liebe dich«, flüsterte er.

»Ich dich auch«, sagte sie.

Und dann stach sie mit dem Messer in den linken Vorderreifen des Wagens, der kurz erzitterte und dann zischend bis auf die Felge hinabsank.

# 47

Vimal Lahori befand sich in Schutzhaft. Endlich.

Der Versprechende, auch bekannt als Täter 47, hatte die Adresse seiner Freundin in Erfahrung gebracht und war dort aufgetaucht, um sie offenbar mittels Folter dazu zu bringen, den Aufenthaltsort des Jungen zu verraten. Doch die junge Frau hatte die Geistesgegenwart – und den Mut – besessen, die Polizei zu verständigen und ihm die Stirn zu bieten.

Rhyme wurde in seinem Salon von Amelia Sachs auf den neuesten Stand der Dinge gebracht. Sie hatte mit Vimal in einem sicheren Versteck des NYPD auf Staten Island gesprochen.

Sachs fügte hinzu, die Beamten, die als Erste am Schauplatz eintrafen, hätten über Funk den Wagen des Täters zur Fahndung ausgeschrieben – einen roten Toyota, Modell unbekannt – und Vimal dann in Gewahrsam genommen.

Der junge Mann sei mürrisch, aber kooperativ, berichtete Sachs. Er könne jedoch leider mit keinen neuen Erkenntnissen aufwarten. Angeblich hatte er sich aus lauter Angst nicht bei der Polizei gemeldet, doch Rhyme nahm an, dass auch das Seifenoperndrama seines Familienlebens nicht ganz unschuldig daran war, so wie von Sachs vermutet. In seiner Tasche hatte er einige Steinbrocken bei sich getragen – aus Kimberlit, wie es schien. Sie enthielten kristalline Anteile, womöglich Diamanten, und Rhyme fragte sich, ob sie wohl aus Patels Beständen stammten. Falls Vimal sie einfach so an sich genommen hatte, würde auch das erklären, weshalb er die Polizei meiden wollte.

Was den Tag der Morde an der Siebenundvierzigsten Straße betraf, so sei er von einer Besorgung im Auftrag von Mr. Patel zurückgekehrt und mitten in das schreckliche Geschehen geplatzt. Er habe den Notruf gewählt und alles berichtet, was er gesehen hatte.

Sachs fügte hinzu, Vimal wisse nichts über die gestohlenen Rohdiamanten, und sein Mentor Patel habe auch nichts von etwaigen verdächtigen Ereignissen erzählt, zum Beispiel einer versuchten Ausspähung oder ungewöhnlichen Anrufen. Es habe in letzter Zeit zudem keine Laufkundschaft gegeben, die Fragen über Diamanten gestellt, aber in Wahrheit auf Kameras oder Wachpersonal geachtet habe. Soweit Vimal wusste, hatte Patel innerhalb der Branche keine Feinde, die zu solcher Gewalt greifen würden. Und er könne es zwar nicht mit Gewissheit sagen, aber die Annahme, Patel habe Verbindungen zum organisierten Verbrechen oder Schulden bei einem Kredithai, sei absurd.

Auf Sachs' Frage hin hatte Vimal ihre Schlussfolgerungen bestätigt: Er war ein Amateurbildhauer und hoffte auf eine erfolgreiche Karriere in der Kunstwelt. Das erklärte die anderen Partikel vom Tatort: Jade und Lapislazuli.

Die Untersuchung von Adeelas Haus auf mögliche Spuren des Überfalls durch Täter 47 ergab nichts Neues. Und auch der rote Toyota war nirgendwo gesichtet worden.

Andere Erkundigungen verliefen ebenfalls im Sande. Bei der Überprüfung der Hotelanmeldungen tauchte weder ein Gast namens Dobyns auf noch eine der anderen Identitäten, die Täter 47 laut Auskunft des AIS während seiner Anreise benutzt hatte.

Homeland Security und FBI ermittelten weiterhin in möglichen Terrorfällen – von denen es jede Menge gab, aber keinen, bei dem es um C4 oder *lehabah*-Vorrichtungen ging, um vermeintliche Erdbeben im Zentrum von Brooklyn oder um Brände in dessen näherer Umgebung.

Bei der systematischen Suche nach möglichen zukünftigen Zielen – Wohnungen und Häuser mit hohem Holzanteil im Umkreis von einem Kilometer um die Baustelle – stieß man auf keine weiteren *lehabahs* an den Gasleitungen.

Edward Ackroyd hatte niemanden gefunden, der versucht hätte, die Rohdiamanten auf dem Schwarzmarkt anzubieten.

Rhyme fuhr ans Fenster und schaute hinaus in den grauen ruhigen Abend. Sogar die immergrünen Pflanzen wirkten gedämpft und ausgebleicht. Auf der anderen Straßenseite ging ein Mann vorbei und wich den vereisten Stellen aus. Sein Hund – ein kleines Fellknäuel – lief völlig unbekümmert darüber hinweg.

Rhyme schloss frustriert die Augen.

Dann geschah etwas, das nicht allzu oft vorkam: Es gab eine unerwartete Wendung.

Sie traf in Form von Ron Pulaski ein, der den Salon betrat, Rhyme und Sachs grüßend zunickte und sagte: »Ich hab vielleicht was, Lincoln. Über 47.«

Der Zusatz sollte verdeutlichen, dass es nicht um ihren anderen – geheimen – Auftrag ging, die Untersuchung der Spuren im Fall El Halcón.

»Nun, *ich* habe im Moment rein gar nichts zu bieten, also her damit.«

»Ich habe mich gefragt, wer ein Motiv haben könnte, die Baustelle zu sabotieren. Wir haben ja schon über die Umweltschützer gesprochen. Aber das kam mir zu offensichtlich vor. Also habe ich mir mal die Konkurrenten auf dem Energiesektor vorgenommen.«

»Gut. Sie zeigen Initiative«, stellte Rhyme zufrieden fest. »Was haben Sie herausgefunden?«

»Eine Beschwerde gegen Algonquin Power bei der Bundeshandelskommission wegen unlauterer Geschäftsmethoden.«

Oh, das klang interessant.

»Offenbar hat der Konzern einen Oppo-Lobbyisten angeheuert …«

»Einen was?«

»Einen Oppo-Lobbyisten. Diese Leute graben Informationen aus – oder *konstruieren* Informationen –, die geschäftlichen Rivalen oder politischen Gegenkandidaten schaden sollen.«

»Oppo. Das ergibt einen Sinn. Aber der Begriff gefällt mir trotzdem nicht. Reden Sie weiter.«

»Die Firma wurde beauftragt, alternative Energien in Verruf zu bringen – jede Technologie, die zu Umsatzeinbußen bei der herkömmlichen Stromgewinnung aus Öl oder Gas führen würde. So wurden zum Beispiel Gerüchte in Umlauf gebracht, dass Windparks Seemöwen töten. Und dass Solarpaneele durch ihr Gewicht die Wahrscheinlichkeit erhöhen, dass ein Dach bei einem Brand einstürzt und das Leben der Feuerwehrmänner gefährdet. Es wurden sogar tote Seemöwen von irgendwo anders besorgt und in der Nähe von Windrädern ausgelegt und Bilder von eingestürzten Brandruinen veröffentlicht, obwohl deren Solaranlagen nichts mit dem Einsturz zu tun hatten.« Er lächelte. »Außerdem wurden Nachforschungen darüber angestellt, ob …«

»… Geothermiebohrungen zu Erdbeben geführt haben.«

»Richtig.«

»Algonquin«, grübelte Sachs. »Wer von denen war da im Fernsehen?«

Thom wusste es noch. »C. Hanson Collier. Der Vorsitzende oder Generaldirektor.« Er runzelte die Stirn. »Aber hat er sich nicht *für* die Nutzung von Erdwärme ausgesprochen?«

»Was blieb ihm denn anderes übrig?«, fragte Sachs. »Er musste doch unschuldig tun. Und wo ich nun darüber nachdenke, hat er das nicht so formuliert, als wären Erdbeben bloß *ziemlich unwahrscheinlich*? Als sei die Geothermie *im Großen und Ganzen* sicher? Eine Art vergiftetes Lob.«

Rhyme warf ihr einen Blick zu.

Sie nickte und sagte zu Pulaski: »Wir machen einen Ausflug.«

* * *

Amelia Sachs war nicht zum ersten Mal hier.

Vor einer Weile hatte das Stromnetz von New York City eine wichtige Rolle bei diversen Verbrechen gespielt. Zu den Verdächtigen hatten auch Mitarbeiter der Algonquin Consolidated Power and Light in Astoria, Queens, gezählt.

Sachs und Rhyme hatten den Fall gelöst.

Das Hauptkraftwerk und die Zentrale des Konzerns, der den Großraum New York mit Strom und Fernwärme versorgte, standen am East River – gegenüber von Midtown Manhattan. Das Gelände umfasste mehrere Blocks, und das größte Gebäude mit seiner rot und grau gemusterten Fassade ragte sechzig Meter hoch auf. Es beherbergte die Turbinen, die den Dampf für die Generatoren erzeugten, und von ihm aus verliefen massive Rohre und dicke, unelastische Kabel in alle Richtungen.

Vier gewaltige Schornsteine, ebenfalls rot und grau, erhoben sich bis weit in den Himmel, und an ihren Spitzen warnten blinkende rote Lichter alle tief fliegenden Luftfahrzeuge. Im Sommer schienen die Schlote gar keinen Dampf auszustoßen, doch zurzeit, in der hartnäckigen Märzkälte, schraubten sich weiße Schwaden zur trüben Wolkendecke hinauf.

Sachs und Pulaski bogen in die Zufahrt ein und kamen am Haupttor zum Stehen. Sie zeigte dem Wachmann ihre Dienstmarke und sagte, sie habe einen Termin beim Generaldirektor. Der dicke Mann, dessen Haut so bleich wie der Himmel war, musterte sie und Pulaski, der seine Uniform trug. Dann tätigte er einen Anruf, nickte bestätigend und sagte ihr, wo sie parken sollte.

In der Lobby erwartete sie ein zweiter Wachmann und führte sie in denselben Bereich, den Sachs schon vor einigen Jahren im Zuge des damaligen Falls kennengelernt hatte: den Verwaltungstrakt. Es sah hier aus wie in den Fünfzigerjahren, mit »modernem« Mobiliar in geometrischem Design. Die vorherrschenden Farben waren Braun, Weiß und Gelbbraun.

Die Kunst an den Wänden bestand aus Schwarz-Weiß-Fotos des Kraftwerks im Laufe der Jahrzehnte.

Die Angestellten hier – hauptsächlich Männer – waren gekleidet, als hätten auch sie siebzig Jahre in einer Zeitkapsel verbracht. Weiße Hemden, dunkle Krawatten, dunkle Anzüge, oft mit zugeknöpften Jacketts. Das Haar wurde kurz getragen. Sachs glaubte plötzlich die Brylcreem ihres Vaters zu riechen, doch dabei musste es sich um ein psychologisches Phänomen handeln, kein olfaktorisches.

Der Wachmann brachte sie zu einem Wartezimmer vor dem Büro des Generaldirektors C. Hanson Collier. Als Sachs und Rhyme den früheren Fall bearbeitet hatten, war er noch nicht der Chef der Firma gewesen, doch sie fragte sich, ob sie ihm damals hier auf den Fluren wohl über den Weg gelaufen sein mochte.

Ihr Blick fiel auf den nierenförmigen Couchtisch mit einer Auswahl von Branchenmagazinen. *Electricity Transmission Monthly. Power Age. The Grid.* Eine zerlesene Ausgabe des *Time Magazine* von vor etwa einem halben Jahr.

»Wie wollen wir die Sache angehen?«, fragte Pulaski.

»Wir fühlen ihm ein wenig auf den Zahn«, sagte Sachs. »Lassen ihn wissen, dass Sie das Memo gefunden haben. Beobachten seine Reaktion.«

Manchmal löste man einen Fall anhand von DNS- und Partikelspuren. Manchmal dank einer überraschten Miene und Schweißtropfen auf einer Stirn. Eine Freundin und Kollegin von Sachs und Rhyme arbeitete als Vernehmungsexpertin beim California Bureau of Investigation und war auf Körpersprache spezialisiert. Und obwohl Sachs in der Kunst der Kinesik bei Weitem nicht so versiert war wie Kathryn Dance, hatte sie während ihrer Jahre als Streifenpolizistin durchaus einige Erfahrungen auf diesem exotischen Gebiet gesammelt.

Zudem blieb ihnen kaum etwas anderes übrig. Es gab keine Spuren, die eine Verbindung zwischen Collier und den Erdbeben oder Täter 47 belegt hätten. Falls er tatsächlich dahintersteckte, würde er zudem darauf geachtet haben, nicht persönlich in Erscheinung zu treten – abgesehen von dem Arrangement zur Bezahlung des Täters. Und nicht mal das war sicher. Die Oppo-Firma könnte alles für ihn erledigt und Collier dann eine Rechnung über »Medienanalysen und Themenplatzierungen« geschickt haben.

Eine akkurate junge Frau in einem braunen Kostüm erschien in der offenen Tür und bat Sachs und Pulaski, ihr zu folgen. Sie bogen auf einen weiteren langen Korridor ein und erreichten schließlich das Büro des Generaldirektors. Die Assistentin bedeutete ihnen, sie mögen eintreten.

Collier sah wie ein ehemaliger Bergarbeiter aus – was nicht abwegig gewesen wäre, wenn man bedachte, dass er nun einem Kraftwerk vorstand. Doch Sachs hatte einige Nachforschungen angestellt und erfahren, dass er zuvor als Generaldirektor eines großen Bekleidungsherstellers gearbeitet hatte. Sie nahm an, dass im Geschäftsleben die gleichen Prinzipien galten, egal, ob man BHs oder Strom verkaufte.

»Kommen Sie herein, Detective. Officer.«

Sie reichten sich die Hände, und Collier bat sie, Platz zu nehmen. Die Stühle, Sofas und der Couchtisch waren noch dieselben wie vor einigen Jahren.

»Also, was kann ich für Sie tun?«

Sachs übernahm die Führung. »Mr. Collier, sind Sie mit den Geschichten über die Erdbeben in Brooklyn vertraut?«

»Natürlich. Sehr merkwürdig.« Er knöpfte sein dunkelgraues Jackett auf. Die amerikanischen Flagge, die als Anstecknadel an seinem Revers hing, stand auf dem Kopf. »Es wird spekuliert, jemand habe mit Sprengladungen nur so getan, als würden sich Beben ereignen. Niemand weiß, warum. Vielleicht um die Geothermieanlage zu verhindern. Zumindest schreiben das manche der Journalisten. Ein Fall von Industriesabotage.« Die Falten seines blassen Gesichts vertieften sich; es war ein natürliches Muster, nicht die Folge von Sonneneinstrahlung. Als würde er tief unter der Erde arbeiten und sogar wohnen. »Und weshalb genau sind Sie hier, Detective? Ich kann es mir fast schon denken.«

»Wegen der Beschwerde gegen Algonquin Power bei der Bundeshandelskommission.«

Collier nickte. »Wissen Sie, diese Vögel wurden nicht vorsätzlich getötet. Unsere Firma hat jemanden beauftragt, in der Gegend herumzufahren und tote Seemöwen einzusammeln. Stellen Sie sich einen Praktikanten vor, an seinem ersten Arbeitstag. ›Wir brauchen tote Vögel, Junge.‹ Obwohl es stimmt, dass die Rotorblätter der Windräder zahlreiche Vögel erschlagen. Wir haben nur ein paar Extras hinzugefügt – wegen des Effekts. Und die Brände mit den Solarpaneelen? Das sind unstrittige Fakten. Die Fotos haben nicht unbedingt Dächer gezeigt, die *wegen* der Paneele eingestürzt sind. Doch was zählt schon ein wenig künstlerische Freiheit unter Kapitalisten? Sie glauben, wir hätten diese Explosionen verursacht, um es so aussehen zu lassen, als wären die Bohrungen für die Erdstöße verantwortlich.«

»Haben Sie? Ihre Oppo-Firma hat entsprechende Recherchen betrieben. Das stand auch in dem Memo.«

»Richtig, das stand da. Aber wenn Sie mich im Fernsehen gesehen haben, wovon ich mal ausgehe, dann werden Sie sich erinnern, dass ich Northeast und das Erdwärmeprojekt *verteidigt* habe.«

»Das ist keine Antwort auf meine Frage. Sabotieren Sie diese Baustelle?«

»Nein. Reicht Ihnen das als Antwort aus?«

»Und die Oppo-Firma?«

»Die habe ich schon vor einem Jahr gefeuert. Die schlechte Publicity war den Aufwand nicht wert. Ein paar tote Seemöwen, gestorben eines natürlichen Todes. Sie hätten mal die hasserfüllten E-Mails sehen sollen, die wir bekommen haben.«

»Das hätte Ihnen eine Lehre sein können, vorsichtiger zu sein«, sagte Pulaski.

»Nein, Officer, es war uns eine Lehre, uns schlauer anzustellen – im Umgang mit alternativer Energie. Wir versuchen nicht mehr, sie aus dem Geschäft zu verdrängen.«

Er zog eine Firmenbroschüre aus seiner Schreibtischschublade und legte sie vor die beiden Besucher hin. Dann schlug er die erste Seite auf und tippte auf eine Passage. Zu Algonquins hundertprozentigen Tochterunternehmen gehörten drei Windparks in Maine und eine Solarzellenfabrik.

»Wir *kaufen* sie.« Er öffnete eine andere Schublade, nahm einen dicken Schriftsatz heraus und warf ihn mit lautem Klatschen vor Sachs auf den Tisch. »Das muss aber bitte unter uns bleiben, wenn Sie nichts dagegen haben. Es wurde noch nicht bekanntgegeben.«

Sachs las die erste Seite des Dokuments:

KAUFVEREINBARUNG

Die Algonquin Consolidated Power and Light, Inc. (»Algonquin«) möchte zwanzig Prozent (20%) des ausgegebenen Aktienbestands (die »Anteile«) der Northeast Geo Industries, Inc. (»Northeast«) erwerben, und Northeast stimmt dem Verkauf dieser Anteile an Algonquin zu.

Zu diesem Zweck und unter Berücksichtigung der hier aufgeführten gegenseitigen Verpflichtungen vereinbaren die Parteien wie folgt:

Sie ersparte sich den Rest. »Sie erwerben Unternehmensanteile der Firma?«

»Falls es sich als profitabel erweist, kaufen wir auch noch den ganzen Rest. Das bleibt aber abzuwarten. Erdwärmetiefbohrungen zur Energiegewinnung – um vulkanische Reserven anzuzapfen – rentieren sich durchaus. Doch oberflächliche Bohrungen in großem Maßstab? Das steht noch nicht fest. Haben Sie zu Hause einen Heizkessel oder eine Wärmepumpe?«

»Einen Heizkessel.«

»Eben. Wärmepumpen sind was für Weicheier. Geothermie ist eine Wärmepumpe. Doch es gibt da draußen eine Menge Öko-Weicheier. Daher hoffe ich, dass unsere Investition sich auszahlen wird. Wir werden sehen.«

Sachs' Telefon summte. Eine Textnachricht. Sie warf einen Blick darauf.

Dann stand sie auf. Pulaski sah sie an und erhob sich ebenfalls.

»Vielen Dank für Ihre Zeit, Mr. Collier.«

»Miss Evans begleitet Sie hinaus.« Mehr sagte er nicht und stand auch nicht auf. Er klappte eine Mappe auf und fing an zu lesen.

Die Assistentin erschien und führte sie den Flur entlang.

Als sie den Parkplatz betraten und außer Hörweite der Angestellten waren, flüsterte Pulaski: »Wir lassen es einfach so darauf beruhen? Er hat uns einen Vertrag gezeigt. Vielleicht hat er den vorsichtshalber gefälscht, um auf Besuche wie unseren vorbereitet zu sein. Woher wissen wir, dass er nicht doch hinter den Anschlägen steckt?«

»Daher.«

Sachs zeigte ihm die Nachricht, die Lon Sellitto ihr soeben geschickt hatte.

»Oh. Aha. Wir fahren nach New Jersey?«

»Wir fahren nach New Jersey.«

# 48

Dies ist ein Ort, an dem Erde in rauer und atemberaubender Schönheit auf Wasser trifft.

Dies ist ein Ort, an dem der Fels die Textur, den Schimmer und die Widersprüchlichkeit der Kunst annimmt.

Dies ist ein Ort, an dem Unterholz, Sträucher und Bäume sich mit der mühelosen Leichtigkeit von Rauchschwaden entlang steiler Klippen erheben.

Die ist ein Ort, an dem jemand, der sein Leben der Erde gewidmet hat, auf angemessene Weise abtreten kann.

Der Leichnam von Ezekiel Shapiro wurde nun in einem Rettungskorb der Feuerwehr die dreißig Meter hohe Klippe von Palisades Park hinaufgezogen.

Atemwolken stiegen in die kalte Abendluft. Sachs, Pulaski und einige Beamte der Staatspolizei von New Jersey sahen dem Bergungsteam bei der Arbeit zu. Sie standen unweit von Shapiros Wagen, der mit gelbem Absperrband gesichert war.

Selbstmord gilt immerhin als Straftat.

Nicht die Polizei, sondern der Versicherungsmann Edward Ackroyd hatte herausgefunden, dass Shapiro der Auftraggeber hinter Täter 47 war.

Nachdem Ackroyd seine Erkenntnisse an Sellitto weitergegeben hatte, hatte der Lieutenant einige Streifenwagen zu Shapiros Büro und Wohnung beordert, doch anscheinend hatte der Umweltschützer sie gesehen und begriffen, dass die Behörden ihm auf die Schliche gekommen waren.

Er hatte daraufhin im Internet einen Abschiedsbrief gepostet, war hierhergefahren und hatte sich umgebracht.

Shapiro hatte Täter 47 für zwei Missionen angeheuert. Die erste sah vor, die Geothermiebohrungen als umweltschädlich zu brandmarken und so die Schließung der Baustelle zu bewirken. Die zweite bestand darin, Jatin Patel zu überfallen und auszurauben. Der Diamantenschleifer war anscheinend dafür bekannt, für Minenunternehmen zu arbeiten, die die einheimische Bevölkerung vertrieben sowie ihre Dörfer und Flüsse verseuchten. Die gestohlenen Rohdiamanten sollten laut Ackroyd von 47 verkauft und der Erlös an Shapiro gegeben werden, der das Geld dann an diverse Hilfsorganisationen der betroffenen Herkunftsländer verteilen wollte.

*Obwohl ich nicht glaube, dass Ökofreaks oft zu C4 greifen … oder Häuser anzünden, in denen sich Menschen aufhalten …*

Mel Cooper hatte sich geirrt.

In seinem Abschiedsbrief betonte Shapiro jedoch, dass er sich verkalkuliert hatte. Sicher, er wollte die Stadt in Angst versetzen. Die Brände waren aber nicht seine Idee gewesen, sondern die des Wahnsinnigen, den er angeworben hatte – und der zwar seinen Zorn angesichts der Zerstörung der Erde teilte, aber eigenmächtig beschlossen hatte, Gasleitungen zu präparieren, um Menschen zu töten oder zumindest zu verletzen.

Womöglich waren es diese unbeabsichtigten Todesopfer gewesen, die Shapiro letztlich in den Selbstmord getrieben hatten.

»He, Amelia.«

Sie drehte sich um und sah einen etwa gleichaltrigen hochgewachsenen blonden Mann auf sich zukommen. Er trug eine Uniform – eine dunkle Hose mit einem orangefarbenen Streifen entlang der Außennaht, dazu ein pulverblaues Hemd mit Krawatte. Außerdem Latexhandschuhe und Füßlinge. Ed

Bolton war Sergeant bei der Spurensicherung der New Jersey State Police, Abteilung Kapitalverbrechen. Er streifte nun die kornblumenblauen Handschuhe ab und steckte sie in die Hosentasche.

Dass Bolton den Tatort untersucht hatte, war eine große Erleichterung. Er leistete ebenso gute Arbeit wie Amelia selbst.

Sie stellte ihn Pulaski vor, der fragte: »Wie haben Sie überhaupt hiervon erfahren?«

»Ein Trooper hat den abgestellten Wagen gesehen und das Nummernschild abgefragt. Das Fahrzeug war zur landesweiten Fahndung ausgeschrieben, seit ihr herausgefunden hattet, dass Shapiro für diese Erdbeben und Morde von gestern und vorgestern verantwortlich war.«

»Wurde er denn eindeutig identifiziert?«

»Ja. Einer unserer Jungs vom Sondereinsatzkommando hat sich abgeseilt, die Fingerabdrücke eingescannt und direkt an die Zentrale geschickt. Es ist Shapiro. Seit er vor ein paar Jahren bei einer Protestkundgebung verhaftet wurde, waren seine Abdrücke im System. Ganz schön beängstigend, Erdbeben vorzutäuschen.«

»Wie sieht es denn vor Ort aus?«, fragte Sachs.

»Alles deutet auf Selbstmord hin. Augenzeugen gibt es aber keine. Und er ist aus der Stadt hergefahren, also musste er keine Mautstelle passieren.«

Sämtliche Brücken und Tunnel, die nach New Jersey führten, waren gebührenfrei. Daher gab es keinerlei Videoaufnahmen, die zum Beispiel belegt hätten, dass jemand anders Shapiros Wagen gefahren hatte, während der Aktivist im Kofferraum lag. Was ohnehin unwahrscheinlich war. Niemand hätte ein Motiv, ihn zu töten – außer vielleicht Täter 47, der beschlossen haben könnte, die Diamanten für sich zu behalten. Doch sogar dann hätte er mit ihnen einfach nach Russland zurückkehren können, ohne sich um Shapiro zu kümmern.

Und falls er es wirklich auf Shapiro abgesehen hätte, hätte er dessen Tod nicht inszeniert, sondern den Mann schlicht erschossen, wann und wo immer er wollte. Der Russe war clever, scherte sich anscheinend aber kaum um die Feinheiten.

»Die gesicherten Beweise gehen nach Hamilton?«, fragte Sachs.

Dort lag die Zentrale der hiesigen Spurensicherung.

»Genau. Wir schicken euch so schnell wie möglich Kopien, auch vom Autopsiebefund.«

Sachs und Pulaski sahen, dass der Korb mit dem festgeschnallten Leichnam nun die Kante der Klippe erreichte. Zwei kräftige Mitarbeiter der Feuerwehr, ein Mann und eine Frau, zogen ihn auf festen Boden, lösten den Haken der Kabelwinde und trugen den Toten zu einem bereitstehenden Transporter.

Bei klarem Wetter hatte man von hier aus einen spektakulären Ausblick auf Manhattan. Heute im Dunst war der Eindruck eher bedrohlich. Nur wenige Lichter durchdrangen den grauen Schleier, wenngleich man die Umrisse zahlreicher großer und kleiner Gebäude erkennen konnte. Das alles sah aus wie eine Geisterstadt.

»Nehmen wir uns seine Wohnung vor«, sagte Sachs. »Mal sehen, was wir dort finden.«

# 49

Im Büro der Bundesstaatsanwaltschaft war es ruhig.

Dies war einer jener Momente – abends, an einem Wochentag –, die Henry Bishop besonders gefielen. Der größte Teil des Gebäudes war nun geschlossen, die meisten Mitarbeiter nach Hause gegangen.

Geblieben waren nur die wirklich loyalen, gewissenhaften und bedingungslos ihrer Aufgabe verschriebenen Kollegen.

Die Sorte Mensch, die der schlanke und zugegebenermaßen angespannte Staatsanwalt bevorzugte.

Dieser Ort war für ihn so tröstlich, wie das Apartment an der Upper West Side, das er seit dreizehneinhalb Monaten allein bewohnte, es nicht war.

Bishop blickte hinaus in die dunkle Nacht und grübelte über ein Dutzend – nein, zwei Dutzend – Einzelheiten des Falls El Halcón nach. Jeder Fall war von Bedeutung, dieser jedoch wichtiger als alle anderen in letzter Zeit. Die Verbrechen, die der Mexikaner begangen hatte – die Schüsse auf die Bundesbeamten und Polizisten –, waren alle schrecklich. Doch die Verbrechen, die er noch begehen *würde* – falls er freikam und in den Vereinigten Staaten Fuß fasste –, machten es erforderlich, ihn jetzt aufzuhalten.

Es gab unter Juristen den Spruch, man könne niemanden für zukünftige Straftaten verurteilen. Doch Hank Bishop sah das ein wenig anders. Wenn man jemandem für sein aktuelles Verbrechen eine möglichst lange Haftstrafe bescheren konnte, hatte man gewissermaßen alle weiteren Verbrechen »gelöst«, die diese Person womöglich noch begangen hätte.

Bishop würde dafür sorgen, dass El Halcón für sehr lange Zeit von der Bildfläche verschwand. Das würde die Ausbreitung des mexikanischen Kartells in die Vereinigten Staaten merklich verzögern und den Strom an Drogen, der sich in dieses Land ergoss, beträchtlich verringern. Ganz zu schweigen von den Begleiterscheinungen: Morde bei Verteilungskämpfen, unschuldige Zufallsopfer, Prostitution von Minderjährigen, Waffenhandel und Geldwäsche, die Tochtergesellschaften von El Halcóns Imperium.

Bei dem Gedanken an dieses Ziel fiel Bishop der eine wunde Punkt der gesamten Anklageerhebung ein: dass es ihm nicht gelungen war, die Identität von El Halcóns amerikanischem Partner in Erfahrung zu bringen, dem Mann, der hier die Leitung innehaben sollte, nachdem der Mexikaner nach Hause zurückgekehrt war. Dem Mann, dem das Lagerhaus eigentlich gehörte (Chris Cody, der bei dem Schusswechsel zu Tode gekommen war, hatte lediglich als Strohmann gedient, wusste Bishop).

Wie sehr Henry Bishop sich doch wünschte, diesen Mitverschwörer ebenfalls zur Rechenschaft ziehen zu können.

Wenigstens würde die Verurteilung von El Halcón dem mexikanischen Kartell einen empfindlichen Schlag versetzen.

Es klopfte an seinem Türrahmen.

Dort stand Special Agent Fallow.

»Kommen Sie herein.«

Der Mann betrat den Raum und setzte sich kerzengerade auf den Stuhl vor Bishops großem Schreibtisch, auf dem sich die Aktenmappen stapelten.

»Und?«

Fallow schlug seine eigene Mappe auf und konsultierte einige Notizen. »Ich glaube, wir sind so weit. Wir haben einen

Informanten in Mexico City. Er kennt einen der Typen, die mit Carreras-López hergekommen sind.«

Bishop liebte Informanten – oder einfach Spitzel. Sie waren entweder feige oder völlig gewissenlos. Beides machte sie überaus wertvoll.

»Es trifft offenbar zu, dass Lincoln Rhyme beauftragt wurde, unsere Beweise zu analysieren und nach Unregelmäßigkeiten zu suchen«, fuhr der Agent fort. »Die Abhebung bei JPMorgan Chase war ein Vorschuss, der sich nun in Rhymes Besitz befindet. Der größte Teil des Honorars – im Erfolgsfall eine halbe Million – soll überwiesen werden. Rhymes Bank- und Kontodaten liegen dem Anwalt vor. Ach, und falls Rhyme keine Fehler findet, bekommt er trotzdem noch zweihundertfünfzigtausend.« Fallow zuckte die Achseln. »Aber er hat nichts Illegales getan. Ich habe nach möglichen Interessenkonflikten gesucht, doch er hatte noch nie mit den beteiligten Anklagevertretern oder Ermittlern zu tun. Da ist nichts.«

Bishop schnaubte verächtlich. »Was kann er denn schon finden? Der Fall ist wasserdicht, richtig? Vollkommen wasserdicht.«

Fallow entgegnete nichts, sondern nickte nur.

»Wieso sollte Rhyme gegen uns arbeiten? Weiß er denn nicht, was für eine schändliche Kreatur El Halcón ist?«

Okay, das war ein wenig melodramatisch. Doch Bishop sprach oft so – mit anderen Leuten und auch mit sich selbst –, als würde er ein Schlussplädoyer für die Geschworenen halten.

»Was sind unsere nächsten Schritte, Sir?«

»Haben Sie herausgefunden, wer dieser uniformierte Beamte ist, der sich die PERT-Unterlagen verschafft hat?«

»Ja. Er heißt Ronald Pulaski. Eigentlich gehört er zur Streifenpolizei, wird aber oft an die Abteilung für Kapitalverbrechen ausgeliehen. Seine Akte ist sauber. Er wurde mehrfach für seine Tapferkeit belobigt.«

Unter anderen Umständen hätte Henry Bishop Skrupel gehabt, einen dekorierten Polizisten hinter Gitter zu bringen. Doch Pulaskis Zusammenarbeit mit Rhyme stellte eindeutig eine Straftat dar – noch dazu eine wirklich dämliche. Er hätte es besser wissen müssen. Hinzu kam, dass Pulaski ein Mann und – vermutlich – weiß war. Daher war es einfacher, seine Karriere zu zerstören.

»Wie lauten die Haftgründe gegen Pulaski?«, fragte Fallow. »Wir müssen hart zuschlagen, meine ich. Und ihnen das Handwerk legen.«

Das Handwerk legen? Seltsame Wortwahl. Doch im Prinzip war Bishop der gleichen Meinung.

»Behinderung der Justiz. Verschwörung«, fuhr der Agent fort.

»Außerdem der Diebstahl von Regierungsdokumenten.«

»Gut.«

»Er dürfte gegen einige Vertraulichkeitsbestimmungen und Dienstanweisungen des NYPD verstoßen haben. Aber das ist nicht unser Problem. Deren Innenrevision soll sich darum kümmern. Ich verfrachte ihn in ein Bundesgefängnis. Wenn er wieder rauskommt, kann der Staat mit ihm machen, was er will. In zehn Jahren. Besorgen Sie sich einen Haftbefehl gegen Pulaski, und nehmen Sie ihn so schnell wie möglich in Gewahrsam.«

Bevor er und Rhyme tatsächlich noch eine jener *Unregelmäßigkeiten* fanden, für deren Aufspürung man sie angeheuert hatte.

»Und Rhyme lassen Sie einfach so …?« Anscheinend wollte Fallow zunächst »laufen« sagen, entschied sich dann aber anders. »… davonkommen?«

»Nein. Wir kriegen ihn für die Entgegennahme der gestohlenen Regierungsdokumente dran. Gibt es eine Einrichtung, in der wir ihn unterbringen können?«

»Wie wäre es mit dem gesicherten Krankentrakt im Untersuchungsgefängnis?«

»Gut.«

»Er hat einen Betreuer, der sich rund um die Uhr um ihn kümmert.«

Bishop lachte auf. »Nun, ab jetzt nicht mehr. Das kann irgendein Krankenpfleger übernehmen.«

»Ich gebe dort schon mal Bescheid«, sagte Fallow.

Bishop sah aus dem Fenster. »Und noch etwas. Ich werde dafür sorgen, dass absolut jede Strafverfolgungsbehörde der USA erfährt, was Rhyme getan hat. Er wird nie wieder als Berater arbeiten. Ich hoffe, er hat genug für die Rente zurückgelegt. Nach seiner Entlassung aus der Haft wird er den Rest seines Lebens damit verbringen, zu Hause zu sitzen und sich Seifenopern anzuschauen.«

# IV

# DAS REIBEN

## Dienstag, 16. März

# 50

»Ich glaube, wir haben alles«, sagte Sachs. Rhyme fuhr in seinem Salon zu ihr hinüber.

Sie erläuterte ihm, Ackroyd und Sellitto die gefundenen Beweise und fügte dann ihre und Coopers Analyse hinzu.

»Diese Umweltschützer – One Earth. Bei denen haben wir nichts gefunden, abgesehen von einigen Partikeln, die Shapiro mit ihnen in Verbindung bringen, aber er war deren Leiter, also hat er sich natürlich jeden Tag dort aufgehalten. Die Spurensicherung der New Jersey State Police konnte am Ort des Selbstmords bei den Palisades nichts feststellen, das auf den Russen oder die Gasbomben hingedeutet hätte. In Shapiros Wagen gab es aber Kimberlitpartikel.«

»Was Shapiro mit der Baustelle oder Täter 47 oder beidem in Verbindung bringt«, sagte Rhyme.

»Richtig«, sagte Sellitto und merkte an, dass dies zwar ihre Vermutung bestätigte, aber keine neuen Informationen bedeutete.

Sachs fuhr fort, die Durchsuchung von Shapiros kleiner Wohnung in Upper Manhattan, die er allein bewohnt hatte, habe ebenfalls keine weiteren Anhaltspunkte erbracht. Dafür aber einige Erklärungen.

Versteckt unter einer Matratze hatte ein Lageplan der Geothermiebaustelle gelegen, auf dem die Bohrschächte des Areals 7 eingekreist waren, dazu fünfhunderttausend russische Rubel – was ungefähr achttausendfünfhundert Dollar entsprach und wahrscheinlich als Bonus für Täter 47 nach Abschluss des Auftrags gedacht war – und zwei ausgeschaltete Wegwerftelefone mit gelöschten Anruflisten.

»An den Telefonen waren keine Fingerabdrücke. Ich habe sie zu Rodney geschickt. Vielleicht können die Computergenies ihnen ja irgendwelche Informationen entlocken. Der Typ, den er angeheuert hat? Der Russe? Ja, der ist ein Söldner. Aber ich möchte wetten, er teilt außerdem Shapiros Ansichten. Er will die Erde retten und sich für den Schaden rächen, den wir angerichtet haben. Er ist lediglich radikaler als Shapiro: die Folter, die Sprengvorrichtungen an den Gasleitungen …«

Sachs fügte hinzu, sie habe in Shapiros Wohnung zahlreiche Partikel gefunden, die Rückschlüsse auf diverse Orte im Großraum New York zuließen: Mineralien, Erde, Sand, Dieseltreibstoff und Pflanzenmaterial. Manches davon mochte an den Schuhen von Täter 47 in die Wohnung getragen worden sein, doch ohne weitere Beweise zur Eingrenzung der Herkunftsorte half das den Ermittlungen vorläufig nicht weiter.

Rhyme fiel auf, dass Sachs die Tabelle betrachtete, in die sie die Funde eingetragen hatte. Sie wirkte nachdenklich. Dann bemerkte sie seinen Blick. »Weißt du, es war ziemlich traurig«, sagte sie.

»Traurig?«, murmelte Sellitto. »Das Arschloch hat ein halbes Dutzend Leute ermordet.«

»Oh, ich weiß. Er hat jedes Maß verloren, hat sich mitreißen lassen. Aber Sie hätten seine Wohnung sehen sollen.« Sachs erklärte, dort hätten mindestens tausend Bücher gestanden, die meisten über Umweltthemen. Und an die schäbigen Wände hatte er Protestposter und Fotos geklebt: von Shapiro und seinen Freunden in Haft oder während der Festnahme – einmal inmitten von Tränengas – als Folge ihrer Demonstrationen. Sie stellte sich vor, dass er beim Aufhängen der Bilder

Stolz empfunden und manch schöne Erinnerung damit verbunden hatte.

»Es war wie ein Schrein zu Ehren seiner Sache. Er hat viel Gutes bewirkt. Bis jetzt jedenfalls.«

Mord blieb natürlich Mord.

Rhyme sah ein weiteres Foto, das Sachs in Shapiros Wohnung aufgenommen hatte: eine schwarz-goldene Keramikurne mit einer Bronzeplakette. Sie enthielt die Asche seiner Frau. Rhyme hakte nach.

»Ich habe mich schlaugemacht«, sagte Sachs. »Sie ist an Krebs gestorben, mutmaßlich als Folge eines Giftmüllskandals, als sie noch ein Teenager war.«

Rhyme wendete und fuhr zu Edward Ackroyd, ihrem Versicherungsexperten und Helden der Stunde – denn ihm war die entscheidende Wende des Falls zu verdanken. Er versuchte gerade, den Diamantenhändler aus Manhattan zu erreichen, der ihn auf die Spur von Ezekiel Shapiro gebracht hatte. Der Aktivist hatte sich an den Händler gewandt und nach Jatin Patels Quelle für Diamanten erkundigt. Ob es zutreffe, dass er sie von Minenunternehmen kaufe, die die einheimische Bevölkerung ausbeuten würden?

Ackroyd hoffte, der Händler könne vielleicht mit zusätzlichen Informationen aufwarten – womöglich sogar mit einem Hinweis auf den Russen, den Shapiro angeheuert hatte.

Rhyme sah aus dem Fenster. In der Nacht hatte Eisregen die Vegetation vor seinem Haus in einen Panzer eingeschlossen. Er fragte sich, ob die Pflanzen dadurch zugrunde gehen würden oder ob das Eis die Blätter und Knospen lediglich vorübergehend in einen klaren Kokon hüllte, der im Sonnenschein in allen Farben des Regenbogens funkelte, beinahe wie ein Diamant.

Ackroyd beendete nun das Telefonat. »Okay, ich habe den Händler erreicht. Er ist immer noch nervös, aber ich glaube, sein Schuldgefühl macht ihm zu schaffen – weil Patel ermordet wurde, nachdem dieser Gentleman Shapiro die gewünschten Informationen geliefert hatte. Ich werde mal mit ihm persönlich reden.«

Rhyme verfolgte, wie der Mann mit präzisen Bewegungen seinen Mantel anzog.

»Drücken Sie mir die Daumen«, sagte Ackroyd.

Dann zögerte er und schaute zu Rhyme, weil ihm offenbar plötzlich einfiel, dass der Mann nicht in der Verfassung war, jemandem die Daumen zu drücken.

Ihre Blicke trafen sich, und sie lächelten einander zu.

* * *

An einem ziemlich übel riechenden Aussichtspunkt im Central Park – inmitten einiger Büsche, die anscheinend überaus beliebt bei den ortsansässigen Hunden waren – stand Wladimir Rostow und beobachtete den mittelgroßen Mann mit dem sandfarbenen Haar und dem beigefarbenen Mantel, wie er das Haus verließ, das einem gewissen Lincoln Rhyme gehörte. Der Mann zog fröstelnd die Schultern zusammen.

Dir ist kalt? Allen Ernstes? Ha. Das ist doch gar nichts, *kuriza*. Komm mal im Januar nach Moskau.

Der Mann ging die Rollstuhlrampe hinunter, mied dabei einige vereiste Stellen und bog auf den Bürgersteig ein. Er ging nach Norden bis zur nächsten Abzweigung und folgte ihr dann nach Westen, weg vom Park.

Rostow schob sich durch die Sträucher, überquerte zwischen zwei Taxis die Fahrbahn und eilte ihm mit gesenktem Kopf hinterher. Man musste überall mit hochauflösenden Überwachungskameras rechnen. Einige würden zudem mit einer Gesichtserkennungssoftware verknüpft sein, wenngleich Rostow seines Wissens in keiner entsprechenden Datenbank gespeichert war. Zumindest nicht hier in den Vereinigten Staaten.

*Ach, kuriza, mach mal langsam. Du läufst viel zu schnell für so ein albernes kleines Hühnchen.*

Rostows Laune hatte sich gebessert. Er ärgerte sich nicht mehr über den Rückschlag im Haus von Adeela, dem Arabermädchen mit dem rabenschwarzen Haar. Obwohl er, als er angesichts der sich nähernden Polizei die Flucht ergreifen musste, sogar noch einen kurzen Blick auf Vimal persönlich erhascht hatte, hinten in der Garage! Er war *tatsächlich* vor Ort gewesen. Mittlerweile würde der Junge sich in Schutzgewahrsam befinden.

Wladimir war stinkwütend geworden. Jetzt ging es ihm schon besser.

Er konzentrierte sich auf den nächsten Schritt.

*Ja, der Versprechende hat noch einen Ausweichplan, kuriza! Weißt du das denn nicht?*

Rostow sah, dass der Mann, dem er folgte, sich einem grauen Ford näherte und die Türen entriegelte. Die Lichter blitzten kurz auf. Nur noch sechs Meter. Rostow beschleunigte seinen Schritt mit weiterhin gesenktem Kopf. Als der Mann die Fahrertür öffnete und sich setzte, tat Rostow das Gleiche auf der Beifahrerseite.

*»Kuriza!«*

Der Fahrer zuckte erschrocken zusammen. Dann sahen er und Rostow sich in die Augen.

Der Russe grinste. Und streckte die Hand aus. Der Fahrer schüttelte mit gequältem Lächeln den Kopf, nahm Rostows fleischige Pranke und drückte mit seiner Linken den Oberarm des Mannes, eine beinahe warmherzige Geste. Es war die Art von Begrüßung, wie sie zwischen zwei früher – und vielleicht auch zukünftig wieder – verfeindeten Soldaten geschehen mochte, die aber, wenigstens im Augenblick, Verbündete mit einem gemeinsamen Ziel waren.

# 51

»Also, *kuriza*, wie soll ich dich nennen? Wie ist dein Name? Doch sicherlich nicht Andrew Krueger?«

»Was glaubst du, Wladimir? Dass ich meinen echten Namen benutze? Nein, ich bin Edward Ackroyd.«

»Ja, ja, das gefällt mir. Klingt irgendwie vornehm. Ist der Typ echt?«

Krueger erklärte ihm nicht, dass die Identität, die er gestohlen hatte, wirklich zu einem Angestellten von Milbank Assurance gehörte – einer Firma, bei der Hunderte von Minen und Großhändlern aus der Diamanten- und Edelmetallbranche versichert waren. Ackroyd war tatsächlich ein ehemaliger Detective von Scotland Yard und zurzeit der leitende Leistungsprüfer von Milbank. Darüber hinaus wusste Krueger nichts über den echten Ackroyd; er hatte sich alles andere ausgedacht, einschließlich der Homosexualität. Er spielte die fiktive Person als einen Schwulen, um auf diese Weise subtil Rhymes Argwohn zu beschwichtigen; der Berater wirkte auf ihn, als würde er großen Wert auf Toleranz legen. (Krueger hatte seinem Geschäftspartner Terrance DeVoer – der so hetero war, wie man nur sein konnte – von ihrer Eheschließung erzählt, sehr zur Belustigung des Südafrikaners.)

Die Krypto-Kreuzworträtsel – ein Hobby von Krueger – sollten ebenfalls dazu dienen, sich bei dem Kriminalisten einzuschmeicheln. Da mehrere seiner Kunden Briten waren, konnte er sich mühelos als Engländer ausgeben.

Nun rückte Krueger auf dem Fahrersitz des Mietwagens ein Stück von dem Russen weg. Rostow stank nach Zigaretten, Zwiebeln und viel zu viel billigem Rasierwasser. »Und du? Du bist auch nicht Wladimir Rostow, nehme ich an.«

»Nein, nein.« Der Russe lachte. »Ich hatte in der letzten Woche so verdammt viele Namen … Im Moment bin ich Alexander Petrowitsch. Eingereist bin ich als Josef Dobyns. Nun also Petrowitsch. Der gefällt mir besser. Dobyns könnte auch Jude sein. Gefällt dir Alexander? Mir schon. Es war der einzige Pass, den dieses Arschloch in Brighton Beach vorrätig hatte. Hat mich ein Vermögen gekostet. Ich mag Brighton Beach. Warst du schon mal da?«

Rostow war in Sicherheitskreisen als unberechenbar und mehr als nur ein wenig verrückt bekannt. Auch das weitschweifige Geplauder war typisch für ihn.

»Weißt du, Wlad…«

»Alexander.«

»… ich bin nicht wegen der Sehenswürdigkeiten hier.«

»Ha, nein, wir sind keine Touristen, du und ich.«

Kruegers Anspannung ließ nach. Er hatte den Schreck über Rostows jähes Erscheinen überwunden, wenngleich er gewusst hatte, dass der Mann früher oder später auftauchen würde. Außerdem fand er es erfrischend, mal nicht den britischen Akzent vortäuschen zu müssen. Der ging ihm nämlich zunehmend auf die Nerven. Er war eigentlich Südafrikaner, und seine Muttersprache war Afrikaans. Bei den Gesprächen mit Lincoln Rhyme, Amelia Sachs und den anderen hatte er sich jedes Mal enorm konzentrieren müssen, um nach einem blasierten Briten zu klingen.

Eine Fassade über der anderen … was für eine verrückte Woche doch hinter ihm lag.

Andrew Krueger, nicht Wladimir Rostow, war derjenige, den die Polizei als Täter 47 bezeichnete: der Mann, der Jatin

Patel und Saul Weintraub ermordet hatte. Und der als vermeintlicher Edward Ackroyd Teil des polizeilichen Ermittlerteams geworden war.

Krueger war über das Auftauchen des »Versprechenden«, der ihn bis hin zur Skimaske, den Handschuhen und dem Teppichmesser nachahmte, zunächst völlig verblüfft gewesen. Er benötigte jedoch nicht lange, um zu begreifen, dass es sich wahrscheinlich um Rostow handelte. Der Russe oder sein Kunde in Moskau mussten Kruegers Computer und Telefone gehackt haben und konnten daher in Echtzeit die Fortschritte des Südafrikaners verfolgen, der mit seiner eigenen Firma und dem Auftraggeber dieser Mission in ständigem Kontakt stand. Rostow wusste sogar noch vor der Polizei über Kruegers Aktionen Bescheid.

Krueger war auf andere Smartphones und andere Proxy-Server umgestiegen, hatte am Ende aber mit einem der gehackten Telefone eine Nachricht geschickt: »Rostow. Melde dich bei mir.« Er hatte allerdings mit einem Anruf gerechnet, nicht mit dem plötzlichen Besuch eines neuen Beifahrers. Der Russe musste dank der Abhöraktion seinen Unterschlupf kennen und war ihm hierher gefolgt.

Krueger ließ den Motor an. »Lass uns irgendwo reden. Wo uns keiner kennt. Wir haben ein Problem, Wlad, und das müssen wir besprechen.«

»Ja, ja. Wie wäre es mit einem Restaurant? Und denk dran. *Njet* ›Wladimir‹. Ich bin Alexander. Alexander der Große!«

* * *

Eine halbe Stunde später saßen die beiden Männer in einem Restaurant in Harlem.

Andrew Krueger kannte sich in New York kaum aus. Er war erst eine Woche zuvor in der Stadt eingetroffen, um die Ausführung des Plans in die Wege zu leiten. Doch er hatte gedacht, in Harlem würden hauptsächlich Schwarze und Arbeiter wohnen, sodass hier keine Gefahr bestand, jemandem zu begegnen, der an den Ermittlungen der Polizei beteiligt war. Nun nahm er überrascht zur Kenntnis, dass in dem kleinen Lokal ebenso viele Weiße – darunter zahlreiche Hipster – wie Schwarze saßen.

Gar nicht mal so übel.

Wladimir Rostow war regelrecht begeistert. Er verspeiste genussvoll einen Grillteller. Krueger nippte an einer Sprite. Um Rhyme und Amelia noch näher zu kommen, hatte er so getan, als würde er Single Malt mögen, doch in Wahrheit trank er nur wenig Alkohol, am liebsten roten Pinotage, eine Weinsorte, die hauptsächlich in seiner Heimat angebaut wurde.

Der Russe war bei seinem zweiten Bourbon. Er bekam einen Hustenanfall. »Scheißzigaretten.« Dann hob er sein Glas. »Das hilft. Es ist gut für dich.«

Krueger wusste, dass Rostow schon als Junge in den Diamantenminen von Sibirien gearbeitet hatte. Nein, seine ramponierte Lunge war nicht allein den Zigaretten zuzuschreiben.

Krueger und der Russe waren sich im Laufe der Jahre schon öfter begegnet, zumeist auf unterschiedlichen Seiten, und er wusste nur zu gut, dass Rostow in allem extrem war, auch in seinem Alkoholkonsum (obwohl er das Nationalgetränk Wodka nicht ausstehen konnte). Und er aß gern, was er auch derzeit wieder unter Beweis stellte: Vor ihm auf dem Teller lag ein geschätztes Kilo Babybackribs, dazu diverse Soul-Food-Beilagen.

Krueger stocherte in einem Salat herum. Er war im Krisenmodus und hatte absolut keinen Hunger.

Ihm fiel auf, dass Rostows Blick am Hintern der Kellnerin klebte. Sie war eine große, stämmige Frau, deren Hautfarbe an perfekt getoastetes Brot denken ließ. Auch in dieser Hinsicht war der Russe oftmals unersättlich.

»Wie hast du mich genannt?«

»Dich genannt?«

»Als du in den Wagen gestiegen bist.«

Rostow lachte laut. »Ich habe *›kuriza‹* gesagt. Mein kleines *kuriza*. Das heißt Huhn. Der Vogel. Jeder ist für mich ein *kuriza*! Vielleicht nennt jemand anders auch mich so. Weißt du, Andrew, ich mag dich. Du bist für mich wie ein Bruder oder Vater!«

Krueger ließ den Blick durch das Restaurant schweifen und seufzte. »Bitte sei etwas leiser.«

»Ha! Ja, ja.« Rostow riss das Fleisch mit seinen gelben Zähnen vom Knochen und schlang es hinunter. Ein schauriges Lächeln breitete sich auf seinem Gesicht aus. »Erster!« Dann stieß er mit seinem Glas gegen das von Krueger. »Auf dich, mein Freund. Auf dich. Du bist ein Genie. Dieser total großartige Plan, den du dir ausgedacht hast! Genial.«

Kruegers Lippen wurden schmal. »Nur dass es nicht ganz so gelaufen ist wie erhofft.«

*Wir haben ein Problem …*

»Also«, sagte Rostow und senkte seine Stimme, »du arbeitest für Nuevo Mundo – New World Mining – in Guatemala City.«

Das hatte er dank der Hacks erfahren … Verfluchte Russen.

»Richtig«, sagte Krueger. »Ein neuer Kunde. Ich hatte noch nie mit denen zu tun. Kennst du sie?«

»Ich habe von ihnen gehört, ja, ja.«

»Und du bist natürlich für Dobprom hier?«

Das war das quasi im Staatseigentum befindliche Diamantenmonopol Russlands mit Sitz in Moskau. *Dobytscha*: Bergbau. *Promyschlennost*: Industrie. Es galt als das größte Diamantenabbau- und -vertriebsunternehmen der Welt. Rostow wurde von denen regelmäßig als Problemlöser eingesetzt.

»Für wen denn wohl sonst? Sieh dir nur meine beschissenen Klamotten an und wie fett ich von all dem billigen Fraß geworden bin. Sag mir, *kuriza*, bezahlt New World dich im Voraus?«

»Natürlich. Die Hälfte.«

»Ach. Davon kann ich nur träumen. Scheiß auf Marx, Lenin und Stalin!« Er zwinkerte ihm zu und spülte einen Mundvoll Fleisch mit Bourbon hinunter.

Krueger seufzte.

Der »total großartige Plan« – und der Grund dafür, dass diese beiden Männer sich letztlich hier in New York über den Weg gelaufen waren – hatte seinen Anfang erst vor einigen Wochen genommen, nach einem unerwarteten Zwischenfall.

Ein von New World Mining beauftragter Mittelsmann hatte sich mit Krueger in Verbindung gesetzt und erklärt, der berühmte Manhattaner Diamantär Jatin Patel sei in den Besitz von etwas Kimberlit gelangt, gefunden bei Bohrungen der Northeast Geo Industries auf deren Geothermiebaustelle in Brooklyn. Die Analyse der Proben zeige einen hohen Diamantenanteil von exzellenter Qualität. Es konnte sich durchaus um einen Einzelfund handeln – Serpentinit, ein verwandtes Gestein, kam in New York häufig vor, sein mit Diamanten gespickter Vetter hingegen nicht.

Doch falls man hier auf ein großes Vorkommen gestoßen war, die hohe Qualität sich bestätigte und der Grundstückseigentümer davon erfuhr, würde er die Schürfrechte an ein Bergbauunternehmen vergeben, und zwar mit Sicherheit an ein amerikanisches. Die Fördermenge konnte sich nachteilig auf die weltweiten Diamantenpreise auswirken. Schlimmer noch, eine amerikanische Diamantenmine würde gegenüber allen ausländischen Anbietern einen gewaltigen Marketingvorteil besitzen. Warum sollten die Kunden potenziell anrüchige Dritte-Welt-Diamanten kaufen, wenn die einheimischen Minen unzweifelhaft nach ethischen Grundsätzen betrieben wurden? Für die Firmen aus Übersee wäre das eine gewaltige

Katastrophe; bei den Diamantverkäufen an Endverbraucher stellte der Einzelhandel der Vereinigten Staaten rund die Hälfte des Weltmarkts dar, mit einem jährlichen Umsatz von etwa vierzig Milliarden Dollar.

Der Mittelsmann hatte daraufhin angeboten, dass New World der Firma von Andrew Krueger eine Million Dollar für eine ihrer Spezialitäten zahlen würde: die »Drosselung der Produktionsmenge«.

Mit anderen Worten: Sabotage, Drohungen und Bestechungen, gelegentlich auch Schlimmeres, um sicherzustellen, dass das neu entdeckte Edelmetall, Uran oder andere wertvolle Erze und Steine niemals das Licht der Welt erblickten. Die Diamantenindustrie besaß eine lange – und gewalttätige – Vorgeschichte im Hinblick auf die Unterdrückung von Fördermengen und Wettbewerbern.

Der Plan, den der Mittelsmann vorschlug, war brillant: Krueger sollte Jatin Patel töten, sobald dieser die Namen all derer preisgegeben hatte, die von dem Kimberlitfund wussten. Dann räumte er auch diese Personen aus dem Weg. Er würde einen Angestellten von Northeast Geo bestechen, um sich Zutritt zu der Baustelle zu verschaffen und dort so viel Kimberlit wie möglich einzusammeln und verschwinden zu lassen. Dann würde er Sprengladungen in einige der Bohrschächte werfen und diese mit Vergussmaterial verschließen. Zudem würde er die Gasleitungen einiger umliegender Gebäude präparieren. Jede C4-Ladung detonierte dann kurz vor den zeitlich darauf abgestimmten Gasleitungen. Auf diese Weise ahmte man ein Erdbeben und die daraus resultierenden Brände nach.

Die Stadt würde die Baustelle schließen, um nicht noch weitere Erdstöße zu riskieren. Und so würde auch niemand mehr Bohrungen durchführen und auf Kimberlit stoßen können.

Krueger konnte problemlos alle Ladungen anbringen und machte sich dann daran, die Kimberlit-Mitwisser zu eliminieren.

Jatin Patel nannte unter Kruegers Messer lediglich Saul Weintraubs Namen und schwor, niemand sonst wisse von dem Kimberlit. Kaum war der Mann jedoch tot, spazierte ein junger Kerl zur Tür herein – Vimal Lahori, wie sich herausstellte –, ganz offenbar ein Angestellter, denn er kannte den Türcode. Krueger schoss auf ihn, aber Vimal konnte fliehen. Und er musste außerdem von dem Kimberlit wissen, weil die Kugel eine Tüte von dem Zeug getroffen hatte.

In Anbetracht der Tatsache, dass der junge Mann jeden Augenblick den Notruf wählen würde, musste Krueger improvisieren. Er hatte nicht die Zeit, Patels Unterlagen zu sichten, um die Identität des Zeugen in Erfahrung zu bringen – eine oberflächliche Durchsuchung erbrachte jedenfalls nichts. Beim Anblick der weißen Diamantenumschläge, die er auf dem Boden verstreut hatte, um alles wie einen simplen Raubüberfall aussehen zu lassen, kam ihm eine Idee.

Er würde die Polizei dazu bringen, den Jungen für ihn ausfindig zu machen – und alle anderen, die von dem Kimberlitfund wissen konnten.

Als Söldner im Auftrag der Diamanten- und Edelmetallindustrie bediente Krueger sich oft gestohlener Identitäten (genau wie Rostow). Er würde auch diesmal auf diesen Trick zurückgreifen.

In Patels Werkstatt nahm er einen leeren Diamantenumschlag und beschriftete ihn mit den Bezeichnungen und Spezifikationen von vier Steinen im Wert von mehreren Millionen Dollar, dazu mit dem Namen Grace-Cabot, einer echten südafrikanischen Bergbaufirma. Die Telefonnummer, die er hinschrieb, war jedoch die eines Wegwerftelefons von Terry DeVoer, seinem Geschäftspartner in Südafrika.

Krueger ließ den Umschlag an einem der Schleifplätze liegen, steckte die Festplatte mit den verräterischen Videoaufnahmen ein und floh.

Dann verständigte er DeVoer in Kapstadt, damit dieser die Ansage der Mailbox des vermeintlichen Grace-Cabot-Telefons änderte und sich auf den Anruf der Polizei bezüglich gestohlener Rohdiamanten vorbereitete. Er sollte die Rolle von Llewellyn Croft übernehmen – dem tatsächlichen Generaldirektor der Firma. »Croft« würde über den Verlust schockiert sein und die Polizei an den Versicherungsermittler verweisen, einen Mann, der Erfahrung bei der Suche nach Diamanten besaß und ihnen behilflich sein konnte.

*Diese* Rolle übernahm Krueger persönlich: Edward Ackroyd, Mitarbeiter der echten Versicherung Milbank Assurance, dessen Identität er sich schon bei früheren Gelegenheiten »geborgt« hatte. Der ungefähr gleichaltrige Ackroyd war Brite und ehemaliger Detective bei Scotland Yard. Und auf der Internetseite von Milbank gab es kein Foto von ihm. Krueger besaß bereits Visitenkarten mit der Adresse der Milbank-Filiale und Ackroyds Namen. Die aufgedruckte Nummer gehörte aber zu einem seiner Wegwerftelefone.

Wirklich absurd. Der Plan konnte ihm jeden Moment um die Ohren fliegen. Es bestand nur eine minimale Aussicht auf Erfolg. Krueger musste das Risiko eingehen.

Er hatte Glück … eine Zeit lang. Die Polizei nahm ihm die falsche Identität ab, die C4-Ladungen explodierten wie geplant, die Feuer rösteten ein paar Leute, die Stadt stoppte die Bohrungen, er fand und tötete Saul Weintraub, und er kam bei der Suche nach Patels Protegé voran.

Doch dann geschah etwas Unerwartetes. Lincoln Rhyme und Amelia Sachs gelang es, eine Verbindung zu erkennen, die sie niemals hätten erkennen dürfen: dass der Mörder von Patel sich auch auf der Geothermiebaustelle befunden hatte. Und, schlimmer noch, dass er derjenige war, der die Erdbeben vorgetäuscht hatte. Bestürzt dachte Krueger daran, wie Rhyme ihn zu sich ins Labor gerufen hatte, um dank der Überwachungsvideos in allen Einzelheiten zu beschreiben, was ihr Verdächtiger eigentlich beabsichtigte, nämlich Erdbeben und ihre Brandfolgen nachzuahmen.

*Das ist sein Plan. Deshalb ist 47 hier: um Sprengvorrichtungen an Gasleitungen anzubringen und mit C4-Ladungen Erdbeben auszulösen …*

Krueger hatte nur mit äußerster Mühe die Fassung wahren können. Er war sich sicher gewesen, dass Rhyme ihn gleich ansehen und sagen würde: »Ich weiß, dass Sie unser Mann sind! Nimm ihn fest, Amelia!«

Doch die Ackroyd-Fassade hatte gehalten. Und Gott sei Dank hatten Rhyme und Sachs nicht begriffen, dass es in letzter Konsequenz um die Sabotage eines potenziellen Diamantenvorkommens ging. Zwar hatten sie den Kimberlit identifiziert, ihm zum Glück aber keine besondere Bedeutung beigemessen.

Und um dem Ganzen die Krone aufzusetzen, musste sich außerdem der labile, großmäulige Wladimir Rostow in alles einmischen.

»Okay, du hast also beschlossen, mein Doppelgänger zu werden.«

»Scheiße, was ist das?«

»Du weißt schon, ein Double. Du hast mich imitiert. Du hast gehört, wie ich am Telefon von den Zeugen gesprochen habe, die ich ausfindig machen muss, und kurzerhand entschieden, mir auszuhelfen.«

»Ja, ja. Ich hab da diesen Iranerarsch aufgetrieben – Nashim –, und der hat mich auf Vimals Freund Kirtan gebracht. Und *der* hat mir die Namen von Vimal und seiner Freundin Adeela verraten. Bin ich ein guter Detektiv, oder was? Wie Columbo!« Er zuckte die Achseln. »Ich war nah dran. Aber es ging daneben. Scheiße.«

Krueger fragte ihn unverblümt, wieso er sich eingeschaltet hatte. Dobprom wollte das Gleiche wie New World: dass dieses

Diamantenvorkommen ein Geheimnis blieb. Warum also nicht Krueger die Sache überlassen?

Rostow kippte seinen Bourbon hinunter und deutete mit einem Zahnstocher auf Krueger. »Sieh mal, mein Freund. Ich hoffe, du bist nicht beleidigt, wenn ich dir sage, dass es hier um eine scheißwichtige Angelegenheit geht. Was passiert, wenn du scheiterst? Dieser Kimberlit, oh, der hat's in sich. Ich habe den Analysebericht gelesen. Hast du gesehen, auf wie viele Karat pro Tonne das hinausläuft?« Er nickte zum Fenster hinaus, wahrscheinlich in die grobe Richtung der Geothermiebaustelle in Brooklyn. »Das ist praktisch Botswana-Standard«, flüsterte er ehrfurchtsvoll.

Obwohl es beträchtliche Schwankungen gab, galt in der Branche die Faustregel, dass eine Mine im Durchschnitt ein- bis zweihundert Tonnen Gestein verarbeiten musste, um daraus ein Karat hochwertiger Diamanten zu gewinnen. Im afrikanischen Botswana lag die Diamantenkonzentration im Erz zehnmal höher. So hoch wie nirgendwo sonst auf der Welt.

Bis zu diesem Fund in New York.

»*Prosti, kuriza*, verzeih mir bitte, und sei nicht traurig. Aber wir durften es nicht darauf ankommen lassen. Also, Kopf hoch! Ich bin hier, um dir zu helfen. Du bist Batman, und ich bin Robin! Klopf mir auf die Schulter!«

# 52

»Diesen Anruf habe ich nie gemacht. Sie haben ihn nie erhalten. Und Sie werden nicht darauf reagieren, in welcher Form auch immer. Verstanden?«

Amelia Sachs stand in einer Ecke von Rhymes Labor und hörte dem Anrufer zu. Es war Fred Dellray, Special Agent der New Yorker Zweigstelle des FBI.

»Okay.«

»Ist Lincoln in der Nähe?«

Was zum Teufel hat das zu bedeuten?, dachte sie.

»Ja.« Rhyme sprach auf der anderen Seite des Salons mit Ron Pulaski.

»Kann er Sie hören?«

»Nein. Was ist los?«

»Okay, passen Sie auf, es ist nicht erfreulich, Amelia. Ich habe gerüchteweise gehört, dass gegen Lincoln ermittelt wird. Und gegen Ron. Von uns. Dem FBI im Eastern District.«

Sie rührte sich nicht, doch ihr wurde vor Schreck ganz heiß. »Verstehe. Und weswegen?«

Dellray war Spezialist für verdeckte Ermittlungen. Der schlaksige Afroamerikaner hatte sich immer vollständig unter Kontrolle, was unbedingt erforderlich war, wenn man als vermeintlicher Waffenhändler einem reizbaren Neonazi Munition verkaufen wollte, in der Hand eine Glock, um den Verhandlungen Nachdruck zu verleihen. Doch nun klang er eindeutig bestürzt – so hatte Amelia ihn noch nie erlebt.

»Die beiden helfen der Verteidigung im Fall El Halcón.«

Sie musste sich auf die Zunge beißen, um nicht laut aufzuschreien. »Ist das bestätigt?«

»O ja. Der schneidige Hank Bishop vertritt in dem Fall die Anklage und hat genug Beweise für eine Verhaftung. Gegen beide, Ron und Lincoln.«

»Aha.« Sie war wie betäubt. Sachs hatte bemerkt, dass Ron sich seit Kurzem seltsam verhielt. Er war mehrmals irgendwo unterwegs gewesen, aber anscheinend nicht, um im Fall Täter 47 zu ermitteln. Ob das mit dem gestrigen Besucher zusammenhing, dem Latino? Vielleicht war das einer von El Halcóns Mitarbeitern oder Anwälten gewesen.

»Ich glaube, er hat eingewilligt, weil irgendwas mit den Beweisen nicht stimmt. Womöglich hat einer der Agenten oder Labortechniker Mist gebaut, weil er El Halcón unbedingt für lange Zeit hinter Gitter bringen wollte. Ich meine, Lincoln *ist* einer der Besten, die es gibt. Ich kann mir gut vorstellen, dass er sich zu so etwas breitschlagen lässt. Aber …« Er sprach nun noch leiser. »Er ist nicht zu Bishop oder sonst wem gegangen, sondern hat die Sache einfach selbst in die Hand genommen und … Scheiße, er wird dafür bezahlt. Mehr als großzügig. Sechsstellig. Das sieht nicht gut aus.«

Herrje, Rhyme. Was zum Teufel hast du getan?

»Der Zugriff steht kurz bevor, Amelia. Die beiden werden eine Weile in Untersuchungshaft sitzen. Eine Freilassung auf Kaution ist eher unwahrscheinlich, weil der Prozess gegen El Halcón auf Hochtouren läuft und Bishop nicht will, dass ihm jemand vor den Schlussplädoyers in die Parade fährt.«

»Trotz …« Sie stockte, suchte nach einem Wort. »Trotz seiner Verfassung?«

»Ja. Das Untersuchungsgefängnis hat einen Krankentrakt. Thom muss draußen bleiben. Das Pflegepersonal wird sich um Lincoln kümmern.«

Sie schaute zu Rhyme. Und konnte sich vorstellen, wie man ihn behandeln würde.

Nein, das durfte nicht wahr sein ... Was für ein absoluter Albtraum.

»Also«, fuhr Dellray fort, »das alles muss unter uns bleiben. Besorgen Sie sich so schnell wie möglich einen Anwalt. Das könnte hilfreich sein. Und Sie und Lon müssen Täter 47 übernehmen. Ich lege jetzt auf. Viel Glück, Amelia.«

Die Verbindung brach ab.

Sachs drehte sich absichtlich von Rhyme weg. Ihr Blick hätte ihm sonst verraten, wie beunruhigt sie war.

»Lon?«, rief sie.

Sellitto hob den Kopf. Sie wies auf den Korridor, und er folgte ihr dorthin.

»Was gibt's?«

Sie seufzte, atmete tief durch und berichtete ihm dann mit leiser Stimme von Dellrays Anruf – der nie offiziell stattgefunden hatte.

Der zerknitterte Detective ließ sich selten etwas anmerken. Nun bekam er große Augen, und es verschlug ihm einen Moment lang die Sprache.

»Das kann nicht sein. Da muss ein Irrtum vorliegen.«

»Bei Bishop?«, fragte Sachs zynisch. »Der macht keine Fehler.«

»Nein«, murmelte Sellitto. »Und er kriegt Geld dafür? O Gott. Ich weiß, dass er für seine Arbeit ein Honorar nimmt, aber auch von einem Arschloch wie El Halcón? Das wird übel ausgehen. Auch wenn er mit heiler Haut davonkommen sollte, kann er nicht mehr für uns als Berater tätig sein. Und wohl auch für niemanden sonst.«

Er überlegte kurz. »Okay, tja«, sagte er dann. »Unschuldig bis zum Beweis des Gegenteils.«

Obwohl *ein* Vergehen bereits völlig unstrittig war: Rhyme

hatte Amelia nichts von der Arbeit für El Halcóns Verteidigung erzählt. Das traf sie tief.

Willkommen im Eheleben, dachte sie – nun sogar noch zynischer.

Doch Sellitto hatte in einer Hinsicht recht: Rhyme und auch Ron Pulaski würden sich einen Anwalt nehmen müssen. Und zwar sofort, wenn man dem dringlichen Ton von Dellrays Anruf glauben durfte.

»Ich kenne da ein paar Namen«, sagte er. »Harte Hunde, die manche der hochrangigen Gangster vertreten haben, die ich wegsperren wollte. Ich kann sie nicht ausstehen, aber sie verstehen ihren Job. Ich telefoniere mal ein wenig herum.«

Sachs hörte Geräusche aus dem hinteren Teil des Hauses. Töpfe und Pfannen. Ein aufgedrehter Wasserhahn.

Sie seufzte. »Und ich sage es Thom.«

* * *

Andrew Krueger nippte an seiner Limonade.

Und musterte Rostow mit finsterer Miene. »Also gut. Ich verstehe, dass Dobprom sicherstellen wollte, dass niemand von dem Vorkommen erfährt. Doch was zum Teufel sollte dieser Schwachsinn mit dem ›Versprechenden‹? Und nachdem du gehört hattest, dass ich bei Patel ein Teppichmesser benutzt und eine Skimaske getragen habe, bist du losgezogen und hast dir die gleichen Dinge gekauft?«

»Natürlich!«, bestätigte Rostow stolz. »Ich bin eben ein richtig cleverer Wichser! Oder?«

»Und dieses endlose Gefasel, die Diamanten würden nicht richtig behandelt? Sie seien das Herz der Erde? Du hast diese junge Frau ihren Ring verschlucken lassen? Du schneidest Leuten die Finger ab? Was war das denn für eine Scheiße?«

Rostow zwinkerte ihm zu. »Was für eine Scheiße? Hm. Eine

Scheiße, die die ganze Welt geglaubt hat! Sobald der Versprechende auf der Bildfläche erschienen war, würde niemand mehr auf die Idee kommen, Patel könnte wegen des Kimberlits getötet worden sein oder in Brooklyn hätte jemand Diamanten gefunden. Wenn CNN sagt, ein Verrückter hat es auf hübsche kleine Verlobte abgesehen, dann muss das die Wahrheit sein.«

Das ließ sich nur schwer abstreiten.

Dann beugte der Russe sich vor und sprach mit leiser, ruhiger Stimme weiter. »Aber, *kuriza*, mal ehrlich. Du weißt doch, was die meisten Diamantenfirmen machen: Sie schneiden die herrlichen Steine in kleine Stückchen Kacke für die Einkaufszentren. Sie ruinieren wunderschöne Rohdiamanten, um daraus glitzernde Krümel für fette Mädchenfinger zu fertigen.« Sein Blick verdunkelte sich vor Wut. »Ein verfluchtes Verbrechen.« Er winkte nach einem weiteren Drink und blieb stumm, bis der Bourbon serviert wurde. Dann trank er einen schnellen Schluck. »Ja, ja, Dobprom, mein *wunderbarer* Arbeitgeber, verkauft auch an solche Händler. Und bezahlt damit mein Scheißgehalt. Doch ich rege mich trotzdem darüber auf. Und du, mein Freund? Ich weiß, dass du tief in deinem Innern denkst, jawohl, der Versprechende hat *recht*. Lass diese *kur*, die einen Diamanten nicht von einem Stück Glas unterscheiden können, so richtig leiden, dass ihnen Hören und Sehen vergeht.«

Ein weiterer Schluck. »Okay, okay, ich bin ziemlich durchgeknallt. Vor die Steine gegangen. Aber vielleicht ist ein kleiner Teil von dir ja so verrückt wie ich.«

Andrew Krueger wollte widersprechen. Doch er musste gestehen, dass Rostow auch in diesem Punkt richtiglag. Nichts auf der Welt war so perfekt wie ein Diamant. Wie konnte man da keine Verachtung für die empfinden, die diese Steine schäbig behandelten?

Aber auch er wurde bezahlt. Es galt, einen Auftrag zu erledigen. Er schob sein Glas beiseite. »Kommen wir zu unserem Problem«, sagte er leise.

Rostow runzelte die Stirn. »Ja, ja, die wissen, dass deine Erdbeben nicht echt waren. Aber du hast doch alles diesem Greenpeace-Arschloch untergeschoben.«

»Nicht Greenpeace«, sagte Krueger. »One Earth.«

»Ach. Das sind doch alles dieselben Arschlöcher.«

Sobald Rhyme und Amelia erfahren hatten, dass die Erdbeben in Wahrheit Sabotageakte waren, benötigte Krueger einen Sündenbock. Er hatte den Phrasen dreschenden Shapiro an der Baustelle gesehen und entschied sich für ihn. Also brach er in die Wohnung des Mannes ein, platzierte dort belastendes Material, und als Shapiro zurückkam, schlug er ihm den Schädel ein. Dann rief er Lincoln Rhyme an und sagte, er habe erfahren, dass Shapiro es auf Jatin Patel abgesehen hatte, weil dieser ethisch fragwürdige Diamanten bearbeitete.

Im Anschluss fuhr er mit Shapiros Wagen nach Palisades Park und warf den Leichnam in die Tiefe. Mit dem Bus gelangte Krueger zum Verkehrsknotenpunkt an der George Washington Bridge und nahm die U-Bahn nach Hause.

»Also, du genialer Planer, was machen wir nun?«

»Es ist nicht so schlimm, wie es aussieht«, sagte Krueger. »Auf der Baustelle hat mir jemand mit den Sprengladungen geholfen.«

»Ja, das hab ich in deinen E-Mails gelesen.«

Krueger verzog mürrisch das Gesicht.

»Was ist mit dem Kerl?«

»Er ist tot. Aber er hat mir erzählt, dass die meisten Schächte bereits gebohrt wurden. Es wird also nicht mehr allzu viel Kimberlit ans Tageslicht kommen. Ich kann es finden und beseitigen. Das eigentliche Problem ist der Junge, Vimal. Er hatte am Samstag Proben dabei. Und die stammten nicht von der Baustelle – die hatte ich bis dahin abgeräumt. Entweder hat jemand anders sie ihm gegeben – vielleicht ein anderer Prüfer wie Weintraub –, oder sie kamen von einem anderen Ort. Wir müssen ihn ausfindig machen und ihn dazu bringen, uns die Herkunft dieser Proben sowie alle weiteren Mitwisser zu verraten.«

Dann verging Krueger auch noch der letzte Rest Appetit, weil Rostow sich mit einem Fingernagel hingebungsvoll Speisereste aus den Zahnzwischenräumen kratzte. »Und wie?«

Krueger beugte sich vor. »Ich habe mir Folgendes gedacht. Diese Amelia weiß, wo Vimal ist. Wir werden ihre Zunge lockern. Aber wir können sie nicht töten – sie ist Polizistin. Das wäre zu viel.«

»Aber ein bisschen wehtun, okay?«, fragte Rostow.

»Das geht in Ordnung.«

Rostows Miene hellte sich auf. »Ja, ja, ich muss schon sagen, ich bin nicht gut auf sie zu sprechen. Ich hatte das kleine *kuriza* Vimal schon fast erwischt, und sie ist mir in die Quere gekommen. Wie schnappen wir sie uns?«

»Ich habe ihr und den anderen Cops erzählt, es gebe in Manhattan einen Händler mit hilfreichen Informationen. Ich werde behaupten, er habe eingewilligt, sich mit Amelia zu treffen, aber nur mit ihr allein. Wir müssen uns irgendwo einen stillen Laden suchen – aber nicht im Diamantenviertel. Du und ich gehen rein und töten den Inhaber. Dann trittst du an seine Stelle, und wenn sie eintrifft, holst du aus ihr heraus, wo Vimal ist und wie wir an ihn herankommen. Nachdem wir uns um das Problem gekümmert haben, können wir beide nach Hause zurückkehren und unseren Bonus kassieren.«

Rostow tat übertrieben verblüfft. »Bonus? Du Arsch, die Mistkerle aus Guatemala zahlen einen Bonus?«

»Dobprom etwa nicht?«

Rostow lachte humorlos auf. Dann beugte er sich vor und legte Krueger eine gruselige Hand auf den Unterarm. »Diese

Amelia, dieses *kuriza* ... Hast du den Ring an ihrem Finger gesehen? Ein Diamant, richtig?« Seine Augen waren schmal, und sein Tonfall ließ erkennen, dass diese Frage ihm überaus wichtig war. »Kein alberner Saphir.«

»Ja, ein Diamant«, bestätigte Krueger.

»Welche Einstufung?«, fragte Rostow.

Das Gemological Institute of America stufte Diamanten gemäß den vier Cs ein: Carat, Color, Cut und Clarity, Gewicht, Farbe, Schliff und Reinheit. »Ich habe ihn nicht aus der Nähe gesehen«, sagte Krueger, »aber ich würde ihn auf zwei Karat schätzen, blau, mit Brillantschliff und VS1 oder 2.«

Was bedeutete, dass der Stein zwar nicht makellos war, man die sehr kleinen Einschlüsse aber nicht mit dem bloßen Auge erkennen konnte. Ein ansehnliches Exemplar.

»Warum fragst du?« Krueger konnte sich allerdings schon denken, was der Irre vorhatte.

»Wir müssen ihr wehtun, und ich brauche ein Souvenir.« Er sah Krueger prüfend an. »Du hast doch nichts dagegen?«

»Mich interessiert nur, dass wir Vimal finden. Solange du sie nicht umbringst, kannst du mit ihr machen, was du willst.«

# 53

Rhymes Blick schweifte durch das Labor. Ihm war nicht entgangen, dass Sellitto und Sachs den Raum verlassen hatten. Das war ungewöhnlich. Sie mussten noch im Haus sein – ihre Mäntel hingen an der Garderobe.

Er wollte sie hier haben, damit sie sich weiter mit den Beweistabellen beschäftigten und aus den Einträgen womöglich neue Schlussfolgerungen über den Aufenthaltsort des russischen Verdächtigen oder das Versteck der nächsten Bombe zogen. Die Tafeln mit der sorgfältigen Handschrift blieben diesmal stummer, rätselhafter und weniger zu neuen Gedankenspielen anregend als üblich.

Gerade als er seine Frau und den Detective zurück in den Salon rufen wollte, klopfte es laut an der Tür.

Rhyme und Ron Pulaski sahen auf den Überwachungsmonitor: vier Leute in Anzügen. Einer hielt etwas vor die Videokamera. Es schien ein Dienstausweis zu sein.

Rhyme kniff die Augen zusammen.

FBI.

Ach, alles klar.

Sachs, Sellitto und Thom kamen hastig angelaufen. Rhyme sah ihre Gesichter und dachte: Sie wissen von El Halcón.

»Was ist denn los, Lincoln?«, fragte Mel Cooper.

»Ich bin mir nicht ganz sicher, aber ich glaube, der Grünschnabel und ich sollen verhaftet werden.«

»Was?«, rief Pulaski.

»Dann öffne mal die Tür, Thom. Wir wollen doch nicht, dass man sie am Ende noch eintritt, oder?«

Die vier Personen eilten in den Flur und weiter in den Salon. Drei waren FBI-Agenten und wiesen eine angemessene Vielfalt auf, als wären sie Schauspieler im Werbespot einer Unternehmensberatung: eine weiße Frau, ein Schwarzer und ein Asiat. Keiner von ihnen lächelte, aber das galt in vielen Berufen als Pluspunkt, vor allem bei den Strafverfolgungsbehörden. Sie mussten wissen, dass hier nicht mit Widerstand zu rechnen war, doch sie ließen keinen der Anwesenden aus den Augen und schätzten beständig das Risiko ein.

Der Vierte der Gruppe war Henry Bishop, der schlanke Bundesstaatsanwalt für den Eastern District. Er überragte jeden hier im Raum.

»Lincoln Rhyme.« Der Special Agent, der ihn ansprach, war ein athletisch wirkender junger Mann namens Eric Fallow.

»Sie müssen verzeihen«, erwiderte Rhyme. »Ich kann leider nicht die Hände heben.«

Weder der Agent noch sonst jemand im Labor ließ irgendeine Reaktion auf den Scherz erkennen.

»*Ich* rede mit Mr. Rhyme«, wandte Bishop sich an Fallow. »Sie sichern Officer Pulaski.«

Fallow ging zu dem jüngeren Mann. »Officer, jetzt keine falsche Bewegung. Ich werde Ihre Waffe an mich nehmen.«

Pulaski sah ihm ins Gesicht. »Den Teufel werden Sie tun. Was soll das alles?«

Doch seine Verblüffung klang unecht. Er wusste genau, was das alles sollte.

»Linc«, sagte Sellitto und verstummte. Er und Sachs hatten von Dellray – sofern tatsächlich er es gewesen war, der ihnen von Rhymes Arbeit für El Halcón berichtet hatte – vermutlich die Anweisung erhalten, sich dumm zu stellen. Rhyme sah zu Sachs, aber sie wich seinem Blick aus.

Was verständlich war.

Die anderen beiden Agenten traten vor. Einer nahm Pulaskis Glock.

»Bitte nehmen Sie die Hände auf den Rücken«, sagte Fallow.

»Das ist doch wirklich nicht nötig«, warf Rhyme etwas zu beschwingt ein. Dadurch wirkte er spöttisch. Und das war ein wenig unfair.

Fallow legte Pulaski trotzdem Handschellen an.

»Bishop, was geht hier vor?« Sellitto hatte sich gefangen und legte einen glaubhaft überraschten Auftritt hin.

»Wirklich«, wiederholte Rhyme. »Das ist unnötig.«

»Mr. Rhyme, Sie und Officer Pulaski stecken in großen Schwierigkeiten«, sagte Bishop. »Sie sind hiermit beide festgenommen wegen strafbarer Behinderung der Justiz, Verschwörung sowie der unbefugten Aneignung von Beweisinformationen.«

Pulaskis Blick richtete sich langsam auf Rhyme.

*Was zählt das schon, wenn Sie im Dienst einer höheren Sache tätig sind …?*

»Lincoln, Sie haben uns in der Vergangenheit sehr geholfen«, fuhr der Staatsanwalt fort. »Das muss ich zugeben.«

Bloß *geholfen*?, dachte Rhyme mürrisch.

»Und das wird auch Berücksichtigung finden, wenn wir zur Festsetzung des Strafmaßes kommen. Doch nun, Agent Fallow, lesen Sie Officer Pulaski und Mr. Rhyme bitte ihre Rechte vor.«

Sellitto gab auf. »Ist es wahr, Linc?« Seine Miene wirkte bestürzt.

Rhyme registrierte außerdem Sachs' schmale Lippen. Den Ausdruck ihrer Augen.

Und er beschloss, dass es an der Zeit war.

»Also gut, liebe Leute. Also gut. Henry … darf ich Sie Henry nennen?« Rhyme sah ihn an.

Bishop war überrascht. »Äh, normalerweise Hank.«

»Okay, Hank. Ich wollte Ihnen ohnehin ein Memo über den Stand der Dinge schicken. Es ist fast fertig.«

Der Blick des Staatsanwalts wankte kein Stück, aber Rhyme glaubte dennoch, etwas Verblüffung wahrzunehmen. Er nickte in Richtung eines Computerbildschirms, auf dem sich tatsächlich eine längere E-Mail befand, die an Bishops Büro adressiert war. Bishop ließ sich nicht beirren und fixierte weiterhin Rhyme.

»Der leitende Detective des Nassau County, der bei der Festnahme von El Halcón auf Long Island angeschossen wurde«, fuhr Rhyme fort.

»Ja, Barry Sales«, sagte Bishop. »Er wird in ein paar Tagen für uns als Zeuge aussagen.«

»Barry war vor vielen Jahren mein Kollege. Einer der besten Beamten der Spurensicherung, mit denen ich je zusammengearbeitet habe.« Rhyme hielt inne. »Als ich von dem Schusswechsel gehört habe, wollte ich mich als Sachverständiger der Anklage anbieten und die Beweisführung überwachen. Ich wollte sicherstellen, dass wer auch immer dafür verantwortlich war, mit einem absolut stichhaltigen Fall konfrontiert wird. Und zwar unter meiner tatkräftigen Mithilfe.«

»Ja, ich erinnere mich«, sagte Bishop. »Sie standen ganz oben auf unserer Liste der forensischen Experten.«

»Doch ich musste in einer anderen Angelegenheit nach Washington. Bedauerlich, aber es ließ sich nicht ändern. Dann ruft mich gestern plötzlich El Halcóns Anwalt an. Er will mich anheuern, damit ich beweise, dass jemand seinem Mandanten bei der Festnahme belastendes Material untergeschoben hat.«

»Aber das ist doch komplett …«, platzte es aus Bishop heraus.

»Hank. Bitte.«

Der Mann verzog das Gesicht und bedeutete Rhyme, er möge fortfahren.

»Sind Ihnen die Schwachpunkte Ihres Falls bewusst?«

Der hochgewachsene Mann verlagerte unbehaglich sein Gewicht. »Nein, bisher nicht.«

»Erstens, die Verteidigung behauptet, El Halcón habe sich die ganze Zeit auf der Toilette versteckt. Zweitens, dass die Pulverrückstände platziert wurden und er Codys Waffe niemals abgefeuert habe.« Rhyme nickte in Richtung des Computers. »Ich habe gerade bewiesen, dass beides nicht stimmt. Ich widerlege deren komplette Argumentation. Auf dem Boden der Toilette, wo El Halcón angeblich gelegen hat, gibt es charakteristische Rückstände eines Reinigungsmittels. Officer Pulaski hat den Ort gründlich untersucht und Proben genommen. Ich kenne die adhäsiven Eigenschaften des Chlorbestandteils jenes speziellen Reinigers. Falls El Halcón in diesem Raum gewesen wäre, hätten sich an seiner Kleidung oder den Schuhen entsprechende Partikel nachweisen lassen. Aber da waren keine.«

Bishops Blick richtete sich auf Fallow, der als leitender Ermittler von selbst auf diesen Umstand hätte stoßen müssen. Der Agent hingegen verzog keine Miene.

»Was den Nachweis betrifft, dass er auf die Beamten geschossen hat, so stimmt es, dass keine Fingerabdrücke von El Halcón an der Waffe waren. Doch Sie behaupten, er habe den Manschettenknopf seines Hemdes geöffnet und die Pistole mit dem Ärmel gehalten. Dadurch wären die fehlenden Abdrücke und die zugleich vorhandenen Pulverrückstände erklärt.«

Bishop nickte. »So lautet die Theorie. Ich hoffe, die Geschworenen werden dieser Argumentation folgen.«

Rhyme verkniff sich ein Stirnrunzeln. »Das wird nicht nötig sein. Ich habe *bewiesen*, dass er die Waffe mit dem Ärmel gehalten hat.«

Bishop war überrascht. »Wie?«

»Die Pistole war eine Glock Siebzehn. Sie verfeuert Patronen vom Kaliber neun Millimeter Luger. Der Rückstoßimpuls breitet sich mit einer Geschwindigkeit von fünf Komma drei fünf Metern pro Sekunde und einer Energie von neun Komma zwei sieben Joule aus. Das ist eine beträchtliche Wucht, die auf die relativ grobmaschigen Fasern von El Halcóns Baumwollhemd einwirken würde. Das Labor hat mikroskopische Aufnahmen angefertigt, um die Pulverrückstände sichtbar zu machen. Ich habe sie mir vorgenommen und die Spuren des Rückstoßes gesehen. Nur das Abfeuern einer Schusswaffe hinterlässt ein derartiges Kompressionsmuster. Das steht alles in meinem Memo. Ob El Halcón die Kugel abgefeuert hat, von der Barry getroffen wurde, lässt sich auf diese Weise natürlich nicht feststellen, aber es ist eine logische Schlussfolgerung, denn der zeitliche Ablauf legt nahe, dass Cody bereits tot war, als Barry angeschossen wurde.«

Bishop war einen Moment lang sprachlos.

»Ich, äh, gut, Lincoln. Vielen Dank.« Dann stutzte er. »Aber warum haben Sie sich nicht gleich an mich gewandt?«

»Stellen Sie sich vor, an der Argumentation der Verteidigung wäre etwas dran gewesen«, gab Rhyme zurück. »Was wäre, falls jemand *tatsächlich* Beweise manipuliert hätte? In dem Fall hätte ich erst herausfinden wollen, wer dafür verantwortlich war und wie schwer der entstandene Schaden ausfiel, und hätte Ihnen dann Bescheid gegeben. Und falls Sie selbst die verantwortliche Person gewesen wären, hätte ich den Justizminister in Washington angerufen.«

Sellitto musste grinsen.

»Sie haben also so getan, als würden Sie El Halcón unterstützen, um unseren Fall abzusichern?«

»Nicht nur. Das war bloß eine zufällige Begleiterscheinung. In erster Linie gab es für mich einen anderen Grund.«

»Und zwar?«

»Ich wollte natürlich Mr. X finden.« Rhymes Miene verfinsterte sich. »Und war dabei nicht allzu erfolgreich.«

»Mr. X?« Bishop kniff die Augen zusammen. Seine Lippen wurden schmal. »Ach, Sie meinen El Halcóns amerikanischen Partner.«

*Wen denn sonst?*

»Er mag bei dem Schusswechsel nicht zugegen gewesen sein, aber er steckt hinter der ganzen Operation.«

Fallow nickte. »Wir sind uns sicher, dass der Lagerhauskomplex seiner Firma gehört, konnten die Eigentumsverhältnisse aber nicht zurückverfolgen.«

»Und er ist für Barry Sales' Verwundung genauso verantwortlich wie El Halcón. Aber ich konnte keine Verbindung finden.«

Bishop seufzte. Die Enttäuschung war ihm deutlich anzusehen. »Wir haben alles versucht. Wir haben überall nachgesehen, haben jedes Dokument gesichtet und sind jeder Spur gefolgt. Ohne Erfolg.«

»Wir haben Informanten befragt und Observationen durchgeführt«, fügte Fallow hinzu. »Ich habe sogar CIA und NSA gebeten, die Kommunikationswege in Übersee zu überprüfen. Wer auch immer dieser Kerl ist, er ist ein Geist.«

»Ich habe gehofft, es würde sich irgendein kleiner Anhaltspunkt finden, irgendein Vermerk in der Akte, der mich zu dem amerikanischen Partner führt.« Rhyme zuckte die Achseln. »Leider nicht.«

»Nun, Sie haben immerhin den Fall gegen El Halcón wasserdicht gemacht, Lincoln. Vielen Dank dafür.«

Bishop lächelte. Rhyme nahm an, dass das nicht oft bei ihm vorkam.

»Wie werden Sie mit dem Geld verfahren, das Sie als Honorar erhalten haben?«, fragte der Staatsanwalt.

»Das habe ich bereits auf ein Treuhandkonto für Barry

eingezahlt«, erwiderte Rhyme. »Anonym. Er wird nicht wissen, woher es kommt.«

Sellitto lachte. »Meinst du nicht, dass Carreras-López alles andere als begeistert sein wird? Was wird er wohl tun?«

Rhyme lächelte. »Er ist Anwalt. Soll er mich doch verklagen.«

Bishop nickte Fallow zu und wies auf Pulaskis Handgelenke. Der Agent nahm ihm die Handschellen ab, und das Quartett brach ohne ein weiteres Wort auf.

Rhyme blickte ihnen hinterher. Pulaski oder Cooper sagte etwas. Er hörte nicht hin. Ihn beschäftigte ein Gedanke. Ein Bild, genau genommen. Von Barry Sales, seinem Freund.

Er dachte an das erste Telefonat mit Carreras-López zurück. Dabei hatte Rhyme etwas gesagt, das der Anwalt zweifellos in einem völlig anderen Kontext gesehen hatte als Rhyme: Gerechtigkeit und Rechtsprechung.

Er schaute zu Sachs, die seinem Blick immer noch auswich. Dann summte ihr Telefon.

Sie warf einen Blick darauf. »Edward Ackroyd.« Es folgte ein kurzes Gespräch. Rhyme sah, dass ihre Augen sich kaum wahrnehmbar verengten. Es musste sich um wichtige Neuigkeiten handeln.

Sachs trennte die Verbindung. »Dieser Händler, der Edward auf Shapiros Spur gebracht hat, wird mit uns reden«, teilte sie den anderen mit. »Aber es soll niemand in Uniform dort auftauchen, damit es kein Gerede unter der Kundschaft gibt. Edward hat mich vorgeschlagen, und der Mann war einverstanden.«

Dann ging sie zu Rhyme und beugte sich vor. Nur er konnte hören, wie sie sagte: »So viel zum Thema Offenheit, hm?«

Das musste sich auf seine Geheimnistuerei rund um den Fall El Halcón beziehen. Bei genauerem Nachdenken war er sich auch gar nicht mehr so sicher, wieso er eigentlich nichts gesagt hatte. Vielleicht wollte er sie aus der Sache heraushalten für den Fall, dass etwas schiefging. Was ziemlich gönnerhaft von ihm war, begriff er nun.

Er biss die Zähne zusammen, hielt ihrem Blick aber stand. »Du hast recht. Das hätte ich nicht tun sollen.«

Sie lächelte. »Ich meine uns beide. Ich habe dir nicht erzählt, was auf der Baustelle passiert ist. Und du hast mir deine kleinen Ermittlungen verschwiegen.«

»Trotz all der Jahre ist das immer noch irgendwie neu für uns, Sachs. Ich werde diesen Fehler nicht noch einmal machen.«

»Ich auch nicht.« Sie küsste ihn zärtlich und machte sich dann auf den Weg. »Ich melde mich später aus Downtown.«

# 54

Amelia Sachs spürte in ihrem Rücken jede einzelne Erschütterung, als der alte Ford über das abgenutzte Kopfsteinpflaster der Lower East Side rumpelte. Bei dem Sturz auf der Baustelle – dem auf die Planke, nicht dem zweiten in den weichen, wenngleich furchtbaren Schlamm – hatte sie sich irgendwie die Wirbelsäule verdreht.

Ein weiterer Schlag.

Aua, der war heftig.

Es gab kurze asphaltierte Stücke, meistens aber Kopfsteine, Pflastersteine oder Fahrbahnflicken aus Stahlplatten.

Der Torino Cobra war dafür nicht ausgelegt.

Sachs hatte diese Gegend schon immer gemocht – auch wenn sie die manchmal verwendete Abkürzung LES ablehnte, weil die cool und lässig klingen wollte, was völlig fehl am Platz wirkte. Kaum ein Teil von Manhattan konnte eine so bunte und abwechslungsreiche Vergangenheit vorweisen. Im späten neunzehnten Jahrhundert hatten sich hier Deutsche, Russen, Polen, Ukrainer und andere europäische Einwanderer niedergelassen. Das geschäftige Viertel mit seinen dunklen und beengten Mietwohnungen und den chaotischen Straßen voller Handkarren brachte Unterhaltungskünstler wie James Cagney, Edward G. Robinson und die Gershwins hervor. Auch Filmstudios wie Paramount, Metro-Goldwyn-Mayer und 20th Century Fox konnten ihre Ursprünge zur Lower East Side zurückverfolgen.

Nach dem Zweiten Weltkrieg wurde die Gegend zur ersten wirklich integrierten Enklave von New York City, als schwarze und puertoricanische Familien sich zu den alteingesessenen Weißen gesellten und alle in relativer Harmonie zusammenlebten.

Die Lower East Side war außerdem der Schauplatz der bis zu den Anschlägen vom 11. September schlimmsten Tragödie der Stadt. Die *General Slocum*, ein gecharterter Raddampfer, sollte im Juni 1904 mehr als dreizehnhundert Deutschamerikaner zu einer kirchlichen Veranstaltung fahren und geriet auf dem East River in Brand. Mehr als tausend Passagiere verloren ihr Leben, und die Trauer, die sich wie eine Seuche in der Gemeinde ausbreitete, bewirkte eine Abwanderung. Praktisch jeder Einwohner von Little Germany zog mehrere Meilen nach Norden und ließ sich in Yorkville nieder.

Ungeachtet der geschichtlichen Ereignisse hatte Amelia Sachs auch eine persönliche Verbindung zu dieser Gegend. Vor vielen Jahren war ihr hier die erste Festnahme eines Schwerverbrechers gelungen – indem sie einen bewaffneten Raubüberfall vereitelte, obwohl sie nicht im Dienst war. Sie hatte sich an einem Sonntag zum Brunch verabredet und sie und – wie hieß er doch gleich? Fred. Nein, *Frank*. Sie und Frank waren zu Fuß auf dem Rückweg von einem mehr als üppigen Mahl in Katz's Deli, als ihr Begleiter plötzlich stehen blieb und erschrocken nach vorn zeigte. »He, dieser Typ da, siehst du den? Hat der nicht eine Waffe in der Hand?«

Sachs ließ die Tüte mit den eingepackten Resten fallen, zog die Glock und stieß Frank unsanft hinter einen Müllcontainer in Deckung. Dann lief sie los und rief den Passanten zu: »Runter, runter, Polizei!« Es wurde heftig. Sie und der Crackjunkie, der den Fehler beging, seine Waffe auf sie zu richten, und zudem die dämliche Entscheidung getroffen hatte, einen Lampenladen zu überfallen, in dessen Schaufenster ein Schild besagte: *Zahlung nur per Kreditkarte*, wechselten ein paar

Schüsse. Die Richtlinien des NYPD besagen, dass ein Beamter, der gezwungen ist, seine Schusswaffe zu benutzen, den Gegner nach Möglichkeit töten soll, doch Sachs war in dieser Situation nicht gewillt, eine dermaßen existenzielle Entscheidung zu treffen. Sie erwischte den Kerl an der Hand, wodurch er seine Waffe verlor und keine Bedrohung mehr darstellte. Das war ihr nicht nur lieber so, sondern bedeutete auch wesentlich weniger Papierkram als ein toter Verdächtiger. Im Anschluss begleitete Frank sie zwar noch zur U-Bahn, wobei er die ganze Zeit manisch plapperte wie ein Wasserfall, meldete sich danach aber nie wieder bei ihr.

Sie bog nun von genau der Straße von damals ab – der Bowery – und bahnte sich einen Weg durch das Labyrinth, bis sie eine finstere schmale Straßenschlucht erreichte. Nach hundertfünfzig Jahren standen dieselben Mietshäuser noch immer hier und erhoben sich fünf Stockwerke bis zu dem – heute grauen – Himmelsrechteck. An den Fassaden waren Feuertreppen angebracht, und Sachs sah eine echte altmodische Wäscheleine, an der Hemden, Jeans und Röcke geisterhaft flatterten. Vielleicht wollte da jemand ein winziges bisschen seine Umweltbilanz verbessern.

Die Straße bestand hauptsächlich aus Wohnhäusern, doch es gab ein paar Erdgeschossläden. Eine chemische Reinigung. Ein Geschäft für »Vintage-« (im Klartext: gebrauchte) Kleidung. Ein Antiquariat, überwiegend spezialisiert auf okkulte Literatur.

Und Blaustein's Jewelry.

Sie hielt halb auf dem Bürgersteig, warf die NYPD-Parkerlaubnis auf das Armaturenbrett und stieg aus. Die Leute blieben an diesem kühlen Tag lieber zu Hause, und für Touristen hatte die Straße nichts zu bieten. Der Gehweg war menschenleer.

Sachs näherte sich dem Laden. An der Tür hing ein *Geschlossen*-Schild, doch Edward Ackroyd hatte gesagt, Abe Blaustein würde sie erwarten. Sie spähte durch das Schaufenster. Der

Verkaufsraum voller Vitrinen war leer und dunkel, doch weiter hinten brannte ein Licht, und sie sah eine Bewegung. Ein Mann mit staubigem schwarzem Anzug und einer Kippa auf dem Kopf blickte auf und winkte sie herein.

Die Tür war nicht abgeschlossen.

Sachs kam höchstens einen Meter weit, dann stolperte sie über etwas und fiel nach vorn. Der harte Aufprall auf den alten Eichenboden ließ sie vor Schmerz aufstöhnen.

Während sie erschrocken den auf Knöchelhöhe gespannten dicken Draht erkannte, rannte der Mann auf sie zu und ließ sich auf ihren Rücken fallen. Sein Knie trieb ihr die Luft aus der Lunge. Ihr wurde schwarz vor Augen, und der Schmerz ließ sie aufschreien. Die Kippa trug er jetzt nicht mehr, dafür die vertraute Skimaske.

Sachs wollte nach ihrer Waffe greifen, doch er war schneller und steckte die Glock und Amelias Telefon ein. Er hatte sich Stoffhandschuhe übergestreift. Dann fesselte er Sachs mit ihren eigenen Handschellen die Arme auf den Rücken und hieb ihr unnötigerweise eine Faust ins Kreuz, genau neben der Stelle, die sie sich beim Sturz auf die Planke lädiert hatte. Die Schmerzen waren unbeschreiblich.

Der Mann bekam einen Hustenanfall und musste innehalten. Sie spürte seinen Atem und Speicheltröpfchen im Nacken. Er roch nach Alkohol, Knoblauch und zu viel süßlichem Rasierwasser.

Der Angreifer beugte sich vor. Sachs rechnete mit einem weiteren Schlag, doch es geschah etwas Unheimliches. Er rieb ihr lediglich den Ringfinger der linken Hand, als würde er ihren Ehe- oder Verlobungsring inspizieren.

»Man weiß, dass ich hier bin«, sagte sie. »Das ist eine ganz schlechte Idee …«

»Pssst, kleines *kuriza*«, ertönte die Stimme mit dem russischen Akzent. »Sei still.«

Dann verfrachtete er sie halb tragend, halb zerrend in den hinteren Teil des Ladens und ließ sie auf den Teppichboden des Büros fallen, unmittelbar neben den reglosen bleichen Körper eines Mannes, bei dem es sich um den Eigentümer Abraham Blaustein handeln musste. Der Russe zog ein Teppichmesser aus der Tasche und schob mit dem Daumen die glänzende scharfe Klinge heraus.

Und sie erinnerte sich daran, was Lincoln Rhyme gesagt hatte.

*Ich werde diesen Fehler nicht noch einmal machen …*

Es würden die letzten Worte sein, die sie je von ihm zu hören bekommen hatte.

# 55

»Der arme Abe«, murmelte der Russe, während er ihre Brieftasche und Handtasche durchsuchte, etwas unbeholfen wegen der Handschuhe. Nichts darin schien ihn zu interessieren. Er warf die Sachen beiseite.

»Armes *kuriza*. Abe-ra-ham. Armer Jude. Was für eine dumme Idee, Geschichten über Ezekiel Shapiro und mich zu verbreiten.« Er schnalzte mit der Zunge. »Ich habe gesehen, wie er mit diesem Arschloch von der Versicherung gesprochen hat. Wirklich dumm, meinst du nicht auch?«

Er hockte sich neben sie. »Also, pass auf. Ich brauche ein paar Dinge. Ich möchte wissen, wo dieser Vimal steckt. Den kennst du doch, nicht wahr? Und der Mann von der Versicherung. Abraham hat es mir verraten – nachdem wir ein paar Spiele gespielt hatten.« Er hob kurz das Messer. »Er hat mir verraten, dass er mit diesem Edward gesprochen hat. Du sagst mir jetzt, wo Vimal ist und wie dieser Edward mit Nachnamen heißt und wo ich ihn finden kann … und dann wird alles gut. Dir passiert nichts.«

Ein Falle, na klar. Der Täter hatte Blaustein gezwungen, Ackroyd anzurufen und ihn zu bitten, ein Treffen mit der Polizei zu arrangieren. Aber nicht mit irgendeinem Beamten, sondern mit *ihr*. Weil sie wusste, wo Vimal Lahori war.

Der Schmerz quälte sie aus allen Richtungen, von den Rippen, vom Kopf – und von den Handgelenken. Ihr wurde bewusst, dass man ihr noch nie Handschellen angelegt hatte, und der Stahl drückte fest gegen Haut und Knochen. Sachs war hilflos. Immer noch halb betäubt und fast gelähmt, weil er sich mit dem Knie auf ihren Rücken gestürzt hatte. Sie bekam weiterhin kaum Luft.

Und driftete ab …

Nein, ich darf nicht ohnmächtig werden.

Auf keinen Fall.

Nun schien dem Kerl plötzlich klar zu werden, dass er immer noch seine Verkleidung trug. Er streifte grob Blausteins Jackett ab und warf es von sich.

»Judenjacke.« Er hustete kurz. Wischte sich den Mund ab und betrachtete die Serviette. »Gut, gut. Alles gut.«

Sachs bemühte sich, ihren Ekel zu ignorieren und die Lage realistisch einzuschätzen. Sie konnte Alkohol riechen, aber er schien nicht betrunken zu sein. Jedenfalls nicht betrunken genug, um nachlässig zu werden. Wie viel Zeit musste sie sich erkaufen? Wann würde Rhyme sie anrufen, um sich nach dem Ergebnis des Gesprächs zu erkundigen? Wenn sie nicht ans Telefon ging, würde er eine Streife herbeordern, die nach drei oder vier Minuten eintraf. Das Revier war nicht allzu weit weg.

Doch das würden sehr lange drei oder vier Minuten werden.

Er beugte sich vor. »Also, du …«

Er warf einen weiteren Blick auf ihren Dienstausweis.

»Du, Polizistin A-melia. Sei ein artiges Mädchen. Du kannst mir behilflich sein. Das wäre gut für dich. Hilf mir, und du kannst gehen.«

»Wie heißen Sie?«, fragte sie.

»Pssst, *kuriza*.«

»Wir wissen, dass noch weitere Gasleitungen präpariert wurden. Sagen Sie mir, wo die sind.«

Das ließ ihn innehalten. Seine blauen Augen wirkten unstet. Aber nicht als Folge von Drogen, sondern weil sein Verstand raste. Ja, er war ein Söldner und Auftragsmörder. Doch der

Versprechende und seine irrwitzige Mission waren nicht bloß eine Fassade. Amelias ursprüngliche Diagnose traf zu.

*Der Typ ist total verrückt …*

»Wir reden mit der Staatsanwaltschaft«, fuhr sie fort. »Und mit dem Außenministerium. Wir arrangieren für Sie eine Absprache.«

»Mit dem Außenministerium. Na, sieh sich das einer an! Ein kleines verschnürtes *kuriza*, bereit für den Kochtopf, und es scharrt immer noch nach Körnern, nach hilfreichen Informationen. Bin ich von hier? Bin ich ein Russki? Was weiß die Homeland Security über mich? Clever. Weißt du, *kuriza*, ich mag dich. Wenn du mir hilfst, wird es nicht wehtun.«

Sie konnte inzwischen gleichmäßiger atmen und merkte, dass die Schmerzen immer mehr nachließen.

Bleib ruhig, dachte sie. Du brauchst einen Plan. Du musst Zeit schinden.

Zeit …

»Wir wissen einiges über Sie. Sie sind aus Moskau. Der Pass mit dem Namen Dobyns. Und die anderen, aus Barcelona und Dubai.«

Er erstarrte. Es war, als hätte ihm jemand eine Ohrfeige versetzt.

»Es ist nur eine Frage der Zeit, bis man Sie aufspürt«, sagte Sachs ruhig. »Ihre Beschreibung steht auf allen Überwachungslisten. Sie werden es niemals schaffen, das Land zu verlassen.«

Er fing sich wieder und nickte energisch. »Ja, ja, aber vielleicht habe ich eigene Mittel und Wege, um von hier zu verschwinden. Oder ich bleibe einfach hier und fahre für Uber! Zurück zu meiner Frage. Ich muss diesen Jungen finden. Und das Arschloch von der Versicherung. Edward. Raus mit der Sprache.«

»Wir können für Sie …«

Er stand plötzlich auf, die Augen voller Wut. Dann holte er aus und trat ihr mit seinem Oxford-Schuh wuchtig in die Seite. Der Tritt brach ihr zwar keine Rippen, ließ aber sämtliche Schmerzen jäh wieder auflodern. Amelia schrie, und Tränen schossen ihr in die Augen. Dann hockte er sich wieder hin und senkte seinen Mund bis dicht an ihr Ohr. Als er sprach, war seine Stimme heiser vor Zorn. »Du redest nur, um die Fragen zu beantworten.«

Sie blieb stumm.

»Okay?«

Sie nickte.

Sachs konnte nichts mehr tun. Sie schloss die Augen und dachte: Wenigstens hinterlässt er jede Menge Spuren.

Ihr war klar, dass sie sterben würde.

Sie musste an ihren Vater denken, Herman Sachs, einen dekorierten Beamten des NYPD.

Und natürlich an Rhyme. Ihre Leben waren so viele Jahre parallel verlaufen.

*Ich werde diesen Fehler nicht noch einmal machen …*

Dann an ihre Mutter und an Pam – die junge Frau, der sie das Leben gerettet hatte und die eine Art Tochter für sie geworden war. Sie studierte inzwischen in San Francisco.

Der Russe rollte sie auf den Bauch und schob ihre Füße auseinander. Ihre Wange rieb über den rauen Teppich. Der Angreifer packte ihre gefesselte linke Hand, zog sie brutal hoch und streichelte abermals ihren Ringfinger. Anscheinend begutachtete er den blauen Diamanten in dem Verlobungsring, den Rhyme ihr geschenkt hatte.

Konnte sie aus diesem Interesse einen Vorteil für sich ziehen? »Hören Sie …«, setzte sie an.

»Pssst, still. Was habe ich dir gesagt?« Er rieb die Klinge gegen ihren Ringfinger. »Okay, *kuriza*. Also. Ich frage dich. Dieser Junge. Dieser Vimal. Dieses dumme kleine *kuriza*. Ich muss mit ihm sprechen. Ein wenig plaudern. Und du musst mir sagen, wo er ist. Und der Versicherungsmann.«

»Das werde ich nicht.«

»Ich tue ihm nichts. Nein, nein! Ich will ihm nicht wehtun. Bloß reden. Ganz zwanglos.«

»Geben Sie auf. Sie bringen sich nur in noch mehr Schwierigkeiten.«

Er lachte. »Du bist wirklich unglaublich! Zurück zu Vimal. Wo kann ich ihn besuchen?«

Mit einer Hand zog er ihren Ringfinger gerade, mit der anderen legte er das Teppichmesser an.

Sachs wehrte sich mit aller Kraft und wollte die Hände zu Fäusten ballen, aber er war viel zu stark. Er setzte sich rittlings auf sie und drückte sie mit seinem vollen Gewicht zu Boden. Nun konnte sie sich überhaupt nicht mehr rühren.

Ein Stich an ihrem Finger.

O Gott, er schneidet ihn ab! Er wird ihn abschneiden!

Sie biss die Zähne zusammen und dachte: Irgendwie ironisch, er will mir den linken Ringfinger nehmen – genau den Finger, der bei Lincoln nach dem Unfall als einziger noch funktioniert hat.

»Vimal?«

»Nein.«

Sie fühlte, wie er sich anspannte. Gleich würde er schneiden.

Sachs atmete tief ein. Machte fest die Augen zu. Wie sehr würde es wehtun?

Dann erstarrte der Russe. Sein Griff lockerte sich. Er schien aufzublicken. Dann erhob er sich und nahm die Klinge von ihrem Finger weg. Er keuchte auf.

Die Druckwelle des Schusses in unmittelbarer Nähe traf ihren Körper. Der Russe kippte sofort nach hinten auf ihre Beine.

Dann wurde der Mann von ihr gezogen. Sie drehte sich auf den Rücken und schaute in das entsetzte Gesicht von Edward

Ackroyd. Er wiederum starrte auf die Glock in seiner Hand. Es war nicht Amelias Waffe. Er ließ die Pistole auf den Schreibtisch fallen, als wäre sie glühend heiß, und zerrte Sachs von dem toten Russen weg.

Seine Lippen bewegten sich. Amelia wunderte sich kurz, wieso er seine Stimme verloren hatte. Dann wurde ihr klar, dass sie wegen des Schusses vorübergehend nichts hören konnte.

Wahrscheinlich fragte er sie, ob es ihr gut ging.

»Ja, ja, alles okay«, antwortete sie.

Doch auch er war im Augenblick halb taub, verstand nicht, was sie sagte, und wiederholte manisch immer nur ein Wort: »Was, was, was?«

# 56

Vor dem Juweliergeschäft, im Schatten der Gebäude aus dem vorletzten Jahrhundert, saß Sachs auf dem hinteren Rand des Krankenwagens. Sie wollte sich nicht hinlegen.

Der Sanitäter verkündete, sie sei nicht ernstlich verletzt worden. Das Knie und der Schuh des Russen hatten ihr keine Rippen gebrochen, sondern nur Prellungen zugefügt. Am Ringfinger ihrer linken Hand gab es eine oberflächliche Schnittwunde. Ein wenig Betadine und ein Verband waren alles, was sie brauchte.

Edward Ackroyd stand still neben ihr. Sein mattes Lächeln war wieder da, aber er wirkte verständlicherweise mitgenommen. Die nussbraunen Augen lagen tief in den Höhlen. Er erklärte, er habe sich zu ihr und Abraham Blaustein gesellen wollen, um gegebenenfalls seine Hilfe anzubieten. Beim Blick in den Laden habe er niemanden ausmachen können und sei daher eingetreten. Dann habe er zu seiner Bestürzung einen Mann rittlings auf ihrem Rücken gesehen, der ein Teppichmesser in der Hand hielt. Auf dem Tresen habe eine schwarze Jacke gelegen, aus deren Tasche eine Pistole ragte – die Jacke des Russen, die er ausgezogen hatte, um sich als Blaustein zu verkleiden.

Als der Mann ihn bemerkte, aufstand und das Messer hob, habe er abgedrückt.

»Ich habe nicht nachgedacht. Ich hab einfach geschossen. Das ist alles. Ich habe … All die Jahre bei der Metropolitan

Police habe ich nie eine Waffe abgefeuert. Nie eine *bei mir getragen.*« Seine Schultern hingen herab. Er schnippte sich immer wieder mit dem Zeigefinger gegen den Daumen.

»Es ist okay«, sagte Sachs.

Obwohl sie wusste, dass es nicht okay war. Den ersten Toten wurdest du nicht mehr los. Nie wieder. Wie unvermeidbar jener erste tödliche Schuss auch gewesen sein mochte, wie instinktiv auch immer die Entscheidung, das alles grub sich tief und unauslöschlich in deinen Verstand, dein Herz und deine Seele ein.

Ackroyd hatte die Rettungssanitäter und Streifenbeamten mehrmals gefragt, ob der Russe tatsächlich tot sei, und dabei eindeutig gehofft, er habe ihn nur verwundet. Doch das Hohlspitzprojektil hatte ganze Arbeit geleistet, da gab es keinen Zweifel.

»Danke, Edward«, sagte Sachs nun. Was irgendwie unzureichend schien. Doch was *hätte* denn genügt?

Sie hatte hinsichtlich des Zwischenfalls allerdings gemischte Gefühle. Ihre Finger waren alle noch dran, ihr Leben gerettet. Aber mit Täter 47 war auch die beste – und womöglich einzige – Gelegenheit gestorben, die Standorte der letzten präparierten Gasleitungen herauszufinden. Während der diensthabende Gerichtsmediziner seine vorläufige Untersuchung abschloss, streifte Sachs einen Overall der Spurensicherung über und beugte sich über den Leichnam, um dem Toten vielleicht doch noch ein paar Informationen zu entlocken.

* * *

»Bitte verzeihen Sie die Unannehmlichkeiten, Sir. Aber unter uns, ich würde mir deswegen nicht allzu viele Gedanken machen.«

Andrew Krueger nickte und versuchte, ein wenig verunsichert und besorgt zu wirken. »Ich … ich weiß nicht, was ich sagen soll.«

Der Detective war ein großer Afroamerikaner und fuhr ihn mit seinem Zivilfahrzeug zu einem nahen Revier, wie er Krueger versichert hatte. Krueger saß auf dem Beifahrersitz des Chrysler. Er war nicht festgenommen. Der Detective selbst hatte zu ihm gesagt, der Schusswaffengebrauch sei gerechtfertigt gewesen und er stehe »voll auf Ihrer Seite, Mr. Ackroyd«.

Dennoch galt es, gewisse Formalitäten zu beachten. Er würde eine Aussage machen müssen, und es würde eine Untersuchung geben. Die gewonnenen Erkenntnisse würde man einem stellvertretenden Bezirksstaatsanwalt vorlegen, und dieser würde die letztendliche Entscheidung über das weitere Vorgehen treffen.

»Die Chance, dass er einen Fall eröffnet, liegt bei eins zu einer Million. Darauf würde ich meine Pension verwetten. Kein Staatsanwalt wird sich den Ruf versauen und hierbei eine Anklage erheben. Außerdem können Sie mächtig was in die Waagschale werfen.«

»Wie ist das denn gemeint?«

»Na, Ihre ›Du kommst aus dem Gefängnis frei‹-Karte.«

Krueger begriff es immer noch nicht. »Verzeihung?«

»Gibt es in England kein Monopoly?«

»Was für Monopole?«

Der Detective wirkte belustigt. »Nichts, schon gut. Nur dass Sie Amelia – Detective Sachs – die Haut gerettet haben. Sie ist im Department eine große Nummer. Das zählt eine Menge.«

Schweigend fuhren sie eine Weile weiter.

»Mir ist das auch passiert«, sagte der Detective dann. »Das Gleiche wie Ihnen. Einmal. In vierundzwanzig Dienstjahren musste ich nie meine Waffe abfeuern. Und dann, vor achtzehn Monaten …« Seine Stimme stockte. »Eine häusliche Ruhestörung. Der Typ war halb durchgedreht, weil er seine Medikamente nicht genommen hatte, Sie wissen schon. Er wollte seine Mutter erschießen, und mein Partner und ich haben auf ihn eingeredet. Doch dann hat er plötzlich auf Jerry gezielt. Da blieb mir keine andere Wahl.« Er schwieg für die Länge eines Blocks. »Sie war nicht geladen. Seine Waffe. Aber … na ja, man kommt darüber hinweg. Irgendwie.«

Oder auch nicht.

»Danke«, sagte Krueger mit so viel Aufrichtigkeit, wie er vortäuschen konnte. »Ich bin mir nicht sicher, ob es jemals wieder so wird wie vorher.«

Das kam aus dem Mund eines Mannes, der mindestens dreizehn Menschen ermordet hatte – wenngleich nur drei mit Schusswaffen.

Er erinnerte sich an Rostows Gesichtsausdruck beim Anblick der auf seinen Kopf gerichteten Waffe. Erst der Schreck, dann ein kurzer Moment des Begreifens, in dem ihm klar wurde, dass er aufs Kreuz gelegt worden war. Dann hatte Krueger auch schon geschossen, bevor Rostow noch seinen Namen rufen und Sachs dadurch verraten würde, dass sie sich kannten. Direkt in die Schläfe.

Wladimir Rostows Tod war unvermeidlich gewesen.

Und schon seit einer Weile geplant. Krueger hatte beschlossen, ihn zu töten, seit er wusste, dass der Russe sein Telefon gehackt hatte, nach New York gekommen war und hier die Rolle des »Versprechenden« spielte. Er hatte zu dem Zeitpunkt längst erkannt, dass Rhyme und Amelia brillant waren und er ihnen nicht nur einen führenden Kopf – den fanatischen Ezekiel Shapiro –, sondern auch dessen angeheuerten Ökoterroristen Wladimir Rostow liefern musste.

Kruegers Plan sah vor, Blausteins Laden zu betreten und Rostow mit derselben unregistrierten Glock zu erschießen, mit der er auch schon auf Vimal gefeuert und Saul Weintraub getötet hatte. In dem folgenden Durcheinander schmuggelte er dann einige Neunmillimeterpatronen in Rostows Jacke, um den Mann deutlicher mit den Schüssen auf Vimal und Weintraub in Verbindung zu bringen. Krueger kassierte dabei außerdem Rostows Mobiltelefon ein sowie die Schlüssel zu seinem Motelzimmer und dem Toyota.

Sobald die voraussichtlich kurze Vernehmung bei der Polizei beendet war, würde Krueger zu Rostows Zimmer eilen, es gründlich von allen Spuren reinigen und dann die Wegwerftelefone, den Computer und das Fahrzeug des Russen verschwinden lassen. Er würde sich beeilen müssen …

Sie erreichten nun das Revier, und Krueger stieg aus. Der Detective begleitete ihn zum Eingang.

»Hier entlang, Mr. Ackroyd. Noch mal, nur zu Ihrer Information: Sie sind nicht verhaftet. Wir werden weder Ihre Fingerabdrücke noch Ihr Foto registrieren. Nichts dergleichen. Es geht lediglich um eine Vernehmung, das ist alles.«

»Danke, Officer. Ich weiß Ihre Worte wirklich zu schätzen. Die Ereignisse, nun ja, waren ziemlich erschütternd.« Er zog in Erwägung, sich eine vermeintliche Träne aus dem Augenwinkel zu wischen, gelangte aber zu dem Schluss, dass es zu dick aufgetragen wäre.

# 57

Amelia Sachs brachte allerlei zu Rhymes Stadthaus mit.

Zunächst mal diverse Spuren aus Wladimir Rostows Motel in Brighton Beach und dem Schmuckgeschäft, in dem der verrückte Russe ihr beinahe einen Finger abgeschnitten hatte.

Außerdem einen New Yorker Inspektor für mineralische Rohstoffe.

Rhyme warf Don McEllis, mit dem sie zuvor bereits am Telefon gesprochen hatten, einen desinteressierten Blick zu und konzentrierte sich dann wieder auf die Kartons mit Beweismitteln, die Sachs auf dem Arm trug. Es entging ihr nicht.

»Das wird schwierig, Rhyme«, sagte sie.

Gemeint war ihr drängendstes Problem: herauszufinden, wo die nächste Gasleitung explodieren sollte.

»Ich hoffe, McEllis kann uns behilflich sein.«

Er war ein schmaler, ernst wirkender Mann – okay, und etwas schäbig gekleidet –, der hier sei, so Sachs, um sich die Lagepläne und Einzelheiten der bisherigen Brandorte anzusehen und womöglich die Suche nach den Vorrichtungen einzugrenzen.

»Ich vermute, dass der Täter auf die Nähe zu Verwerfungslinien geachtet hat, denn die Erdbeben sollen ja glaubhaft wirken«, sagte sie. »Und Don kennt die geologische Beschaffenheit der Gegend.«

Sellitto zuckte die Achseln. Er schien nicht überzeugt zu sein. Sein Telefon summte. »Das Rathaus, verdammt.« Er nahm das Gespräch an und zog sich in eine Ecke zurück.

McEllis bat darum, einen der Computer benutzen zu dürfen, um einige geologische Karten herunterzuladen. Cooper wies ihm einen der Arbeitsplätze zu. Der Inspektor wollte zudem wissen, wo die bisherigen Vorrichtungen gezündet worden seien. Sachs schob ihm eine Rolltafel herüber, an der ein Stadtplan hing. Die Brandorte waren rot markiert und lagen auf einer ungefähren Ellipse um die Geothermiebaustelle in der Nähe der Cadman Plaza. McEllis rief die geologischen Diagramme der Gegend auf und vertiefte sich darin.

Cooper und Sachs legten beide Kittel, Haube und Mundschutz an und widmeten sich den Spuren aus Blausteins Juwelierladen und Rostows Motelzimmer in Brighton Beach.

Auch Rhyme konnte mit Neuigkeiten aufwarten. Nachdem Sachs ihm die Identität des Toten mitgeteilt hatte, hatte er erneut Daryl Mulbry beim AIS kontaktiert und ihn um weitere Informationen über den Killer gebeten. Der Mann hatte wenig später eine Zusammenfassung dessen geschickt, was sich auf die Schnelle in Erfahrung bringen ließ. Wladimir Iwanowitsch Rostow, vierundvierzig Jahre alt, ausgebildet beim russischen Militär und später beim FSB – einem der Nachfolger des KGB. Seit zehn Jahren als »Berater« tätig, zu dessen Kunden einige der großen russischen quasistaatlichen Organisationen wie Gazprom gehörten, der Öl- und Gaskonzern. Außerdem die Nischni-Nowgorod-Werften, die Bohrinseln und Tankschiffe bauten, und – vor allem – Dobprom, der größte Diamantenkonzern Russlands.

Mulbry schrieb, Rostow habe im Alter von zwölf bis zwanzig Jahren in der sibirischen Mir-Mine gearbeitet. »Wie es heißt, ist der Typ ein wenig seltsam. Gerüchteweise hat er seinen Onkel getötet, der im selben Minenschacht eingesetzt war. Dessen Kopf wurde von einem Stein zertrümmert, dabei hatte es gar keinen Felssturz gegeben. Die Polizei hat nicht so genau hingesehen, wenn es um den größten Arbeitgeber der

Region ging. Etwas später ist auch seine Tante gestorben. Anscheinend hat sie sich eines Abends auf dem Dach des Gebäudes ausgesperrt. Niemand wusste, was sie da wollte. Sie trug nur ein dünnes Nachthemd und keine Schuhe. Mitten im Dezember, bei minus zwanzig Grad. Auch hier waren die Behörden sehr nachsichtig. Es gab Beschwerden, sie habe sich einigen Nachbarskindern gegenüber *ne podkhodit* verhalten, das heißt unangemessen.«

Interessante Vorgeschichte, dachte Rhyme.

Eine Mine. Nun, das erklärte die Besessenheit von Diamanten … und Rostows Kenntnisse darüber, wie man auf der Geothermiebaustelle unter Zuhilfenahme der Bohrschächte ein Erdbeben vortäuschen konnte.

Der Spion hatte hinzugefügt, Rostow sei von Deutschland, Frankreich, Schweden, Tschechien und Taiwan zur unerwünschten Person erklärt worden, weil man ihn dort der Körperverletzung, Erpressung und illegaler Geschäftspraktiken verdächtige, zudem einer Reihe von Finanzvergehen. Da niemand gegen ihn aussagen wollte, war es nie zu einem Prozess gekommen; man hatte ihm einfach mitgeteilt, er solle ausreisen und nicht mehr zurückkehren. In Krakau hatten die polnischen Behörden ihn einst verhaftet, weil er eine Frau vergewaltigt und ihren Freund zusammengeschlagen haben sollte. Moskau intervenierte, und er wurde in aller Stille auf freien Fuß gesetzt.

In dem Juwelierladen hatte Sachs den echten russischen Pass des Mannes gefunden – lautend auf den Namen Rostow – und ein gefälschtes Dokument auf den Namen Alexander Petrowitsch. Dazu den 38er Smith & Wesson mit Reservemunition, lose Neunmillimeterpatronen der Marke Fiocchi für die Glock, eine Skimaske, Stoffhandschuhe, das blutige Teppichmesser, Zigaretten und Feuerzeug sowie Bargeld (Dollar, Rubel und Euro). Keinen Schlüssel für den Toyota, wobei nicht erwiesen war, ob der rote Wagen vor Adeelas Haus sich legal in Rostows Besitz befunden hatte. Und ein Mobiltelefon fand sich auch nicht.

Rostow trug zwar keinen Zimmerschlüssel bei sich, doch eine schnelle Überprüfung der Motels und Hotels führte zu einem Gast namens Alexander Petrowitsch im Beach View Residence Inn in Brighton Beach, Brooklyn, dessen Zimmer Sachs daraufhin sorgfältig untersucht hatte. Es gab jedoch nicht viel zu finden. Weitere 38er-Munition, Junkfood, mehrere Flaschen Jack Daniel's und die Pässe der anderen Identitäten, die Mulbry bereits in Erfahrung gebracht hatte. Keine Computer oder Telefone, Autoschlüssel, Spuren von oder Hinweise auf *lehabahs*, die Sprengvorrichtungen für die Gasleitungen, oder auf die Orte, an denen sie installiert worden sein könnten.

Und keine Rohdiamanten im Wert von fünf Millionen Dollar.

Wo waren die Steine? Und Rostows elektronische Geräte? Sachs nahm an, er hatte sie samt seinem Zimmerschlüssel in dem Toyota zurückgelassen für den Fall, dass er schnell aufbrechen musste. Der Wagenschlüssel war vermutlich im Radkasten versteckt. Seit der Fernsehserie *Breaking Bad* hatten überraschend viele Kriminelle sich das angewöhnt.

Angesichts der kargen Spuren sei ihr der Gedanke gekommen, den Geologen hinzuzuziehen, hatte sie Rhyme erklärt. Was zugegebenermaßen ein etwas verzweifelter Versuch sei, räumte sie ein. Aber ein vernünftiger, fand er.

Sachs trug nun die wenigen neuen Informationen in die Beweistabelle ein, trat ein paar Schritte zurück und stemmte die Hände in die Hüften. Ihr Zeigefinger grub sich in die Nagelhaut des Daumens, während sie starrte, starrte, starrte.

Rhyme tat es ihr gleich. »Hast du noch was?«, fragte er Cooper.

»Nur noch die letzte Partikelanalyse aus dem Hotelzimmer. Das Ergebnis müsste gleich vorliegen.«

Doch was würde das sein? Vielleicht ja irgendeine einzigartige Substanz von einem der Orte, an denen er die Sprengvorrichtungen platziert hatte. Aber wie wahrscheinlich war das schon?

Rhyme verzog frustriert das Gesicht. Er schaute zu McEllis. »Und bei Ihnen, Don?«

Der Ingenieur saß vorgebeugt da und verglich die geologischen Karten auf seinem Bildschirm mit dem Stadtplan, auf dem die bisherigen Brandorte markiert waren. »Das könnte was sein«, sagte er. »Er scheint die Bomben entlang des Canarsie-Bruchs platziert zu haben. Sehen Sie? Der verläuft durch Downtown Brooklyn, vorbei an der Cadman Plaza und weiter in den Hafen. Die Länge beträgt rund drei Kilometer, doch der größte Teil davon liegt unter Wasser. An Land sind es etwa achthundert Meter.« McEllis zog mit dem Finger eine Linie durch die dicht bevölkerte Gegend.

O Mann, dachte Rhyme. Das sind viel zu viele Keller auf einmal. »Wir müssen das irgendwie weiter eingrenzen.«

»Die Analyse ist fertig«, rief Mel Cooper. »Aber nichts davon bringt Rostow mit einem speziellen Ort in Verbindung. Tabakasche, Ketchup, Rindfleischfett, Erde, deren Beschaffenheit der Geografie von Brighton Beach entspricht. Und mehr Kimberlit.«

»Kimberlit?«, fragte McEllis, ohne den Kopf zu heben.

»Ja«, bestätigte Rhyme. »Unser Täter hat bei dem ersten Überfall Partikel davon aufgenommen. Sie kleben an seiner Kleidung und den Schuhen. Wir haben sie schon an mehreren der Schauplätze gefunden.«

»Dann meinen Sie bestimmt Serpentinit. Nicht Kimberlit. Die gehören zur selben Familie.«

»Nein, es ist Kimberlit. Es enthält Diamantkristalle«, sagte

Cooper und blickte auf. »Ich dachte, das wäre der Unterschied zwischen Serpentinit und Kimberlit.«

»Das ist er auch«, flüsterte McEllis. »Aber … könnte ich vielleicht mal eine Probe sehen?«

Cooper schaute zu Rhyme, der nickte.

Der Techniker bereitete eine Probe vor und legte sie auf den Objektträger des Stereomikroskops.

McEllis setzte sich auf den Hocker, beugte sich vor und fing an, das Licht über dem Objektträger zu verstellen. Dann justierte er das Okular und sah hindurch. Er richtete sich auf und blickte zur Seite. Dann sah er ein zweites Mal hindurch. Mit einer feinen Sonde stocherte er in dem Staub und den Fragmenten herum. Seine Augen blieben gegen die Okularpolster aus Weichgummi gepresst, aber seine Schultern hoben sich leicht, ebenso seine Absätze. Die Körpersprache ließ erkennen, dass er auf etwas Wichtiges gestoßen war. Dann hob er den Kopf und lachte leise auf.

»Was ist denn?«, fragte Sellitto.

»Nun, falls dieses Gestein in New York City gefunden wurde, müssen wir die Geologiegeschichte neu schreiben.«

# 58

»Man könnte Kimberlit als den Aufzug bezeichnen, der Diamanten aus dem Erdmantel an die Oberfläche befördert«, erklärte Don McEllis den anderen im Labor. »Der Mantel ist der Bereich unterhalb der Erdkruste, in dem die Diamanten entstehen.«

Der Inspektor kehrte zu dem Mikroskop zurück, als könne er nicht widerstehen, und studierte die Mineralien erneut. Auch die Sonde kam wieder zum Einsatz. »Hm. Aha.« McEllis richtete sich auf und drehte den Hocker den anderen zu. »Kimberlit mit einem hohen Diamantanteil – so wie dieses – wurde im Staat New York noch nie gefunden. Die geologische Beschaffenheit der Region eignet sich nicht dafür. New York liegt in einem sogenannten ›passiven Randgebiet‹. Wir haben stabile tektonische Platten.«

»Ist ein solcher Fund denn völlig ausgeschlossen?«, fragte Rhyme.

Der Mann zuckte die Achseln. »Sagen wir lieber, er ist sehr unwahrscheinlich. Es gibt auf der Welt ungefähr sechstausend Kimberlitvorkommen, doch nur etwa neunhundert davon enthalten Diamanten … und nur zwei Dutzend in so hoher Konzentration, dass ein Abbau sich lohnt. Keines davon liegt auf dem Gebiet der USA. Im Süden gab es vor vielen Jahren zwar ein paar Abbaugebiete, aber die sind längst alle in Touristenattraktionen umgewandelt worden. Man zahlt zwanzig Dollar oder so und darf dafür mit den Kindern nach Diamanten schürfen. Andererseits gab es bis vor kurzer Zeit auch in Kanada weder Kimberlit noch Diamanten, und heute liegt dort eine der weltweit größten Förderregionen. Also könnte ein solcher Fund wohl auch hier möglich sein.«

Der Inspektor schaute noch mal kurz durch das Mikroskop. »Woher genau stammt dieses Material?«

»Von mehreren Orten«, sagte Rhyme. »Ursprünglich aus dem Eingangsbereich von Patels Werkstatt. Das ist der Diamantenschleifer, der getötet wurde. Sein Lehrling Vimal hatte eine Tüte von dem Zeug in der Hand. Wir haben uns nichts dabei gedacht, sondern angenommen, er wolle Schmuck daraus machen. Oder eine Skulptur. Das ist sein Hobby.«

»Kimberlit wie dieser lässt sich nicht so bearbeiten. Der Diamantanteil ist zu hart und würde das unmöglich machen.«

Rhyme runzelte die Stirn. »So viel zum Thema Annahmen.«

»Und die anderen Fundorte?«, fragte McEllis.

»Es waren einige Partikel im Haus von Saul Weintraub – einem Zeugen, der ermordet wurde. Sie stammten von der Kleidung oder den Schuhen des Täters.« Sachs zuckte die Achseln. »Jedenfalls haben wir das gedacht. Sie können eigentlich auch von Weintraub gestammt haben.«

*Annahmen …*

»Mal angenommen, es gäbe ein paar große Brocken von diesem Zeug«, sagte Rhyme. »Wären die viel wert? Auch einen Mord?«

»Die Chance, überhaupt einen nennenswerten Diamantanteil in kleinen Kimberlitproben zu finden, ist wie ein Lotteriegewinn.« Dann schüttelte er den Kopf. »Aber …«

»Was?«, fragte Sachs.

»Niemand würde für einen solchen Stein töten. Schon eher für das, was er bedeutet.«

»Wie meinen Sie das?«

»Falls diese Probe aus einem großen Vorkommen stammt,

könnte es aus zwei Gründen zu Mord und Totschlag kommen: um sich die Abbaurechte zu sichern oder um den Ursprungsort zu zerstören und seine Existenz geheim zu halten.«

»Zerstören?«, fragte Sachs.

»Es gibt in unserer Geschichte zwei Großindustrien, deren Konzerne alles in ihrer Macht Stehende tun werden, um neue Funde zu sabotieren und dadurch den hohen Preis stabil zu halten«, erklärte McEllis. »Ich spreche von Öl und Diamanten. Und wenn ich sage ›alles in ihrer Macht Stehende‹, dann meine ich das auch. Mord, Sabotage, Drohungen. Nicht bei Industriediamanten – der Billigware für Schleif- und Schneidarbeiten oder Maschinen. Aber bei hochwertigen Schmuckexemplaren wie denen da?« Er wies mit dem Daumen auf das Mikroskop. »O ja. Ohne jeden Zweifel.«

»Linc«, sagte Sellitto, »könnte irgendeine Diamantenfirma von dem neuen Vorkommen erfahren und den Täter hergeschickt haben, um alle zu töten, die davon wussten?«

Rhyme nickte. »Northeast Geo ist auf das Zeug gestoßen – also hat Rostow die Erdbeben inszeniert, damit die Stadt die Bohrungen unterbindet.«

»Das ist nicht so weit hergeholt, wie es klingt«, sagte McEllis. »Es gibt sogar sogenannte ›Sicherheitsfirmen‹, die man engagieren kann, damit potenzielle Minen niemals erschlossen werden oder bestehende Minen den Betrieb einstellen. Da werden Dämme gesprengt, oder man besticht hohe Amtsträger, damit Minen verstaatlicht und dann zerstört werden. Die Russen sind auf diesem Gebiet ganz besonders aktiv.«

»Und Rostow hatte zuvor schon für Dobprom gearbeitet, das russische Diamantenmonopol«, sagte Rhyme.

»Oh, die sind eindeutig aktive Saboteure. Viele andere Produzenten ebenfalls, aber die Russen sind Nummer eins, was schmutzige Tricks angeht.«

»Weintraub war Prüfer und Schätzer«, sagte Sachs. »Vielleicht wurde er nicht ermordet, weil er dem Täter begegnet war, sondern weil er den Kimberlit analysiert und die Diamanten entdeckt hatte.«

»Wir waren zu voreilig«, murmelte Sellitto. »Weintraub hat Patels Laden lange vor dem Eintreffen des Täters verlassen. Was hätte er uns als Zeuge schon nutzen können? Nicht viel. Er muss von dem Kimberlit gewusst haben.«

»Die Verbrechen bei Patel hatten also nichts mit dem Diebstahl von Rohdiamanten zu tun«, sagte Sachs. »Es ging darum, ihn und alle Mitwisser zu töten. Deshalb wurde Patel auch gefoltert – und Weintraub mit der Pistole geschlagen. Der Täter wollte wissen, ob sie noch Kimberlit in ihrem Besitz hatten und wer zum Kreis der Eingeweihten gehörte.«

Rhyme lehnte sich an die Kopfstütze seines Rollstuhls zurück und schloss die Augen. Dann öffnete er sie wieder. »Jemand findet das Zeug auf der Baustelle und bringt es zu Patel, der es von Weintraub prüfen lässt. Dobprom erfährt davon. Sie schicken Rostow, um die Bohrungen zu sabotieren und alle zu töten, die von dem Kimberlit wissen.«

»Dobprom würde nicht wollen, dass ein großer amerikanischer Diamantenkonzern den Weltmarkt betritt«, sagte McEllis. »*Kein* ausländischer Konkurrent würde das wollen. Es könnte deren Gewinne halbieren.«

»Aber ist diese Befürchtung denn überhaupt berechtigt?«, fragte Mel Cooper. »Ich meine, wie realistisch ist es, mitten in Brooklyn Diamanten abzubauen?«

»Oh, das wäre überhaupt nicht schwierig«, erwiderte McEllis. »Deutlich einfacher als beispielsweise Tunnel für die U-Bahn oder die Wasserversorgung zu graben, und das passiert ständig. Es gibt zwar ein paar rechtliche Hürden, aber die sind nicht unüberwindbar. Meine Abteilung müsste die Pläne genehmigen, und hinzu käme eine Menge Papierkram wegen der Konzession. Eine offene Grube wäre zum Beispiel nicht denkbar. Aber man könnte mühelos eine automatisierte Schachtanlage installieren. Aus technischer Sicht überhaupt kein Problem.«

Moment, dachte Rhyme, wenn weitere Bohrungen verhindert werden sollten, dann …

Sellitto kam ihm zuvor. »Das heißt, Ezekiel Shapiros Tod war kein Selbstmord. Rostow hat ihn umgebracht und es so aussehen lassen. Er hat ihn entführt, ihm das Passwort für Facebook abgepresst und den Abschiedsbrief gepostet.«

Rhyme nickte grimmig. »Er brauchte einen Sündenbock, weil wir herausgefunden hatten, dass die Erdbeben und Brände nur inszeniert waren.«

Dann durchfuhr es ihn wie ein elektrischer Schlag.

»Rubel«, flüsterte er.

»Verdammt.« Sachs hatte es ebenfalls begriffen. »Rostow hätte Shapiro keine *Rubel* untergeschoben. Die wiesen ja eindeutig auf ihn selbst hin. Jemand *anders* ist bei Shapiro eingebrochen und hat ihn ermordet – jemand, der es so *aussehen* lassen wollte, als würde Rostow dahinterstecken. Ja, der Russe war in die Sache verwickelt. Er hat dieses Paar in Gravesend überfallen und dann das Mädchen aus dem Brautmodengeschäft. Und Kirtan – Vimals Freund. Zuletzt auch mich. Aber er war nicht der Kopf der Operation.«

Die Folgerung war unausweichlich.

Sachs sah Rhyme an. »Der Kopf der Operation war der Mann, der ihn erschossen hat«, sagte sie leise.

Rhyme wusste, dass sie recht hatte. »Edward Ackroyd.«

»Aber wir haben ihn doch überprüft«, sagte Sellitto. »Und er wusste schon alles über Patel und die gestohlenen Rohdiamanten.«

»Welche Rohdiamanten?«, fragte Rhyme zynisch. »Haben wir die je gefunden? Oder wenigstens einen konkreten Nachweis ihrer Existenz?«

Natürlich nicht.

»Weil sie nie existiert haben«, sagte Sachs.

Rhyme nickte. »Er hat den Diamantenumschlag bei Patel gefälscht. Der Gedanke ist mir nie gekommen! Wieso sollte der Dieb den Umschlag zurücklassen? Er könnte die Steine doch *in* ihrem Umschlag mitnehmen. Sein Ziel war, sich in die Ermittlungen einzuschleichen … um herauszufinden, wer VL war. Und wir haben den Fuchs in den Hühnerstall gelassen. Verdammt noch mal.«

»Wie soll das denn abgelaufen sein, Linc?«, fragte Sellitto. »Amelia hat doch bei Grace-Cabot Mining in Südafrika angerufen.«

Sachs atmete laut aus. Ihre Miene war angespannt, ihre Stimme wütend. »Nein, habe ich nicht. Ich habe die Nummer angerufen, die auf dem Umschlag der Rohdiamanten stand. Ich habe nicht auf der Internetseite der Firma nachgesehen. Existiert sie überhaupt?«

»Tja …« Rhyme warf Pulaski einen ungehaltenen Blick zu. Der junge Mann nickte, nahm den Grace-Cabot-Umschlag zur Hand und zog Google zurate.

»Es ist eine echte Diamantenmine«, verkündete er dann. »Aber die Büronummer ist eine andere als die auf dem Umschlag.« Er wählte letztere. »Hier heißt es nur, man möge eine Nachricht hinterlassen.«

»Und Llewellyn Croft?«, fragte Rhyme.

Pulaski scrollte durch die Seite. »Der ist tatsächlich der Generaldirektor von Grace-Cabot.«

»Ackroyd – ich meine, unser echter Täter – kann ihn ebenso schnell nachgeschlagen haben wie Sie jetzt gerade.«

»Der Mann, mit dem wir gesprochen haben und der sich als Croft ausgegeben hat, war demnach ein Komplize von Ackroyd«, stellte Sachs leise und angewidert fest. »Wahrscheinlich arbeiten die beiden für eine dieser Sicherheitsfirmen, die

Don erwähnt hat. Er hat uns an Milbank Assurance verwiesen. Mit genau der gleichen Masche. Die Versicherung ist echt, der vermeintliche Mitarbeiter nicht.«

»Lasst es uns sofort herausfinden«, verlangte Rhyme.

Die folgenden Telefonate mit Grace-Cabot und Milbank Assurance bestätigten ihren Verdacht. Der echte Llewellyn Croft versicherte ihnen, er habe Patel noch nie Rohdiamanten zum Schleifen geschickt und sei selbst schon seit einigen Jahren nicht mehr in den Vereinigten Staaten gewesen. Außerdem sei Grace-Cabot nicht bei Milbank versichert.

Auf Rhymes Bitte hin setzte FBI Special Agent Fred Dellray sich mit einem Kontakt im Außenministerium in Verbindung. Der lieferte die Bestätigung: Laut den Aufzeichnungen der Zoll- und Grenzschutzbehörde war Croft in letzter Zeit nicht in die USA eingereist.

Eine Nachfrage bei Milbank ergab, dass Grace-Cabot wirklich nicht zu den Kunden der Versicherung zählte. Ja, einer ihrer Leistungsprüfer hieß Edward Ackroyd und ja, er war ein ehemaliger Detective Inspector von Scotland Yard. Doch er hielt sich außerdem seit mehr als einer Woche in London auf, am Hauptsitz der Firma.

Lon grinste gequält. »Okay, mal für die ganz Dummen. Ich blick nicht mehr durch. Was zum Teufel ist hier los, Linc?«

»Ein Diamantenkonzern erfährt von dem Kimberlitfund und befürchtet, ein neuer Konkurrent könnte sich die Abbaurechte sichern. Ackroyd wird beauftragt, die Erdbeben zu inszenieren, um weitere Geothermiebohrungen zu verhindern. Außerdem soll er herausfinden, wer von dem Kimberlit weiß, und diese Leute dann eliminieren: Patel, Weintraub und Vimal. Er ermordet die ersten beiden, doch der Junge kann fliehen. Also behauptet Ackroyd, die Rohdiamanten seines Kunden seien gestohlen worden, damit wir ihn an den Ermittlungen beteiligen und ihm so helfen, Vimal zu finden.«

»Und wie passt Rostow in dieses Bild?«, fragte Sellitto. »Haben die beiden zusammengearbeitet? Im Auftrag der Russen?«

»Man schießt seinem Partner normalerweise nicht in den Kopf«, merkte Rhyme missmutig an.

»Nein«, sagte Sachs. »Zwei verschiedene Konzerne haben von dem Kimberlit erfahren. Einer hat Ackroyd geschickt, und Rostow kam im Auftrag von Dobprom. Ackroyd hat Rostow dann eine Falle gestellt, um alles auf ihn abzuwälzen.«

»Ich hätte es erkennen müssen!«, murmelte Rhyme. »Schwarze Polyesterfasern an den Tatorten Patel und Weintraub. An den anderen nur schwarze Baumwolle. Das deutet darauf hin, dass es zwei verschiedene Arten von Skimaske gewesen sein könnten. Dann die beiden unterschiedlichen Schusswaffen. Die Glock und der Revolver. Seht mal.« Er wies auf die jüngste Beweistabelle. »Rostow hatte in Blausteins Laden einige lose Neun-Millimeter-Patronen in der Jackentasche, doch die könnte auch Ackroyd dort platziert haben.«

»Rhyme!«, rief Sachs erschrocken.

Und auch ihm wurde es plötzlich klar. »Verflucht. Es gab für ihn noch einen Grund, Rostow zu töten.«

»Welchen?«, fragte Sellitto.

»Es sieht nun so aus, als wäre Täter 47 tot – und Vimal damit in Sicherheit«, sagte Sachs. »Daher bestünde auch kein Grund mehr für den Schutzgewahrsam.«

»Ist er schon auf freiem Fuß?«, fragte der Lieutenant.

Sachs verzog das Gesicht. »Ja, verdammt. Ich habe unsere Leute auf Staten Island angerufen, und die haben ihn zur Fähre gebracht. Vimal hat zurzeit kein Telefon, und wir können ihn nicht erreichen. Ich verständige seine Familie.« Sie nahm ihr Mobiltelefon aus der Tasche.

»Und du rufst das Revier in Brooklyn an, auf dem Ackroyd vernommen wird«, sagte Rhyme zu Sellitto. »Die sollen ihn festhalten.«

»Wird erledigt.« Der Detective wählte die Nummer und führte ein kurzes Gespräch. Dann verzog er das Gesicht und trennte die Verbindung. »Ackroyd, oder wie auch immer er heißt, ist schon wieder weg. Sein Telefon ist tot. Und die Adresse, die er den Kollegen genannt hat, ist falsch. Niemand weiß, wo er steckt.«

# 59

Und nun?

Vimal Lahori stieg aus der bedrückenden, salzig und ein bisschen auch nach Urin riechenden Tiefe der U-Bahn-Station empor auf die Straße.

Er atmete tief durch. Die Luft war kalt und feucht, der Himmel grau. Sein Weg führte ihn vorbei an schlichten Einfamilienhäusern mit gepflegten Gärten, in denen Ehepaare mit kleinen Kindern wohnten, wie er wusste – obwohl nichts auf den Nachwuchs hindeutete. In kleineren Städten lagen in Gärten wie diesen Dreiräder und Spielzeuge herum. Nicht hier.

Im Augenblick war kaum jemand auf der Straße unterwegs – eine Frau mit gelbem Regenmantel und einer Einkaufstüte. Ein Geschäftsmann. Beide hielten in der eisigen Brise die Köpfe gesenkt und hatten die Schultern hochgezogen. Wie sah wohl deren Zuhause aus?, überlegte Vimal. Bestimmt hübsch und gemütlich. Das war zwar nur reine Spekulation, aber darum ging es gar nicht: Er beneidete sie, weil er sie beneiden wollte.

Nun blieb er stehen und beobachtete einen Bogen Zeitungspapier, der vom Wind in seine Richtung getragen wurde und ganz in der Nähe auf dem Bürgersteig landete.

Vimal lachte leise und dachte: Papier umhüllt Stein.

Er hockte sich hin und betrachtete den Weg zu seinen Füßen. Dieser Gehsteig war mit Blaustein gepflastert worden – vor hundert Jahren, vielleicht noch früher. Der Name leitete sich nicht von der ursprünglichen Farbe im Steinbruch ab – die war grau –, sondern vom Alterungsprozess, der dem Stein einen Blauton verlieh, bisweilen auch grüne und rote Schattierungen. Vimal legte die Hand flach auf einen der Pflastersteine und fragte sich, wie es wohl sein würde, ihn zu bearbeiten. In diesem speziellen Exemplar sah er ein Basrelief – die flache dreidimensionale Abbildung eines Fisches. Es wäre eine gute Ergänzung zu seiner Skulptur *Die Welle*. Die Arbeit daran wäre kein Problem. Er würde es einfach wie Michelangelo halten und alle Teile entfernen, die nicht zu dem Koi gehörten.

Vimal erhob sich wieder und setzte den Heimweg fort.

Die schönen Gedanken an den Fisch und seine Bildhauerwerkzeuge, die ihn zu Hause erwarteten, wichen jäh und unvermeidbar einer Erinnerung: Mr. Patels Füße reglos auf dem Boden seines Ladens, wie sie nach außen geneigt zur Decke wiesen. Dieses Bild verfolgte ihn. Stunde um Stunde. Dann musste er daran denken, dass sein eigener Vater ihn in seinem Studio eingesperrt hatte. An den Verrat von Mr. Nouris Sohn, Mr. Weintraubs Tod, die Polizei.

Diamanten. Die Diamanten waren daran schuld.

Er erbebte kurz vor Wut.

Dann kam ihm wieder diese Frage in den Sinn: Was nun?

In wenigen Minuten würde Vimal auf seinen Vater treffen. Was würde der Mann sagen? Vimal wollte auch weiterhin unbedingt die Stadt verlassen. Inzwischen aber hatte er dafür zwei Ausreden weniger – dass nämlich der Killer ihn verfolgte, oder dass man ihn für den »Diebstahl« von Mr. Patels Kimberlit verhaften würde, das anscheinend ohnehin nichts wert war. Der Schrecken war vorbei. Und sein Vater würde umso nachdrücklicher verlangen, dass er blieb. Würde Vimal den Mut aufbringen, sich zu weigern?

In Sicherheit vor dem Mörder. Und dennoch alles andere als erleichtert. Wie grausam war das?

Tja, er würde Nein sagen. Schon bei der Vorstellung verkrampfte sich sein Magen. Doch er würde es tun. Ganz bestimmt.

Er ertappte sich dabei, dass er immer langsamer ging. Diese unterbewusste Bremse war fast schon lustig.

Etwa zwei Blocks vor seinem Haus kam er an einer Zufahrt vorbei, die zur Rückseite eines Backsteinbungalows führte. »Kann mir jemand bitte mal helfen?«, ertönte die Stimme eines Mannes. »Ich bin gestürzt.«

Vimal schaute in die Gasse. Es war der Geschäftsmann, den er kurz zuvor schon gesehen hatte. Er lag neben seinem Wagen auf dem Boden.

Noch gestern wäre Vimal in so einer Situation misstrauisch geworden. Doch nun, nachdem dieser Russe tot war, bestand für ihn keine Gefahr mehr. Jedenfalls nicht hier. In Manhattan, im Diamantenviertel war er stets auf der Hut. Aber in diesem Teil von Queens? Nein.

Räuber sahen selten wie Buchhalter aus und trugen so hübsche Mäntel.

Der Mann war ausgerutscht und hatte sich offenbar das Bein verletzt, denn er hielt es umklammert und stöhnte. Dann bemerkte er Vimal. »Oh, Gott sei Dank. Bitte, kommen Sie an mein Telefon? Es ist mir unter das Auto gefallen.« Er stöhnte auf.

»Natürlich, keine Sorge. Haben Sie sich das Bein gebrochen?«

»Keine Ahnung. Hoffentlich nicht. Aber es tut weh, wenn ich mich bewege.«

Vimal hatte den Mann fast erreicht, als er etwas in den Büschen sah. Ein weißes Rechteck.

Ein Metallschild. Er hielt inne und beugte sich vor. Da stand zu lesen:

~~ZU VERKAUFEN~~

VERKAUFT!

Gefolgt von dem Namen der Maklerfirma.

Vimal schaute zu den Fenstern des Hauses. Nirgendwo brannte Licht.

Er begriff sofort, dass der Mann hier nicht wohnte! Es war eine Falle! Der Kerl hatte das Schild vorn aus dem Rasen gezogen und versteckt, um Vimal in die Einfahrt zu locken.

Scheiße. Vimal machte kehrt, aber der Mann sprang auf, packte ihn und wirbelte ihn herum. Der Fremde war nicht groß, und seine Augen, deren Farbe an gelben Achat erinnerte, blieben absolut ruhig. Dennoch trieb es Vimal die Luft aus der Lunge, als der Mann ihn gegen die Seite des Wagens knallte. Der Angreifer wich Vimals halbherzigem Faustschlag mühelos aus und zwang ihn mit einem Haken in die Magengrube auf die Knie. Vimal hob abwehrend eine Hand und übergab sich.

Der Mann vergewisserte sich, dass sie allein waren. »Musst du noch mal kotzen?«, fragte er mit einem seltsamen Akzent.

Vimal schüttelte den Kopf.

»Sicher?«

Wer war das? Ein Freund des Russen?

»Was wollen Sie …?«

»Bist du sicher, dass du nicht noch mal kotzen musst?«

»Ja.«

Der Mann fesselte ihm die Hände mit silbernem Textilklebeband und zerrte ihn zum Kofferraum. Zunächst schien er ihm auch noch den Mund zukleben zu wollen, befürchtete aber wohl, dass Vimal sich erneut erbrechen und daran ersticken würde. Also verzichtete er auf den Knebel.

Anscheinend wollte der Angreifer unbedingt, dass Vimal am Leben blieb.

Zumindest vorläufig.

# 60

Er fuhr durch ein heruntergekommenes Industriegebiet in Queens und suchte nach einem geeigneten Ort für den nächsten Punkt auf der Liste.

Andrew Krueger wusste, dass man ihn nicht verdächtigte, denn die Polizei hatte ihn gehen lassen. Und obwohl er annahm, dass Rhyme und Amelia durchaus in der Lage waren, den ganzen Plan zu durchschauen, sofern man ihnen genug Zeit dafür gab, hatten sie derzeit andere Dinge im Sinn, denn sie suchten hektisch nach der nächsten präparierten Gasleitung. Die befand sich übrigens in einem alten hölzernen Wohnhaus – trocken wie Zunder. Das falsche Erdbeben würde bald wieder die Fenster klirren lassen, und wenig später entwichen durch das Leck in der Leitung die herrlichen Dämpfe. Dann kam die Explosion.

Aber die Brandopfer interessierten Krueger nicht länger; er wollte nur eine einzige Frage beantwortet haben: Woher stammte der Kimberlit, den Vimal am Samstag bei sich getragen hatte?

Krueger bog mit dem gemieteten Ford auf das Gelände eines Gewerbeparks ein und fand einen verlassenen Parkplatz, aus dessen rissiger Asphaltdecke das Unkraut wucherte. Er blickte sich um. Niemand zu sehen. Keine Autos, keine Lastwagen. Keine Überwachungskameras, doch er hatte auch keine erwartet; das Dach des Gebäudes war schon vor Jahren eingestürzt.

Der Junge hatte aufgehört, gegen den Kofferraumdeckel zu hämmern, und Krueger befürchtete kurz, er könne tot sein. Konnte man heutzutage in einem Kofferraum ersticken? Eher unwahrscheinlich. Hatte eines der Schlaglöcher hier ihm etwa durch einen irren Zufall das Genick gebrochen?

Na, hoffentlich nicht.

Er öffnete den Kofferraum und blickte hinunter auf Vimal Lahori. Es ging ihm gut – sofern man das von jemandem behaupten konnte, der zu Tode verängstigt war.

Im Gegensatz zu dem kürzlich verstorbenen und absolut nicht betrauerten Wladimir Rostow war Krueger kein Sadist. Die Furcht des Jungen bereitete ihm kein Vergnügen. Oh, er würde jeden töten, der getötet werden musste – wie bei den Hausbränden zum Beispiel oder bei den Morden an Patel und Weintraub, von Rostow selbst ganz zu schweigen. Aber er folterte nicht, jedenfalls nicht zum Spaß. Tod und Schmerz waren lediglich Werkzeuge – wie der Reibstab, die Schleifscheibe und das mit Diamantstaub versetzte Olivenöl –, die man zum Facettieren benötigte.

Doch genauso wenig wie Krueger Freude am Leid des Jungen empfand, verspürte er auch nur das geringste Mitgefühl. Seine Mission. Das war alles, was zählte. Damit die Diamantenpreise himmelhoch und schön stabil blieben.

Er zog den Jungen aus dem Kofferraum.

»Bitte, was wollen Sie …?«

»Still. Hör gut zu. Am Samstag bist du mit einer Tüte Kimberlit bei Patel hereinmarschiert.«

Vimal runzelte die Stirn. »Sie waren da? *Sie* haben Mr. Patel getötet?« An die Stelle der Angst in seinem Blick trat jähe Wut.

Krueger hob das Teppichmesser, und der Junge verstummte. »Ich stelle hier die Fragen. Erzähl mir von dem Kimberlit. Wie ist Patel an die Steine gekommen? Und denk dran, ich kann dir sehr wehtun. Also rede lieber.«

»Ich weiß nur, dass jemand in Brooklyn ein Stück davon gefunden hat. Da, wo die Bohrungen stattfinden. In einem Haufen Bauschutt.«

»Wer?«

»Keine Ahnung. Ein Lumpensammler oder so, schätze ich. Ich bin Bildhauer. Also mache ich das bei Baustellen genauso. Ich suche nach geeigneten Steinen. Er hat wahrscheinlich die Kristalle gesehen und gedacht, das Ding könnte wertvoll sein. Und dann hat er Mr. Patel zufällig aus dem Telefonbuch ausgewählt, um ihm den Fund zu verkaufen.«

»Und wie bist du zu dieser Tüte gekommen?«

»Mr. Patel wollte mehr. Ich bin hingefahren, um danach zu suchen, aber die Firma, die diese Baustelle betreibt, hatte den ganzen Schutt schon abtransportieren lassen. Also hat Mr. Patel mich zu dem Abladeplatz geschickt, um dort zu suchen. Ich habe vier oder fünf Anläufe gebraucht, um endlich einen Haufen davon zu finden. Das war am Samstag. Ich habe ein paar Steine mitgenommen, um sie ihm zu zeigen.«

»Wie viel Kimberlit war insgesamt da?«, fragte Krueger.

»Nicht viel.«

»Was soll das heißen?«

»Ein Dutzend größere Stücke – etwa so groß wie Ihre Faust. Ansonsten nur kleine Teile und Staub.«

»Wo ist dieser Abladeplatz?«

»In der Nähe von Cobble Hill. Die B-und A-Schuttumschlagstation Nummer vier.«

Bau und Abriss, vermutete Krueger.

»Was ist Cobble Hill?«

»Ein Viertel. In Brooklyn.«

»Wo genau?«, fragte Krueger und öffnete auf seinem Smartphone einen Stadtplan. Der Junge warf einen Blick darauf, schaute dann aber weg.

»Hör mal«, sagte Krueger. »Keine Angst. Dich zu töten gehört nicht zu meinem Plan. Derjenige, den alle für den Täter halten, ein Typ aus Russland, ist nämlich schon tot. Falls du jetzt stirbst, würde die Polizei nach einem *weiteren* Verdächtigen Ausschau halten. Du hast also nichts zu befürchten.«

Vimal nickte. Er fühlte sich grauenhaft und war wütend, konnte die Logik aber nachvollziehen.

Wenngleich es gelogen war. Natürlich musste der Junge bald sterben ... und der Täter würde ein Partner von Rostow sein, ein weiterer – ein fiktiver – Russe. Nach dem Mord an Vimal würde Krueger dessen Kleidung zerreißen, als hätte er mit einem Angreifer gekämpft. Dann würde er neben der Leiche einige Beweisstücke aus Rostows Motelzimmer platzieren – Tabak von einer russischen Zigarette, ein paar Rubelmünzen –, als wären sie bei dem Kampf verloren worden. Und er würde irgendwo in der Nähe ein Prepaidmobiltelefon zurücklassen. Zwar ohne Fingerabdrücke, aber mit rund einem Dutzend Anrufen bei Dobprom und anderen, zufällig ausgewählten russischen Telefonnummern im Speicher. Krueger selbst hatte die Nummern gewählt, nachdem er Rostow erschossen hatte.

War das alles wasserdicht? Nein. Aber eine zufriedenstellende Erklärung für den Tod des Jungen.

»Und?«

Vimal zögerte und zeigte dann auf einen Punkt der Karte. Er lag nicht weit entfernt.

Krueger half ihm zurück in den Kofferraum, schloss den Deckel und fuhr los. Zwanzig Minuten später hatten sie ihr Ziel erreicht.

## B&A-UMSCHLAGSTATION #4

Er fuhr durch das große Tor und folgte langsam einem holprigen breiten Pfad mit tiefen Radspuren. Keiner der wenigen Arbeiter hier beachtete ihn. Das Gelände war mindestens so groß wie sechs Fußballfelder. Hunderte von sechs bis sieben Meter hohen Abfallhaufen ragten auf wie kleine Berge aus Stein, Gipskarton, Metall, Holz, Beton … einfach jedem erdenklichen Baumaterial. Krueger nahm an, dass Verwertungsfirmen gegen Gebühr auf die Suche nach brauchbaren Resten gehen durften. Bei der Vorstellung, dass diese Firmen sich über Kupferrohre und -kabel freuen und den Kimberlit voller Diamanten ignorieren würden, musste er lächeln. Vor allem, wenn man bedachte, dass das eigentliche Vorkommen noch viele Millionen Mal mehr wert war.

Er parkte hinter einem dieser Haufen, sodass man den Wagen von der Straße oder der Einfahrt aus nicht mehr sehen konnte. Und auch keiner der Arbeiter.

Dann stieg er aus dem Ford und zerrte Vimal aus dem Kofferraum.

Krueger hob das Messer. Vimal zuckte zurück. »Es geht nur um die Fessel«, sagte der Mann und durchtrennte das Klebeband um Vimals Handgelenke. Dann steckte er das Messer ein und zeigte auf die Pistole in seinem Hosenbund. »Wenn du wegläufst, benutze ich sie.«

»Das werde ich nicht.«

»Geh los.«

Sie bogen in eines der braunen und grauen Täler ein und hielten sich parallel zum Wasser, wo Radlader und Kipplaster den Schutt auf die Lastkähne verfrachteten. Der Lärm war ohrenbetäubend.

»Wohin?«

Der junge Mann wandte den Kopf, um sich zu orientieren. »Dort entlang.« Er wies in Richtung des Ufers. Die beiden schlängelten sich über das Gelände, wobei Vimal gelegentlich stehen blieb, sich umschaute und dann nach links oder rechts abbog. »Es wurde inzwischen noch mehr abgeladen«, erklärte er. »Jede Menge. Es sieht hier jetzt ganz anders aus.«

Krueger glaubte ihm. Der Junge schien wirklich verwirrt zu sein.

Dann kniff Vimal die Augen zusammen. »Da lang. Ich bin mir sicher.« Er nickte.

Sie suchten zehn Minuten lang. Dann stutzte Krueger. Im Abdruck eines großen Stollenreifens lag ein Stück Kimberlit. Er steckte es ein. Die Richtung stimmte also.

Was für ein unwirtlicher Ort dies war. Das Märzwetter hatte einen grauen Schleier über die Welt gebreitet und ihr die Farbe eines Leichnams bei der Autopsie verliehen. Die Feuchtigkeit und Kälte krochen einem über die Beine bis in den Unterleib und weiter die Wirbelsäule hinauf. Krueger fühlte sich an eine riesige offene Diamantenmine erinnert, die er vor Jahren in Russland besucht hatte. Ihm kam ein Gedanke. Sein Auftrag bestand natürlich darin, die Entdeckung des Kimberlitvorkommens und dessen Abbau zu verhindern. Doch was lag dort womöglich im Erdboden versteckt? Seiner Einschätzung nach enthielt die Ader überaus hochwertige Steine.

Lag da unter der Baustelle von Northeast Geo Industries etwa ein potenziell legendärer Diamant? Krueger musste an zwei Steine aus seinem Heimatland denken: Der Cullinan wog bei seiner Entdeckung mehr als dreitausendeinhundert Karat, was ihn zum größten jemals gefundenen Schmuckdiamanten machte. Der Stein wurde in mehr als hundert kleinere Diamanten gespalten, darunter der große Stern von Afrika mit mehr als fünfhundert Karat und der kleinere Stern von Afrika mit mehr als dreihundert Karat. Diese beiden Brillanten waren heute Teil der britischen Kronjuwelen. Kruegers südafrikanischer Lieblingsstein war jedoch der Centenary-Diamant mit einem Rohgewicht von fünfhundertneunundneunzig Karat und rund zweihundertsiebzig Karat nach dem Schleifen. Der Brillant besaß eine modifizierte Herzform und war der größte farb- und makellose Diamant der Welt.

Es gefiel Krueger nicht, dass er eventuell daran beteiligt war, die Entdeckung eines solchen Diamanten zu verhindern.

Doch so lautete nun mal der Auftrag, und er würde ihn erledigen.

»Geh weiter«, sagte er zu Vimal. »Je schneller wir hier fertig sind, desto eher kannst du zurück zu deiner Familie.«

# 61

Amelia Sachs hatte die Brooklyn Bridge hinter sich gelassen und war nur noch wenige Minuten von ihrem Ziel entfernt, der Baustelle von Northeast Geo. Der Motor des Torino sang in hoher Tonlage.

Rhyme hatte gefolgert, dass Ackroyd – oder wie auch immer er heißen mochte – nicht nur einfach Vimal Lahori töten wollte. Noch nicht. Er musste auch herausfinden, woher der Junge den Kimberlit hatte, mit dem er am Samstag bei Patel aufgetaucht war. Ackroyds Auftrag würde beinhalten, vor seiner Flucht jedweden Kimberlit zu zerstören oder verschwinden zu lassen, und als Schauplatz ergab sich logischerweise die Baustelle.

Das Gelände war weiterhin geschlossen, sodass Ackroyd und Vimal sich dort ungehindert bewegen konnten, wenn der Junge ihm zeigte, woher die Kimberlitproben stammten.

Amelia wollte soeben vom Highway abbiegen, als ihr Telefon summte. Sie nahm das Gespräch an, schaltete den Lautsprecher ein und legte das Smartphone auf den Beifahrersitz, um vom vierten in den dritten Gang zu schalten. Mit einem waghalsigen Manöver überholte sie einen langsamen Transporter.

»Ich bin hier.«

»Amelia«, sagte Lon Sellitto. »Hier möchte jemand mit Ihnen reden. Ich stelle sie durch.«

Sie?

»Okay.« Sie ging vom Gas.

Ein Klicken, dann noch eines. Dann eine Frauenstimme. »Detective Sachs?«

»Ja. Wer spricht da?«

»Ich bin Adeela Badour.«

»Vimals Freundin.«

»Richtig.« Die Frau klang besorgt, aber ruhig. »Detective Sellitto hat angerufen und mir gesagt, dass Vimal verschwunden ist. Und dass Sie versuchen, ihn zu finden.«

»Haben Sie eine Ahnung, wo er sein könnte?«

»Ich bin mir nicht sicher. Aber Detective Sellitto hat mir von den Diamanten und den Bohrungen erzählt. Und dass der Mann, der ihn vielleicht entführt hat, an einigen Steinen interessiert war, die Vimal hatte. Nun, am Samstag, bevor auf ihn geschossen wurde, hat er mich von der U-Bahn aus angerufen. Er war sauer. Mr. Patel hatte ihn zu irgendeinem Schuttabladeplatz oder so geschickt, wo er nach ganz bestimmten Steinen suchen sollte.«

Der Kimberlit, begriff Sachs.

»Und als ich ihn später am selben Tag gesehen habe, steckte ein Steinsplitter unter seiner Haut.«

»Ja, die Kugel hat eine Tüte mit Steinen getroffen, die er in der Hand hielt. Lon, sind Sie da?«

»Ja, Amelia.«

»Dorthin sind die beiden unterwegs«, sagte Sachs. »Er hat Vimal nicht zu der Baustelle, sondern zu diesem Abladeplatz verschleppt, damit der Junge ihn zu dem Kimberlit führt.«

»Verstanden. Ich finde heraus, wohin Northeast Geo den Bauschutt transportieren lässt.«

»Rufen Sie den Baustellenleiter an, einen Mann namens Schoal. Falls Sie ihn nicht erreichen können, wenden Sie sich an den Geschäftsführer. Wie hieß er doch gleich? Er war im Fernsehen. Dwyer, glaube ich.«

»Ich gebe Ihnen dann Bescheid.«

»Adeela, hat Vimal Ihnen sonst noch etwas über den Samstag erzählt?«, fragte Sachs.

»Nein.«

»Nun, dann haben Sie vielen Dank. Das ist eine wichtige Information.«

»Ich habe Detective Sellitto meine Nummer gegeben. Falls Sie etwas hören ...« Adeelas Stimme überschlug sich fast. Sie bekam es sofort wieder in den Griff. »Falls Sie etwas von ihm hören, lassen Sie es mich bitte wissen.«

»Ja, mache ich.«

Die junge Frau legte auf.

Sachs hielt auf dem Seitenstreifen, was ihr zwei Hupkonzerte und einen ausgestreckten Mittelfinger einbrachte. Sie ignorierte sie alle.

»Na los, komm schon«, flüsterte sie flehentlich Lon Sellitto zu. Ihr Bein wippte ungeduldig auf und ab, und sie musste sich zwingen, nicht ständig das Telefon anzustarren.

Sie starrte es trotzdem an.

Schließlich legte sie es mit dem Display nach unten auf den Notsitz hinter ihr.

Drei qualvolle Minuten später rief Sellitto endlich an. Schoal hatte ihm mitgeteilt, dass sämtlicher Bohr- und Bauschutt vom Northeast-Geo-Gelände in Brooklyn zur B&A-Umschlagstation Nummer vier transportiert wurde. Am Flussufer, östlich von Cobble Hill. »Die Station wird von Hunderten von Firmen aus dem ganzen Stadtgebiet genutzt«, erklärte der Lieutenant.

»Alles klar«, sagte Amelia, legte den ersten Gang ein, ließ die Kupplung kommen, reihte sich binnen drei Sekunden in den Verkehr ein und war nach fünf Sekunden schneller als alle anderen.

Sie kannte den Umschlagplatz mit der Anlegestelle für Lastkähne. Das Gelände lag südlich der Brooklyn Bridge Park

Piers, etwa fünf Minuten entfernt – zumindest in dem Torino –, sofern der Verkehr mitspielte. Was eindeutig nicht der Fall war. Sachs legte die blaue Signalleuchte auf das Armaturenbrett, schaltete herunter und schwenkte zurück auf den Seitenstreifen. Dort beschleunigte sie wieder und hoffte inständig, dass niemand ausgerechnet jetzt eine Reifenpanne haben und ihr plötzlich den Weg versperren würde.

»Lon, ich bin in etwa fünf Minuten da, hoffe ich. Schicken Sie Streifenwagen und die ESU. Ohne Festbeleuchtung und Sirene.«

»Geht klar, Amelia.«

Sie ignorierte das Telefon und ließ Sellitto die Verbindung trennen. Sachs wagte es nicht, die Hände vom Lenkrad zu nehmen, und raste den holprigen Seitenstreifen entlang. Nur wenige Zentimeter trennten ihre Außenspiegel rechts von den Betonpfeilern und links vom restlichen Verkehr.

Bin ich zu spät?, fragte sie sich.

Und beschleunigte von hundert Kilometern pro Stunde auf hundertdreißig.

# 62

Sachs traf vor ihren Kollegen an der Schuttumschlagstation ein.

In hohem Tempo bog sie auf das Gelände ab – eine riesige Fläche, die sie aus Sommerzeiten als staubig und glänzend in Erinnerung hatte, die nun aber bedrohlich und grau wirkte. Das große Tor stand offen, und sie sah nirgendwo Sicherheitspersonal. Es gab keinen eigentlichen Parkplatz, aber nachdem der Torino ein Stück über den unebenen Boden geholpert war, erreichte sie eine Freifläche zwischen zwei großen Haufen aus zertrümmertem Beton, verrottendem Holz und Mörtel. Etwas abseits stand ein Ford geparkt; alle anderen Fahrzeuge hier waren entweder Kipplaster und Radlader oder Pick-Ups und SUVs.

Sachs hielt an und stieg aus, zog ihre Waffe und näherte sich vorsichtig dem Ford. Es saß niemand darin.

Sie öffnete den Kofferraum.

Leer. Erleichtert atmete sie auf.

Vimal Lahori war wahrscheinlich noch am Leben.

Aus den Augenwinkeln nahm Sachs eine Bewegung wahr. Zwei Streifenwagen des örtlichen Reviers rasten heran und hielten in ihrer Nähe. Vier uniformierte Beamte stiegen aus.

»Detective«, sagte einer von ihnen leise. Sie kannte den schmalen rotblonden Jerry Jones, einen Kollegen mit mehr als zehn Jahren Erfahrung.

»Jones, fragen Sie das Kennzeichen ab.«

Er legte einen Ohrhörer an, um auf den Lautsprecher des Funkgeräts verzichten zu können, und gab die Anfrage weiter.

»Bitte sofort«, fügte er hinzu. »Wir stehen hier vor einem taktischen Zugriff. Kommen.«

Amelia nickte ihm und den anderen zu – zwei weißen Männern und einer Afroamerikanerin. »Kennen Sie die Täterbeschreibung?«

Alle bejahten.

»Wir haben eine seiner Waffen, aber das dürfte nicht die einzige gewesen sein. Er scheint Neun-Millimeter-Glocks zu bevorzugen. Nichts deutet auf ein Gewehr hin. Und er trägt eine Klinge bei sich, vermutlich ein Teppichmesser. Vergessen Sie nicht, dass der junge Mann in seiner Begleitung eine Geisel ist. Ein Inder, dunkles Haar, zweiundzwanzig, Bekleidung unbekannt. Der Verdächtige wurde zuletzt mit einem gelbbraunen Mantel gesehen, er hat aber auch schon dunkle Alltagskleidung getragen. Falls irgend möglich, wollen wir diesen Täter lebendig. Er verfügt über wichtige Informationen.«

»Er hat diese Sprengsätze gelegt, richtig?«, fragte Jones.

»Ja, das hat er.«

»Was will er denn hier?«, fragte die Beamtin.

»Einen Haufen Steine.«

Die Uniformierten sahen sich an.

Für nähere Erklärungen war keine Zeit.

»Jones, Sie und ich gehen nach Westen zur Anlegestelle. Sie drei halten sich in südlicher Richtung. Mit Ihren Uniformen geben Sie hier gute Ziele ab« – die Schutthaufen waren beige und hellgrau – »also achten Sie auf mögliche Hinterhalte. Er tötet bedenkenlos jeden Zeugen, daher dürfte er auch bei uns keine Hemmungen haben.«

»Alles klar, Detective«, bestätigte einer der Beamten, und das Trio machte sich auf den Weg.

Amelia und Jones hielten im rechten Winkel zu den anderen auf das Ufer zu.

Jones' Funkgerät knisterte leise. Er lauschte. Sie konnte

nicht verstehen, wie die Meldung lautete. Gleich darauf sagte er es ihr: »Die ESU ist in zehn Minuten hier.«

Zu zweit stießen sie zügig durch die Täler zwischen den Haufen aus Steinen und Abfall vor. Jones neigte den Kopf – weil er noch eine Nachricht über Funk erhielt. »Verstanden«, flüsterte er. Dann wandte er sich an Sachs. »Der Ford wurde für einen Monat bei einer Firma in Queens gemietet, und zwar von einem gewissen Andrew Krueger mit südafrikanischem Führerschein und einer Anschrift in Kapstadt. Er hat auch eine New Yorker Adresse angegeben, aber das ist ein leeres Grundstück.«

Der Beamte hob sein Telefon und zeigte ihr ein Abbild des Führerscheinfotos. »Ist er das?«

Es bestätigte, dass Ackroyd von Anfang an Krueger gewesen war. Sie nickte.

Genau wie Rostow musste auch Krueger einer jener Söldner der Diamantenbranche sein, jedoch im Auftrag eines Konkurrenten von Dobprom.

*Man schießt seinem Partner normalerweise nicht in den Kopf …*

Sachs richtete alle ihre Sinne auf die Verfolgung des Flüchtigen und seiner Geisel. In einem ihrer letzten Fälle hatte ein Verdächtiger – zwar psychotisch, aber sehr faszinierend – die Behauptung aufgestellt, Sachs sei eine Inkarnation von Artemis, der griechischen Göttin der Jagd.

Was eines der schönsten Komplimente war, die sie je bekommen hatte, auch wenn es aus dem Mund eines Verrückten stammte.

Sachs und Jones eilten nun so zügig voran, wie sie es verantworten konnten, suchten beständig die Umgebung ab und achteten vor allem auf die Kämme der Schutthügel, die einem Heckenschützen perfekte Deckung boten. Ihr Atem ging schwer, jede Muskelfaser stand unter Spannung.

Oh, wie sehr Amelia Sachs solche Situationen liebte.

Sie ignorierte den Schmerz in ihrer linken Seite, den der Sturz auf die Planke über dem Schlammgrab der Baustelle ihr beschert hatte, und auch alle Schmerzen, die sie dem Russen verdankte. Ihre Gedanken kreisten nur noch um die Beute.

Mit Handzeichen bedeutete sie Jones, wohin er schauen, wann er sich beeilen und wann er langsamer werden sollte. Er tat gelegentlich das Gleiche. Sie vermutete, dass er noch nie einen Schusswechsel erlebt hatte. Er wirkte beunruhigt und angespannt, aber willens … und bereit. Mit der Glock hantierte er selbstsicher und geübt.

Sie drangen nun behutsamer vor. Sachs wollte nicht jäh über Krueger stolpern und in eine Schießerei geraten; sie wollte ihn überraschen und ohne Blutvergießen festnehmen.

*Lebendig …*

Außerdem wollte sie vermeiden, dass er sie und Jones umrundete, sodass sie ihn im Rücken hätten. Sechzig Meter vor ihnen füllte ein riesiger Löffelbagger einen Lastkahn mit Schutt. Der dröhnende Motor und das Krachen und Donnern der Steine, die in den Laderaum fielen, übertönten alles andere. Krueger könnte sich ihnen mühelos unbemerkt nähern.

Also sicherte Amelia nach vorne, zu den Seiten und nach hinten. Unaufhörlich.

Weitere fünfzehn Meter. Wo, wo, wo?

Sie und Jones hatten fast schon das Wasser erreicht, als sie die beiden entdeckte.

Zwischen zwei großen Haufen aus Steinen, Holzbalken und verbogenen Metallstreben tauchte plötzlich Krueger auf und zog Vimal am Kragen hinter sich her. Er trug Handschuhe. Die rechte Hand befand sich unter seiner kurzen schwarzen Jacke. Sie lag wahrscheinlich auf dem Griff der Pistole.

Jones deutete auf sich selbst und dann rechts voraus auf die Spitze des ungefähr sechs Meter hohen Schutthaufens neben

Krueger und Vimal. Er zeigte auf Sachs, vollführte eine halbkreisförmige Geste und wies auf den linken Trümmerberg.

Guter Plan. Jones würde Krueger von oben in Schach halten und Sachs ihn flankieren. Sie deutete zurück über die Schulter, hielt drei Finger hoch – womit die anderen Beamten gemeint waren – und hob die Handfläche. Jones verstand: Die Kollegen sollten ihre Position halten. Sachs wollte nicht, dass sie hier mitten ins Geschehen stolperten, und konnte ihnen keine exakte Wegbeschreibung zum Ziel liefern.

Jones trat beiseite und kontaktierte die anderen leise über Funk. Er steckte die Waffe ein und fing an, den Schutthaufen zu erklimmen. Sachs lief nach links, umrundete die Basis des rechten Hügels und näherte sich der Stelle, an der sie Krueger und Vimal zuletzt gesehen hatte.

Während sie sich vorsichtig anschlich, erkannte sie, dass der Plan funktionieren würde. Sie musste lediglich näher heran. Jones war oben auf dem rechten Hügel und zielte auf Krueger. Nur noch wenige Schritte und Sachs würde ihn auffordern können, sich zu ergeben – laut genug, um die Bagger und Radlader zu übertönen.

Jones schaute zu ihr und nickte.

Sie nickte zurück und ging weiter. Der Verdächtige und Vimal waren stehen geblieben. Mit kalter Miene – so ganz anders als bei dem Mann, dessen Rolle er gespielt hatte – beugte Krueger sich vor und flüsterte dem Jungen etwas ins Ohr. Vimal, der weinte und sich die Tränen wegwischte, nickte und sah sich um. Dann zeigte er auf etwas. Die beiden bogen abrupt in ein weiteres Tal ab und eilten davon, weg von Sachs und Jones. Anscheinend hatte Vimal die Stelle mit dem Kimberlit gefunden.

Sie schaute zu Jones, der den Kopf schüttelte und auf seine Augen zeigte. Er sah die beiden nicht mehr. Sachs umrundete vollends den Hügel und nahm die Verfolgung auf. Sie konnte den ganzen Pfad überblicken.

O nein …

Ein Stück weiter kauerte einer der anderen Beamten mit dem Rücken zu Krueger, der allenfalls sechs Meter entfernt war. Ohne zu zögern, brachte Krueger unter seiner Jacke eine Pistole zum Vorschein und schoss dem Uniformierten eine Kugel in den Rücken. Der Mann kippte nach vorn und ließ seine Waffe fallen. Sachs wusste, dass er eine Schutzweste trug, aber aus dieser Entfernung würde die Wucht des Projektils ihn trotzdem außer Gefecht setzen. Der Mann versuchte sich aufzurappeln.

Krueger legte Vimal den linken Arm um die Kehle und zog ihn an sich, damit er nicht weglaufen konnte. Gemeinsam näherten sie sich dem verwundeten Polizisten.

Sachs machte hinter ihnen noch einige Schritte auf den Kollegen zu und zielte. »Krueger!«, rief sie. »Waffe weg!«

Er hörte sie nicht und hob die Pistole, um den Mann zu töten.

Falls Sachs nun versuchte, ihn nur zu verwunden, würde sie womöglich auch Vimal treffen.

Und obwohl außer Krueger niemand wusste, wo die tödlichen Sprengvorrichtungen angebracht waren, senkte Amelia Sachs ihren Körperschwerpunkt, visierte mit dem weißen Punkt des Korns den Hinterkopf des Mannes an und erhöhte sacht den Druck auf den Abzug, bis der Schuss sich löste.

# 63

Da sie nun den Namen Andrew Krueger kannten, konnten sie ein umfassendes Dossier über ihn anlegen.

Während Sachs das Motelzimmer des Toten in Brooklyn Heights durchsuchte, trugen Rhyme, Fred Dellray vom FBI, die südafrikanische Polizei und der stets hilfsbereite Alternative Intelligence Service die Details zusammen.

Die Privatadresse des Killers war eine Wohnung in Kapstadt, gelegen unweit des Wassers in der Victoria & Alfred Waterfront, einem ziemlich gehobenen Viertel. Der Mann hatte keine Vorstrafen, arbeitete seit seinem Abschied vom Militär aber mit einigen zwielichtigen Geschäftsleuten aus der Diamantenbranche zusammen. Sein Vater war ein offener Befürworter der Apartheid gewesen, Krueger hingegen lehnte sie ab, entweder aus Überzeugung oder, was wahrscheinlicher war, weil sie geschäftliche Nachteile brachte. Er verdingte sich an jeden, der genug zahlte, darunter einige der gefährlicheren Vertreter der »Black Diamonds«, die es als ursprünglich arme Township-Bewohner in die schwarze Mittelschicht geschafft hatten. In der Armee wurde Krueger beim Sprengkommando eingesetzt. Als junger Mann hatte er zuvor im Bergbau gearbeitet und Ingenieurwesen studiert, was erklärte, weshalb er wusste, wie man mit Sprengladungen Erdbeben nachahmen konnte. Dank seiner Kontakte aus der Militärzeit hatte er sich das C4 und die Sprengvorrichtungen für die Gasleitungen besorgen können.

Kruegers Firma nannte sich AK Associates. Er fungierte als Geschäftsführer, und sein Partner hieß Terrance DeVoer, einst Aufseher in einer Mine. Die Firma bot »Sicherheitsdienstleistungen« für die Schmuck- und Edelmetallindustrie an.

Im Klartext hieß das, sie waren »Konzernsöldner«, erklärte einer der südafrikanischen Detectives. Die Vernehmung von DeVoer musste noch warten; er und seine Frau waren verschwunden.

Bei Rhyme, Sachs und den anderen hatte Krueger – als Ackroyd – eine profunde Kenntnis der Diamantenbranche an den Tag gelegt, und die war nicht vorgetäuscht gewesen. Die Durchsuchung seiner Wohnung in Kapstadt belegte sogar eine regelrechte Besessenheit. Es fanden sich dort Hunderte von Büchern zu dem Thema, außerdem Fotos und Dokumente, ob nun wissenschaftlicher, kultureller oder künstlerischer Natur. Er hatte sogar Gedichte über die Steine verfasst, sagte ein Inspektor.

»Aber die möchten Sie lieber nicht hören, glauben Sie mir.«

Es wurden bei ihm auch echte Diamanten sichergestellt, teils als Rohware, teils geschliffen. Annähernd zwei Millionen Dollar wert, sagte ein anderer Ermittler. Und auf Kruegers Nachttisch befand sich eine seltsame Vorrichtung, fügte er hinzu. Ein schwacher Punktscheinwerfer leuchtete durch eine klare Glaslinse nach oben. Auf diese Linse hatte Krueger ein Dutzend Diamanten gelegt. Das Licht projizierte die durchscheinenden Formen der Steine an die Zimmerdecke, als wären es Sternbilder, wobei die Ränder jeweils in den Farben des Regenbogens schillerten.

Rhyme erinnerte sich, dass man diese Lichtbrechung als »Feuer« bezeichnete.

Die Durchsuchung erbrachte zudem Aufschluss über den mutmaßlichen Auftraggeber. Auf dem Konto von Kruegers Firma waren im Laufe der letzten beiden Wochen zwei Überweisungen in Höhe von jeweils zweihundertfünfzigtausend Dollar eingegangen. Absender war ein Nummernkonto in Guatemala City, und der Verwendungszweck lautete »Teilzahlung 1« beziehungsweise »Teilzahlung 2«.

Darüber hinaus fand die Polizei ausgedruckte Informationen über eine Firma namens Nuevo Mundo Mineria – New World Mining –, ein Diamantenkonzern in Guatemala City.

Doch weder die Durchsuchung noch die Akten von Polizei, Interpol und Europol hatten enthüllt, was sie unbedingt wissen mussten: wo die letzten Sprengvorrichtungen installiert waren.

Vielleicht konnten die Spuren in Kruegers Motelzimmer sie weiterbringen. Rhyme würde es gleich erfahren. Er hörte nämlich draußen auf der Straße vor seinem Haus den lauten Motor eines Sportwagens, gefolgt vom Quietschen der Bremsen.

* * *

Sachs hatte in Brooklyn Heights in Kruegers Motel für Dauergäste das Gitternetz abgeschritten – und das gleich zweimal.

Lincoln Rhyme und sie begutachteten nun die Ergebnisse ihrer Bemühungen. Mel Cooper führte ebenfalls Analysen durch. McEllis war immer noch hier, um bei Bedarf die möglichen Standorte der Bomben einzugrenzen, basierend auf seinem Wissen über die achthundert Meter lange geologische Verwerfung.

In Kruegers Motel fanden sich Lagepläne der Geothermiebaustelle, Fotos der Bohrarbeiten, Karten der umliegenden Viertel, Artikel über Explosionen, deren seismische Profile mit Erdbeben verwechselt worden waren, sowie E-Mails von nicht zurückverfolgbaren Absendern mit Untersuchungsergebnissen zum Diamantgehalt von Kimberlitproben, die bestätigten, was Don McEllis ihnen erzählt hatte. Krueger hatte außerdem

Nachforschungen über Ezekiel Shapiro und die One-Earth-Bewegung angestellt. Die Adresse des toten Umweltaktivisten stand auf einem Haftnotizzettel.

Sachs war auf einen Aktenkoffer gestoßen, wie Krueger ihn zu Patel mitgenommen hatte. Er enthielt ein kleines, aber leistungsfähiges tragbares Mikroskop, einige Werkzeuge und mehrere Stücke Kimberlit. Um die Proben direkt bei Patel zu untersuchen, vermutete Rhyme. Falls der Kimberlit sich als diamanthaltig erwies, würde Krueger ihn stehlen und Patel foltern, um weitere Informationen zu erhalten. Es gab in dem Zimmer zudem einen Karton mit Spuren von RDX, dem Hauptbestandteil von C4, sowie einen weiteren, dessen hebräische Aufschrift »Thermostate« lautete – als solche waren die Sprengvorrichtungen für die Gasleitungen getarnt.

Sachs hängte Fotos vom Motelzimmer und Kruegers Wohnung auf. »Wisst ihr, was echt war? Seine Begeisterung für Kreuzworträtsel. Er hatte einen ganzen Haufen Bücher darüber.«

Das erinnerte Rhyme an etwas.

Er warf einen Blick auf das Geschenk – das Gerät für elektronische Krypto-Rätsel –, das der Killer ihm mitgebracht hatte.

Edward Ackroyd – der Mann, von dem er geglaubt hatte, sie könnten Freunde werden.

»Sieh nach, ob das Ding einen Sender enthält«, wies er Mel Cooper an.

»Einen …?«

»Sieh nach, ob er uns eine Wanze untergeschoben hat.«

»Ah.« Mit Hilfe eines Feinmechanikerschraubendrehers entfernte Cooper die Rückwand des Gehäuses. Dann inspizierte er das Innenleben und überprüfte es zusätzlich mit einem Funkwellendetektor.

»Nichts. Alles sauber.«

Er wollte das Gerät wieder zusammensetzen. Doch Rhyme sagte leise: »Nein, wirf es weg.«

»Willst du nicht …?«

»Wirf es weg.«

Cooper gehorchte, und Rhyme und Sachs wandten sich wieder den Spuren zu.

Wo zum Teufel steckten die Sprengladungen?

Sie hatten weder Lagepläne noch Aufzeichnungen zu diesem Thema gefunden. Kruegers Computer war passwortgeschützt und zu Rodney Szarnek nach Downtown geschickt worden, zusammen mit zwei Wegwerfhandys und dem Mobiltelefon, das er auf dem Abladeplatz in Brooklyn bei sich getragen hatte – eingeschaltet und mit Anrufen bei Moskauer Nummern im Speicher. Die Nummern waren nach Rostows Tod gewählt worden, und zwar von Krueger, glaubte Rhyme. Es sollte wohl so aussehen, als sei Vimal von einem unbekannten Komplizen Rostows ermordet worden. Dessen Existenz war allerdings höchst unwahrscheinlich, denn Sachs hatte in Kruegers Tasche zudem eine russische Zigarette und einige Rubelmünzen gefunden, die offenbar rund um Vimals Leichnam platziert werden sollten. Eine Finte.

Trotzdem würde Vimal vorläufig in einem nahen Polizeirevier abwarten, bis Rodney bestätigt hatte, dass die Anrufe von denselben Orten erfolgt waren, an denen sich auch Kruegers andere Telefone befunden hatten.

Sachs hatte außerdem die Schlüssel von Rostows Motelzimmer und dem mittlerweile berüchtigten Toyota gefunden – wenngleich dessen Standort immer noch unbekannt war.

»Ich habe hier etwas über den Bergbaukonzern in Guatemala. New World«, sagte Mel Cooper. »Ein Großunternehmen mit Minen in ganz Lateinamerika, vorwiegend für Industriediamanten. Nicht gerade die nettesten Zeitgenossen. Laut Vorwürfen von Umweltschützern und Regierungsbehörden zerstören sie den Regenwald durch Abholzungen, illegalen Tagebau und dergleichen. Sie bezahlen kleine Schürfer, *garimpeiros*, dafür, dass sie in die Gebiete der Ureinwohner eindringen. Dort kommt es dann zu offenen Feindseligkeiten. Es sind schon Dutzende von Schürfern und Indios ums Leben gekommen.«

Rhyme rief noch einmal Fred Dellray beim FBI an und bat ihn, über seine Kontakte im Außenministerium zu bewirken, dass der amerikanische Botschafter oder Konsul in Guatemala City zusammen mit den Sicherheitsbehörden ein Gespräch mit der Geschäftsleitung des Bergbaukonzerns suchte.

Als ob die zur Zusammenarbeit bereit wären, dachte er zynisch.

»Nehmen wir uns die Partikel vor«, sagte Rhyme dann.

Sachs hatte unter anderem Rohhonig, vermoderten Filz, Tonerde, Teile vom Mantel eines alten Elektrokabels und Insektenflügel gefunden, vermutlich der Gattung *Apis* (Honigbienen – obwohl der Rohhonig nichts damit zu tun haben musste). An einem Paar Stiefel in dem Motelzimmer hafteten zudem organischer Dünger und ungewöhnlicher Ackerboden – leichter, saugfähiger Schiefer und Ton sowie Kompost mit Stroh und Heu darin.

»Ah.«

»Was ist denn, Lincoln?«

Er antwortete Cooper nicht, sondern ging online und ließ Google per Mikrofon nach der Zusammensetzung von Rooflite suchen. Manchmal benötigte man esoterische Datenbanken, manchmal nicht.

Die Antwort erfolgte binnen weniger Millisekunden.

»Ja!«

Sachs, Cooper und McEllis drehten sich zu ihm um.

»Es ist ein bisschen vage, aber wir haben sonst kaum Anhaltspunkte«, sagte Rhyme. »Ich glaube, er hat mindestens eine der Ladungen nördlich der Cadman Plaza platziert. In Vinegar Hill.«

Das war ein alter Teil von Brooklyn. Er grenzte an das Gelände der ehemaligen Marinewerft und war benannt nach einer Schlacht in Irland, bei der im Jahr 1798 irische Rebellen gegen britische Truppen gekämpft hatten. Das Viertel bot eine seltsame Mischung aus malerischen viktorianischen Wohnhäusern und bedrohlich aufragenden Industriebauten.

»Wie kommst du darauf?«, fragte Cooper.

Er kam darauf, weil er zwar nicht mehr wie früher durch die Straßen wandern konnte, aber dennoch auch heute noch jeden Stadtteil, jedes Viertel und jeden Häuserblock New Yorks eingehend studierte. »Ein Kriminalist ist nur so gut wie seine Kenntnis des Schauplatzes, an dem das Verbrechen sich zuträgt«, hatte er in seinem Forensik-Lehrbuch geschrieben.

In diesem Fall bestand die Antwort aus der Kombination von Bienenflügeln, Honig, Rooflite-Erde, Dünger und Filz. Rhyme glaubte, dass die Partikel von der Brooklyn Grange über dem alten Werftgelände stammten. Es war die größte Dachfarm der Welt mit rund einem Hektar Anbaufläche für Biogemüse und -obst. Rooflite war eine spezielle Erdmischung für gutes Pflanzenwachstum bei deutlich niedrigerem Gewicht als regulärer Ackerboden, der für Dachgärten zu schwer gewesen wäre. Die Grange war außerdem bekannt für ihre Honigproduktion.

Das nächstgelegene Wohnviertel war Vinegar Hill, wo es zahlreiche alte Holzhäuser gab. Perfekte Ziele für Krueger, um Stadt und Staat zu einem dauerhaften Verbot der Bohrungen zu bewegen. Je mehr tödliche Brände die »Erdbeben« nach sich zogen, desto besser.

Don McEllis ging zu dem Stadtplan und zog mit einem roten Filzstift den genauen Verlauf der Verwerfung nach, die unter Vinegar Hill nach Nordwesten und dann nach Norden in den Hafen führte.

»Hier. Ich würde mir so etwa die drei Blocks zu beiden Seiten vornehmen.«

Das wäre eine deutlich eingegrenztere Suche als entlang der gesamten Verwerfungslinie, doch sie umfasste immer noch eine Vielzahl von Gebäuden mit eventuell präparierten Kellern.

»Scan die Karte ein, Mel, und schick sie den Leitern von Polizei und Feuerwehr der Gegend. So schnell wie möglich.«

»Wird erledigt.«

»Sachs, du fährst mit Pulaski hin.«

Die beiden machten sich sofort auf den Weg.

»Mel, ruf die zuständige Feuerwache und das örtliche Revier an«, sagte Rhyme. »Sie sollen so viele Leute, wie sie erübrigen können, in die Keller schicken. Oh, und verständige auch das Raubdezernat im Detective Bureau. Jemand soll überprüfen, ob es dort in der letzten Zeit Einbrüche gegeben hat, bei denen nichts gestohlen wurde.«

Cooper nickte und nahm den Telefonhörer.

»Und nicht nur die Streife«, rief Rhyme. »Ich will jeden mit einer Dienstmarke. *Jeden!*«

# 64

Praktisch unmöglich.

So lautete Sachs' Einschätzung, während sie mit ihrem Torino, einem kastanienbraunen Schemen, über die Manhattan Bridge in Richtung Brooklyn raste und nach links auf Vinegar Hill blickte. Ron Pulaski dachte vermutlich das Gleiche.

Wie sollten sie hier diese Sprengvorrichtungen finden? Das Viertel wurde vom mächtigen Schornstein des Fernwärmeknotenpunkts und Umspannwerks der Algonquin Power überragt und war größer als erwartet. Sechs quadratische Blocks, hatte der Revierleiter zu ihr gesagt. Aber diese Blocks waren alles andere als klein.

Sie schaltete herunter, nahm die Ausfahrt und bog, ohne groß zu bremsen, in die Jay Street ein. Ron Pulaski keuchte leise auf, obwohl er ihren halsbrecherischen Fahrstil nach all den Jahren eigentlich gewohnt war. Das blaue Signallicht blitzte lautlos, aber dringlich durch die dämmerige Straße, die von Industriegebäuden, Häusern, Apartments und Lofts gesäumt wurde. Die Ziegel-, Stuck- und Steinwände waren verschrammt und zerkratzt, aber weitgehend frei von Graffiti. Die Mülltonnen waren verbeult und lädiert, aber noch hielten sie den Müll im Innern.

Das Muscle Car war straff gefedert, und Amelia spürte jede Unebenheit in ihrem Rücken und dem Knie, die nach der Marter der letzten Tage immer noch wehtaten. Und die Straßen von Vinegar Hill waren nicht alle vollständig asphaltiert.

An vielen Stellen kamen die ursprünglichen Pflastersteine wieder durch die Fahrbahndecke. An anderen waren die Granitrechtecke gar nicht erst mit Asphalt überzogen worden und noch genau so, wie all die Pferdehufe, Stiefel und Fuhrwerke sie im Laufe der Jahrhunderte abgeschliffen hatten.

Sachs bog in die John Street ein, wo die gemeinsame Leitstelle errichtet werden sollte. Der Sammelpunkt lag gegenüber dem Umspannwerk, dessen ausgedehntes Gelände wie die Kulisse eines Science-Fiction-Films aussah. Graue Metallkästen, Kabel, Transformatoren. Vor einem roten Backsteinbau, vermutlich eine ehemalige Fabrik, kam Amelia zum Stehen. Das Gebäude beherbergte heute ein halbes Dutzend Werbeagenturen, Designerbüros und kleine Manufakturen. Im Erdgeschoss lag »Monti's Gourmet Chocolates«, und ihre Nase verriet Sachs, dass die verlockenden Produkte hier vor Ort hergestellt wurden. Sie fragte sich, wann sie zuletzt etwas gegessen hatte. Und konnte sich nicht daran erinnern. Dann vergaß sie die Frage wieder.

Neben vier Löschzügen und dem Wagen eines Battalion Chiefs der New Yorker Feuerwehr standen ein halbes Dutzend blau-weißer Streifenwagen und ein Zivilfahrzeug auf der Umspannwerkseite der John Street versammelt. Es warteten acht Beamte in Uniform, zwei Detectives in Zivil und ein Captain vom örtlichen Revier, der einen Anzug trug. Er war ein hochgewachsener schlanker Afroamerikaner mit sehr dunkler Hautfarbe und einem vollständig kahlen Kopf. Archie Williams. Sachs hatte früher schon mit ihm gearbeitet. Sie mochte seinen Humor. Er hatte einst das aufgewühlte Opfer eines Überfalls dadurch zum Lachen gebracht, dass er sagte, die Frau solle sich am besten seinen zweiten Vornamen merken: Karl. Er sprach das Wort gedehnt wie »kahl« aus und zeigte dabei auf seine schimmernde Glatze.

»Detective«, begrüßte Williams sie nun. Dann sah er Pulaski an, der sich ihm vorstellte. Ein Nicken.

Neben dem Captain stand der uniformierte Battalion Chief des NYFD. Der blasse, untersetzte Mittfünfziger hieß Vincent Stanello. Als er Amelia die Hand reichte, fiel ihr daran eine große Brandnarbe auf.

Er erklärte, seine Leute würden bereits mit sogenannten Gasschlüsseln im Viertel ausschwärmen – langen Stangen, mit denen die unterirdischen Hauptleitungen abgestellt werden konnten, deren Ventile durch kleine quadratische Klappen in Fahrbahnen, Gehwegen und Hinterhöfen zugänglich waren. »Wir haben ein halbes Dutzend Teams zur Verfügung. Captain Rhyme hat gesagt, wir sollen uns an einer Linie mitten durch das Zentrum von Vinegar Hill orientieren. Er hat uns das hier geschickt.« Er hielt sein Telefon hoch. Darauf war der von Don McEllis markierte Stadtplan zu sehen.

»Das ist die Verwerfungslinie. Wir müssen ungefähr zwei Blocks zu beiden Seiten absuchen.«

Stanello seufzte. »Wissen Sie, es gibt hier Meilen von Rohren und Leitungen. Und Sie dürfen nicht vergessen, dass wir nur das Erdgas der Stadtwerke abstellen können. Viele Kunden nutzen aber Propangas von privaten Anbietern. Darauf haben wir keinen Zugriff. Es müsste der jeweilige Hahn des Tanks im Haus oder Büro geschlossen werden.«

»Ich habe unsere Leute vom Raubdezernat angewiesen, alles andere stehen und liegen zu lassen und sich auf die Anzeigen der letzten Zeit zu stürzen«, sagte Williams. »Und ein Bot nimmt sich die aufgezeichneten Notrufe aus Vinegar Hill vor.« Er zuckte die Achseln. »Aber falls niemand den Kerl auf frischer Tat ertappt hat, wurde es wahrscheinlich auch nie gemeldet. Wann hat er denn diese Vorrichtung installiert?«

»Irgendwann im Laufe der letzten Woche, glauben wir«, sagte Pulaski. »Es können auch zehn Tage sein. Wir sind uns nicht sicher.«

»Da werden uns die Überwachungskameras kaum helfen«,

sagte Sachs und ließ den Blick über die vielen Hundert Gebäude schweifen – alle alt und vorwiegend aus Holz. »Wir müssen evakuieren.«

»Was evakuieren?«, fragte Stanello.

»Alles. Alle Gebäude in den jeweils zwei Blocks zu beiden Seiten der Verwerfungslinie.«

»Das wäre das reinste Chaos«, sagte Stanello unschlüssig. »Es könnte Verletzte geben. Denken Sie an die Alten und Kinder.«

»Und die Presse wird uns in der Luft zerreißen, wenn es am Ende doch keine Bombe gibt«, sagte Williams.

»Und was wird man schreiben, falls es doch eine gibt und wir die Leute nicht rausgeholt haben?« Amelia Sachs hasste es, auf das Offensichtliche hinweisen zu müssen.

Williams und Stanello sahen einander an.

»Und Sie sind sich sicher, dass es in Vinegar Hill so eine Sprengladung gibt?«, fragte der Battalion Chief.

Sicher?, dachte Sachs. Was heißt schon sicher?

»Absolut«, sagte sie und fügte etwas Wahres hinzu. »Er hat bereits gestern und vorgestern Anschläge verübt, und wir müssen damit rechnen, dass er das Muster beibehält. Und verglichen mit den bisherigen Vorfällen ist es heute schon ziemlich spät am Tag. Das Ding könnte jeden Augenblick in die Luft gehen.«

Einen Moment lang herrschte Stille. »Also gut, gehen wir's an«, sagte Williams dann. »Wir evakuieren so viele Leute wie möglich, überprüfen die Gasleitungen in den Kellern, markieren sie als gesichert, und dann können die Anwohner zurück in ihr Haus.«

Stanello nickte. Er hob sein Funkgerät an dic Lippen und gab einem untergeordneten Offizier die Anweisung, mit der Evakuierung der Bewohner zu beginnen.

»Und es gibt hier eine Schule, richtig?«, fragte Pulaski.

»Ja, ein paar Blocks von hier entfernt. Die Drei Null Sieben, eine öffentliche Schule.«

»Da müssen alle raus«, sagte der junge Beamte.

»Aber sie liegt nicht auf der Linie«, wandte Stanello mit Blick auf die Karte ein.

Sachs wollte sich einschalten, aber Pulaski behauptete sich selbst: »Heute ist ein Schultag. Lassen Sie uns nichts riskieren.«

Stanello überlegte kurz. »Okay, ich kümmere mich darum.«

Williams ging zu seinen Streifenbeamten. »Ihr setzt euch in die Autos und macht eine Lautsprecherdurchsage. Es gibt eventuell ein Gasleck, und alle sollen sofort die Gebäude verlassen. Ohne die Taschen zu packen. Einfach rausgehen.«

»Kommen Sie«, sagte Sachs zu Pulaski. »Wir klopfen auch an ein paar Türen.« Dann wandte sie sich an Williams und Stanello. »Wir fangen im Süden an und arbeiten uns erst nach Osten und dann nach Norden vor.«

Sie stiegen in den Torino und fuhren los. Pulaski sah sich besorgt um. »Was meinen Sie, wie viele Menschen wohnen hier in seinem Zielgebiet?«

Amelia schätzte die Einwohnerzahl von Vinegar Hill auf ungefähr fünfzigtausend. Entlang der Verwerfungslinie waren es natürlich deutlich weniger, aber immer noch eine beträchtliche Menge. »Um diese Tageszeit etwa achttausend.«

»Und wie viele von denen kann man realistischerweise evakuieren?«

Sie lachte nur grimmig.

# 65

Carmella Romero behauptete oft in gewichtigem Tonfall, sie sei eine Agentin.

Und zwar gegenüber ihren vier Kindern und elf Enkeln. Die Achtundfünfzigjährige arbeitete nämlich tatsächlich im Dienst einer Behörde.

Allerdings nicht bei der CIA oder James Bonds Secret Service, sondern beim New Yorker Ordnungsamt, Abteilung Verkehr.

Nachdem zwei Jahre zuvor auch ihre letzte Tochter aus der elterlichen Wohnung ausgezogen war, hatte die kräftig gebaute grauhaarige Frau, die schon zeit ihres Lebens in Brooklyn wohnte, den Entschluss gefasst, sich eine Anstellung zu suchen. Da sie Polizeiserien wie *Blue Bloods* mochte, entschied sie sich für eine Laufbahn in Uniform (und Tom Selleck hätte gern *sofort* ihr Commissioner werden dürfen!).

Als bewaffneter Cop war das aufgrund ihres Alters leider nicht mehr möglich (die NYPD-Einstellungsgrenze für Neulinge liegt bei fünfunddreißig), doch beim Ordnungsamt gab es keine solche Einschränkung. Außerdem brachte es sie regelmäßig auf die Palme, dass Mr. Prill, ein Nachbar, einfach parkte, wo er wollte – vor dem Hydranten, mitten auf dem Bürgersteig oder auf dem Zebrastreifen. Und wenn man ihn darauf ansprach, wurde er auch noch ausfallend. Frechheit! Irgendwann reichte es ihr. Leute wie er sollten nicht mehr so einfach davonkommen. Carmella Romero hatte außerdem einen

Sinn für Humor und wusste ihn bei anderen zu schätzen. Es hatte ihr gefallen, dass die Verkehrswächter irgendwann Schilder aufstellten, die besagten: *Denken Sie nicht mal dran, hier zu parken.* Wie konnte sie da nicht bei einem solchen Verein arbeiten wollen?

Nein, ihre Welt war nicht die von *Blue Bloods*, aber nun erhielt sie die Gelegenheit, etwas zu tun, das ein wenig mehr der echten Polizeiarbeit ähnelte. Sie und all ihre Kollegen (die es wirklich nicht mochten, wenn man sie nach der Farbe ihrer Uniform als »Braunröcke« bezeichnete) waren samt aller Angestellten im öffentlichen Dienst dieses Teils von Brooklyn dazu verpflichtet worden, in Vinegar Hill Gebäude zu evakuieren und deren Keller darauf zu überprüfen, ob an der Gasleitung ein kleines weißes Ding angebracht war, das wie ein Thermostat aussah.

Ein selbst gebauter Sprengsatz!

Genau wie in der einen Folge von *Blue Bloods* beim Sohn von Tom Selleck. Im Ordnungsamt, Abteilung Verkehr hingegen eher eine Seltenheit.

Einen Tag lang durfte Carmella Rosina Romero sich wie eine Angehörige des Bombenräumkommandos fühlen.

Der ihr zugewiesene Block bestand aus drei-, vier- und fünfgeschossigen Häusern ohne Aufzug. Derart nah am Übergang nach Manhattan gebaut, wie so viele Wohngebäude in Brooklyn, würden sie bis in den letzten Winkel voller Mieter stecken. Und die Häuser waren alt. Oh, eigentlich hätten sie gemäß den Brandschutzvorschriften in letzter Zeit renoviert werden müssen – und falls die Vermieter anständig waren, hatten die Arbeiten tatsächlich stattgefunden. Doch verglichen mit Neubauten war die Feuergefahr hier immer noch wesentlich höher.

Carmella steuerte die erste Adresse ihrer »Streifenrunde« an, ein Eckgebäude, und erstarrte plötzlich.

Unter ihr erzitterte etwas.

War das eines dieser falschen Erdbeben, vor denen man sie und die anderen gewarnt hatte?

Ihr Funkgerät erwachte zum Leben. »Achtung, an alle mit Evakuierungsauftrag. Das eben wurde als Detonation eines Sprengsatzes in der Nähe der Cadman Plaza bestätigt. Die Evakuierung muss nun beschleunigt werden. Ihnen bleiben zehn Minuten bis zur sekundären Explosion und dem Ausbruch eines Feuers.«

Romero eilte auf ihren stämmigen Beinen und den nach außen weisenden Füßen zur Haustür, um über die Gegensprechanlage die Evakuierung einzuleiten.

Jedoch: Es gab keine Gegensprechanlage. Nicht mal eine Klingel. Man musste anscheinend vorher Bescheid sagen, wenn man jemanden besuchen wollte. Oder vielleicht musste man auch nur laut rufen.

Sie rief.

Keine Reaktion.

Denk nach, Carmella! Was würde eine echte Agentin tun? Ach, egal. Sie hob einen losen Pflasterstein auf, schlug damit das Türglas ein und sprang zurück, um den Scherben auszuweichen. Dann öffnete sie die Tür von innen und lief ins Treppenhaus. »Polizei!«, rief sie. »Ein Gasnotfall. Verlassen Sie sofort das Gebäude!« Sie hämmerte an die Türen und wiederholte die Warnung.

Weiter hinten öffnete sich eine Tür, und ein Latino in T-Shirt und Jeans trat stirnrunzelnd auf den Flur. Wie sich herausstellte, war er der Hausmeister. Carmella setzte ihn sogleich von der Gefahr in Kenntnis. Er nickte mit großen Augen und versprach, die Mieter zu alarmieren.

»Romero. Kommen«, ertönte es aus ihrem Funkgerät.

Mit klopfendem Herzen – man hatte sie noch nie persönlich angefunkt – meldete sie sich. »Hier Romero. Kommen.«

»Sind Sie in der Front Street?«

»Positiv. Kommen.«

»Dem Raubdezernat in Brooklyn wurde letzte Woche ein Einbruch gemeldet. In der Front Street Acht Null Vier. Jemand mit Bauhelm und Warnweste wurde dabei beobachtet, wie er sich mit einem Bolzenschneider Zutritt durch ein Kellerfenster verschafft hat. Aber es wurde nichts gestohlen. Das ist genau das Profil des Verdächtigen. Wir glauben, er könnte dort eine Sprengvorrichtung installiert haben.«

»Das ist nur drei Türen weiter!« Dann erinnerte sie sich an die Gepflogenheiten und fügte hinzu. »Kommen.«

Sie klang dabei ganz cool. Aber sie dachte: *Dios mio!* Scheiße!

»Das Räumkommando ist unterwegs, Romero. Versuchen Sie, möglichst viele Leute nach draußen zu verfrachten. Ihnen bleiben noch ungefähr neun Minuten. Neun Minuten!«

In der Ferne heulten Sirenen auf.

»Verstanden. Ende.«

Sie lief zu dem betreffenden Gebäude, vier Stockwerke hoch und ziemlich alt. Es war nicht das größte Haus der Straße, aber das anfälligste, denn alle tragenden Teile bestanden aus Holz. Es würde in Flammen aufgehen wie ein mit Benzin getränkter Lappen. Die Fenster waren wegen der Märzkälte geschlossen, aber hinter einigen hier vorn brannte Licht.

Schon wieder keine Gegensprechanlage.

Und diese Haustür hatte kein Fenster, sondern war aus massivem Holz gefertigt.

Mist.

Noch acht Minuten, schätzte sie.

Ihr Blick fiel auf die Kellerfenster, jeweils geschützt durch ein Metallgitter, das mit einem schweren Vorhängeschloss gesichert war.

»Raus hier!«, rief Romero. »Ein Gasleck. Raus hier!«

Niemand reagierte. Sie hob einen Stein auf und schleuderte ihn gegen ein Fenster im ersten Stock – die Erdgeschossfenster waren analog zum Keller ebenfalls mit Gittern ausgestattet. Die Scheibe trug einen Riss davon. Falls jemand sich in der Wohnung aufhielt, bekam er es entweder nicht mit oder ignorierte es.

Ja, hier war sie richtig. Sie konnte nun Gas riechen.

»Sie müssen das Haus verlassen!«

Wieder vergebens.

Auf der gegenüberliegenden Straßenseite standen mehrere Fahrzeuge geparkt, darunter ein Lexus und andere gehobene Modelle, aber auch diverse schlichtere Exemplare. Wenn Agent Carmella Romero sich mit etwas auskannte, dann mit Autos. Sie ging zu dem Lexus und verpasste dem vorderen Kotflügel mit dem Knie eine Delle. Die Alarmanlage plärrte los.

Einen Taurus und einen Subaru ließ sie aus. Doch ein Mercedes und ein Infiniti bezogen in gleicher Weise Prügel. Das Hupen klang beinahe vorwurfsvoll.

Die ersten Fenster öffneten sich. In der obersten Etage entdeckte Romero eine Frau mit zwei kleinen Kindern.

»Verlassen Sie das Haus! Es gibt ein Gasleck!«

Ihre Uniform verlieh der Aufforderung anscheinend Nachdruck. Die Frau verschwand hastig außer Sicht. Auch einige andere Bewohner schauten nach draußen, und Carmella wiederholte die Anweisung auf Englisch und Spanisch.

Sie blickte die Straße hinauf und hinunter. Das Räumkommando war nirgendwo zu sehen. Auch keine anderen Polizisten.

Noch sechs Minuten.

Die Haustür ging auf, und Leute kamen nach draußen gelaufen. Der Gasgeruch war sehr stark. Carmella hielt die Tür fest und forderte die Bewohner auf, sich ein gutes Stück zu entfernen.

»Gasleck! Gasleck!«, rief sie in den Flur. »Verlassen Sie das Haus! Es droht eine Explosion!«

Falls sich auch nur in drei Vierteln der Wohnungen jemand aufhielt, mussten immer noch zwanzig bis dreißig Leute im Gebäude sein. Einige schliefen womöglich, andere waren vielleicht behindert.

Die Zeit würde niemals für alle reichen.

Carmella Romero atmete tief durch, dachte an Commissioner Selleck, rannte zur Kellertür und stieg auf ihren dicken Beinen entschlossen die Treppe hinunter. Der Gestank nach verfaulten Eiern schnürte ihr die Kehle zu. Ihr wurde übel.

Der Keller war feucht und dunkel, und das einzige Licht drang in Kopfhöhe durch die kleinen vergitterten Fenster der Vorderseite ein. Man konnte kaum etwas erkennen, schon gar kein kleines Bauteil an einer Gasleitung, die vermutlich mit voller Absicht irgendwo versteckt lag. Aber Carmella würde jetzt auf keinen Fall das Licht einschalten.

Wenn wir schon nach Bomben in Kellern suchen sollen, hätte man uns auch ruhig Taschenlampen mitgeben können, dachte sie.

Noch vier oder fünf Minuten.

Es schien hier unten drei große Räume zu geben. Der erste, in dem sie stand, war hauptsächlich als Abstellkammer gedacht. Über ihrem Kopf verliefen Kabel und Abwasserrohre, aber nichts, das nach einer Gasleitung aussah. Der zweite Raum beherbergte den Heizkessel und den Warmwasserbereiter, dazu Dutzende von dicken und dünnen Rohren und Kabeln. Der Gasgeruch war hier intensiver. Romero wurde schwindlig und weich in den Knien. Sie eilte zu einem Fenster, zerschlug die Scheibe mit dem Ellbogen, atmete tief ein und kehrte in den zweiten Raum zurück, um inmitten des Gewirrs nach der Vorrichtung zu suchen.

Der Warmwasserbereiter erwies sich als ein elektrisches Modell. Der Heizkessel war auf Temperatur, lief aber derzeit nicht. Er musste über eine Zündung verfügen, vielleicht sogar mit offener Flamme. Also konnte auch er das Gas zur Explosion bringen, ganz unabhängig von dem Sprengstoff. Carmella fand und betätigte den Notausschalter.

Ihr wurde wieder schwindlig, also kniete sie sich hin. Erdgas war offenbar leichter als Luft und stieg zur Decke; hier unten ließ es sich besser atmen. Carmella füllte ihre Lunge, kämpfte gegen den Brechreiz an und stand auf. Sie machte die Gaszuleitung des Heizkessels ausfindig und verfolgte sie zurück zum etwa zweieinhalb Zentimeter dicken Anschlussrohr. In einer Richtung verschwand es in der Betonwand. In der anderen verlief es in den dritten Raum. Carmella rannte hin, überlegte kurz und schaltete dann die Lampe ihres Smartphones ein.

Keine Explosion.

Sie leuchtete die Leitung ab, die hinter einem Dutzend Kartons und anderen Gegenständen der Mieter verschwand: eingerollten Teppichen, abgenutzten Stühlen und einem Schreibtisch.

Noch eine Minute, schätzte sie.

Von dem eingeschlagenen Fenster hinter ihr rief eine Stimme. Carmella ignorierte sie.

Nun gab es keinen Weg zurück mehr.

*Blue Bloods …*

Sie leuchtete von links nach rechts und – ja! Da war es! Ein weißes Plastikkästchen, das an der Leitung klebte. Aus einem kleinen Loch darunter zischte das Gas.

Carmella sprang vor und krabbelte über den Berg aus Kartons und Mobiliar. Sie hatte keinen wirklichen Plan, außer das Ding von der Leitung zu reißen. Um dann vielleicht auf die Kontakte zu spucken. Oder die Batterie herauszunehmen, falls es eine gab. Sie würde zum Fenster laufen und es nach draußen werfen.

Sie dachte in diesem Moment nicht mehr an Figuren aus dem Fernsehen, sondern an ihren verstorbenen Mann und die beiden jüngsten Enkel: ein Zwillingspaar. Dann riss Carmella Romero die Vorrichtung von dem Rohr ab und rannte in Richtung Treppe.

Nur Sekunden später, als sie beim Blick auf das Ding feststellte, dass es keinen Schalter besaß, gab es ein leises Klicken von sich, und dann wurde ihr gesamtes Sichtfeld von einer blau auflodernden Flamme ausgefüllt.

# 66

Amelia Sachs bog mit dem Torino Cobra in die Front Street ein.

Und musste fast sofort bremsen, denn in der Straße drängten sich dicht an dicht zahlreiche Einsatzfahrzeuge.

Sie stieg aus und lief zu dem Krankenwagen, auf dessen Rolltrage eine stämmige Latina in Uniform saß.

»Agent Romero?«, fragte Sachs.

Die Frau, die von einem Rettungssanitäter behandelt wurde, kniff die Augen zusammen.

»Ja?«

Sachs stellte sich vor. »Wie geht es Ihnen?«, fragte sie.

Traffic Enforcement Agent Carmella Romero gab die Frage an den Sanitäter weiter. »Wie geht es mir?«

»Ach, im Grunde gut«, erwiderte der drahtige Mann namens Spiros. »Na ja, bei den Augenbrauen werden Sie eine Weile Make-up benötigen. Und gegen die Hitzepöckchen, wenn wir die mal so nennen wollen, kaufen Sie sich eine Flasche Bactine. Aber das ist auch schon alles. Die Hände? Nun, das wird eine Weile wehtun. Es ist nichts Ernstes, und ich habe es erst mal betäubt. Wären Sie ein Mann, hätten Sie an den Unterarmen keine Haare mehr und dafür jetzt den Geruch in der Nase. Wie bei mir hier. Affenfell. Sagt meine Frau immer.«

Romero sah Sachs an. »Ich würde sagen, so geht es mir.«

»Aber Sie sollten sich glücklich schätzen«, sagte Spiros.

»Das tue ich, Sir.«

Obwohl Glück nicht viel damit zu tun gehabt hatte, wusste Sachs. Das Gebäude und das Dutzend Leute, das sich noch darin aufhielt, waren von Romero gerettet worden. Als die *lehabah* zündete, befand sie sich schon nicht mehr in dem Keller voller Gas, sondern auf der Treppe. Ihre Verletzungen stammten von dem Zündmechanismus selbst, der den Rest der brennbaren Säurelösung entflammt hatte, von der das Loch in der Leitung stammte. Das Gas im Keller war nicht explodiert.

»Ich habe mit Ihrem Vorgesetzten gesprochen, Agent Romero. Es wird eine Belobigung geben.«

Die Frau sah sie fragend an.

Sachs lächelte. »Der Commissioner höchstpersönlich wird Sie auszeichnen.«

Da leuchteten Carmellas Augen auf, fast als wisse sie etwas über den Commissioner des NYPD, von dem selbst Sachs keine Ahnung hatte.

Der Bus der Spurensicherung traf ein, und Sachs erhob sich – ein wenig steifbeinig.

Amelia winkte den Fahrer heran, einen Techniker asiatischer Abstammung, mit dem sie schon oft zusammengearbeitet hatte. Er nickte und kam mit dem Wagen näher.

»Ach, Detective?«

Sie wandte sich zu Romero um.

»Es gibt da ein kleines Problem«, sagte die Mitarbeiterin des Ordnungsamts.

»Und zwar?«

»Um die Anwohner zu warnen, musste ich irgendwie ihre Aufmerksamkeit erregen. Also habe ich mit meinem Knie ein paar Wagen gerammt, damit die Alarmanlagen loslegen.«

»Gute Idee.«

»Es hat jedenfalls funktioniert. Aber dabei war auch ein Lexus. Und der Eigentümer ist nicht allzu glücklich darüber. Er will mich verklagen. Mich persönlich, hat er gesagt. Brauche ich einen Anwalt? Kann er das tun?«

»Wo ist er?«

Romero zeigte auf einen Mittdreißiger im Nadelstreifenanzug, mit kurzer Wall-Street-Frisur und runder Brille. Er hatte das lange Gesicht zu einem affektierten Grinsen verzogen und schien einem uniformierten Streifenbeamten soeben einen gönnerhaften Vortrag zu halten, wobei er mit dem ausgestreckten Finger herumfuchtelte.

Amelia Sachs lächelte. »Keine Sorge. Ich werd mal ein paar Takte mit ihm reden.«

»Wirklich, Detective?«

»Mit dem größten Vergnügen.«

* * *

Vimal Lahori hatte den Eindruck, dass das alte Auto, in dem er saß, wesentlich intensiver nach Benzin, Abgasen und Öl roch als moderne Fahrzeuge. Das konnte natürlich auch daran liegen, dass es mit viel zu hoher Geschwindigkeit von einer Verrückten gefahren wurde.

»Alles in Ordnung?«, fragte Detective Sachs.

»Ja. Äh. Doch, doch.« Er klammerte sich mit einer Hand an den Sicherheitsgurt und mit der anderen an den Türgriff.

Sie lächelte und ging ein wenig vom Gas.

»Macht der Gewohnheit«, murmelte sie.

Nachdem sie sein Leben gerettet und diesen schrecklichen Mann erschossen hatte, den Mörder von Mr. Patel, hatte Detective Sachs ihm von einem verdächtigen Telefon aus dessen Tasche erzählt, mit dem Anrufe nach Russland getätigt worden waren, obwohl der russische Killer zu dem Zeitpunkt nicht mehr lebte. Gab es noch einen weiteren Komplizen? Sie und Mr. Rhyme gingen zwar nicht davon aus, aber zur Sicherheit war Vimal trotzdem auf dem Polizeirevier in Brooklyn geblieben, bis irgendein Computerexperte des NYPD herausfand, dass das Telefon nur ein Trick war, um den Verdacht von Andrew Krueger abzulenken. Vimal durfte nach Hause und hatte Detective Sachs gebeten, ihn zu fahren.

Sie hatte gern eingewilligt.

Amelia bog nun ab und hielt vor dem Haus des jungen Mannes in Queens. Noch bevor er aussteigen konnte, wurde auch schon die Haustür aufgerissen, und seine Mutter und Sunny liefen durch den dunstigen Tag auf ihn zu.

»Können Sie eine Minute hier warten?«, bat er.

»Na klar.«

Mutter und Söhne trafen sich auf halber Höhe der Auffahrt und umarmten sich. Die Brüder wirkten im ersten Moment verlegen, dann fuhr Vimal mit der Hand durch Sunnys Haar, und sie fingen lachend an, miteinander zu ringen.

»Bist du auch nicht verletzt?«, fragte seine Mutter und musterte ihn prüfend mit dem Blick einer Fachfrau.

»Nein, es geht mir gut.«

»He, schon wieder eine Schießerei? In deiner Nähe lebt man gefährlich. Das kam in den Nachrichten.«

Höchstens zehn Minuten nachdem Detective Sachs den Mörder erschossen hatte, waren wie durch Zauberei ein Dutzend Übertragungswagen an der Umschlagstation aufgetaucht.

»Kakima hat angerufen – aus Neu-Delhi!«, sagte Sunny. »Du warst auch dort in den Nachrichten.«

Was bedeutete, dass womöglich viele Millionen Menschen ihn gesehen hatten.

Tante Kakima war achtundsiebzig Jahre alt und verbrachte mehr Zeit im Internet als jeder Teenager, den Vimal kannte.

Seine Mutter umarmte ihn ein weiteres Mal und ging dann zu dem kastanienbraunen Ford. Dort beugte sie sich vor und sprach mit Detective Sachs. Bestimmt bedankte sie sich dafür, dass diese das Leben ihres Sohnes gerettet hatte.

Sunny fragte, ob er den Tod des Mannes mit angesehen hatte. »War das direkt vor deiner Nase?«

»Später, Mann. Ich muss was aus dem Haus holen.«

Vimal sah, dass das Auto der Familie nicht an seinem Platz stand. Sein Vater musste damit unterwegs sein. Gott sei Dank. Er hatte keine Lust, dem Mann zu begegnen. Weder jetzt noch jemals wieder.

Er ging ins Haus und hinunter in den Keller. Ihm fiel auf, dass die Gitterstäbe vor dem Fenster ersetzt worden waren, was sinnvoll schien, denn hier in New York City durfte man seine Sicherheit niemals vernachlässigen. Doch das Türschloss war entfernt worden, ebenso die Halterung für den Sperrriegel. Die Lebensmittelvorräte und Getränke waren weg.

Das Studio ließ sich nicht länger als Zelle missbrauchen.

Vimal ging zum Schrank, fand, wonach er suchte, wickelte es in einen Bogen Zeitungspapier und kehrte nach draußen zurück.

Dann sagte er seiner Mutter und seinem Bruder, er käme gleich wieder, ging zur Beifahrerseite des Ford und nahm erneut neben Detective Sachs Platz. »Ich habe hier etwas für Sie. Und für den Mann, mit dem Sie zusammenarbeiten, Mr. Rhyme.«

»Vimal. Das ist doch nicht nötig.«

»Doch, ich möchte aber. Es ist eine meiner Skulpturen.«

Er wickelte das Objekt aus und stellte es auf das Armaturenbrett. Es war die vierseitige Pyramide, die er letztes Jahr geschaffen hatte. Und an die er in der Hafenbehörde gedacht hatte, als er fürchtete, seine letzte Stunde habe geschlagen. Das Stück war jeweils achtzehn Zentimeter hoch und breit. Sachs beugte sich vor, betrachtete es und strich über die dunkelgrünen Granitflächen. »Wie glatt.«

»Ja. Glatt. Und gerade.«

Michelangelo glaubte, man müsse zunächst die geometrischen Grundformen beherrschen, bevor man ein Lebewesen in Stein abbilden könne.

»Sie ist von Diamanten inspiriert«, erklärte Vimal. »In der Natur kommen die meisten als Oktaeder vor. Zwei Pyramiden, die an der Grundfläche verbunden sind.«

»Man teilt sie in getrennte Pyramiden, die dann geschliffen werden. Für gewöhnlich zu runden Brillanten«, sagte sie.

Er lachte. »Ah, Sie haben schon so einiges über unsere Branche gelernt.« Auch er beugte sich vor und berührte die Skulptur mit einem Finger. »Sie hat letztes Jahr in Brooklyn den ersten Preis eines Kunstwettbewerbs gewonnen, in Manhattan ebenfalls, und bei der New England Sculpting Show ist sie auf dem zweiten Platz gelandet.«

Obwohl sein Vater ihm die Teilnahme verboten hatte. Ein Freund hatte das Werk für ihn eingereicht.

»Den ersten Preis«, wiederholte sie und versuchte, möglichst beeindruckt zu klingen, ohne die Augen von dem profanen geometrischen Gebilde abzuwenden.

»Nicht schlecht für einen Briefbeschwerer, was?«, scherzte Vimal.

Sachs fing an zu lächeln. »Okay, da steckt mehr dahinter«, sagte sie. »Irgendwie ist mir so. Drücke ich einen geheimen Knopf, und die Pyramide öffnet sich?«

»Nicht ganz, aber nah dran. Werfen Sie einen Blick auf die Unterseite.«

Sie nahm die Skulptur und drehte sie um. Dann stockte ihr der Atem. Das Innere war ausgehöhlt wie ein menschliches Herz – nicht die Grußkartenversion, sondern ein anatomisch korrektes Herz mit der exakten Reproduktion der Venen, Arterien und Kammern.

Es hatte achtzehn Monate gedauert, das Stück zu erschaffen, zum Teil mit winzigen Werkzeugen. Man konnte sagen, es war eine negative Skulptur: der leere Raum, nicht der Stein bildete das Organ nach.

Na, wie habe ich das gemacht, Signor Michelangelo di Lodovico Buonarroti Simoni?

»Sie heißt *Verborgen.*«

»Vimal, ich weiß nicht, was ich sagen soll. Dein Talent ist erstaunlich. Ich …« Sie stellte die Skulptur zurück auf das Armaturenbrett, beugte sich vor und umarmte ihn. Er lief rot an und drückte ihr verlegen beide Handflächen ins Kreuz.

Dann stieg er aus dem Wagen und ging zurück zum Haus, in dem seine Familie – wenngleich nicht vollzählig – auf ihn wartete.

# 67

Um einundzwanzig Uhr beschloss Lincoln Rhyme: Höchste Zeit für einen Drink.

Mit unsicherer, aber entschlossener Hand schenkte er sich mehrere Fingerbreit Glenmorangie Scotch, gereift in alten Bourbonfässern, ein. Das Waterford-Glas enthielt bereits ein paar Tropfen Wasser, wodurch der Whisky sich seiner Ansicht nach erst so richtig entfalten konnte.

Das Waterford bedeutete außerdem einen Sieg für ihn. Obwohl er noch nie etwas für derartige Luxusgegenstände übriggehabt hatte, war er entschlossen gewesen, die Trinkbecher aus bruchfestem Plastik – die er als Querschnittsgelähmter jahrelang benutzen musste – gegen etwas Eleganteres einzutauschen. Wäre das Glas ihm aus der Hand gefallen, hätten hier Scherben im Wert von einhundertsiebenunddreißig Dollar auf dem Boden gelegen.

Doch er kam gut damit zurecht. Und war auch ohne objektiven Beweis davon überzeugt, dass der Whisky aus einem Kristallglas einfach besser schmeckte.

Sachs war oben und duschte. Thom war in der Küche und bereitete das Abendessen zu. Rhyme roch Knoblauch und irgendein Kraut oder Gewürz mit Lakritzaroma. Vielleicht Fenchel. Er konnte Essen zwar nicht allzu viel abgewinnen und war schon gar kein Feinschmecker, fand es aber hilfreich, sich auf dem Gebiet auszukennen. Vor einigen Jahren hatte er es mit einem Auftragsmörder zu tun bekommen, der zugleich

Hobbykoch war. Die Zutaten diverser Gerichte hatten wichtige Hinweise zu seiner Ergreifung geliefert. (Um das Angenehme mit dem Nützlichen zu verbinden, hatte der Killer seine überaus teuren – und schnitthaltigen – Kochmesser auch zu beruflichen Zwecken eingesetzt. Bereits der Anblick eines rasiermesserscharfen japanischen Filetiermessers reichte gemeinhin aus, um sogar die verstockteste Zunge zu lockern.)

Mit dem schweren Glas in einer Hand benutzte Rhyme einen Finger der anderen, um den Rollstuhl vor die Beweistabellen im Fall Täter 47 zu dirigieren.

Er war durchaus erleichtert, dass sowohl Rostow als auch Krueger keine Gefahr mehr darstellten und dass keiner der ermittelnden Beamten ernsthaft verletzt worden war. Der Bürgermeister hatte angerufen, um sich zu bedanken, ebenso Dwyer, der Chef des Geothermieprojekts. Doch aus Rhymes Sicht war der Fall noch nicht vollständig abgeschlossen. Es gab ein paar lose Enden, zum Beispiel das Verschwinden des Northeast-Geo-Arbeiters, der Krueger geholfen hatte, die C4-Ladungen in den Bohrschächten zu platzieren. Er lebte bestimmt nicht mehr, aber Rhyme würde mit Blick auf die Angehörigen des Mannes alle erforderliche Zeit und Mühe investieren, um den Leichnam zu finden.

*Gerechtigkeit …*

Die südafrikanische Polizei war offenbar mehr als gewillt, gegen die Angestellten von Kruegers »Sicherheitsfirma« vorzugehen. Man hatte dort bereits einige untergeordnete Leute aus der Verwaltung festgenommen und zudem Terrance DeVoer und seine Frau ausfindig gemacht – in Lesotho, dem vollständig von Südafrika umschlossenen Staat. Keine schlaue Wahl, wenn man fliehen wollte und auf den Überwachungslisten der Fluggesellschaften stand, aber per Fahrzeug nur zurück in genau das Land konnte, in dem nach einem gefahndet wurde.

DeVoer würde in ein oder zwei Tagen ausgeliefert werden.

Unterdessen hatten die Auslandsstelle des NYPD und das FBI in Zusammenarbeit mit dem Außenministerium zu den beiden Diamantenkonzernen Kontakt aufgenommen, die hinter dem Plan steckten. Dobprom hatte nicht reagiert, und Rhyme solle auch nicht mit einer Antwort rechnen, hieß es. Bei New World Mining, der Firma aus Guatemala, die Krueger beauftragt hatte, war zwar jemand ans Telefon gegangen, hatte aber vehement abgestritten, mit der Angelegenheit zu tun zu haben.

Dieser russische und mittelamerikanische Teil der Ermittlungen hing also in der Luft.

Was Rhyme auf jeden Fall ändern wollte.

Wichtiger war im Moment allerdings die Frage nach weiteren Sprengvorrichtungen. Nur weil drei Kilo C4 geliefert worden waren, musste es nicht lediglich drei Bomben in den Schächten von Northeast Geo geben. Vielleicht hatte Krueger den Sprengstoff zu vier oder fünf Ladungen verarbeitet und entsprechend mehr Gasleitungen präpariert. Die Polizei überprüfte immer noch mögliche Ziele entlang der Verwerfungslinie im Umkreis der Baustelle, und die Feuerwehr blieb weiterhin vor Ort, um sofort auf ein neues Beben und die folgenden Brände reagieren zu können. Das Räumkommando und die ESU machten sich mit Northeast Geo endlich daran, die Schächte vorsichtig zu untersuchen.

Lose Enden.

Als Rhyme nun die Tabellen betrachtete, kam ihm ein weiterer Gedanke, und er ließ das Telefon eine Nummer wählen.

»He, Linc. Was gibt's?« Lon Sellitto klang ungeduldig.

»Nur ein paar Kleinigkeiten wegen des Falls. Als du gestern hergekommen bist, weil diese Vorrichtung nicht funktioniert hatte … die in dem Keller der Frau. Claire Porter?«

»Ja. Was ist damit?«

»Warst du davor selbst am Tatort? Denk gut nach, es ist wichtig.«

»Was gibt's da groß nachzudenken? Die Antwort lautet Nein. Ich war in Downtown und wurde angerufen. Den Tatort habe ich nie gesehen. Warum?«

»Lose Enden.«

»Was auch immer. Sonst noch was? Wir schauen gerade *The Walking Dead*.«

»Was?«

»Gute Nacht, Linc.«

Andere Fragen stiegen an die Oberfläche.

Doch dann wandte er sich dem Eingang des Salons zu, und die Suche nach Antworten musste einstweilen warten. Zunächst stand etwas anderes auf der Liste für diesen Abend.

Ein Essen mit seiner Frau.

Amelia Sachs betrat den Raum. Sie trug ein langes und tief ausgeschnittenes, ärmelloses grünes Kleid.

»Du siehst wunderschön aus«, sagte er.

Sie lächelte. Dann konnte sie offenbar nicht anders, als zu erwidern: »Und du siehst nachdenklich aus.«

»Das hat Zeit. Thom! Was macht das Essen? Öffnest du schon mal den Wein, bitte und danke?«

Er schaute zurück zu Sachs. Dieses Kleid gefiel ihm wirklich sehr.

# V

# DAS FACETTIEREN

## Mittwoch, 17. März

# 68

Antonio Carreras-López war so ruhig wie immer. Der mexikanische Anwalt zog seine Weste zurecht und schaute zu seinem Mandanten, der ihm gegenübersaß.

Eduardo Capilla – El Halcón, der Falke – war der am wenigsten vogelartig aussehende Kriminelle aller Zeiten. (La Tortuga hätte als Spitzname besser gepasst.) Fett, schütteres Haar, schielend, mit einer breiten Stupsnase. Dessen ungeachtet war er einer der gefährlichsten Männer der Welt. Seine Hände und Füße lagen in Ketten, und diese wiederum waren an Stahlringen im Boden befestigt.

Der Besprechungsraum lag im Bundesgericht für den Eastern District von New York an der Cadman Plaza. Das Gebäude war modern und stilvoll – und abgenutzt, aber nur ein wenig. Hier hatten sich schon viele böse Jungs die Klinke in die Hand gegeben, und da es um Verbrechen nach Bundesrecht ging, putzten sie sich meistens mehr heraus als vor den Staatsgerichten.

Beide Männer hier trugen Anzüge – sogar der Angeklagte, was üblich war, denn ein Gefängnisoverall hätte den Geschworenen womöglich Schuld suggeriert und das Recht auf einen fairen und unvoreingenommenen Prozess verletzt, der jedem Verdächtigen gemäß dem sechsten Zusatzartikel zustand.

Die amerikanische Verfassung war wirklich drollig und charmant, hatte der mexikanische Anwalt schon oft bei sich gedacht.

Vor der Tür des Raumes standen zwei Wachen – die sicherstellen würden, dass El Halcón hier nicht den Abflug machte. Carreras-López hatte sich die witzige Bemerkung einfach nicht verkneifen können.

Sein Kugelschreiber fuhr mit leisem Geräusch über den gelben Schreibblock, der vor ihm lag. Man hätte meinen können, die Notizen würden sich auf die erschreckenden Neuigkeiten beziehen, die Bundesstaatsanwalt Henry Bishop ihnen soeben eröffnet hatte: Eine neue Analyse der Spuren habe den eindeutigen Beweis erbracht, dass sein Mandant sich zum Zeitpunkt des Schusswechsels nicht etwa auf der Toilette versteckt, sondern mit einer Pistole auf die Polizei gefeuert hatte.

Dieser Mistkerl Lincoln Rhyme hatte ihn aufs Kreuz gelegt.

Was natürlich nicht einer gewissen Ironie entbehrte, denn Carreras-López hatte sich seinerseits nur deswegen an Rhyme gewandt, um *ihn* aufs Kreuz zu legen. Die absurde Geschichte von den gefälschten Beweisen sollte einzig und allein dafür sorgen, dass er die Gelegenheit erhielt, Rhyme zu treffen und ihm in die Augen zu schauen. Carreras-López war ein Meister darin, Leute einzuschätzen, und konnte binnen weniger Sekunden beurteilen, ob Rhyme irgendeine Verbindung zu den angeblichen Diamantenvorkommen in Brooklyn sah oder den Fall El Halcón für etwas völlig Eigenständiges hielt. Aber nein, der Kriminalist mochte zwar brillant sein, was die Analyse von Fingerabdrücken und Partikelspuren betraf, doch er hatte keine Ahnung, was in Wahrheit vor sich ging.

Mit dem Ergebnis, dass El Halcón in weniger als einer Stunde frei sein würde. Die Vorbereitungen für seinen Ausbruch aus der Haft und die umgehende Flucht auf ein Anwesen in Venezuela verliefen planmäßig und reibungslos.

Gerüchteweise gibt es zwischen den Vereinigten Staaten und dem geplagten südamerikanischen Land kein Auslieferungsabkommen. Das ist nicht korrekt. Der im Jahr 1922 zwischen den beiden Nationen geschlossene Vertrag gilt auch weiterhin, wenngleich die auslieferungsfähigen Straftaten ein wenig bizarr sind – zum Beispiel Bigamie. Es gibt Regeln zum Rücktransport flüchtiger Mörder und Drogendealer in die USA, aber die kommen nur zur Anwendung, wenn die ausländischen Behörden den Venezolanern die nötige Motivation liefern. Und je weniger Stellen vor dem Komma stehen, desto mehr sinkt der Verfolgungsdruck.

Die Fluchtvorbereitungen liefen schon seit geraumer Zeit – seit dem Moment, in dem El Halcón nach dem Schusswechsel in dem Lagerhaus auf Long Island verhaftet worden war.

Carreras-López hatte gewusst, dass eine reguläre Strafverteidigung keinen Sinn haben würde – El Halcón hatte tatsächlich die Pistole des Lagerhausverwalters Chris Cody genommen und Barry Sales niedergeschossen, den Cop in dem Zugriffteam. Somit blieb nur die Flucht. Der Anwalt hatte einen Fachmann engagiert, den die mexikanischen Kartelle gelegentlich einsetzten, einen Mann im schweizerischen Genf namens François Letemps. Carreras-López hatte ihm einen Vorschuss von einer Million Dollar gezahlt, damit Letemps seinen Mandanten aus der Haft befreite. Das endgültige Honorar würde weitere drei Millionen Dollar betragen.

Letemps hatte vorgeschlagen, den Ausbruch an einem anderen Ort als New York zu inszenieren, da er die Stadt für problematisch hielt. Doch das erwies sich als aussichtslos. Der Verhandlungsort konnte nicht verlegt werden, denn nur der Eastern District von New York war zuständig. Und nach El Halcóns Verurteilung, die so sicher wie das Amen in der Kirche war, würde man ihn zunächst in einem Hochsicherheitsgefängnis unterbringen und später mit einer Regierungsmaschine nach Colorado in das berüchtigte ADX Florence fliegen, eine

Haftanstalt nach Supermax-Standard, aus der ein Ausbruch nicht möglich war.

Nein, New York blieb die einzige Option. Und da das Gerichtsgebäude in Brooklyn die verwundbarste Stelle des Systems war, arbeitete Letemps einen Plan aus, um eine Massenevakuierung zu bewirken, während El Halcón sich vor Ort befand. In dem Durcheinander musste es möglich sein, seinen gepanzerten Gefangenentransporter zu kapern und zu entkommen.

Eine simple Bombendrohung hätte allerdings viel zu viel Misstrauen erregt und eher dazu geführt, dass man El Halcón noch viel schärfer bewachen würde.

Letemps beschloss daher, in dem Gerichtsgebäude für ein potenziell tödliches Gasleck zu sorgen, das zunächst niemand mit einem Fluchtversuch in Verbindung bringen würde. Teil des Plans war ein Söldner, der mit der Sabotage einer nahen Geothermiebaustelle betraut wurde und zudem diverse Gasleitungen der Gegend präparieren sollte.

Aus Botswana ließ Letemps Kimberlit mit hohem Diamantanteil nach New York liefern. Carreras-López beauftragte einige seiner Leute, die ihn aus Mexiko begleitet hatten, diese Steine auf der Baustelle und dem von ihr genutzten Schuttabladeplatz zu verteilen. Einer der Männer brachte zudem einen Kimberlitbrocken zu Jatin Patel, einem berühmten Diamantenschleifer, der den hohen Diamantanteil zweifellos erkennen würde. Was Patel von dem Stein hielt, war aber irrelevant. Es kam nur darauf an, ihm den Kimberlitbrocken zuzuspielen.

Letemps höchstpersönlich gab sich als von New World Mining in Guatemala beauftragter Mittelsmann aus, dabei hatte der Konzern nichts mit der Angelegenheit zu tun. Er heuerte Andrew Krueger dafür an, die Sprengsätze zu legen und Patel sowie dessen Prüfer Weintraub zu töten. Dann war auch noch dieser verrückte Russe aufgetaucht, der sich Sorgen wegen des

Diamantenfunds machte, aber am Ende spielte das alles keine Rolle. Wichtig war nur, dass die Polizei zu der Überzeugung gelangte, in der Nähe des Gerichtsgebäudes in Brooklyn seien zahlreiche Gasleitungen manipuliert worden.

Auf diese Weise würden auch alle weiteren Gaslecks sofort Krueger und dessen vermeintlicher Sabotage der Bohrungen zugeschrieben werden.

Der arme Andrew Krueger war lediglich ein ahnungsloses Werkzeug; er glaubte, im Auftrag des Bergbaukonzerns in Guatemala zu arbeiten, und merkte nie, dass man ihn hereingelegt hatte. Auch sein Scheitern war von vornherein so geplant gewesen. Die Polizei sollte den Sabotageaktionen rund um die Geothermiebaustelle auf die Schliche kommen.

Lincoln Rhyme hatte unfreiwillig seinen Beitrag dazu geleistet.

Mit konzentrierter Miene notierte Carreras-López sich nun weitere Punkte auf seinem Block. Dann schüttelte er den Kopf, strich einen Eintrag durch und fügte dafür einen anderen hinzu. Dies war ein wichtiges Dokument: die Einkaufsliste für eine Dinnerparty, die er am morgigen Abend in Mexico City veranstalten wollte. Seine Frau stand nicht gern in der Küche; er schon.

*Hühnchen, Poblano-Chilis, Crème fraîche, Koriander, weißer Burgunder (Chablis?).*

Während El Halcón so tat, als würde er irgendwelche Gerichtsdokumente lesen, und sich schon auf seinen Añejo Tequila freute, erbebte kaum merklich das gesamte Gebäude.

Das war das Ergebnis einer C4-Ladung, die nicht Krueger, sondern einer von Carreras-López' Leuten auf der Geothermiebaustelle gelegt hatte. Sie war nicht durch einen Timer, sondern durch ein Funksignal gezündet worden, um die Explosion genau auf El Halcóns Anwesenheit in dem Gerichtsgebäude abzustimmen.

Die Wachen draußen auf dem Flur sahen sich kurz an und richteten die Blicke dann wieder nach vorn ins Leere.

Carreras-López' Mobiltelefon gab einen leisen Ton von sich. Er las die Textnachricht.

*Ihre Tante wurde aus dem Krankenhaus entlassen.*

Das hieß, dass die Leute des Anwalts nun den Geruchsstoff von Erdgas – nicht das eigentliche Gas – von außerhalb des Gebäudes in das Belüftungssystem des Gerichts leiten würden.

Carreras-López öffnete auf seinem Smartphone den Stream eines lokalen Nachrichtensenders. Soeben wurde eine weitere Explosion gemeldet, mit der ein Erdbeben nachgeahmt werden sollte. Die Einwohner von Brooklyn wurden aufgefordert, auf Gaslecks zu achten und gegebenenfalls sofort ihre Häuser zu verlassen. Er erhielt eine neue Textnachricht.

*Ihre Tante wird abgeholt.*

Der Hubschrauber war gelandet und wartete auf einem verlassenen Grundstück in Brooklyn, nahe am Wasser – Carreras-López und El Halcón würden damit zu einem Flugplatz auf Staten Island gebracht werden und von dort aus mit zwei Privatjets nach Caracas beziehungsweise Mexico City weiterreisen.

Der Anwalt bereitete sich auf den nächsten Schritt vor: die Notevakuierung des Gerichtsgebäudes. Die Wachen würden Carreras-López wegschicken und El Halcón zu dem gepanzerten Transporter verfrachten, der an der Laderampe im Erdgeschoss bereitstand, um ihn zurück ins Untersuchungsgefängnis zu bringen.

Doch das würde nicht ganz so ablaufen, wie die Bundesmarshals sich das vorstellten. Das Begleitpersonal des Transporters war nämlich nicht mehr dasselbe. Carreras-López' Männer, gekleidet in Wachuniformen, hatten die ursprüngliche Besatzung mit schallgedämpften Waffen aus dem Weg geräumt und das Fahrzeug übernommen. Es wartete am Ausgang auf El Halcón und seine zwei Begleiter. Sobald sie im Innern saßen und die Tür geschlossen hatten, würden auch die Marshals sterben und der Transporter auf schnellstem Weg zu dem Hubschrauber fahren.

Schon morgen konnte El Halcón das Leben auf seinem Anwesen außerhalb von Caracas genießen. Und Carreras-López – dem keine Verbindung zu dem Plan nachzuweisen war – würde zu Hause Coq au Vin nach eigenem Rezept zubereiten.

Und im Nachhinein den Plan bewundern.

*Gracias*, Monsieur François Letemps.

Oder *merci.*

Bei diesem Gedanken roch er auch schon den ersten Anflug von Erdgas.

Er hob den Kopf und sah seinen Mandanten an. El Halcón runzelte kaum wahrnehmbar die Stirn. Carreras-López riss die Einkaufsliste von dem Block ab, faltete sie sorgfältig und steckte sie in die Tasche.

Nur sechzig Sekunden später wurde die Tür aufgerissen, und die Wachen stürmten herein.

»Das Gebäude wird evakuiert.«

»Sie verlassen es durch den Vordereingang«, sagte einer der Männer zu Carreras-López. Dann wandte er sich an El Halcón. »Sie kommen mit uns. Kein Wort. Halten Sie den Kopf gesenkt und folgen Sie unseren Anweisungen.«

Aus Höflichkeit – oder weil es so vorgeschrieben sein mochte – wiederholten sie das alles auf Spanisch. El Halcón stand auf, und einer der Männer bückte sich, um die Ketten von den Ringen im Boden zu lösen.

»Aber was ist denn los?«, fragte Carreras-López mit besorgter Miene.

»Ein Gasleck. Das Arschloch aus den Nachrichten. Er hat auch hier eine Leitung präpariert. Los jetzt!«

*»Dios mio!«*, murmelte Carreras-López, bekreuzigte sich und ging zur Tür.

# 69

Er hatte um Chaos gebeten, und Chaos war verursacht worden.

Antonio Carreras-López befand sich hinter dem Gerichtsgebäude, im ersten Stock eines Cafés auf der anderen Straßenseite. Von hier aus hatte er ungehinderte Sicht auf die Laderampe mit dem Gefangeneneingang.

In den Straßen stauten sich die Einsatzfahrzeuge – deren Besatzungen vorläufig nichts zu tun hatten, denn es war noch nirgendwo etwas explodiert oder in Flammen aufgegangen. Feuerwehr, Polizei, Krankenwagen. Und natürlich die Presse. Dazu jede Menge Gaffer, die wie grüßende Faschisten ihre Arme reckten, um mit ihren Smartphones das erhoffte Blutbad zu filmen. Per Lautsprecher wurden die Passanten und Schaulustigen aufgefordert, sich hinter die Absperrungen zurückzuziehen. »Unverzüglich! Es besteht hohe Brand- und Explosionsgefahr! Weichen Sie zurück!« Die Stimmen waren streng. Doch niemand beachtete die Warnungen.

Auf der Rückseite des Cafés stand eine Limousine für Carreras-López bereit. Er vertraute auf Letemps' Plan, hielt sich als praktisch veranlagter Mann aber stets eine Hintertür offen. Falls jetzt etwas schiefging, was durchaus möglich war, und die Wachen seine Männer töteten und den mexikanischen Drogenbaron in Gewahrsam behielten, würde der Anwalt eben allein die Flucht ergreifen.

Auf ihn warteten zu Hause eine Familie, ein Vermögen und

eine Verabredung zum Kochen. Außerdem besaß er einen eigenen Jet.

Nun erstarrte er. Der gepanzerte Transporter fuhr ein Stück vor. Carreras-López hatte zuvor eine weitere Nachricht erhalten.

*Ihre Tante ist auf dem Heimweg.*

Was bedeutete, dass die Besatzung des Transporters tot und durch die Männer des Anwalts ersetzt worden war.

Jetzt kam die kritischste Phase.

Gleich würden die beiden Wachen mit El Halcón auftauchen und ihn zu dem Fahrzeug begleiten. Carreras-López zählte darüber hinaus drei Posten mit Maschinenpistolen, die draußen die Menge im Blick behielten. Es kam ihm so vor, als seien sie beunruhigt, was kein Wunder war. Ja, sie wollten nicht, dass ihr Gefangener entwischte, aber sie wollten auch nicht verbrennen, wenn das Gas explodierte; mittlerweile musste der Gestank überwältigend sein. Und wie jeder in der Stadt würden sie wissen, dass ein Timer an der Gasleitung rückwärtslief – mit zehn Minuten zwischen Beben und Zündung.

Dann kamen El Halcón und die beiden Wachen – *nur* die beiden Wachen – aus dem Eingang zum Vorschein.

Sie eilten, so schnell wie die Beinfesseln des Gefangenen es erlaubten, zu dem Transporter, dessen Tür sich öffnete. Sie stiegen ein. Die Tür fiel ins Schloss.

Dann konnte man im Innern etwas mehrmals aufblitzen sehen, nur ganz schwach.

Die schallgedämpfte Pistole, mit der die Wachen getötet wurden.

Der Transporter bog auf die Straße ein, wo eine Spur für ihn frei gemacht worden war, beschleunigte und bog um die Ecke.

Eine neue Textnachricht.

*Es geht ihr gut.*

Diese letzte Mitteilung bestätigte, dass die Wachen tot waren und der Transporter zum vereinbarten Treffpunkt fuhr.

Carreras-López drehte sich um und lief die Hintertreppe des Cafés hinunter zu seiner Limousine. Er stieg ein. Der Fahrer begrüßte ihn, und sie fuhren los. Die Straßensperren erforderten einige Umwege, aber schon bald erreichten sie den Highway, ungefähr fünf Minuten nach dem Transporter.

Das gepanzerte Fahrzeug war mit einem GPS-Sender ausgestattet und konnte präzise verfolgt werden. Letemps hatte daher einen Treffpunkt direkt neben der Strecke zum Untersuchungsgefängnis ausgewählt. Wer auch immer die Fahrt überwachte, würde glauben, der Transporter habe nur kurz den Highway verlassen, um einen Verkehrsstau zu umfahren.

Kurz darauf würde der Wagen anhalten, um El Halcón und die anderen Männer aussteigen zu lassen. Dieser Stopp würde letztlich das Misstrauen der Sicherheitsleute im Untersuchungsgefängnis erregen, aber bis deren Verstärkung hier eintraf, wären El Halcón und Carreras-López längst weg.

Der Cadillac, in dem der Anwalt saß, schloss nun bis auf hundert Meter zu dem Transporter auf. Eine Minute später erreichten sie die Ausfahrt und bogen nacheinander auf den leeren, von Unkraut überwucherten Parkplatz einer verfallenen Fabrik ein. Das hoch aufragende Schild besagte nur noch *H&R Fab icat s, I c.* Die fast zwei Meter hohen Buchstaben mussten einst leuchtend rot gewesen sein, waren heute aber verschrammt und blassrosa.

Der Transporter und die Limousine hielten in der Nähe des Hubschraubers, dessen Rotor sich im Leerlauf drehte, und eines Vans, vor dem die Männer des Anwalts standen.

Carreras-López schaute sich um und entdeckte nirgendwo ein Polizeifahrzeug. Und auch keine Helikopter über ihnen oder Boote im aufgewühlten Wasser des East River, der hier auf den Hafen traf.

Die Behörden waren völlig ahnungslos. Es würde zehn Minuten dauern, bis die Leute im Untersuchungsgefängnis nervös wurden und Alarm schlugen.

Carreras-López stieg aus dem Cadillac. »Sie können jetzt los«, sagte er zu dem Fahrer, reichte ihm fünf Hundertdollarscheine und gab ihm die Hand.

»Vielen Dank, Sir. Ich habe Sie gern gefahren. Wir sehen uns, wenn Sie wieder mal hier sind.«

Was nie mehr der Fall sein würde. Aber er erwiderte: »Mit dem größten Vergnügen.«

Die Limousine wendete und verließ in langsamem Tempo den holprigen Parkplatz.

Carreras-López winkte dem Transporter zu, in dem El Halcón den toten Wachen vermutlich gerade das Geld und die Waffen abnahm. Sein Mandant hatte schon mal einen Mann für dessen Brieftasche getötet – nicht wegen des Geldes, sondern weil das geprägte Leder ihm gefallen hatte … und das Foto von Frau und Tochter des Opfers. Danach habe dieses Bild jahrelang auf seinem Nachttisch gestanden, hatte El Halcón seinem Anwalt erzählt.

Bei dem Gedanken erschauderte Carreras-López auch jetzt noch. Was ist das nur für eine Kreatur?

Die Tür des Transporters öffnete sich.

*»Hola!«*, rief Carreras-López.

Dann erstarrte er. Und flüsterte: *»Mierda.«*

Denn nicht El Halcón stieg aus dem Fahrzeug, sondern eine rothaarige Polizistin mit voller taktischer Ausrüstung und einer Maschinenpistole in den Händen. Ihr folgten vier, nein sechs weitere Beamte. Bei der einen Hälfte stand *ESU* auf der Körperpanzerung, bei der anderen *FBI*.

»Nein!«, rief der Anwalt.

Zwei dieser Beamten rannten zu dem Hubschrauber und zerrten den Piloten heraus, die anderen nahmen die Männer bei dem Van fest. Die Polizistin lief auf den Anwalt zu, gefolgt von einem jüngeren blonden Kollegen. »Hände hoch!«, rief sie. Der Anwalt seufzte, leckte sich mit trockener Zunge über die Lippen und hob die Arme. Er erinnerte sich daran, die Frau in Lincoln Rhymes Haus gesehen zu haben.

Wie war das nur möglich?

Ein perfekter Plan.

So vollkommen gescheitert.

Wie konnte das sein? Die Frage ließ ihn nicht mehr los.

Während die Frau ihm Handschellen anlegte und der Mann ihn abtastete, versuchte er, sich einen Reim darauf zu machen.

Die Textnachrichten hatten den vereinbarten Codes entsprochen.

El Halcón war in den Transporter eingestiegen. Ich habe ihn doch *gesehen.*

Genau wie die Mündungsblitze.

Wirklich?

Carreras-López war ein intelligenter Mann. Nein, nein, nein, dachte er. Sie hatten den Plan durchschaut oder erraten und seine Männer überwältigt, bevor diese die Besatzung des Transporters töten konnten. Dann hatte die Polizei ihnen eine Strafmilderung angeboten, damit sie die Codes und die Einzelheiten der Flucht verraten würden.

Die Blitze aus dem Innern des Wagens hatten nicht von einer Waffe, sondern von einem Smartphone oder einer Taschenlampe gestammt, um allen Beobachtern vorzugaukeln, auch diese Wachen seien erschossen worden. Sobald der Transporter sich außer Sicht befand, war er von der Route abgewichen und für die Fahrt zu dem Fabrikgelände durch dieses Fahrzeug mit dem taktischen Team ersetzt worden.

Doch das beantwortete noch immer nicht die Frage nach

dem Wie. Wie war jemand – bestimmt Lincoln Rhyme – überhaupt erst auf die Idee gekommen, dass es hier um einen Gefangenenausbruch ging?

»Setzen Sie sich«, sagte die Polizistin. »Ich helfe Ihnen.«

Sie ließ ihn sachte zu Boden.

»Bitte. Wie haben Sie es herausgefunden? Wie konnten Sie auch nur ahnen, was wir vorhatten? Ich muss es wissen. Verraten Sie es mir?«

Sie ignorierte ihn, denn eine schwarze Limousine bog auf das Grundstück ein, kam näher und hielt an. Ein hochgewachsener schlanker Mann stieg aus.

Carreras-López seufzte. Es war Henry Bishop, der Bundesstaatsanwalt.

Die Frau ging zu ihm, und es gab ein kurzes Gespräch. Dabei sahen sie, was wenig überraschend war, beide den mexikanischen Anwalt an.

Am Ende nickte Bishop und ging dann mit der Frau langsam auf Carreras-López zu.

# 70

Rhyme saß in seinem behindertengerechten Van unweit der Zugriffstelle am Flussufer in Brooklyn.

Er verfolgte das Geschehen durch die Scheibe und lauschte unterdessen dem hektischen Funkverkehr der Polizei.

Ja, er und Sachs hatten tags zuvor ganz reizend zu Abend gegessen.

Doch dabei hatten sie sich nicht über Filme, Politik oder die tausend anderen großen und kleinen Themen unterhalten, die Eheleute gemeinhin beim Essen besprechen, sondern über die losen Enden, die Rhyme an dem Diamantenfall keine Ruhe ließen.

»Es sind Anomalien, Sachs. Sie passen nicht so recht ins Bild.«

»Zum Beispiel?«

Sie genoss ein Glas leckeren Burgunder. Natürlich einen Chardonnay. Bei dem man das Eichenfass kaum schmeckte, eine Feinheit, die die Franzosen – im Gegensatz zu den Kaliforniern – beherrschten. Rhyme musste ihr das jedenfalls so glauben; er hatte seinen Glenmorangie gegen einen Cabernet eingetauscht. Wenn man schon Wein trank, sollte er rot und kräftig sein.

Er nannte das loseste der Enden: »Wie ist Jatin Patel in den Besitz des Kimberlits gekommen?«

Sie neigte den Kopf. »Darüber habe ich noch nie nachgedacht. Eine gute Frage.«

»Jemand schlendert an der Geothermiebaustelle oder dem Schuttabladeplatz vorbei, bemerkt *rein zufällig* ein unscheinbares dunkles Stück Gestein und trägt es zu einem Diamantenfachmann, damit der es einschätzt?«, fragte er mit mehr als nur einem Anflug von Ironie.

»Das ergibt keinen Sinn.«

»Und: Diese ganze Geschichte mit den falschen Erdbeben, ist die nicht ein klein wenig zu unglaubwürdig? Fast als hätten wir durchschauen sollen, dass alles nur inszeniert war.«

»Stimmt. Wenn man erst mal in so einem hektischen Fall steckt, kann man kaum noch Abstand gewinnen.«

»Sagen wir, es gibt einen Mr. Y.«

»Ist ›X‹ denn vergeben?«

Er lächelte. »Schon vergessen? Den habe ich bereits verwendet.«

»Okay. Red weiter. Mr. Y.«

»Er hat auch einen Plan. Mr. Y oder jemand, der für ihn arbeitet, ruft anonym bei Krueger an und behauptet, er sei für New World Mining tätig. Dort seien alle ganz aufgeregt, denn auf einer Baustelle in Brooklyn habe man diamanthaltigen Kimberlit gefunden. Krueger wird angeheuert, um falsche Erdbeben auszulösen, damit die Bohrungen aufhören. Außerdem soll er Patel und alle Mitwisser töten.«

»Und Mr. Y besorgt etwas Kimberlit aus Afrika und deponiert ihn auf der Baustelle«, sagte Sachs.

»Genau. Erinnerst du dich an die Partikel, die wir gefunden haben? *Coleonema pulchellum* – der Konfettistrauch – stammt ebenfalls aus Afrika.«

Rhyme aß ein weiteres Stück Kalbfleisch in Fenchelrahm mit einem Schuss Wermut. Während der ersten Jahre nach dem Unfall hatte Thom ihn füttern müssen. Seit einer Weile kam er allein zurecht, solange jemand das Essen in kleine Stücke schnitt oder die Größe der Bissen von Natur aus passte.

»Okay, bis hierhin habe ich es verstanden«, sagte Sachs. »Mr. Y entwirft einen komplizierten Plan mit falschen Erdbeben, die anscheinend den Diamantenabbau verhindern sollen … doch eigentlich will er etwas völlig anderes. Was?«

»Das konnte ich nicht herausbekommen. Anfangs. Aber dann habe ich mich gefragt, wieso Brooklyn, wieso die Northeast-Geo-Baustelle? Mr. Y hätte sich für alle möglichen Schauplätze entscheiden können. Nein, es musste mit der Cadman Plaza zusammenhängen. Und was ist dort so einzigartig?«

»Die Behördengebäude. Die Gerichte.«

Rhyme lächelte erneut. »Und gab es noch ein Puzzlestück, um die einzelnen Punkte zu verbinden?«

»Ich habe so das Gefühl, es handelt sich um eine rhetorische Frage«, sagte Sachs.

»Pulaski hat gestern hier im Haus Gas gerochen. Ich bin davon ausgegangen, dass Lon den Geruch an sich hatte, weil er vorher am Tatort in Claire Porters Haus gewesen war – wo die *lehabah*, die Sprengvorrichtung, geborgen werden konnte. Sie war nicht explodiert, hatte aber ein Loch in die Leitung gefressen und jede Menge Gas freigesetzt. Daher meine Schlussfolgerung über den Geruch. Aber ich habe Lon angerufen und gefragt. Und er war gar nicht selbst am Tatort.«

»Woher kam der Geruch denn dann?«

»Aus dem Karton voller Akten zum Fall El Halcón. Den Mr. Y mir geschickt hatte.«

»Mr. Y!« Ihre Augen blitzten auf. »Carreras-López.«

»Richtig. Einer seiner Handlanger hat die Akten hier abgeliefert. Wo auch immer sie vorher gewesen waren, hatten sie diesen Geruch aufgenommen. Vielleicht während eines Tests oder durch ein Versehen. Aber irgendwie ist der Duftstoff an die Akten gelangt. Also. Die präparierten Gasleitungen standen irgendwie mit El Halcóns Anwalt und vermutlich seinem Prozess in Verbindung.«

Sachs überlegte. »Und das erklärt, wieso Carreras-López zu dir gekommen ist und behauptet hat, jemand habe seinem Mandanten im Lagerhaus die Pulverrückstände untergeschoben.«

»Ja. Er wollte einen Blick auf die Ermittlungen gegen Täter 47 erhaschen. Um einschätzen zu können, ob wir den Diamantenplan für ein Ablenkungsmanöver hielten. Hätte ich seine Behauptung hinsichtlich der gefälschten Beweise nicht so schnell durchschaut, wäre er wohl noch öfter hergekommen – um weiter zu spionieren.«

Sie legte ihre Gabel hin. »Aber herrje, Rhyme. Er wird versuchen, El Halcón zur Flucht zu verhelfen ... vielleicht schon morgen. Und wir sitzen hier herum.«

Er zuckte die Achseln. »Bis dahin kann nichts passieren. Ich habe meinen neuen Freund Hank Bishop angerufen und herausgefunden, dass El Halcón morgen um zehn Uhr im Gerichtsgebäude eintrifft. Außerdem haben wir noch nicht aufgegessen.«

Sie schüttelte lächelnd den Kopf. »Und du hast bereits Lon, Ron, Fred Dellray und wahrscheinlich auch jemanden von der ESU verständigt. Wann werden sie hier sein?«

»In einer halben Stunde. Wir haben noch genug Zeit für den Nachtisch. Thom! *Thom!* Wolltest du nicht irgendwas Besonderes für Amelia flambieren?«

Heute Morgen hatten Sellitto und Dellray dann die am Vorabend geplante Operation in Gang gesetzt. Sie gingen davon aus, dass Carreras-López vermutlich Männer in Wachuniformen schicken würde, die den Transporter übernehmen sollten. Daher überprüften FBI-Agenten und verdeckte Ermittler der Polizei sämtliche Wachen inner- und außerhalb des Gerichtsgebäudes. Sie fingen zwei uniformierte Killer mit schallgedämpften Pistolen ab. Dellray brachte sie – auf seine unnachahmlich überzeugende und einschüchternde Weise – dazu, die

Einzelheiten des Plans zu verraten, indem er ihnen einen Ausblick auf ihre Zukunft gab. (»Ich garantiere Ihnen, das Gefängnis, in dem Sie Ihre Strafe absitzen, wird Ihnen überhaupt nicht gefallen. Ganz zu schweigen von den Insassen und deren Banden. Es sei denn, Sie helfen uns. Haben wir uns verstanden?«)

So weit, so gut.

Über das weitere Vorgehen hatten sie lange diskutiert: Rhyme, Sachs, Dellray und Sellitto – sowie einige Leute aus dem Rathaus und der Chefetage des NYPD.

Sie wussten, dass kein echter Gasangriff erfolgen würde. Carreras-López' Männer würden lediglich den Duftstoff freisetzen, um eine Evakuierung auszulösen; sie konnten nicht riskieren, dass ihr Mandant bei einer Explosion ums Leben kam. Die Bundesmarshals und das NYPD hätten den Gasgeruch also einfach ignorieren und allen anderen mitteilen können, dass keine Gefahr bestand. Öffnet die Fenster, lüftet gründlich durch. Und setzt den Prozess fort.

Doch Rhyme glaubte, falls Carreras-López auf frischer Tat erwischt wurde, könnte man ihm eine Absprache anbieten, um den Namen von El Halcóns Partner zu erfahren.

Was bedeutete, dass sie die Flucht vermeintlich gelingen ließen – aber El Halcóns Fahrzeug gegen ein anderes austauschten, in dem ein taktisches Team mitfuhr, um am Ziel der Reise den Anwalt und seine gesamte Bande zu überrumpeln.

Und genau so war es geschehen, vollkommen reibungslos.

Rhymes Mobiltelefon meldete nun den Eingang einer Textnachricht.

*Nur zur Info, Carreras-López hat den Deal angenommen und den US-Partner genannt: Roger Whitney, Garden City, Long Island. Danke, Lincoln.*
*H. Bishop*

Hinter ihm öffnete sich die Tür des Mercedes Sprinter. Rhyme wandte den Kopf.

Dort stand Sachs. Die Maschinenpistole hing an einem Riemen von ihrer Schulter, in der linken Hand hielt sie ihren Helm. Damit sah sie für Rhyme fast so anziehend aus wie zuvor in dem grünen Kleid.

»Darf ich bei euch mitfahren?«, fragte sie.

»Ich glaube, wir haben noch ein Plätzchen frei.«

Sachs stieg ein und schlug die Tür zu. Sie setzte sich, zog das Magazin aus der Waffe und lud einmal durch, um die Patrone aus der Kammer zu befördern. Dann sah sie Rhyme an.

»Okay«, sagte sie. »Das war's.«

»So ist es, Sachs.«

# 71

Vimal Lahori war seinem Vater tags zuvor nicht mehr begegnet.

Nach dem Essen mit Mutter und Bruder hatte er den Abend mit Adeela verbracht. Als er dann spät wieder nach Hause kam, stand der Wagen seines Vaters in der Auffahrt, aber Vimal ging gleich zu Bett.

Und morgens nach dem Aufstehen erfuhr er, dass Papa bereits wieder unterwegs war.

Was auch immer der Mann vorhatte, er hatte seiner Frau nichts davon erzählt und seinem jüngeren Sohn schon gar nicht. Doch das war typisch für ihn. Er behielt stets alles für sich, es sei denn, er hatte den anderen etwas Wichtiges zu verkünden.

Vimal befürchtete mit Grausen, dass der Mann nach einer neuen Lehrstelle für ihn suchte. Aber das würde trotz Vimals Begabung nicht einfach sein. Der junge Mann war in Verruf geraten. Man brachte ihn nun mit dem Schlimmsten in Verbindung, das in der Diamantenwelt vorstellbar war: einem Raubmord. Oh, er trug selbst keine Schuld daran, und das Verbrechen hatte sich letztlich als etwas völlig anderes erwiesen, doch Diamantäre hielten sich nicht mit solchen Kleinigkeiten auf. Sie würden Vimal auf ewig mit dem Tod des genialen Jatin Patel assoziieren, einem aus ihrer Mitte.

Vimal Lahori bedeutete von nun an eine lebende Mahnung an all die dunklen und anrüchigen Seiten dieser wunderbaren

Edelsteine, von den afrikanischen Blutdiamanten über die Zwangsarbeit in Sibirien bis hin zu den bewaffneten Raubüberfällen in Belgien.

Aber sein Vater würde einfach so lange betteln oder poltern, bis jemand nachgab.

Vimal befand sich nun in seinem Studio und betrachtete ein neunhundert Gramm schweres Stück Lapislazuli. Er liebte dieses tiefblaue Mineral. Es wurde meistens für Schmuck benutzt, doch manche Stücke waren groß genug für die Bildhauerei und dabei gar nicht mal so teuer. Der metamorphe Stein wurde schon seit sehr langer Zeit vielfältig verwendet. Er fand sich an Tutanchamuns Totenmaske, und chinesische Künstler verwandelten vertikale Stücke in Berghänge mit winzigen Dörfern, in genau der gleichen Weise, wie sie es mit Jade taten. Ursprünglich entdeckt wurde Lapislazuli in der afghanischen Provinz Badachschan. Dort wird er auch heute noch gefördert, außerdem an so exotischen Orten wie Sibirien, Angola, Burma, Pakistan und – wie dieser spezielle Stein – Pleasant Gulch, Colorado.

Vimal drehte ihn nun beständig hin und her, damit der Stein zu ihm sprechen und erklären würde, welche Form er mit Hilfe Vimals eifriger Hände anzunehmen gedenke. Doch vorläufig schwieg er noch.

Dann kamen Schritte die Treppe herunter.

Vimal erkannte sie sofort. Er legte den leuchtend blauen, von goldfarbenem Pyrit durchzogenen Stein hin und setzte sich an seinen Arbeitsplatz.

»Sohn.«

Vimal nickte dem trübsinnig dreinblickenden Mann zu und dachte: Wohl ganz schön schwierig, eine Hure auf den Strich zu schicken, die keiner will.

Papa brachte zwei Umschläge mit, einen großen und einen kleinen. Vimal nahm an, dass sie Verträge für Schleifarbeiten enthielten. Er sah seinem Vater ins Gesicht.

»Ich habe dich gestern Abend verpasst«, sagte der Mann. »Ich war sehr müde und bin gleich schlafen gegangen. Aber deine Mutter hat mir berichtet, dass es dir gut geht. Und dass dir bei dem Zwischenfall mit diesem Mann nichts passiert ist. Dem Killer.«

*Zwischenfall …*

»Ja.«

»Ich war sehr dankbar, das zu hören«, sagte Papa und schien dann zu merken, wie absurd diese Worte waren.

Der Blick des Vaters richtete sich auf den Lapislazuli. »Mr. Patels Kinder und ihre Familien sind in die Stadt gekommen. Sie und seine Schwester haben die Einäscherung im privaten Kreis abgehalten.« Nach hinduistischem Glauben müssen Tote verbrannt werden. In Indien finden Einäscherung und Beisetzung am selben Ort statt – traditionell natürlich durch die Verbrennung auf einem Scheiterhaufen unter freiem Himmel. In westlichen Ländern werden die hinduistischen Begräbnisriten, die Antyesti, den dort geltenden Gebräuchen und Gesetzen angepasst.

»Doch es gibt heute Abend eine Gedenkfeier im Haus seiner Schwester«, fügte sein Vater hinzu. »Das ist einer der Gründe, weswegen ich weg war. Ich habe bei den Vorbereitungen geholfen. Wirst du kommen?«

»Sicher. Ja, natürlich.«

»Wenn du möchtest, kannst du ein paar Worte sagen. Aber du musst nicht.«

»Doch, das mache ich.«

»Gut. Du wirst das prima hinbekommen.«

*Einer der Gründe, weswegen ich weg war …*

Nun war es an der Zeit, den anderen Grund zu erfahren. Wer sollte sein neuer Lehrherr werden?

Tja, niemand, beschloss Vimal Lahori. Es war endgültig vorbei. Er würde sich weigern.

Endlich bot er seinem Vater die Stirn.

Er atmete tief durch, doch noch bevor er etwas sagen konnte, reichte sein Vater ihm den kleineren der Umschläge. Seine Hand zitterte heute nicht so schlimm wie sonst. »Hier.«

Vimal stoppte vorerst den Monolog, den er hatte abliefern wollen, und nahm den Umschlag. Er sah seinem Vater in die Augen.

Mach ihn auf, sollte dessen Achselzucken wohl besagen.

Vimal tat es und warf einen Blick auf den Inhalt. Es verschlug ihm kurz den Atem. Er sah seinen Vater an, dann wieder den Inhalt.

»Das ist …« Der Rest blieb ihm tatsächlich im Hals stecken.

»Ja, ein Scheck von Dev Nouris Firma.«

Ausgestellt auf Vimal Lahori. Persönlich.

»Papa, das sind fast einhunderttausend Dollar.«

»Du wirst das versteuern müssen. Aber danach bleiben dir immer noch ungefähr zwei Drittel.«

»Aber …«

»Dieser Stein, den du für ihn geschliffen hast. Das Parallelogramm.« Das Wort kam ihm nur unbeholfen über die Lippen. »Dev hat ihn bei einer privaten Auktion für dreihunderttausend Dollar verkauft. Er wollte dir zehn Prozent geben.«

Ein begabter Diamantenschleifer konnte in New York mit einem Jahresgehalt von etwa fünfzigtausend Dollar rechnen. Die dreitausend, die Mr. Nouri ihm für den Tagesjob angeboten hatte, waren nach jedem Standard der Welt schon mehr als großzügig.

»Aber ich habe das abgelehnt. Er und ich haben also verhandelt, und wie du siehst, hat er sich am Ende mit dreiunddreißig Prozent einverstanden erklärt. Es sind etwas weniger als hunderttausend, weil er darauf bestanden hat, das bereits an dich gezahlte Geld abzuziehen. Dagegen ließ sich von unserer Seite nur schwer etwas einwenden.«

Vimal musste unwillkürlich lächeln.

»Eröffne ein Konto und zahl das Geld darauf ein. Es gehört dir. Du kannst damit machen, was du willst. Nun möchte ich noch etwas sagen. Du wirst viele Anrufe erhalten. Es gibt hier in New York keinen einzigen Diamantär, der nicht möchte, dass du für ihn arbeitest. Von einigen weiß ich, dass sie dich gern als Lehrling anstellen würden. Sie haben alle von dem Parallelogramm gehört. Manche nennen das schon den Vimal-Schliff.«

Diese Neuigkeit war interessant – er war also doch kein Paria – und beklemmend zugleich. Sein Vater übte wieder Druck aus. Etwas subtiler, aber dennoch unverkennbar.

»Du kannst für jeden von denen arbeiten, und sie werden dich sehr gut bezahlen«, murmelte Papa. »Aber vorher solltest du über das hier nachdenken.« Er gab ihm den größeren Umschlag.

Vimal fand darin den Prospekt einer Universität auf Long Island vor. Er enthielt deren Angebot an vierjährigen Studiengängen. In der Mitte klebte ein gelber Haftnotizzettel. Vimal schlug die Seite auf. Sie widmete sich dem Programm der Kunstfakultät. Wenn man den Schwerpunkt auf Bildhauerei legte, war ein Auslandssemester in Florenz und Rom vorgesehen.

Ihm wurde warm ums Herz, und er sah seinen Vater an.

»So, das war es, was ich loswerden wollte«, sagte der Mann. »Der Rest liegt bei dir. Vielleicht möchtest du ja auch an eine andere Universität gehen. Obwohl deine Mutter und ich hoffen und uns wünschen, dass du dann eher der Michelangelo von Jackson Heights als von Los Angeles wirst. Aber, wie schon gesagt, das liegt bei dir, Sohn.«

Vimal wollte seinen Vater eigentlich nicht in die Arme schließen, aber er konnte nicht anders.

Die Verlegenheit verflog sogleich, und die Umarmung dauerte beträchtlich länger, als er und vermutlich auch sein Vater erwartet hätten. Dann ließen sie einander los.

»Wir brechen um fünf Uhr zu Mr. Patels Schwester auf.« Er drehte sich um, hielt dann aber inne. »Ach, und wenn du magst, bring doch Adeela mit.«

Vimal war völlig verblüfft. »Woher …?«

Die Miene seines Vaters war unergründlich, schien aber irgendwie zu besagen: Unterschätze niemals die Intelligenz deiner Eltern.

Dann verließ sein Vater das Studio und stapfte die Treppe hinauf. Vimal nahm das Stück Lapislazuli und fing wieder an, es hin und her zu drehen, damit der Stein sich endlich zu Wort melden würde.

# 72

»Barry.« Rhyme war in seinem Salon und hatte das Gespräch auf den Lautsprecher des Telefons gelegt.

»Lincoln, ich bin stinksauer auf dich, weißt du das?«

»Ja? Warum?«

»Ich hab sonst immer das billige Zeug bevorzugt. Und dann bringst du mich auf den Geschmack von *echtem* Scotch. Was ein kostspieliges Hobby ist. Nun ja, eigentlich ist Joan stinksauer auf dich. Ich nicht so sehr.«

Eine Pause. »Wir haben ihn drangekriegt, Barry«, sagte Rhyme dann. »El Halcón wird bis in alle Ewigkeit im Knast sitzen.«

»O Mann, ich dachte, der Fall steht auf der Kippe.«

»Das konnten wir ändern.«

Mehr Schweigen.

»Und wir haben seinen Partner. Den Amerikaner.«

Rhyme konnte den Mann atmen hören.

»Hattest du etwas damit zu tun?«

»Kaum. Ein wenig.«

Sales lachte. »Schwachsinn, das nehme ich dir nicht ab.«

»Dann glaub doch, was du willst.«

»Das ist Lincoln Rhyme, wie ich ihn kenne und liebe.« Er ersparte sich weitere Rührseligkeiten. »He, ich hab mit meiner Schwester geredet. Die hatte eine tolle Idee. Ich kriege ja eine vorläufige Prothese. Einfach einen Haken, du weißt schon. Sie bringt die Kids mit, und was dann? Dann tue ich so wie Wolverine. Die werden ausflippen.«

»Wie wer?«

»Der Spielfilm. Du weißt schon.«

»Es gibt einen Spielfilm über Vielfraße?«

»Du kommst nicht oft vor die Tür, oder, Lincoln?«

»Nun, es freut mich jedenfalls, dass es dir besser geht.«

»Wir müssen uns bald mal treffen. Der Whisky geht dann auf mich.«

Sie beendeten das Gespräch, und Rhyme fuhr zurück zu der Beweistabelle, als sein Mobiltelefon klingelte.

Er drückte die grüne Taste.

»Lincoln«, erklang eine Stimme, die von einer brüllend lauten elektrischen Gitarre fast vollständig übertönt wurde.

»Rodney, um Gottes willen«, schimpfte Rhyme. »Machen Sie die Musik leiser.«

»Aber Ihnen ist *schon* klar, dass wir hier von Jimmy Page reden?«

Ein Seufzen. Das der Experte aus der Abteilung für Computerkriminalität unmöglich hören konnte, mitten in diesem Schallgewitter.

»Na gut. Ich mein ja nur. Haben Sie gewusst, dass Led Zeppelin mit den Verkaufszahlen ihrer Alben in den USA auf Platz zwei stehen?« Szarnek drehte die Lautstärke herunter. Jedenfalls ein wenig. Man hätte glauben können, er trage schulterlanges, lockiges Haar, jede Menge Tätowierungen und Piercings und seine Hemden bis zum Nabel aufgeknöpft – falls Leadgitarristen von Heavy-Metal-Bands heutzutage noch so aussahen. In Wahrheit jedoch entsprach sein äußeres Erscheinungsbild genau dem Computerfreak, der er war.

Amelia Sachs kam in den Salon, beugte sich vor und küsste Rhyme.

»Ich hab ein paar Dinge über die Kimberlit-Affäre herausgefunden, die Sie interessieren dürften«, sagte Szarnek.

»Ist das jetzt der offizielle Titel?«, fragte Sachs belustigt.

»Ich mag ihn irgendwie. Sie nicht? Klingt doch hübsch. Okay, Folgendes: Sie haben mir ja die Nummer von dem Wegwerftelefon dieses Anwalts geschickt, Carreras-López. Ich habe die Verbindungen überprüft. Viele Gespräche fanden mit Leuten statt, die im Gerichtsgebäude und bei dem Hubschrauber einkassiert wurden oder bereits im Loch gesessen haben.«

»Im was?«

»Im Gefängnis. Wie in den alten Western. Das Kittchen.«

»Rodney. Kommen Sie zum Punkt.«

»Aber jetzt wird es interessant. Die *meisten* Telefonate und Textnachrichten gingen zwischen ihm und jemandem in Paris hin und her. Im Sechsten *Arrondissement.* Das bedeutet ›Bezirk‹.«

»Ich weiß«, sagte Sachs.

»Im oder rund um den Jardin du Luxembourg. Das ist ein Park. Aber das wissen Sie vermutlich ebenfalls.«

»Nein, wusste ich nicht.«

»Wer auch immer das war«, fügte Szarnek hinzu, »der Anwalt hat mit ihm oder ihr während der letzten paar Wochen in engem Kontakt gestanden. Fast als würde er Bericht erstatten.«

»Vielleicht ein Berater«, sagte Sachs und ging zu den Kartons mit Beweismitteln, die auf einem der Untersuchungstische standen. »Rhyme, du hast gedacht, der Anwalt sei Mr. Y, der alles geplant hat. Es könnte auch diese andere Person gewesen sein.«

»Gut möglich.«

»Sieh mal.« Sachs hob eine Tüte an. Sie enthielt den Terminkalender von Carreras-López. Auf der Innenseite des Umschlags klebte ein Haftnotizzettel mit dem Namen *François Letemps.* Daneben standen mehrere Zahlenreihen. Womöglich Kontonummern.

Ein französischer Name. War das der Mann am anderen Ende der Leitung in Paris?

»Nun zu dem seltsamen Teil«, sagte Szarnek.

In einem bereits mehr als seltsamen Fall.

»Die Texte waren mit exakt der Art von Algorithmus verschlüsselt, nach der Sie sich vorgestern erkundigt haben. Duodezimal. Unter Einsatz der Ziffern null bis neun sowie X und E. Ein Unglück kommt selten allein.«

O Gott. Rhymes Blick wanderte langsam zu den Beweistabellen.

»Und es gibt keine Möglichkeit, den Code zu knacken?«

»Die Wahrscheinlichkeit ist ungefähr so groß wie meine Chance, bei *Let's Dance* aufzutreten.«

»Was zum Teufel ist das?«

»Mit anderen Worten: Es ist unmöglich.«

»Ich muss Schluss machen.« Rhyme trennte die Verbindung. »Dieses Päckchen vom Alternative Intelligence Service«, rief er Mel Cooper zu. »Das aus dem Ausland.«

Es war am Vorabend geliefert worden, aber Rhyme hatte mit dem Fall zu tun gehabt und sich noch nicht darum kümmern können.

Cooper öffnete den schmalen Karton. Er enthielt keinen Begleitbrief, sondern nur eine kurze Nachricht von Daryl Mulbry.

*Bitte sehr. Lassen Sie mich wissen, was Sie davon halten.*

Cooper nahm einen kleinen Beweismittelumschlag heraus. Darin befand sich das halbmondförmige Stück Metall, das positiv auf Radium getestet worden war, wenngleich in einer ungefährlichen Dosis. Rhyme begutachtete es.

Mulbry befürchtete, das flexible Metallteil könne zum mechanischen Zünder einer schmutzigen Bombe gehören – weil die elektronische Variante sich einfacher deaktivieren ließ.

Doch diese Vermutung war inkorrekt, erkannte Rhyme nun.

Und die wahre Bedeutung dieses Stückchens Metall schien ihm in gewisser Weise sogar noch beunruhigender zu sein.

Rhyme rief Mulbry an.

»Lincoln! Wie geht es Ihnen?«

»Es eilt. Womöglich haben wir ein Problem. Dieses Metallteil, das Sie mir geschickt haben …«

»Ja?« Der Mann klang konzentriert.

»Ich hätte dazu noch ein paar Fragen.«

»Schießen Sie los.«

»Haben Sie inzwischen mehr über Ihren Verdächtigen herausgefunden, der das Teil zurückgelassen hat?«

»Wir konnten endlich das Café ermitteln, von dem aus er meistens telefoniert hat. Es liegt …«

»… in der Nähe des Jardin du Luxembourg.«

»*Mon dieu*, Lincoln. Ja. Woher …?«

»Und was hat das EVIDINT-Team gefunden?«

»Nichts. Keine Abdrücke, keine brauchbaren Partikelspuren, keine DNS. Bloß eine Beschreibung.«

»Und zwar?«

»Ein Weißer, vierzig, fünfzig Jahre alt. Er spricht perfektes Französisch, aber offenbar mit leichtem amerikanischem Akzent.«

Rhyme lehnte sich an das Lederpolster der Kopfstütze. Seine Gedanken rasten. »Es geht nicht um eine Bombe, Daryl. Hier droht kein Terroranschlag.«

»Nein?«

»Sie brauchen sich keine Sorgen zu machen.« Er hielt inne. »Ich schon.«

»Sie? Das ist mir zu nebulös.«

»Ich schicke Ihnen einen ausführlichen Bericht«, versprach Rhyme. Sie beendeten das Gespräch.

Er musterte die Tabellen. Unmöglich. Doch andererseits …

»Rhyme, was ist denn?«, fragte Sachs. Sie musste sein Stirnrunzeln bemerkt haben.

Er antwortete nicht, sondern rief Rodney Szarnek zurück

und bat ihn um die Nummer des Telefons, das Carreras-López in Paris mehrmals angerufen hatte.

»Das ist ein mittlerweile inaktives Wegwerftelefon, Lincoln. Wir haben es ein Dutzend Mal angemessen.«

»Bitte geben Sie mir einfach die Nummer.«

Rodney diktierte sie ihm.

»Danke«, murmelte Rhyme, trennte die Verbindung und starrte die Ziffern an.

Dann erteilte er seinem Telefon den Sprachbefehl, eine Textnachricht an die französische Nummer zu schicken. Es war nur eine kurze Botschaft:

*Nehmen Sie unter dieser Nummer Kontakt auf.*
*Lincoln Rhyme*

Danach sah er Sachs an. »Haben wir nicht gesagt, dieser ganze Plan sei kompliziert?«

»Ja.«

»Und weißt du noch, wie die zusätzlichen Funktionen einer Armbanduhr genannt werden? Zum Beispiel die Anzeige des Datums, der Mondphasen, der Gezeiten oder anderer Zeitzonen?«

»Die nennt man Komplikationen. Worauf willst du hinaus?«

»Die Verschlüsselung, die Mulbrys Verdächtiger in Paris benutzt hat, ebenso wie Carreras-López und sein Kontakt, basiert auf dem Duodezimalsystem. Zwölf. Wie die Stunden auf einer Uhr.«

Er nickte in die Richtung des Metallstücks. »Das ist kein Zünder. Diese Feder stammt aus einer Armbanduhr. Und die Strahlung hat nichts mit einer schmutzigen Bombe zu tun, sondern dürfte von dem Radium der Leuchtziffern herrühren. Der Mann, den der AIS im Verdacht hat … und der Mann, der angeheuert wurde, um einen Fluchtplan für El Halcón zu entwerfen, sind ein und dieselbe Person. Er hat ein Hobby. Er baut Uhren.«

»Rhyme, nein!«

Der Gesuchte war niemand anders als Charles Vespasian Hale, der oft auch unter dem weniger auffälligen Pseudonym Richard Logan agierte. Rhyme dachte an ihn jedoch stets nur unter seinem Spitznamen: der Uhrmacher.

Er schloss nun kurz die Augen und erinnerte sich, dass er noch vor ein paar Tagen gefolgert hatte, der Plan von Täter 47 könne es bei aller Raffiniertheit nicht mit Hales Brillanz aufnehmen. Nun, da er wusste, dass Krueger und seine Taten lediglich ein Rädchen im Getriebe des größeren Vorhabens gewesen waren, sah die Einschätzung schon ganz anders aus.

»Rhyme«, sagte Sachs. »Letemps – das ist französisch für ›die Zeit‹.«

Er lachte auf. »Er hat Verbindungen nach Mexiko. Weißt du noch, vor einigen Jahren? Der Uhrmacher wurde von einem der Kartelle angeheuert. Es ging um einen Mordanschlag, falls ich mich recht entsinne. Carreras-López muss also von ihm gewusst haben und hat ihn beauftragt, seinen Mandanten aus dem Gefängnis zu holen.«

»Glaubst du, er wird sich melden?«, fragte Sachs. »Ich würde eher davon ausgehen, dass er das Telefon in die Seine geworfen hat, sobald der Plan gescheitert war.«

Doch Rhyme wusste, dass dem Telefon nichts geschehen war. Der Uhrmacher hatte es nur aus einem einzigen Grund behalten.

Höchstens zehn Minuten später meldete Rhymes Apparat den Eingang mehrerer Textnachrichten auf einmal.

*Hallo, Lincoln. Es ist schon eine Weile her. Aber es geht Ihnen gut, soweit ich weiß. Ach, ich habe befürchtet, dass dies passieren könnte. Ich wollte die Flucht von El Halcón*

*irgendwo anders inszenieren, nur nicht in New York, denn das war ja mitten in Ihrem Revier. Leider war El Halcón ortsgebunden – und damit auch mein Plan. Und Brooklyn war die einzige schwache Stelle im Sicherheitsnetz.*
*Daher habe ich mich nach Kräften bemüht, Sie mit meinem Plan an der Nase herumzuführen, aber wir wissen ja, wie das ausgegangen ist. Ich habe für den Job einen Vorschuss erhalten, doch dank Ihnen entgehen mir nun drei Millionen Dollar Honorar. Aber das ist mir nicht so wichtig. Mir macht allerdings Sorgen, welchen Schaden mein Ruf nehmen könnte. Es wird sich herumsprechen, und die Leute denken womöglich: Vielleicht ticken seine Uhren nicht mehr so präzise wie früher. Auch eine Uhr, die lediglich eine Tausendstelsekunde im Jahr verliert, geht falsch. Die Zeit ist absolut.*
*Das darf nicht noch einmal geschehen. Unser nächstes Zusammentreffen – und es wird eines geben, das verspreche ich Ihnen – wird zugleich unser letztes sein. Leben Sie also vorerst wohl, Lincoln. Ich lasse Sie mit einem Gedanken zurück, der Ihnen hoffentlich manch schlaflose Nacht versüßen wird: Quidam hostibus potest neglecta; aliis hostibus mori debent.*
*Ihr Charles Vespasian Hale*

Rhyme war kein Fachmann für Latein, doch die Übersetzung fiel ihm nicht schwer:

*Manche Feinde kann man ignorieren; andere Feinde müssen sterben.*

Er las den Text ein weiteres Mal – um zu überprüfen, ob es darin Hinweise auf den gegenwärtigen oder zukünftigen Aufenthaltsort des Uhrmachers gab. Vergeblich. Und nun würde das Telefon tatsächlich zerstört worden sein. Er wies Cooper an, sein eigenes Smartphone auszuschalten, den Akku zu entfernen und es wegzuwerfen. Danach sollte er den Mobilfunkanbieter verständigen und die Nummer sperren lassen.

Rhyme fuhr zum Festnetztelefon und sprach dort in das Mikrofon.

»Kommando, Telefon, Anrufen. Daryl Mulbry. AIS.«

Die Tonwahl verwandelte die Nummer in eine kurze Melodie.

Es klingelte zweimal. Dann meldete sich die sachliche Stimme einer Frau. »Ja?«

»Daryl Mulbry, bitte.«

»Das tut mir leid. Er ist derzeit nicht zu sprechen.«

»Es ist wichtig.«

»Ich werde dafür sorgen, dass er Ihre Nachricht erhält. Wenn Sie so …«

»Bitte sagen Sie ihm, dass Lincoln Rhyme für ihn anruft.«

Eine Pause. »Einen Moment, Sir. Ich hole ihn.«

# DANKSAGUNG

Vielen, vielen Dank an das Team: Will und Tina Anderson, Cicely Aspinall, Sophie Baker, Felicity Blunt, Penelope Burns, Giovanna Canton, Francesca Cinelli, Lucia Crovi, Jane Davis, Julie Deaver, Andy Dodd, Jenna Dolan, Cathy Gleason, Jamie Hodder-Williams, Kerry Hood, Emma Knight, Carolyn Mays, Meriam Metoui, Wes Miller, Claire Nozieres, Hazel Orme, Abby Parsons, Seba Pezzani, Michael Pietsch, Betsy Robbins, Lindsey Rose, Katy Rouse, Roberto und Cecilia Santachiara, Deborah Schneider, Vivienne Schuster, Kallie Shimek, Louise Swannell, Ruth Tross, Madelyn Warcholik.